FERNANDO ARAMBURU
QUANDO OS PÁSSAROS VOLTAREM

FERNANDO ARAMBURU
QUANDO OS PÁSSAROS VOLTAREM

Tradução de Paulina Wacht e Ari Roitman

© Fernando Aramburu, 2021
Publicado mediante acordo com Tusquets Editores, Barcelona, Espanha.

TÍTULO ORIGINAL
Los vencejos

COPIDESQUE
João Sette Camara

REVISÃO
Eduardo Carneiro
Rayana Faria

ADAPTAÇÃO DE PROJETO GRÁFICO E DIAGRAMAÇÃO
Ilustrarte Design e Produção Editorial

CIP-BRASIL. CATALOGAÇÃO NA PUBLICAÇÃO
SINDICATO NACIONAL DOS EDITORES DE LIVROS, RJ

A678q

    Aramburu, Fernando, 1959-
      Quando os pássaros voltarem / Fernando Aramburu ; tradução Paulina Wacht, Ari Roitman. - 1. ed. - Rio de Janeiro : Intrínseca, 2023.
    544 p. ; 23 cm.

    Tradução de: Los vencejos
    ISBN 978-65-5560-472-6

    1. Ficção espanhola. I. Wacht, Paulina. II. Roitman, Ari. III. Título.

22-81255   CDD: 863
                                     CDU: 82-3(460)

Meri Gleice Rodrigues de Souza - Bibliotecária - CRB-7/6439

[2023]
Todos os direitos desta edição reservados à
Editora Intrínseca Ltda.
Av. das Américas, 500, bloco 12, sala 303
22640-904 – Barra da Tijuca
Rio de Janeiro – RJ
Tel./Fax: (21) 3206-7400
www.intrinseca.com.br

Sumário

Agosto 11
Setembro 53
Outubro 97
Novembro 145
Dezembro 185
Janeiro 229
Fevereiro 273
Março 317
Abril 361
Maio 407
Junho 451
Julho 495
Seis dias depois 541

Para a Bela

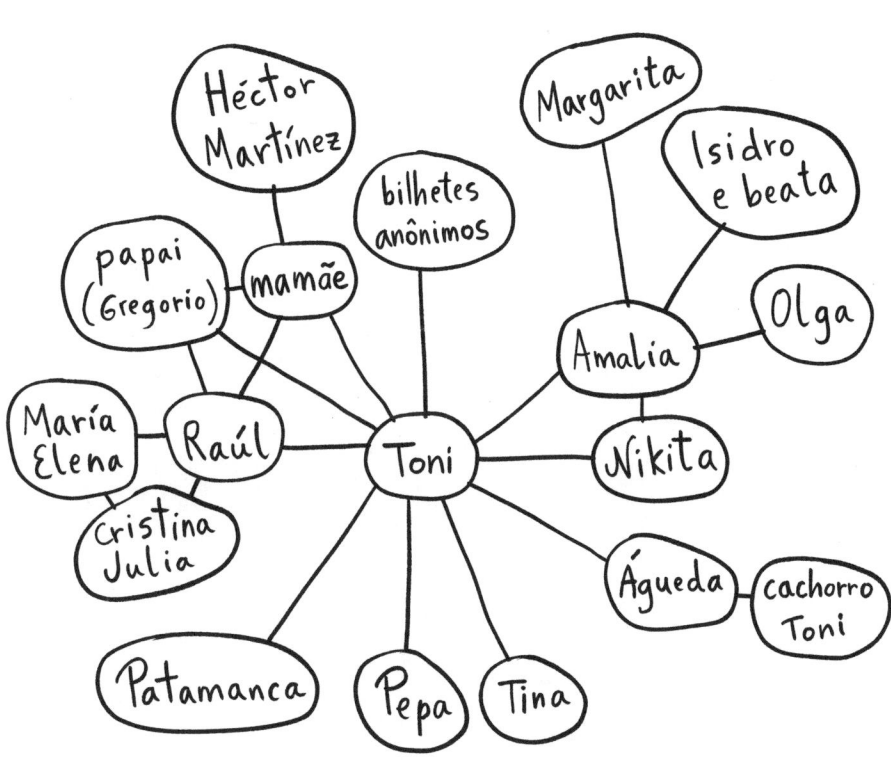

Agosto

I

Chega um dia em que você, por mais estúpido que seja, começa a entender certas coisas. Comigo isso aconteceu no meio da adolescência, talvez um pouco mais tarde, porque fui um garoto que demorou a amadurecer e, segundo Amalia, não amadureci totalmente.

A estranheza inicial foi seguida de uma decepção, e a partir daí passei a me arrastar pelo chão da vida. Houve momentos em que me identificava com as lesmas. Não digo isso porque sejam feias e pegajosas ou porque estou num dia ruim, mas pela maneira como esses bichos se deslocam e pela existência que têm, dominados pela lentidão e pela monotonia.

Não vou durar muito mais tempo. Um ano. Por que um ano? Não faço ideia. Mas esse é meu limite final. Amalia, no auge do seu ódio, costumava me censurar por nunca ter amadurecido. Mulheres cheias de rancor costumam cuspir esse tipo de impropério. Minha mãe também odiava meu pai, e eu entendo isso. Ele também se odiava, daí sua propensão para a violência. Que exemplo deram ao meu irmão e a mim! Primeiro nos dão uma educação de merda, nos destroem por dentro, e depois esperam que sejamos honestos, gratos, carinhosos e que prosperemos.

Eu não gosto da vida. A vida pode até ser tão bonita quanto afirmam alguns cantores e poetas, mas não gosto dela. E não me venham com elogios ao céu do crepúsculo, à música e às listras dos tigres. Foda-se toda essa baboseira. Acho que a vida é uma invenção perversa, mal concebida e pior ainda executada. Gostaria que Deus existisse, para que eu pudesse tirar algumas satisfações. Para dizer na cara dele o que ele é: um trapaceiro. Deus deve ser um velho depravado que fica nas alturas cósmicas contemplando como as espécies acasalam, competem entre si e se devoram umas às outras. A única desculpa de Deus é que ele não existe. Mesmo assim, não o absolvo.

Quando eu era criança, gostava da vida. Gostava muito, mas não me dava conta disso. De noite, logo que me deitava na cama, mamãe me beijava nas pálpebras antes de apagar a luz do abajur. O cheiro de minha mãe era o que eu mais gostava nela. Meu pai cheirava mal. Não que fedesse, mas tinha um odor, mesmo quando passava perfume, que me causava rejeição instintiva. Um dia (eu devia ter uns sete ou oito anos), na cozinha, quando minha mãe estava de cama por causa de uma das suas enxaquecas, como me recusei a mastigar um bife de fígado e tive ânsias de vômito só de olhar para o prato, meu pai pôs seu enorme pênis para fora, enfurecido, e me disse: "Para ter um assim algum dia, você tem que comer este fígado e muitos mais." Não sei se alguma vez fez o mesmo com meu irmão. Lá em casa meu irmão era mais mimado que eu. Parece que meus pais o achavam mais frágil. Ele diz o contrário e considera que o preferido era eu.

Quando era jovem, comecei a gostar menos da vida, mas ainda gostava. Agora já não gosto e não pretendo delegar à Natureza o poder de decidir o momento de eu lhe devolver os átomos que peguei emprestados. Planejei me suicidar daqui a um ano. Tenho até data marcada: 31 de julho, quarta-feira, à noite. É o prazo que me dou para pôr minhas coisas em ordem e descobrir por que não quero continuar vivendo. Espero que a minha determinação seja firme. No momento é.

Houve épocas em que quis ser um homem a serviço de um ideal, mas não consegui. Tampouco tive a oportunidade de conhecer o amor verdadeiro. Fingi com habilidade, às vezes por compaixão, às vezes pela recompensa de algumas palavras amáveis, um pouco de companhia ou um orgasmo, como acho que os outros faziam e continuam fazendo. Talvez meu pai estivesse me demonstrando amor durante a cena do fígado. O problema é que há coisas que a gente não entende porque nem sequer as percebe, por mais que estejam na nossa frente, e também porque amor na marra não é comigo. Serei um pobre coitado, como repetia Amalia? E quem não é? O fato é que não me aceito como sou. Não vou ter pena de deixar este mundo. Ainda tenho um rosto bonito, apesar dos meus cinquenta e quatro anos, e algumas virtudes que não soube aproveitar. Tenho saúde, ganho o suficiente, raramente perco a serenidade. Talvez tenha me faltado uma guerra, como aconteceu com papai. Ele compensava o desejo não realizado de entrar em batalha praticando a violência contra os seus, contra tudo que perturbasse seu ritmo vital e contra si mesmo. Outro pobre coitado.

2

Nós quatro estávamos passando as férias de verão num povoado, na costa de Alicante. Papai, escritor frustrado, atleta frustrado, erudito frustrado, ganhava a vida dando aulas na universidade; mamãe, sensatamente determinada a se libertar da dependência financeira do marido, era funcionária de uma agência dos Correios. Quanto às finanças, estávamos tão bem quanto qualquer família de classe média na Espanha. Tínhamos um Seat 124 azul comprado zero-quilômetro; Raulito e eu estudávamos numa escola particular; em agosto, nas nossas férias, a família podia pagar o aluguel de um apartamento com varanda e piscina coletiva não muito longe da praia. Estou quase dizendo que tínhamos tudo para ser razoavelmente felizes. Naquela idade, aos catorze anos, pensava que éramos.

Eu havia sido reprovado em uma matéria, a qual teria que refazer em setembro. Com meu boletim na mão, mamãe deu uns gemidos incriminadores e logo em seguida teve uma enxaqueca; papai, de reações mais primitivas, me deu uma bofetada, me chamou de pateta e voltou a ler o jornal. Nada disso alterou a placidez da minha vida. Na verdade, já na infância eu queria ser pai quando crescesse, para bater nos meus filhos. Desde cedo assumi esse método como recurso pedagógico preferencial. Mais tarde, porém, não fui capaz de sequer levantar a voz para Nikita, e o garoto ficou como ficou.

Nas férias que lembro esta noite, as férias do verão em que fui reprovado em uma matéria, testemunhei uma cena que acendeu uma luzinha vermelha de alerta no meu cérebro. Uma tarde, voltando de um jogo de minigolfe, enfiei uma lagartixa dentro da camiseta de Raulito, na altura do pescoço. Coisa de criança. Ele se assustou. Não era fácil ser meu irmão. Um dia, já adultos, no fim de uma festa em família, Raúl me acusou de ter estragado sua infância. Olhei nos seus olhos. O que fazer? Optei pela solução mais fácil. Pedi desculpa. "Já era hora", respondeu ele, carcomido por um ódio longamente incubado.

Ao sentir a lagartixa nas costas, Raulito se assustou do jeito engraçado que eu esperava. Parece que pisou em falso e, perdendo o equilíbrio, caiu num aterro pedregoso, ao lado de um pomar de limoeiros. Rapidamente se levantou como se nada tivesse acontecido, mas, vendo os joelhos ensanguentados, abriu o berreiro. Eu lhe disse que ficasse quieto. Não se dava conta de que ia me meter em confusão? Mamãe ouviu os gritos e saiu alarmada do edifício; papai veio atrás, calmo, acho que aborrecido porque um problema familiar idiota estava interrompendo sua leitura, seu cochilo, sei lá. Mamãe viu o sangue e, sem perguntar o que havia acontecido, me deu um tabefe. Papai, meio relutante, me deu outro. Mamãe geralmente batia com mais fúria, mas machucava menos. Levaram Raulito ao pronto-socorro da Cruz Vermelha, na calçada em frente à praia. Uma hora depois ele voltou ao apartamento com um curativo em cada joelho e o beiço sujo de sorvete. E depois vem dizer que não era o favorito da família.

Fiquei de castigo, sem jantar. Os três estavam em silêncio, sentados à mesa, enfiando os garfos em grandes fatias de tomate com azeite e sal, enquanto eu os observava escondido no alto de uma escada em espiral, já de pijama. Queria fazer um sinal ao meu irmão para que mais tarde me levasse algo de comer, mas o bobalhão nem olhou para mim. No aparador da cozinha uma panela de sopa fumegava. Mamãe serviu um prato para Raulito. Meu irmão baixou a cabeça como se fosse inalar o vapor que subia ao seu rosto. E eu quase desmaiando de inveja e de fome no meu esconderijo. Mamãe foi novamente até a panela, dessa vez com o prato de papai, e depois de servi-lo cuspiu furtivamente na sopa. Cuspir não é a palavra exata. O que ela fez foi deixar um fio de saliva escorrer até chegar no prato. A saliva ficou pendurada na sua boca por alguns instantes antes de cair. Depois ela mexeu o líquido com a concha e pôs o prato na frente de papai. Do alto da escada, eu quis avisá-lo, mas pensei que primeiro precisava entender o que estava acontecendo. Meus pais discutiam com frequência. Será que tinham brigado e foi por isso que jantaram sem trocar uma palavra ou um olhar? Fiquei especulando se algum dia minha mãe não teria cuspido na minha comida também. É possível que a baba de mamãe fosse nutritiva, mas, nesse caso, por que não pôs também no prato de Raulito? Por que discriminar o pobre querubim? Talvez cuspir escondido na sopa do marido fosse um costume antigo que ela havia aprendido na infância, observando a mãe ou uma das tias.

3

E, caso não me falte coragem no momento decisivo, o que vai ser de Pepa? Não posso impingi-la a Patamanca, que já faz o bastante ficando com ela de vez em quando na sua casa. Ainda bem que reservei um ano para deixar resolvidas esta e outras questões importantes. Pepa já tem treze anos. Dizem que é preciso multiplicar os anos de um cachorro por sete para descobrir a idade humana equivalente, mas não se pode atribuir a mesma expectativa de vida a todas as raças caninas. Se fosse uma senhora, Pepa já seria nonagenária. Bem que os velhos dessa idade gostariam de ter a energia dela para brincar. Na verdade, Pepa pertence a Nikita. Portanto, umas horas antes de dar fim aos meus dias, eu poderia deixá-la amarrada na porta do seu andar na ocupação. Por enquanto não consigo pensar em outra solução.

Amalia resistia tenazmente a aceitar animais em casa. Nunca tivemos um. Quando surgiu a ideia do cachorro, ela não parava de enumerar os problemas. Os cães fazem sujeira, exigem atenção permanente, pegam parasitas, dão despesas, ficam doentes, brigam com outros cachorros, bagunçam, mordem, urinam, cagam, fedem. Você se afeiçoa a eles e fica arrasado quando morrem. Não creio que Amalia fosse ter muita delicadeza para calcular quanto custaria uma injeção letal.

A princípio, eu também não apoiei a ideia de ter um cachorro em casa. O menino insistia, com o argumento de que seu melhor amigo da escola tinha ganhado um dos pais e ele não queria ficar para trás. Percebi que Nikita insistia mais quando estava sozinho comigo. Foi então que entendi que estava tentando me conquistar para a sua causa à revelia da mãe inflexível. Estava claro que eu era para ele o membro mais frouxo ou mais acessível da diretoria familiar. Não dizia isso, mas não foi difícil adivinhar seu pensamento. Isso, longe de me incomodar, me comoveu. No fundo não havia desprezo pelo pai, e sim uma espécie de identificação. Companheiros de fraqueza, só teríamos alguma possibilidade de alcançar os objetivos que ele e eu estabelecemos unindo nossas forças contra a fêmea dominante. E, evidentemente, unimos nossas forças. A partir de certo momento era eu quem manifestava mais vontade de pegar um cachorro. Para atingir esse objetivo, adotei os artifícios de homem analítico, didático e professoral. Fracassei. Pedi um conselho a Marta Gutiérrez, a única pessoa no colégio que me inspirava confiança suficiente a ponto de lhe expor um assunto pessoal. Se ela sabia, perguntei, como convencer uma mulher durona a dar o braço a torcer numa disputa familiar. Ela quis saber se eu me referia à minha. "Não, às mulheres em geral." "Não há mulheres em geral." "Bem, sim, à minha." Então lhe contei sobre o cachorro e descrevi resumidamente o temperamento de Amalia. Quando me aconselhou a abordar o problema usando a inteligência emocional, respondi que não tinha entendido nada, que era como se ela tivesse falado comigo em chinês. Tudo que eu precisava fazer, me respondeu, era fomentar uma consciência pesada em Amalia. Como? Tanto meu filho quanto eu deveríamos nos mostrar melancólicos e infelizes, para que ela pensasse que a culpa era dela. Existia, então, uma possibilidade de que se sentisse injusta, ou pelo menos incomodada consigo mesma, hesitasse e acabasse cedendo, nem que fosse só para ficar em paz. Segundo Marta Gutiérrez, essa estratégia nem sempre funcionava, mas não custava nada tentar.

Funcionou, mas ao preço de aceitarmos uma série de condições e normas impostas por Amalia, que concluiu com uma declaração taxativa: ela não cuidaria do animal nem por um instante. Não ia levá-lo para passear, nem alimentá-lo, nem qualquer outra coisa. E, para provar que não estava falando por falar, no primeiro dia se recusou a deixar a cadela se aproximar e ficar a seu lado. A cachorrinha não deve ter entendido os gestos de rejeição e insistiu em subir pelas pernas de Amalia, abanando o rabo em sinal de amizade. "O que está esperando para fazer um carinho nela?", perguntei-lhe. Amalia respondeu, apontando alguma coisa com o dedo indicador: "O que você está esperando para limpar isso?" A cadela tinha mijado no tapete. Primeiro com água e um pano, depois com o secador de cabelo, consegui que não ficasse nenhuma marca. Nem odor. A urina dos filhotes quase não tem cheiro. Amalia, desconfiada, ficou de quatro no tapete para conferir. Depois caçoou de cada nome que Nikita e eu inventamos. Nós a desafiamos: "Então escolhe você." "Pepa", disse secamente. "Por que Pepa?" "Por nada." E foi esse o nome que lhe demos.

4

O primeiro bilhete anônimo que encontrei na caixa de correio estava escrito a mão, com todo o texto em letras maiúsculas. *Isso é coisa de algum vizinho implicante*, pensei. Nem me ocorreu que aquele bilhete seria o primeiro de uma sequência que duraria cerca de doze anos. Amassei o papel numa bolinha e quando saí, ao anoitecer, joguei-a numa poça que havia na rua. Só me lembro de que era uma reclamação de duas linhas por eu não ter recolhido o cocô da cachorra do chão. Em uma das frases havia a palavra *porco*. Sempre levo no bolso pelo menos duas sacolas, mas confesso que no início (depois não mais) podia acontecer que eu estivesse absorto nas minhas reflexões, ou pensando nas aulas do dia seguinte, ou simplesmente com preguiça de me abaixar e, convencido de que ninguém estava olhando, deixava os excrementos de Pepa onde tivessem caído. Pode ser que o bilhete sem nome nem data fosse dirigido a Nikita, que às vezes também levava a cachorra para passear. Não disse uma palavra a Amalia sobre o assunto.

5

Não sei por quê, no início dos anos 1970, nós quatro viajamos para Paris e não, digamos, para Segóvia, Toledo, algum lugar mais perto onde as pessoas se comunicam na nossa língua. Papai arranhava um pouco de francês; mamãe, nem uma palavra. Talvez a viagem também tivesse a intenção de impressionar os vizinhos ou mostrar aos nossos parentes que éramos uma família harmoniosa e próspera.

Havia um rio. Não tenho certeza se nessa época eu sabia o nome — talvez soubesse, mas não faz diferença. Também não posso dizer que ponte estávamos cruzando nem para onde íamos. O que nunca esqueci é que eu estava uns seis ou sete passos atrás. Mamãe e papai iam na frente, Raulito entre eles. Os dois lhe davam as mãos e pareciam conectados por ele. Aquilo me deu a sensação de que gostavam mais do meu irmão do que de mim. Pior: de que gostavam dele e de mim, não, ou que cuidavam dele e me deixavam abandonado. Eu poderia ser atropelado de repente por um carro ou uma moto e eles, sem reparar no acidente, seguiriam em frente como se nada tivesse acontecido. A ideia do desinteresse que eles demonstravam por mim me fazia sofrer. E então estava ali a mureta, fácil de escalar, e lá embaixo o rio, com suas águas turvas e calmas onde o sol do meio da tarde se espelhava. Ainda me lembro bem do som do impacto e da surpresa que a sensação repentina de frio me causou. Enquanto caía, ouvi os gritos de uma mulher.

Antes que eu engolisse água, mãos poderosas me puxaram para a superfície. Papai perdeu os sapatos no rio. Nos anos que se seguiram, ele contava com orgulho o que considerava a maior proeza de sua vida. No fundo, estava feliz por ter estragado seu relógio, um relógio de pulso aparentemente valioso que antes havia pertencido ao seu pai. Ele sempre exibia sua faceta heroica. Diante da escolha entre o relógio ou o filho, não tinha hesitado.

Nem mamãe, nem ele brigaram comigo. E mamãe estava tão fora de si e tão agradecida que, em meio às pessoas que nos rodeavam no passeio à beira-rio, abraçou papai, molhado da cabeça aos pés, e lhe salpicou vários beijos no rosto. Papai gostava de brincar que eu tinha nascido duas vezes. Na primeira, mamãe me deu a vida; na segunda, ele.

Ainda me lembro da carteira preta de papai, do passaporte, das notas de francos e de outros pertences secando em cima dos móveis no quarto do hotel. À noite, fomos a um restaurante comemorar o fato de eu não ter me afogado, e papai bebeu, sozinho, uma garrafa de vinho. Acabou com uma mancha roxa no peito da camisa, mas dessa vez mamãe não deve ter achado adequado jogar isso na cara dele.

6

Ontem fui ver mamãe. Como sempre fazia, antes de entrar fui verificar se o carro de Raúl não estava no estacionamento. Quando está, não subo. Em outras circunstâncias não me importo de conversar com ele, mas quando visito mamãe a quero só para mim. Quando não tenho algum contratempo, geralmente vou ao asilo uma vez por semana — se bem que, confesso, tenho falhado um pouco nos últimos tempos. É importante conferir se tratam mamãe com dignidade o tempo todo. Até o momento não temos reclamações. Sempre peço informações sobre a saúde dela e faço questão de que a equipe interna note que estou inspecionando o quarto e bisbilhotando o armário e os pertences da minha mãe. Raúl faz o mesmo. Foi ideia dele que nos mantivéssemos vigilantes, mesmo correndo o risco de sermos vistos como chatos, e concordei. No asilo há velhos que ninguém visita. Ficam largados lá como trastes inúteis. Imagino que os cuidadores tenham menos cuidado com eles que com outras pessoas cujos parentes podem aparecer a qualquer momento e, caso encontrem algo errado, fazer uma queixa à direção ou publicar uma denúncia na imprensa ou nas redes sociais.

Mamãe não nos reconhece há muito tempo. Isso, no começo, foi um golpe duro para Raúl, que chegou a pedir licença médica do trabalho devido a uma depressão. Talvez houvesse outras causas para seu transtorno que tenham sido agravadas pelo apagão cerebral de mamãe. Não tenho certeza, nem vontade de lhe perguntar. Também não descarto a possibilidade de meu irmão ter inventado a licença médica para me mostrar algo que depois de tanto tempo eu não havia entendido, mas que reforçaria, sem dúvida, que diante de determinado problema, assunto ou situação ele agiu bem e eu, mal.

A deterioração mental de mamãe foi gradual. Tenho a impressão de que o Alzheimer a libera do chamado sentimento trágico da vida. Basta ver como ela vai se apagando, imersa na apatia. Um dia Raúl deixou uma foto dele no quarto, para o caso de mamãe ter um súbito lampejo de lucidez. O trambolho emoldurado continua na mesma posição, ocupando um lugar na mesa, com a mesma utilidade que teria um animal empalhado.

Na medida do possível, ela está bem. Com as costas um pouco encurvadas e muito magra. Ontem, quando eu me dirigia para o elevador, uma cuidadora me disse que minha mãe tinha acabado de adormecer. Fui me sentar ao lado da cama e fiquei observando-a. Vejo serenidade em suas feições. Isso me regozija muito. Se a visse sofrer, ficaria louco. Estava respirando com tranquilidade e tive a impressão de vislumbrar um esboço de sorriso em seus lábios. Talvez nos sonhos ela veja imagens do passado, mas duvido que saiba atribuir sentido a elas.

Pressinto que mamãe ainda vai estar viva nesta altura do ano que vem. Se alguém lhe der a notícia do meu falecimento, ela não entenderá. Nem vai notar que parei de visitá-la. Isso é outra vantagem de sofrer de Alzheimer.

Em determinado momento, aproximei a boca do seu ouvido e sussurrei: "Vou me matar no último dia de julho do ano que vem."

Mamãe continuou dormindo sem mover um músculo.

Continuei: "Uma vez vi você cuspir na sopa de papai."

7

Fiquei interessadíssimo numa entrevista de um condutor de metrô. Ocupa uma página inteira do jornal. É sobre as pessoas que se jogam nos trilhos e as consequências psicológicas que esse fato, aparentemente frequente, deixa no homem que presencia o suicídio tão de perto e não pode evitá-lo, por mais que se apresse para acionar o freio. Nem todos os suicidas atingem seu objetivo. Segundo as estatísticas, mais da metade sobrevive, não raro com mutilações horrendas. Este último detalhe me deu calafrios enquanto lia. A ideia de acabar paralisado ou sem as pernas numa cadeira de rodas não é algo que me entusiasme especialmente. Quem cuidaria de mim?

À tarde, no bar do Alfonso, contei meu plano a Patamanca. Precisava saber a opinião de outra pessoa que não fosse eu mesmo, e atualmente ele é meu único amigo. A reação de Patamanca merece ser descrita como eufórica. E eu que pensava que ele ficaria horrorizado e tentaria me dissuadir de qualquer maneira!

Por um instante, pensei que estava brincando comigo. Por isso lhe perguntei sem rodeios. Ele, então, me confessou que também tem lidado com a tentação de tirar a própria vida há alguns anos. Motivos, evidentemente, não lhe faltam, a começar pelo problema físico, embora disfarce bem com a prótese escondida dentro da calça e do sapato.

Patamanca não sabia da entrevista. Naquele dia não havia jornal no bar, como é costume ter, pelo menos até que um sem-vergonha de plantão o leve embora, por isso foi correndo comprar na banca. Conheço a afeição do meu amigo por assuntos fúnebres, incluindo, é claro, o suicídio ou a *morte voluntária*, que é a denominação que prefere. Ele afirma ter estudado a fundo tudo que se refere ao tema e lido um grande número de livros a respeito.

Lemos a entrevista juntos. O entrevistado, um homem de quarenta e cinco anos, com vinte e quatro de experiência no ofício, reclama que a imprensa sempre fala de quem se jogou na frente do trem, mas nunca de quem o conduzia. Seu primeiro caso de suicídio foi uma garota de dezessete anos. Aquilo lhe custou nove meses de licença médica. Depois descreve detalhadamente outros suicídios. Ao meu lado, Patamanca lia e comentava com deleite as respostas do entrevistado. Ele se ofereceu para ser assistente do meu suicídio. Até pediu algum tempo para decidir se vai me acompanhar na aventura. Explica: "É que não quero ficar sozinho." Não há um traço sequer em sua fisionomia que não expresse entusiasmo. De repente, fica sério. E me aconselha a não me jogar nos trilhos do metrô. "Pelo amor de Deus, não faça uma sacanagem dessas com os maquinistas." Aponta com o indicador um trecho da entrevista em que o condutor conta que ainda tem sonhos com o olhar de um velho um segundo antes de ser atropelado.

Patamanca não sabe que nos meus escritos confidenciais eu o chamo de Patamanca.

8

Alguém telefonou para mamãe por volta da meia-noite. Algum conhecido, um parente ou talvez uma pessoa da vizinhança a tirou da cama com uma intenção que, julgada pela minha perspectiva atual de adulto, não me parece inteiramente clara.

Volto às memórias de infância? Pelo visto é verdade que, quando você está perto do fim, instintivamente tem uma visão panorâmica de toda a sua vida. Já li e ouvi isso mais de uma vez. Eu pensava que era tolice, mas estou começando a achar que não. Prossigo.

Raulito e eu estávamos dormindo no nosso quarto, cada um em sua cama, e no dia seguinte teríamos um dia normal de aula. Eu devia ter uns nove anos. Em todo caso, foi depois da viagem a Paris. De repente, a luz se acendeu. Mamãe, descalça e de camisola, veio nos sacudir, dizendo que nos vestíssemos depressa. Sonolento, perguntei o que estava acontecendo. Não houve resposta.

Minutos depois, descemos as escadas às pressas, nós três, mamãe segurando a mão de Raulito e eu atrás. Acho que ela não queria que os vizinhos ouvissem o barulho do elevador, ou então simplesmente não teve paciência para esperar. Em cada patamar se virava e, com o dedo nos lábios, me mandava fazer silêncio, por mais que eu já estivesse de bico fechado.

Assim que saímos, fomos atingidos por uma rajada de ar frio de inverno. O céu estava totalmente escuro. Não dava para ver quase ninguém à luz dos postes. Saía vapor da nossa boca. Depois de algum tempo, mamãe, na beira da calçada, conseguiu parar um táxi. Entramos e nos sentamos no banco de trás, mamãe no meio. Eu não sabia aonde estávamos indo nem o que íamos fazer, e mamãe me beliscou para que parasse de fazer perguntas.

Apontou para a nuca do taxista com um movimento vigoroso do queixo. Então entendi que aquele homem não deveria ouvir o que estávamos falando. Fui tomado pela sensação inquietante de que tínhamos fugido de casa, e a ideia de ter perdido meus brinquedos para sempre me deixou pesaroso. Que raiva por não ter carregado nenhum! Eu ia ocupado com esses pensamentos. Raulito dormiu de novo. Mamãe o pôs no colo e o abraçou.

Saímos do táxi em frente a um bar, não sei dizer em que rua. Mamãe mandou que ficássemos quietinhos diante da entrada, sem sair dali, que logo alguém viria nos pegar e levar de volta para casa. Então fechou a porta do táxi e foi embora, deixando meu irmão e eu sozinhos e paralisados de frio numa calçada estreita, altas horas da madrugada. Raulito me pediu que lhe emprestasse as luvas. Respondi que também estava com frio, por que não tinha pegado as dele? Depois lhe perguntei se estava com medo. Ele respondeu que sim. Chamei-o de covarde, medroso, cagão.

Não me lembro de quanto tempo meu irmão e eu ficamos em frente àquele bar, pelo menos uns vinte minutos, durante os quais não vimos ninguém entrar nem sair. Umas lâmpadas vermelhas brilhavam atrás dos vidros, isso é tudo de que me lembro. Por fim a porta se abriu. Chegou aos nossos ouvidos uma torrente de vozes e risos envolta em música. Um homem alto, andando com dificuldade, saiu para a calçada agarrando uma mulher que escapulia de suas investidas enquanto ele tentava beijá-la nos seios sem sucesso, mas sem parar de rir. Raulito reconheceu imediatamente o homem. "Papai!", exclamou. E saiu correndo na direção dele.

9

Patamanca me telefonou noite passada, quando eu já estava dormindo. Fiquei assustado, imaginando que Nikita tivesse sofrido um acidente ou estivesse coberto de sangue alheio numa cela da polícia. Pergunto a Pata se tem ideia de que horas são. Quando ouvi sua voz fiquei com tanta raiva que quase o chamei pelo apelido. Sim, diz, não leve a mal, é que, como vai sair de férias amanhã, prefere me ligar agora, porque sabe que é do meu interesse o que ele quer me contar.

Desde que lhe revelei (péssima ideia!) meus planos para o próximo ano, ele deu para pesquisar sobre morte voluntária. Adora falar "morte voluntária". Dá para ver que gosta do assunto e saboreia cada informação, cada conceito, cada citação. Estou começando a pensar que ele não me leva a sério. E se eu lhe disser que deixei de lado meu plano, que agora vejo aquilo como fruto de um impulso passageiro? Desse modo talvez conseguisse me livrar do seu enjoado, indestrutível e, claro, pueril entusiasmo.

Ele me contou que em alguns reinos da Idade Média os cadáveres dos suicidas eram mutilados, como punição. E era sempre a cabeça que levava a pior. Enquanto está falando, olho o despertador. Meia-noite e quinze. Sinto vontade de desligar. Não o faço. Pata é meu único amigo. Volto a prestar atenção no que ele está dizendo. Que amarravam a cabeça num cavalo e a arrastavam pelas ruas, como advertência aos vivos. Depois a exibiam na praça ou penduravam numa árvore. Qual minha opinião sobre isso?

Não consegui mais dormir quando voltei para a cama, não por causa da dissertação que Patamanca tinha acabado de me impingir, que, na verdade, com toda a truculência, não me abalava em absoluto, mas, sim, por uma questão que tem me preocupado muito nestes dias. É que ainda não decidi se depois das férias vou voltar ou não para o colégio. Qual é o sentido de continuar trabalhando e aguentar os colegas odiosos, exceto dois ou três, e a diretora, mais odiosa que qualquer outro, e aquelas feras que geralmente são chamadas de alunos? Eu poderia usar todas as minhas economias e viver em grande estilo durante um ano. Poderia viajar aos países que sempre quis conhecer. O problema é que Pepa me prende em casa. Não posso deixá-la com Patamanca por tanto tempo. Tampouco quero me afastar de Nikita. Nem de mamãe.

10

Penso em Nikita toda vez que vejo uma pessoa tatuada na rua, no metrô ou em qualquer lugar. Na época, não achei nem bom, nem ruim que meu filho aderisse à moda de gravar desenhos na pele, sem falar que sempre me esforcei para manter com ele, no pouco tempo que passamos juntos, uma relação sem conflitos.

As regras, deixo que a mãe as imponha, já que havia exigido, por intermédio de sua advogada, a guarda que eu não disputava. Para ela, o filho; para mim, a cachorra. Não tenho a menor dúvida sobre quem saiu perdendo na partilha. A ingenuidade induzia Nikita à franqueza. Vinha me fofocar segredos de Amalia. "Mamãe fala mal de você", dizia. E em outra ocasião: "Mamãe traz mulheres para casa e vão para a cama juntas."

O garoto tinha completado dezesseis anos quando se tatuou pela primeira vez, sem autorização da mãe. Não hesitei em elogiar o resultado pouco favorável. Prefiro que me veja como um colega e não como um pai repressor. De mau gosto não pode ser acusado. Fico até tentado a atribuir-lhe uma intenção poética por escolher uma folha de carvalho, embora o desenho, por seu tamanho reduzido, só seja identificável de perto. A partir de três metros de distância, vira uma mancha indefinível. O problema é o local escolhido para tatuar a folha: bem no meio da testa. Quando vi, tive que morder a língua para não caçoar. Todo orgulhoso, ele me contou que sua turma inteira tinha feito tatuagens. "Na testa?" Não, na testa só ele.

Algum tempo depois, fez outra, dessa vez nas costas. Horror: uma suástica. Fui lhe perguntar, fingindo ignorância, qual era o significado daquele desenho. O coitado não fazia ideia. O importante, na sua visão, era que agora ele e os amigos tinham o mesmo desenho, uma marca de pertencimento ao grupo.

Vejo que não consigo pensar em meu filho sem sentir pena. Acontece com frequência, se bem que cada vez menos, de eu erguer um muro de rejeição contra ele e depois eu mesmo derrubá-lo com um sopro de compaixão. Não sei até que ponto Nikita pode ser acusado de alguma coisa, considerando o pai e a mãe que a vida lhe deu.

Amalia marcou comigo no café do Círculo de Bellas Artes para conversar sobre a nova tatuagem do nosso filho e buscarmos, juntos, uma solução. Se aquilo era para o resto da vida, que era uma vergonha, que talvez o símbolo nazista pudesse ser apagado com uma técnica de laser. Mantive uma calma distante, a tal ponto que, cada vez mais irritada, ela acabou me perguntando se eu não me importava com o que nosso filho tinha feito. Respondi que estava muito preocupado, mas que, como só podia ver o garoto no horário estipulado pela juíza, me sentia de mãos atadas para intervir em seus problemas. Amalia me olhou como se dissesse: *Diz que não sou capaz de educá-lo, diz isso, por favor, me ofende para que eu possa desabafar e jogar na sua cara a parte da culpa que lhe cabe.* Mas eu não disse nada e ela, posso jurar que desapontada, se despediu com a aspereza de sempre. "Você me odeia, não é?"

II

Eu não tinha voltado ao cemitério desde que enterramos papai. Isso faz muito tempo. Esses supostos remansos de paz não me atraem nem me repugnam. Só me chateiam. Exatamente o contrário de Patamanca, que adora dar uma voltinha de vez em quando pelos cemitérios da cidade, principalmente pelo de Almudena, que é grande, tem muitos inquilinos célebres e fica perto da casa dele. Só visita túmulos de gente famosa e, quando está viajando, tenta repetir a experiência em outros lugares, inclusive, naturalmente, no exterior. Aproveita para tirar fotos, que posta na internet e depois vem me mostrar. Olha, o túmulo de Oscar Wilde. Olha, o de Beethoven. Assim mesmo. O caso é que esta manhã fui ao cemitério de Almudena exatamente porque, como ele está de férias, fico livre da sua companhia e da sua erudição macabra. Eu não sabia se é permitido entrar com cachorros. Por via das dúvidas, deixei Pepa em casa. Depois vi uma senhora dentro do cemitério com um lindo pastor-alemão.

O calor está apertando forte há vários dias. Do ponto do 110 até o túmulo dos meus avós e de papai há uma distância considerável. Cheguei com a língua de fora e a camisa toda molhada de suor. A laje, ainda por cima, está em pleno sol. É de granito bruto e contém os nomes, por ordem cronológica de sepultamento, do vovô Faustino, da vovó Assunção e do meu pai. Estão sobrepostos, um caixão sobre o outro, e o próximo, no ano que vem, será o meu. Temos a concessão por noventa e nove anos, dos quais cerca de cinquenta já se passaram.

Então me deitei em cima do granito. Queria experimentar a sensação de estar estendido no cemitério. Não ignoro que é uma coisa infantil, mas quem está me vendo? Eu sei de antemão as datas entre as quais minha vida vai transcorrer. Pouca gente pode dizer o mesmo. O calor da pedra atravessava minha roupa. Acima de mim, um céu de um azul perfeito cobria o mundo, sem estar manchado, coisa rara, pelas listras brancas deixadas pelos aviões. De repente, tive a impressão de ouvir vozes se aproximando. No mesmo instante me levantei e saí dali. Não quero que ninguém pense nada de esquisito sobre mim.

12

Tive dificuldade para admitir que papai não era flor que se cheirasse. Mesmo assim, tantos anos depois, ainda hoje me atravessa como um golpe o desejo de que fossem infundados certos rumores que, tempos atrás, chegaram aos meus ouvidos sobre seu comportamento na faculdade. Não ignoro o boato de que ele cobrava relações sexuais de suas alunas em troca de um aumento substancial na nota ou de outros favores relacionados à carreira universitária — nunca soube exatamente quais. Nunca confirmei esses rumores, mas o fato de terem vindo de fontes diferentes e em épocas distintas me leva a crer no pior.

Quando eu era criança, achava que a malvada era mamãe. Hoje procuro compensar esse erro com afeto e companhia. Um erro, mas nem tanto, já que mamãe está longe de merecer o título de santa. Pode se alegar, a seu favor, que muitas vezes teve que agir na defensiva. Mas me consta que ela, a mestra da dissimulação, às vezes era a agressora, ainda que suas ações não parecessem violentas. Depois de refletir um bocado sobre o assunto, cheguei à conclusão de que ela era um pouco menos culpada que ele.

Amalia e eu concluímos que estávamos gastando energia e tempo demais em machucar um ao outro. Superados quaisquer escrúpulos de ordem sentimental, rompemos o casamento usando a Lei do Divórcio Express de 2005. Meus pais não puderam se beneficiar de uma opção similar. A Lei do Divórcio de 1981 estabelecia entraves administrativos altamente dissuasivos numa época em que, não esqueçamos, os espanhóis ainda se apegavam a laços matrimoniais indissolúveis. A lei exigia uma separação judicial. Além disso, impunha como requisito essencial para o divórcio que os cônjuges suspendessem a coabitação por um ano, no mínimo. Mamãe e papai, talvez por conveniência ou, quem sabe, para não ter que enfrentar o disse me disse, acharam preferível continuar naquela guerra civil a dois denominada casamento até que a morte os separasse, exatamente o que aconteceu. Na tarde em que enterramos papai, ele tinha quatro anos menos que eu tenho agora.

Décadas depois, pouco me importa de que possam acusar o comportamento do meu pai. Não o absolvo nem o condeno. Mas sei que, se ele ressuscitasse, iria correndo me atirar nos seus braços. Já que não é possível que venha até mim, então vou até ele. Deve ser por causa do conhaque que estou bebendo esta noite enquanto escrevo, mas o fato é que me consola pensar que nós dois vamos descansar juntos.

13

Eu tinha ido com uns amigos a uma festa na Cidade Universitária. Dividimos umas fileiras de pó assim que chegamos. Não me lembro de ter sentido grande efeito. De cocaína aquilo só devia ter o nome. Depois, como meu bolso não me permitia luxos, bebi umas cervejas, mas não cheguei nem perto de me embriagar. Fiquei batendo papo num canto com uma francesa que me deu falsas esperanças. Com um sotaque cheio de graça, ela me disse a certa altura que ia ao banheiro por um instante. Levei vinte minutos para me dar conta de que nunca mais voltaria. Talvez nem sequer fosse francesa.

Cheguei em casa às tantas da madrugada. Não me lembro da hora exata. Considerando a escuridão e o silêncio, supus que todos os membros da minha família estavam deitados. Desde que entrara na universidade, ninguém controlava mais minhas chegadas e saídas. O que se esperava de mim era que passasse nas provas; quanto ao resto (meus horários, minhas companhias, minhas atividades), ninguém me pedia satisfações. Mamãe, que tinha sono leve, provavelmente estava de ouvidos atentos, ansiosa por um sinal que confirmasse minha volta ao lar, são e salvo. Em situações assim, eu procurava me mover com discrição, pensando que da mesma forma que tinha o direito de viver a vida, minha família tinha o direito de descansar. Sabia de cor a disposição dos móveis, o que me permitiu atravessar a sala no escuro. Fui direto para a cama, sem passar pelo banheiro e sem acender a luz para não acordar Raulito, com quem, por falta de espaço na casa, continuava dividindo um quarto.

Pouco depois, senti sua respiração ao lado do meu rosto. Ele veio me perguntar aos sussurros, um tanto ansioso, se eu o tinha visto. Visto quem? Papai, na sala, debaixo de um cobertor. O problema é que talvez eu não levasse meu irmão muito a sério. Ele era gordo, usava óculos, tinha voz aguda. Respondi que não havia visto ninguém na sala e que queria dormir. Ele disse para si mesmo: "Então deve ter voltado para a cama sozinho." Antes de se afastar, quis saber se eu tinha conseguido ficar com alguma garota naquela noite. "Claro", respondi. Tinha comido uma francesa atrás de uma moita. E era melhor estar tomando pílula, porque gozei muito dentro dela. Raulito, com a aparência que tinha naquela época, não pegava ninguém e precisava se conformar com a masturbação e as minhas histórias. Ele me fez prometer que iria lhe contar os detalhes da aventura no dia seguinte. Prometi, e nada mais aconteceu até que mamãe veio nos acordar de manhã.

Papai estava morto no chão da sala, deitado de barriga para cima no tapete, com os olhos abertos, os lábios um pouco separados e, como Raulito tinha me antecipado de madrugada, debaixo de um cobertor. Esse cobertor, fiquei sabendo depois, mamãe havia jogado sobre ele às onze da noite para que não passasse frio, convencida de que papai, que voltara para casa pouco antes e com quem tinha discutido, estava completamente bêbado e havia deitado ali para se recuperar da bebedeira.

Nós três nos entreolhamos por um instante sem saber o que fazer. Ainda me ocorreu questionar se papai estava mesmo morto. Quem sabe tinha desmaiado. Até sugeri que jogássemos um copo de água fria no seu rosto. Mamãe, a única que teve coragem de se aproximar do corpo estendido no chão, mexeu a cabeça dele com a ponta do chinelo para me mostrar a inegável realidade. "Agora vocês são órfãos de pai e eu sou viúva." Falou isso com uma frieza que excluía qualquer indício de luto. Mesmo sabendo que não ia adiantar nada, decidimos ligar para a emergência.

Enterramos papai quatro dias depois num caixão cor de avelã. Tentei faltar à cerimônia, alegando uma prova importante na manhã seguinte, mas mamãe foi inflexível. Não sei por que foi tão difícil para mim sustentar seu olhar. Parecia que ela estava com os olhos de outra pessoa. Provavelmente era assim que olhava para papai quando os dois estavam sozinhos, e agora era a minha vez de ser o destinatário daquela expressão um tanto dura. Hoje imagino que devia estar se sentindo culpada e que a forma como olhou para o primogênito de vinte anos continha um aviso de que não estava disposta a aceitar mais acusações além das que poderia fazer a si mesma. Não descarto a possibilidade de que, por indiscrição de Raulito, ela soubesse que eu tinha feito perguntas. Antes de sairmos para o velório, mamãe parou à minha frente e disse que não tinha feito mais nada por papai pela simples razão de que não havia percebido a gravidade da situação. "Alguma pergunta?" Eu disse que não. "Melhor assim", foram suas últimas palavras antes de me dar as costas bruscamente.

14

Ultimamente faço as coisas com uma forte sensação de despedida. Digo para mim mesmo que esta é a última vez que saboreio um damasco, a última vez que atravesso a Plaza Mayor, a última vez que assisto a uma peça no Teatro Espanhol. Sou uma espécie de moribundo sem problemas de saúde. Tenho a impressão de que antes eu era mais razoável. Ou mais calculista. Não sei. Talvez esteja um pouco solitário na vida, principalmente agora que meu melhor, meu único amigo, viajou.

O caso é que, enquanto perambulava pela rua fazendo hora para buscar Pepa no cabeleireiro canino, reparei na igreja dos jesuítas e tive a ideia de atravessar a rua e conversar um pouco com a figura crucificada de Jesus Cristo, pendurada na parede atrás do altar. Fazia muitos anos que meus pés não me levavam à casa do Senhor.

A religião quase não estava presente em nossa casa quando Raulito e eu éramos pequenos. Fomos batizados e fizemos a primeira comunhão por pura formalidade, para agradar aos avós maternos, muito chatos em matéria de fé e em outras matérias, e para evitar possíveis situações de discriminação na escola. Como mamãe e papai nunca iam à missa, meu irmão e eu também não. Todo mundo sabe que vovô Faustino se gabava do seu ateísmo. Nós não batizamos Nikita. Amalia achava que ele próprio devia decidir quando crescesse se queria ou não ser batizado e, para mim, francamente, tanto fazia.

Fui me sentar num banco da terceira fila. Uma vez li que era o lugar habitual do almirante Carrero Blanco quando assistia à missa diária nessa igreja. Talvez também tivesse usado o mesmo banco na manhã do dia em que uma bomba o arremessou pelos ares, não muito longe dali. O que não sei é se ele se sentava à direita ou à esquerda do corredor central.

O crucificado tem dimensões consideráveis. Imagino o almirante lhe murmurando suas preces. "Garanta-me, Senhor, a unidade da Espanha, ajude-me a deter o comunismo e a acabar com a maçonaria, e depois me leve à sua presença, amém." Pois bem, Deus o levou às alturas com a intercessão do ETA, enquanto a questão da unidade da pátria continua, como se diz, no ar, e, em relação a outros assuntos, vamos ver o que decidem os homens e a História.

O Cristo da igreja de São Francisco de Borja está com o rosto virado para um lado. Não havia jeito de que me olhasse. Eu lhe sussurrei as seguintes palavras, ou outras semelhantes: "Se você me der algum sinal, abandono meu plano. Você ganharia um adepto. Basta virar o rosto para mim, piscar um olho, mexer um pé, o que preferir, e em troca desisto da ideia de me matar."

Os fiéis começaram a entrar na igreja. Parece que era quase hora de alguma cerimônia. Dei três minutos ao Cristo na parede. Nem um segundo a mais. Durante esse tempo, ele não me deu nenhum sinal, e eu fui embora.

15

Não passa um dia sem que Patamanca me mande pelo celular uma foto, às vezes duas, das suas férias num povoado da costa gaditana. Ele sempre coloca o telefone na mesma posição, de forma que metade da imagem é ocupada por seu rosto e a outra metade pelo lugar onde está. Pata sorrindo na praia, Pata sorrindo em frente a uma fileira de sepulturas brancas, Pata sorrindo no que parece ser a entrada de um salão de festas. Tenho vontade de pedir-lhe que não me mande mais provas da sua felicidade, mas não quero correr o risco de deixá-lo chateado.

Eu me lembro do dia em que Amalia e eu o visitamos no hospital Gregorio Marañón. Deitado na cama com um frasco de soro pendurado e o estrago físico coberto pelos lençóis, Pata nos disse que se considerava um homem de sorte. Sabendo estar fora de perigo, soltou as rédeas do seu temperamento brincalhão e não se furtou a fazer uma ou outra piada macabra. Chegou a ficar desapontado por seu nome não ter aparecido nos jornais. "Para isso", respondi com a intimidade que a amizade permite e Amalia não entendeu, "você deveria ter sido um dos mortos".

Sabíamos que tinha perdido o pé direito. Seus outros ferimentos não eram graves. Pelo seu semblante alegre, Amalia interpretou que nosso amigo, por quem tinha pouca ou nenhuma estima, estava tentando ser positivo diante do que lhe acontecera, talvez por conselho de um psicólogo. Imagino que quando o visitamos ele estivesse sob efeito de analgésicos e ainda não houvesse se dado conta exatamente da longa e difícil convalescença que teria pela frente.

Levei bastante tempo para vê-lo de novo. Mas, claro, nos comunicamos com certa frequência por telefone, e um dia ele finalmente me ligou para dizer que tinha voltado para casa, na rua O'Donnell, que naquela época não ficava tão perto da minha quanto agora. Combinamos que eu iria visitá-lo em determinado horário, e ao vê-lo certamente tive uma boa impressão. De roupa e sapato, não se notava que estava usando a prótese. Entre outras pilhérias, Pata se permitiu fingir que chutava uma bola imaginária. Confessou que tinha demorado a se acostumar, mas aos poucos foi pegando o jeito da coisa. Podia andar de uma forma que ninguém imaginava sua mutilação. Ousou até dirigir seu carro novamente. *Bem, ele é um cara de sorte*, pensei. Deu uma gargalhada quando lhe perguntei se não tinha considerado participar dos próximos Jogos Paralímpicos. Ao vê-lo rir, não podia imaginar que estava em tratamento psiquiátrico. Pensei, em comparação, naqueles cegos que sorriem o dia todo e agradecem por sua desgraça. Depois de tantas semanas de sofrimento, subir escadas, cheirar a grama, ver nuvens e andaimes, voltar o mais rápido possível para o trabalho na imobiliária, onde os proprietários tinham mantido o seu emprego; em suma, continuar vivo deve ter sido um motivo imenso de felicidade para Patamanca. Fico imaginando se a esta hora o caminhoneiro que conseguiu frear na noite anterior na ponte Morandi, em Gênova, que desabou poucos metros à frente do seu veículo, não está sentindo algo semelhante. Lá embaixo, entulho de concreto, veículos esmagados e mais de quarenta mortos; ele, em cima da ponte, ileso, com sua cota de anos de vida salva por um triz. É o caso de comemorar, mas antes é preciso esperar que o susto passe.

Em pouco tempo me convenci de que a suposta felicidade de Patamanca era resultado de uma trégua em seu transtorno de estresse pós-traumático. Seus sorrisos, talvez como estes nas fotos das férias, serviam para mascarar um âmago secreto de amargura.

16

Eram oito e cinco ou oito e dez da manhã. Quando o telefone tocou, Amalia me fez um sinal para que fosse acordar Nicolás (para mim, Nikita) enquanto ela atendia à ligação. Não era sempre que alguém queria falar conosco tão cedo, mas também não se poderia descartar que um colega de trabalho, meu ou dela, estivesse precisando ser substituído ou de um favor mais ou menos urgente. Em suma, não acho que o toque do telefone àquela hora de um dia de semana fosse necessariamente prelúdio de uma tragédia. É bem verdade que tinha ouvido por um momento sirenes ao longe, e outras nem tão longe. Não me assusto com essas coisas. Numa cidade como a nossa, as sirenes das ambulâncias ou dos carros da polícia soam o tempo todo.

Amalia, sim, ficou alarmada. Perita em pressentimentos e medos, seu instinto a predispôs a enfrentar um acontecimento preocupante, e ela saiu correndo da cozinha em direção à cômoda, onde o telefone continuava tocando. Do quarto do nosso filho a ouvi dizer várias vezes a palavra *entendi*. Depois, me chamou. Deixei Nikita se espreguiçando e fui para a cozinha. Sua irmã tinha acabado de lhe informar que ocorrera um atentado. Disse isso, um atentado, e que ligássemos o rádio. O rádio não falava de um único atentado, e sim de várias explosões em diferentes locais, e era dado como certo que havia mortes, mas o locutor ponderou que ainda era cedo para determinar quantas. As equipes de socorro tinham entrado em ação etc. "Pobre gente", disse Amalia. E compartilhei o sentimento de compaixão, sem desconfiar de que meu melhor amigo estava entre as vítimas. Que diabos ele estava fazendo, às sete e meia da manhã de um dia de trabalho, num trem vindo de Alcalá? Quando, depois de um tempo, finalmente pudemos visitá-lo no hospital, Pata nos contou a história meio por alto.

Na verdade, deu uma justificativa breve para sua presença em um dos trens do 11-M. "Ainda bem que não sou casado", brincou. Imediatamente desconfiei de que fora a um bordel e não tinha coragem de confessar na frente da minha mulher. Eu me imaginei em seu lugar. Como explicaria a Amalia meu regresso à cidade de manhã cedo num trem suburbano, numa quinta-feira qualquer, depois de pernoitar sabe-se lá onde e, ainda por cima, tendo carro?

Patamanca, que eu ainda não chamava assim, me contou os detalhes mais comprometedores de sua história num outro dia, na ausência de Amalia. Ele tinha um relacionamento amoroso com uma mulher de origem romena, residente em Coslada, mãe de dois filhos pequenos que tivera com um compatriota que a abandonou. Até aí uma história comum que o safadinho guardava em segredo porque, como depois me explicou, era um caso recente e ele não tinha certeza se a coisa iria para a frente; a história, em suma, de uma mulher fisicamente atraente que lutava como uma leoa para criar sua prole e de um nativo que considerava a possibilidade de proporcionar estabilidade econômica a uma família destroçada e pobre em troca de sexo — ou, como ele preferia dizer, de muito sexo.

Pata tinha ficado até tarde no apartamento da romena e decidira dormir com ela, como já fizera outras vezes. Pegando um trem às sete e pouco, dava tempo de passar em casa antes de ir para o trabalho — mas isso, evidentemente, depois da delícia, e abriu um sorriso, de uma foda matinal com uma mulher que não tinha limites na cama.

O trem estava chegando à estação Atocha. Patamanca cochilava no assento. Depois disso, sua memória não é mais capaz de lhe fornecer um relato linear. Todas as imagens são entrecortadas e desconexas. Para com as ironias e piadas, mas precisa despejar suas lembranças, dividi-las comigo por recomendação do psiquiatra, na expectativa de que botando para fora elas não o atormentariam à noite. Lembra-se de tudo misturado: a sensação de uma lufada de muito calor, a fumaça cinza, o silêncio repentino, o cheiro de carne queimada. E quando sua voz se acelera, sei que vai cortar a narração para outro momento, talvez outro dia. Ele insiste que teve sorte, afinal. Não sabe onde a bomba explodiu no vagão. A única certeza que tem é que o buraco no teto estava a uns cinco ou seis metros de distância. Ele se viu caído no chão, entre os assentos arrancados do lugar, e havia um corpo imóvel ao seu lado; tentou falar com ele e ouviu a própria voz em surdina, como se não fosse sua. Nesse momento não se dava conta de que seus tímpanos haviam estourado. Disse ao homem que estava ao seu lado: "Primeiro vou me levantar e depois ajudo você." E então, enquanto tentava se levantar, percebeu um coto ensanguentado despontando na perna direita da sua calça. Dois desconhecidos o tiraram do vagão. Ele diz que naquele momento um único pensamento ocupava sua mente: sobreviver de qualquer maneira. Ficou consciente o tempo todo.

17

No início da tarde, fui de carro ver mamãe. Ao longo do caminho, fiquei ouvindo uma recompilação de canções de Aretha Franklin, que morreu ontem em Detroit, vítima de câncer. "Chain of Fools", "I Say a Little Prayer", "Respect" e outras maravilhas. Volta e meia canto com ela os trechos cujas letras sei de cor.

Saí de casa com a sensação de estar atravessando uma grossa parede feita de gelatina. Uma parede de preguiça, tédio, torpor. Isso não tem a ver diretamente com minha mãe, mas com o fato de que o asilo fica longe, está fazendo calor, eu preciso tirar o carro da garagem. Pensando em dar uma alegria para mamãe, levei Pepa comigo. Pepa, que costuma ofegar de medo quando viaja de carro, ficou quietinha ouvindo a voz prodigiosa de Aretha Franklin.

Chegando ao asilo, amarrei Pepa na grade do jardim. A única condição que a diretora me impôs foi que não a deixasse solta. Desço com mamãe aos poucos, de braços dados. Falo com ela o tempo todo. Elogio sua aparência. Faço perguntas sem esperar respostas. Nomeio as coisas: o elevador, o chão, o vaso de flores. Mamãe não diz nada. Só se deixa conduzir em silêncio. Hoje estava num dia tranquilo. Imagino que a medicaram. Creio que empanturram os velhos de drogas para que fiquem dóceis. Seria melhor lavá-los com mais frequência. O cheiro de mamãe feria o meu olfato naquela tarde.

O gramado, em compensação, estava limpo. Havia paz e pássaros no jardim, e uma cigarra arranhava seu concerto frenético no tronco de um pinheiro. Levei mamãe até um banco nos fundos, de onde se podem ver os carros no estacionamento. Quase todos os bancos próximos ao prédio estavam ocupados. Por sorte consegui encontrar um na sombra.

Pepa, como sempre, brincalhona e carinhosa. Assim que viu mamãe, começou a puxar a coleira, tentando se soltar, balançando o rabo de alegria. Achei que mamãe ia acariciá-la, mas, em vez disso, afastou a mão, como se tivesse tocado em fogo. "Tem que matar o diabo", disse mamãe. E então me pediu que trouxesse o avental, em cujo bolso ela imagina que guarda a tesoura de peixe. E repetiu mais duas vezes que tinha que matar o diabo.

Como seu afeto não foi correspondido, Pepa foi se deitar um pouco afastada de nós, debaixo de uma árvore, e se esqueceu de mamãe, de mim, das moscas à sua volta e de tudo o mais. Sem minha mãe perceber, olhei o relógio. *Vinte minutos*, pensei. *Vinte, no máximo, e vou embora*. Então vi, por cima da cerca viva, meu irmão no estacionamento. O cabelo dele está completamente branco. Imaginei que ia reconhecer meu carro, não muito longe do seu. Ele reconheceu, virou-se e foi embora.

18

Hoje uma senhora de cinquenta e sete anos apareceu na televisão disposta a contar tudo. Ela não formulou sua intenção dessa maneira, mas via-se de longe que estava oprimida por uma necessidade de desembuchar confidências. Era uma dessas pessoas, cada vez em maior número, que usam o estúdio de TV como confessionário, e desconfio de que esta em particular preferiria levar uns açoites de penitência perante centenas de milhares de espectadores ao cachê que podem ter lhe pagado. É três anos mais velha que eu, mas pode se dizer que pertencemos à mesma geração. Percorremos o mesmo trecho da história, recebemos uma educação escolar parecida, conhecemos na adolescência os últimos suspiros da ditadura. A apresentadora, com a ficha na mão, pernas cruzadas, saia curta, salto alto, ia direto ao ponto. Tratava a convidada por você; chamava-a pelo primeiro nome como se fossem irmãs, primas ou vizinhas; disse a ela, sem rodeios, que a tinham convidado para falar sobre o suicídio do filho. Rapidamente transferiu toda a responsabilidade para a mulher: "Carmina, você veio ao nosso programa porque quer nos contar sua experiência." Imaginei Amalia, daqui a um ano, sentada na mesma cadeira, sentindo hipocritamente a minha falta, arranjando alguns terçóis à minha custa. Ela vai se sair bem, que inferno. A única coisa que me interessava na história daquela senhora era saber como o filho tinha se matado, mas, por causa do roteiro ou para manter grudados na tela os bobos que não conseguem vencer a curiosidade, a mulher omitia os dados essenciais em cada uma de suas falas. Eu bem que jogaria um chinelo na apresentadora e outro na tal Carmina. Bem, talvez não na Carmina, apesar de achar que era isso que ela queria. As pálpebras salientes, as rugas nos cantos dos olhos, visíveis apesar da maquiagem, e, por fim, o rosto inchado revelavam muitos momentos de choro, noites em claro, solidão. Apesar de tudo, bonita. Murcha, mas bonita. Imaginei por um instante que lhe telefonava no fim do programa e combinávamos de dormir juntos na casa dela ou na minha, sem nos tocar ou, em todo caso, de mãos dadas debaixo da coberta. Enquanto conversávamos amigavelmente sobre assuntos cotidianos, cada um de nós ingeria uma dose de pentobarbital sódico suficiente para derrubar uma manada de cavalos. Ante uma pergunta da apresentadora, Carmina, minha doce e menopáusica Carmina, disse que tinha pressentido a morte do filho. Explicou que foi por causa de certos padrões de comportamento do jovem. Disse que um médico a aconselhou a não o deixar sozinho. Por que essa recordação a deixava tão enfurecida? Imagino que seja por estar convencida de que não tomou todas as precauções necessárias. Falou com uma sofrível eloquência sobre dor, culpa, arrependimento por não ter levado o filho a um psiquiatra. Se tivesse certeza de que Amalia sofreria por mim metade do que essa mulher sofre pela perda do filho, eu me jogaria da janela agora mesmo. Carmina não mencionou nem uma só vez o pai do garoto. Estremeci de prazer, um prazer violento e físico, vendo a maneira como ela mexia os lábios ao contar sua desgraça. Finalmente, em determinado momento da entrevista, revelou que o filho tinha morrido de overdose de lorazepam. Fiquei desapontado. Eu, sinceramente, esperava mais. Desliguei a televisão na mesma hora. Depois, por muito tempo, os lábios de Carmina não saíam da minha cabeça. Estimulado por uma necessidade irreprimível, me meti no banheiro para me masturbar, evocando de olhos fechados os lábios da mãe do suicida.

19

Estou com Amalia num quarto do Altis Grand Hotel, em Lisboa, aonde fomos passar uns dias para aproveitar os feriados de Semana Santa. Antes de irmos, combinamos que cada um pagaria suas despesas. Foi ideia dela. Estamos juntos há pouco tempo, mas já vigora entre nós um acordo tácito segundo o qual ela propõe as coisas e eu não recuso. Ninguém nos impôs isso. Com o tempo, esse acordo sofrerá uma degeneração gradual que vai dar plenos poderes a Amalia, que poderá decidir sobre qualquer assunto em comum sem me consultar, em parte porque não ligo, em parte porque ela tem um caráter que se adapta maravilhosamente bem ao exercício do poder e por receio de que minha inabilidade, minha indecisão e minha ignorância criem problemas ou piorem os que já temos.

Amalia havia proposto e, portanto, escolhido o destino da viagem. Depois, como eu não tomava iniciativa alguma nem apresentava objeções, comprou as passagens e reservou o hotel. Para dizer a verdade, Amalia, a onipotente, Amalia, a sábia, Amalia, a eficiente, havia cuidado de tudo, animada pela enorme expectativa que tinha de viajar comigo para o exterior e também porque estava apaixonada como uma adolescente, hoje penso que não exatamente pelo homem que caminhava ao lado dela, segurava sua mão e dançava com ela, mas pela imagem idealizada que ela projetava nele. Acostumado à companhia de Águeda, uma garota simples, boa e, é preciso dizer, carente de atrativos físicos, eu observava, transido de admiração e talvez um pouco assustado, a capacidade de organização da bela e sensual Amalia, a energia com que ela assumia qualquer empreendimento, a obsessão em fazer as coisas bem. Não me ocorreu nem por um segundo prever como um dia todas aquelas qualidades se voltariam contra mim.

A noite caiu sobre Lisboa. Amalia e eu tínhamos jantado num restaurante em Alfama cujo nome esqueci, mas me lembro bem da decoração e da gentileza do garçom, e estávamos contentes, disse contentes?, eufóricos com o vinho tinto, as carícias e os sussurros afetuosos enquanto a voz suave de uma cantora de fado, bem ao fundo, adulava nossos ouvidos. Chegamos ao hotel depois da meia-noite, e nunca vi uma mulher tirar a roupa tão rapidamente, era como se as peças estivessem queimando seu corpo. Amalia se despiu, me despiu e, movida pela pressa ansiosa que a perturbava, buscou meu membro com as mãos e a boca sem qualquer preâmbulo erótico. Ela nunca foi, nem naquela época, nem muito menos depois, uma pessoa especialmente expansiva em seus hábitos sexuais, pelo menos não comigo ou na minha presença; aliás, era bastante retraída, mas de forma alguma frígida; isso, não. Havia nela uma espécie de freio interno, uma propensão ao pudor que, a meu ver, era mais por cálculo e prudência, uma sequela educacional, talvez, do que por timidez ou vergonha. Naquela noite em Lisboa, porém, não sei se por efeito do vinho e dos fados ou se devido a uma alteração repentina de seus hormônios, alguma comporta deve ter se aberto dentro dela, libertando de repente um caudal de luxúria.

Sinto seu cabelo roçar na parte interna das minhas coxas. Vejo Amalia ali, de joelhos entre minhas pernas, os dois na cama, ocupada em me dar prazer. Vejo sua testa lisa, a curva de suas costas, o brinco de ouro que balança em sua orelha, e sua boca deslizando com uma cadência rítmica e determinada para cima e para baixo em meu membro ereto. De repente me sinto tomado pelo sentimento de dívida. Estou quase desejando que ela termine, para retribuir o favor chupando-a e, assim, depois ela não me acusar de ser egoísta. Faz tempo que não exala mais o perfume que tinha posto no início da tarde. O que agora entra em meu nariz é um cheiro poderoso de excitação e de corpo feminino que me causa uma forte inquietação. Amalia lambe, suga, brinca de enfiar a ponta da língua no sulco da glande. Aquela cosquinha me deixa por um triz de gritar de prazer. Aviso que estou prestes a gozar. Ela me olha séria, transtornada de desejo sexual, o membro preso entre os lábios; simula uma mordida e outra e outra sem tirar os olhos de mim e, pela primeira e única vez na longa história do nosso relacionamento, consente que eu descarregue dentro da sua boca.

Pressionado por ela, no dia seguinte ao nosso regresso fui me encontrar com Águeda para lhe dizer que lamentava muito, mas havia outra mulher na minha vida. Confesso que já fui com a frase covardemente decorada. O encontro não durou mais que um minuto ou um minuto e meio, enquanto isso Amalia esperava dentro do carro parado em fila dupla numa rua próxima. Águeda me desejou muitas felicidades. Insistiu em me dar um livro que tinha comprado para mim. Seu lábio inferior tremia. Eu me despedi abruptamente para não a ver chorar. Deixei o livro num degrau de uma portaria, sem desembrulhar. Imaginei que Amalia não gostaria se eu voltasse para o carro com o presente de outra mulher.

20

Uma noite, voltando de um passeio com Pepa, encontrei o segundo bilhete anônimo na caixa de correio. Devia ter sido colocado havia pouco tempo; pelo menos eu podia jurar que não o vira cerca de meia hora antes, quando saí de casa. Surpreso, abri a portinhola. Dessa vez, o texto, curto e sem erros ortográficos assim como o do mês anterior, tinha sido digitado no computador. Também não o guardei. Não entendi que esse novo bilhete continuava a série iniciada com o anterior. Dizia que eu tratava melhor a minha cachorra que a minha esposa, algo assim, o que, do ponto de vista lógico, não significava que eu tratasse mal minha esposa, apenas não a tratava tão bem quanto o meu animal de estimação. Não consigo me lembrar das palavras exatas. Imaginei que tinham relação com minhas brigas conjugais, cada vez mais frequentes. A última frase do bilhete me chamava de má pessoa. Assim que acabei de ler olhei em volta, desconfiado de que alguém, talvez um vizinho, estivesse me espionando em um dos cantos da entrada do edifício.

Subi me perguntando se sou uma pessoa má. Sinceramente, não me via como tal, mas não tenho dúvida de que todas as pessoas ruins diriam o mesmo. Confesso que me sentia incapaz de satisfazer minha esposa. Talvez como marido eu fosse uma nulidade, mas de forma alguma poderia ser acusado de ser um homem propenso a fazer o mal. Como pai, é provável que também fosse uma nulidade. E como professor. E como filho dos meus pais. E como irmão do meu irmão.

Talvez a única coisa em que me saia bem na vida seja estar com Pepa. Pelo menos ela não parece ter queixas, mas quem sabe o que diria se pudesse falar.

21

Quase adormeci deitado em um banco no Parque do Retiro. O calor, o céu esplêndido, a solidão do lugar. De olhos fechados, tentei imaginar como seria me pendurar no galho de um castanheiro-da-índia, fácil de escalar, que nesse momento me dava sombra. Segundo Patamanca, que se orgulha de saber tudo sobre o assunto, alguns homens ejaculam durante o enforcamento. Confesso que me sinto muito atraído pela ideia de morte e prazer simultâneos. Enforcar-se é barato, rápido e fácil. Só falta ser prazeroso. O sujeito pendurado, com a língua de fora, às vezes azul, em geral não é fotogênico. Se é para ser assim, carnificina maior seria pular do viaduto na rua Segóvia.

Pensando nisso, decidi fazer uma lista mental das pessoas que vão chorar por mim no ano que vem.

Comecemos por mamãe. Mamãe não vai tomar conhecimento de nada. Quando a visito no asilo, ela não sabe quem sou. Antes me confundia com um dos cuidadores; agora, nem isso.

Amalia, sem lágrimas, vai encontrar um jeito de entrar furtivamente no meu apartamento com intenção de bisbilhotar as gavetas. Ela não tem chave, mas, conhecendo-a como conheço, duvido que uma dificuldade tão pequena a impeça de entrar. Lá dentro vai tentar se informar da minha situação financeira e analisar a possibilidade de tirar algum proveito.

Nikita, quase consigo vê-lo. Eu não ficaria nada surpreso se levasse toda a turma. Também não tem chave, mas para esses rapazes robustos e experientes com ocupações não há porta que resista. Já os imagino vendendo meus pertences para conseguirem uns trocados que paguem alguma diversão. Não creio que Nikita se interesse muito pelos documentos a princípio, mas, sim, pelos móveis, pelo computador, pelo celular e pelas coisas que podem ser facilmente convertidas em dinheiro vivo.

Raúl, se tiver tempo, vai dar uma passada no velório para sussurrar alguma acusação no ouvido do cadáver e suplicar a Deus que me reserve um lugar no inferno.

Patamanca, se não se suicidar junto comigo, como insinuou, provavelmente vai se embriagar em homenagem a mim e proclamar no bar do Alfonso, com a cabeça nublada pelo álcool, que eu era um cara bom e que vai sentir a minha falta. Dois dias depois terá se esquecido de mim.

Algum colega do colégio perguntará na sala dos professores durante o recreio: "Alguém sabe se tinha problemas psicológicos?"

A única que talvez fique profundamente triste é Pepa, pelo menos é nisso que eu gostaria de acreditar. Cansada de me esperar, talvez comece a abanar o rabo, grata e feliz, para o primeiro que lhe fizer um cafuné.

Em resumo, ninguém vai chorar por mim.

22

Amalia foi a primeira a notar que as faculdades mentais de mamãe tinham começado a se deteriorar. Sugeriu várias vezes que era conveniente ir pensando na possibilidade de mandá-la para um asilo e deixar resolvidas o mais rápido possível as questões relacionadas ao testamento e ao acesso aos bens dela, sem descartar um pedido de incapacitação judicial. Naqueles dias propícios a tempestades conjugais, todas as vezes que Amalia tocava no assunto, eu reagia mal, certo de que queria me provocar para que eu levantasse a voz e lhe dissesse algo desagradável; enfim, para que a ofendesse.

Eu percebia a estratégia e tentava com todas as minhas forças não cair na maldita armadilha; usava o truque de respirar fundo ou contar mentalmente até cinco ou dez. Dizia para mim mesmo: *Resista, não responda*, mas não adiantava. Mais cedo ou mais tarde, saíam palavras da minha boca que depois eu me arrependia de ter dito. Amalia, vitoriosa, tinha o prazer de sentir-se agredida como uma pobre e inocente mulher e dar seu showzinho de lágrimas, que funcionava às mil maravilhas. É inacreditável a facilidade que tinha de me fazer perder a compostura. Bastava alguma menção negativa à minha mãe, com quem ela nunca teve um relacionamento afetuoso.

Era doloroso admitir, mas, em relação ao incipiente distúrbio de mamãe, Amalia estava certa. Fiquei totalmente convencido no dia em que, durante uma comemoração familiar, mamãe me beijou na boca com brusquidão, enquanto, sem o menor pudor e aparentemente sem se incomodar por não estarmos sozinhos, meteu a mão na minha braguilha. Eu me afastei dela arrasado de tristeza. Não disse nada. Fiquei me perguntando que cena do passado sua fantasia estaria revivendo naquele momento. Não tenho dúvida de que havia me confundido com outro homem, talvez com papai na época em que estavam namorando ou com aquele dentista aposentado que conheceu depois que ficou viúva. Entre as expressões atônitas de Raúl e minha cunhada, encontrei o olhar de Nikita no fundo da sala. Tive a impressão de ver um sorriso maldoso em seu rosto, como se a mãe ausente, de quem eu tinha acabado de me divorciar, lhe emprestasse a expressão. No entanto, nem mesmo depois daquela tarde pensei seriamente em internar minha mãe num asilo. Raúl e eu optamos por contratar uma cuidadora para ela, três vezes por semana.

Eu sabia que mamãe, enquanto tivesse um pingo de lucidez, iria se agarrar ao seu apartamento da vida inteira como uma ostra se agarra ao rochedo. Na realidade, ela já tinha nos doado o apartamento sem saber o que estava assinando, e Raúl e eu, para manter a manobra em segredo, reduzimos muito discretamente à metade o imposto de transmissão. Um dia mamãe nos disse em sua casa: "Daqui só saio à força." E também que ia se matar se a confinássemos no que chamava, com uma expressão desdenhosa, de "chiqueiro de velhos". Queria continuar vivendo do seu jeito, sem que ninguém lhe impusesse a hora de comer, dormir, se lavar ou qualquer outra coisa. "Tenho que morrer? Pois morro, mas tranquilamente na minha casa."

Mamãe nunca aceitou a velhice. O que, a princípio, não me parece repreensível; talvez seja um sinal de energia vital. Cada qual com as suas quimeras. De início, ela negava a imagem que o espelho lhe mostrava. A cuidadora, uma colombiana simpática e eficiente, a animava com doses oportunas de elogios. A cabeleireira cobria seus fios grisalhos com tinta. A maquiagem disfarçava as rugas e manchas na pele. E quando esses e outros recursos deixaram de fazer efeito, a deterioração do cérebro impediu-a de perceber os danos da idade.

Apesar dos sinais esporádicos (distrações, esquecimentos e uma ou outra incoerência na conversa), na época do fim do meu casamento ela ainda mantinha um comportamento razoável. Anos depois, quando ficou claro que não podia mais cuidar de si mesma, foi Raúl quem rejeitou a ideia de interná-la. Ele me acusou de querer me livrar dela como se fosse um "móvel inútil". Faltou pouco para que eu desse um soco naquela sua cara carnuda e rubra de estúpido. "Muito bem", respondi, "você vai cuidar dela? Vai passar na casa dela todo dia para trocar a fralda?". Só deu o braço a torcer quando examinou o diagnóstico do neurologista entre seus dedos atarracados. Ele sabia muito bem que uma cuidadora não faria mais sentido se não vigiasse mamãe vinte e quatro horas por dia, de segunda a domingo.

Foi nesse momento que comecei a suspeitar de que sua oposição à ideia de mandar mamãe para um asilo não passava de uma forma de adiar a obrigação de pagar a mensalidade. Aparentemente, ele e María Elena tinham se informado a respeito. E, sim, a coisa era bastante cara. Ele e minha cunhada estudaram várias possibilidades, entre elas, uma renda vitalícia, uma hipoteca reversa e não sei o que mais, mas para tudo havia o obstáculo de que mamãe não era mais capaz de entender ou assinar contratos. Meu irmão e eu descartamos, por ser mais complicada, a ideia de monetizar a casa de mamãe com um aluguel. Fizemos as contas. O que ganharíamos com a venda do apartamento, junto com o que mamãe tinha economizado ao longo da vida, que não era pouco, seria suficiente para pagar entre doze e quinze anos de estadia num asilo de certa qualidade. O negócio seria claramente desastroso para nós se mamãe passasse muito dos noventa anos. Se vivesse três, quatro, no máximo cinco anos, Raúl e eu ainda beliscaríamos um bom pedaço da herança.

Decidimos vender a casa dos nossos pais, casa da nossa infância e adolescência, tão cheia de lembranças, de bons e maus momentos, e levar mamãe para passar os últimos anos de sua vida num asilo limpo e bem equipado, onde pudesse ser cuidada de maneira adequada. Com a ajuda inestimável de Patamanca, que nem quis nos cobrar a comissão, Raúl e eu conseguimos uma venda rápida e lucrativa do apartamento.

23

Esta noite sonhei com mamãe, e acho que foi por causa de todas aquelas recordações que escrevi antes de ir para a cama. Não foi um sonho agradável.

Insisto que gostaria de ter coragem para não me conformar com a humilhação de envelhecer e, cheio de integridade e de uma determinação fria, levantar-me e dizer: "Vim até aqui e agora chega." Como é triste a velhice. E como é horrível perceber que na última curva do caminho a gente carrega a fragilidade, as enfermidades e os cheiros dos idosos. Esta manhã acordei com o ânimo no chão. Não sou de chorar, mas hoje faltou pouco. Decidido a reanimar meu estado de espírito com uma descarga de endorfina, rumei para a chocolataria San Ginés, em Prosperidad, com a intenção de pedir uma xícara de chocolate e meia dúzia de churros para o desjejum, passar a vista no jornal (parece que o governo vai decretar a exumação dos restos mortais de Franco no Vale dos Caídos) e fazer o Sudoku.

O café da manhã teve um efeito reconfortante, mas não me livrou dos pensamentos sombrios, agora mais toleráveis, não se pode negar, com o estômago satisfeito. O fato é que durante anos tive a convicção de que fora uma brutal desgraça papai ter morrido tão cedo, aos cinquenta anos, idade em que muita gente ainda tem uma considerável expectativa de futuro. Agora que meus dias estão contados por decisão própria, mudei de ideia. Para o tipo de vida que pessoas como papai ou eu levamos, cinquenta anos parecem suficientes. É muito pouco provável que a vida nos dê a partir dos cinquenta algo que não tenha dado até então.

É diferente, imagino, se você faz parte de alguma missão importante para seus concidadãos, se uma pesquisa que ajude a salvar vidas depende de você, se é um artista de primeira linha ainda em atividade ou tem o consolo, a alegria — ou como queiram chamar — dos filhos e netos. Mas é isto: para nós que não contribuímos com nada de valioso ou útil para a humanidade, cinquenta anos gastando o oxigênio do planeta deveriam ser suficientes.

Para acabar como mamãe, é melhor ter um ataque cardíaco fulminante ou um derrame fatal.

Pouco depois de ir para o asilo, um dia lhe perguntei de supetão, quando estávamos sozinhos, se ela não achava que deveria ter chamado logo uma ambulância. Sei que foi uma esparrela, mas não consegui imaginar outra forma de aproveitar uma das últimas oportunidades, se não a última, de acessar sua consciência racional, a pequena parte ainda intacta, e lhe arrancar a verdade do que aconteceu em nossa casa naquela noite.

Sua névoa mental frustrou meu plano. O problema é que mamãe não se lembrava de que papai havia morrido. O que tinha acontecido com ele? Um acidente? Parei para examinar o fundo dos seus olhos. Não vi o menor traço de fingimento. Minha impressão é que, embora mamãe continuasse existindo com suas feições, seu corpo pequeno, suas costas alquebradas e aquele olhar fixo sem culpa, nós a tínhamos perdido para sempre. Aquela velha não era a minha mãe; na melhor das hipóteses, era o invólucro de uma antiga mãe, a crisálida seca e oca de uma borboleta humana que saiu voando havia algum tempo e estava muito perto de completar seu ciclo vital.

24

Eu considerava meu pai um homem hermético, com uma vida reservada, inacessível para o restante da família. Agora acho que essa impressão era apenas uma falha ou uma limitação da minha perspectiva. Eu tampouco expus muito da minha privacidade a Nikita, principalmente para protegê-lo, para não encher seus ouvidos com as pequenas misérias que todo mundo tem, porque o garoto não é lá muito brilhante e, acima de tudo e sobretudo, para que depois ele não fosse contar o que disse à mãe.

Eu admirava papai desde muito pequeno. No entanto, o caso é que se me perguntassem o motivo de tal admiração eu não saberia a resposta. Diria bobagens: que ele era alto e bonito, que tinha uma voz poderosa, que dava um pouco de medo. Eu o admirava, mas bem de longe. Digamos que o admirava a mais de cinco ou seis metros de distância, ou então quando, debruçado na janela, o via saindo e andando pela nossa rua com a pasta de professor universitário e o paletó com cotoveleiras. De perto, minha vontade de um dia ser como ele desaparecia. Seu cheiro, o cheiro do seu corpo, mas também das suas roupas e dos seus objetos, um odor não particularmente agressivo nem mesmo desagradável que se impregnava em casa mesmo na sua ausência, me causava uma repulsão velada. Era um cheiro de papel quente e velho, de quarto fechado. Não gostava tampouco do seu bigode amarelo de fumante inveterado.

Minha relação com papai melhorou depois da sua morte. Gosto de evocá-lo de vez em quando em meus sonhos e lembranças, e tenho a sensação de que ele também tem prazer em me visitar. Ali, na minha mente, nós dois nos encontramos como adultos, com estatura e idade semelhantes, e entre nós tudo são risadas, abraços, piadas e cumplicidade, e passamos um bom tempo falando cobras e lagartos das nossas respectivas mulheres e criticando sem piedade Raulito, aquele garoto gordo que aos cinquenta e dois anos continua firmemente decidido a considerar mamãe sua propriedade privada.

Certa noite, tive um encontro desagradável com papai num bar de Malasaña frequentado por estudantes. Eu estava com minha turma de sempre. Era por volta da meia-noite, talvez um pouco mais tarde. A música, no volume máximo, quase não deixava as pessoas conversarem. Eu estava aos amassos com uma colega de faculdade nos fundos do lugar. Tínhamos tomado umas anfetaminas que ela trouxera na bolsa e ficamos nos bolinando com toda a tranquilidade. No meio da troca de micróbios bucais, alguém cravou um dedo nas minhas costas para chamar minha atenção. Um colega do grupo falou no meu ouvido que havia um homem perto do bar que não se aguentava em pé e parecia o meu pai. Assim que olhei para trás, avistei o bigode amarelo. Sozinho e bêbado, papai estava brigando com o garçom. Eu podia ter ficado na penumbra daquele canto com minha garota sem que ele me visse. Ela percebeu a situação. "É seu pai, não é?", disse. "Por que não vai lá ajudar?"

Quando sentiu que alguém o pegava pelo braço, virou-se enraivecido, talvez pensando que estava sendo atacado, mas quando me reconheceu se acalmou. Ele me perguntou, sem lógica, o que eu estava fazendo ali, num bar lotado de gente da minha idade onde o único que destoava era ele. Fiz um sinal aos garçons pedindo calma e dei a entender que me encarregaria de levar aquele senhor para a rua. Quando fui parar um táxi, fiquei na frente do meu pai fazendo uma barreira para que o motorista não o visse e não percebesse seu estado, especialmente a umidade sinistra que se espalhava na frente da calça dele. Papai passou a viagem inteira falando incongruências e atacando o governo socialista e a oposição, o rei Juan Carlos, o presidente Reagan e qualquer outro que estivesse ao alcance do seu monólogo desconexo. Na entrada do nosso prédio, sugeriu que déssemos uma volta no quarteirão. Respondi que não ia entrar em nenhum bar, se era essa a sua intenção. Ele, com despeito, perguntou quem diabos tinha falado de entrar em um bar. Precisava, disse, tomar um ar para diminuir um pouco o seu mal-estar, que não hesitou em atribuir a alguma substância que alguém deve ter jogado sorrateiramente no seu copo. Queria me fazer acreditar que não estava bêbado.

A noite fria, as calçadas vazias, andamos sem rumo pelas ruas do bairro. Papai ia falando; eu, ao seu lado, não abria a boca. Ele lamentava sua fracassada carreira de escritor; eu não conseguia tirar da cabeça a oportunidade perdida de transar com uma garota linda. À luz de uma vitrine, olhei disfarçadamente o relógio. Ainda não havia perdido a esperança de voltar para Malasaña assim que me livrasse da companhia de papai. Por iniciativa dele, fomos nos sentar em um banco público; objetei que devia estar molhado, mas ele me ignorou.

De repente se voltou contra mim. Meu silêncio lhe parecia um sinal de desamor; mas, cuidado, se ele quisesse poderia me partir ao meio como um pão. "Você está me ameaçando?" Não respondeu. Continuou com suas queixas. Minha atitude o magoava mais do que eu poderia imaginar, e nisso certamente tinha razão, já que eu, nesse terreno, não imaginava nada. De mim, disse, esperaria um gesto de cordialidade e apoio a tudo que ele era e representava, ao contrário de mamãe ou de Raulito, que chamou de "militantes do egoísmo". Que nunca, ao longo dos meus vinte anos de existência, me ouviu dizer a palavra *obrigado*. Ela não fazia parte do meu vocabulário ou o quê? Nesse aspecto eu não me distinguia, na sua opinião, do restante da família, que ele considerava a principal responsável por seus fracassos. As obrigações familiares o tinham impedido de realizar estudos acadêmicos de envergadura, de fazer pesquisas em universidades estrangeiras, de escrever obras literárias ou se dedicar intensamente à sua paixão da juventude: o atletismo. Segundo ele, tinha talento de sobra e estava bem preparado, mas, em vez de fazer o que mais lhe agradava, teve que se dedicar à família, encher nossas panças e nos proporcionar o padrão de vida de que desfrutávamos. E tudo isso para que, depois, ninguém lhe agradecesse por coisa alguma.

Eu me virei para olhá-lo. Sob a luz esmaecida de um poste, estava frágil e amargurado, e fiquei profundamente feliz por não estar na sua pele. "O que está olhando?", perguntou, contestador. Seu hálito fedia a bebida alcoólica. Em seus olhos havia um brilho impróprio de pessoa lúcida. Não me lembro de ter desafiado meu pai antes desse dia; nunca mais voltei a fazê-lo (nem tive tempo, porque ele morreu alguns meses depois). Naquele momento, porém, não pude me conter. "Pai", respondi com estas palavras ou outras parecidas, "eu estava no bar com uma garota, com certeza ia transar com ela, e mesmo assim a deixei para salvar você da surra que ia levar dos garçons". Ele se virou, pensei que tomado de fúria, mas não. "Isso, isso é o que me acontece há tantos anos, nunca pude me dedicar ao que mais queria por causa de vocês. Quem sabe agora você finalmente me entende."

No dia seguinte à tarde, lhe pedi o dinheiro do táxi com o maior tato possível. Ele não gostou. Disse que eu era a maior decepção de sua vida. E me cobriu de ofensas. Que eu era egoísta, mesquinho, que não percebia que ele pagava meus estudos e minhas farras e, não fosse por sua generosidade, eu não teria onde cair morto. Nisso, cheio de raiva, tirou do bolso uma nota de mil pesetas, fez uma bolinha com ela e jogou-a a meus pés.

25

Vi de longe a garota do bar Malasaña dois dias depois, na faculdade. Quando fui andando pelo corredor em sua direção, já abrindo o melhor dos meus sorrisos, o que ela fez? Baixou os olhos e se virou para não cruzar comigo. Será possível? Pensou que eu pretendia abordá-la para retomar naquele momento o que tínhamos interrompido? Eu só queria lhe dar uma explicação em tom amistoso, principalmente porque estava com a desagradável sensação de que a largara sozinha, muito embora tenha sido ela quem me empurrou para ajudar papai. Que me importa se tinha namorado, como me contaram depois? Ou será que estava com medo de que eu a entregasse? Sempre reivindiquei meu direito de ser um homem cabal. Você tem vinte anos, é noite, tem música tocando, você bebe além da conta, usa psicotrópicos para se animar e entra em acordo com outro corpo para consumarem um momento de prazer. Onde está o mistério? Onde está a culpa ou o crime? A coisa não tinha ido além de umas lambidas trocadas e uma esfregação ardente das respectivas genitálias, com o acréscimo, presumo que prazeroso para ela, de cornear o namorado e assim vingar-se de alguma humilhação que o sujeito a tenha feito passar. Ou pensou que nada de bom se poderia esperar do filho de um bêbado encrenqueiro? Esta última opção me parece a mais plausível agora. Ela era de esquerda na época, ou assim se proclamava, e ia, como todos nós, a manifestações, o que proporcionava uma espécie de salvo-conduto na faculdade, tal qual o pessoal nos séculos passados aproveitava qualquer pretexto para afirmar publicamente sua fidelidade à fé, a fim de evitar problemas com o Santo Ofício. Todos os alunos éramos de esquerda, menos dois ou três filhinhos de papai engomadinhos que detestávamos como se fossem uns insetos imundos. Ser de direita, na nossa idade, era uma verdadeira desgraça; sei lá, era como ter uma deformidade ou um rosto cheio de espinhas.

Depois, quando me formei, perdi de vista a garota que me evitava na faculdade, mudei de amigos, arranjei um emprego, procriei e estraguei minha vida como papai estragou a dele. Passaram os anos, uma goteira incessante de tempo desperdiçado, e um dia reconheço aquela antiga colega durante uma sessão de controle parlamentar do governo transmitida pela televisão. Lá estava ela, o cabelo pintado de louro, em sua cadeira na Câmara dos Deputados, com um penteado de salão de beleza e pose de madame, na bancada conservadora. Toda vez que as câmeras do noticiário mostravam sua área do hemiciclo, eu a procurava com os olhos e lá estava ela, dando apoio aos seus. Uma vez, durante um dos muitos debates televisionados, a vi levantar a mão para fazer uma pergunta. Mão cheia de anéis despontando pela manga de uma jaqueta. Mão que talvez um dia, quem sabe, assuma as rédeas de um ministério ou de uma secretaria de Estado e assine documentos importantes. A mesma mão, excelências, que uma noite, mais de três décadas atrás, no canto escuro de um bar em Malasaña, segurou meu pau.

26

Nas histórias que vejo, leio ou me contam pessoalmente, sempre detestei os finais abertos. Não consigo deixar de revirar os olhos quando me dizem que cabe aos leitores ou espectadores inventar, intuir ou completar o fim que o romance ou o filme lhes nega. É como se, após o almoço num restaurante, a pessoa fosse privada da sobremesa sob pretexto de que é mais gostoso escolher e saborear mentalmente. Que coisa! Eu pago para que me contem uma história, por isso exijo a história inteira. Foi com essa mesma motivação que perguntei a Patamanca, algum tempo depois de ele ter deixado o hospital com um pé a menos, se continuava visitando a romena de Coslada. Como a prótese permitia que ele se deslocasse e não era empecilho para manter relações sexuais, a pergunta me parecia plausível. Pata com frequência aludia ao pé postiço em tom de zombaria. Esse desembaraço reduzia o dramatismo da mutilação e me animava a perguntar sem tanta cerimônia sobre as consequências físicas ou psicológicas que o atentado lhe causara. Chamava minha atenção que ele não mencionasse a romena de Coslada. Gostava de falar da explosão no trem, dos cadáveres espalhados, do cheiro de carne queimada, do resgate dos feridos, dos dias difíceis no hospital e de uma infinidade de questões relacionadas à sua vida de convalescente. Quanto à bela romena, não dizia uma palavra, e por isso, ansioso para completar a história, uma tarde lhe perguntei sobre a mulher. No rosto do meu amigo se desenhou uma expressão de contrariedade, e, desviando o olhar, ele ficou em silêncio por alguns instantes, absorto em não sei que pensamentos. Patamanca achava que a romena não teria como localizá-lo, por mais que tentasse, já que nunca tinha lhe revelado seu endereço ou sua verdadeira identidade. Ela sabia que o homem que a ajudava financeiramente em troca de sexo, de muito sexo, tinha embarcado num dos trens dos atentados. Tanto tempo sem notícias deve tê-la convencido de que ele estava entre as vítimas fatais. Após alguns meses, Pata decidiu voltar a visitar a romena. Limpo e perfumado, certa tarde pegou um táxi para a estação de Atocha. Assim que saiu do carro, a poucos metros da entrada, a proximidade do local onde perdera o pé e muitos outros perderam a vida lhe provocou uma aflição angustiante, que assumiu a forma de crise de ansiedade dentro da estação. Seu coração batia tão forte que ele teve que se apoiar na parede; o suor lhe escorria pelas costas; tinha dificuldade para respirar. Um estranho lhe ofereceu ajuda. Pata voltou para a rua de braço dado com o homem. Semanas se passaram. Não era improvável que a mulher tivesse encontrado outro homem para sustentá-la, a ela e aos filhos, em troca de sexo, muito sexo. E Patamanca, por sua vez, como me confessou, ficava constrangido de mostrar a prótese à linda romena. Esse pensamento o dissuadiu para sempre de bater de novo à sua porta. Penso que poderia ter ido para Coslada em seu carro. Por que não foi? Talvez o carro estivesse enguiçado. Talvez não estivesse seguro o suficiente para dirigir além do curto trajeto entre sua casa e o escritório, ou não quisesse que alguém em Coslada o identificasse pela placa do carro (acho que o chefe dele mora por lá). Nunca tive coragem de lhe perguntar, o que me dá um pouco de raiva, porque, afinal, a história fica incompleta.

27

Patamanca voltou das férias ontem à noite. Esta manhã, numa hora em que se tivesse um pingo de juízo imaginaria que eu ainda não havia acordado, me telefonou. Senti preocupação em sua voz. Decidimos ir tomar café da manhã numa lanchonete. Ele me pediu que passasse antes em seu apartamento. Mistério.

Encontro meu amigo com a pele bronzeada e uma aparência saudável, mas com uma expressão que não condiz com a alegria das fotos que vinha me mandando pelo celular. Quando pergunto que bicho lhe mordeu, ele responde abaixando as calças. Na parte interna da coxa direita, a da perna em que falta o pé, vejo um curativo um tanto desleixado, que não podia ser atribuído a mãos profissionais. Ele o retira cuidadosamente sob a luz de uma lâmpada. A claridade ilumina um buraco na carne, circundado por uma borda avermelhada. Parece ferimento de tiro. Não consigo ver se está supurando, porque a ferida, o buraco, ou seja lá o que for, está cheio de pomada iodada. Pergunta o que eu acho. Bem, que devia consultar um médico. O mesmo conselho, responde, que lhe deram na farmácia do povoado onde passou as férias.

Está considerando várias hipóteses que deseja submeter à minha opinião. Antes disso, digo, gostaria de saber quando e como apareceu essa coisa que nem ele, nem eu sabemos nomear. Pois então, ele estava no povoado havia sete dias. Certa manhã, pouco antes de se levantar, sentiu uma comichão na coxa e, vendo uma pequena mancha avermelhada, pensou que poderia ter sido uma mordida de mosquito. Pôs vinagre com a esperança de aliviar a coceira, mas não teve resultado. Um dia depois, uma cratera minúscula, coberta de pus, começou a se formar no meio da mancha e foi crescendo até atingir as dimensões atuais. Perguntei se doía. Ele me disse que no começo ardia bastante, depois menos, e agora não sente mais nada. Não descarta a hipótese de ter sido mordido por algum inseto, não necessariamente um mosquito, talvez uma aranha ou algum parasita parecido com um percevejo, e mais tarde, quem sabe por ter coçado enquanto dormia, a picada tenha infeccionado. Outra possibilidade é que alguma substância tóxica tenha ulcerado sua pele. Ele se lembra de que na véspera de aparecerem os primeiros sintomas tinha comido batata ao aïoli e uma grande quantidade de peixe e lula fritos num pé-sujo perto da praia. Também menciona uma possível doença venérea contraída numa de suas visitas a um bordel da região e, por fim, câncer. Pergunta o que eu faria em seu lugar. Sugiro que vá a um pronto-socorro. Ele responde, com cara de cachorro que apanhou, que está com medo.

Mais tarde, enquanto tomávamos um café, Pepa tranquila embaixo da mesa, ele me perguntou se continuo firme com meu plano. Olhei-o nos olhos antes de responder. Não suporto piadas sobre esse assunto, e Patamanca sabe disso. Como achei que não tinha intenção de me gozar, respondi que sim, certamente, ao contrário dele, que parecia muito apegado à vida.

"Tudo depende de como vai se desenvolver o buraco da coxa. Um diagnóstico negativo, e fim da linha."

28

Fazia tempo que eu não passeava pela margem da represa Valmayor. Surgem lembranças de quando ia lá fazer piqueniques com Amalia e nosso filho, que um dia, aos quatro anos de idade, quase se afogou. Amalia tirou o menino da água quando ele já havia desaparecido sob a superfície. Eu nem percebi nada, o que me rendeu, para dizer com delicadeza, uma das maiores cargas de acusações da minha não muito gloriosa história matrimonial.

Enfim ar puro, cheiro de campo e calor suportável debaixo de um céu com poucas nuvens. Eu quase explodia de felicidade vendo Pepa correr pela areia atrás de uma bola de borracha que eu jogava para ela. Esses animais não sabem dosar os esforços. A cadela ia continuar me trazendo a bola até seu coração parar e ela desabar no chão. Sento-me à sombra de uma árvore para que Pepa possa descansar. Com a língua para fora, a bola entre as patas dianteiras, respira fazendo um som de fole. À nossa volta, um enorme concerto de cigarras.

Como a fome estava começando a apertar além da conta e eu tinha saído de casa sem suprimentos, fui a Valdemorillo, onde há uma praça que me pareceu perfeita para a experiência que tinha planejado, motivo principal da viagem. Mais ou menos no centro dessa praça, conhecida como Praça da Constituição, se ergue um lindo poste de luz de cinco braços. Ao lado há um banco onde deixei, sem ninguém ver, os dois volumes de *História da filosofia* de Johannes Hirschberger. Não estou exagerando ao dizer que essa obra foi fundamental na minha vida. Primeiro, porque quando era estudante me serviu de ponto de partida para empreender minhas incursões às barafundas mentais dos grandes pensadores da humanidade; segundo, porque o sr. Hirschberger, que descanse em paz, com seu extenso estudo me deixou preparadas as aulas do colégio, principalmente durante meus primeiros anos como professor. Quantas vezes eu simplesmente regurgitei na frente dos alunos do ensino médio o que tinha lido na véspera nos volumes de Hirschberger! Com o tempo fui acrescentando, paralelamente aos livros didáticos, o fruto de novas leituras e até das minhas próprias reflexões, mas sempre tendo como base a *História da filosofia* de Hirschberger. Os dois livros, de capa azul e branca, me prestaram um serviço inestimável, e por isso abandoná-los foi uma experiência dolorosa. Ao chegar a Valdemorillo ainda não tinha certeza se ia ter coragem de proceder com a experiência. O caso é que tomei a decisão de me desfazer dos meus pertences aos poucos, inclusive da minha querida e nada minguada biblioteca, e hoje, na praça de Valdemorillo, levei a cabo a primeira ação, não sem um sofrimento na alma, porque abandonar os dois tomos de Hirschberger em via pública foi como arrancar duas costelas sem anestesia.

Em resumo, fui me sentar à sombra de um toldo, com Pepa ao meu lado, na varanda de um bar-restaurante chamado La Espiga, de onde não conseguia ver os livros, mas, sim, o banco onde os tinha deixado. Passava uns minutos das duas da tarde, vi no relógio da prefeitura. Ninguém andava pelo centro da praça naquele momento. Eu estava terminando o almoço quando duas crianças de pouca idade se aproximam do banco sem notar os livros. Pouco depois, uma mulher jovem que foi buscar os pequenos folheia rapidamente um dos volumes antes de deixá-lo onde estava. Pedi um café e uma dose de cachaça, e pensei: *Se ninguém pegar os livros nos próximos vinte minutos, vou considerar a experiência um fracasso e a* História da filosofia *de Johannes*

Hirschberger vai voltar para casa comigo e com Pepa. Mas eis que logo depois surge na praça um velho com andar cauteloso, folheia os livros com atenção e, sem olhar em volta para ver se o possível dono não estava nas proximidades, os coloca no cesto do andador e vai embora tão devagar quanto chegou. Quem seria aquele homem de idade? Lamentei não ter ido perguntar e, de quebra, não ter aproveitado para conversar um pouquinho sobre filosofia.

29

Eu me ofereci para cuidar do garoto enquanto ela tomava sol deitada numa toalha. Meu gesto de boa vontade não foi levado em consideração durante a discussão posterior. Em nenhum momento neguei que havia assumido a responsabilidade de tomar conta do menino, que na época tinha quatro anos. Quando chegamos, uma placa avisava que era proibido nadar na represa. Nem era essa a nossa intenção. Só queríamos passar o domingo na natureza, respirar o ar do campo, comer o que tínhamos preparado em casa de manhã e deixar nosso filho correr para cima e para baixo sem os perigos do trânsito urbano. Queríamos que Nikita aprendesse desde cedo a distinguir os pássaros e se familiarizasse com os nomes exatos dos insetos, das plantas e dos acidentes geográficos, um objetivo difícil de alcançar sem sair da cidade. Amalia e eu tínhamos um desejo em comum de dar ao nosso filho a melhor educação possível e, ao mesmo tempo, compartilhávamos uma cegueira em relação às suas faculdades intelectuais.

    O caso é que estava quente e o menino e eu ficamos nos divertindo como nunca fazendo buracos na beira da represa com uma pá de plástico. Depois de um bom tempo, ele se cansou da brincadeira e eu também. Fomos para a sombra. Nikita ficou cavando a terra em busca de formigas, que em seguida matava com um graveto. Eu decidi corrigir provas, estimulado pela ideia de não ter que me dedicar a uma tarefa tão ingrata à noite em casa, e de vez em quando levantava os olhos para ver onde o garoto estava, de sunga e com um bonezinho vermelho engraçado, e em que atividades empregava sua curiosidade e sua energia. Absorto no trabalho, não percebi que tinha se aproximado da margem. De repente, fui surpreendido pelos gritos de Amalia, que acabara de pular na represa a toda velocidade. Como não percebi de cara o motivo do alarme, a única coisa que me veio à cabeça foi que ela estava transgredindo a proibição de tomar banho. Nesse meio-tempo, vejo que enfia as mãos num trecho em que a água batia nos seus quadris e puxa Nikita todo ensopado. Ele estava de boca aberta, tentando desesperadamente inalar oxigênio; depois, nos braços da sua salvadora, vomitou todo o conteúdo do estômago e passou vários minutos tossindo. Amalia, tensa e zangada, exigiu que voltássemos para casa imediatamente.

No caminho, questionou minha capacidade de ser um bom pai para seu filho. Não para o nosso filho; o seu filho, dela, aquele que ela havia concebido em seu ventre e parido com dor, e que eu quase deixei morrer. Aquilo foi como uma punhalada para mim. Não sou um homem violento. Nunca fui. Papai era, mas eu não sou. Naquele momento, dentro do carro, tive a sensação de entender por que meu pai às vezes se deixava levar pela ira. Confesso que precisei me controlar para não meter a mão na cara de Amalia. Eu me imaginei fazendo isso; nos meus pensamentos, a vi cuspindo dentes e sangue, fui possuído por um súbito terror, o terror de me ver transformado de repente no meu próprio pai, e me agarrei ao volante com toda a força. Ela não deve ter notado que eu estava preso num turbilhão de imagens atrozes, pois continuou disparando em mim uma saraivada de acusações de calibre intolerável.

Amalia, não sei se algum dia você lerá este escrito. Se ler, será porque eu morri. Quero que você saiba que me magoou muito. Se era isso o que queria, parabéns. Admito a sua vitória, mas duvido muito que tenha sido de alguma serventia para você.

30

Patamanca me conta no bar do Alfonso que anteontem decidiu mostrar a coxa ao seu clínico geral. Reconhece que foi procurá-lo com temor. Parece que a ferida havia começado a cheirar mal. Só de ver as olheiras do meu amigo sei que dorme mal há várias noites. Confessa que ultimamente o medo não o deixa pegar no sono, fica virando na cama a noite toda. Cheio de preocupação, às vezes vai ao banheiro no meio da madrugada só para olhar a ferida num espelho grande, o que, longe de lhe dar motivos para ficar otimista, só aumenta sua angústia.

Pata conhece o médico desde que eram colegas de colégio. Como tem intimidade com ele, foi ao consultório sem hora marcada depois de lhe telefonar pouco antes. Pata saiu sem diagnóstico, mas com uma receita de antibióticos na mão. O médico minimizou o caso. "Está infeccionado", disse ele. "Vamos combater isso com medicação e, se não tiver complicações inesperadas, em poucos dias vai formar uma casca."

Pata estava contente esta tarde no bar. Contente é pouco: feliz. Acho que a verdadeira felicidade consiste na consciência de ter superado o infortúnio. Sem uma dose de sofrimento não existe nenhum tipo de felicidade. Ser feliz não é estar inerte sendo feliz. Não há uma felicidade absoluta. Não há felicidade em si. A felicidade é aqui e agora. Estava presente e agora não está mais, portanto é preciso fazê-la surgir novamente se quisermos desfrutá-la. Talvez apresente este tema aos meus alunos na volta às aulas. O ápice da felicidade não é, na minha opinião, o acontecimento venturoso, o instante do orgasmo, o desejo realizado ou o orgulho satisfeito, embora em tudo isso haja um pouco de felicidade. No meu entender, a felicidade é parecida com aquilo que algum romancista que não lembro o nome escreveu: o resultado, com consequências físicas e mentais altamente prazerosas, de colocar uma pedra no sapato, andar um quilômetro suportando a dor e — momento crucial! — tirar os sapatos.

31

Nunca fui dado a revelar minhas intimidades. Estes papéis de todo dia são outra coisa. Aqui posso me expressar à vontade, porque nada do que eu escrevo se destina a ninguém. E, na verdade, não sei o motivo dessa minha antiga relutância em me abrir com os outros. Talvez seja porque desde criança me acostumei a viver na defensiva. Ou porque carrego nos ossos o medo de que riam de mim e me rejeitem.

Só faço exceções esporádicas com Patamanca, creio que forçado pela obrigação de corresponder pelo menos em parte à sua franqueza. Mesmo nos nossos bons tempos, nunca me abri com Amalia além do que é justo e razoável em um casamento, seja para evitar seu julgamento a respeito de tudo que eu lhe dissesse, seja porque em nossas frequentes brigas ela tinha o péssimo hábito de usar contra mim confidências que eu fizera anteriormente, menosprezando minhas intimidades e até zombando delas.

Nada disso acontece com Patamanca. Meu amigo não passa a vida agindo como bedel da disciplina ou como melhorador do próximo. Além disso, em matéria de confidências, Pata é um túmulo. Portanto, me inspira uma confiança que nunca senti em ninguém. Tenho certeza de que o que lhe confesso não vai sair dali. E creio que ele me atribui a mesma discrição, razão pela qual volta e meia me conta seus segredos, alguns de uma imoralidade de fazer qualquer um cair para trás; segredos que às vezes lhe despertam um intenso sentimento de culpa ou criam conflitos difíceis de resolver, e por isso não é raro que peça minha opinião a respeito. Eu não chego a tanto. Mantenho sempre ativos os filtros sobre o que deve ou não sair da minha boca, mas, ainda assim, ninguém sabe tanto sobre minha vida ou meus pensamentos quanto o meu amigo.

Considero muito valiosa a amizade que nos une. Prefiro a amizade ao amor. O amor, embora maravilhoso no início, dá muito trabalho. Depois de algum tempo eu não dou mais conta, acaba ficando cansativo. Da amizade, pelo contrário, nunca me canso. A amizade me transmite calma. Eu mando Patamanca tomar no cu, ele me manda à merda e nossa amizade não sofre o menor arranhão. Não temos que dar nenhuma satisfação um ao outro, nem ficar em contato permanente, nem declarar quanto nos gostamos. O amor exige inúmeros cuidados. No amor eu sempre fui arrastado com a língua de fora, atento para manter a intensidade dos afetos, obcecado por não decepcionar a pessoa amada, com medo de que no fim todo o esforço e a expectativa fossem em vão. E o caso é que sempre foram em vão.

Setembro

1

Certa manhã tive que percorrer diversas salas do Museu do Prado com um grupo de alunos. A pedido do coordenador, dividi com uma colega a tarefa de pastorear um extenso rebanho. Alguém talvez preferisse recusar o pedido do seu superior. Depois de fazer as contas e avaliar as possíveis consequências, porém, parece óbvio que há vantagens em fazer tal sacrifício. Além do mais, não creio que tenha sido exatamente um pedido, a rigor, e sim uma forma cortês de emitir uma ordem inapelável.

Havia menos de três anos que eu trabalhava no colégio, estava prestes a ser pai, sentia a necessidade de ganhar um salário todo mês me apertar o pescoço como uma corda, tinha que obter pontos, ser bem-aceito; em uma palavra: submeter-me. Hoje não tenho mais dúvida de que é assim que caímos na cilada social, matamos nossa juventude e traímos nossos ideais.

É nisso que consiste a maturidade, em resignar-se a fazer — dia após dia, até se aposentar e mesmo depois — coisas que você não tem vontade de fazer. Por conveniência, necessidade, diplomacia, mas acima de tudo por uma covardia que vai se tornando um hábito. Se não tomar cuidado, você acaba até votando naquele partido que tanto detestava.

Detesto excursões com alunos, mas pelo menos esta do museu não me obrigou a sair da cidade. Eu me consolei pensando que podia contemplar obras-primas da pintura, aprender com as explicações do guia que tínhamos contratado e voltar para casa na hora do almoço.

Desde o início da minha atividade docente me dava nos nervos qualquer coisa que não fosse chegar ao colégio, dar minhas aulas e ir embora. Como professor iniciante, participei, num primeiro momento com entusiasmo, de vários intercâmbios com um colégio de Bremen; no quarto ano, parei. As reuniões de pais e professores me sufocam. Corrigir provas e escrever relatórios arrebentam meu fígado. As conversas formais na sala de professores me dão náuseas que eu disfarço a duras penas. Não me considero misantropo — embora mais de um colega ache isso. Simplesmente estou cansado.

Muito cansado. Muitas coisas me cansam, principalmente o contato diário com gente que não me interessa. E quando sou tirado da minha rotina de aula é como se me jogassem um balde de água fria na cara enquanto durmo.

Desconheço a arte de impor silêncio. Não tem a ver comigo. Não importa o que digam as diretrizes educacionais, não vou ao colégio para ensinar adolescentes a se comportarem, mas para dar as aulas para as quais me preparo e pelas quais me pagam. Os pais, se realmente estiverem interessados na formação dos filhos, deviam contratar com toda a urgência uns seguranças munidos de porretes e spray de pimenta, treinados para manter a disciplina em sala de aula, enquanto os professores se concentram em sua função, como se fossem apenas parte do instrumental. Ou alguém espera que o quadro-negro e o projetor mantenham a ordem?

Enfim, além de tomar meu gole diário de amargura, hoje me propus a relembrar por escrito parte da conversa que tive com a minha colega na cafeteria do museu durante os quarenta e cinco minutos que concedemos aos alunos, ao final do passeio guiado, para que observassem os quadros à vontade. Ou para que fossem fumar escondido no banheiro. Problema deles.

Essa colega de quem estou falando, Marta Gutiérrez, que descanse em paz, era oito anos mais velha que eu. Tinha um jeito singular de mexer o café com a colherzinha. Dava voltas e mais voltas bem devagar, pelo menos mais devagar do que a maioria das pessoas costuma fazer, e, enquanto falava, parecia destacar as sílabas tônicas com um pequeno impulso na colherzinha.

Marta Gutiérrez me revelou algumas intimidades na cafeteria do museu. Seu casamento estava em ruínas e provavelmente não tinha ninguém em quem confiasse para contar seus tormentos. Lembro-me com agrado dessa colega já falecida. No começo, quando eu era novato na profissão, ela me acolheu generosamente sob sua tutela e, com seus conselhos e advertências, me livrou de cometer erros e me mostrou o funcionamento do colégio.

Depois de trocar confidências, perguntei a ela por que em determinado momento as esposas param de praticar sexo oral. A pergunta ia na esteira de algumas revelações sexuais que ela havia acabado de me fazer. Não me lembro exatamente da resposta. Mas ela disse mais ou menos que a felação é uma coisa porca, humilhante e passível de transmitir doenças. Concordou comigo quando afirmei que as mulheres muito apaixonadas geralmente não se recusam a essa prática. "Você mesmo disse: as muito apaixonadas." E me revelou que fazia quatro anos que não abria as pernas para o marido. Imediatamente imaginei essas mesmas palavras repetidas por Amalia. Eu tinha esperança de que a falta de disposição sexual da minha esposa naquela época fosse temporária, atribuível aos maus momentos que estava passando na gravidez, e que sua proposta de dormir em quartos separados também não fosse definitiva. Não tive dúvida em aceitar, pensando que Amalia só queria evitar que meu ronco atrapalhasse seu descanso durante a gravidez. Como sou ingênuo às vezes.

2

Sentia muita pena de Amalia. Seu sangue, sua dor e eu ali, paralisado de angústia na sala de parto, tentando de todas as formas não atrapalhar a equipe médica. Apertava sua mão quente e suada, e via seu rosto contraído, ouvia seus gritos, sua respiração ofegante, e dizia para mim mesmo: *Vou amar esta mulher até o fim dos meus dias, aconteça o que acontecer.* Por que não digo isso a ela? A timidez me domina. Na casa dos meus pais não havia o costume de dizer palavras afetuosas. Nunca ouvi papai dizer "Eu te amo" a mamãe. Nem mamãe a ele. Talvez porque não se amassem. Mas... nem a Raulito e a mim? Os dois nos alimentavam, nos vestiam, nos davam presentes no nosso aniversário e no Dia de Reis, e devíamos deduzir a partir de tudo isso que nos amavam. Lamento profundamente não ter desenvolvido a capacidade de encarar as pessoas e expressar com palavras precisas o que sinto por elas. Gostaria de ter dito a Amalia, durante o seu difícil parto, que estava quase chorando de tanto que a amava. Talvez isso tivesse melhorado algumas coisas. Mas não consegui. Também tive vergonha de ser carinhoso na frente das pessoas que cuidavam da parturiente.

Na hora de lhe darem a anestesia peridural, pediram que eu me afastasse. Não muito cordialmente, aliás. "Saia daí." Amalia entendeu errado. "Toni, por favor, não vá embora." Havia um tremor de medo em sua voz. Alguém interveio antes que eu pudesse dizer alguma coisa: "Não se preocupe, senhora, seu marido não vai sair." Vi que traçavam umas linhas na parte inferior da coluna de Amalia. Aquela nudez, que antes despertava meu desejo carnal, agora me gerava compaixão. Em parte também me fazia sentir culpado. Numa das nossas tantas noites, eu tinha desfrutado meu orgasmo, enquanto ela engravidou e, agora, sofria.

Quando iam inserir o cateter, olhei horrorizado para o teto. Não sabia bem o que estavam fazendo com ela. Sim, tínhamos lido juntos sobre o assunto durante a gravidez, mas, confesso, aquilo não me entusiasmava muito e por isso não fui assíduo, não prestei atenção suficiente e, dessa forma, não entendia por que lhe estavam enfiando uma agulha nas costas.

Então houve uma situação de emergência. O menino, preso no canal, estava começando a ficar sem oxigênio. As mãos cuidadosas da parteira desobstruíram a cavidade materna com uma espátula. De repente, vi surgir uma cabecinha com cabelo preto. Meu filho. Escorregou de novo para dentro e desapareceu da minha vista. Por fim, saiu, molhado, arroxeado. Minha mão estava tremendo tanto que me recusei a cortar o cordão umbilical. Uma enfermeira o pôs no peito da mãe. Depois me deixaram segurá-lo um pouco, enrolado numa toalha branca, enquanto costuravam o corte que haviam feito no períneo de Amalia. O bebê chorava dando uns gemidos lancinantes que naquele momento me pareceram maravilhosos, pois eram o sinal de que estava vivo e tinha vigor. Mais tarde, em casa, esses mesmos gemidos se tornaram uma tortura que aniquilava o nosso descanso noturno e nos deixava desesperados e discutindo frequentemente. E foi assim, dia após dia, durante meses.

3

O terceiro bilhete anônimo foi escrito a mão, em maiúsculas. Dizia: "ESTÁ ESPERANDO O QUE PARA CONTROLAR SEU FILHO? NÃO PODERIA AMARRÁ-LO NUM POSTE PELO RESTO DA VIDA? TEM MUITA GENTE REZANDO PARA UM CAMINHÃO ESMAGÁ-LO."
    Como nas vezes anteriores, meu primeiro impulso foi jogar fora aquele quadrado de papel, mas dessa vez pensei melhor e acabei mudando de ideia. Alguém muito mal-intencionado pretendia nos submeter a um ataque constante. Desde que não passassem mensagens deixadas na caixa de correio...
    Seja como for, nunca se sabe onde podem parar essas ações que muitas vezes começam triviais e, com o tempo, podem se tornar um problema sério para as vítimas. Uma norma do nosso colégio diz que os professores devem permanecer atentos e levar a sério qualquer indício de *bullying* entre os alunos, por mais insignificante que possa parecer à primeira vista. Decidi tomar o mesmo cuidado na minha vida particular. Talvez aquele terceiro bilhete e outros que viessem depois (e que, de fato, vieram) pudessem servir algum dia como prova do crime em caso de julgamento. Essa ideia me levou a guardar o bilhete. Mostrei-o a Amalia, que nem precisou apontar para a lata de lixo. "Tem valentão em todo lugar", disse ela.

4

O garoto já tem mais de dois anos e não consegue articular uma frase completa. Sim, pronuncia palavras soltas, muitas vezes tão distorcidas que não dá para entender o que está tentando nos dizer. Será que algum dia se dará ao trabalho de conjugar um verbo? Amalia e eu tínhamos começado a ficar nervosos. Decidimos de comum acordo mostrar ao nosso filho que não entendíamos o que ele dizia para obrigá-lo a se esforçar mais. A pediatra minimizava o assunto. Cada criança, dizia ela, tem um ritmo próprio de crescimento. O problema é que o nosso filho parecia não ter ritmo algum. A cada consulta saíamos nos sentindo menos consolados, mas como poderíamos discordar de um jaleco branco?

Uma tarde encontramos Raúl e María Elena na casa de mamãe, e eles tiveram a brilhante ideia de nos dizer com cara de orgulho que a filha mais velha deles (a outra tinha acabado de fazer um ano), da mesma idade de Nikita, já rezava o *Jesusito de mi vida*, falava pelos cotovelos e sabia de cor várias canções. Perguntei se também dava palestras. A conversa acabou aí. Depois, no caminho de volta para casa, Amalia me censurou por ser sempre tão bruto com meu irmão, o que não a impediu de logo depois cair de pau nele e na nossa cunhada, enquanto Nikita emitia, no assento traseiro do carro, uns sons que, francamente, estavam começando a me dar asco.

Às vezes, no meu desespero, longe de Amalia, eu olhava para o garoto e dizia: "Vamos lá, Hegel, repete: papiroflexia", ou qualquer outro vocábulo difícil de pronunciar. Ele me fitava com um olhar de inocente apatia. E, fazendo de conta que tinha passado no teste mesmo sem abrir a boca, eu o elogiava: "Muito bem." E depois: "Vamos elevar o nível. Agora repete: com a existência surge a particularidade."

Mas digamos que, tirando os momentos em que ele esgotava minha paciência, eu sentia ternura pelo tapadinho. Levo a sério a paternidade, principalmente nos primeiros anos: agacho para ficar da altura do menino, me sento ao seu lado para contar histórias e fazê-lo rir, brincamos juntos no tapete e, embora eu seja o oposto de um ás da loquacidade, seguindo o conselho — para não dizer a ordem — de Amalia, não paro de falar com ele. Em momento algum faço um arremedo de voz de criança, como os outros pais. Amalia me proibiu. Ela odeia que os adultos se "idiotizem" quando falam com bebês. Faço perguntas a Nikita, nomeio os objetos, canto para ele, recito poemas curtos e trava-línguas com uma voz calma, sempre na esperança de que o menino absorva a linguagem. Nada.

Minha convicção de que nosso filho nasceu com atraso intelectual se reforça, e acho improvável que Amalia não pense da mesma forma, embora cada um prefira, por ora, guardar suas impressões para si mesmo.

Muitas vezes deixávamos Nikita por várias horas na casa dos meus sogros ou da minha mãe, para interagir com outras pessoas e se familiarizar com outras vozes, outros vocabulários, outras linguagens gestuais. Minha sogra, um dia, lhe deu a bênção na cozinha com gestos copiados do papa. Não havia visita em que a velha não incentivasse o menino a brincar com seu rosário, um troço antigo, manuseado por no mínimo três gerações de carolas. As contas de madrepérola eram muito atrativas para Nikita, talvez porque ele as confundisse com balas. Tanto que às vezes as metia na boca, para grande horror de Amalia, que temia que o fio se partisse e nosso filho pudesse se engasgar. Minha sogra perguntava com certa insistência quando íamos batizar o neto. Estava firmemente convencida de que o atraso na fala era um castigo de Deus.

Uma vez ela foi hospitalizada devido a uma fratura na pelve. Amalia foi visitá-la e aproveitou para lhe comunicar que tínhamos acabado de batizar a criança. A lorota foi ideia dela, e eu aceitei sem hesitar. E ainda disfarçou dizendo à mãe que não foi possível adiar a cerimônia porque a igreja tinha os próprios prazos, então recusar a data que nos ofereceram significaria ter que entrar de novo na fila de espera. Quase chorando, minha sogra agradeceu ao Senhor por o neto finalmente ter sido cristianizado.

Algum tempo depois, ela de bengala e meu sogro com seu bigode cinza de adepto do franquismo, nos convidaram para comemorar o batismo de Nikita "como Deus manda" no restaurante Hevia, na rua Serrano. A partir de então, pararam de nos aporrinhar com esse assunto.

5

O último trecho do caminho, antes de chegar à creche, era uma ruazinha fechada ao trânsito. Nikita e eu tínhamos o hábito de decidir no cara ou coroa se íamos descer pela escada ou pela rampa de ciclistas e cadeirantes. O garoto, aos três anos, adorava jogar a moeda para cima. Às vezes jogava com tanta força que eu tinha que ir buscá-la. Nikita sempre escolhia coroa, não sei se porque era a opção menos difícil de pronunciar ou porque sua falta de concentração só lhe permitia entender a parte final da minha frase. Depois, independentemente de como a moeda tivesse caído, descia pela rampa sem se importar com meus protestos, e eu sempre ficava na dúvida se o sacana não sabia perder ou não entendia o jogo.

Certa vez, quando eu ia tirar a moeda do bolso, ele já estava descendo a rampa. O garoto podia não ser lá muito brilhante, mas, para sua idade, era bastante rápido e robusto. Já é alguma coisa. De repente, parou e recuou. Eu estava andando alguns passos atrás dele e imediatamente, pela postura corporal daquelas duas mulheres e por sua expressão hostil, tive a sensação de que estavam nos esperando de ovo virado. Estavam paradas à porta da creche. Era impossível entrar sem passar por elas. Nikita se escondeu atrás de mim. Mau sinal. Virei a cabeça e lhe perguntei em voz baixa: "O que você fez?"

Uma das mulheres arregaçou a manga do vestido de uma menina que estava ao seu lado para me mostrar as marcas dos dentes do meu filho naquele bracinho fino e pálido. Sarcástica, perguntou se não dávamos de comer a Nicolás. Mais nítida, por ser mais profunda e talvez mais recente, era a dupla fileira de pontos vermelhos na coxa de um garoto roliço que a outra mulher segurava pela mão. Foi esta que questionou se eu educava adequadamente meu filho, que chamou de "desgraça da creche", e disse, transtornada e em tom de ameaça, que da próxima vez o marido dela viria falar comigo. Tive vontade de aconselhá-la a ensinar o filho a se defender, mas o fato é que não sabia como sair de forma digna daquela situação. As mães e os pais iam chegando com os respectivos filhos. Como estávamos bloqueando a entrada, não tinham escolha senão parar do nosso lado. Não faltou quem metesse o bedelho para confirmar que, realmente, Nicolás atacava outras crianças sem motivo. Olhei da minha altura de adulto para Nikita e perguntei: "Isso é verdade?"

Amalia não conseguiu conter as lágrimas quando lhe contei o que tinha acontecido. "Eles querem nos convencer de que nosso filho é um monstro." Depois, mais calma, mas não menos triste: "Quero ver quem vai segurar esse garoto quando fizer quinze anos." Respondi, com a intenção de tranquilizá-la, mas sem acreditar nas minhas próprias palavras, que até lá nosso filho já estaria mudado graças à cultura e à educação que iríamos lhe proporcionar.

Poucas semanas depois, chego em casa exausto no fim de um dia de trabalho, com a cabeça saturada de vozes e ruídos, querendo descansar e sonhar que estou decapitando alunos com uma motosserra enquanto durmo um pouco. Encontro Amalia alterada. "Qual é o problema?" Tinha conversado pelo telefone com a diretora, que lhe transmitiu a solicitação de um grupo de pais de que tirássemos imediatamente nosso filho da creche. Fiquei preocupado ao ver Amalia encher uma taça de vinho num horário incomum. Despeitada, sentenciou que não mandaríamos mais a criança para "uma pocilga daquelas". Tomou um bom gole do vinho com um gesto brusco, como se quisesse aplacar a raiva que a corroía por dentro. Repliquei que mudar de creche nos obrigaria a colocar Nikita na lista de espera de outra. Deixá-lo diariamente com os pais dela ou com minha mãe abriria a porta para mais complicações. "Deixa eu pensar", disse ela e, com os passos enérgicos e sonoros dos seus saltos altos e a taça de vinho na mão, foi se trancar no quarto.

No dia seguinte, mais cedo que de costume, fomos juntos à creche. Dessa vez não joguei a moeda para o alto; peguei o menino e levei-o escada abaixo nos braços, seguido por Amalia, que de tão nervosa me implorou que conduzisse a difícil conversa com a diretora. Quando a vi, lhe disse, sem perder a compostura, o que tinha combinado em casa com minha mulher: que o dever da creche era tomar medidas pedagógicas para corrigir o comportamento inadequado do nosso filho, bem como proteger as outras crianças quando necessário. Não estávamos dispostos de modo algum a tirá-lo de lá e, naturalmente, se preciso fosse não hesitaríamos em recorrer aos serviços de um advogado.

Algum tempo depois ficamos sabendo, após a confidência de uma mãe com quem tínhamos uma relação cordial, que as cuidadoras costumavam isolar Nikita do restante do grupo. Aparentemente, essa medida visava a manter os braços e as pernas das crianças a salvo dos dentes do nosso filho, bem como a satisfazer alguns pais obstinados em seu queixume.

Amalia e eu, no fundo, ficamos indiferentes a essa novidade.

"Assim vai aprender a não ser violento", disse ela.

"Por mim, podem amarrá-lo no radiador do aquecimento", disse eu.

6

Quando o menino fez quatro anos, meus sogros lhe deram um estojo metálico de lápis de cor da marca Alpino. Tanto Amalia quanto eu tivéramos lápis da mesma marca na infância, só que enfileirados numa caixa de papelão que rasgava com facilidade. Ambos considerávamos aquela caixa de lápis um bom presente; não o melhor de nossa vida, mas um que fazia parte da nossa memória afetiva mais prazerosa, e por isso ficamos contentes quando nosso filho ganhou os mesmos apetrechos de pintura que nos proporcionaram tantos bons momentos na infância.

Assim que Nikita rasgou o papel de presente com ferocidade, Amalia e eu, de repente de volta à infância, logo ficamos tentados a pegar alguns lápis e usá-los num cantinho do papel, mas, claro, o presente não era para nós, e proibimos um ao outro de pôr as mãos no que não nos pertencia.

Meu sogro, ao que parece, teve um arroubo pedagógico. Sentado com Nikita à mesa, ia pronunciando os nomes das diferentes cores para que o neto repetisse a seguir, e de vez em quando nos olhava como se dissesse:

"Viram como vocês têm que educar o garoto?" Depois trocaram a brincadeira. Ele dizia, por exemplo: "Me dá o lápis laranja." E o garoto dava. Repetiu isso várias vezes, com reações corretas de Nikita em todas, até que, a partir de certo momento, o menino começou a pegar os lápis de qualquer jeito, ignorando as cores, sinal de que estava começando a se entediar. Quando perdia a concentração, o avô, com a mesma rapidez, perdia a paciência. De repente chamou-o de palerma, na certa se esquecendo da nossa presença na sala. Amalia censurou o pai com certa severidade, e o velho, ressentido, foi se trancar no quarto, de onde não quis sair nem para despedir-se de nós, mais tarde, quando minha sogra foi lhe dizer que íamos embora.

Em casa, poucos dias depois, Amalia descobriu que o menino tinha mordido selvagemente todos os lápis. Alguns, além de morder, ele tinha destroçado. Em sua defesa, e pelo pesar que no fundo senti, disse a Amalia que quando eu era criança também mordia meus lápis e, ainda com mais prazer, a borracha, mas sem chegar aos extremos de ferocidade do nosso filho. E a razão desse comportamento, expliquei, era que as cores vivas dos lápis me evocavam frutas gostosas, jujubas e outras guloseimas do tipo, sem falar que o cheiro de madeira me atraía irresistivelmente.

Amalia, a menina perfeita, encarnação do bom senso, nunca quebrou nem mordiscou seus lápis, muito menos os confundiu com jujubas.

Quando soube que eu quando criança tinha o mesmo comportamento que o nosso filho, ela se tranquilizou. Estava convencida de que nós, homens, tendemos a cometer tolices e atos destrutivos desde a mais tenra idade movidos pela natureza predatória que nos é inerente, o que é uma forma de dizer que somos estúpidos de nascença e assim permanecemos para todo o sempre. E sentenciou, sem intenção de elogio: "Dá pra ver que Nicolás teve a quem puxar."

O que a sabichona desconhecia é que eu, quando criança, evitava morder meus lápis e borrachas para não sofrer as consequências que isso podia me acarretar. Meus pais não admitiam. Mamãe me desferiria uma saraivada de tapas; papai se livraria do ato punitivo dando um só, porém mais doloroso que todos os de mamãe juntos.

7

Um ano depois de casados, começou no nosso quarto a era glacial, que, segundo Patamanca, mais cedo ou mais tarde acomete todos os casamentos. "Meio rápido no meu caso, não acha?" Ele ria.

Percebi os primeiros sintomas na cama, mas é possível que a paixão de minha esposa tivesse esfriado antes, sem que eu notasse, até que, após a confirmação da gravidez, Amalia não abriu mais as pernas para mim. Um tempo depois do nascimento de Nikita, voltou a abri-las, mas em intervalos cada vez mais espaçados e com a indolência de quem se limita a cumprir uma obrigação. Nunca transei com um cadáver. Contudo, basta pensar na inércia de Amalia deitada de costas, com as coxas abertas o mínimo necessário, para ter uma ideia de como seria uma experiência necrofílica. "Já acabou?" Era típico ela fazer essa pergunta assim que as minhas sacudidas amainavam.

Depois de confirmada a gravidez, Amalia me anunciou, com a voz de quem lê uma notificação judicial, que por ora não íamos fazer amor. Alegou um motivo que à primeira vista me parecia plausível. Seu temor era de que uma infecção transmitida durante a relação sexual prejudicasse o feto e também ela. Empolgado com a ideia de ser pai e um bom marido, não apenas entendi seus argumentos, mas concordei, na esperança ingênua de que depois do nascimento do nosso filho recuperássemos o gosto pelas brincadeiras sensuais e o hábito generoso de dar prazer um ao outro. Achei que demonstrar respeito por minha esposa me asseguraria seu afeto. Grande erro.

O que realmente acabou naquela época foi o fingimento de uma atração física magistralmente encenada por Amalia. Hoje tenho poucas dúvidas quanto a isso e, de tudo que aconteceu entre nós dois nos dezesseis anos do nosso casamento, é o mais difícil de perdoar. Mulher calculista e pragmática, ela me escolheu para atingir um objetivo duplo: o espermatozoide que lhe proporcionaria a maternidade e o trouxa que ajudaria a financiar a criação do fruto do seu ventre. Não lhe custou muito: um boquete num hotel de Lisboa e quase nada mais.

Em mais de uma noite cheguei a lhe implorar por sexo. E, com isso, sem me dar conta, me tornava ainda mais desprezível aos seus olhos, transformando-me, pela urgência de uma satisfação corporal, num fantoche sem dignidade ou caráter, disposto a pagar alguns segundos de prazer com horas e até dias inteiros de submissão.

Se é doloroso reviver essas memórias? Porra, muito doloroso, mas ao mesmo tempo preciso botar para fora toda a sujeira que acumulei dentro de mim. Não quero ser enterrado com ela, quero estar bem comigo mesmo e sentir-me limpo por dentro nos meus últimos momentos.

Uma noite, não pude resistir ao impulso do desejo e quase tivemos um incidente. A desavença não foi mais longe porque tive a sorte — ou a sabedoria — de recuar a tempo, assustado com a força da tentação de quebrar a cara de Amalia que começava a se apoderar de mim. Outro no meu lugar teria metido a mão nela, mas eu não consigo. Sou incapaz de machucar alguém. Não quero me parecer com papai, que considerava a boceta de mamãe uma propriedade sua e nunca permitiria que ela lhe negasse ou dosificasse o sexo em troca de sabe-se lá que recompensas e concessões dele.

Amalia e eu começamos a dormir separados de comum acordo. Agora entendo como fui burro. Ingênuo. Manso. Achei razoável não a privar do descanso noturno com os meus roncos. Ela estava grávida. Em breve se veria sua barriga protuberante. Isso é muito sério. Eu tinha que fazer tudo que fosse possível para o bem-estar dela e do nosso filho que ia nascer. Minha convicção era tamanha que, não satisfeito de aceitar os argumentos de Amalia, ainda os radicalizava obrigando-me a fazer mais do que ela exigia. Se eu soubesse...

8

Amalia dava o peito ao nosso filho de pouco mais de um mês no sofá da sala. Eu estava na cozinha preparando o jantar. Minhas habilidades com panelas e frigideiras eram modestas naquela época, o que não me dispensava de assumir as funções de cozinheiro quase diariamente. E de fazer as compras. E de lavar a louça enquanto não tínhamos lava-louça. Eu tinha que dividir o trabalho de casa, uma das principais exigências de Amalia, obsessão que ela não se lembrara de me informar antes do casamento. Também não era o típico trapalhão de comédia que confunde sal com açúcar. Eu me esforçava, aprendia e progredia, e poderia até ter gostado dos afazeres domésticos se a falta de amor físico não tivesse me dado a sensação viva e pungente de ser vítima de uma fraude.

Nas minhas recordações me vejo cortando uma berinjela em rodelas com uma faca de lâmina comprida que, embora desconfortável de manusear, era a minha preferida, por ser bem afiada e fazer parte de um conjunto de utensílios de cozinha que mamãe nos dera. Em substituição à carne e ao peixe que Amalia começava a recusar por causa de certos escrúpulos que adquirira após ler várias reportagens sobre a produção industrial de alimentos — assunto sobre o qual de vez em quando pontifica em seu programa de rádio —, eu ia empanar as rodelas e fritá-las em uma frigideira.

Amalia queria alguma coisa de mim e me chamou. Ao entrar na sala, eu a vi sentada no sofá, de costas, apertando o rosto do menino contra um dos seios. Seu lindo cabelo longo e ondulado se derramava sobre a parte superior das costas. Com o torso nu, a curva delicada dos ombros e os antebraços delgados estavam à mostra, passando um ar de fragilidade que costumava me despertar grande ternura. Quando a vi concentrada na tarefa de amamentar, alheia a tudo que não fosse abraçar seu bebê com cuidado maternal, fui tomado por uma onda violenta e irresistível de luxúria. Confesso que faria qualquer coisa para ocupar o lugar da criança e chupar gulosamente um daqueles seios. O larvário de imagens eróticas que se contorciam no meu cérebro me deixou a um passo de perder o controle dos meus atos. Como era bonita aquela pedra de gelo em forma de mulher! Parado a dois ou três passos da sua cabeça, de repente me dei conta do cabo da faca na minha mão. Uma ideia repentina nublou minha mente por alguns segundos, tempo suficiente para imaginar, com uma sensação chocante de realidade, que avançava por trás contra minha esposa e meu filho e os esfaqueava brutalmente. Amalia teve tempo de soltar um breve grito de surpresa, quase um chiado, antes que eu enfiasse a lâmina de metal em sua garganta; o pobre anjinho nem percebeu.

Acordei daquela fantasia sangrenta ao ouvir a voz de Amalia. Ela me pedia, sem olhar para trás, em tom despreocupado, que por favor tirasse um iogurte da geladeira para que não estivesse gelado quando fosse comê-lo mais tarde. Agora me pergunto se todos esses horrendos crimes de gênero, machistas ou como queiram chamar, que a mídia está sempre noticiando acontecem devido a uma repentina confusão mental, são friamente planejados ou, ainda, se existe alguma outra possibilidade que no momento não me ocorre e nem é preciso que me ocorra.

Quando voltei para a cozinha, senti um arrepio ao ver que ainda estava segurando a faca com força.

9

Meus sogros nos convidaram para almoçar na Casa Domingo, um restaurante à moda antiga que ficava perto da casa deles. Comemos isso, bebemos aquilo; para o que me proponho a lembrar hoje aqui, os detalhes culinários são supérfluos. Minha sogra não escondeu que tinham decidido nos convidar ao restaurante para não ter trabalho em casa. Meu sogro proferiu sua ladainha de sempre contra Felipe González e os ministros do governo, e Amalia, como sempre, fiel eleitora do Partido Socialista às escondidas do pai, não concordava nem discordava.

O fanatismo do velho, ideologicamente ancorado em tempos nos quais imperavam, segundo ele, a ordem, a justiça e a unidade da Espanha, costumava despertar minha simpatia por mais ou menos três minutos. Nesse espaço de tempo seu discurso de extrema direita me divertia como me divertem as caretas de um chimpanzé. Esgotado meu estoque de tolerância, aquela pregação bolorenta do velho me dava um cansaço espesso e extremamente soporífero, compatível com uma vontade cada vez mais forte de jogar algum objeto na cara dele (o guardanapo, minha porção de salada russa), mas mesmo assim o deixava, nós o deixávamos, descontrolar-se à vontade, para que jorrasse todas as suas bobagens, fobias e previsões agourentas e ficasse logo quieto, permitindo que saboreássemos nossa comida em paz.

No caminho para o restaurante, deixamos Nikita na casa de mamãe, não tanto para livrar-nos por algumas horas do choro do bebê, mas porque nessa época ainda era permitido fumar em lugares públicos, e Amalia e eu não queríamos expor nosso filho à fumaça do cigarro, nosso ou de outra pessoa. Pelo mesmo motivo, também não fumávamos dentro do apartamento, só debruçados na janela, se o frio permitisse, ou no patamar da escada, aproveitando que a vizinha da frente, uma senhora idosa de quase noventa anos, não tomava conhecimento de nada e quase não saía de casa.

Lembro-me de uma cena breve que ocorreu durante aquele almoço com meus sogros. Estávamos os quatro sentados a uma mesa mais para o fundo do restaurante, Amalia de frente para mim. Eu preferiria que se sentasse à minha esquerda ou direita, porque os chutinhos de lado que dava em minhas pernas toda vez que queria me mandar calar a boca doíam menos do que quando vinham de frente e me acertavam na canela.

A certa altura, enquanto meu sogro insistia na necessidade de uma mudança de governo ou, melhor ainda, de regime político, com ou sem a intervenção dos militares, olhei nos olhos de Amalia e ela olhou nos meus, sorri e ela sorriu também, mas agora não posso afirmar quem imitava quem ou se a coincidência de gestos foi obra do acaso. Um desafio tácito, alimentado pela aversão, inspirava o meu olhar e o meu sorriso, e tenho certeza de que ela captou isso, já que vinha me observando disfarçadamente havia algum tempo e lia meus pensamentos como se fossem um livro aberto. Não tenho a menor dúvida de que entendeu o que eu estava falando sem nada dizer. A expressão do seu rosto naquele momento combinava altivez e comedimento desafiador. Acho que se houvesse um espelho na minha frente, eu teria visto exatamente a mesma coisa em minha expressão.

Ela sabe, pensei. *É esperta, adivinhou, e está me dando a entender que não dá a mínima para minhas atitudes e meus segredos.* Fazia dois dias que fizera minha estreia como cliente num bordel em Chopera. Não fui sozinho. Sozinho não teria coragem. Patamanca, ainda bípede, especialista no assunto, familiarizado com o lugar, me acompanhou e serviu de guia. Ao longo do caminho, foi me pondo a par da forma adequada de lidar com prostitutas. Uma delas, que tinha saído não sei de onde, me interceptou com certa agressividade. Pata me fez um sinal indicando que aquela não combinava comigo. Aceitei o conselho. Pouco depois, comecei a conversar com outra, nem mais feia, nem mais bonita, e dessa vez meu amigo fez um gesto de aprovação.

Patamanca tinha certeza de que a prostituição salva casamentos. É possível que tenha me ajudado a suportar o meu por mais de quinze anos. Não disponho de dados para verificar essa hipótese. Entretanto, tenho certeza de que não depender de Amalia para minhas urgências sexuais teve um efeito libertador sobre mim.

10

Primeiro dia de um novo ano escolar. Para mim, depois de tantos anos, o último, coisa que só eu e Patamanca (que, no fundo, provavelmente não acredita nisso) sabemos.

A ideia de não estar condenado à prisão do trabalho até a aposentadoria me livrou da depressão. Fiquei excepcionalmente animado nas aulas. Era como se um indivíduo diferente de mim, com temperamento oposto ao meu, tivesse me desalojado do meu corpo, entrado nele como quem veste um uniforme e me suplantado durante as aulas, melhorando meu desempenho e dando às explicações uma graça e vivacidade que eu não costumo ter. Andando de um lado para o outro na sala de aula, não pude deixar de me perguntar: *O que está acontecendo comigo? O que são estas explosões de euforia, esta loquacidade, esta autoconfiança?* Consegui fazer os alunos rirem em várias ocasiões. Não só eles, eu mesmo não sabia que tinha um lado humorístico.

Ultimamente a única coisa que me atrai na docência é o salário. Depois da fase inicial de professor iniciante, cheio de entusiasmo e vontade de fazer bem as coisas, decidi não levar os alunos a sério e os desprezava. Ainda não os levo a sério (no sentido de que tanto faz se eles aprendem ou não), mas hoje, pelo menos hoje, não os desprezei. Tive até vontade de me sentar entre eles, embora procure manter distância, principalmente por respeito às meninas, que, nessa sua idade, com os shorts que agora estão na moda, os seios quase formados e o perfume que usam, começam a provocar desejos eróticos ao redor.

Hoje foi tudo um pouco diferente de outros começos de ano letivo. Olhei para os alunos com simpatia, quase com a ternura que me vem aos olhos quando, no caminho do colégio, observo os andorinhões voando no ar matinal. Adoro os andorinhões. Eles voam sem descanso, livres e laboriosos. Às vezes, observo pela janela alguns que fizeram seus ninhos debaixo dos aparelhos de ar-condicionado do prédio em frente. Em breve vão começar seu voo migratório anual. Se nada der errado e minha vida continuar pelo caminho traçado, ainda estarei aqui na próxima primavera, quando voltarem.

Vamos ver.

11

Eu vou morrer sem ter cometido um assassinato. Não sei se essa experiência pode ser substituída por matar a si mesmo. Sonho que um funcionário da Suprema Corte, com a cabeça coberta por um capirote, põe um fuzil de assalto nas minhas mãos e em seguida lê uma ordem judicial que me ordena liquidar uma pessoa à minha escolha, não importa qual, em duas horas. Faço objeções, defendo escrúpulos morais, tento resistir de todas as maneiras, mas não adianta. Ou faço o que estão mandando, ou sofrerei castigos bestiais antes de ser queimado vivo. Diante da minha relutância, dois carcereiros me arrastam para uma masmorra pestilenta. Antes de fecharem a porta, digo que já escolhi minha vítima. Querem saber quem é e avisam: "Não tente ganhar tempo. Conhecemos todos os truques." Respondo que aceito dar um tiro na diretora do colégio onde trabalho. Eles aceitam minha escolha com indiferença e, sem perder tempo, me levam para lá a toda velocidade, num carro com vidros escuros. Quando salto no estacionamento reservado para os professores, percebo que estou de ótimo humor, a ponto de me permitir fazer uma ou outra piada. Os carcereiros trocam olhares perplexos, mas aos poucos se rendem à graça das minhas tiradas e acabam caindo na risada.

Esta manhã a diretora me cumprimentou escondendo atrás de sua expressão hierática o desprezo que lhe inspiro, e eu retribuí a saudação disfarçando com um gesto de gélida cortesia a antipatia que sinto por ela. Com a mão transformada em pistola dentro do bolso, dei meia dúzia de tiros na sua barriga antes que ela percebesse.

Minha estratégia com essa *dominatrix* tem sido, durante anos, ficar o mínimo de tempo possível dentro do seu raio de ação. Sei que ela é uma simples funcionária, com poderes limitados, mas hábil e tenaz para complicar a vida dos seus subordinados. Aceito e me calo, e quando tenho que a xingar, coisa que acontece com frequência, faço isso fora do alcance dos seus ouvidos.

Outros, corajosos, quase temerários, optaram por se rebelar, dizendo-lhe na cara o que pensavam dela; como consequência, sua situação no emprego piorou muito. A diretora é uma pessoa de má índole e grandes rancores. Devo a ela principalmente o meu péssimo horário, que este ano quase não mudou. E o pouco que mudou foi para a pior. Mais uma vez sou vítima do decreto de 2013, com o qual o governo de Mariano Rajoy determinou a supressão de história da filosofia, deixando a disciplina como opcional no último ano do ensino médio. E mais uma matéria, para completar o horário: tenho que ensinar uma coisa chamada iniciação à atividade empreendedora e empresarial. Não sou o único afetado por essa situação. Nem preciso ir longe: uma colega tem que ensinar três matérias supostamente relacionadas. Cometeu o atrevimento, a insolência, o crime de solicitar à diretora cursos de preparação. "Estude em casa", foi a resposta. E, desde então, são inimigas.

De maneira, então, que tenho que ensinar uma matéria da qual não sou especialista (especialista?, ha ha ha!, não tenho a menor ideia) e cujos objetivos didáticos eu desprezo. Tudo pelo salário.

12

No fim do dia de trabalho, pego minha pasta e me encaminho para a saída. No corredor, ouço uma voz me chamando às minhas costas: o pai de uma aluna, daquelas que tiram boas notas mais por ser medrosa do que inteligente. O homem fala comigo num tom desagradável. Não só pela voz, mas também pela expressão em seu rosto, percebo que me abordou com a intenção de fazer uma reivindicação ou uma queixa. Eu me pergunto como é possível. Hoje foi o terceiro dia de aula. Desde segunda-feira, quando começou o ano letivo, não houve, que eu saiba, nenhum conflito nas minhas aulas. E ainda falta muito para as provas e as notas. De onde vem essa agitação? O que me torna merecedor dessa cólera? Houve algum caso sério de *bullying* entre meus alunos e eu não soube?

O sujeito, mais jovem que eu, traz na mão nosso livro didático marcando uma página com um dedo. Se ele soubesse a fome e o sono que estou sentindo... Ele me mostra uma página em que, sem meus óculos de leitura, só consigo distinguir o retrato de Karl Marx. Suponho que seja o texto sobre a filosofia do século XIX, quatro bagatelas que incluem uma breve passagem de uma página sobre a dialética histórica.

Ele me diz, com uma voz cortante e um toque de histeria, que é um espanhol de verdade, um cidadão que zela pelos valores da pátria e não admite que inculquem na sua filha ideologias opostas à crença da família. O sujeito não se expressa mal. Exige que eu lhe avise com antecedência quando darei a aula sobre marxismo, porque nesse dia sua filha vai ficar em casa. Acrescenta que ninguém precisa ficar sabendo e que, se a mãe dela vier me dizer algo diferente do que ele está dizendo agora, não devo lhe dar ouvidos, já que ele é o principal responsável pela educação da garota, que é a coisa que mais ama no mundo e estaria disposto a morrer por ela se preciso fosse.

Será que vai chorar?

Estou cansado demais para debater com um babaca. Por isso, armado de cinismo, dou um tapinha no seu braço e respondo com serenidade: "Não se preocupe. Vou pular essa página. Eu também não gosto. Mas, por favor, não conte a ninguém."

Claro que não vou pular. Ou talvez pule. Depende. Acho tudo tão igual...

O fato é que, considerando o tempo que vou durar, nem preciso do salário. Nikita já não me custa tanto quanto antigamente, e com as economias que tenho posso ir levando até o próximo verão. Então, por que diabos estou realizando um trabalho que me desagrada? Por que tenho que aturar situações como a de hoje?

Se não entendo as coisas mais elementares, como vou entender as profundas?

Não tenho resposta para nada.

Para nada.

13

Em dias como o de hoje você se sente tão purificado que dá vontade de abrigar uma alma; uma dimensão interna pela qual possam fluir as águas límpidas da bondade; em outras palavras, um pequeno templo invisível no espaço entre dois órgãos onde comemorar acontecimentos como a minha fabulosa vitória moral nesta jornada. O caso é que ontem à noite, em vez de me preparar para as aulas (mais uma vez lancei mão da minha experiência, de apostilas antigas e do artifício dos trabalhos em grupo), fiquei até bem tarde nas redes sociais. Foi assim que fiquei sabendo que no domingo passado uma tromba-d'água inundou a biblioteca pública municipal de Cebolla, povoado da província de Toledo cuja existência eu desconhecia. Parece que a água e a lama destruíram oitenta por cento dos livros guardados lá. Pessoas de bom coração lançaram uma campanha de apoio à biblioteca promovendo a doação de livros. Impelido por um repentino ardor de solidariedade, fui à cozinha por volta da uma da manhã em busca de uma caixa de papelão, enchi-a de livros, os mais valiosos que consegui tirar das prateleiras, e esta tarde os enviei para Cebolla pelo correio. Assim que saímos de casa, Pepa lambeu o dorso da minha mão, desconfio de que atraída pelo cheiro de generosidade na minha pele. E me senti uma pessoa melhor do que quando deixei os dois volumes de Hirschberger na praça de Valdemorillo. No caminho de volta, notei um leve formigamento no topo da cabeça, decerto causado pelo roçar da minha auréola de santo. Pena não ter um espelho à mão para observá-la. Quando cheguei em casa, já não sentia mais. Imagino que fosse uma auréola de má qualidade ou com pouca bateria.

14

Esta manhã nos lembramos de Marta Gutiérrez na sala dos professores. Nada de mais, alguns minutos de conversa com gosto de café e sanduíche matutino enquanto não tocava o sinal indicando o fim do recreio. Não sei como o assunto começou. Quando cheguei, um grupo de professores veteranos falava da nossa falecida colega. Cada um contava casos e palavras dela, todos positivos e cordiais e ditos com um toque de melancolia que me parecia forçado. Com a única intenção de dar uma modesta contribuição ao diálogo, relembrei o estranho jeito com que Marta mexia o café com a colherzinha. Ninguém se interessou por esse detalhe. Nem ao menos demonstrou que reparara nisso.

Imagino essa mesma roda de professores mastigando sanduíches e falando sobre mim daqui a um ano: "Ele era um cara legal, mas um pouco estranho." "Sim, tinha suas manias, mas quem não tem?"

Agora me vem a lembrança da manhã em que vi Marta Gutiérrez pela última vez. Estava entediando meus alunos como de costume, quando a porta se abriu. A expressão no rosto daquela garota não deixava margem para dúvidas. Antes que ela dissesse qualquer coisa, imaginei que algo sério tinha acontecido. Fui atrás dela para a sala vizinha com a maior rapidez. Marta estava caída no chão, nenhum aluno ao lado dela, todos parados e silenciosos nas carteiras, com medo de se aproximar da professora que tinha desabado de repente. Marta Gutiérrez estava consciente, com um dos pés descalço, os óculos jogados a um metro de distância. Eu me agacho ao seu lado, sem saber o que fazer, mas sinto que os olhos estupefatos de todos aqueles adolescentes estão esperando alguma atitude minha. Marta me disse, em sussurros, como se quisesse que só eu ouvisse, que não conseguia mexer as pernas. Mandei dois alunos descerem até a portaria para chamar uma ambulância. Tirei o suéter e o coloquei embaixo do pescoço de Marta, como um travesseiro. Senti seu perfume, vi a corrente com uma cruz de ouro em volta do pescoço carnudo. Mandei que os alunos, por favor, fossem para o corredor e pedi que um deles abrisse as janelas. Pensei que um pouco de ar fresco podia fazer bem a Marta Gutiérrez. Quando ficamos a sós, ela me disse com a voz entrecortada: "Liga para minha mãe." Entraram na sala outros colegas, e também o diretor dessa época, muito mais humano que a déspota de agora. Pelo visto a notícia alarmante já tinha corrido todo o colégio. Não me afastei da minha colega nem parei de falar com ela, na expectativa de que continuasse consciente até a chegada da ambulância.

Marta Gutiérrez morreu naquela noite no hospital.

Era uma boa pessoa. E me ajudou muito, especialmente no meu começo. Tinha as suas manias, mas quem não tem?

15

Costumo fazer longos passeios com Pepa. A cachorra precisa se movimentar e eu também. Hoje me deu vontade de ir com ela até a margem do Manzanares, na altura do Matadero, na esperança de avistar o último andorinhão da temporada. Faz dias que não os vejo voando pelo meu bairro. Pensei que talvez ainda possa haver alguns perto do rio. Os andorinhões só vão voltar na próxima primavera. Eles me deixaram sozinho com todo esse monte de humanos que me oprime e me exaspera. Li que os andorinhões emigram para além do Saara, chegam até a altura de Uganda, por aí, e que passam a maior parte da vida no ar. Exatamente o que eu queria: não tocar no chão, não tocar em ninguém. Se eu pudesse ter optado entre nascer homem ou andorinhão, depois de ter visto tudo que vi, escolheria a segunda alternativa. Estou falando sério. Eu estaria agora devorando insetos nos céus da África em vez de respirar a fumaça dos carros nesta cidade e esfrangalhar meus nervos todo dia num colégio de ensino secundário. Que bela filosofia existencial: sair de um ovo, cruzar os ares em busca de alimento, olhar o mundo de cima sem ser atormentado por questões existenciais, não ter que falar com ninguém, não pagar impostos nem contas de luz, não se achar o rei da criação, não inventar conceitos pretensiosos como eternidade, justiça e honra e morrer quando chegar a hora, sem assistência médica nem honras fúnebres. Contei tudo isso a Pepa, estendidos os dois na grama, que não é o mesmo que voar, mas também é agradável, principalmente em dias quentes como hoje. E Pepa, vi nos seus olhos e na sua língua de fora, respondia que sim a cada uma das minhas palavras. É isso mesmo, chega de caminhar.

16

A grande notícia do dia não saiu nos jornais. Finalmente se formou uma casca na ferida de Patamanca, que não se atreve a arrancá-la por medo de que a infecção reapareça. Com impaciência, espera que se solte sozinha. Vem se entupindo de antibióticos há duas semanas. Aliviado e feliz, se escondeu entre dois de vários contêineres de lixo enfileirados na calçada e me mostrou a coxa. A ferida está com aparência melhor. Diminuiu de tamanho, não precisa mais de curativo e está sem a borda avermelhada que tinha quando ele me mostrou, morrendo de medo, na volta das férias. Eu lhe dei meus parabéns e profetizei que teria um futuro longevo, cheio de riquezas e prazeres. Ele contra-atacou me chamando de "mentecapto de marca maior" e depois me pagou um táxi e uns sandubas de presunto no Mercado de la Reina, na Gran Vía, onde eu, com minhas cinquenta e quatro primaveras, e Pata, com uma a mais, parecíamos os avôs de uma numerosa freguesia juvenil.

Lugar barulhento e apertado. Pata tira do bolso do paletó um recorte de *El País*. Como não nos vimos a semana toda, está esperando para me mostrar a notícia desde que foi publicada, na terça-feira passada. Com uma faísca de malícia no olhar, ele me diz que se trata de uma iniciativa promovida pela ministra da Saúde poucos dias antes da exoneração. O jornal divulgou-a por ocasião do Dia Mundial da Prevenção ao Suicídio, comemorado na véspera. Eu nem sabia que esse dia existia. E, agora que sei, pouco me importa.

"Pois deveria se importar. Vão preparar exércitos de funcionários públicos para estragar os planos de caras como você, que pretendem se suicidar honestamente."

O que eu faço?, pensei. *Quebro a cara dele, vou-me embora ou lhe dou um beijo na boca?*

O fato é que a breve ministra, que só ficou três meses no cargo por conta de irregularidades na obtenção de um mestrado, propôs a criação de um programa voltado para a prevenção do que chama de "um problema de saúde pública". Imagino que sua sucessora no cargo vá insistir na ideia. Patamanca lê para mim os números de suicídios na Espanha com visível deleite. Não gravei os percentuais, só a informação de que estamos abaixo da média global. "Nem nisso estamos à altura", comento. E me pergunto como vão me dissuadir dos meus planos. Talvez me subornando com dinheiro público? Ou me internando num hospício? Mandando um cantor entoar "Gracias a la vida" todas as manhãs à porta da minha casa? Pata não me escuta. Ele só se interessa pelo recorte de jornal, e eu peço outra cerveja ao garçom.

O projeto ministerial prevê a detecção precoce de alguns sinais denominados, em linguagem pomposa, "ideações suicidas". Para isso é necessária a colaboração de pessoas próximas ao iminente suicida.

"Bem, se você não me dedurar", digo ao meu amigo, "não sei como vão me encontrar".

Minha mãe está murchando na sua escuridão senil. Meu irmão se ofereceria de bom grado para me proporcionar um meio de me matar. Minha ex vai estourar um champanhe quando ouvir a boa notícia da minha trágica morte. Meus colegas do colégio talvez dediquem um minuto de conversa a mim durante o recreio, já meu filho, duvido que se interesse por alguma outra coisa além de descobrir quanto deixei de herança. Portanto, o Ministério não poderá contar comigo para reduzir as estatísticas.

Patamanca me revela a existência de uma Sociedade Espanhola de Suicidologia, também criada com fins de prevenção. Segundo suas recomendações, devemos ficar atentos caso alguém do nosso convívio apareça de repente com cara de quem quer se jogar pela janela. Sinceramente, acho que uma intervenção oportuna pode até funcionar com adolescentes; depois de certa idade, digo a Patamanca, não há ministra nem psicólogo cheio de lábia capaz de prevenir o inevitável. "E, além do mais, basta alguém querer dissuadi-lo para deixá-lo ainda mais convencido."

O redator da matéria escreve a certa altura que os suicidas não costumam se decidir de um dia para o outro. Digo a Patamanca que concordo com essa afirmação. E acabamos falando sobre as pobres vítimas das torres gêmeas de Nova York que se jogaram pela janela para não morrer queimadas. Não considero que nesse caso tenha sido suicídio, porque aqueles infelizes não escolheram entre viver e não viver, mas entre morrer com mais dor ou menos dor, mais devagar ou mais rápido. Patamanca, gozador, me chama de filósofo e pede outra rodada de cerveja.

17

Nos primeiros anos, o trabalho no colégio me estressava tanto que comecei a perder cabelo. A ideia de ficar careca me gerou muita ansiedade. Nos dias de semana saía de casa atormentado de medo. Às vezes não conseguia nem engolir o café da manhã. Tinha medo de não ter preparado bem as aulas, medo de ter um bloqueio na frente dos alunos, medo do comportamento deles e das reclamações dos pais e do diretor, e medo, muito medo, do acúmulo de fios de cabelo no ralo toda vez que tomava banho.

Ao mesmo tempo que me odiava por ter escolhido uma profissão angustiante, sonhava com uma vida na qual sempre fosse sábado. Aos domingos, à medida que o dia avançava, um mal-estar crescente ia me dominando. À noite, na cama, sem conseguir dormir, me vinham os desejos de sofrer um acidente, contrair alguma doença ou qualquer outra coisa que justificasse uma licença médica. Eu sofria de insônia, e durante um tempo passei a beber uma garrafa de vinho por dia, às vezes mais, e tomava anfetaminas no recreio. Só me sentia seguro aos sábados, mas apenas momentaneamente, como acontece quando uma tempestade passou e já podemos ver a próxima despontando no horizonte.

Uma tarde, no fim de uma reunião, me abri com Marta Gutiérrez, a única pessoa do corpo docente que me inspirava confiança. Contei a ela coisas que não me atrevia a contar a Amalia, nem mesmo nos dias em que estávamos bem. Marta me dava conselhos sensatos, emprestava material didático, resolvia problemas burocráticos, levantava meu ânimo. Confessei-lhe minha tentação de largar a profissão. Ela me disse: "Todo mundo neste ofício já se desesperou alguma vez." Sugeriu que eu mudasse de ares e me livrasse das chatices da rotina juntando-me ao pequeno grupo de professores que ia participar, semanas depois, de um intercâmbio anual de alunos com um colégio de Bremen. Descreveu o projeto com os elementos mais atraentes: excursões, visitas guiadas, churrasco na casa de um professor alemão muito simpático, dispensa de aulas e correções de provas, e os alunos ficariam hospedados em casas particulares, o que nos permitiria perdê-los de vista um bocado de horas por dia. Em suma, férias camufladas. Aceitei a proposta após consultar Amalia.

Achei a experiência tão agradável, com alunos felizes e pais agradecidos, que no ano seguinte, de novo com a aprovação de Amalia, dessa vez não muito entusiasmada, não tive dúvida em me inscrever para o intercâmbio, e até assumi de bom grado algumas responsabilidades na organização da viagem. Entre as diversas atividades, estava previsto um passeio de barco pelo rio Weser. O colégio de Bremen pagou as despesas da excursão, da mesma forma que nós pagávamos outras semelhantes para seus alunos quando nos visitavam, e determinou que dois professores de lá, um homem e uma mulher com bom conhecimento da língua espanhola, nos acompanhassem para serem intérpretes e guias. O barco seguiu seu curso rio abaixo, mas, bem antes de chegar ao mar, perto de um estaleiro, deu uma guinada de cento e oitenta graus em águas calmas e começou o trajeto de volta. Foi então, enquanto voltávamos ao nosso ponto de partida, que ocorreu um fato estranho que me vem à mente toda vez que penso em Marta Gutiérrez, minha protetora, em quem eu via, talvez sem perceber claramente, uma espécie de figura materna substituta — algo reforçado pela diferença de idade entre nós.

Parece que havia por parte dela um ingrediente adicional na relação cordial que mantínhamos, que eu não havia notado antes da viagem a Bremen e que, por sorte, não continuou depois. Vejo nesse episódio mais uma prova de como nos conhecemos pouco e mal uns aos outros, por mais que passemos muitas horas juntos e troquemos confidências. Parece que há sempre uma área inacessível, um quarto escuro dentro de nós onde se encerra a verdade inconfessável de cada um.

Já com as casas de Bremen à vista, Marta Gutiérrez e eu, enquanto comentávamos como o intercâmbio estava sendo bom e como nos sentíamos à vontade naquela cidade tão distante e diferente da nossa, ficamos alguns minutos sozinhos no convés superior do barco. De repente, Marta pegou minha mão com força e levou-a bruscamente a um seio, por baixo do casaco desabotoado. Não entendi o gesto. Na hora pensei que estivesse se sentindo mal, com tonturas, talvez um infarto, e agarrara minha mão para não cair ou para me indicar uma dor que a impedia de falar. Estranhei mais a intensidade angustiante do seu olhar do que a circunstância pueril de me obrigar a tocar no seu peito. Sem me dar tempo de dizer nada, Marta afastou minha mão e desceu às pressas para se juntar aos alunos, a um outro colega nosso e ao casal de professores alemães.

Fiquei atordoado, olhando para a palma da mão como se esperasse ver gotas de sangue, uma mancha, sei lá, algum vestígio do corpo ou da roupa de Marta Gutiérrez. Mais uma vez tive a impressão de ter presenciado um acontecimento que escapava à minha compreensão. Conhecendo Marta, achei pouco plausível a ideia de um impulso erótico mal refreado, mas também não descartei completamente essa hipótese.

Nunca, durante todo o tempo em que continuamos sendo colegas no colégio, até sua morte inesperada, mencionamos aquela cena no barco. Ela nunca me deu explicações, nem eu pedi. No ano seguinte, Marta participou pela última vez do intercâmbio com o colégio de Bremen. Parei um ano depois dela, sobretudo porque não queria viajar sem a sua companhia, mas também porque, pouco a pouco, fui pegando jeito para o ensino, o que não significa que tenha melhorado como professor ou me livrado totalmente da insegurança e dos medos, apenas fui me blindando com um cinismo impenetrável. Foi isso que me ajudou a preservar minha saúde mental e a me adaptar, às vezes até com gosto, a algo que pensei que nunca, em todos os dias da minha vida, seria capaz de suportar.

18

Que perigo, meu Deus, e como ficamos a um passo de despencar num abismo por causa desses shorts e dessas saias curtas que deixam ver, que nos obrigam a ver, por baixo da mesa, as coxas torneadas, diabolicamente atraentes, e às vezes até uma parte da calcinha de alguma das alunas sentadas nas primeiras fileiras.

E que apelo poderoso à tentação há naquelas cinturas delicadas, e nos seios incipientes que despontam sob o tecido fino, e nos lábios preciosos, nos cabelos longos, nos pescoços; em suma, nos rostos juvenis em que a Natureza parece ter se esmerado para criar feições harmoniosas.

Na época em que Amalia fechou as pernas para mim, quantas vezes estive a ponto de cometer um erro que poderia ter desgraçado minha vida. Soube refrear meus impulsos, confesso que mais de uma vez com grande dificuldade, exposto diariamente a uma súbita perda de controle como a de Marta Gutiérrez no barco em Bremen.

Certa manhã, fiquei a sós por alguns minutos na sala de aula com uma aluna de dezesseis anos, uma gracinha de garota que dominava com uma destreza precoce, suponho, suas armas de sedução. Ela costumava me olhar tão fixamente durante as aulas que começou a me perturbar mais do que um homem sensato, e assim me considero, é capaz de resistir. Essa aluna, que além de tudo tinha um cheiro divino, veio me perguntar algo sobre a matéria, e sua blusa desabotoada deixava à mostra a borda do sutiã. Uma leve provocação de sua parte, e duvido que eu não teria sucumbido.

Ninguém é de ferro, como também não era aquele sujeito gordo meio encurvado que dava aulas de ética, religião e acho que também de música. Não cheguei a conhecê-lo muito bem porque era bastante taciturno e porque saiu do colégio (ou foi demitido) pouco depois da minha chegada. Parece que gostava de apalpar os alunos sem distinção de gênero. Um abuso pode ser escondido, talvez até dois, mas aquele professor pelo visto não tinha freio. Hoje em dia teria ido para a cadeia e, quem sabe, até apareceria na televisão. Na época, início dos anos 1990, esses casos sombrios, a menos que terminassem em sangue, eram resolvidos com discrição ou simplesmente silenciados para proteger o nome da escola. O cara pediu uma licença. Quando voltou ao trabalho, ainda estava com o rosto desfigurado pelos hematomas. Disseram que tinha sofrido um encontro prejudicial à sua integridade física com o pai de um aluno.

Patamanca achava que a surra era uma punição insuficiente. Se fosse ele o pai da vítima, castraria o culpado sem anestesia. E isso porque ele tem certeza de que os machos nascem principalmente para ejacular em qualquer hora e lugar, mas não mediante o uso da força ou à custa de crianças indefesas. "Para que diabos existe a prostituição? Você vai lá", diz ele, "paga a tarifa cobrada, se desafoga e até logo". É o que ele chama de ser um homem de princípios.

19

O quarto bilhete dizia: "Nesta vizinhança mora um explorador de mulheres que é visto com frequência numa boate de prostituição em La Chopera."

Não consegui pegar no sono a noite inteira. Alguém andava me seguindo, e imaginei que fosse para obter informações comprometedoras e me chantagear. Como? Contando tudo a Amalia ou me expondo ao constrangimento público. Já antevia fotos da minha vida medíocre circulando nas redes sociais com meu nome e endereço, ou então coladas com fita adesiva nos muros do bairro ou na entrada do colégio.

Por fim, minha preocupação chegou a tal ponto que tive medo de ficar doente. Pensei então em dar um basta nessa história contando a verdade a Amalia. Ou seja, que eu, como qualquer homem, precisava trepar, às vezes com grande urgência; que por mim só faria isso com ela, mas, uma vez que ela me negou seu corpo, não me restava alternativa senão me curvar às premências da Natureza recorrendo ao sexo pago. O prazer parco e sujo que tinha em troca de dinheiro com uma mulher desconhecida, em condições sanitárias duvidosas, era, antes de mais nada, uma humilhação para mim.

Claro que usava camisinha. Está pensando o quê?

Enquanto imaginava a conversa, eu sabia muito bem que jamais teria coragem de enunciar diante de Amalia uma desculpa como essa. Para começar, esse raciocínio transformava Amalia em uma espécie de prostituta. Acho que meu casamento não sobreviveria nem meio minuto a uma discussão com aqueles argumentos.

Como tantas outras vezes, carente de um interlocutor, resolvi me abrir com Patamanca. Não escondi dele que aquele era o quarto bilhete que deixavam na minha caixa de correio. "Não se preocupe", disse ele, como se não desse muita importância à coisa, "vamos para outro lugar". Respondi que isso seria de pouca utilidade. Quem quer que estivesse me espionando com certeza também me seguiria para todo lado. Ele me perguntou se eu tinha alguma suspeita sobre o autor dos bilhetes. Eu me limitei a dar de ombros. "E todos eram dirigidos a você? Nenhum à sua esposa?" Respondi que talvez Amalia tivesse recebido bilhetes sem eu saber. "Não é estranho que os bilhetes sejam para você quando é você quem abre a caixa de correio e sejam para Amalia quando é ela quem abre? Abre o olho. Esses bilhetes anônimos são escritos pela sua mulher."

20

Costumo jantar assistindo à televisão. É um dos tantos hábitos que posso me permitir ter, já que moro sozinho. Amalia proibia, para proteger Nikita dos maus exemplos.

A solidão, como se sabe, é indulgente, mas a longo prazo tira mais do que dá. Ligo a televisão pelo prazer de me sentir acompanhado. Gosto dos apresentadores e, principalmente, das apresentadoras que falam olhando para a câmera, porque tenho a ilusão de que tudo que dizem é para mim.

E, de fato, se dirigem exclusivamente a mim. Nem eles mesmos sabem disso. Ninguém sabe. Mas eu sei, e isso me basta.

Pepa passa a maior parte do tempo cochilando em seu canto favorito. Ela é uma máquina de dormir. Às vezes, ainda filhote, latia ao ouvir passos na escada do prédio. Agora é raro que se mexa. Apatia, mansidão. Comer, cagar, dormir: eis sua vida. Muito parecida, aliás, com a minha, só que eu durmo menos, não cago nas árvores e estou preso às obrigações profissionais.

Amalia não a deixava subir no sofá; eu, sim, neste que tenho agora. Mas pelo visto a cachorra internalizou a proibição de Amalia, e sente remorso quando se instala ao meu lado. Eu lhe digo: "Fica tranquila, a pérfida não vem aqui." Primeiro convido Pepa para se sentar comigo no sofá. Depois, perco a paciência e lhe ordeno, mas nada. Ela não quer ou não me entende, simplesmente fixa em mim seus olhos expectantes, tão estúpidos que parecem humanos. Não tenho outro remédio senão levantá-la à força, mas, quando vou à cozinha ou ao banheiro por um instante, a danada vai correndo se encolher de novo no seu canto preferido.

Ontem à noite, zapeando, encontrei uma reportagem no canal La Sexta sobre uns asilos geriátricos em Castela e Leão onde maltratam os idosos e não lhes dão de comer. Mostraram fotos de carne estragada em sacos plásticos. O apresentador do programa tentou entrevistar um velho perto da entrada do asilo. O coitado só teve tempo de dizer: "São uns sem-vergonhas." Rapidamente várias cuidadoras de jaleco branco o cercaram e levaram-no para dentro.

Passei a noite inteira pensando nessas imagens. Eu, assim como Raúl, estou obcecado em garantir que mamãe tenha dignidade no fim da vida. Quanto tempo lhe resta? Um ano, como a mim? Dois, cinco? Tanto faz. Embora se possa dizer que sua mente esteja anulada, resta seu corpo. Limpeza, alimentação adequada, bons cuidados: é o mínimo que se pode exigir. Não nos cobram pouco por isso.

Hoje não era meu dia de ir ao asilo, mas, depois da noite passada, a visita era inevitável. Encontrei minha mãe com boa aparência. Sozinho com ela no quarto, cheirei sua cabeça, seu sovaco, seu decote e também suas partes íntimas. Espero que não haja câmeras escondidas. Não se pode dizer que mamãe tinha aroma de rosas, mas tampouco que estava suja. Tomei seu pulso, penteei seu cabelo e tirei uns pelos do seu queixo com uma pinça. Com minha ajuda, ela comeu um dos dois chocolates que eu lhe levara. Pretendia esconder o outro na gaveta da mesa de cabeceira, mas depois me dei conta de que mamãe não consegue comer sozinha, nem mesmo abrir a embalagem. Antes de sair de lá, fiz questão de pedir informações sobre seu peso e os almoços e jantares dos últimos dias. Soube pela cuidadora que Raúl estivera fazendo perguntas semelhantes naquela manhã. Bem, Raúl e os parentes dos outros residentes. Parece que a reportagem da noite passada no La Sexta disparou um alarme geral. "Aqui é uma casa séria", disse a cuidadora. Pedi desculpa pela desconfiança. Ela respondeu, sorrindo, que não havia problema, que em nosso lugar faria a mesma coisa.

21

Na primeira vez que discuti em sala de aula o paradoxo de Aquiles e a tartaruga, houve um debate animado entre os alunos. Todos queriam mostrar engenhosidade e capacidade analítica, e eu suava para convencê-los a respeitar a vez de cada um falar. Depois descobri que alguns haviam levado a questão para casa e famílias inteiras ficaram debatendo durante o jantar. Esse êxito pedagógico me ajudou a ficar mais confiante em minhas habilidades como professor. Claro que fiz anotações e, desde então, devo a Zenão de Eleia pelo menos uma aula divertida por ano, principalmente nos primeiros anos em que lecionei, quando os alunos participavam com entusiasmo.

Infelizmente não é mais assim. O interesse em resolver o paradoxo do veloz Aquiles e da tartaruga lenta foi diminuindo à medida que os anos se sucediam. Antes, a genialidade do filósofo preenchia uma hora inteira de aula. Todos se divertiam, inclusive o professor. A partir de certo momento, com a popularização da internet e o auge dos telefones celulares, os alunos não estão mais nem aí se Aquiles conseguiria ou não alcançar a tartaruga. Esta manhã foi o cúmulo. O paradoxo do pobre Zenão não rendeu nem dez minutos de aula. Não havia nenhum ardor para desmontar racionalmente a armadilha lógica, nenhuma curiosidade, nenhuma contestação dialética, nenhuma piada. Tive a sensação de estar numa sala de aula com vinte e nove cópias de Nikita.

Tentei depois o silogismo dilemático de Demócrito, só que, para despertar mais interesse, troquei o nome do filósofo pelo de uma figura atual conhecida dos adolescentes. A coisa ficou mais ou menos assim: o cantor David Bisbal afirma que o povo de Almería (em vez dos abderitas) é mentiroso; David Bisbal é almeriense; portanto, David Bisbal está mentindo; nesse caso, não é verdade que o povo de Almería é mentiroso; logo, David Bisbal não mente; então é verdade que o povo de Almería é mentiroso; portanto, David Bisbal mente; então... Acho que a partir da segunda premissa os alunos pararam de acompanhar, ou David Bisbal saiu de moda e não é mais do interesse deles. À tarde, em casa, esperei o telefonema de algum pai zangado ou de alguma mãe furiosa perguntando com sotaque de Almería de onde tirei que os almerienses são mentirosos.

Recentemente li no jornal uma reportagem sobre o declínio paulatino do quociente intelectual nas novas gerações. Que não se concentram, que precisam de novos estímulos a cada cinco minutos. O problema não afeta só a Espanha. Para que decorar se está tudo no Google? Para que entender os fundamentos daquilo que se obtém ou se faz simplesmente apertando as teclas correspondentes? Para que espremer nosso cérebro se temos máquinas equipadas com inteligência artificial? Meu prognóstico é sombrio, muito sombrio. Esses garotos vão acabar aclamando algum tipo de tirania. É o que geralmente acontece quando as multidões renunciam ao cultivo da mente crítica e delegam a tomada de decisões a uma autoridade superior. Ainda bem que não estarei aqui para ver isso.

22

Pusemos o brinquedo no tapete. Eu tinha combinado com Amalia que não iríamos intervir, independentemente do que acontecesse. Faltava cerca de um mês para comemorarmos o terceiro aniversário do menino. Não tínhamos mais dúvida de que havia algo errado com o intelecto dele. Como não estávamos dispostos a deixar algum psicólogo terminar de estragá-lo, queríamos encontrar clareza e confirmação por conta própria. Com esse propósito, idealizamos o experimento.

O brinquedo consistia em um cubo de madeira, uma espécie de dado em tamanho grande com orifícios em algumas de suas faces, nos quais deveriam ser inseridos blocos também de madeira. Pintados com tinta ecológica, eram uns doze ou treze, não lembro bem. A cada orifício correspondia um único bloco. As formas eram simples: um coração, um cilindro, uma estrela de cinco pontas, coisas assim. Era um brinquedo educativo pensado para crianças menores do que Nikita. Amalia o comprara numa loja especializada nesse tipo de brinquedo. Deixamos o cubo no tapete e trouxemos Nikita para a sala. O garoto, como já esperávamos, correu em direção à novidade.

Combinei com Amalia que não iríamos lhe explicar o sentido do jogo. Enquanto ele se divertia metendo os blocos nos buracos, nós, a pouca distância, fingíamos ler o jornal, sem interferir na atividade. Era comum que, quando Nikita não fazia direito alguma coisa, fôssemos correndo lhe ensinar, e, às vezes, perdendo a paciência, o repreendêssemos. Uma vez o vi sair da cozinha aos prantos. Perguntei a Amalia se tinha batido nele. "Como você pode pensar uma coisa dessas?" Fez pose de zangada, uma astúcia para me impedir de continuar indagando, mas posso apostar que ela deu um tabefe no garoto. "Nesta casa ninguém nunca vai bater em ninguém." A frase era de Amalia, mas poderia ser minha. Nunca apelaríamos para a violência física entre nós ou com Nikita. Eu respeitei estritamente essa regra, do primeiro ao último dia. Mas ela, quando eu não estava presente, acho que vez ou outra deixava a mão escapulir.

Desde o início, Nikita ficou tentando colocar os blocos no cubo. Portanto, o garoto entendeu a finalidade do jogo. Chegou inclusive a conseguir encaixar o bloco em forma de disco bem rápido, o que levou Amalia a me dar uma cotoveladinha no braço, imagino que para compartilhar comigo sua satisfação, ou então como se me dissesse: "Nosso filho não é tão atrasado como você afirma, viu?" Só consegui esboçar um sorriso amarelo em meio à minha incredulidade. Logo depois, meus maus presságios se confirmaram quando Nikita tentou forçar outros blocos no buraco destinado ao disco. Como um deles não entrava, em vez de buscar o orifício certo, pegava outro, e apertava cada vez com mais força as peças de madeira contra a face do cubo. Eu tendo a pensar, ao contrário de Amalia, que a tentativa de metê-las na marra não era uma forma de combater sua frustração, mas uma punição ao brinquedo por não ter se submetido aos seus desejos.

No fim das contas, os fracassos sucessivos o deixaram enfurecido, a tal ponto que jogou o cubo nas cortinas, com raiva. Tive vontade de ir ajudá-lo, mas, lembrando que dera minha palavra de não interferir, me contive. Olhei para Amalia, que, nesse momento, sentada ao meu lado no sofá, tapava o rosto com o jornal.

23

Nem todas as lágrimas de Amalia me davam pena. Algumas que a vi derramar dias antes da nossa separação e outras que derramou na minha presença após o divórcio por motivos variados, não diretamente relacionados a mim, me encheram de prazer. Prazer maligno? Bem, é possível. As lágrimas têm um efeito embelezador no rosto das mulheres. Estou exagerando: de algumas mulheres. Não estou dizendo que gosto de ver as pessoas chorando, mas que algumas têm a capacidade de verter lágrimas com estilo. É uma simples apreciação de natureza estética. Talvez essa ideia tenha me ocorrido porque já a tenha ouvido ou lido, não sei onde, e a contei a Patamanca, que me premiou com um tapinha nas costas. "Caramba", soltou, "finalmente ouvi você dizer alguma coisa sensata. Já estava começando a me preocupar".

Tempos depois, Amalia e eu já divorciados, esbarrei com a mãe dela na rua. Encontros casuais com aquela carola não são totalmente improváveis, pois ela, agora viúva, mora perto do centro veterinário ao qual eu estava levando Pepa. A velha, depois de tantos anos de relacionamento, não responde ao meu cumprimento. Eu me meti na frente dela para perguntar sem rancor, mas com firmeza, se tinha algo contra mim. Pelas bobagens que disse, fingindo-se ofendida e evitando olhar nos meus olhos, entendi que ela e o fascista psoríaco, que descanse em paz, interpretaram meu divórcio de Amalia como uma batalha que culminara na vitória da filha. Considerando as decisões judiciais, não estavam errados. Tive vontade de dar parabéns à velha beata e em seguida dizer: "Seu neto não é batizado e sua filha é ateia, transa com mulheres e votou a vida toda nos socialistas." Preferi ficar de bico fechado. O que ganhava bancando o diabo com uma mulher de setenta e tantos anos convencida, em seu desvario, de ter garantido um lote na glória eterna com luz e vista idílicas?

Que vitória, hein? Acontece que a grande vencedora, aquela cuja felicidade dependia de me perder de vista (há afirmações que a gente nunca esquece), tocou a campainha do meu apartamento num domingo, por volta das onze da manhã. Disse pelo interfone que precisávamos conversar. "É urgente", acrescentou num tom de voz que me fez temer por sua sanidade mental. Não havia dúvida de que algum problema a atormentava. Fiquei incomodado por ela não ter imaginado que talvez eu não estivesse sozinho naquele momento, mas, sim, eu estava sozinho mesmo. Na verdade, sempre estive sozinho, inclusive quando morava com ela — principalmente quando morava com ela.

Juro que, se soubesse que ela viria, teria contratado os serviços de uma *escort* e lhe pagaria para fingir ser minha companheira durante o tempo que durasse a visita de Amalia.

"Oi, esta é a Júlia (ou Irina, ou Nicoleta). Pode falar na frente dela, sem problemas. Entre nós dois não há segredos."

Amalia entrou na sala sem me dar tempo de fazer o gesto de convidá-la, sem um beijo formal, sem um abraço. O contraste entre sua falta de efusividade e o regozijo de Pepa, que pulou para lhe dar lambidas de boas-vindas, não poderia ser maior. Tomada por um ataque de euforia, a cachorra fincou as patas na calça dela, na altura das coxas, ao mesmo tempo que erguia o focinho e esticava a língua tentando lamber seu queixo, seus lábios, qualquer parte acima do pescoço de Amalia, que fez uma careta de nojo. Com as mãos levantadas como se estivesse sendo assaltada, era óbvio que não queria tocar no animal nem que o animal tocasse nela. Desfrutando a cena, demorei alguns segundos além do necessário para tirar a cachorra de cima dela.

Então, desembestou a falar, gesticulando; a contar, acelerada; a reclamar, lindamente lacrimosa. Será que moderaria suas expressões de pesar na frente de Tamara, de Lupita ou de Yeni? Devo admitir que a combinação de mágoa e rímel escorrendo conferiu a Amalia um encanto irresistível naquele momento, a tal ponto que, se eu não conhecesse sua índole venenosa, teria me apaixonado perdidamente por ela.

Grande parte da minha atenção foi capturada pela novidade do seu cabelo curto. Eu gostava mais antes, à altura dos ombros, um detalhe que, juntamente com a tintura, ainda lhe dava um gracioso toque de juventude aos quarenta anos. Agora parecia exatamente o que era, uma senhora de bela estampa, com os primeiros estragos da idade camuflados sob a maquiagem, a celulite e outros defeitos cobertos pela roupa, e com um físico aceitavelmente conservado à base de pilates, hábitos saudáveis, verduras e essas coisas.

Quando ela fala na rádio, normalmente não gagueja. A voz soa pausada e grave, sem deixar de ser agradavelmente feminina. No meu apartamento, naquele domingo, as frases saíam de sua boca como um jorro pontuado por falsetes, com a entonação de um camelô que não consegue evitar uns ganidos desafinados ao anunciar sua mercadoria. E, além disso, perdeu a paciência.

"Está me escutando? Seu filho me bateu."

Dos cantos de suas pálpebras saíam dois feixes de rugas. Não me lembrava de tê-las visto quando morávamos juntos e dedicávamos nosso tempo e nossas energias a infernizar a vida um do outro.

24

Vivenciei o contato íntimo com uma mulher inteligente como uma humilhação permanente. Uma mulher bem-sucedida, além do mais, com o próprio programa de rádio, grande reconhecimento social e um salário mais alto do que o meu. Às vezes, quando sinto necessidade de uma dose de ressentimento, ligo o rádio em busca de sua voz. Enquanto a escuto, olho em volta, para as paredes feias do meu apartamento, para os móveis vulgares e os quadros insípidos, e tenho um desejo feroz de me jogar pela janela.

Assumo minha inferioridade, mas odeio ser lembrado disso o tempo todo.

Qualquer comparação do meu intelecto com o de Amalia é desfavorável a mim. Eu a superava em pensamento lógico e em leitura. O primeiro é de pouca utilidade fora do campo específico da análise, não serve para grandes coisas quando você se depara com as minúcias da vida prática ou quando se envolve numa discussão conjugal. Uma acusação de Amalia (de que sou chato, pedante, sério, pouco sociável), algumas lágrimas no momento oportuno ou a rapidez da sua fala eram infinitamente mais eficazes no campo de batalha dialético do que minha lentidão no desenvolvimento e na exposição racional de ideias.

Minha tendência à abstração fazia eu me enredar, logo que começava alguma discussão, num novelo de preâmbulos, incisos e observações que uma única e simples frase de Amalia varria como um vendaval que leva para longe as folhas secas do chão. Ela não lia nem um terço do que eu leio. Lia principalmente romances, reportagens de atualidade e revistas de fofocas, quase sempre na cama, até que, desmaiando de sono, adormecia com o livro ou a revista abertos. Entretanto, acho que tirava muito mais proveito de suas leituras do que eu das minhas, ou se lembrava melhor delas, ou talvez sabia como introduzi-las nas conversas no momento certo, com mais elegância.

Tinha enormes lacunas culturais. Quem não tem? Mas era astuta para escondê-las com um sorriso encantador, uma mudança repentina de assunto, um movimento dos lábios pintados. Eu, por outro lado, tinha vergonha da minha ignorância e tenho certeza de que isso me tirava pontos na nossa vida social.

Amalia lidava maravilhosamente bem com as leis. Sabia extrair delas o maior benefício possível em causa própria, valendo-se das cláusulas mais recônditas que as outras pessoas não percebem, entre outros motivos, porque não nos preocupamos em procurá-las ou ler os contratos a sério. Ela cuidava da papelada da casa, das contas, da nossa declaração de imposto de renda e de todas essas amolações burocráticas que eu odeio mais do que uma dor de dente. Reconheço, nesse aspecto, minha culpa por ter negligenciado isso.

Quando íamos almoçar ou jantar com amigos em algum restaurante, não era incomum que Amalia me desse uma ou outra alfinetada na frente deles. Talvez não me ridicularizasse por má-fé, mas por uma necessidade interna de não demonstrar o menor sinal de submissão ao marido diante dos outros. Eu me sentia péssimo com os sorrisos que despertava em nossos amigos à minha custa, e se mais tarde, a sós, eu lhe dissesse que tinha me magoado com suas palavras, ela se defendia chamando-me de exagerado e melindrado, destruindo, assim, as últimas gotas do meu amor-próprio.

Após o divórcio, cortei relações com nosso círculo de amigos em comum. Simplesmente parei de procurá-los e eles não me procuraram mais.

Patamanca duvida que possa ser inteligente uma mulher que se casou comigo.

25

Eu atribuía suas distrações e seus esquecimentos aos problemas típicos da idade. Achaques da velhice, costumava dizer a mim mesmo, os velhos perdem a mobilidade, ficam esquecidos, enxergam mal, ouvem ainda pior e não entendem os avanços tecnológicos da atualidade. Imagino que Raúl pensava a mesma coisa que eu, caso contrário, teria proposto rapidamente um plano de ajuda urgente para mamãe, a pessoa que ele gostaria que fosse propriedade exclusiva sua, mas que é obrigado a compartilhar comigo.

Às vezes mamãe não se lembrava do que havíamos acabado de lhe dizer. Também acontecia de ela fazer a mesma pergunta à qual já tínhamos respondido pouco antes, ou de não se lembrar de onde havia colocado isso ou aquilo. Todavia, não tinha dificuldade para se referir a cenas e acontecimentos da juventude, o que me impedia de desconfiar de que tivesse algum problema neurológico.

A leveza inicial dos sintomas não impediu que Amalia percebesse a verdadeira natureza da situação. Como vivíamos imersos nos sucessivos episódios da nossa longa guerra conjugal, eu achava que ela só criticava minha mãe para me ofender, com a certeza de que era um flanco por onde me atacar com garantias de vitória. Cego de raiva, eu respondia espinafrando os pais dela, simplesmente para revidar.

Agora, pensando com mais calma, admito a possibilidade de que nenhum de nós dois estivéssemos errados. Quer dizer, considero plausível que na época Amalia quisesse me tirar do sério deleitando-se com a descrição de cenas que indicavam a deterioração mental da sogra, e que, tempos depois, essas conjecturas, nascidas da intuição ou de desejos provavelmente malignos, e não de conhecimentos embasados de medicina, tenham acabado se comprovando corretas.

Continuávamos visitando regularmente meus sogros e minha mãe nas respectivas casas, principalmente para que eles pudessem passar algumas horas com Nikita. Não era preciso insistir muito com nosso filho, pois tanto a avó paterna quanto os avós maternos eram generosos com ele. O menino sempre saía de uma ou de outra casa com algum dinheiro no bolso. Se demorassem a dar, ele próprio exigia com uma candura insolente. Meu sogro achava tão engraçado, que muitas vezes se esquecia de propósito de soltar a grana para que o neto fosse reclamar.

Às vezes, nós três íamos juntos à casa de mamãe. Na frente dela, disfarçávamos nossas discórdias. Na verdade, mamãe vai morrer sem saber que estou divorciado. Outras vezes, eu ia visitá-la só com Nikita; mais raramente, Amalia ia sem mim, embora a relação dela com a sogra se caracterizasse por qualquer coisa, menos por simpatia e afeto mútuos. Ao regressar de uma dessas visitas, Amalia me disse que uma vizinha viera lhe contar um acontecimento que aparentemente estava repercutindo em todo o prédio. Na tarde anterior, mamãe fizera suas necessidades no portão de entrada. "E daí?", respondi, desafiador. "É a segunda vez que faz isso em pouco tempo." "E daí? Você tem provas?" Eu estava incomodado com a calma de satisfação que vi no rosto de Amalia enquanto relatava sua suposta conversa com a vizinha. Digo suposta porque ninguém me garante que esse encontro aconteceu realmente. Nesse caso, tampouco vi nada mais do que uma provocação de Amalia às vésperas da nossa ruptura. Cheguei a perguntar a ela se tinha tocado nesse assunto repugnante para me envolver em uma nova briga, e ela respondeu, sem se alterar, num tom que não podia ser mais abominável, que mais cedo ou mais tarde eu e meu irmão não teríamos outra saída senão abrir os olhos.

Assim que pude, fui ver mamãe. Deixei Nikita em casa. Mamãe e eu ficamos um longo tempo olhando as fotos do álbum de família. Não notei nela nada de anômalo. Reconhecia todo mundo, lembrava-se de tudo, contava histórias. Parecia tão alegre, tão calma, conversadora e bem penteada que preferi não a incomodar com perguntas sobre o doloroso assunto do portão.

26

Ela tem uma voz sonora, puro veludo acústico. Passo mal quando a escuto. Talvez por isso mesmo eu a escute. Muitas vezes sintonizo seu programa e, deitado ao lado de Pepa, passo um tempo odiando o encantador profissionalismo de suas ironias, seu relato dos acontecimentos do dia, as entrevistas em que não consegue esconder se a pessoa entrevistada lhe cai bem, mal ou lhe é indiferente, ou a leitura de textos redigidos num estilo tão requintado, tão preciosista, que duvido que sejam dela.

Ninguém que me visse nessa hora, deitado no tapete ou no sofá, de olhos fechados, pensaria que estou travando um combate feroz. Contra quem? Por muito tempo nem eu mesmo sabia. Hoje não tenho dúvida de que meu inimigo mortal é a admiração que me arde por dentro. Dói muito ter que admitir os méritos de uma pessoa detestada. Por isso ouço de vez em quando o programa de Amalia, na esperança de que ela se engane, trave, incorra em anacolutos, pleonasmos ou erros de concordância, ria fora de hora, não consiga uma linha telefônica ou o interlocutor a deixe em apuros... Uma falha dela, por menor que seja, me provoca uma descarga de prazer.

Esta tarde a ouvi entrevistar uma deputada do partido espanhol Podemos sobre as questões políticas da atualidade. Pelos riscos cúmplices e a intimidade no tratamento, parecia uma conversa entre duas amigas. As perguntas eram sobre o conflito na Catalunha, o emprego precário, o orçamento do Estado e, evidentemente, sobre a igualdade de gênero, um assunto em voga que quando nós morávamos juntos lhe despertava um interesse morno. Questões que a deputada de esquerda podia responder repetindo o que diz o programa eleitoral do seu partido e que, de quebra, lhe permitiam atacar à vontade os adversários políticos. Constantemente, Amalia comentava as declarações da deputada com monossílabos de aprovação. Em nenhum momento se contrapôs a ela ou lhe pediu que esclarecesse algum ponto. No fim, agradeceu à convidada por ter lhe concedido alguns minutos da sua "agenda apertada".

Dias atrás, Amalia entrevistou um político do Partido Popular que aparentemente tinha acabado de publicar um livro. O tratamento foi hostil, ligeiramente diluído pela falsa cortesia. Muitas das perguntas visavam claramente a embaraçar o convidado ou, pelo menos, a não o deixar aparecer sob uma luz favorável. Amalia não lhe dava trégua: "Sim, mas", "Não acha que a direita se contradiz quando...?", "E por que vocês não prestam atenção a...?". Amalia não se importava de interromper o interlocutor, principalmente quando ele se expressava de forma brilhante, nem de intercalar imputações no enunciado das perguntas. Por duas vezes mencionou assuntos que ligavam o partido do convidado a atos criminosos e de corrupção. Despediu-se dele com um agradecimento formal seco e, depois da publicidade, se permitiu um comentário irônico sobre o título do livro. Se as eleições fossem no dia seguinte, eu votaria, por birra, naquele pobre defensor de uma ideologia semelhante à que inspirou a educação infantil de Amalia.

Ai, Amalia, Amalia.

Patricinha do bairro de Salamanca que estimulava o clitóris olhando a capa de um álbum dos Pecos, como ela mesma me contou pouco depois de conhecê-la.

Aluna exemplar do Loreto, em Príncipe de Vergara, que nunca matou uma mosca, quebrou um prato ou fez uma travessura.

A garotinha que não perdia uma missa. Que colecionava escapulários, medalhas e santinhos. Que dormia com um crucifixo acima da cabeceira da cama e gostava de montar altares floridos na sala de sua casa.

Aquela que em 1975, aos onze anos, desfilou com toda a família, ela e a irmã de mãos dadas e casacões pretos, diante do caixão de Franco no Salão das Colunas do Palácio Real, no mesmo dia em que meu pai, comunista, brindava em casa com champanhe e minha mãe dizia: "Não fala tão alto, Gregorio, que vão escutar."

27

Não morávamos sob o mesmo teto havia apenas um ano. Só nos encontrávamos de acordo com as determinações da juíza. Eu estava começando a notar um laivo de estranheza na presença do meu filho. Tinha a impressão de que não ter sua custódia o tornava menos meu. Eu precisava medir minhas palavras para que ele não ficasse magoado ou zangado e acabasse recusando a minha companhia. Só podia vê-lo quando o emprestavam a mim, como acontece quando você vai à biblioteca, pega um livro e, um tempo depois, tem que devolver.

"Se ele realmente me amasse", dizia para os meus botões, "nada o impediria de dar uma escapadinha de vez em quando para ficar comigo". Não o culpo. Gostássemos ou não, o fato é que eu continuava a representar para ele uma autoridade, mesmo que diminuída. Meu objetivo era o de que Nikita me visse mais como um colega do que como um segundo chefe. Para isso, minha estratégia foi deixar inteiramente nas mãos de Amalia a antipática tarefa de impor as regras e repreendê-lo quando fosse necessário ou quando ela perdesse a paciência. A mãe fumante proibiu-o de fumar; eu, que tinha parado de fumar, às vezes lhe pagava um maço de cigarros, consciente do despropósito pedagógico que estava cometendo.

Continuamos nos tratando com familiaridade. Havia momentos, porém, em que eu via que o garoto estava se tornando um desconhecido, e ficava angustiado e triste pensando que ele devia estar me vendo da mesma forma. Às vezes ocorriam longos silêncios entre nós. Outras vezes eu falava e ele continuava com a atenção fixa na tela do celular, o que em outras circunstâncias me tiraria do sério. Numa tarde chuvosa, quando o vi mais quieto do que o normal, convenci-o a ir ao cinema. No meio do filme percebi que tinha adormecido.

Depois de um ano morando sozinho em La Guindalera, percebi que o garoto tinha dado uma esticada; não faltava muito para que ficasse da minha altura, e era estranho não ter que olhar para baixo ao falar com ele. Aos dezesseis anos, a pele de Nikita estava cheia de espinhas; acima do lábio superior havia a sombra de uma penugem que me lembrava os pelinhos de Raulito na mesma idade; os tons agudos da sua voz tinham desaparecido; seus gestos eram mais pausados agora, sem vivacidade ou elegância. Ele aceitava resignado o meu abraço, mas não admitia de forma alguma que o beijasse na bochecha. A Pepa ele dispensava um pouco mais de ternura.

Tive pena do meu filho. Ainda tenho. Quando o vejo, penso: *Que azar teve esse garoto durante a vida toda.* Amalia o jogava para mim e eu o jogava para Amalia, como dois tenistas lançando a bola de um lado para o outro da quadra. Se ele tivesse nascido em outra família, em outra época, em outro país... sua evolução talvez tivesse sido mais positiva. Mas isso, evidentemente, não há como saber. Muitas vezes tenho uma sensação estranha quando o vejo ir embora. Olho para suas costas, sua nuca, seu andar desajeitado, e de repente imagino que sou o meu pai e Nikita se tornou o adolescente que já fui, e nesse momento meu pesar aumenta e me pergunto se o que sinto pelo meu filho coincide com o que papai sentia por mim.

Agora me vem à cabeça um fim de semana em que levei Nikita para ver a avó. Era meu dia de ficar com ele e isso me dava certo mal-estar, porque o garoto estava numa idade em que eu não podia competir com seus amigos em termos de lhe proporcionar diversão. No começo, principalmente, me preocupava com a ideia de que ele ficaria entediado ao meu lado. Nessa época ainda esperava ganhar seu afeto, coisa que hoje em dia me inquieta menos. Se ele quiser me ver, sabe onde moro, mas na ocasião, com o divórcio ainda mal digerido, a situação era diferente. Uma das minhas prioridades era garantir que a dissolução da família fosse o menos traumática possível para ele. Vivia obcecado com o desejo de não me perpetuar em sua memória como um pai desastroso nem como modelo de homem fracassado.

Era sábado. Nikita chegou ao meu apartamento na hora combinada. Eu tinha comprado, com a aprovação dele, duas entradas para o jogo das oito da noite no Vicente Calderón. Embora eu não tenha um apego especial por futebol, pensei que se conseguisse transmitir a Nikita a paixão pelo Atlético, no meu caso fingida, criaria um vínculo entre nós dois a salvo da influência da mãe dele. E ainda estimularia o desejo do menino de ficar mais tempo comigo. Poderíamos até ir assistir ao time em outros estádios. Disse a ele que seu falecido avô Gregorio tinha um amor imenso pela camisa alvirrubra — exagerei, mas não era uma informação totalmente inexata. Suponho que a palavra *amor* assustou Nikita. Era inútil examinar suas feições em busca de algum sinal de entusiasmo, mas pelo menos consegui que ele aceitasse ir comigo a um jogo contra o Numancia. Eu confiava que o espetáculo teria sobre ele o efeito persuasivo que minhas palavras não pareciam ter.

Mamãe estava nos esperando em sua casa às duas da tarde. Nikita ficava animado por saber que a avó havia se esmerado para lhe preparar um prato de sua preferência e, na hora da despedida, lhe recompensaria a visita com um generoso pagamento. Por esse lado não haveria problema. A caminho da casa da avó, Nikita manifestou o desejo de se encontrar com uns amigos na manhã seguinte e passar o restante do dia com eles antes de se devolver à mãe, digamos assim, na hora estipulada. Não tive dúvida em bancar o colega compreensivo e dar meu consentimento, pensando, a bem da verdade, que se ele fosse embora mais cedo eu teria o dia inteiro para minhas tarefas do colégio.

A questão era que, por um pedido encarecido de Amalia, que aludiu em tom catastrófico à saúde mental do nosso filho, eu tinha que conversar com ele sobre o problema que tivera com a mãe dias antes, chamar-lhe a atenção "de homem para homem" e convencê-lo "com boas palavras" de que os caminhos da violência não levam a lugar nenhum, o que, na minha opinião, é uma afirmação polêmica. Talvez devesse ter perguntado à minha ex-mulher se ela se sentia incapaz de lidar com a custódia do nosso glorioso herdeiro sem minha ajuda, mas para quê? Por acaso Amalia não era a principal vítima da sua vitória judicial? Eu preferia mil vezes cuidar de uma cadela dócil e carinhosa a cuidar de um garoto cada vez mais problemático.

Como fui burro ao prometer entabular uma conversa que a qualquer momento poderia rumar para um lado nefasto e arruinar meu fim de semana. Percebi tarde demais que deveria ter exigido de Amalia uma reunião de família fora das horas que me foram concedidas para conviver com nosso filho. Por que devo dedicar o pouco tempo de que disponho para ficar com ele aos problemas e desentendimentos que tem com a mãe? Tive vontade de entrar no assunto diretamente, sem perder tempo. Assim poderia me livrar disso o mais rápido possível. Depois, tive medo de que Nikita reagisse com agressividade e fosse embora. Fui deixando as horas do sábado passarem, na esperança de encontrar um momento oportuno para fazer o malabarismo de repreender meu filho de maneira que não se irritasse. De pura raiva, cheguei a um passo de recorrer ao suborno: "Escuta aqui, monstrinho. Vou dar vinte euros por mês para você não bater na sua mãe."

Enquanto nos preparávamos para sair, pensei em mamãe. A coitada não merecia que chegássemos de cara emburrada à sua casa. Também achei conveniente não correr o risco de Nikita, zangado comigo, perder a vontade de ir ao jogo contra o Numancia. Ainda bem que não abri a boca, porque o Atlético ganhou de três a zero e vi o garoto se divertir como nunca. Chegamos de volta ao meu apartamento depois das onze da noite. Não era hora para trazer à tona os conflitos familiares, de maneira que decidi deixar a conversa "de homem para homem" para a manhã seguinte, pouco antes de ele ir encontrar os amigos.

28

Acusou-me de não ter lutado de verdade por ele. Eu não estava acostumado a ver meu filho tão alterado. A veemência repentina dos seus gestos, seus olhos dilatados e furiosos, justamente ele, que costuma olhar o mundo com as pálpebras semicerradas, como se não tivesse dormido o suficiente ou sofresse de um tédio crônico, e aqueles dentes trincados e as mãos nervosas não correspondiam à atitude um tanto circunspecta a que nos acostumara. Tanta coisa tinha mudado em um ano? Fiquei olhando Nikita tomar o café da manhã do outro lado da mesa, sonolento até poucos momentos antes, até que, droga, fui tocar no assunto e sem mais nem menos o garoto explodiu.

A ferocidade de suas feições me lembrou papai, e confesso que senti uma pontada de orgulho. Era como se o avô e o neto de repente estivessem ligados por uma ponte de vitalidade sobre um rio de águas lentas, tão lentas que parecem não fluir, e que na verdade não fluem ou, pelo menos, avançam e recuam devagar porque não têm para onde ir. Nessa sequência de três homens, eles eram as margens e eu, o rio.

Em minha defesa, aleguei a decisão da juíza. Ele a xingou: "Uma vaca escrota." "É esse o vocabulário que você usa com sua mãe?" Nikita não respondeu. Segundo ele, as mulheres se aliam para atacar os homens, e eu deveria saber disso. "Dá para escolher o advogado, mas não dá para escolher o juiz", respondi. E acrescentei: "Gostemos ou não, o critério é proteger os interesses do menor." Pois a ele ninguém tinha perguntado nada. E insistiu, com as sobrancelhas desafiadoras, que eu o deixara sozinho com a mãe, a quem recomeçou a encher de insultos. Que não a aguentava mais, que a odiava. "Não diga isso." Nikita me respondeu, irado: "Eu falo o que me der na telha." Continuou, dizendo que não a suportava, e que qualquer dia desses ia dar o fora. Aos dezesseis anos, o que ele podia saber sobre dar o fora ou qualquer outra coisa? Depois, me acusou de não o amar. De não o ter amado desde pequeno. Sustentou sua convicção citando Amalia, que aparentemente defendia a mesma tese, se é que não foi ela quem a plantou em nosso filho. E acrescentou, com evidente amargura, que eu preferia Pepa. Que a Pepa, sim, eu dava atenção; a ele, muito pouca. "Bem, ontem te levei ao futebol. E claro que gostaria de passar mais tempo com você, mas não se esqueça de que nossas horas juntos são contadas."

Em vez de repreendê-lo, como deveria fazer, fiquei encadeando desculpas, e, no fundo, era ele quem estava me repreendendo. Uma raiva visceral contra Amalia me queimava por dentro, por ter me indisposto com meu filho e estragado o nosso fim de semana. Querendo aliviar a tensão, ofereci mais café a Nikita num tom de voz pacificador. Não houve resposta. E a luz da manhã entrando pela janela tornou lamentavelmente visíveis as espinhas na testa e nas bochechas dele.

Olhando supostamente nos meus olhos, ele afirmou que não tinha batido na mãe. "Pois foi o que ela me disse..." "É mentira." Só a tinha empurrado em legítima defesa. Aparentemente, Amalia havia se interposto entre o menino e a porta do apartamento, detalhe que eu não sabia. "Ela me deixa de castigo, sem sair de casa. E também me manda para a cama cedo, e mais tarde escuto quando ela chega às tantas da madrugada."

Depois me perguntou com uma expressão desafiadora se eu não percebia que Amalia estava me traindo. Lembrei a ele que não existia essa possibilidade, pois estávamos divorciados. Aparentemente meu argumento o dissuadiu de continuar nessa linha de diálogo. Em vez disso, acusou a mãe de dedo-duro. Senão, como eu poderia saber da briga do outro dia?

"Sou um estorvo para vocês."

Tive a tentação de discutir com ele. Entretanto, me contive, pensando que se não cortasse aquela conversa íamos chegar a um ponto sem retorno. Por isso, me limitei a dizer com um toque professoral que nem a mãe, nem eu éramos pessoas violentas, e lhe ordenei, lhe pedi, que também não fosse.

Nikita não respondeu. Terminamos o café em silêncio, eu lhe dei uma nota de vinte euros, ele pegou suas coisas e, sem um abraço de despedida, foi encontrar os amigos.

29

Sem me dar tempo de retirar meus últimos pertences, Amalia trocou a fechadura da casa. Como fui obrigado a lhe entregar as chaves, tinha feito uma cópia às escondidas, tanto da porta do apartamento quanto do portão. Amalia se adiantou às minhas intenções, incitada com toda a certeza pelos muitos e variados temores que a faziam, e suponho que ainda a fazem, tomar precauções extremas diante de qualquer situação. Basta ouvir seu programa de rádio. Ela adora entrevistar estupradas, desenganadas e maltratadas, e mulheres, às vezes também homens, que perderam tudo ou foram vítimas de injustiças brutais. Uma de suas perguntas recorrentes é: "Como isso poderia ter sido evitado...?"

Sabendo que ela estava na rádio e o garoto, na escola, resolvi entrar no apartamento para recuperar algumas coisas minhas que tinham ficado lá. Também, confesso, a fim de bisbilhotar um pouco. Parado diante da porta, imaginei absurdamente que o chaveiro tinha feito uma cópia defeituosa da chave.

Meu nome não estava mais na caixa de correio nem abaixo da campainha.

Foi dolorosa a sensação de ter sido expulso daquela que até recentemente fora a minha casa.

Mesmo nos dias em que Amalia se obstinava com mais intensidade no término legal do casamento, eu defendia, e deixei isso bem claro, que deveríamos conservar uma relação de amizade, por bom senso e, principalmente, para manter o equilíbrio emocional do garoto. Ela, por medo e cautela, não confiava em mim. Na verdade, tornou-se mais hostil comigo, pensando que minha proposta era parte de um cálculo destinado a lhe causar o maior prejuízo possível.

A porta pela qual eu havia entrado e saído durante tantos anos se tornara um muro intransponível. Senti uma labareda de rancor queimando minhas entranhas e tive uma descarga de adrenalina tamanha que quase dei pontapés na porta. Desci pensando na maneira de me ressarcir.

Na época, eu estava hospedado no apartamento de Patamanca, enquanto não alugava um para mim. Um período de incerteza econômica estava se abrindo. Com o aluguel e a pensão alimentícia do meu filho, meu salário de professor não ia dar para muitas alegrias.

Eu poderia ter ficado algum tempo na casa de mamãe, por mais que sua lucidez estivesse começando a mostrar as primeiras lacunas. Acontece, porém, que eu não queria que ela soubesse do meu divórcio, nem que um dia Raúl fosse visitá-la e me surpreendesse saindo do banheiro de chinelos e roupão.

Estudei a possibilidade de ir para um apartamento compartilhado.

Ou de ir morar num bairro da periferia.

Quando percebi que a chave não entrava na fechadura, me senti um moribundo de quem tinham retirado a respiração assistida. No dia seguinte, num momento em que mamãe estava cochilando na cadeira de balanço, entrei no quarto dela e pus um belo punhado de soníferos e outras pílulas, de vários tamanhos e cores, numa sacola de coletar o cocô da Pepa. Então, assim que tive oportunidade, voltei para o apartamento de Amalia. Ela ia ficar sabendo. Sentado no capacho, imaginei o momento em que descobriria meu corpo. Pena não estar vivo para ver seu rosto e talvez ouvir seu grito! Peguei a sacola e despejei o conteúdo na palma da mão. De repente, me ocorreu que Nikita poderia voltar para casa antes da mãe. Eu realmente não queria que, pelo resto dos seus dias, a última imagem que o garoto tivesse do pai fosse a do corpo estendido no chão com uma careta de suicida, nem que ele tivesse que responder às perguntas da polícia. Também pensei nos problemas que ia causar a mamãe deixando-a sem seus remédios. Minha determinação começou a fraquejar, a coragem se dissipou e eu me levantei. Na rua brilhava um céu azul. Divisei entre dois prédios, lá em cima, a silhueta veloz dos andorinhões. Eu ia perder a vida só para agradar a uma imbecil? Era só o que faltava!

30

Nos dias em que fiquei hospedado em sua casa, eu disse a Pata que atribuía a troca da fechadura aos medos de Amalia. Que eu não tivesse a menor dúvida disso, comentou ele. E então me explicou uma teoria que era mais ou menos assim:

"O medo é o fundamento lógico das mulheres. A mulher é como é, pensa como pensa, age como age porque tem medo. Um medo instintivo, genético, principalmente do homem, que ela vê, antes de mais nada, como um agressor, e quer a todo custo domar e, se possível, castrar. E então, quando finalmente consegue, passa a desprezá-lo, porque a mulher sem o medo não é nada. Você vai ver como a sua ex logo, logo arranja um cara. Vai envolvê-lo em seu perfume, dizer-lhe gracinhas no ouvido e se oferecer como fornecedora de orgasmos em troca dos serviços de um guarda-costas."

Ao fim da dissertação, Pata me perguntou o que eu achava.

Respondi que estava triste demais para comentar.

Outubro

1

Na noite passada, anunciaram para hoje temperatura de trinta graus e distúrbios na Catalunha, e as duas previsões se realizaram. Ouço os comentários na sala dos professores, mas estou decidido a não me meter. Percebo que há dois polos de opinião, e que cada um orienta suas convicções para um lado ou outro, em diferentes graus de aproximação. De um lado, aqueles que se dizem cansados (mais: fartos; muito mais: de saco cheio) do problema catalão e aceitariam qualquer remédio, até mesmo a desintegração da Espanha, para gozar de tranquilidade no quinhão que lhes corresponde. Do outro, aqueles que, depois de expor seus escrúpulos democráticos e insinuar que representam a tranquilidade e a tolerância, concordariam com o que chamam de solução drástica, também postulada em diferentes graus de intensidade: desde a aplicação imediata do artigo 155 da Constituição, passando pela supressão *sine die* da autonomia catalã, até a intervenção do Exército à moda antiga.

Observo as bocas, os olhos dos opinantes. E me pergunto: *O que estou fazendo aqui cercado por esses símios? O que estou fazendo neste mundo? Que me importam todas essas migalhas da política atual?* Tenho a intenção de ficar em silêncio, a menos que algum chato me interpele, e nesse caso me limitarei a escapulir com evasivas e generalidades. Alguns apelam para uma coisa, aparentemente mágica, chamada diálogo. É um apelo vago e até hipócrita, um hino às estrelas, uma forma de ganhar tempo à espera de que os ânimos se acalmem e o fogo da discórdia se apague por si só. A diretora se alinha com a facção dos que exigem mão de ferro; aquela *dominatrix* sentencia que é preciso defender a lei a todo custo e depois negociar. Nesta ordem, e não o contrário. Quem pediu a ela que participasse do debate? Ninguém a contraria. Tanto faz se essa senhora está falando do tempo, do cultivo da videira ou do preço do peixe. Todos concordam, pois sua palavra vem das alturas da hierarquia. A troca de opiniões termina após o ditame da diretora. Pouco depois o sinal toca e, voltando para a sala de aula, escuto dois colegas retomarem no corredor a conversa sobre a Catalunha. Um deles diz: "Basta uma morte para que se arme um tumulto como o de 1936."

2

Pensando no que houve ontem, na maneira como o restante da Espanha vê a Catalunha pela televisão (conflitos, bandeiras, cassetetes) tal qual quem escuta uma briga através das paredes de um apartamento próximo e, balançando a cabeça em sinal de tédio, reclama em voz baixa do barulho, mas não sai às ruas para defender a integridade do país, eu me lembrei de papai. Sua amargura política, sua saída do partido dois anos depois da legalização. "Foi para isso que arrisquei minha pele?", lamentava. "Para continuar com a mesma bandeira, o mesmo hino e restaurar a monarquia? Que merda de Constituição é essa?"

No fundo, papai sonhava com uma Espanha semelhante à de Franco, mas com um líder comunista em vez de um caudilho ultracatólico e militar. Ingenuamente, pensou que o povo votaria em massa no Partido Comunista da Espanha assim que houvesse eleições livres. Sua decepção foi monumental.

Estava convencido do espírito de rebanho dos espanhóis. "Cambada de submissos, nasceram para obedecer e se adaptam a tudo. Não foram ensinados a pensar. Têm menos imaginação do que um sapato." Papai temperava os jantares da minha adolescência com frases como essa. Mamãe lhe dizia: "Gregorio, chega." Então ele se calava, resmungando, sem deixar de olhar para o prato de sopa, sopa essa em que talvez mamãe tivesse cuspido furtivamente, e pouco depois voltava a atacar.

"Não conheço nenhuma nação com menos espírito revolucionário. Tem que trazer tudo de fora."

Quando fiz não sei se onze ou doze anos, ele me deu um exemplar do *Manifesto comunista*. Ainda o tenho, com uma dedicatória entusiasmada que dizia "Do seu pai e camarada", seguida da sua assinatura, como se ele fosse o autor do livro. Alguns dias depois veio me perguntar o que eu tinha achado. Respondi que era bom. Ele tentou puxar conversa sobre o assunto. Não fomos muito longe. Mamãe interveio: "Não vê que é uma criança?" Na verdade, eu não tinha lido o livro. Até comecei a ler, por medo de decepcionar meu pai. Mas, como não entendi nada, parei na quinta ou na sexta página. Naquela época, eu só gostava de ler histórias em quadrinhos.

Hoje entendo a decepção que papai deve ter sentido por culpa minha e de Raulito. Meu irmão não ganhou o *Manifesto comunista* porque, quando chegou à idade de ler e entender as coisas, papai já tinha saído do partido. Comparo a decepção dele com a que senti algumas vezes com Nikita. Você tenta transmitir ao seu filho certos valores, certas convicções, e então percebe que nada do que diz lhe interessa em absoluto, que ele está ligado em outra coisa e, por isso, todas as suas crenças vão morrer junto com você, ou até antes. No fundo, somos todos movidos pelo egoísmo de nos prolongar em nossa descendência. Seríamos capazes de esvaziar nossos filhos da sua personalidade e preenchê-los, como animais dissecados, com a serragem da nossa.

O que papai diria se soubesse que o neto dele tem uma suástica tatuada nas costas?

Quem sabe, poderia até achar engraçado. Os avós são assim. Permitem aos netos tudo que proibiam aos filhos, e assim os desgraçados conseguem ser amados.

3

Estava tudo pronto para fazermos um piquenique na Casa de Campo e papai não chegava. Mamãe tinha acordado cedo para fazer a tortilha de batata e o frango à milanesa. Quando nos levantamos da cama, o apartamento inteiro cheirava a fritura. Papai disse que precisava buscar uns papéis na casa de um amigo e às onze, no máximo, estaria de volta, e que então poderíamos sair todos no nosso Seat 124 para passar o dia, como tantas vezes nós e tantas famílias na época costumávamos fazer, à sombra das árvores.

Não me lembro muito bem. Minha memória diz que fazia calor, que o céu estava azul e que mamãe ficou muito zangada porque deu meio-dia, depois uma hora, e papai não aparecia. Por um motivo insignificante, deu uma baita bronca em Raulito. Meu irmão começou a berrar como um porco no matadouro. Eu tinha ouvido papai dizer isso uma vez, e repetia com frequência nessa época para provocar meu irmão. Pouco depois, mamãe brigou comigo também, acho que para compensar, para Raulito não pensar que ela gostava menos dele. Mais tarde nos chamou, deu um beijo em cada um, pediu desculpas e nos deixou ver televisão numa hora em que normalmente éramos proibidos.

Papai não voltou para casa naquele dia nem nos seguintes. Raulito e eu percebemos que a raiva de mamãe tinha se transformado em tristeza, porque passava o tempo todo de olhos vermelhos, como se estivesse chorando, e quase não falava. Cometi a crueldade de dizer a Raulito que papai nunca mais ia voltar porque tinha fugido com uma mulher preta. Na verdade, não falei isso com consciência de estar mentindo, exceto pelo detalhe da cor. Eu mesmo acreditava nas minhas palavras; simplesmente queria ver na cara do meu irmão como se reage a notícias dessa natureza. Raulito foi correndo choramingar com o rosto entre os peitos de mamãe, mas não adiantou, porque ela estava triste demais para me castigar.

Em determinado momento, percebi que ela sabia onde papai estava, mas não podia dizer. Os dias passaram, e certa tarde a porta se abriu e papai entrou, sério e sujo, e no ar ficou flutuando um cheiro desagradável. Ele e mamãe deram para conversar aos sussurros por algum tempo. Mamãe lhe levava chá de camomila e papai ficava muitas horas na cama, com a persiana do quarto baixada, sem ir trabalhar. Nós fomos orientados a não fazer barulho para não incomodar, pois aparentemente ele estava com dor de cabeça. Por fim, fosse lá o que papai tivesse, passou, e ele voltou à vida normal. Em alguns fins de semana, quando o tempo estava bom, íamos fazer um piquenique na Casa de Campo, e no fim das contas Raulito e eu esquecemos que papai havia ficado mais de uma semana ausente de casa, não sabíamos por que nem perguntamos, talvez por medo de que fosse verdade que ele tinha fugido com uma mulher preta ou de qualquer outra cor.

4

À meia-noite e meia estava procurando na minha estante o exemplar que papai havia me dado tantos anos antes. Encontrei-o no fundo de uma caixa de papelão cheia de folhetos e revistas velhas, e fui ver a dedicatória, antes de qualquer outra coisa, com medo de que tivesse se apagado. A tinta de fato estava desbotada, e tive uma sensação dolorosa por um instante ao encontrar um vestígio de papai. Acho que Pepa farejou minha tristeza, porque sem mais nem menos veio se esfregar nas minhas pernas como se quisesse me consolar.

De manhã, à luz do dia, reparei em alguns detalhes que na adolescência devem ter passado despercebidos por mim. Ou talvez não, mas eu era jovem demais para entendê-los. Vi que se tratava de uma edição mexicana de 1967, com tradução de Wenceslao Roces. Nunca a li. Anos depois, ainda estudante, comprei uma versão de um tradutor moderno que restituiu o título original do panfleto de Marx e Engels: *Manifesto do Partido Comunista*.

Nunca professei com intensidade uma fé, nem política, nem religiosa. Suspeito que no fundo são a mesma coisa.

Não aspiro à eternidade. Não entendo como os seres humanos, depois de tantos séculos de horrores, podem continuar acreditando na possibilidade de um paraíso social na Terra.

Não sou católico, não sou marxista, não sou nada, sou apenas um corpo com os dias contados como todo mundo. Acredito em algumas poucas coisas que me dão prazer e são cotidianas e visíveis. Acredito em coisas como a água e a luz. Acredito na amizade do meu único amigo e nos andorinhões que, apesar do ar poluído e do barulho, voltam todo ano à cidade, embora aparentemente cada vez em menor número.

São coisas que, assim como chocolate amargo, que também aprecio, não têm significado político ou religioso; em todo caso, não são destinadas a prejudicar ninguém.

Também acredito na eficácia da cirurgia, em certo tipo de música, na bondade de algumas pessoas e nas crianças.

Por falar em crianças, esta tarde me sucedeu um fato pitoresco. Como faço tantas vezes, levei Pepa ao parque Eva Duarte, que é um dos meus lugares preferidos do bairro. Pepa também gosta. Lá ela brinca com outros cachorros que já conhece e com os quais se dá bem. Ficam cheirando os genitais uns dos outros, um hábito que admiro.

Costumo me sentar num dos bancos, se possível em algum ao sol, quando o tempo está fresco, ou à sombra, quando o calor aperta; me distraio com o jornal ou com um livro, preparo aulas, corrijo provas, observo os andorinhões ou o que estiver voando acima da minha cabeça (às vezes faço exercícios, porque há uns bancos providos de pedais), enquanto a cachorra fareja os arredores à vontade. Mais cedo ou mais tarde ela se cansa de correr e vem se jogar no chão perto de mim. O parque tem um espaço delimitado com cercas e solo de areia, onde os cães podem ficar sem coleira, mas suas dimensões são tão reduzidas que impedem uma corrida digna.

Logo depois da entrada pela rua Francisco Silvela há um monumento dedicado à pessoa que dá nome ao parque. Foi ao pé do pedestal com o busto de Evita que deixei — quando me dirigia para a saída — o exemplar do *Manifesto comunista* que papai me dera havia mais de quarenta anos. Sigo com a intenção de me desapegar gradualmente dos meus bens. Já estava na calçada com Pepa quando escuto vozes infantis atrás de mim. "Moço, moço!" Quando me viro, vejo duas meninas, de uns sete, oito ou talvez nove anos de idade, correndo na minha direção. Uma delas, a mais esguia, de traços asiáticos, brande no ar o exemplar do *Manifesto*, ela e a amiga convencidas de que eu o tinha esquecido. Na hora de agradecer, tenho vontade de perguntar se querem ficar com ele, mas calo a boca, não porque o texto de

Marx e Engels me pareça impróprio para aquelas duas criaturas, mas porque imagino, pela idade delas, que talvez tenham vindo ao parque acompanhadas dos pais, que devem estar vigiando em algum lugar próximo, e por nada nesse mundo quero ser considerado uma espécie de pervertido filosófico, nem que me fotografem com o celular e me denunciem à polícia ou me exponham à vergonha pública nas redes sociais.

Sozinho outra vez, arranco a página com a dedicatória de papai e jogo o livro numa lixeira ao lado do ponto de ônibus.

Depois continuo andando, com Pepa ao meu lado, de volta para casa. Então me pergunto qual é o sentido de conservar a página com aquelas palavras que a tinta desbotada tornou quase ilegíveis. "Do seu pai e camarada." Amasso o papel, faço uma bola e a jogo na lixeira mais próxima.

Pobre papai, penso. *Agora, sim, você morreu completamente.*

5

Supõe-se que éramos uma família ateia. Nunca íamos à missa nem tínhamos símbolos religiosos em casa. Tanto Raulito quanto eu, porém, fomos batizados logo após o nascimento, e mais tarde fizemos a primeira comunhão com as outras crianças da igreja do bairro, ridiculamente vestidos de marinheiros. Ainda tenho algumas fotos. Já meu irmão não pode dizer o mesmo, porque as dele eu destruí a tesouradas, coisa de criança.

Mandar-nos para a igreja foi uma medida preventiva dos nossos pais. Para nós, era uma brincadeira maravilhosa. Talvez, penso agora, o maravilhoso era nos sentirmos normais, e durante a ditadura de Franco o normal era ir à igreja e fazer primeira comunhão com roupa de marinheiro, sapato branco e vela na mão. Após a cerimônia, mamãe guardou o traje completo num armário; três anos depois, vestiu-a em Raulito após fazer uns ajustes, porque meu irmão já era bem gordo aos sete anos, e depois disso lembro vagamente que vendeu essa roupa ou deu para uns vizinhos.

Por precaução, mamãe e papai se abstinham de falar mal dos padres e da religião diante de nós, e nunca faziam nenhum comentário sobre as orações que aprendíamos. Assim, evitavam que meu irmão e eu déssemos com a língua nos dentes na escola. Papai e mamãe nunca blasfemavam, como é comum, não porque a linguagem obscena lhes fosse desconhecida, mas porque o próprio conceito de blasfêmia não fazia sentido para eles. Eu tampouco costumo misturar Deus com palavrões. Minhas imprecações são praticamente as mesmas que papai costumava usar. Quando xingo, quando maldigo, sou papai. Às vezes, xingo e maldigo quando ninguém está ouvindo, sem outro motivo além de querer pensar que papai veio morar no meu corpo por alguns momentos.

Pode parecer incongruente que, na época de Natal, nós montássemos um presépio na cômoda do corredor. Na verdade, nosso portal de Belém, com suas lindas figuras de artesanato, seu musgo e seu rio de papel laminado, não tinha a menor conotação religiosa para meus pais. Com o propósito de dissipar quaisquer dúvidas, papai prendia no dintel do presépio um distintivo rubro de latão com uma foice e um martelo dourados sobre o fundo vermelho. Armávamos na sala a árvore de Natal com suas bolas, seus enfeites e suas luzes intermitentes e, na noite de Ano-Novo, é claro, nos sentávamos os quatro na frente da televisão para comer as doze uvas.

Um dia, depois de dividir as uvas em quatro pratinhos, papai, que já estava um pouco alto, disse apontando para a tela: "Agora vão mostrar a casa onde me torturaram." Mamãe o mandou calar a boca. Acontece, porém, que naquele ano as badaladas do Ano-Novo não foram transmitidas da Porta do Sol, mas de um edifício em Barcelona com um relógio na fachada. Papai então, visivelmente desapontado, disse: "Ah, que merda. Agora mudou. Não foi aí que me torturaram." Mamãe bateu o pratinho na mesa e algumas uvas voaram longe. "Gregorio, já chega. Se você continuar com isso, vou para a cama."

6

Por vários anos, papai escondeu de Raulito e de mim que estivera preso nas masmorras subterrâneas da Direção Geral de Segurança. Hoje eu sei que, após o incidente da noite de Ano-Novo, mamãe o fez prometer que não nos diria uma palavra sequer sobre o assunto enquanto fôssemos pequenos. No que me diz respeito, ela foi a principal causa de ter ficado gravada em minha memória a existência de algo na vida de papai que não deveria vir à tona. E isso só por evidenciar uma situação que poderia ter evitado com um pouco de dissimulação. Uma situação que uma criança da minha idade, que dirá da idade de Raulito, na época com seis anos, dificilmente registraria, ainda mais se considerarmos que, naquele momento festivo que nos reunia em frente à televisão, eu e meu irmão estávamos com toda a atenção concentrada em comer as doze uvas no seu devido tempo.

Mamãe não parou de reclamar com papai até deixá-lo exasperado, e então ele se recusou a comer "a porra das uvas", como disse, olhando-as com cara de desprezo. Ela não se deu o trabalho de pegar as suas próprias, que tinham se espalhado pela mesa. Antes da última badalada, me deu um tapa por roubar uma uva de Raulito. À meia-noite e quinze ou à meia-noite e vinte, estávamos todos na cama. E o tabuleiro de ludo, com as fichas arrumadas para o início do jogo, ficou na mesa da sala sem jogadores. Através da parede eu ouvia mamãe e papai discutindo aos berros, e de repente também se ouviu o estalo de uma pancada que parecia contra um corpo, e depois não houve mais conversa entre eles. Na manhã seguinte mamãe estava com o lábio inchado, e eu não tive dúvida de que existia um segredo na vida de papai do qual não se devia falar.

A partir do ano seguinte, as badaladas do Ano-Novo foram novamente transmitidas da Porta do Sol pela principal rede de televisão. Desconfio de que, enquanto nós quatro ficávamos sentados na frente da TV em preto e branco, papai mordia a língua para não falar nada sobre a tortura, se é que mamãe, antes de ir buscar as uvas, não o tivesse lembrado da sua promessa.

Numa tarde de 1977, papai se abriu comigo enquanto andávamos pela rua sem mamãe nem Raulito ao lado. Ele estava fora de si, de cara amarrada, o lábio inferior tremia de raiva. Mal conseguia respirar por causa da ansiedade, da ira, da indignação que sentiu ao saber que o ministro do Interior havia concedido a Medalha de Prata ao Mérito Policial a Antonio González Pacheco, vulgo "Billy, el Niño", o inspetor de polícia que o tinha torturado por onze dias numa sala da Direção Geral de Segurança, no prédio de onde são transmitidas anualmente as badaladas de Ano-Novo. Eu tinha catorze anos, e ele me disse: "Já é hora de contar para você, e não precisa dizer nada à sua mãe, porque isso é coisa de homem." Perguntou se eu tinha entendido. Um pouco constrangido, respondi que sim.

Papai não achava que estivesse na mira da Brigada Político-Social. Na mesma hora, se corrigiu. Numa ditadura, qualquer cidadão é suspeito por princípio. O que ele queria dizer é que o nome dele não estava na lista dos mais procurados. Naquela manhã em que tínhamos planejado um piquenique na Casa de Campo, ele teve o azar de estar junto com um camarada que um grupo de policiais foi prender. E o pior é que ele e o amigo já estavam se despedindo. Se os policiais chegassem um minuto depois, contou, não o pegariam. Foi levado junto com o outro, "como cerejas unidas pelo cabinho", para ver se conseguiam lhe arrancar alguma informação, sem sequer saberem quem papai era. Ele percebeu isso no primeiro interrogatório. Papai estava sem os documentos. Disse seu nome, e um deles saiu correndo para fazer as averiguações. Enquanto isso, já iam baixando o cacete nele.

Quem liderava o interrogatório era esse Billy, el Niño. Ele se orgulhava do apelido, a ponto de cochichá-lo várias vezes no ouvido de papai, com a visível intenção de intimidar o preso. Perguntei se ele não conhecia aquele homem antes. Papai respondeu que os homens maus todo mundo conhece, porque se fala muito deles, e aquele era de longe o pior. Achava ultrajante que um torturador fosse condecorado numa democracia.

Papai me relatou algumas atrocidades que lhe fizeram. Disse que não podia me contar todas... por enquanto. Guardaria algumas para quando eu fosse mais velho, porque eram desagradáveis demais. Não tinha intenção de me assustar, só que há coisas que um pai tem que revelar, mais cedo ou mais tarde, aos filhos. Contou que não lhe davam de beber e lhe negaram comida por vários dias. Tampouco o deixavam dormir ou ir ao banheiro para se aliviar. Enquanto ele discorria sobre as consequências físicas daqueles tormentos, eu me concentrava nos carros, nas pessoas, nas fachadas, nem tanto por não estar interessado no que estava me dizendo, mas porque não sabia em que parte da minha mente armazenar suas palavras ou o que fazer com elas, e no fundo estava desejando que parasse quanto antes de encher meus ouvidos com o relato de tantas truculências.

Ele era levado para a sala de interrogatório inúmeras vezes, sofria tormentos dantescos e depois voltava para a cela, e com essas idas e vindas, e as surras que lhe davam, perdeu rapidamente a noção do tempo. O tal Billy, el Niño, o pôs na frente de uma janela aberta e ameaçou dar-lhe "um empurrãozinho sem querer". Depois, o deixaram nu por muitas horas. Outra coisa que fizeram foi golpeá-lo na cabeça com uma lista telefônica, pá, pá, pá, o que lhe provocou dores de cabeça terríveis, que se repetiam mesmo depois de ter recuperado a liberdade. Ah, e também ficou urinando sangue por um tempo. Depois, soltaram-no com um chute na bunda, após lhe arrancarem as poucas informações substantivas que conseguiram obter de um militante de segundo ou terceiro escalão. Billy, el Niño, se despediu dele mais ou menos com estas palavras: "Nunca mais quero ver você, seu comunista de merda, porque da próxima vez juro que não sai vivo daqui."

Perto da entrada de casa, papai me olhou bem no fundo dos olhos e, do alto da sua estatura majestosa, me perguntou com sua voz forte o que eu tinha aprendido de tudo aquilo que acabara de me contar. A pergunta me pegou tão de surpresa que não consegui responder. Tive medo de levar uma bofetada, mas papai, já recuperado da ansiedade e da falta de ar, felizmente não levou a mal aquela reação morna. Talvez tenha pensado que sua história houvesse me deixado paralisado de medo. Pouco depois, em frente à nossa porta, pousou uma das mãos de maneira afetuosa no meu ombro e me fez prometer que me filiaria ao Partido Comunista quando crescesse e seria fiel ao seu programa. Respondi de imediato que sim, até com convicção, porque, na verdade, aos catorze anos, meu ideal de vida era ser grande, forte e perfeito como ele.

7

Hoje não era o dia adequado para encontrar Patamanca. De manhã, aproveitando o primeiro passeio do dia com Pepa, comprei um exemplar de *El Mundo* e fui me sentar num banco para ler. Aos domingos, por volta das nove da manhã, costuma haver pouca gente no parque. Se além disso o tempo está bom, como hoje, ficar ali é uma maravilha.

Assim que vi no jornal as duas páginas dedicadas ao tal Zougam, comecei a inventar um pretexto para me livrar de um possível encontro com Patamanca. Sei que ele lê regularmente *El Mundo*, além de outros jornais. Sem dúvida deve ter visto a reportagem sobre a única pessoa condenada como autor material dos ataques do 11-M. Imagino sua cara virando a página e dando com uma grande fotografia de um dos terroristas que tentou liquidá-lo. Com certeza, a dor no membro fantasma de Pata deve ter estragado seu dia. Definitivamente, não era uma boa ideia entrar no raio de ação de suas lamúrias.

Li que Jamal Zougam está preso há catorze anos, sempre em unidades de isolamento. Parece que insiste em sua inocência, mas, como lembra o autor da matéria, no julgamento foi provado que ele tinha colocado as bombas (o texto não especifica quantas ou em que trens) e distribuído os cartões telefônicos usados para ativar os artefatos explosivos. Agora está sendo investigado por pertencer a uma rede de detentos jihadistas que se comunicam por cartas e fazem propaganda entre os presos.

Uma vez Patamanca me disse que por um tempo sonhava com Zougam. Um tribunal o tinha condenado à morte, e Pata era o carrasco. Não conseguia executar o réu de jeito nenhum. Atirava nele com um fuzil até esvaziar o carregador, e o sujeito, crivado de balas, se levantava sorrindo e tirava os projéteis do corpo como quem arranca uns pelinhos. Depois, lhe cortava a cabeça com uma guilhotina; o executado a apanhava no chão e colocava de volta no lugar. Patamanca então usava a forca; Zougam assobiava uma canção ou fazia comentários meteorológicos ainda balançando no ar.

Pouco depois de chegar em casa, meu telefone toca. Era Patamanca. Queria saber se quero ir com ele a um comício do Vox em Vistalegre. Não menciona a matéria de *El Mundo*. Melhor. Pensei na mesma hora que podia me divertir ouvindo umas arengas da extrema direita salpicadas de louvores à pátria, cheias de alusões à unidade da Espanha, temperadas com uma retórica pesada contra árabes e imigrantes. Preguiça. Relutância em me comprometer. Pouca vontade de me lambuzar de fervor coletivo. Por isso dei a Pata a desculpa que tinha inventado pouco antes no parque.

Acho que decepcionei papai, mas não tenho muita certeza. O fato é que nunca me filiei. Ele mesmo me dissuadiu ao sair do partido. Mesmo assim, tampouco me seduz a ideia de ir me abastecer de convicções no outro extremo.

Sou militante há muitos anos do PPFS, o Partido dos que Preferem Ficar Sós, no qual não exerço cargo algum. O partido é formado por um único militante, eu, e nem sequer sou o chefe.

Todo o programa do meu partido se resume a um lema: "Deixem-me em paz."

8

O bilhete anônimo seguinte me desconcertou pela banalidade do conteúdo. Obviamente, má intenção não faltava. Transcrevo: "Suéter azul-marinho, calça marrom e sapato preto não combinam. Você se veste como um velho." De fato, assim tinha sido minha indumentária nos últimos dias.

Havia passado cerca de um mês desde o bilhete anterior. Decidi deixar esse novo na caixa de correio, para estudar o comportamento de Amalia. Quem me deu a ideia foi Patamanca. Impus a condição de que o bilhete não se referisse aos meus hábitos menos honrosos, caso em que eu o guardaria comigo ou o rasgaria.

Quanto à minha indumentária, Amalia sempre dizia sem rodeios que não tenho estilo. Nunca, nem mesmo nos nossos bons tempos, escondeu essa opinião, mas só me perturbava quando íamos juntos a algum lugar, principalmente se houvesse a possibilidade de encontrar pessoas do seu círculo profissional, porque receava que minha aparência a fizesse passar vergonha. Não se tratando dessas ocasiões, sua vigilância afrouxava. Salvo exceções, cada vez mais esporádicas, seu desinteresse se transformou numa indiferença crescente quando as batalhas conjugais começaram. Sobre minha roupa propriamente dita, ela podia fazer poucas objeções, porque costumávamos ir comprar juntos. Vasculho inutilmente a memória em busca de um caso em que a opinião dela não tenha prevalecido. O que ficava a meu critério era a forma de combinar as peças do vestuário — e, tudo bem, admito que em determinadas manhãs, cheio de pressa, pegava a primeira coisa que encontrava no armário. Afinal de contas, eu ia para o colégio, não para uma recepção oficial ou uma festa chique.

Já Amalia se emperiquitava, nem que fosse apenas para ir comprar alguma coisa na esquina.

A princípio, o bilhete poderia ter sido escrito por ela. Minha ex-mulher era de fases. Começava a criticar meus defeitos de repente, e logo depois me ignorava completamente. Chegou um momento em que a segunda opção me parecia preferível.

Segundo a hipótese de Patamanca, se Amalia era a autora dos bilhetes anônimos, iria tentar de todo jeito que fosse eu a encontrá-los. Então, para testá-la, decidi deixar na caixa de correio o bilhete que enfeava minha roupa, assim como a correspondência do dia. Subi para casa e fiquei esperando. E, de fato, Amalia, trazendo nas mãos os envelopes que eu vira meia hora antes na caixa, não fez qualquer referência ao bilhete quando chegou em casa.

Então é ela!, pensei. *E a desgraçada sabe que frequento puteiros. Como tomou conhecimento?*

Estremeci subitamente com a suspeita de que ela estivesse em conluio com meu amigo, o único que tenho.

Já haviam se passado uns vinte minutos desde que Amalia chegara quando, com toda a naturalidade, ela me disse na cozinha: "Aliás, querido, encontrei este papelzinho na caixa do correio. Espero que de agora em diante você ouça os meus conselhos antes de escolher a roupa."

Depois, se virou e continuou a cortar uma cebola.

9

Pergunto a Patamanca como foi o comício do Vox no domingo. Confesso que faço essa pergunta com certa ironia, com a certeza de estar me antecipando às diatribes ou às gozações que ele decerto vai proferir contra esse partido. Pata me diz que foi tanta gente ao Palácio de Vistalegre, que umas três mil pessoas tiveram que ficar de fora, devido à lotação. A seriedade da sua resposta gela o meu sorriso e me faz ficar em guarda. "Eles não são fascistas", afirma, como que refutando algo que eu não disse. "O que são, então?" Ele chama os líderes desse partido de doidos, histéricos, idealistas, um tanto inclinados a exagerar os atributos masculinos, e deixa para o final o elogio ao qual se encaminhava sua réstia de adjetivos: "Honestos."

Ele não está interessado no programa eleitoral do partido, porque o considera muito de direita; está interessado apenas na sua firme determinação de derrotar o separatismo catalão. Tenta se justificar amparando-se em um exemplo que era mais ou menos assim: "Se tenho um problema no coração, vou consultar um cardiologista, por mais que o cardiologista siga ideias políticas diferentes das minhas. Por mim, pode fazer o que quiser com elas. Tudo que espero dele é que seja um cardiologista competente e me cure. O que você faria com um coração doente? Marcar hora com um ginecologista porque vocês dois têm a mesma ideologia?" E, sem esperar minha resposta nem reparar que as pessoas do bar podiam estar ouvindo, acrescenta estas palavras ou outras parecidas: "Acho que no fundo muitos dos que vi lá estão cagando para o que os líderes desse partido pensam sobre a imigração, o plano hidrológico e o pacote de leis que prometem revogar quando chegarem ao poder. O que nos une é um desejo urgente. Só isso. O desejo de que os separatistas não consigam separar a nossa pátria. Não vou me surpreender se o Vox conseguir bons resultados nas próximas eleições."

Quando nos despedimos na rua, Patamanca acaricia a cabeça de Pepa e me diz que também tem pelo islã a mesma antipatia que os membros do Vox. É nesse momento que me pergunta se li, no domingo anterior, a reportagem sobre "o filho da puta que tentou me matar". Sei que mais tarde vou me sentir mal se responder com uma mentira, então, depois de uma breve hesitação, digo a verdade. Li a reportagem e pensei nele. "Você acha que isso estragou meu dia?" Pergunta com um tom e uma cara que parecem desafiadores. Não vejo motivo para não ser sincero, e respondo que sim. "Tem razão. Não preguei o olho desde então." Parece que passou dois dias com dores na perna, o que atribui à reportagem. Eram tão intensas de manhã cedo que quase não conseguia colocar a prótese no lugar.

"Aliás", disse ele depois de já ter se afastado alguns metros, "sabe quem eu vi em Vistalegre no domingo?". Como vou saber? Ele espera alguns segundos, talvez tentando fazer suspense, até que revela: Nikita, que avistou na multidão balançando uma bandeira da Espanha. "Parabéns. Dá para ver que você soube educá-lo." Eu respondo com ironia: "Imagino que ele deva estar como você, com problemas de coração." Pata ri, o polegar virado para cima, aprovando a piada.

10

Não sei, não sei. Esta noite, na cama, sem conseguir dormir, fiquei pensando. Vejo que Patamanca se aferra à vida. Seus surtos de febre política indicam que continua atento às vicissitudes do grande teatro do mundo e que não tem a menor intenção de abandoná-lo. Duvido que esteja falando sério quando diz que nos levarão juntos para a funerária no ano que vem. "Só que", acrescenta, "no meu caso, depois de uma foda gostosa", o que me confirma que está brincando e de fato não acredita na firmeza da minha decisão. Eu realmente não preciso que ele se suicide comigo. Contudo, me faria um grande favor se, chegada a hora fatal, ele adotasse Pepa, com quem se entende às mil maravilhas.

O bom relacionamento entre os dois vem dos dias em que meu amigo, após sair do hospital, passou por uma crise depressiva. O vínculo de afeto mútuo se consolidou alguns anos depois, durante o processo do meu divórcio, quando ele teve a generosidade de me receber em sua casa. Eu temia que a cachorra fosse um empecilho para Patamanca me deixar ficar em um quarto enquanto eu procurava um apartamento para alugar dentro das minhas possibilidades. Cheguei a cogitar deixar Pepa por algum tempo em um hotel para cães. Confiar o animal ao meu amigo por algumas horas não era a mesma coisa que conviver com ele dia e noite dentro de casa. Pata me deu uma bronca quando lhe contei minha intenção. Achava desumano, além de caro. Afirmou que era Pepa quem ele acolhia em casa e, por tabela, por força das circunstâncias, o grude humano que a acompanhava.

Também lhe sou grato por me ajudar com este apartamento em La Guindalera, bairro que alguns desprezam por considerá-lo o "patinho feio do bairro de Salamanca". Patamanca fez a operação à revelia da imobiliária e assumiu as negociações. A ingenuidade da proprietária possibilitou um acordo altamente vantajoso para mim. Pouco depois de ficar viúva, a boa senhora tinha voltado para a capital provincial de onde viera. Uns vizinhos lhe sugeriram que tentasse ganhar algum dinheiro com o imóvel em vez de deixá-lo vazio, sob o sério risco de cair nas mãos de uma turma de *okupas*. Ela então se dirigiu à imobiliária que lhe recomendaram, e lá Patamanca a atendeu.

Depois de convencê-la a não vender o apartamento, alegando que havia uma forte tendência de queda dos preços na época, Patamanca lhe disse que conhecia um homem sério, um professor de ensino médio, que poderia alugá-lo. A senhora não tinha ideia de quanto cobrar. Meu amigo, pensando em mim, se ofereceu para aconselhá-la sem cobrar a comissão. Tirou uns cálculos da manga, embaralhou os números e, afinal, sugeriu à proprietária o preço mais alto que em sua opinião poderia ser pedido, considerando vários fatores, como a situação do mercado imobiliário, a baixa demanda (mentira) e a localização e o estado do imóvel. Por fim, ao envolver a mulher com uma linguagem de especialista e fingir defender os interesses dela, convenceu-a a me cobrar um aluguel ridículo. A isso deve se acrescentar que a senhoria se esqueceu de aumentar esse valor desde que me mudei para o seu apartamento de oitenta e cinco metros quadrados com uma vaga na garagem subterrânea, exatamente uma década atrás. Certa vez, quando nos falamos por telefone, ela me disse que estava feliz porque seu antigo lar não estava às moscas; suponho que também deva ficar satisfeita com a pontualidade dos pagamentos mensais que entram em sua conta-corrente.

Tanto quanto a perda do pé e a amputação de um pedaço da perna, as infecções, as dores, a ferida que se abria e sei lá quantos problemas mais, o medo de ficar sem emprego também fez Patamanca sofrer durante a prolongada licença do trabalho. Não havia nenhuma dúvida de que, no futuro, a falta de um pé não o impediria de desempenhar suas tarefas com normalidade. Seu chefe tinha ligado várias vezes para perguntar como ele estava e reafirmar, em nome dos donos da imobiliária, que contaria com ele assim que se recuperasse. O medo de Patamanca tinha outro motivo. Não teve coragem de confessar ao chefe que estava em tratamento psiquiátrico. Um dia me disse: "Ele vai pensar que não estou em condições mentais para dar conta do trabalho. Você sabe, tenho que conversar com os clientes, ser dinâmico e persuasivo, apresentar uma boa imagem..."

Eu o visitava de vez em quando, talvez não com a frequência que seria de esperar de um velho amigo, mas é que tinha a impressão de que minha presença não lhe era agradável. Eu me sentava à sua frente e quase não falávamos, ou então eu falava e Patamanca se fechava em sua apatia. Não era raro eu lhe fazer perguntas (sobre o seu grau de invalidez, se tinha direito a uma indenização ou se iam lhe pagar a prótese) e ele permanecer calado, olhando para as pantufas. Nem quando eu chegava e lhe desejava um bom-dia, nem quando me despedia, ele demonstrava traços de vitalidade em suas feições. Quando finalmente decidia emitir uns fiapos de fala, era sempre com uma voz tão abafada que não parecia a dele. Uma vez, como forma de demonstrar afeto, levei uma caixa de bombons para ele. Dias depois, lá estava a caixa fechada, no mesmo lugar onde eu a deixara. No fim de cada visita, minha cabeça sempre estava cheia de pensamentos sombrios: *Ele não vai sair dessa, a doença não tem cura, sua vida foi destruída...* E voltava para casa arrasado com a certeza cruel de que não podia ajudá-lo a acabar com seu calvário.

Numa tarde igual às outras, passeando com Pepa, passei perto do edifício de Patamanca e me ocorreu subir sem avisar antes. *Já que estou aqui*, pensei, *vou ver o que esse louco está fazendo.* A princípio, meu amigo não prestou a menor atenção ao animal. Estava com a televisão num volume bastante alto, assistindo a um programa de teleporcaria que, a bem da verdade, não se coadunava com seu nível cultural. Quando cheguei, não desligou o aparelho nem diminuiu o volume. Se já era difícil falar com ele devido ao baixo-astral, com a gritaria da televisão tornava-se praticamente impossível. Arrependido daquela visita, fiquei aguardando um momento propício para me despedir. De repente ocorreu uma cena que me desconcertou. Com seu instinto canino, Pepa deve ter sentido o desânimo de Patamanca; sentou-se diante dele e, examinando-o não sei se com compaixão ou ternura, deu um gemido. Pata pareceu acordar de repente. Teve uma espécie de tremor ou sobressalto que fez a cadela baixar as orelhas. Depois, olhou-a nos olhos com uma intensidade de homem alucinado, a tal ponto que por um instante cheguei a pensar que ia bater nela ou afastá-la à força. Em vez disso, meu amigo abraçou Pepa, que lhe respondeu com lambidas afetuosas. Nessa mesma tarde, Patamanca me pediu que a partir de então levasse a cachorra à sua casa sempre que possível. Por isso, tive até que comprar uma tigela para água e outra para comida, pois com certa frequência ele insistia em que Pepa passasse a noite em sua casa.

II

Amalia comparava minha biblioteca a uma praga. Achava que meus livros iam se espalhando pela casa como cogumelos, que acabariam cobrindo pisos, teto e paredes. Não costumava guardar os seus, somente em casos excepcionais. Depois de ler, gostava de dá-los aos colegas de trabalho, aos convidados do programa, aos amigos, ou simplesmente deixava na rádio à disposição de quem os quisesse levar. Tampouco lia muito. Arranhando a superfície da sua cultura geral, aflorava rapidamente a pessoa bronca escondida atrás do rosto bem maquiado. A falta de conhecimentos em tantas matérias não a impede de adotar um ar de mulher culta no seu programa de rádio. Amalia o prepara com seriedade, é preciso reconhecer. Só que, prestando atenção em suas intervenções, dá para notar que, além de sua dose de encanto e da boa voz, ela se limita a fazer perguntas, ler textos que finge improvisar, bisbilhotar a intimidade alheia e repetir slogans em voga e frases tiradas dos jornais. Os ouvintes jamais vão ouvi-la falar com profundidade sobre algum tema que exija pesquisa e estudo.

Chegou um momento em que, cansado das suas reclamações, concordei em guardar grande parte dos meus livros em caixas de papelão. Essas caixas formavam pilhas infinitamente mais feias do que as prateleiras abarrotadas. Meu quarto mais parecia um depósito de quitanda. Amalia decretou que a sala seria um espaço limpo de livros. "Limpo de cultura", repliquei. Na opinião dela, nossas (poucas) visitas não tinham por que se sentir confinadas num ambiente de escritório. Pronunciou a palavra *escritório* com visível desdém.

Tinha menos apreço ainda por Patamanca do que por meus livros, mas na frente dele reprimia a vontade de enfiar os dentes em seu pescoço. Os dois tinham uma aversão mútua, e talvez por isso se entendessem, porque, parceiros na dissimulação, compactuavam da mesma estratégia hipócrita. Eu percebia que, quando falávamos sobre meu amigo, ela fazia gestos de desagrado e evitava o nome dele como se sentisse repulsa por permitir que uma coisa tão suja passasse por sua boca. Amalia nunca chegou a conhecer o apelido que dei ao meu amigo anos depois em razão da mutilação. Nem Amalia nem qualquer outra pessoa, a começar pelo interessado. Patamanca foi minha única contribuição ao nosso círculo de amigos. Devo admitir, em defesa de Amalia, que às vezes ele era direto demais. Frequentemente usava expressões pouco ou nada refinadas na presença dela, consciente da incompatibilidade de interesses e temperamentos entre os dois, e talvez até com o intuito velado de intimidá-la. Ele se divertia à custa da ingenuidade de Amalia em termos de ideias políticas e a provocava até revelar as contradições dela com uma ponta de crueldade. Ela o considerava um grosso e se sentia ofendida por eu não a defender. Um dia, quando nós três jantávamos num restaurante, sem mais nem menos Patamanca nos perguntou: "Quantas vezes por semana vocês transam? É para uma estatística que estou fazendo." E soltou uma gargalhada que atraiu para a nossa mesa o olhar das pessoas em volta. Nesses casos, Amalia permanecia impávida e dava a entender que as impertinências de Patamanca não a afetavam, eram como birras de uma criança mal-educada. Entrincheirada atrás de uma calma sem fissuras, ela enfrentava a situação com uma fria naturalidade, por mais que corresse lava em suas veias, e então me beliscava disfarçadamente ou me chutava por baixo da mesa para que eu fosse pensando em anunciar nossa despedida o quanto antes. Em defesa de Patamanca, devo dizer que foi extremamente generoso em termos de favores e presentes. Depois do meu rompimento com Amalia, ela se afastou do meu amigo, como eu me afastei dos dela.

E a terceira coisa minha, ou importante para mim, ou relacionada comigo, que Amalia detestava era a cachorra. Nunca a levava sozinha para passear. Vez por outra nos acompanhava, a mim ou a Nikita, em uma volta pelo bairro, mais na função de inspetora do que para aproveitar um passeio agradável. Se Pepa se coçava, na certa estava com pulgas; se houvesse restos de comida espalhados em volta da tigela, a casa ia ficar cheia de formigas; se a cachorra desse um latido ao ouvir a campainha, os vizinhos iam reclamar. Volta e meia me intimava a não me esquecer de recolher o cocô na rua, porque alguém poderia me reconhecer como marido dela e, com uma foto nas redes sociais, arruinar sua carreira de locutora. Tudo para ela era empecilho, sujeira, presságio de contratempos. Infelizmente para Amalia, Pepa não podia ser colocada numa caixa de papelão como os meus livros, nem desaparecer durante semanas como Patamanca. Pepa morava conosco; era o animal de estimação do nosso filho, embora ele não lhe desse muita bola; era, em suma, da família. Na verdade, era o membro mais carinhoso e também o mais calmo e razoável, e por isso mesmo o que eu mais amava.

12

Vi o varal de chão com um bocado de lingeries penduradas para secar sob o sol da manhã. Não sabia dizer se aquela copiosa coleção de calcinhas e sutiãs pertencia a Amalia, mas sem dúvida o varal era o mesmo de sempre, aquele que já usávamos no tempo do nosso casamento. Quer dizer, Amalia mantinha o costume de pendurar a roupa no terraço, a salvo de curiosos. É bastante raro um vizinho subir até lá. Os bobocas não imaginam como a roupa seca com rapidez lá em cima do prédio quando o tempo está bom. Para nós, moradores do último andar, o terraço ficava próximo, e o usávamos sempre que podíamos; o acesso era por um lance de degraus íngremes que a velha da frente nunca seria capaz de subir.

Amalia dizia que a roupa pendurada no pátio interno se impregnava com os cheiros que saíam da janela das cozinhas. Fumaça de fritura, vapor de verdura fervida: tudo isso nos chegava e muito mais. Sem falar que, como lá dentro nunca batia sol nem corria vento, a roupa demorava a secar. Aliás, parecia que nunca secava completamente. Depois de ficar horas na sombra, um frio desagradável aderia ao tecido. Qualquer vizinho que se debruçasse na janela poderia fazer um levantamento das nossas roupas íntimas e saber com que lençóis nos cobríamos e com que toalhas nos enxugávamos. A exibição forçada daquilo que ninguém precisa saber causava profundo desgosto em Amalia.

As fileiras de calcinhas e sutiãs penduradas no varal me causavam um grande incômodo. Era como se estivessem me olhando com descaramento, murmurando piadas contra mim e combinando de contar a Amalia que eu subi ao terraço de manhã.

"Têm certeza?"

"Ele vem escondido, aproveitando que você saiu. É um depravado."

"Já era antes do divórcio."

"Pois agora é mais."

Fui jogando as peças de roupa lá de cima por ordem de cor: primeiro as brancas, depois as vermelhas, as pretas... Um sutiã, uma calcinha, outro sutiã... Por último, me joguei. Dei um salto decidido com o qual me elevei alguns centímetros no ar, o que me fez sentir com especial intensidade o efeito de sucção em direção ao solo. Alguém que me visse da rua coalhada de lingerie ou de uma janela próxima pensaria: *Esse homem está tentando passar de um prédio para o outro pelo ar.*

Nos primeiros momentos da queda, eu senti prazer. Leve, frio, fugaz, mas prazer.

E de repente um alarido de guinchos perfurou meus tímpanos como uma borrifada de agulhas sonoras e frenéticas. Milhares de andorinhões formaram um bando compacto ao meu redor e me envolveram inteiramente em sua sombra. Senti asas roçando com violência na minha testa e nas bochechas, assim como bicadas na roupa e na carne. Calculo que só devia ter despencado uns dois ou três andares quando minha queda começou a ser freada, até que fiquei suspenso no ar. Um sem-número de pássaros estava me puxando para cima. As pessoas nas calçadas apontavam o dedo e me olhavam, surpresas. Com um enorme esforço dos seus corpinhos voejantes, a nuvem de andorinhões conseguiu me levar de volta para o terraço, onde fui deixado com uma suavidade prodigiosa. Estava coberto de titica de pássaro. Uma pasta esbranquiçada cobria minhas roupas, meus braços, minha cabeça. Os andorinhões esvoaçavam à minha volta, ensurdecendo-me com seu alarido agudo. Indiferente àquele alvoroço, pulei de novo no vazio. Eles, porém, me levaram de volta para o terraço, onde um grupo de pessoas já tinha se reunido. Vizinhos? Com as pálpebras cobertas por uma pasta imunda, eu não conseguia distinguir ninguém.

Alguém disse: "Vem aqui, que você vai entender." E aquela voz, sem dúvida, era a de papai. Voltando para a porta de acesso ao interior do edifício, resignado a continuar vivo, aquelas pessoas fizeram um corredor para eu passar. De perto, reconheci-os. Eram papai, mamãe, meu irmão, minha cunhada, Amalia e sua irmã, Nikita e seus primos, meus sogros... Papai e meu sogro não tinham morrido? O que mamãe está fazendo fora do asilo? Também estavam lá Patamanca, *até tu, Bruto*, e vários colegas do colégio; ao lado deles vi Marta Gutiérrez, aparentemente ressuscitada, e, mais adiante, a diretora, com uma expressão maligna no rosto. Avancei entre eles de cabeça baixa, tanto para me proteger da ira de todos quanto para evitar seus olhares, e quando ia passando cada um me batia com força: um com um pau, outro com um bastão, os seguintes com a mão nua, com um chicote, uma barra de ferro... E o que mais me intrigou foi ver, no fim das duas filas paralelas, um professor de matemática que tive quando criança. Estava com uma faca na mão cuja lâmina larga e comprida brilhava sob o sol da manhã. No momento de lhe oferecer minha barriga para o sacrifício, acordei. Raramente me lembro do que sonhei à noite. Atribuo o pesadelo do terraço ao comprimido de melatonina que tomei depois do jantar.

13

Da margem da represa os vi entrando numa área arborizada. Nikita, poucos metros à frente, brincava de arremessar uma bola de borracha que Pepa, jovem e vigorosa, perseguia a toda velocidade. Atrás, com o cabelo solto nas costas, Amalia caminhava com aquele seu balanço que tanto me atraía. A melhor coisa em Amalia era — e ainda é — o corpo. Vamos ver por quanto tempo. O caráter nunca esteve à altura do recipiente. É esta a minha opinião. Se outros não concordam, problema deles. Também penso no perigo que ela corre de se tornar uma pessoa insuportável quando a velhice lhe tirar os atrativos físicos. Enfim, deixo isso de lado porque, para mim, é como beber vinagre. Quero me lembrar esta noite é de outra coisa.

Foi no meio da tarde de um domingo. Eu tinha ficado cuidando das nossas coisas. Sentado numa pedra, aproveitei para corrigir as provas dos alunos. Para me deixar trabalhar sossegado, e porque tínhamos acabado de ter um início de briga, Amalia convenceu Nikita a dar uma volta pelos arredores. Os dois reapareceram, com o sol já baixo, pelo mesmo lado por onde haviam partido duas horas antes. E Nikita, visivelmente alterado, veio correndo em minha direção, dando uns gritos estranhos e agudos que só entendi quando parou do meu lado.

Mais serena que ele, Amalia confirmou a notícia. Pepa tinha sumido. "Acho que foi um ataque de pânico, talvez por causa de uma picada de escorpião." Tinham começado a procurar na mesma hora, mas nada. O que Amalia disse depois me assustou: "Já é tarde, e nós precisamos voltar. Vamos ter que nos acostumar com a ideia de que a perdemos." Na realidade, o que mais me assustou não foi o fato de ela ter dito isso, mas sua expressão ao dizê-lo. Era impossível vislumbrar um pingo de preocupação ou tristeza em seu semblante.

Acho que Amalia, que é o oposto de burra e lia a minha cara tanto quanto eu lia a dela, aliás, se deu conta da sua precipitação ao admitir a perda da nossa cachorra como um fato irreparável. Não manifestou qualquer reparo à minha intenção de ir procurá-la, pressionada a meu ver pela necessidade ou pela astúcia de dissipar qualquer desconfiança. Pedi que Nikita me acompanhasse. Quem, além dele, poderia me mostrar o caminho? O garoto concordou com relutância. Combinamos que enquanto isso Amalia ia recolher e guardar no carro os apetrechos do piquenique, para que na volta tudo estivesse pronto e pudéssemos ir logo embora. Ela insistiu que não nos afastássemos muito. Não deveríamos esquecer, disse, que não tardaria a escurecer e no dia seguinte era dia de aula. Achava que uma busca de quinze minutos seria suficiente. Aceitei para não prolongar a conversa, sem a menor vontade de cumprir o combinado. Em outras palavras, estava decidido a passar a noite inteira, se necessário, percorrendo os bosques próximos à represa Valmayor até encontrar Pepa.

A sós com Nikita, pedi que ele me guiasse exatamente por onde tinha andado com a mãe. O garoto se empenhou desde o início em dificultar as coisas. Disse que não se lembrava. "Vocês foram por aqui?" "Sim." Segundos depois, eu apontava para uma direção diferente e ele também respondia que sim. Parado no meio do nada, interroguei-o sobre o suposto ataque de pânico de Pepa. A parte boa de ter um filho com compreensão limitada é que ele, nem sempre, mas às vezes, não tem habilidade para mentir.

"Mamãe me disse que..."

"Eu já sei o que mamãe disse. Agora quero que *você* me diga o que viu."

Descobri que ele não tinha visto a fuga da cachorra. A mãe mandou que ele ficasse parado numa trilha, desapareceu num matagal e, pouco depois, voltou sem Pepa. Com minhas perguntas, arranquei de Nikita um detalhe que imediatamente me pareceu da maior importância. Do lugar onde ele tinha esperado a mãe dava para ver as casas de uma aldeia. "Colmenarejo?" Ele deu de ombros. Não tinha a menor ideia. Pouco importa. Indo por aquelas trilhas e pelos arvoredos, não podia ser outro povoado senão Colmenarejo, e fomos para lá aproveitando as últimas luzes do dia. A cada dois ou três minutos, eu disparava uma saraivada de assobios aos quatro ventos. Esperava um pouco e continuava andando, com meu filho relutando e reclamando atrás de mim.

"Se não quer vir comigo, volta para ficar com sua mãe."

"Eu não sei voltar sozinho."

Pepa estava com o microchip regulamentar. Era bem possível que a Guarda Civil nos devolvesse a cachorra, mas também podia acontecer de algum espertinho encontrá-la e, vendo como era tão bonita e dócil, se apropriar dela. Assobiei novamente. Nada. Os quinze minutos combinados com Amalia já tinham passado havia muito. E Nikita estava me tirando do sério com suas reclamações. Ao fundo viam-se as luzes de uma aldeia que só podia ser Colmenarejo. Quando estava a ponto de desistir, me sentei numa mureta de pedra na beira da estrada. Quase sem esperança, assobiei de novo daquele jeito potente que meu pai me ensinou e nunca fui capaz de ensinar ao meu filho. Dessa vez, ouvi um latido distante em resposta que não pude identificar de imediato se era de Pepa. Podia ser que minha presença tivesse irritado o cão de guarda de alguma propriedade. Assobiei de novo, e dessa vez o latido tinha um tom claramente queixoso. Eu assobiando e Nikita latindo, conseguimos fazer a cachorra nos encontrar depois de vários minutos durante os quais não deu sinais de vida. Descobri a causa logo em seguida. Ela estava com a bola de borracha entre os dentes.

No caminho de volta para casa, Amalia se mostrou feliz por termos recuperado nossa cachorra. Nem sequer protestou por Nikita e eu termos passado quase uma hora procurando. Sentada no assento do carona, ela estendeu a mão para acariciar a cabeça do animal, que estava ofegante como sempre no banco de trás, ao lado de Nikita. Amalia fazia tantas demonstrações de ternura que pensei por um instante que uma mulher desconhecida tinha entrado no nosso carro.

Depois do jantar, levei Pepa para fazer suas necessidades na rua antes de dormir. Lá, sob a luz de um poste, me agachei ao seu lado. "Ela tentou te abandonar, não foi?" Captei um vislumbre da resposta no fundo do olhar.

"No futuro", prometi, "vou procurar ficar mais atento".

14

A velha me profetizou o inferno. Ou melhor, me desejou. Veio desabalada na minha direção. Só faltou me bater com a bolsa. Estava convencida de que Deus ia me punir com toda a força do seu "imenso poder": primeiro, por ter deixado sua filha infeliz; segundo, por atentar contra o sacramento do matrimônio. Sentenciou que eu tinha destruído uma família. A punição por esse pecado mortal seria terrível. E repetiu, com olhos coléricos, que depois da vida me esperavam os maiores tormentos que alguém pode imaginar.

Falava de uma forma atropelada e arcaica, mas não incorreta. Seu vocabulário é amplo, adquirido e aperfeiçoado em inúmeras horas diante do púlpito. Muitos apresentadores de TV e políticos atuais bem que gostariam de se expressar com uma fluência semelhante à daquela velha carola.

Deduzi que Amalia tinha contado aos pais sobre o nosso processo de divórcio. Eu, da minha parte, preferi poupar minha mãe de dissabores nos últimos dias lúcidos de sua vida. Continuo achando que fiz a coisa certa.

Naquela cena desagradável, meu sogro ficou em segundo plano enquanto a esposa me repreendia. O velho psoríaco manteve um silêncio rancoroso e me negou a honra do seu olhar, talvez porque sonhasse com paredões e pelotões de fuzilamento que me levariam, convenientemente crivado de balas, à presença do Todo-Poderoso.

Havia algo na exaltação da minha sogra que me agradava, por isso não quis interromper seu discurso arrebatado. Sua estreiteza mental me parecia extremamente agradável. Já vi peças de teatro e filmes infinitamente menos divertidos. Fiquei fascinado por aquela mistura de fanatismo e ingenuidade que parecia lhe provocar o efeito de uma droga. Bastava ver como suas pupilas se dilatavam e a fúria com que trincava os dentes quando me olhava.

Não tenho prática em socar velhinhas. Nesse dia, estive por um triz de arrancar os dentes postiços da minha sogra, quebrar o nariz dela e voltar para casa com a camisa manchada com seu sagrado sangue.

Tarde da noite, Amalia me ligou para pedir desculpa e me agradecer por ter mantido a calma com a mãe dela.

"Você sabe como ela é", disse, como se quisesse isentá-la de toda a culpa.

15

Meu ex-sogro já tinha sido enterrado quando fiquei sabendo de sua morte. Nikita se esqueceu de me dar a notícia. Não é por nada, mas por que é que ele tinha que fazer o papel de menino de recados? Ou será que a mãe queria entristecer nosso limitado tempo juntos com questões fúnebres?

Eu sabia que o velho, carcomido pelo câncer, estava com os dias contados. De vez em quando Nikita me contava alguns detalhes: "O vovô Isidro ficou supercareca." Sem abrir mão da sua linguagem informal, mencionava o fedor que pelo visto vinha do paciente e outras questões de natureza fisiológica que, sinceramente, só de ouvir me embrulhavam o estômago.

Certa vez, perguntei a Nikita por que me revelava detalhes da doença do avô materno, sabendo, como sabia, que desde o divórcio eu não mantinha nenhum relacionamento com ele ou com a esposa.

"Mamãe me diz o que eu tenho que contar para você."

O velho teve que ser internado no hospital, foi intubado, morreu, foi enterrado e eu não soube de nada. Mas isso não me afetou nem um pouco, não vou mentir, e aparentemente tampouco a Nikita. "Imagino", disse eu, "que você deva estar triste. Vamos passear de barco no Retiro um dia desses". A resposta saiu da sua boca como uma cusparada: "Que isso, papai, deixa de bobagem."

Seja como for, sem saber do ocorrido, não apareci no velório, não fui ao enterro, não dei os pêsames. Algum tempo depois, Amalia me telefonou para saber se eu tinha agido por rancor. Logo ela, que abrira um processo de divórcio judicial, esperava que eu continuasse fiel aos nossos laços familiares rompidos. Essa pretensão me caiu tão mal que não me deu vontade de lhe dizer que o nosso maravilhoso e atarantado filho tinha se esquecido de me avisar da morte do avô, e, para justificar minha ausência no enterro, aleguei problemas particulares que não admitiam atrasos. Magoada, decepcionada, ela enveredou por caminhos sentimentais, exatamente como nos velhos tempos, quando brigávamos constantemente, e, embora reconhecesse que nossa situação de divorciados a impedia de exigir qualquer coisa de mim no plano pessoal, pensava que poderia haver um resquício de amizade ou talvez afeto entre nós. Ainda que não (a essa altura recorreu à sua melhor voz radiofônica), um bilhete de condolências era o mínimo que se podia esperar, mesmo que apenas por educação.

"Posso lhe dar meus pêsames agora. Não é uma coisa que perca a validade, creio."

"Não é a mim que você tem que dar pêsames, mas à minha mãe, que nunca fez mal nenhum a você."

Respondi que meu álbum de reprimendas estava completo, não havia mais espaço para nenhuma figurinha. Ela me chamou de cínico e acrescentou, com um rancor mal disfarçado, que provavelmente também não se interessaria pela minha mãe no futuro. "Nem precisa", falei, mas ela não me ouviu. Já tinha desligado.

16

Ontem à noite sonhei que subia de novo no terraço. Gostaria de saber o que está acontecendo com meu cérebro nos últimos tempos. Estará entediado e precisando se divertir com histórias absurdas? Seria a melatonina? Dessa vez, só havia calcinhas penduradas nas barras do varal, cada qual com um pregador. Muitas calcinhas de diferentes formas e cores, não sei se só de Amalia ou também de alguma das suas amantes. Nos sonhos não existe balcão de informações. Não há onde perguntar.

Outro detalhe que me vem à memória é que não se viam andorinhões no céu. Talvez soubessem que dessa vez eu não tinha subido ao terraço com a intenção de me jogar. Em vez de dar um fim abrupto à minha vida, vou até o varal e escolho aleatoriamente uma das muitas calcinhas. É vermelha, com arremates de renda, e posso jurar que de boa qualidade. Tiro a peça do varal com cuidado para não danificar com as unhas o tecido fino. Quando a visto, vejo que está seca. Também a vestiria se estivesse molhada, porque, senão, para que me dei o trabalho de subir até lá? Aperta um pouco, mas não demais, porque Amalia, embora mais baixa e menos corpulenta do que eu, tem quadris largos.

Pendurei minha cueca no varal com o mesmo pregador que prendia a calcinha. No momento em que a tirei, senti o calor das minhas partes aderido ao tecido. Não é, evidentemente, a melhor cueca que tenho. É uma peça velha e vulgar, de algodão, desfiada numa das bordas e não completamente limpa. O contraste com a lingerie delicada pendurada no varal não pode ser maior.

Sem saber como, pois não tenho a chave, entrei no apartamento de Amalia. Rapidamente me escondo atrás de uma cortina. Tudo está como era quando morávamos juntos: os mesmos móveis, a mesma luminária no teto, os mesmos enfeites nas paredes. Amalia entra na sala implorando à sua amante que acredite nela, que não tinha lavado nem pendurado nenhuma roupa masculina no terraço. E a mulher, que se chamava Olga, enfurecida de ciúme, diz que está rompendo com Amalia porque ela é infiel, nojenta e puta; tudo isso, nem é preciso dizer, vociferado em gritos que devem estar escandalizando a vizinhança.

De repente, estou no colégio, dando uma aula sobre Kant e o imperativo categórico, e as risadas e os cochichos dos alunos não me passam despercebidos. Não sei como, mas os desgraçados já adivinharam que estou usando uma peça feminina por baixo da calça, e vai ver até sabem de que cor é, porque esses garotos de hoje em dia, com seus celulares e suas joças sociais, espalham tudo rapidamente, basta um deles fazer alguma descoberta para que todos os outros fiquem sabendo na hora.

Interrompo a aula e, parado no centro da sala, mando os alunos trocarem imediatamente de roupas de baixo. "Os garotos", digo num tom severo ao qual não estão acostumados, "vão vestir as calcinhas das garotas; as garotas, as cuecas dos garotos". E aos gritos cortei umas tentativas de protesto. Para mostrar que estou disposto a impor minha vontade a qualquer preço, tiro da pasta uma pistola calibre .22 e, sem pensar duas vezes, destruo com um tiro a vidraça de uma janela. Silenciosos, intimidados, os alunos começam a tirar a roupa. Alguns cobrem suas vergonhas com as mãos; outros, com um livro ou um caderno. Vejo pênis pequenos e púbis ainda ralos. A troca de roupas íntimas começa em meio a um silêncio que só era perturbado por um leve gemido ocasional, a princípio lenta e timidamente, mas com rapidez após um segundo disparo.

De repente, a porta da sala se abre. Entra a diretora. Com seu jeito hostil de sempre, manda que eu guarde a pistola enquanto elogia minha capacidade de impor disciplina. Então, se vira para os alunos, muitos dos quais não tiveram tempo de cobrir as pernas, puxa as calças para baixo e mostra a eles, com a intenção de acalmá-los, talvez para dar o exemplo, que está usando uma cueca do marido.

17

Certa tarde, estou passeando com Pepa pela rua Cartagena, como tantas outras vezes. Vou devagar, imerso em lembranças e pensamentos que me forneçam assunto para a minha dose diária de escrita. Quase não presto atenção à cachorra, que vai atrás de mim, acompanhando meus passos. É como se eu tivesse na mão uma correia flutuante. Chegando ao cruzamento com a rua Martínez Izquierdo, paro diante de uma parede chanfrada, um corte sem porta nem janela na fachada do edifício que fica na esquina. A calçada é estreita. Nela, dificultando a passagem de pedestres, há uma placa de trânsito e um semáforo com lixeira, muito próximos um do outro. O pedestal, regado de urina canina, atrai a curiosidade de Pepa, que começa a cheirar com fruição as secreções dos companheiros. Imóvel diante do muro enviesado, hesito entre seguir pela calçada da esquerda ou pela da direita. Como não estou indo a nenhum lugar específico, no fundo tanto faz se vou por uma rua ou por outra. Após marcar o território com um jato de urina, Pepa se senta, esperando que eu tome alguma decisão. Olho para ela, ela me olha. Não é que eu não saiba decidir, a questão é que tanto faz a escolha. *Que diferença faz seguir para a direita ou para a esquerda*, pergunto a mim mesmo, *se não tenho para onde ir, se ninguém está me esperando em lugar algum?* Enfim, decido me esquivar do dilema. Dou meia-volta e retorno com a cachorra pelo mesmo caminho.

18

O caso é que agora todas as bancadas do Congresso, sejam de esquerda, de direita ou de centro, decidiram transformar a filosofia numa disciplina obrigatória para os últimos três anos do ensino médio. Para mim, isso chega em boa hora. Até o Partido Popular apoia essa iniciativa, que contraria a reforma que ele mesmo promoveu em 2013. Li a notícia esta manhã na página de um jornal que alguém tinha pregado com tachinhas no quadro da sala dos professores. Alguns estavam comentando o assunto. Esperei que saíssem de perto do quadro para ler a matéria com calma, sem ninguém para perguntar minha opinião. Como posso me opor a uma medida que dá mais relevância à minha disciplina? O governo atual é fraco, não acredito que dure muito, e receio que a iniciativa reformadora não dê em nada.

Acho que a educação na Espanha é como uma bola de rúgbi. Quem a agarra corre para levá-la à própria área de interesse, enquanto é perseguido pelos adversários. Não me sai da cabeça a ideia de que todos ficam tentando arrancar a bola à força uns dos outros. E me pergunto que noções de pedagogia e que conhecimentos da realidade cotidiana nas escolas os nossos políticos têm. Se dependesse de mim, fundaria um Parlamento dedicado exclusivamente à questão educacional, com pedagogos eleitos de forma democrática, que, por sua vez, elegeriam um governo à parte do governo nacional.

Desde que estou no colégio já padeci diversas legislações na área da educação, supostamente voltadas para a melhoria da qualidade do ensino. Mentira infame. Todas as mudanças consistiam apenas em tirar e pôr, especialmente tirar o que o legislador anterior tinha posto. As reformas consistiam, em grande parte, num conjunto de decisões administrativas e prescrições curriculares que amarravam as mãos dos professores, tratavam os alunos como máquinas de assimilar conteúdos e nasciam distorcidas pelo excesso de burocracia e por uma falta de recursos endêmica.

No fim da matéria, liam-se declarações enternecedoras de alguns intelectuais a favor dessa proposta parlamentar de uma recuperação plena da filosofia para o ensino médio. Um especialista falou sobre a conveniência de preparar os jovens para que sejam "capazes de pensar nos grandes desafios da humanidade". Uma catedrática enaltecia a história da filosofia como "bagagem imprescindível para construir uma sociedade reflexiva". No momento em que estava anotando essas frases, vieram à minha mente o rosto dos meus alunos. Podia ver as caras de pasmados enquanto eu lhes impingia durante a aula essas declarações como se fossem minhas. Uma colega que tinha acabado de entrar na sala dos professores me perguntou do que eu estava rindo.

19

Esta manhã se falava, nos corredores do colégio e na sala dos professores, da morte de uma aluna do segundo ano que eu não conhecia. Havia um clima de curiosidade no ar, as pessoas querendo saber os detalhes do que tinha ocorrido com ela. Alguns colegas pareciam tristes. Suponho serem os que estudavam com a falecida. Na sala dos professores, a diretora disse a alguns de nós: "O que se há de fazer? Essas coisas acontecem, e nós, como profissionais do ensino, temos que saber lidar com isso." Terá pensado que um breve discursinho sem tato nem diplomacia ia levantar o nosso ânimo? Há gente que, pelas costas, a acusa de uma "frieza de caráter que só pode ser atribuída à falta de filhos". Fiquei sabendo que a aluna, de treze anos, ficou internada numa clínica por algum tempo e afinal sucumbiu a uma doença grave. Na segunda-feira, o funeral vai ser na igreja de Nossa Senhora do Pilar. Eu não vou.

Pessoas de todas as idades morrem diariamente no mundo. Falando objetivamente, a diretora tem razão. São coisas que acontecem e não alteram as leis da Natureza, o que não nos impede, e não me leve a mal, de sentir a morte de um menor como uma crueldade adicional. Esta noite faço uma lista dos meus alunos que morreram nos anos em que me dediquei ao ensino. Lembro-me de três casos, e os três me afetaram, se bem que uns mais do que outros, e não pelos mesmos motivos.

A primeira a morrer foi uma menina com fibrose cística. Chamava-se Rocío. Eu era novato na época, com a energia ainda intacta e uma firme determinação de progredir e me tornar um bom professor. Desde o primeiro momento, quis ajudar aquela pobre criatura, de cuja doença ninguém nunca me falara. Para saber o que havia de errado com ela, marquei uma reunião com a mãe, que me deu as explicações necessárias sobre o problema de saúde da menina. Aproveitou para me pedir, com os olhos marejados, que pusesse Rocío no fundo da sala, afastada dos colegas, para incomodar o mínimo possível quando tivesse um ataque de tosse. E me confessou seu medo de que, como em anos anteriores, houvesse reclamações de pais e professores por esse motivo. Ver o sofrimento da garota me dava vontade de tacar fogo em tudo. Era como se os órgãos dela estivessem soltos dentro do corpo magro e colidissem uns com os outros. Parei a aula, movido por uma mistura de pena e deferência, mas os minutos passavam e a tosse, profunda e pertinaz, continuava; os alunos começaram a se remexer nas carteiras, fazendo piadas e más-criações. Rocío ficava muito congestionada, com o lenço na boca para prevenir a saída de algum escarro. Às vezes, com seu último fôlego, nos pedia desculpa. Eu lhe dizia que não se preocupasse, que podia tossir à vontade, que por nós não havia problema. Ouvi falar de outros professores que demonstravam muito menos paciência do que eu. Sei de um que expulsou a garota da sala assim que começou a tossir. Rocío só foi minha aluna por alguns meses. Durante minhas primeiras férias de Natal como professor, foi levada às pressas para o hospital com um processo infeccioso provocado pela doença. No retorno às aulas, em janeiro, me lembro bem de sua carteira vazia de manhãzinha. Ninguém tinha me informado nada. Quando pedi explicações, uma aluna me interrompeu para contar, em meio a um silêncio pesado, o que todos na sala já sabiam, menos eu.

Outro acontecimento funesto se deu vários anos depois. Nessa época, eu já tinha mais traquejo. O importante para mim, àquela altura, não era mais dar aulas exemplares, e sim voltar para casa o menos arrasado possível no fim do dia. Ao contrário da primeira morte, esta segunda me causou satisfação; cheguei a comemorar sozinho com uma taça de vinho. O que me agradou não foi a morte do aluno, que se chamava Dani, mas pura e simplesmente aquele presente inesperado do acaso que me livrou de um sem-vergonha que vivia perturbando minhas aulas com seus maus modos, sua petulância e o ódio que nutria por mim e minha matéria. Devo a ele um apelido muito maldoso, que continuei carregando por muito tempo após seu oportuno falecimento. Eu não o detestava tanto quanto ele a mim. O garoto me inspirava uma repulsa física, quase nojo. Minha mão certamente não ia tremer quando chegasse a hora de lhe dar uma suspensão, que ele sem dúvida merecia, mas que nem por isso deixaria de ter uma conotação de vingança. Vi num telejornal o carro destruído no qual, além desse Dani, morreram o jovem motorista e uma garota. No primeiro dia de aula após o acidente fatal, tive calafrios ao pensar que os colegas do falecido me lançavam olhares acusadores. *Eles sabem que o meu gesto de condolências é puro teatro, uma máscara para esconder o meu rancor triunfante.* Com isso em mente, perambulei entre as carteiras com o peito oprimido por uma forte sensação de ter cometido um assassinato e de estar com a confissão do meu crime gravada no rosto a ferro em brasa.

A terceira morte foi a de um garoto que cursava o segundo ano do ensino médio, chamado Luis Alberto e nascido na Venezuela. Uma pessoa verdadeiramente encantadora. Tudo que eu disser sobre ele é pouco: educado, estudioso, simpático... Mas, infelizmente, como tantas vezes acontece, sem a força necessária para resistir num mundo competitivo e canalha como o nosso. Semanas antes de morrer ele havia completado dezessete anos. E, enquanto os outros alunos não tinham clareza sobre a escolha quanto ao futuro profissional, Luis Alberto já havia tomado a firme decisão de estudar medicina. Não foi possível. O orientador do curso nos contou que os conflitos familiares eram frequentes na casa do garoto, e que ele estava em tratamento psiquiátrico. Dois alunos da turma de Luis Alberto, um menino e uma menina, me confidenciaram outra coisa. Recentemente o garoto havia sofrido uma decepção amorosa. Também me disseram que tinha sido ridicularizado nas redes sociais e, obviamente, no colégio. Por quem? Entendi que meus dois confidentes não queriam apontar culpados. Tive que me conformar com uma resposta vaga. Depois, a garota me encontrou no estacionamento e me revelou a natureza homossexual do caso de amor de Luis Alberto.

"Parece que ele era gay."

"Parece?"

"Bem, era gay."

O fato é que, por um motivo ou por outro, o garoto se jogou, num sábado, altas horas da madrugada, do Paseo de la Chopera, em Alcobendas, no túnel La Menina, longe da casa dele e do colégio. Um bilhete manuscrito encontrado com o cadáver permitiu à polícia descartar a possibilidade de acidente ou de homicídio. Um jornal de grande circulação especulou que o garoto podia ter sofrido *bullying*, e o nome do nosso colégio foi citado. O jornalista não se deu o trabalho de explicitar a fonte da informação.

20

Voltei do colégio no horário de sempre. Havia dois envelopes na caixa de correio, um com uma notificação do banco e o outro com uma fatura. Ambos em meu nome. Quando os peguei, caiu no chão um bilhete anônimo. Não tenho certeza se me lembro literalmente do que dizia, mas era algo assim: "Sua esposa te trai [ou te chifra], e você nunca vai imaginar de que forma." A princípio pensei em adicioná-lo à coleção. Já estava prestes a entrar no elevador quando mudei de ideia. Como Amalia reagiria ao saber daquela denúncia, talvez difamatória, que a envolvia? Esse bilhete não era como o anterior, que ela podia me entregar como se nada houvesse acontecido, porque, afinal de contas, só se referia à minha roupa. Não parei para pensar. Meti os envelopes de volta na caixa de correio tal como os tinha encontrado, com o bilhete enfiado entre um e outro. Subi ao apartamento para buscar Pepa, dei uma longa caminhada com ela e, na volta, encontrei a caixa de correio vazia. Os dois envelopes estavam na mesa da cozinha. Fingi não prestar atenção. Só depois de muito tempo os abri, na presença de Amalia. Do bilhete anônimo, nenhum vestígio. Num momento em que ela saiu da cozinha, fui procurar na lata de lixo; também não estava lá. O fato de Amalia não ter me entregado nem mencionado esse bilhete confirmava a veracidade do conteúdo.

21

Minha primeira decisão foi me transformar em outra pessoa. Em alguém que provoca estranheza, que talvez desperte medo. Eu estava determinado a me transformar num estranho até para mim mesmo. E, para ir testando as possibilidades, certa noite meti meia dúzia de livros na geladeira. Amalia os viu de manhã e não perguntou nada nem fez nenhum comentário. Então, cheguei à conclusão de que não dava a mínima para mim, o que aumentou meu ódio.

Uma sensação desagradável de fraude, de rompimento de pacto. *Para que ir trabalhar?*, eu me perguntava. *Por que não pego as minhas economias e vou passar uns anos na Nova Zelândia, sem dar explicações a ninguém, e largo Amalia aqui sozinha?*

"A culpa é sua por ter se casado", disse Patamanca, que já merecia o apelido.

Entrei na loja El Corte Inglés da rua Goya para experimentar um chapéu que vi quando estava passando, e o comprei embora fosse caro, ou justamente por ser caro, além de antiquado e brega, e também porque quando me olhei no espelho vi que ficava perfeito em mim. Voltei para casa com o chapéu na cabeça. Pela rua, tive a impressão de que as pessoas sorriam ao me ver. Em frente à vitrine de uma loja, me senti um palhaço. Amalia o elogiou. A sério ou de gozação? Não sei. Mas esse elogio foi o suficiente para eu nunca mais usá-lo.

"O que eu faço?", perguntei a Patamanca.

"Mata ela."

"Você está louco?"

"Por que pergunta, então?"

22

Nunca tive o menor sentimento de propriedade em relação à minha mulher. Tampouco senti que Nikita me pertencesse, nem mesmo quando era um bebê desvalido. Minha mulher, meu filho ou minha mãe são pessoas que estavam por perto, pessoas com quem me relacionei amiúde, sentindo por elas afeto ou ódio, dependendo do dia, sem saber ao certo o que pensavam, o que sentiam, que tipo de caldo humano fervia dentro delas. Vou morrer no dia 31 de julho de 2019 convencido de que não é possível conhecer alguém a fundo.

Papai é que era chegado ao ciúme. Tinha uma espécie de medo de que roubassem suas coisas. Acho que ele falava "minha mulher, meus filhos" no sentido literal, da mesma forma que poderia dizer "minhas calças" ou "meu relógio". Nós lhe pertencíamos tal como as ovelhas pertencem ao pastor que as guia e as leva para beber água e pastar. E olha que mamãe tinha uma fonte de renda própria. O ciúme era o cão que papai usava para manter o rebanho familiar sob controle.

O que me instigava, isso, sim, era a curiosidade. Eu precisava saber. Tinha certeza de que não ia ter sossego até ver a cara do sujeito que estava dormindo com Amalia. À noite, na cama, considerava as possibilidades. Buscava o suspeito no nosso círculo de amigos. Desconfiava de todo mundo. E me torturava meticulosamente imaginando os caras nus, ora este, ora aquele, em cima dela. Em pé atrás do que parecia uma cama de hotel, eu via a nuca do amante, as costas, a bunda subindo e descendo no ritmo da cópula, mas não conseguia ver o rosto, maldição. Envergonhado, pensei que minha vida se tornara a letra de um tango, resumida numa frase: "Minha mulher me engana com meu melhor amigo." A próxima ideia que me vinha à cabeça era a de que eu, com meus últimos resquícios de orgulho viril, tentava várias formas de vingança. Apontava para o peito de Amalia uma pistola que papai tinha trazido do cemitério para mim; ele me ensinava a atirar; eu atirava e, em vez de bala, saía do cano da arma um jato d'água ridículo enquanto ela me dizia num tom de chacota: "Você não me atinge." Eu tentava, então, enfiar em sua barriga uma faca de açougueiro também fornecida por papai, mas na hora crucial a lâmina se dobrava, transformada em borracha. Papai estava perdendo a paciência. "Só não bato em você porque sou um esqueleto." E voltava para o túmulo murmurando consigo mesmo: "Já era um inútil quando eu estava vivo, e continua igual. Que castigo!" Cenas como essa me vinham à mente noite após noite, enquanto esperava que os soníferos fizessem efeito.

Todos os dias, depois da escola, eu me apressava para chegar em casa antes de Amalia e, assim, interceptar algum bilhete que estivesse na caixa de correio. Meu coração acelerava ao longo do caminho e, quando passava pelo portão, sentia como se fosse vomitá-lo. Fui levado a esse extremo pela ânsia de saber detalhes da infidelidade da minha esposa. Que enorme contradição: ficava decepcionado quando não encontrava aqueles bilhetes anônimos que pouco antes eram tão desagradáveis para mim.

Com isso em mente, decidi escrever eu mesmo um bilhete, a fim de testar o comportamento de Amalia. Em letras maiúsculas, traçadas de tal forma que nem um especialista em grafologia poderia atribuí-las a mim, escrevi: "SEU CORNO DE MERDA, SE VOCÊ FOSSE MAIS ESPER-

TO JÁ TERIA DESCOBERTO COM QUEM SUA MULHER ESTÁ TE TRAINDO. NÃO SE PREOCUPE, EM BREVE VAMOS CONTAR PARA VOCÊ." O bilhete era indistinguível dos anteriores. Deixado na caixa de correio, tenho que confessar que o epíteto *corno* não chegava a me convencer nem a me deixar tranquilo. Achei que era excessivo, além de vulgar. Então, escrevi o mesmo texto em outro pedaço de papel, mas sem o insulto; substituí-o pelo que tinha deixado na caixa pouco antes e fui passear com Pepa. Na volta, a caixa de correio estava vazia. Nem as palavras nem os gestos de Amalia revelaram nada de anormal naquela noite. Não fez alusão a bilhete algum. Ela deve ter escondido ou rasgado. Poucas vezes odiei alguém com tanta intensidade.

23

Sentados no nosso canto do bar, com Pepa cochilando embaixo da mesa, contei minha cachorrada do bilhete anônimo a Patamanca, que, ao mesmo tempo que me chamava de sacana, também me dava um tapinha de aprovação nas costas. "Muito bem", disse. "Brinca com a sua mulher, procura se divertir à custa dela." Pata tem propensão a esse tipo de opinião que pode ser qualificada como brutal, mas é por isso mesmo que as valorizo, porque, não sendo obrigado a adotá-las, elas me ajudam a observar meus problemas de uma perspectiva isenta de neblina sentimental.

Querendo ser sincero, coisa que sempre me obriga a vencer uma resistência interna, contei-lhe que, depois de muito tempo, na véspera Amalia tinha recuperado sua disposição sexual em relação a mim, logo depois, veja só que coincidência, da chegada do bilhete.

"Não há dúvida." Pata deu um salto na cadeira. "É culpada."

Pedi que fosse mais explicativo e menos sentencioso. Ele aceitou, com a condição de que eu pagasse uma nova rodada de chopes. Meu amigo adora analisar os comportamentos, investigar as causas e consequências e vislumbrar transtornos mentais até mesmo nos atos mais comuns.

Ele não escondeu que queria me humilhar. Por isso, suponho, me perguntou o que havia mudado em mim nos últimos tempos para que minha mulher, sem mais nem menos, voltasse a sentir algo que poderíamos chamar de "atração física por minha malfadada pessoa". "Você está usando um perfume novo? Ganhou na loteria?" Ele sabia muito bem que nem uma coisa nem outra. E, depois de me chamar de bobo, ingênuo, otário e mais alguns epítetos do mesmo tipo, conjecturou que talvez minha mulher não tivesse "me emprestado a perereca para fins prazerosos" movida por qualquer pulsão erótica, mas por algum tipo de interesse inconfessável e, logicamente, pela ancestral astúcia feminina.

Em outras palavras, era razoável pensar que meu bilhete deixara Amalia numa situação de alerta máximo. Patamanca sugeriu a hipótese de que a "fêmea infiel" teria usado o truque de jogar tinta nos meus olhos como uma lula, entendendo por tinta, nesse caso, um breve período de atividade sexual. "E você, cego, com os hormônios alterados e o pênis em riste, fica exultante pensando que tua mulher te ama, te adora e faz qualquer coisa para te dar prazer. Ora, faça-me o favor."

Em contrapartida, ainda segundo Pata, Amalia (instinto materno, integridade familiar em perigo) combatia, ou pelo menos tentava aliviar, seu sentimento de culpa com "um episódio calculado de comércio carnal com o simplório do marido". Em outras palavras, ela me dava o que se supunha que me cabia pela tradição conjugal e, assim, livre de qualquer dívida, podia ir encontrar o amante com a consciência tranquila.

"Vamos imaginar que suas especulações não estejam erradas. O que sugere que eu faça?", perguntei.

"Por enquanto, trepa o máximo que puder. Aproveita agora que é de graça. Depois, Deus proverá."

24

Nos dois dias que se seguiram ao último bilhete (depois disso a porta foi trancada de novo), Amalia deixou que eu a penetrasse por trás sem preliminares eróticas, minha maneira preferida de copular.

Houve um tempo, no início do nosso casamento, em que ela achava essa posição animalesca, além de humilhante; e humilhante não só para ela, mas para o gênero feminino como um todo, em qualquer lugar ou época, pois considerava que tinha uma conotação de dominação masculina.

Não adiantava lhe dizer que meu propósito não era dominar, e sim gozar com o maior prazer possível. Mais tarde, quando ela resolveu engravidar, leu numa revista que essa posição favorecia a entrada de espermatozoides até o fundo do canal vaginal, aí mudou de ideia. Foi assim que geramos Nikita, um detalhe que o garoto não sabe nem precisa saber, a menos que um dia, comigo já no túmulo, ele venha a ler estas linhas, ou então que a mãe tenha lhe contado, coisa que eu duvido.

A abordagem por trás tem vantagens que Amalia acabou reconhecendo. A mulher se livra de aguentar o peso do homem sobre o corpo, bem como de receber a respiração no rosto; não corre risco de que o parceiro vá estragar sua maquiagem, de impedir que ela respire normalmente, de espetá-la com a barba, de molhá-la de suor ou, como já foi dito, de esmagá-la. Ao mesmo tempo, diminuem as chances de que o contato com travesseiros, almofadas, tapetes ou carpetes desmanchem seu penteado. Enfim, tínhamos conversado sobre tudo isso na intimidade e estabelecido o único orifício de entrada permitido, e, como eu já disse — exceto nos primeiros dias do nosso casamento, quando a correlação de forças ainda não estava totalmente clara —, Amalia não costumava se opor à consumação do ato sexual na referida posição.

Ela mesma tomou a iniciativa de adotá-la durante os dois coitos que tivemos nos dias seguintes ao bilhete. Coitos de uma qualidade acrobática impecável, não perturbados pelas delongas de natureza amorosa. E o fato é que, além das vantagens que acabei de enumerar, havia outras, talvez de maior peso: para Amalia, que eu ejaculava mais rápido quando a penetrava como um cachorro faz com a cadela; para mim, que, estando suas mãos, unhas, pés e dentes privados de qualquer função defensiva, bem como seus olhos destituídos de qualquer possibilidade de exame e controle, eu ficava livre para me entregar à excitante fantasia de ter a mulher toda para mim, derrotada, submetida, dominada... O que mais se pode pedir?

25

Já passa das onze da noite. O apartamento está em silêncio. Acabamos nos livrando de Nikita, de treze anos, com a desculpa de que já era hora de dormir. O garoto está dormindo, ou pelo menos está no quarto com a luz apagada, talvez fumando às escondidas à janela, convencido de que a mãe e eu não sabemos.

Deixamos Pepa, ainda filhote, na sala, amarrada, por via das dúvidas, num pé da mesa. O animal costuma nos seguir por toda parte e arranhar a porta quando a encontra fechada e quer entrar. Amalia não gosta da ideia de que ela entre no quarto sorrateiramente e fique nos olhando enquanto transamos. Diz que Pepa tem um jeito humano demais de observar, e que poderia confundir a cópula com uma briga entre nós, se assustar e latir, ou até mesmo defender uma das partes, mordendo a outra. Nessa época, Pepa já era a mansidão em forma de gente (ou de cachorro). Sinceramente, acho que é um exagero de Amalia, mas não é o momento mais oportuno para me opor a ela. Agora que estou de pau duro, quanto antes entrarmos em ação, melhor.

Ela também não é dada a expansões acústicas durante o ato sexual, portanto nossas relações parecem cenas de filme mudo. Copulamos sem trocar palavras ou emitir gritos de prazer. O ato, na minha opinião, acaba ficando um tanto clandestino e mecânico, mas, para falar a verdade, a última coisa de que eu sentiria falta no breve tempo que dura o acoplamento seria de uma conversa com Amalia. O embate silencioso permite que se ouça de vez em quando um baque de carnes se chocando, como o som de um açougueiro martelando bifes com a parte plana do cutelo.

Seguro várias piadas sobre todos esses pormenores na ponta da língua. Claro que não digo nada. Ferir a suscetibilidade de Amalia poderia impedir a consumação do orgasmo que se aproxima. Além do mais, há muito tempo tenho a firme convicção de que não há sacralidade, tensão poética ou atmosfera erótica que sobreviva ao efeito devastador de uma piada. Basta ver a bobagem que escrevi sobre o cutelo do açougueiro para constatar como esse parágrafo perde imediatamente o encanto. Ainda bem que escrevo sem a responsabilidade de um literato.

Amalia, no entanto, já concordou pela segunda noite consecutiva com a fusão de corpos que tentava evitar nos últimos anos do nosso casamento. É movida, como desconfio, e como confirmou meu amigo Patamanca, pelo sentimento de culpa. Não tenho certeza. Também não descarto a possibilidade de que seja genuína uma excitação provocada pelo remorso. Claro que não vou perguntar a ela. Não me interessa. Tenho o meu objetivo, o derramamento gozoso, assim como ela certamente tem o dela, seja qual for. Tal como fez ontem, de lingerie sedutora, lábios provocativos, ela finge que a iniciativa é minha e que, por puro desejo, não consegue resistir. Até aceitou, sem vacilar, minha proposta de que permanecesse de salto alto. Cada capricho que você tem, diz, condescendente, melosa, e sorri como se dissesse: "Você é uma criança." E eu concordo, retribuindo aquele sorriso, o que não significa uma ratificação do que ela pensa ou finge pensar, muito menos a gratidão de um fetichista satisfeito, mas a satisfação vitoriosa de ver minha mulher se comportando como uma prostituta.

Penetrada ritmicamente por trás, não ver o rosto de Amalia durante o ato sexual agrada ao meu amor-próprio. Acho que minha ereção falharia se tivesse que olhar, depois de tantos anos de convivência conjugal e de tantas brigas e tanto ódio administrado em doses diárias, para o conjunto de feições em que se manifestam sua personalidade, seus estados de espírito e seus sentimentos. O que me importa tudo isso agora? A única coisa que quero é possuir o corpo feminino; a boneca viva, com uma bela figura apesar de já ter deixado a juventude para trás; o lindo objeto de carne com cheiro de umidade vaginal, quente, de salto alto na cama.

Foi a última vez que fomos para a cama — mas eu não sabia disso naquele momento.

Pênis, me conta, o que você sentiu?

"Uma secura inicial naquele canal que já visitei inúmeras vezes, embora cada vez com menos frequência, me fez pensar que não era recebido ali com agrado, a ponto de ter que empurrar com alguma força, feito uma porta que não quer se abrir, exatamente como na noite anterior. Não sei se era uma secura de origem menopáusica ou causada pela falta de disposição sexual da dona. Faltava a umidade de boas-vindas dos primeiros dias, mas não vou negar que, vencida a resistência inicial dos lábios pouco ou nada lubrificados, adentrei o grato pantanal da fêmea, e, uma vez lá dentro, nada mais me impediu de dar as estocadas esperadas de mim nesses casos. Avancei sem dificuldade até o ponto em que meu comprimento pôde chegar. Reconheci pelo toque o lugar onde estive tantas vezes. E ali, no escuro, me encharquei com seus sumos, me deleitei esfregando-me em suas paredes macias e mornas e culminei essa grata tarefa com uma violenta efusão de esperma. Após isso, não havia mais nada a fazer senão me retirar, voltando à intempérie sem mais delongas pelo mesmo caminho."

26

Não saí com Patamanca para comemorar meu aniversário, embora tivesse prometido a ele, e deixei Pepa sem seu principal passeio do dia para não estar fora de casa quando Nikita viesse me dar parabéns. Sozinho, sem assessoria materna, o garoto é incapaz de escolher um presente. Nem eu exijo. Na verdade, eu me contentaria com qualquer coisa, por menor que fosse. Sei lá, uma simples barra de chocolate que depois eu lhe pagaria generosamente, dando-lhe um dinheiro fora da mesada, como faço com frequência.

Antes do divórcio, eu e a mãe tínhamos o compromisso de lembrar dos respectivos aniversários a Nikita. Do contrário, ele os esqueceria, como esqueceu o meu hoje. Amalia se encarregava de comprar presentes por ele no meu aniversário, no Dia de Reis e no Dia dos Pais, e, em contrapartida, eu comprava os que o garoto daria para ela, quando não era a própria Amalia quem comprava alguma coisa para si mesma e me dava o embrulho às escondidas para que eu, por minha vez, o desse a Nikita com a ideia de que, chegado o dia, o monstrinho o entregasse de surpresa à mãe. Nosso filho, com uma primorosa falta de entusiasmo, nos dava os embrulhos de presente sem disfarçar que não tinha a menor ideia do conteúdo, e nós o abraçávamos com um rompante de gratidão digno dos melhores teatros da Espanha.

Eu não preciso que Nikita me dê coisa alguma, mas, caramba, ficaria feliz de receber pelo menos um abraço dele no último aniversário da minha vida. Será um exagero pedir uma breve visita, um "Oi, papai, tudo bem?"? Por mais ocupado que ele esteja, acho que poderia ter me ligado pelo celular, cuja fatura, aliás, eu pago. Sozinho no apartamento, tarde da noite, percebi que não conseguia pensar em Nikita sem sentir uma intensa repulsa. Nada de outro mundo. Em muitas outras ocasiões tive a mesma sensação. Depois, vejo meu filho, sinto pena dele e o perdoo.

Estava começando a me sentir tão mal que, depois do jantar, liguei para ele. "Tudo bem? Onde você está?" Fiquei sabendo, grande acontecimento, que na semana passada tinha instalado um jogo novo no computador. Ele disse o nome, em inglês, no seu inglês rudimentar, e depois me perguntou se conheço. "Me parece familiar." Claro que não me parecia familiar, mas não achei oportuno lembrá-lo de que nem toda a humanidade tem as mesmas paixões que ele. Então, ele me contou que pode jogar pela internet com adversários de outros países. A ideia consiste em liquidar os inimigos de uma seita religiosa com tiros de metralhadora, granadas, e me parece que também com um facão, até aniquilar o grande chefe no seu esconderijo.

Imagino Nikita sentado por horas a fio na frente do computador, comendo pizza, batata frita de pacote e sanduíches, bebendo refrigerantes açucarados, destruindo a vista, ganhando peso, incubando diabetes... e talvez usando drogas.

Assim é meu filho. Um inútil de vinte e cinco anos convencido de que veio ao mundo para cumprir a importantíssima missão de destruir figuras em movimento na tela do computador.

Pergunto se ele sabe que dia é hoje.

"Sexta-feira, não é?"

Agradeci a informação, dei boa-noite e desliguei.

27

Confesso que demorei mais do que o necessário para perceber. O que posso fazer? Sou assim. Velhas aderências mentais, também chamadas de preconceitos, me impedem de entender certas questões, se é que já entendi alguma coisa a fundo nesta vida. Às vezes acho que Patamanca está certo. "O seu problema", disse-me ele um dia no bar, quando ainda não era aleijado, "é que de tanto ler você acabou não entendendo as coisas simples, e as complexas, nem se fala".

Aliás, lembro-me de uma vez que Nikita me chamou de burro com a maior naturalidade do mundo na frente dos avós e de Amalia, enquanto tentava me explicar, aparentemente em vão, os pormenores de um videogame que meus sogros tinham acabado de comprar para ele num shopping.

Vou me despedir da vida convencido de que todo mundo aqui estava certo, menos eu. Mas tenho as minhas lembranças, isso, sim, e nelas não admito que ninguém se meta.

Esta noite ficou na minha memória da seguinte maneira.

Pepa e eu voltamos encharcados de um passeio no fim da tarde. Tínhamos sido surpreendidos por um aguaceiro longe de casa. A chuva caía tão forte que deixava um rastro de névoa flutuante perto do solo. Corremos para nos abrigar sob uma marquise, mas o tempo passava, estava começando a escurecer e, no dia seguinte, mais uma jornada de suplício profissional me esperava no colégio. Nessa época não era permitido entrar com cachorros no metrô, e duvido que algum taxista aceitasse Pepa em seu carro. O temporal continuava. Eu tinha uma grande esperança de prolongar a dádiva sexual que Amalia estava me oferecendo pela terceira noite consecutiva, por isso não queria chegar em casa muito tarde. O que fazer? Perguntei a Pepa se não se importaria de se molhar um pouco. Um pouco? Que hipócrita! Pepa, olhos mansos, língua para fora, não respondeu que não, então, sem qualquer possibilidade de encontrar algum abrigo, começamos nosso longo caminho de volta sob uma chuva torrencial.

Chegamos em casa mais molhados do que se tivéssemos caído num rio. Deixei a cachorra na entrada, presa na balaustrada, e fui buscar uma toalha. No corredor, tirei primeiro os sapatos. Estava prestes a tirar a roupa quando um burburinho de conversas e risadas femininas na sala de estar chegou aos meus ouvidos. Ouvi uma voz desconhecida. Imaginei que Amalia devia ter alguma visita, o que não acontecia com frequência, mas também não podia ser totalmente descartado.

Nunca fomos muito chegados a receber gente em casa. Por quê? Pois bem, é que a arrumação e a limpeza não eram o nosso forte, e muito menos o do nosso filho, cujo quarto, apesar das nossas contínuas repreensões, invalidadas pelo mau exemplo que lhe dávamos, parecia a réplica de um campo de batalha.

Parei de me despir. Amalia, que me ouviu entrar, gritou com uma voz alegre, sem ver o meu aspecto: "Estamos aqui." Deduzi que essa constatação supérflua trazia uma advertência envolta em jovialidade: "Nem pense em entrar no quarto de cueca, descalço ou nu." Calcei de novo os sapatos molhados, deixei o suéter no chão e, de camiseta, já sem qualquer vestígio de elegância, entrei para conhecer a... "Te apresento a Olga." Pois é, Olga, uma mulher alta, de corpo esguio, cabelos curtos e rosto bonito. Ao contrário de Amalia, que não se mexeu da cadeira, a tal Olga teve a gentileza de vir apertar minha mão. Olhei nos olhos dela para comparar nossas respectivas alturas. Era mais alta do que eu; não muito, mas mais alta. E em relação a Amalia, nem se fala. Imagino que não entrava em seu repertório de cortesias o gesto de encostar a bochecha na de um homem encharcado. Calculei que devia estar mais perto dos trinta do que dos quarenta anos. Tinha um cheiro maravilhoso.

Vendo espalhados na mesa uns papéis que pareciam documentos, deduzi que aquela mulher viera à nossa casa tratar de algum assunto profissional com Amalia. A ideia de um trabalho em dupla em local e hora incomuns não parecia incompatível com o fato de que estivessem bebendo champanhe. Amalia, tal como eu, relutava em receber gente em casa por falta de tempo para arrumar e limpar, mas em seu benefício direi que, se ela fazia bem alguma coisa, era receber seus convidados. Não levei a mal que tivesse servido à sua acompanhante o champanhe, o meu champanhe, que eu tinha guardado na geladeira à espera de uma ocasião especial para degustar. Fora presente de aniversário da própria Amalia. No mesmo instante captei a situação. Alguém chega de repente na sua casa, e é claro que você não vai lhe oferecer água da bica. Conhecendo Amalia como conheço, é bem provável que tivesse pensado em comprar para mim uma garrafa da mesma marca no dia seguinte. Eu, evidentemente, não ia cobrar. A perspectiva de uma terceira noite de sexo estimulava em mim a tolerância, a generosidade e tudo mais que fosse necessário.

"Está chovendo?"

Sagaz pergunta estúpida ou estúpida pergunta sagaz de Amalia, que conseguiu me empurrar para uma conversa sobre a meteorologia enquanto dava tempo de Olga, lindos quadris, corpo esbelto, voltar para a cadeira. A mensagem encoberta me chegou com clareza: "Nada sério ou confidencial é dito aqui; vamos, fala logo duas ou três coisinhas inócuas e vai embora." Respondi com as trivialidades que esperavam de mim e, depois, com a língua predisposta a encadear frases óbvias, disse que precisava me enxugar e enxugar a cachorra. Amalia se escudou atrás de um sorriso desses que na vida mundana são reservados para as relações sociais e, com a expressão aquietada por um instante, disse, alongando a voz para lhe infundir uma sonoridade radiofônica: "Nós duas vamos continuar aqui." Interpretei essas palavras como uma forma de insinuar que eu não voltasse. Não me importei. "Fecho a porta?" "Sim, por favor, e vê o que Nicolás vai jantar." Eu estava convencido de que as duas mulheres tinham se encontrado para resolver algum assunto urgente, talvez para preparar o roteiro de um programa ou algo assim, e a última coisa que queria fazer era importuná-las. Além disso, minhas esperanças eróticas também me aconselharam a me fazer de bonzinho.

Nikita e eu jantamos juntos na cozinha. O garoto também não sabia quem era aquela mulher. Não sabia nem estava interessado. Depois de jantar, resolveu ir para a cama — ou, pelo menos, foi o que me disse. Minutos depois, enquanto estava lavando a louça do jantar, senti cheiro de fumaça de cigarro entrando pela janela aberta da cozinha. Decidi não estragar o prazer clandestino do meu filho. Na idade dele, eu também fumava escondido; se bem que, em comparação a ele, acho que eu disfarçava melhor.

A pedido de Amalia, que não queria Pepa na sala, levei a cama da cachorra para o meu quarto. Passava um pouco das dez da noite quando fui para lá, disposto a dar uma olhada rápida no conteúdo das minhas aulas do dia seguinte e ler um pouco. Quando vi, já eram onze, hora crítica do ponto de vista das minhas aspirações sexuais, pois achava que a partir daquele momento começavam a diminuir as possibilidades de consumar o coito.

Através da parede me chegavam sons indistintos da conversa entre as duas mulheres, um sussurro pontilhado de risos que não tive dúvida em atribuir aos efeitos euforizantes do champanhe, do meu champanhe. Ainda não estava de pijama, pensando que a qualquer momento Amalia viria anunciar a partida da tal Olga. Mas deu meia-noite e, francamente, ou eu dava o dia por concluído, ou, na manhã seguinte, morrendo de sono, ia andar pelos corredores do colégio cambaleando feito um zumbi.

De manhã, o extrusivo, odioso e tirânico despertador me tirou do sucedâneo do útero materno mais conhecido como cama. De pijama, fui para a cozinha ligar a cafeteira. É o meu primeiro ritual do dia, ir me lavar e me vestir enquanto a xícara vai se enchendo de café aromático. Se soubesse que aquela mulher estava na cozinha, teria invertido a ordem das atividades. Não sei o que ela ia pensar de mim: na véspera, encharcado até os ossos; agora, remelento e com a barba por fazer. Ela, tão desleixada quanto eu, remexia nas gavetas, também descalça. Tinha pés longos e esguios, muito bonitos, com as unhas pintadas de vermelho. Estava com o roupão de Amalia e, por baixo, suponho, nada. Perguntou onde estavam os saquinhos de chá. Na hora não me lembrei do nome dela. Pensei que provavelmente havia dormido no sofá da sala. Também pensei que era muito gostosa, e se não a comia ali na hora não era por falta de vontade.

28

E disse também que, se eu tivesse aceitado seu relacionamento com Olga, talvez nosso casamento pudesse ter sido salvo.

O divórcio já estava decidido quando Amalia me soltou essa acusação, com a calma de quem comenta um filme na saída do cinema. Não respondi. Eu sabia que dali em diante nós nos veríamos pouco, só por questões relacionadas com nosso filho. Eu tomara a firme decisão de apagá-la dos meus pensamentos, e tinha a sensação de estar progredindo a passos rápidos.

"Mas, claro, quem disse que você queria salvar o nosso casamento?"

Nem olhei para ela. Para mim, já tinha acabado o tempo de provocações e brigas, comentários mordazes e diálogos tensos. Dei meia-volta e saí com as mãos nos bolsos, procurando andorinhões no céu azul da manhã.

Eu não dava a mínima para aquele seu amor chupante, como dizia Patamanca. "Isso não é chifre", disse meu amigo, que define a lesbianidade como uma "técnica de massagem com possibilidade adicional de convivência". E recomendou que eu visse pornografia para me convencer. "Elas se acariciam, se lambem, se esfregam. Isso não é sexo", sentenciou, zombeteiro. "No máximo é ginástica lenta."

Na época em que finalmente fiquei sabendo o que mais cedo ou mais tarde acabaria por descobrir, encontrei aquele bilhete que eu tinha escrito dias antes. Então, Amalia não o tinha rasgado nem jogado fora. Agora que não havia mais nada a esconder, repôs o papelzinho na caixa de correio. Com que objetivo? Duvido que Amalia suspeitasse que eu é que o tinha escrito.

Em casa, mostrei o bilhete a ela bancando o bobo.

Ela deu de ombros, bancando a boba.

Eu seria capaz de quebrar a cara dela ali na hora.

Ela, sem qualquer dúvida, seria capaz de arrancar meus olhos com um abridor de latas.

29

Talvez o ódio que senti ao longo da vida não tenha sido de boa qualidade. Eu odiei bastante, mas de forma intermitente, muitas vezes com preguiça — e também, para dizer a verdade, com prazer. Nossos legisladores atuais inventaram o chamado "crime de ódio". Imagino que estavam pensando no terrorismo e em coisas assim, mas onde fica a fronteira entre a dimensão pública e a privada? Só faltaria que uma lei aprovada na Câmara dos Deputados me proibisse de odiar a diretora do colégio. No dia seguinte, eu me acorrentaria na carruagem de Cibeles com um cartaz de protesto. Agora os governantes deram para regular os nossos sentimentos com uma finalidade restritiva, como se fazem as regras de trânsito. Esta época me dá um pouco de asco.

Meu ódio, com poucas exceções, sempre foi um ódio de rescaldo, com fogo por dentro. Duvido que meus alvos soubessem quanto eu os odiava e por quê. Às vezes, uma onda repentina de ódio surgia num momento de boa convivência com eles, até mesmo durante um beijo na bochecha ou um abraço. Eu me apresentava sorrindo, mas nas minhas veias corria uma torrente de ferro fundido. Às vezes me pergunto se o que sinto não é mais ressentimento do que ódio. Seja como for, é um ódio sigiloso, reflexivo e encoberto. Um ódio em legítima defesa, segundo a tese de Sigmund Freud, o qual considerava que o ódio se fundamenta no instinto de conservação do ego. Não é do meu estilo vociferar palavrões, jogar pratos na parede ou desferir facadas.

Sinceramente, acho que eu deveria ter odiado mais ao longo da vida, ou pelo menos com mais vigor. Não é verdade que o ódio diminua aquele que odeia, ou o destrua moralmente, ou o prive de bem-estar e sono. É preciso distinguir cada ódio. Existem, sem dúvida, ódios que corroem as entranhas, mas há também aqueles que, governados com discrição e sagacidade, tornam-se prazerosos, e foram esses que procurei cultivar, com uma perseverança silenciosa, em benefício próprio.

Gosto de afirmar, nestes dias voluntariamente derradeiros de minha vida, que tive muitas ocasiões para odiar e as desperdicei, se bem que meu problema não foi de quantidade, mas de qualidade. Nunca lidei bem com emoções intensas. As paixões me cansam logo, tanto as minhas quanto as dos outros. Alguns colegas do colégio me atribuem um caráter introvertido. O que não entendem é que fico entediado com eles e, então, claro, qualquer um perde a vitalidade facial e tende, mesmo sem intenção, a economizar gestos e palavras.

Outra coisa que acontece comigo é que não consigo odiar alguém que não conheço. Patamanca odeia mortalmente um grande número de políticos, atletas, atores e personalidades famosas de ambos os gêneros, dos quais só tem notícias pelos meios de comunicação. Baixa o cacete neles com raiva, desejando-lhes todo tipo de adversidades. Eu não consigo. Para odiar de forma adequada, preciso da presença dos meus odiados. Frases do meu amigo, como as de que não suporta o atual presidente do país, que nunca viu pessoalmente, mas que "talvez, conhecendo melhor, seja um bom sujeito", eu não compreendo. Também não combina comigo o ódio abstrato de que falava Francisco Umbral, um ódio sem motivo, ódio pelo ódio. Meu ódio surge de um motivo tangível. Pode começar com um olhar, talvez um cheiro ou uma palavra, e depois evolui para se adaptar à minha medida. Tem gente na Espanha que odeia a Espanha. Um ódio (ou um amor) com essas características ficaria grande em mim, cairia para todos os lados até me cobrir totalmente, como se fosse o envoltório de um enorme sino.

30

Odiei papai principalmente depois que ele morreu. Antes eu não tinha coragem, nem mesmo em segredo, pois suspeitava de que ele podia ver meus pensamentos. Estava ocupado demais me mantendo a uma distância segura, devido ao temor que ele me inspirava. No entanto, não o temia como se teme um tirano de quem se espera qualquer tipo de crueldade, mas devido aos sentimentos de inferioridade e fracasso que me oprimiam quando estava com ele. Essa sensação abrasiva se intensificava ainda mais quando me concedia algum gesto de benevolência. Eu então ficava agoniado com a ideia de que podia me tomar por um farsante que tivesse se apropriado, sem merecer, de um sorriso dele, de um tapinha de aprovação ou de algumas palavras cordiais. Sentia por papai um temor matizado de admiração, talvez até de afeto. Só depois de enterrá-lo foi que percebi como ele tinha sido nocivo para mim. O que realmente me humilha não é ter sentido medo dele, mas a consciência de ter desperdiçado seu exemplo para me adestrar na técnica de inspirar medo nos outros. Odeio papai, acima de tudo, porque não sou ele. Evidentemente, eu nunca poderia ter ocupado o seu lugar nem espalhado à minha volta uma sombra tão densa, tão poderosa quanto a dele. Não falo de ser como ele, sejamos claros, mas de ser ele, exatamente ele, com seu paletó de sarja, seu bigode amarelado, sua aversão à ternura e aquele cheiro que na época não me agradava e de que hoje sinto falta com amargura. Na qualidade de primogênito, entendo que eu deveria ter preenchido a lacuna que sua morte deixou em nosso lar. Não consegui. Raulito, afortunadamente, também não, porque isso me causaria um pesar insuportável. Nem meu irmão, nem eu tínhamos envergadura psicológica suficiente para vestir a personalidade do nosso pai. Na sua presença não podíamos, nem mesmo timidamente, exercitar a rebeldia. Meu ódio por papai é um ódio póstumo, com o qual tenho a ilusão de chegar à sua altura, agora que ele não pode mais me derrubar com o olhar ou com seus silêncios severos. No fundo, não vou mentir, meu ódio por papai é um ódio puro e nobre entre homens de idades e condições diferentes; uma homenagem negativa de uma criança tímida a um homem que odiava a si mesmo. Às vezes, quando paro para pensar nessas bagatelas pessoais, acho que papai ficaria orgulhoso desse ódio que me salva de lembrar dele com tristeza e que, com um critério pouco generoso, poderia ser considerado um sinal de força psicológica. Sem a menor dúvida, entre todos os meus ódios, o que mais me agrada é este dirigido ao meu falecido pai. Por isso o celebro esta noite com uma taça de conhaque enquanto escrevo. É sempre assim: um membro da família morre e ficamos tristes porque o deixamos partir sem lhe dizer quanto o odiávamos ou o amávamos, ou ambas as coisas alternadamente. Sinto muito, papai, mas eu não tive coragem de parar um dia na sua frente, pôr a mão no seu ombro e dizer com uma voz calma e firme, olho no olho, que você era um cara estranho, metade deus, metade porco.

31

O ódio mais antigo da minha vida é o que sinto por meu irmão. É também o mais ortodoxo, segundo a definição de Castilla del Pino, que identifica o ódio, num estudo que li há alguns anos, como o desejo de destruir o objeto que o inspira.

Odiamos uma pessoa porque é odiosa ou ela se torna odiosa porque a odiamos? Quanto ao meu irmão, esse dilema não existe para mim. Seria o caso de um efeito que produz sua própria causa. Em outras palavras, o efeito seria a causa da causa, assim como a causa seria o efeito do efeito. E, enquanto me expresso com estas torções verbais de filósofo amador, de repente me vem a sensação de estar em aula falando na frente dos meus alunos.

O estudo de Castilla del Pino faz uma afirmação da qual discordo, mas também pode ser que não me lembre direito. Diz que não se odeia as pessoas consideradas inferiores, porque elas não são vistas como perigo para a própria integridade. Pois bem, nem por um segundo da minha vida deixei de ver meu irmão como um ser inferior a mim, e ainda assim o odeio a ponto de me alegrar com suas desgraças. Quando criança, desejei muitas vezes a morte dele. Queria que desaparecesse da minha vida para sempre. Também serviria se meus pais o mandassem para um internato ou o dessem em adoção, mas continuo pensando na morte, se possível dolorosa, como uma solução preferível.

Lembro-me de que nas noites da minha infância rezei para que Raulito morresse de leucemia, como diziam ter acontecido com uma criança do bairro. Seria um prazer secreto para mim estar presente no enterro do meu irmão de pouca idade, chegar à beira da sepultura e jogar uma pá de terra com pedras sobre o caixão.

"Você vai morrer logo", dizia eu a Raulito, ou palavras semelhantes. "Talvez na semana que vem já esteja dentro de um caixão. O caixão é tão estreito que você não pode se mexer, e nem adianta chamar mamãe ou papai, porque ninguém vai escutar."

E eu não parava com a maldade, até Raulito começar a chorar.

É verdade que atualmente meus sentimentos hostis em relação a ele se atenuaram, mas isso se deve, em minha opinião, à circunstância favorável de que nos vemos pouco. Um acordo tácito estabelece que nos evitemos.

O ódio que sinto por meu irmão tem origem na Natureza. Eu o odeio por ter nascido, por disputar comigo a atenção de mamãe e papai com sua presença, suas necessidades e seus gemidos. Não é que haja uma birra em razão de algum conflito ocorrido entre nós. É que nunca vou perdoar Raúl pela afronta de ser meu irmão. Não me pareceria estranho que eu simpatizasse com ele se, em vez de ter nascido do mesmo ventre que eu, fosse um vizinho ou um colega de trabalho.

Sua gordura, seus óculos, sua voz esganiçada quando era adolescente só fizeram agravar o ódio instintivo que senti desde a primeira vez que o vi, envolto em roupas de bebê. Mamãe me deixou segurá-lo no colo e a primeira coisa que me veio à cabeça foi deixá-lo cair. Portanto, não era sua aparência física a principal causa do meu ódio. Porque tenho certeza de que, dado o nosso vínculo fraternal, eu o odiaria da mesma forma se fosse magro e bonito.

Sonhei mais de uma vez que escalava seu berço e o estrangulava. Anos depois, aproveitando que não havia ninguém em casa, tirei da gaveta o álbum de fotos de família e destruí a tesouradas todas aquelas em que Raulito aparecia. Mamãe e papai demoraram meses para perceber a travessura. Na mesma hora a atribuíram a mim. Papai me arrancou uma confissão lançando-me um olhar terrível, mais doloroso do que os três tapas de mamãe. Fui para a cama sem jantar. Acho que nenhum dos dois adivinhou o sentido do meu gesto nem estava consciente da sua imprudência ao me punir. Nessa noite fiquei pensando em cortar a garganta de Raulito com uma faca serrilhada que havia na cozinha. Por amor-próprio, muitas vezes fui tentado pela ideia de tirar minha vida; pretendia, assim, cobrar dos meus pais a maldade de terem me impingido um irmãozinho. E pouco me importava que não ficassem tristes com minha morte, pelo menos lhes causaria problemas.

Com o passar dos anos, meu ódio por Raulito foi evoluindo para formas menos virulentas de animosidade. Descobri que ele também me odiava, e a partir de então odiei meu irmão sobretudo por causa do ódio que ele nutria por mim. Geralmente o ódio dele se manifesta na forma de repreensões ligadas ao passado e acusações de todo tipo. A expressão do seu rosto revela, porém, que para ele isso não basta. Vislumbro em suas feições um desejo intenso de que a vida me castigue com contratempos, dificuldades, infortúnios...

Isso não significa que nos últimos anos, talvez aconselhado pela esposa e pelas filhas, ele não tenha feito uma ou outra tentativa de aproximação. Em todos os casos foram gestos de cordialidade morna, diante dos quais eu ficava rapidamente em estado de alerta, e o único resultado foi um aumento do meu ódio, porque não conseguia acreditar que a intenção dele viesse de uma fonte sincera.

Sei que fiz bastante ou muita maldade com ele. Mais de uma vez Raúl me pediu que explicasse as sacanagens que lhe fiz quando éramos crianças. Eu peço desculpas, alego minha tenra idade na época e não é raro que acabe o chamando de rancoroso.

Digo para mim mesmo que ele não foi esperto. Se tivesse me deixado odiá-lo de forma plena e satisfatória quando éramos pequenos, mais cedo ou mais tarde eu me cansaria e, então, quem sabe, teríamos nos dado razoavelmente bem pelo resto da vida. Às vezes fico pensando que ele até gostava que eu o odiasse.

Novembro

I

O ódio que senti por mamãe ao longo da minha vida foi sempre momentâneo, abrupto, descontínuo. Era um ódio pouco ou nada prazeroso. Um ódio comparável a um sapato grande ou pequeno demais, com o qual é impossível avançar muito.

Em relação a ela, tive um ápice do ódio na infância que foi diminuindo com o passar dos anos, até perder a potência e ficar cada vez mais espaçado na idade adulta. Na verdade, a palavra ódio me parece excessiva quando aplicada a mamãe. Talvez fosse melhor dizer birras, ataques de raiva, acessos de fúria passageira ou coisa assim. O que não me impede de constatar que minha mãe podia ser, quando queria e quase sem esforço, um espécime humano detestável.

Hoje em dia já não é mais ela mesma. Eu diria que já não é mais ninguém; não passa de um resíduo envelhecido, tão somente um corpo, em que é impossível vislumbrar a mulher bonita e inteligente de outrora. Atualmente mamãe me inspira uma profunda compaixão. E, assim como na infância eu desejava, frenético de ódio, a morte do meu irmão, agora a tristeza me faz desejar a morte de minha mãe; claro que uma morte suave, sem dor, sem agonia.

Quando eu era criança, achava insuportáveis suas demonstrações de afeto a Raulito. Eu a via pegá-lo no colo, amamentá-lo, beijá-lo com um amor repugnante, cantar-lhe canções, fazer todo tipo de gracinhas para ele rir, enquanto eu, corroído de ciúme por dentro, só pensava em investir de frente contra a quina de um móvel.

Até o início da juventude, eu ficava vigiando mamãe para ver se ela dividia equitativamente as atenções e o carinho entre mim e meu irmão. E quando observei que Raulito era o preferido nessa distribuição, odiei minha mãe com todas as minhas forças. Fiz isso, no entanto, de forma dissimulada, temendo que ela pudesse ficar com raiva se percebesse minha inquietação e acabasse preferindo meu irmão para sempre.

Mamãe tinha mão leve. Gostava de bater, mas não conhecia a crueldade. Como não machucava, às vezes eu gostava dos seus tapas, pois via neles uma prova de que ela sofria ou se zangava por minha causa e, portanto, não era indiferente a mim. Havia beleza em suas explosões, que muitas vezes incluíam queixas e até lágrimas, como se fosse ela a agredida. Com o passar do tempo, percebi que mamãe — nem sempre, mas com uma frequência notável — batia em mim e em Raulito na presença de papai, talvez para lhe mostrar que não nos mimava como ele dizia. Papai estava convencido de que a ternura estraga os garotos. Mais de uma vez, depois de bater em algum de nós, mamãe nos pegava no colo ou acariciava nosso cabelo às escondidas dele.

Nos momentos de ódio, eu achava que ela merecia um castigo. Papai, sem saber, era minha mão executora. Acho que era por isso que cada dia ficava mais difícil odiar mamãe, porque eu tinha a impressão de que cedo ou tarde ela recebia o que merecia, e isso para mim era uma demonstração de que tinha se comportado mal, e papai, que às vezes a fazia chorar e a quem temia tanto quanto nós, fizera justiça em meu favor. A conta assim ficava saldada e o ódio, diluído.

Minha mãe estava longe de ser uma santa. Ela compensava a limitada força física com uma refinada propensão à vingança secreta. Todos os indícios levam a crer que tinha uma rica vida íntima que não compartilhava com ninguém. Sei que não se privava de diversões à revelia da família. Eu não a julgo. Ou talvez sim, mas me falta coragem para cometer a indecência de condená-la, porque, por mais severa que fosse a sentença, jamais superaria o rigor com que a vida a tratou.

Pouco depois de ficar viúva, deixou boquiabertos meu irmão e a mim quando nos revelou sem mais nem menos que nunca sentiu por papai nada parecido com amor, nem sequer no início do casamento; que tinha se casado com ele sem entusiasmo, e sentia muita tristeza e raiva porque na sua juventude não havia lei do divórcio.

2

Sinto-me constrangido ao escrever estas linhas. Será que você vai lê-las algum dia, meu filho, quando eu não estiver mais presente? Vai ter a lucidez e a paciência necessárias para chegar até aqui? Vai entender alguma coisa?

Não posso deixar de pensar em você como o ser humano que mais me desatinou.

Travei lutas titânicas comigo mesmo para não sentir ódio de você. Nos momentos críticos, sempre me apegava a desculpas de todo tipo: sua limitação intelectual, o fato facilmente verificável de que Amalia e eu não acertamos na sua educação, o mau exemplo que recebeu de nós...

Mas o fato é que eu teria que ser feito de gelo e pedra para não o odiar. Por quê? Simplesmente porque você é uma das criaturas mais odiosas que já respiraram o ar deste planeta. Sim, filho, estas páginas que escrevo diariamente são destinadas a registrar minha verdade pessoal, mesmo que seja uma verdade triste, dolorosa, repulsiva. E a minha verdade sobre você é que eu precisava virar minha memória do avesso para lembrar um dia, um único dia, em que você não tenha me dado algum motivo para odiá-lo. Eu poderia ter me livrado de você há muito tempo, mas não o fiz. Desde o início assumi a tarefa de tolerar minha paternidade como se tolera uma corcunda.

Não me surpreenderia que você não tenha percebido meu ódio. E desconhece também a ironia. Uma vez eu disse que o amava, em meio a um abraço, e você acreditou. Descontando o punhado de vezes que merecia a forca, você me provocou incontáveis porém curtas descargas de ódio. Eu as imagino como uma revoada de faíscas contaminadas por diversas aderências: a resignação, a responsabilidade educativa, o afeto compassivo. A verdade, meu filho, é que odiar você cansa muito, mas amar cansa ainda mais; eu já tentei as duas coisas, e sinto que fracassei em ambas.

Um dia cheguei a pensar que não sou seu pai biológico; que sua mãe o concebeu depois de uma noite com outro homem, sei lá, algum bruto que esbarrou com ela num beco. Mas esse pensamento, que me consolaria em tantas situações penosas, só durava o tempo exato de lembrar que nós dois temos o mesmo tipo sanguíneo, o mesmo formato de nariz e a mesma cor de cabelo e dos olhos.

Quanto mais eu o odiava, mais lástima sentia. Quanto mais pena você me dava, mais digno de ódio me parecia. E muitas vezes, no auge do meu desespero, ao pensar que o maior favor que eu poderia fazer à sua mãe, a mim, ao mundo inteiro e a você mesmo seria deixá-lo tetraplégico com uma pazada na cabeça, um sorriso inesperado despontava na minha boca, cujo significado não entendo.

Como disse um poeta que você não conhece nem vai conhecer, eu o odiei com afeto, amei com ódio e, em suma, você me foi indiferente; tudo isso ao mesmo tempo, como faíscas que saem subitamente de um canhão, algumas para cá, outras para lá, misturadas em completa desordem emocional.

3

Antes de conhecer meus futuros sogros, Amalia me avisou que eram pessoas um tanto especiais. *Quem não é?*, pensei. A bem da verdade, eu estava tão apaixonado naqueles dias, com minha libido tão descontrolada, que nada me importava realmente, e aceitaria qualquer tributo, pedágio, tarifa, preço ou condição para ficar ao lado daquela mulher que, além de bonita, elegante, cheia de charme, maravilhosa de lábios, olhos, peitos, pernas e cintura, na cama era uma gata sedosa e docemente feroz. Eu sabia que minha mãe, com quem reparei desde o início que Amalia não se dava tão bem, não representava uma vantagem existencial para ela, e por isso não falei nada sobre sua família.

O fato de Amalia ter demorado tanto a me apresentar aos pais quando viu que a nossa relação prometia ser duradoura devia ter me alertado. Como quem administra um remédio amargo em pequenas doses, ela foi me preparando para o que me esperava com sucessivas insinuações. Não conseguiu. Não há dúvida, por um lado, de que sou um idiota para certos assuntos. Por outro, estava pouco interessado na família dela. Quem me interessava era Amalia. Ela tanto insistia que os pais eram boas pessoas que anulou em mim qualquer vestígio de desconfiança, de modo que, quando fui conhecê-los, cheguei à casa deles animado pelos melhores presságios.

No princípio, quando íamos visitá-los, Amalia me pedia que, por favor, fosse compreensivo com eles, que os deixasse falar à vontade como se faz com as crianças, sem me sentir afetado pelo que dissessem, porque, afinal de contas, nós dois íamos levar nossa vida independentemente das opiniões e dos desejos deles. "Eles são um pouco antiquados", tentava justificar. E costumava usar a irmã, Margarita, como exemplo de estratégia inadequada. A garota optou pela rebeldia na puberdade: saiu de casa assim que completou dezoito anos e ficou muito tempo sem falar com os pais.

"Imagino que a deserdaram."

"Pff... Nada disso. No fundo, meus pais são uns benditos. Muito blá-blá-blá, mas depois, nada."

Cinco minutos depois de conhecer meus sogros, eu já os odiava. Desde a primeira hora sofri a tentação de espancá-los com uma vara. Ainda não entendo como consegui me conter durante tantos anos.

Ele era mais previsível, mais monotemático e, portanto, mais suportável do que a velha. Quer dizer, deixava em mim uma marca negativa menos profunda. Com ele bastava evitar os assuntos políticos. Acabei me acostumando a fingir que me interessava pelas burrices fundamentalistas que ele repetia o tempo todo. Eu me limitava a balançar a cabeça, fingia interesse, nunca discordava de nada, e assim foi fácil mantê-lo na linha, disfarçando o nojo que me inspiravam tanto suas opiniões quanto sua própria pessoa, que desprendia uma nevasca incessante de escamas devido à psoríase.

O velho justificava a ditadura de Franco. Tinha saudade dela. Gostava de repetir slogans daquele regime que considerava, acima de tudo, um período de bem-estar e ordem. Nada disso era um problema sério para mim, pois não existia a menor possibilidade de me contagiar com aquela ideologia caduca. Não teria me custado muito tolerar suas lenga-lengas se ele fosse um bom sujeito. Um homem equivocado, mas generoso e afável. Não era. "Votem no Partido Popular, hein?", dizia a Amalia e a mim, inquisidor, intrometido, na véspera das eleições. Conversar com ele sempre me deixava exausto, mas felizmente não nos víamos muito.

A velha era mais incisiva. Tinha o péssimo hábito de fuçar a vida privada dos outros. Gostava de interferir de forma venenosa nas decisões alheias. Sempre criticava nossas roupas, os móveis, o penteado, o lugar em que passávamos as férias e, uma vez, até o número do bilhete de loteria que tínhamos comprado.

"Termina em 5? Mas já saiu na semana passada. Não vai sair duas vezes seguidas."

É o que eu digo: boa para espanar com uma vara.

Minha sogra falava o tempo todo em nome de Deus, e até o suplantava na hora de distribuir absolvições e condenações. Era mesquinha, linguaruda, controladora, mandona; em uma palavra: insuportável. Um dos seres humanos mais desagradáveis que já conheci. Uma campeã de soberba. Uma implicante. Uma mulher castradora. Uma fanática por arrumação e limpeza. A voz estridente, o falsete de velha severa e carola já acendiam em mim uma brasa de coragem. Nunca a ouvi dizer nada de interessante, terno ou engraçado. Os cabelos grisalhos levemente tingidos de malva, o rosário, a magreza esquelética, o pânico de correntes de ar, a beatice implacável, a dentadura postiça, as mãos cruzadas com veias roxas, o cheiro de colônia rançosa, as bochechas frias quando eu me submetia à cortesia nojenta de beijá-las em cumprimentos, tudo isso e muito mais, que não enumero para evitar enjoos, compunha a imagem de um ser que me inspirava um ódio visceral. Um ódio que me deixava com um mal-estar físico durante muito tempo, a tal ponto que algumas vezes, depois de ter estado com ela e o velho fascista, mas principalmente com ela, ia direto para o chuveiro quando chegava em casa.

4

Amalia. Este nome passou a ter o mais alto significado para mim. Em cada uma de suas sílabas eu via representados os atributos de uma mulher fascinante. Bastava pronunciar o nome dela para sentir um tremor intenso de satisfação. Quando ainda se somava a presença da própria nomeada, o deslumbramento era total. Amalia me parecia sinônimo de beleza, de ternura, de inteligência e de companheirismo. E o fato de corresponder ao meu afeto e estar disposta a conviver e compartilhar tudo comigo me parecia o maior presente que a vida podia me dar.

Não ignoro que uma relação amorosa, por mais harmoniosa e bonita que seja, pode entrar em colapso a qualquer momento, muitas vezes em consequência de uma deterioração gradual, talvez não totalmente perceptível até o momento em que ocorre o fato, a cena ou a frase fatal que desencadeia a derrocada.

Amalia e eu, de comum acordo, erguíamos diariamente a bola de um pêndulo imaginário, pelo lado do amor, ao topo do extremo correspondente. O que eu não tinha previsto, e possivelmente ela também não, é que aquela bola, quando a soltássemos ou escorregasse das nossas mãos, passaria para o extremo oposto a toda velocidade, de tal maneira que a atração mútua se transformaria abruptamente numa repulsa sem atenuantes. Em pouco tempo passamos da simpatia ao desprezo, dos beijos e risadas ao ódio desenfreado. Agora mesmo, enquanto escrevo dolorosamente estas linhas, sinto engulhos com a simples menção de seu nome.

Mas já estou escaldado, não resta dúvida, de modo que nunca mais voltei a idealizar alguém. De vez em quando, como acontece com qualquer um, a urgência sexual me aflige. Então, pago o que me pedem para sufocar aquele fogo que me escraviza e vou embora em paz. Depois de Amalia, jurei que nunca mais ia gastar um pingo de energia, de expectativa ou de sentimento verdadeiro num relacionamento amoroso. E Deus, se é que existe, sabe que cumpri estritamente esse juramento.

Amalia não era perfeita. Eu a elevava, tanto no aspecto físico quanto no intelectual, para aumentar o apreço de estar na companhia dela, talvez para me convencer de que amava um ser extraordinário. E, de repente, quando sua presença passou a ser uma coisa insuportável, aflorou a verdade nua e crua dos defeitos, das limitações culturais, do mau caráter, da índole vingativa de Amalia, e veio à tona tudo que eu não quis ver durante anos, determinado a sublimar a lembrança de uma felação vulgar num hotel em Lisboa.

5

Estavam me humilhando e eu não percebia. Uma delas por covardia, por não ter coragem de falar abertamente e me dizer: "A situação é esta, você decide o que vai fazer." A outra, não sei por que nem me interessa, suponho que pelo egoísmo de disputar o objeto do seu desejo com um rival. Olhando a questão pelo ponto de vista das duas, supõe-se que para o plano dar certo bastaria eu me resignar ao fato consumado. A decisão que eu enfim tomaria, se é que tomaria alguma, não lhes preocupava nem um pouco. Além disso, tinham a vantagem de saber que eu não era chegado a reações efusivas. No máximo, devem ter pensado, eu daria uns gritos, sinal evidente da minha impotência, mas isso não as impressionaria.

Achei estranho encontrar Olga sozinha em casa quando voltei do colégio. Achar estranho pode não ser a expressão exata. Digamos que "fiquei desconcertado". Vê-la novamente descalça, tal qual estava de manhã cedo, fortaleceu minha convicção de que aquela mulher não estava apenas nos visitando. Gostei, confesso, de que ela viesse roçar suas bochechas nas minhas quando entrei, smack, smack, apoiando as mãos nos meus ombros e aproximando a barriga da minha com uma familiaridade corporal bastante excessiva, da qual eu não me achava merecedor. Afinal, eu mal conhecia aquela mulher, que tinha visto pela primeira vez na véspera. Assim como ocorrera de manhã na cozinha, de novo não me lembrei do nome dela.

Havia uma voluptuosidade natural em seus movimentos e gestos que a tornavam sedutora de imediato, embora aparentemente ela não tivesse essa intenção, a menos que fosse mestra na arte de fingir displicência. Também tinha um sorriso de dentes perfeitos e uma boca grande, de lábios carnudos, mas não grossos demais; lábios que quando se arqueavam irradiavam uma onda de graça e simpatia em todo o rosto. Era um sorriso desses que parecem compor uma expressão de alegria e de dor ao mesmo tempo, como alguém que, ao sentir uma ardência, aspira o ar com os dentes trincados. Admito que me faltam palavras para explicar isso. Também posso pegar o atalho da linguagem vulgar. Aquela dona era um avião.

Gostei de que ela se interessasse por Pepa. Em pé ao meu lado enquanto eu, de cócoras, botava a coleira e a guia no animal e aproveitava a posição para espiar discretamente seus lindos pés, Olga me fez várias perguntas sobre os cuidados com os cachorros. Respondi com todo o prazer, talvez me excedendo nos detalhes. A certa altura, ela acariciou a cabeça da cachorra, um gesto impensável para Amalia. Pepa, dócil, carinhosa, foi logo lhe mostrar gratidão à sua maneira, lambendo os dedos da mulher, que a deixou fazer isso sem o menor sinal de repugnância.

Deixei a tal Olga sozinha e descalça no nosso apartamento. Na rua, fiquei fazendo conjecturas. Se ela estava preparando um programa com Amalia e as duas eram colegas de trabalho, por que não foram juntas de manhã para a emissora? Cheguei à conclusão de que talvez aquela mulher tivesse vindo de outra cidade e Amalia, generosamente, a tivesse convidado para passar alguns dias em nossa casa. O que não entrava na minha cabeça era por que Amalia não tinha me informado. Talvez porque nessa época estavam tendo problemas financeiros na rádio e todos temiam um corte drástico na equipe, ou até mesmo o fim da emissora, imaginei que Amalia não tivera tempo de falar comigo sobre aquele assunto de menor importância para ela. E, por sua vez, como não nos víamos desde a noite anterior, também não teve oportunidade de me dizer quem era aquela mulher descalça e que diabos ela estava fazendo na nossa casa.

Uma intranquilidade cada vez maior me levou a dar um passeio com Pepa mais curto do que de costume. Quando voltei para casa, perguntei a Olga em tom cordial, como quem não quer nada, onde ela morava. Respondeu, sorrindo, que não era da minha conta, e depois, com uma expressão brejeira, me chamou de curioso. Tive vontade de não me dar por vencido e insistir, mas nesse momento fiz uma descoberta que me deixou paralisado: a tal Olga estava trocando de lugar os objetos e enfeites que Amalia e eu tínhamos distribuído na cristaleira da sala, entre os quais um suvenir de latão que minha mãe e meu pai compraram para mim naquela viagem a Paris da minha infância, quando me joguei no rio. Também compraram outro igual para Raulito. É uma pequena réplica da Torre Eiffel. Não deve ter custado mais do que alguns francos na época. Mas o conservo até hoje, porque tem um valor sentimental inestimável para mim. O simples fato de passar pelas mãos daquela mulher me deixou irritado. Mesmo assim, ainda consegui me conter, pensando que antes do fim do dia a figurinha da Torre Eiffel estaria de novo no lugar de sempre. Era só o que faltava.

"O que está fazendo?"

"Isso que você está vendo. Arrumando um pouco."

Não conversamos mais. Esqueci o assunto, pois supus que mais tarde Amalia me daria explicações. Deixei a arrumadeira amadora em cima de uma cadeira, na sala, e fui para a cozinha preparar a comida de Pepa e depois a de Nikita, que logo chegaria da escola. Estava nisso quando a mulher apareceu no vão da porta e, sem mais nem menos, num tom não propriamente autoritário, mas firme e seco, me pediu que nunca mais fizesse amor com

Amalia. Não me lembro exatamente das palavras que ela disse, mas a ideia era essa, expressa sem preâmbulos nem atenuantes.

"Você quer me proibir de ter relações sexuais com minha mulher?"

"Amalia não precisa delas e, pelo que sei, nem gosta."

Juro que é mentira que eu tenha levantado a voz, como Amalia me acusou posteriormente. Na verdade, me exprimi com calma, medindo com precisão cada uma das minhas palavras, que não foram muitas, aliás, porque me limitei a informar à tal Olga que ela tinha três minutos para pegar suas coisas e sair da minha casa.

Aquela boca séria, o queixo levantado num claro sinal de arrogância, parecia que finalmente eu estava vendo a verdadeira face daquela mulher.

"Certo, vou embora", disse ela, sorrindo com o canto da boca. "Mas isso não vai mudar nada."

Quando saiu, deixou a porta da casa escancarada. Ainda não devia ter chegado à rua quando devolvi minha Torre Eiffel ao lugar de costume.

6

Deixamos Nikita no quarto dele e subimos ao terraço para conversar a sós. Foi o único ponto em que Amalia e eu concordamos naquele entardecer. O sol já havia caído, mas ainda fazia calor. Não sei se Amalia teve um rompante de coragem ou se o desespero tinha afetado seus miolos. No lugar dela, com aqueles bracinhos finos, eu seria mais cauteloso. Como teria sido fácil jogá-la lá embaixo e depois chorar seu suicídio! Pensei nisso várias vezes, induzido pela insistência de Amalia em me acusar de agressor, reservando para ela e sua amiga o papel de vítimas de um ogro machista.

Amalia falava torrencialmente. Falava e falava sem parar, com o objetivo óbvio de não me dar espaço para meter minha colher. De vez em quando, assolado por aquela saraivada verbal, eu suspendia a atenção e ficava pensando nas minhas coisas, ou submergia na contemplação dos prédios circundantes. Eu me lembrei das objeções postuladas por Nietzsche contra a moral dos escravos, baseada no ressentimento dos fracos. Também me veio à mente uma convicção de Patamanca: "A inferioridade física leva a mulher a se defender amarrando o homem com um monte de leis. Dessa forma, enfraquecendo-o, consegue se igualar a ele."

Não adiantava negar que eu tivesse levantado a voz para a amante dela. Usei a palavra *amante* com toda a intenção de fazer Amalia entender que comigo não adiantava disfarçar. Em relação aos gritos, não acreditou em mim. Acreditava na parceira, como ela preferia chamar a amiga. Insistiu em me acusar de grosso, antissocial, de homem sem classe, e repetiu a ladainha dos meus gritos com a pobre Olga várias vezes, como se fosse isso o principal motivo da nossa conversa.

Exasperado, respondi, agora, sim, gritando, que eu não tinha gritado com "aquelazinha". Senti prazer em assumir, olhando para os telhados e os terraços do bairro enquanto a noite se aproximava cada vez mais, o papel de homem apaixonado, incapaz de controlar seus impulsos.

"Está vendo?", disse Amalia. "E grita comigo também. Não é fácil conviver com um homem como você."

7

Perguntei a Amalia no terraço por que ela se casara comigo. Tinha fingido um vínculo sentimental durante anos? Via em mim apenas um fornecedor de sêmen e cofinanciador da criação de um filho? Ela olhou para baixo. Interpretei que havia um sentimento de culpa nesse gesto, não pelo lesbianismo (não estou nem aí), mas pela consciência de ter me atraído para o projeto de família e depois me deixado na mão com um monte de responsabilidades incômodas e dispendiosas, além de um filho tão agradável quanto uma dor de dente.

Amalia foi a força motriz do nosso laço matrimonial. E, por trás dela, minha sogra, receando que a filha supostamente sensata também fosse viver, como a abominada, em pecado mortal — se bem que a velha papa-hóstias, num ataque de magnanimidade raro, se resignou, que remédio, a que só nos casássemos no civil. Confesso que aceitei a formalidade, ignorando os conselhos da minha mãe. Estaria deslumbrado com a promessa de incontáveis noites de felicidade física? É possível.

Durante nossa briga no terraço, não hesitei em me declarar vítima de uma fraude, agravada pelo fato de ser substituído nas funções maritais na minha própria casa. Prova disso é que a tal Olga tinha exigido que eu não dormisse mais com minha mulher, "coisa realmente inaudita", disse eu, "além de vergonhosa e indigna, não acha?". Eu via nas feições de Amalia o efeito doloroso de cada uma das minhas palavras. À beira das lágrimas, ela me perguntou se meu objetivo era destruí-la. Achei que destruir era um verbo excessivo. Evoca cargas de dinamite, bolas de demolição, bombas atômicas, e não palavras, opiniões adversas, críticas. Amalia disse estar surpresa com meu ânimo vingativo. Eu me distraía vendo como ela ficava bonita com os olhos turvos e uma expressão de inocência que parecia me dizer: "Qual é a minha culpa se me apaixonei? Você nunca pegou sarampo ou ficou resfriado?" Eu me debatia entre a pena e a repugnância. A compaixão refreava meu ódio; o ódio aniquilava minha compaixão. E, enquanto isso, Amalia prosseguia sua ceninha trágica com uma tristeza bonita e exibida.

Vendo-a falar, mexer os lábios nervosamente, franzir a testa, imaginei mais uma vez que a pegava nos braços e a jogava lá embaixo. Quase ao mesmo tempo, incitado pelo remorso, saía correndo para descer a escada. Não havia tempo para esperar o elevador. Corria a tal velocidade, pulando os degraus de três em três e de quatro em quatro, que conseguia chegar à rua antes que Amalia se espatifasse na calçada. Esticava os braços e conseguia *in extremis* deter sua queda.

Enquanto isso, Amalia havia começado a discorrer sobre o amor, não com pretensões teóricas, isso, não, mas em relação a si mesma e com um longo blá-blá-blá anedótico, numa tentativa evidente de conferir fundamentação moral ao seu comportamento. Por um instante, pensei que estava falando numa língua inventada por ela mesma, mais interessada em ouvir as próprias ideias do que em se comunicar comigo. Lembro-me, a esse respeito, de uma frase de uma carta de Hannah Arendt, copiada por mim num Moleskine de capa preta que deve andar por aí, perdido entre os meus livros. Cito de memória: "Desde criança, eu sempre soube que só posso existir de verdade no amor." Era mais ou menos essa a ideia que Amalia tentava me transmitir, num estilo, digamos, mais simples. Respondi com uma bobagem: que todo mundo gosta de ser amado, um breve preâmbulo antes de lhe dizer que, na minha opinião, seu caso com Olga não passava de uma história de vaidade lisonjeada. Ela me corrigiu: que pouco lhe importava ser amada ou não; que era ela quem queria amar, fosse ou não correspondida, e, portanto, sentir desejo e admiração por outra pessoa. E, por mais que me desagradasse, era exatamente isso o que lhe acontecia com relação a Olga e a mim.

Perguntei a ela, de má-fé, se seus pais sabiam do lesbianismo. Uma centelha de preocupação, e talvez de terror, se acendeu nos olhos de Amalia. Posso jurar que nesse momento o coração dela estava batendo ferozmente. Comecei a examinar com um prazer maligno a angústia visível em seu rosto.

"E o nosso filho? Nikita sabe que você vai para a cama com aquela mulher que trouxe para a nossa casa?"

Amalia ficou muda de repente. Não me importei. Tínhamos tempo, e esperei a resposta em silêncio. Hoje me recordo assim:

"Você pode me prejudicar, não nego, mas não vai conseguir me chantagear. Vai fazer meus pais e o nosso filho sofrerem. Se isso te deixa feliz, vá em frente."

Eu deveria ter calado a boca nesse ponto, mas a escaramuça dialética coroada por uma pequena vitória despertou em mim o apetite por um triunfo completo. Não calculei bem, me deixei levar por um excesso de confiança e, soltando a língua, querendo humilhá-la, fiz uma intervenção infeliz.

"Você me convenceu. Também vou ter uma amante."

Os olhos de Amalia se nublaram de desprezo.

"Quer saber?", disse com uma calma fria. "Você foi uma mediocridade a vida toda."

Depois, se virou e se dirigiu com passos decididos para a porta de acesso ao interior do edifício. Fiquei um bom tempo no terraço, olhando para o céu noturno com andorinhões, guindastes e a fachada em frente coberta de andaimes. Imaginei que Amalia e eu iríamos iniciar em breve o processo de divórcio. *Quanto antes melhor*, pensei. Entretanto, nosso casamento fracassado ainda durou dois anos, durante os quais Amalia e eu aproveitamos para amargurar as respectivas vidas com perseverança e eficácia.

8

Continuo na minha campanha de deixar livros pela cidade. Nas prateleiras começam a aparecer lacunas. Observo que, à medida que a biblioteca vai encolhendo, dói cada vez menos me separar dos livros, até mesmo daqueles que em algum momento tiveram um significado especial para mim. Livros que me marcaram profundamente, com os quais aprendi, me diverti e me emocionei; em alguns casos, exemplares valiosos que me custaram uma quantia considerável; presentes de mamãe e papai, de Amalia, quando ainda me amava; também primeiras edições, obras em francês e exemplares autografados pelos autores na Feira do Livro, que gosto de frequentar todo ano em busca de dedicatórias.

Por que li tanto? De que me salvaram os livros? Sei perfeitamente que não me salvaram de nada, mas era preciso preencher o tempo de alguma forma e alimentar a esperança de entender, adquirir alguns conhecimentos e, com um pouco de sorte, ampliar meus horizontes.

Esta tarde, aproveitando uma trégua que a chuva nos concedeu, dei um longo passeio com Pepa até a Cuesta de Moyano. Pelo caminho fui abandonando livros. Nem sempre os deixo em lugares visíveis. Às vezes, escondo embaixo de bancos públicos ou deixo escorados em algum canto do mobiliário urbano. Mas procuro preservá-los do contato com a sujeira.

Quando cheguei à Cuesta de Moyano, depois de atravessar o Parque do Retiro de uma ponta à outra, já tinha me desfeito de todos os livros, menos do exemplar de *O estrangeiro*, de Camus. Era uma edição barata que devo ter lido, pelo menos, umas três ou quatro vezes ao longo da vida. Devido ao formato pequeno, cabia no bolso lateral da capa de chuva.

Com Pepa ao meu lado, tão perfeitamente sincronizada com os meus passos que nem a noto, examinei sem pressa as bancas repletas de livros usados e, apesar de haver uma infinidade de títulos apetitosos, não foi difícil vencer a tentação de comprar alguns. Para o que me resta de vida, não vale a pena incorporar novos volumes à biblioteca. Antigamente era raro eu chegar ao fim da ladeira, tanto faz se para cima ou para baixo, sem ter adquirido pelo menos um livro. Mais de uma vez saí de lá com leitura para uma boa temporada.

Voltando, então, ao assunto: enquanto eu dava uma olhada na mercadoria, enfiei sorrateiramente meu livro de Camus numa pilha de romances que custavam três euros o exemplar, com a possibilidade de levar dois por cinco euros. Desci a ladeira com calma, parando ao lado de cada uma das mesas, a cachorra ao meu lado, pouca gente, e quando já estava chegando à última barraca voltei em busca do romance de Camus e comprei-o pelo preço indicado no cartaz. O livreiro me perguntou se eu queria uma sacola. Respondi que não era necessário, que o livro cabia no meu bolso.

Da Cuesta de Moyano, voltei para casa pelo Paseo del Prado. Só havia andado alguns minutos quando, ao ver a placa de um bar desconhecido, La Tapería, percebi que estava morrendo de sede e entrei. A garçonete, com sotaque de algum país sul-americano, me serviu uma bebida. Numa mesa próxima, um sujeito de uns trinta e poucos anos, talvez quarenta, de óculos e cabelos grisalhos, começou a falar ao celular em altos brados, balançando a cabeça em sinal de desgosto. "Você é uma filha da puta." Essa frase foi dita várias vezes. "Enfia a criança no cu." Agressivo, furioso, com a testa apoiada na palma da mão. Suas palavras saíam cuspidas de raiva. "Então vai me matar? Desce, se tiver coragem, sua filha da puta."

Tocando seu ombro e chamando-o pelo nome, a garçonete lhe pediu que não gritasse. "Desculpa pela briga", disse o homem ao sair. Pensei: *Como entendo você, cara!* E senti um forte impulso de ir atrás dele, contar a minha vida, ouvir a história dele, tomar um porre juntos, compartilhar lágrimas e risadas até de madrugada e lhe dar de presente o livro de Camus, que, no fim das contas, mais por preguiça e cansaço do que por qualquer outra coisa, deixei na mesa do bar, escondido entre as páginas do cardápio.

9

Procuro no maço de bilhetes anônimos o posterior que encontrei na caixa de correio. Mais do que um bilhete, parece uma carta breve. Transcrevo: "Toma cuidado para não encostar a mão na sua mulher. Mais de cem olhos estão te olhando, embora você não veja. Também não toleraremos a violência verbal. Mais de cem ouvidos estão escutando tudo. Não tenha dúvida de que as consequências de qualquer agressão à sua mulher com gestos ou palavras vão ser mais dolorosas do que a dor que você infligir a ela. Toma cuidado, então. E vê se raspa a nuca com mais frequência. Olhando por trás, parece uma crina de burro."

Em casa, abri o bilhete na mesa da cozinha. "Você escreveu isso?" Amalia negou categoricamente. Qualquer coisa que ela tivesse a me dizer, sempre diria na cara. "Mas você leu o bilhete antes de subir." Ela admitiu, sem qualquer sinal de hesitação e parecendo indiferente ao assunto. "E por que não o trouxe para casa?" Respondeu um pouco aborrecida que ela só cuidava da própria correspondência. Não insisti. Cem olhos e cem ouvidos deviam estar me espiando de dentro das paredes.

10

Junto ao portão, assim que li aquele bilhete, escrito com a clara intenção de me ameaçar e ofender, levei a mão à nuca e percebi que, de fato, estava peluda. Lembrei-me de papai. Na amargura dos seus últimos anos, começou a negligenciar a higiene. Ia dar aulas na faculdade sujo e desleixado. Entendi que eu poderia seguir tranquilamente o mesmo caminho se me entregasse à preguiça e ao desânimo.

Desde a minha briga com Amalia no terraço, eu não tinha mais ninguém no mundo a quem agradar, nem esposa que cuidasse da minha aparência, raspasse minha nuca, criticasse as manchas na minha roupa, os pelos que me brotam nas orelhas e nas narinas, nem que me alertasse sobre meus odores corporais, pedir que eu troque a roupa de baixo, corte as unhas ou tome banho.

A princípio, um pouco de sujeira não me desagrada; dentro de limites toleráveis, acredito que tem certas propriedades protetoras. Decidi, porém, não imitar meu pai na falta de higiene para não provocar boatos e gozações no colégio. Acima de tudo, para não dar chance a Amalia de se deleitar com o pensamento triunfal de que sem ela estou perdido.

No mesmo dia em que li o bilhete, tive a estranha ideia de pedir a Nikita, de amigo para amigo, e não de pai para filho, que raspasse a minha nuca com uma lâmina de barbear. Antes disso lhe explicaria que não consigo limpar adequadamente uma área que está fora da minha vista. E também lhe diria que não posso mais contar com a ajuda da mãe dele. Pensava ingenuamente que o garoto, aos treze anos, estaria em condições de aprender alguns rudimentos de barbearia. Quando entrei no seu quarto, peguei-o atirando com uma pistola de brinquedo contra a própria imagem refletida no espelho do armário, e vi que não adiantava lhe pedir aquele favor. Por alguns euros, um barbeiro do bairro deixou meu pescoço impecável, não só a nuca. Ainda vou ao salão regularmente, embora fique um pouco longe desde que me mudei para La Guindalera. Às vezes lhe peço que me barbeie só para que o bom homem ensaboe minhas bochechas e esfregue meu rosto sem parar de tagarelar sobre vários assuntos, principalmente futebol.

11

Quando cheguei do colégio, mamãe estava dando uma bronca monumental em Raulito. Os gritos podiam ser ouvidos desde a escada. Meu irmão estava chorando do seu jeito estridente, feito um porco no matadouro, como papai dizia. Mamãe investiu furiosamente contra mim, sem me dar tempo de tirar os sapatos ou deixar a mochila no chão. Veio me perguntar, com a mão já pronta para o primeiro tapa, se eu também tinha lido o caderno. Eu não sabia de que caderno ela estava falando. "Você sabe muito bem." Sinceramente, era a primeira vez que eu ouvia falar disso. Minhas palavras e minha cara de surpresa pareceram convencer mamãe de que eu não estava mentindo, e ela se limitou a dizer, com intenção de me amedrontar: "Melhor assim." Depois, continuou com o sabão no meu irmão.

Na hora do jantar, papai ausente, com as mãos enfurecidas mamãe rasgou em pedaços um caderno que eu via pela primeira vez, depois juntou os restos na pia e ateou fogo. As chamas subiam, e ali terminava alguma coisa cujo significado estava além da minha compreensão. Eu não entendia nada, nadinha de nada, como se diz: nem as lágrimas de mamãe, nem seus murmúrios, nem a causa do puxão de cabelos que de repente deu em Raulito, mas a curiosidade já tinha se espalhado pelo meu corpo como uma comichão que exige alívio urgente. Por isso, quando meu irmão e eu fomos para a cama, assim que a luz se apagou fui até a cama dele e, apertando seu pescoço com as duas mãos, disse: "Agora você vai me dizer que caderno era aquele e o que tinha lá dentro." Como tentou chamar mamãe, apertei ainda mais seu pescoço, até perceber que ele mal respirava, e então foi obrigado a me contar em voz baixa algumas das coisas que tinha lido. Foi assim que descobri que mamãe escrevia um diário. Raulito, um fuçador de gavetas, havia descoberto, e mamãe o surpreendeu lendo. Ele jurou que tinha sido só aquela vez. "Você é muito tonto", falei. E depois o recriminei por não ter me avisado da existência do tal caderno.

No escuro do quarto, fingi não estar impressionado com aquela história de que mamãe não aguentava mais e qualquer dia desses ia beber uma garrafa de água sanitária. Raulito estava assustado. "Papai não gosta de nós e mamãe quer se matar." Propôs então que jogássemos fora a garrafa de água sanitária que estava no armário embaixo da pia, junto com o material de limpeza. Eu lhe disse: "Você é burro ou o quê? Se jogarmos fora a garrafa, mamãe desce e compra outra no mercado."

Voltei para a minha cama. Levei muito tempo para adormecer. Ainda éramos adolescentes, e o bobo do meu irmão tinha me contagiado com seu medo.

12

Enterramos papai. Recebemos visitas de parentes que não víamos havia muito tempo e nunca mais voltamos a ver; eles nos deram os pêsames, de cara murcha, roupa preta, alguns mais verbosos do que outros, mas todos verbosos, e foram embora tal como tinham chegado. Quando nos vimos os três sozinhos em casa, mamãe disse a Raulito e a mim, apontando para o quarto do casal: "As coisas de vocês estão ali. Peguem o que quiserem. O resto vai para o lixo amanhã."

Um tanto intimidados por estar pisando em território proibido, Raulito e eu salvamos uma ou outra lembrança de papai, mas parecíamos temer que ele aparecesse de repente em casa, recém-ressuscitado, e nos pegasse bisbilhotando entre os seus sagrados pertences.

Para dizer a verdade, não consegui encontrar nenhuma relíquia paterna que me parecesse útil ou valiosa, mas, vendo Raulito empilhar na cama uns objetos que ia tirando daqui e dali, resolvi imitá-lo para não ficar atrás. Sempre vigiando de relance o butim do meu irmão, peguei algumas gravatas sabendo que nunca as usaria, além de um isqueiro (que tirei da pilha de Raulito, porque não achei certo que ele o levasse pela simples razão de ter visto primeiro), um relógio de pulso, uma caneta-tinteiro e outros objetos semelhantes. Não sei quanto ao meu irmão, mas eu tive a desagradável sensação de estar roubando dentro da minha própria casa. Mamãe, na cozinha, não se interessava pelo que estávamos fazendo.

    Nisso, Raulito chamou minha atenção para o conteúdo de uma das gavetas da cômoda. Pela careta, intuí que o que ia me mostrar não fosse me fazer pular de alegria. Lá dentro se acumulavam as cuecas brancas de papai. Brancas no dia em que foram compradas. As que estavam na gaveta não passavam pela máquina de lavar havia muito tempo, e tive pena — pena e nojo — de que a sordidez (e as meias furadas em outra gaveta, e as camisas enfiadas de qualquer jeito no armário) sujasse a lembrança que tínhamos dele.

    Não tive mais estômago para continuar a revista, o saque ou o que quer que estivéssemos fazendo. Senti uma dificuldade enorme de tocar nos objetos que estava juntando numa cadeira; então, peguei a caneta-tinteiro e uma gravata, dei a Raulito o isqueiro, que parecia de qualidade, e esqueci todo o resto. Depois, tive vontade de perguntar a mamãe por que papai deixava a roupa dele naquele péssimo estado, principalmente a roupa de baixo, mas preferi não me meter em indagações que levariam a uma resposta que, no fundo, eu já sabia.

13

Patamanca, com quem comentei o assunto esta tarde no bar, acha que "a sujeira é o último ato de orgulho do homem derrotado". Uma espécie de vingança. Vocês não me amam? Não me aceitam? Pois aguentem a minha sujeira, minha barba de quatro dias por fazer, meus cheiros nauseabundos. Pata está firmemente convencido de que, em geral, o instinto leva as mulheres a agir da forma inversa. Lembra, à guisa de exemplo, ter percebido que uma colega da imobiliária tinha se separado do marido antes que ela lhe contasse, porque da noite para o dia deu para ir trabalhar com os lábios pintados de vermelho berrante, grandes decotes, uns eflúvios de perfume que não deixavam ninguém respirar e a saia acima dos joelhos, praticamente anunciando sua disponibilidade para um novo relacionamento. Em contrapartida, quando um colega entrou em processo de divórcio, algum tempo depois, o pobre-diabo ia trabalhar quase como um mendigo.

    E o caso é que, quando Raulito e eu éramos pequenos, papai se esforçava para despertar em nós a disciplina da higiene pessoal que ele próprio se impunha com rigor extremo. Dava a entender que, se quiséssemos algum dia ser homens de verdade, ou seja, homens como ele — que se apresentava sem nenhum recato como um modelo para nós —, tínhamos que aceitar, gostássemos ou não, mas principalmente se não gostássemos, certas normas ou ritos cuja justificativa não precisávamos conhecer. Entre estes se incluía o banho coletivo.

Papai insistia que os membros masculinos da família tomassem banho juntos, principalmente durante as férias, quando ele tinha mais tempo para ficar conosco. Íamos à praia e, assim que nos via de calção, soltava a frase de costume: "Avante, valentes, vamos invadir o mar." Essa frase devia ter um significado litúrgico para ele. Tenho a impressão de que inaugurava as férias com ela. Tudo que acontecia antes (acordar de madrugada em casa, a viagem de carro para o litoral, nossa entrada nem sempre triunfal no apartamento, pois chegávamos exaustos e muitas vezes havia desentendimentos pelo caminho), papai devia entender como um simples prefácio. As férias propriamente ditas começavam quando ele mergulhava no mar com os filhos.

E não é que Raulito e eu, crianças do interior, não tivéssemos vontade de sair correndo e pular de cabeça na primeira onda, mas se eles, chegando ao litoral, com o faiscar de expectativas que aquilo significava para nós, tivessem nos deixado entrar na água por conta própria, sem a sensação de estarmos obedecendo a uma ordem, talvez tivessem ajudado a fortalecer nosso caráter. A partir do segundo dia, a disciplina relaxava um pouco, mas sempre ficávamos à mercê da autoridade de papai, que a qualquer momento podia decidir que nós três voltaríamos a entrar na água juntos, como se estivéssemos participando de manobras militares.

Mamãe era eximida das explosões disciplinares do chefe da família. Ficava tomando sol tranquilamente durante horas, ou se isolava debaixo da barraca para sofrer em silêncio uma de suas enxaquecas. Determinada hora, ela subia para preparar o almoço no apartamento. Papai de repente deixava o jornal de lado e decretava que nós três íamos dar outro mergulho, ou caminhar até aquela ponta de lá, ou fazer um castelo de areia. Às vezes, trocávamos o mar pela piscina do condomínio, mas o ritual vinha a ser basicamente o mesmo.

De volta ao apartamento, papai metia na cabeça que nós três tínhamos que tomar banho juntos, sempre de água fria, o que fazia com que Raulito e eu ficássemos tremendo, encolhidos, e soltando uns gritos meio divertidos, meio assustados, enquanto ele se exibia poderoso, peludo, com seu imponente atributo masculino que agora me vem à memória balançando, todo coberto de espuma de sabão.

Um dia, estávamos os três dentro do boxe estreito do chuveiro e ele nos disse, apontando para o próprio membro, que nós tínhamos saído de lá. E então, por ordem dele, primeiro eu, depois Raulito, tivemos que o beijar ali em sinal de agradecimento.

14

Se papai tivesse vivido mais dez ou quinze anos, eu poderia ter lhe feito algumas perguntas. A essa altura, ele não seria mais capaz de impor sua superioridade física e intelectual sobre mim. Nossa conversa não estaria condicionada pelo fato de que ele me sustentava nem por nada que limitasse minhas possibilidades de lhe pedir explicações ou me contrapor a ele.

Creio que eu teria me permitido, pela primeira vez na vida, a satisfação de falar com ele numa posição de paridade hierárquica, com os olhos no mesmo nível dos dele. Com um pouco de sorte e sem que ele percebesse, poderia ter descoberto as leis matemáticas da sua personalidade. De repente eu seria o forte e ele, o fraco; eu seria ele e ele, eu — ou qualquer outra coisa, menos o homem que tinha aparentado ser durante toda a vida.

Hoje, duvido até que papai tivesse a força de caráter que eu lhe atribuía quando criança. Já o tínhamos enterrado havia alguns meses quando mamãe revelou a Raúl e a mim um segredo da vida dele que na hora me deixou desconcertado, não tanto pelo tamanho da confidência, que considero de pouca importância, mas pela falta de correspondência entre a repercussão que teve em papai e sua inegável trivialidade.

Por alguns momentos, fiquei até comovido com a existência de alguma coisa neste mundo que faria meu pai sofrer ou se envergonhar, uma espécie de mancha na linhagem familiar. Superada a surpresa inicial, fiquei desapontado por ele não ter enfrentado a questão de peito aberto, nem digo com ironia, já que ele era cruelmente desprovido dessa capacidade pela Natureza, e por papai nunca ter tido a coragem de falar a esse respeito com os filhos.

Ele raramente se referia ao pai, de quem só conservava uma fotografia. Hoje não descarto que tivesse outras escondidas. Nunca as vimos. Tudo que sabíamos sobre o avô Estanislao era que tinha morrido em combate durante a Guerra Civil antes dos trinta anos. Em que circunstâncias? De fogo inimigo, na batalha de Brunete, perto de Quijorna, no verão de 1937. Esta foi a explicação sucinta que papai nos deu sobre o fim do seu genitor. Meu irmão e eu não tínhamos muito interesse pelo assunto, sem falar que papai nos dissuadia de fazer mais indagações, dando a entender que ele tampouco sabia muito mais sobre a morte do pai, pois na época dos acontecimentos era um menino de quatro anos, e a mãe, vovó Rosario, que morreu pouco depois do meu nascimento, aparentemente jamais gostou de mencionar assuntos dolorosos do seu passado.

Em grande parte influenciado por papai, mas um pouco também por um sentimento de fidelidade ao homem borrado naquela fotografia em preto e branco, no primário eu tinha preferência pelos que lutaram em defesa da Segunda República.

Quando via filmes ou documentários, lia livros e assistia às aulas de história na escola, meu lado era sempre o dos republicanos. Os republicanos eram os bons e não tinham culpa de nada; as tropas nacionais eram os malvados e Franco, o pior deles, o culpado de tudo, o assassino do meu avô Estanislao, que para mim havia morrido como herói defendendo uma causa justa.

Houve uma época na minha adolescência em que cismei de pintar bandeiras republicanas em cadernos escolares e nas margens dos livros didáticos. "Não passarão", às vezes escrevia embaixo.

Fiquei adulto, papai morreu, e um dia, como quem não quer nada, mamãe revelou ao meu irmão e a mim que vovô Estanislao tinha sido falangista e lutado como voluntário ao lado de Franco.

Talvez tenha sido por isso, para expiar uma culpa herdada, que papai abraçou o comunismo. Talvez suas arraigadas convicções, que mais tarde abandonou sem substituir por outras, fossem apenas aquilo que se costuma chamar de ato de penitência. Talvez ele pensasse que, com as surras que levou nas salas de tortura da Direção Geral de Segurança, havia pagado o preço por ter um pai fascista.

Se papai tivesse vivido um pouco mais, eu gostaria de ter feito essas e outras perguntas a ele, tranquilamente, com uma taça de vinho na mão.

Nesse jogo de rejeições e culpas contraídas, se papai era comunista porque o pai dele tinha sido fascista, o que eu deveria ser? Um incrédulo? Um liberal descafeinado? Um social-democrata tranquilo, porque é a posição que prevalece hoje em dia, a mais cômoda, a que é imposta pela corrente coletiva que nos arrasta? E que destino cabe, então, a Nikita, meu sucessor? A volta ao ponto de partida? A reencarnação do vovô Estanislao?

As possíveis respostas a essas perguntas, que não passam de um simples e inútil passatempo, me deixam indiferente. A Guerra Civil Espanhola, a oitenta anos de distância e a quarenta do estabelecimento da democracia, me parece uma partícula de espuma no rio dos séculos. Quando escuto um imbecil falando dela, olho para o outro lado. O presente não me chateia menos. O amanhã será sem mim. Paro com estas divagações e vou para a cama, minha verdadeira, minha única pátria. Salve o travesseiro! Viva o colchão!

15

Mamãe e Raulito, dócil demais para resistir, se encarregaram de esvaziar a sala de papai na universidade. Eu me desvinculei categoricamente do problema, com a autoridade adquirida havia alguns dias pela ausência de um homem acima de mim na hierarquia familiar. Estava mais interessado em amigos e festas do que nos objetos do falecido, incluídos seus livros, que, aliás, eram alheios aos meus estudos e gostos.

Foram então à faculdade sem mim, meu irmão a contragosto, minha mãe sem muita vontade, mas não havia outro remédio, era preciso desocupar o escritório. Doaram algumas coisas, jogaram outras fora. Como recompensa pela ajuda, Raulito ficou com a máquina de escrever de papai, uma Olivetti Lettera 32 meio desconjuntada, mais útil como peça de museu do que para funções datilográficas.

Disse a eles que eu não queria nada de papai, mas mesmo assim mamãe me trouxe uma caixa de papelão que encontrou entre os livros do escritório. Continha uma quantidade considerável de folhas manuscritas e datilografadas. Veio me entregar essa caixa com o pedido expresso de que eu examinasse o conteúdo para ver se tinha algum valor. Achei que se tratava de estudos acadêmicos. Por preguiça e falta de tempo, adiei por várias semanas aquela tarefa que imaginava ser entediante.

Depois descobri que na caixa não havia estudos acadêmicos, mas tentativas literárias. Procurei em vão alguma página com data. Pela cor amarelada do papel e pela tinta esmaecida, deduzi que as folhas de baixo eram antigas. Informei minha mãe sobre a descoberta.

"Como são?"

"Muito ruins."

Na caixa havia duas peças de teatro inacabadas. Não me lembro dos títulos, mas uma tinha cerca de setenta páginas; a outra, apenas um rascunho, não passava de quinze. Os diálogos em ambas as peças eram canhestros, grandiloquentes, sobrecarregados. Foi por isso que os li, pelo prazer de me deleitar com a pequena estatura literária de um homem que culpava as obrigações familiares pela frustração dos seus sonhos. Alguns monólogos pareciam arengas. Os personagens, num caso, eram mineiros asturianos durante a Revolução de 1934; no outro, quase sem desenvolvimento da trama, um grupo de combatentes na véspera de uma batalha, entre eles um certo Estanislao.

Também descobri os primeiros capítulos do que parecia ser um romance, e uns trinta contos de diferentes extensões, escritos em uma prosa seca, burocrática, sem o menor relevo estético, sem graça ou ironia para contrabalançar a rigidez do estilo e a total falta de amenidade. Os textos não tinham sequer um gancho narrativo e, salvo os mais curtos, não consegui lê-los até o fim.

O que mais havia na caixa eram poemas, muitos deles soltos, outros reunidos sob o título *Canções para Bibi*, pessoa que na dedicatória desenhada a mão merecia o epíteto de "estrela maior das minhas noites".

Perguntei a mamãe se papai costumava chamá-la por algum apelido na intimidade. Ela quis saber por que a pergunta. "Apenas curiosidade."

Não fiz a menor tentativa de descobrir quem era a destinatária daquela vasta quantidade de pieguice versificada. Também não queria jogar sujo com papai, agora que ele não podia se defender. Joguei no lixo a caixa de papelão com todos os papéis. Mamãe nunca me perguntou por eles.

16

Recordo uma de suas frases habituais: "É preciso desindividualizar o indivíduo." Já fazia essa e outras afirmações semelhantes para mim e Raulito quando ainda não tínhamos nem dez anos. Papai odiava que um cidadão se singularizasse. Costumava criticar o sucesso de homens que se esforçam para vencer fora de equipes e organizações.

Coisas como comportamento esquisito, roupa extravagante, rosto excessivamente maquiado despertavam nele profundo desprezo, o qual muitas vezes se manifestava na forma de epítetos ofensivos. Os mais grosseiros eram dirigidos a cantores e bandas de rock.

Depois de muito pensar, cheguei à conclusão de que o comunismo de papai era uma derivação da sua resistência a conceber o ser humano como uma entidade autônoma. Um homem não é nada sem os outros, costumava dizer. O homem existe em função da totalidade social em que está inserido e, portanto, é essa totalidade que lhe dá seu verdadeiro significado e sua razão de ser. Ouvi Patamanca expressar a mesma ideia de outra perspectiva: "Um comunista é aquele que pretende que a sociedade se organize como uma família na qual é obrigatório gostar uns dos outros. Senão, você vê o que acontece."

Papai tinha rompantes teóricos com alguma frequência. Particularmente temíveis, por serem longas e enfadonhas, eram as palestras que ele nos impingia no carro, durante nossas viagens de férias para o litoral ou no caminho de volta para casa. Nem mesmo as enxaquecas de mamãe, encolhida de dor no banco do carona, o faziam ficar em silêncio.

Em nossas excursões de fim de semana à Casa de Campo ou às montanhas, a primeira coisa que papai fazia quando chegávamos ao local escolhido era olhar para o chão em busca de suas queridas formigas. Consigo vê-lo, como se estivesse na minha frente, sair da trilha e se agachar entre as moitas. De repente era tomado por uma onda de entusiasmo e, com gestos urgentes, chamava meu irmão e a mim para o seu lado. "Estão vendo?", dizia, apontando para a fileira de insetos laboriosos. "Nenhuma formiga é mais do que a outra, e todas colaboram para o mesmo fim, que é garantir a prosperidade do formigueiro." Dava explicações semelhantes sobre as abelhas. E em ambos os casos destacava a importância da rainha, encarnação do líder que dedica sua vida ao cumprimento de uma missão, sem nunca sair do formigueiro ou da colmeia. Ele postulava a mesma estrutura social para a espécie humana. Achava que tudo tem que ser compartilhado e que a propriedade privada deveria ser limitada ao essencial. "E quem não gostar pode ir embora. Nada obriga uma formiga a continuar com as outras. Ela é livre para sair. Veremos quanto tempo sobrevive sozinha."

"Cuidado para não alimentar demais o ego", essa era outra de suas máximas. Para ele, cultivar um espaço íntimo, inacessível a outras pessoas, era um luxo improdutivo. Ter posturas que não beneficiam o grupo, um ato não solidário; pior ainda, uma traição à espécie. "Vocês achariam bonito uma formiga ficar tomando sol enquanto suas companheiras se matam de trabalhar?"

Coerente com suas convicções, não perdia uma oportunidade de podar em meu irmão e em mim qualquer broto de singularidade e, portanto, de iniciativa própria, cujas consequências negativas para o desenvolvimento do nosso caráter prefiro nem imaginar. Mamãe foi proibida de pintar os lábios e as unhas. Ela nos dizia, secretamente satisfeita, que era por ciúme, mas tendo a pensar que na verdade papai era movido por uma vontade de domínio.

Ele era o líder supremo.

O comandante do lar.

E depois se descobre que compunha secretamente uns poemas insossos para uma certa Bibi, a estrela maior das noites dele.

17

Tínhamos ido passar o domingo numa reserva natural que conhecíamos de passeios anteriores. Ficava perto de um remanso pouco profundo do rio Lozoya, ideal para dar um mergulho. Fazia um calor de rachar, e, naquele verão de cigarras incessantes e anúncios frequentes na televisão para prevenir incêndios florestais, já circulavam boatos sobre o estado de saúde do ditador. Papai tinha nos prometido um lanche com churros e chocolate quente no dia em que chegasse a notícia que ele tanto queria. E com essa esperança ligou o transistor e nos mandou calar a boca na hora do noticiário. A notícia, como se sabe, teve de esperar até novembro. E, sim, uma tarde papai nos levou para comer churros com chocolate na chocolataria San Ginés, não sem que mamãe tivesse que o lembrar da sua promessa de verão.

Armamos as cadeiras, a mesa dobrável e a churrasqueira para assar a carne atrás de umas pedras, numa área um pouco afastada da estrada. O local, embora não fosse completamente solitário, tinha a vantagem de formar um recanto onde nós quatro podíamos nos acomodar a salvo dos olhares de outras pessoas. Depois de admirar um formigueiro, papai entrou na água com meu irmão e comigo, e até mamãe se sentou na beira por algum tempo, para refrescar os pés. Naquela época, éramos uma família; talvez não feliz, mas unida, e aqueles piqueniques de fim de semana nos permitiam imitar modestamente o lazer dos ricos.

Depois do banho no rio, Raulito e eu começamos a procurar lagartixas, gafanhotos e outros bichos inofensivos junto com outros garotos de idade parecida com a nossa que estavam lá com a família. Papai e mamãe voltaram para o lugar onde havíamos deixado nossos pertences e onde iam acender o fogo com os devidos cuidados, pois nisso os dois eram muito rigorosos. E combinamos que, assim que nos chamassem para comer, iríamos sem perder tempo.

Já estávamos havia uns vinte minutos nos distraindo com nossas atividades e explorações quando enfiei a mão entre umas pedras incrustadas na lama seca, a uma distância curta da margem, e quando a tirei descobri, horrorizado, mas sem sentir dor alguma, que estava sangrando muito. Não sei se tinha me cortado com um objeto perfurante ou um animal me mordera. Lavei a ferida às pressas no rio, mas pouco adiantou. Jorrava tanto sangue da lateral de um dedo que fiquei assustado. O olhar de pânico de Raulito confirmou a gravidade da situação. Corri em busca de mamãe e papai, deixando meu irmão com os outros garotos.

Pouco depois, testemunhei uma cena que estava completamente além da minha compreensão e cujo significado, mesmo agora que tenho mais condições de compreender certos comportamentos humanos, ainda me gera dúvidas. Para chegar mais rápido até onde estavam meus pais, saí da trilha e cortei caminho por entre os arbustos. Quando cheguei, através da densa vegetação, ao lugar onde a lenha já estava fumegando, vi papai ajoelhado no chão, o torso nu, e mamãe ao lado dele, chicoteando-o com um cinto.

Fiquei assombrado, a ponto de esquecer por uns momentos minha mão ensanguentada, ao ver que o fraco batia no forte e este não fazia qualquer movimento para resistir. Os açoites eram espaçados e, pelo que pude ver do meu esconderijo, não especialmente fortes, entremeados de uma conversa em voz baixa. O instinto me aconselhou a não interromper o que quer que mamãe e papai estivessem fazendo. Mas eu continuava sangrando demais para ficar ali por muito tempo. Voltei, então, para a trilha e, enquanto me aproximava do lugar onde meus pais estavam pela parte de baixo, fingi estar aos prantos para anunciar minha chegada. Alarmados, vieram ao meu encontro, papai ainda com o torso nu. Ao ver meu sangue, mamãe foi correndo buscar no carro o estojo de primeiros socorros.

18

Tínhamos ingressos para assistir hoje, domingo, a um espetáculo chamado *Festa, festa, festa* no Teatro Espanhol. Um colega do colégio que não podia ir devido a um problema familiar os ofereceu a mim na semana passada por um preço baixo. Durante o recreio naquele dia, liguei para o escritório de Patamanca e perguntei se ele queria ir ao teatro comigo, e, como disse que sim, comprei os ingressos.

Chegando ao bar do Alfonso hoje à tarde, assim que vi o rosto de Pata adivinhei que algum contratempo iria atrapalhar nosso plano, e dito e feito. O problema era que, três meses depois da primeira ferida, havia aparecido uma segunda, dessa vez num lado do torso. Ele não me contou imediatamente. Primeiro ficou falando sobre a solidão, a falta de afeto das pessoas com quem lida diariamente e as crescentes tentações de sair de cena.

"Como se vê, estou num dia ruim. Você vai me perdoar."

No banheiro do bar, mostrou-me o buraco em carne viva. Tinha que me mostrar. Para Pata, era muito importante que eu o visse. E, enquanto desabotoava a camisa, advertiu que me mandaria à merda se eu o aconselhasse a ir ao médico. É muito azar, precisar de um consolo de mãe e ter por perto só a mim. Contou que a ferida se formou em dois dias e que não dói. Eu não entendo como é possível que um buraco como aquele, que mais parece um orifício de entrada de bala, não doa. "Isso é venéreo ou é câncer." Tenho a impressão de que ele afirma essas coisas na esperança de que eu discorde e o convença de que o problema dele tem este ou aquele nome, é leve e pode ser curado com palavras.

Dada a condição física e o desânimo do meu amigo, decidimos desistir do teatro. Não tive como lhe negar que Pepa fosse passar a noite no apartamento dele. A presença da cachorra lhe produz um efeito balsâmico, enquanto sua ausência e a expectativa frustrada de assistir ao espetáculo me deixaram arrasado. *E se eu for ao teatro sozinho?* Ainda havia tempo, mas eu achava estranho me divertir ao lado da poltrona vazia de Patamanca. Depois, pensei que não ia poder ajudar meu amigo se acabasse tão deprimido quanto ele, e que seria até melhor para ambos se eu me distraísse um pouco e no nosso próximo encontro estivesse tranquilo e de bom humor, em vez de unir meus lamentos aos dele.

Superadas as dúvidas, peguei um táxi e cheguei a tempo ao Espanhol. A peça tratava de professores e alunos de um colégio secundário e também dos funcionários, cada qual manifestando suas opiniões, experiências e sentimentos sobre a atualidade. Assim, atento às amarguras do mundo, esqueci as minhas por mais de uma hora. E não preciso dizer a Patamanca que fui ao teatro.

19

Depois das aulas, fui ao apartamento de Patamanca buscar Pepa. Encontrei-a lenta, apática. Nem veio me receber. Orelhas caídas, rabo para baixo: mau sinal. Era a imagem viva de Patamanca, ainda tão deprimido quanto ontem, espalhando ondas negativas ao seu redor. Dá arrepios chegar perto dele.

Pouco depois, na rua, tive a confirmação de que havia algo errado com a cachorra. Sem tempo para alcançar a primeira árvore, Pepa soltou um jorro de excremento líquido no meio da calçada, impossível de recolher com as sacolas que sempre carrego no bolso. Uma senhora parou para me olhar com cara de reprovação. Fingi que me esforçava para remover a sujeira e, assim que me vi livre da vigilância, segui meu caminho. Notei, pela guia esticada, que Pepa não conseguia acompanhar os meus passos. Nos últimos quinze minutos, carreguei-a no colo.

Desde que chegamos em casa, encolhida no seu canto, ela não para de tremer. Sofre em silêncio, sem incomodar ninguém, não como o chorão do Patamanca. Ponho a mão nas costas de Pepa e sinto uma vibração constante. Ela não come nem bebe, e evita me olhar nos olhos. Se não melhorar, amanhã terei que levar a cachorra ao veterinário, o que vai me obrigar a perder tempo e pagar uma conta descomunal.

Para dizer a verdade, esperava que Patamanca telefonasse esta noite para saber o estado dela. São onze e meia, e nada. Ontem a deixei saudável com ele, cheia de vitalidade; hoje, ele a devolveu um caco. Que merda terá dado para ela comer? Talvez alguma porcaria açucarada, por mais que eu tenha lhe avisado mais de uma vez sobre os perigos disso.

Eu poderia quebrar a cabeça dele com uma pá, mas talvez ele nem perceba. Anda muito ocupado consigo mesmo...

20

Eu me afastei dos meus amigos da juventude, e eles também se distanciaram uns dos outros sem que houvesse qualquer briga. Casamentos, mudanças, profissão e filhos deram um curso diferente à vida de cada um de nós; hoje este, amanhã aquele, com o tempo paramos de nos telefonar, até que nos perdemos de vista. Eventualmente, esbarro na rua com algum deles e trocamos meia dúzia de palavras. Depois de relembrarmos as velhas histórias em comum, ficava claro que não tínhamos mais o que dizer. O único amigo dos velhos tempos com quem ainda mantenho uma relação é Patamanca.

Lembro-me exatamente da primeira vez que o vi. Certa tarde, ele entrou, em companhia não sei de quem, na sala de bilhar do Círculo de Bellas Artes, onde o grupo costumava se reunir com certa frequência. Às vezes algum de nós apresentava aos outros um primo de primeiro grau, um colega de faculdade, um conhecido de passagem pela cidade; pessoas que na maioria dos casos nunca mais víamos. Com Patamanca, ainda sem apelido na época, não foi assim. Ele continuou a frequentar a sala de bilhar, e pouco depois se juntou a nós em outros lugares. Quando vimos, já fazia parte da turma.

Nunca esqueci que no início Patamanca perdia todas as partidas. Pensei: *Esse garoto joga muito mal! Seria melhor tentar outra coisa.* Então, a partir da terceira ou quarta tarde, começou a nos vencer com muita facilidade, revelando sua habilidade com o taco, o que me fez deduzir que até então ele nos deixava ganhar, fosse por educação, cortesia ou para não se tornar detestável logo de cara. Conhecendo-o como conheço, acho que é capaz de uma astúcia desse tipo. Um dia, relembrando os velhos tempos, mencionei essa suspeita. Ele riu.

21

Durante as festas de San Isidro, no pavilhão de feiras, uma noite Patamanca nos meteu numa confusão que quase teve consequências trágicas.

Tinham se passado vários meses desde que ele se incorporara ao grupo. Engenhoso, mão-aberta, todos o recebemos sem reservas. Havia nele uma peculiaridade... Bem, eram muitas, mas uma em especial despertou em mim, não sei se nos outros também, uma forte atração que nunca confessei a ele. Era que Pata tinha uma preferência por livros incomuns. Às vezes, na esteira de uma leitura recente, sem o menor pedantismo, de repente ele soltava uma fieira de detalhes divertidos sobre uma heresia medieval, insetos tropicais ou a infância, num subúrbio de Boston ou Chicago, de um músico de jazz de quem nunca tínhamos ouvido falar na vida.

Mais de uma vez, sem lhe dizer nada, comprei e li obras sobre botânica, ciências ocultas e outros assuntos que eram novos para mim, mas que ele havia tornado extremamente apetecíveis com seus comentários e explicações. Nessa época, Pata estudava na Politécnica, por imposição dos pais, engenharia de estradas, canais e portos, especialidade que nunca exerceu nem pensou em exercer. Ele tinha (e continua tendo) um irmão gêmeo que estudou a mesma coisa e que eu nunca conheci.

Mas vamos ao incidente que quero relembrar esta noite, sem mais delongas.

O metrô nos levou à Pradera de San Isidro no fim da tarde. Estava a turma toda, composta pelos cinco de sempre e por Patamanca, a cuja companhia já tínhamos nos acostumado. Como prova de sua generosidade, tinha levado por conta própria uns papelotes de boa qualidade, com os quais entramos no clima antes de partir.

Assim que chegamos ao pavilhão da feira, alegres e tagarelas, começamos a beber gim de umas garrafas que levamos em sacolas de supermercado, junto com outras de soda limonada e Coca-Cola para fazer a mistura. O álcool ingerido ficava balançando dentro do nosso corpo, como se fôssemos uns coquetéis ambulantes, com as sacudidas das diferentes atrações da feira. Sentados na grama da Pradera, convidamos um grupo de meninas para beber e fumar, e ficamos ali falando bobagens, sem muita intimidade. Foi divertido, até a hora em que elas tiveram que ir embora — ou se cansaram de nós, o que é mais provável.

Por volta das dez da noite, cometi o erro de comer um sanduíche de lula muito gorduroso, regado com uma caneca de cerveja. Esse jantar me caiu como uma pedra no estômago, não sei se por culpa do sanduíche, do meio litro de cerveja, que estava gelada demais, ou por tudo junto. O caso é que me afastei do grupo para enfiar o dedo na garganta. Ao pé de uma árvore, vomitei todo o conteúdo do estômago, e a partir de então me senti um pouco melhor, com mais vontade de ir para a cama do que para a farra.

Ficamos cerca de uma hora nos carrinhos bate-bate. Ainda me sentindo tonto, fui para um lado da estrutura onde podia respirar o ar fresco da noite. Zumbindo, zumbindo, zumbindo, a música retumbava dentro da minha cabeça em volume máximo, interrompida pelos toques de sirene toda vez que acabava uma rodada de batidas. De vez em quando uma lufada de cheiro de fritura reavivava a lembrança desagradável das lulas. Meus amigos se divertiam feito crianças, investindo uns contra os outros com os carros e batendo contra outros jovens, de preferência garotas em duplas, apertadas naqueles veículos estreitos. As colisões contínuas provocavam risadas tanto neles quanto nelas, e vira e mexe reluzia uma faísca acima do mastro, na escuridão da rede elétrica. Passei alguns minutos conversando com uma colega de faculdade que encontrei por acaso. Eu lhe ofereci um cigarro. Ela me disse que dias antes fizera um teste de gravidez que deu positivo, e não sabia como contar aos pais. Em seguida, chegou uma amiga dela com o rímel todo borrado, como se tivesse chorado. Com passos decididos, as duas sumiram na multidão de braços dados.

Quando estávamos saindo dos carrinhos, Patamanca teve uma discussão com um sujeito. Naquele momento, não entendi o motivo, mas sabemos que muitas vezes nem é preciso motivo para dois homens se engalfinharem, principalmente se estão de porre. Basta um olhar, um gesto, um sinal repentino de aversão para que os impulsos agressivos os dominem. Fomos correndo separá-los. O cara soltava palavrões com um sotaque *sudaca*, como dizíamos na época com a intenção de ofender os sul-americanos. O problema é que ele estava com vários outros rapazes, creio que mais jovens do que nós, que não entenderam ou não quiseram entender nossa intenção pacificadora e vieram nos atacar. Um, rechonchudo e com cara de indígena, cuspiu em mim. Eu o repeli; quando recuou, caiu no chão. Como desperdiçar essa oportunidade de chutá-lo se parecia até que estava pedindo por isso?

Nosso amigo Nacho interveio de braços abertos, pedindo paz no meio da confusão. E nisso, enquanto eu procurava alguém para dar uma segunda porrada que me compensasse o mal-estar das lulas, vi que o pobre Nacho, gordo, bonachão, encolhia subitamente os ombros e o peito. Tinha sido golpeado por trás por alguém mal-intencionado. Quando se virou para olhar o agressor, todos vimos a mancha de sangue em sua camisa branca. Nacho só aguentou em pé pelo tempo que a gangue latina — quando percebeu o delito e as possíveis consequências policiais — levou para escapar velozmente. Patamanca correu para tentar conter com um lenço o sangramento do nosso amigo, que soluçava no chão, convencido do seu fim iminente. E a verdade é que, quando os paramédicos o colocaram na ambulância, todos nós estávamos pensando a mesma coisa.

Um ou outro jornal da época noticiou aquela briga nas festas de San Isidro que teve como saldo um ferido por arma branca. Nacho, de quem atualmente não tenho notícias, mas sei que ocupa um cargo alto numa empresa de consultoria, ficou com uma lembrança indelével do incidente em forma de cicatriz, e Patamanca, envolvido na origem da rebordosa, com um hematoma no olho do qual ficou se gabando até o dia em que desapareceu, algum tempo depois.

22

Patamanca, de humor melhor, me recebeu no bar com um sorriso que lhe cobria a metade do rosto. Depois, me convidou para comer umas anchovas fritas e perguntou por Pepa. Eu lhe disse que, como ela ainda não estava bem de saúde, preferia que saísse de casa o mínimo possível para que não se expusesse a uma recaída. Na verdade, ela está saudável, mas no momento não acho prudente deixá-la mais uma noite com meu amigo.

Cauterizaram o *noli me tangere*, como Pata agora chama de brincadeira a sua ferida, e receitaram os mesmos antibióticos de antes. Perguntei pelo diagnóstico. Ele dá de ombros. Não seria melhor extrair uma pequena amostra do tecido afetado para examinar? Ele não quer nem ouvir falar disso. Está exausto de esperas angustiantes, injeções, incisões e jalecos brancos. Só quer que o buraco feche o mais rápido possível, tanto faz o procedimento, e ficar sossegado. Não conseguiu reprimir os gracejos quando me contou que, deitado na maca, viu sair fumaça do seu torso. O médico estava soprando na ferida feito um homem pré-histórico tentando fazer fogo.

Patamanca considera que foi condecorado com uma cicatriz vistosa. Esse sarcasmo me fez lembrar da cicatriz que deve ter ficado nas costas do nosso velho amigo Nacho. Conto a Pata que naquela noite me lembrei da briga com os latinos, ocorrida havia mais de trinta anos, durante as festas de San Isidro. E confesso que nunca soube exatamente como se desencadeou aquela briga que poderia ter mandado nosso amigo, ou qualquer um de nós, para o cemitério. O que eu imaginava: uma rixa entre homens. Patamanca bateu em alta velocidade no carrinho do *sudaca*, que pelo visto sentiu que sua reputação masculina tinha sido diminuída na frente dos colegas e talvez perto de alguma garota em particular. O ofendido esperou Patamanca em algum lugar onde pudesse abordá-lo. Houve trocas de olhares, grosserias, xingamentos. Então, voaram socos e as costas do nosso amigo Nacho receberam a visita de uma arma branca. Nada mais.

Patamanca conjectura, com a boca cheia de anchovas, que provavelmente Nacho se lembra de nós toda vez que coça as costas.

Perguntei-lhe se sabe o que aconteceu com ele.

"Não tenho nem ideia. Sei que trabalhava numa firma de consultoria, que se casou e se divorciou. O típico."

23

Esta manhã repeti em sala de aula as afirmações sobre violência que Patamanca me fez ontem no bar. Obviamente, disse essas coisas em forma de perguntas, ou então atribuindo as tais declarações a pensadores e intelectuais inventados por mim. Não quero que depois os alunos contem em casa que o professor disse isso ou aquilo.

O professor esquisito. Uma vez, anos atrás, andando por um dos corredores do colégio, ouvi atrás de mim uma voz terna e sussurrante de adolescente me definindo assim.

Houve um amplo consenso na turma sobre a origem natural da violência. "Como disse Brown", um nome que veio à minha língua de repente, "a violência não é exclusiva da espécie humana". Endossando essa afirmação, os alunos mencionaram tubarões, leopardos e uma longa lista de predadores. Algumas meninas logo se lembraram da aranha e do louva-a-deus, espécies cujas fêmeas são mais fortes do que os machos. Também houve consenso em considerar que uma fera, por mais sanguinária que seja, não comete nenhum crime, enquanto os homens, sujeitos às leis, sim.

Nunca faltam imbecis (do gênero masculino, em 99,9% dos casos) que sabotam os debates com piadinhas, mas acontece que hoje o assunto interessou aos alunos, e eles mandaram o aspirante a humorista calar a boca de uma forma não exatamente cortês. Fosse eu a fazer isso, certamente receberia uma queixa formal dos pais do bocó.

Para que serve a violência?

Esta pergunta é o suposto título de um importante tratado de Pantani, um filósofo italiano de uma imaginária Escola Monológica de Florença. Peguei emprestado o nome desse luminar tirado da manga, evidentemente, do famoso ciclista dos anos 1990 que meus alunos não conheciam: *sic transit gloria mundi*. Foi essa parte do debate que provocou o maior número de intervenções. Aliás, tive bastante dificuldade para administrar o uso da palavra.

Escrevi no quadro-negro duas teses opostas, com a intenção de que os alunos escolhessem a que consideravam mais afim à sua ideia de um mundo justo. Em primeiro lugar, a teoria do antropólogo alemão Uwe Seeler, nome que resgatei de umas figurinhas de jogadores de futebol que Raulito e eu colecionávamos quando crianças. Para Seeler, a espécie humana vai superando, com o passar dos séculos, sua condição animal. Em outras palavras, o homem se humaniza, se me permitem a redundância, mantendo os impulsos instintivos sob controle com a ajuda da educação, da arte, da moralidade etc., e garante a sobrevivência por meio da organização racional, não da força bruta, o que resulta (desde que não haja retrocessos) em sociedades cada vez mais civilizadas.

Essa ideia um tanto otimista se opõe à defendida por Chichikov, professor e inspirador de Nietzsche, "que estudaremos numa aula específica". Esse pensador russo do século XIX sustentava que os fracos inventaram a moral, as leis, os tribunais, a distribuição equitativa de direitos etc. para manter a distância os mais fortes, cuja violência temem.

Uma aluna, que costuma se exaltar facilmente, disse que isso é machismo, fascismo, uma "coisa incompatível com a democracia".

Todos os alunos, inclusive o engraçadinho, levantaram o braço para votar a favor de Uwe Seeler.

Fico fortemente tentado a contar isso a Patamanca, que ontem, devorando anchovas, defendia a tese de Chichikov.

24

Recebi outro bilhete: "*I'm a loser and I lost someone who's near to me.* Soa familiar? Anos de solidão te esperam, seu perdedor. Aproveita, canta, não fica amargurado. Sempre vai restar a você o recurso da masturbação."

Subindo no elevador, levei o papel ao nariz em busca de rastros de cheiro que pudessem me fornecer alguma pista sobre o autor dos bilhetes. Nada. Estudei a possibilidade de contratar um especialista para instalar uma câmera disfarçada no portão. Tentei lembrar quais pessoas à minha volta sabiam inglês ou, ao menos, tivessem certo conhecimento dessa língua para transcrever a frase dos Beatles sem erros e entendê-la.

Já em casa, percebi que essas elucubrações eram pura perda de tempo, que teria mais paz se não desse muita importância ao assunto. Era melhor fingir ignorar os bilhetes.

Mas a verdade é que eles me magoavam, e eu morria de vontade de descobrir quem os deixava na minha caixa de correio. Todo dia lhe desejava as piores desgraças, os maiores sofrimentos.

Li uma reportagem sobre uns apartamentos voltados à prostituição espalhados pelo Paseo de las Delicias e seus arredores. Com o corpo de Amalia vedado a mim, eu não tinha vagina na qual derramar meus fluidos seminais gratuita e matrimonialmente. Ouvi dizer — ou li em algum lugar — que o esvaziamento regular dos testículos previne o câncer de próstata. Não sei se isso tem alguma base científica ou se é pura lenda. Quanto a mim, posso dizer que, quando passo mais tempo do que o devido sem fazer sexo, tenho tendência a ejaculações involuntárias durante o repouso noturno. E me perturba muito pensar que essa incontinência é um presságio de outras piores. Também me desagrada a gosma no pijama, principalmente quando esfria, algum tempo depois. Nós, solitários e abandonados, ainda temos o recurso da masturbação. Como vaticinava aquele velho bilhete malévolo. É preciso distinguir entre a punheta expedida na solidão, barata e terapêutica, e a que se executa usando um corpo qualquer como instrumento erótico; no fundo, porém, é tudo onanismo, pelo menos visto a partir de uma perspectiva masculina, a única que me cabe e interessa.

Sou um racionalista desafortunado. Um racionalista, vou fazer o quê, que tem necessidades.

Voltando ao assunto: a reportagem do jornal abordava sob uma luz desfavorável a realização do ato sexual pago em casas habilitadas para esse fim. O jornalista exagerava em pormenores sobre a falta de garantias higiênicas nos referidos puteiros e a exploração exercida por não sei que máfias sobre as mulheres, principalmente as latinas e romenas, mas também as naturais de outros países. O texto, assinado por um homem, tinha um agradável viés informativo. Explico melhor: era tão exato nos detalhes sobre o funcionamento do negócio, os preços, o mobiliário e a afluência aparentemente numerosa de clientes que, querendo ou não, me provocou um efeito poderosamente convidativo.

Nesse momento, percebi que era uma ocasião muito oportuna para incluir na minha biografia de homem entediado, mas talvez não inteiramente bobo, uma experiência prostibulária sem a tutela de Patamanca, que além de me arrastar de vez em quando para os bordéis de sua preferência e de encher meus ouvidos de advertências, conselhos e orientações táticas como um treinador de futebol que instrui seus jogadores, tinha se tornado uma espécie de governador das minhas expansões fornicatórias.

Anotei alguns endereços mencionados na reportagem, tomei banho e passei perfume no corpo, pedi a Pepa que me desejasse boa sorte e saí. À noite? Nada disso. Às onze horas da manhã de um feriado, como quem vai honestamente à missa. Pela matéria do jornal, eu sabia que o serviço de vulvas venais abria para o público às nove horas.

26

Saí do metrô na estação Delicias com a sensação de estar botando chifres no meu amigo Patamanca. Meus óculos escuros atenuavam a luz da manhã já meio desbotada, com nuvens que cobriam quase totalmente a extensão do céu. Ainda tive a precaução (covardia?) de andar pela calçada dos números pares, perseguido por presságios inquietantes: o aluno que por acaso está naquela área e me vê entrar no edifício de má fama, o colega do colégio (a diretora!) que adivinha imediatamente o motivo vergonhoso da minha presença de óculos escuros num bairro distante do meu.

Ir ao puteiro sozinho, sem o magistério de Patamanca, me fazia sentir adulto. Creio que isso era mais importante para mim do que transar.

Parei ao avistar o número que procurava: 127. Da calçada oposta, vi que a porta com grades pretas estava aberta, não vigiada pelo gorila protetor munido de um taco de beisebol ao qual aludia a reportagem. Aquela porta era uma boca disposta a sugar depravados. Não demorou muito, vi alguns entrarem, um de terno e gravata: uma rapidez decidida, a segurança de movimentos de alguém que conhece o lugar e sabe o que se faz ali. Após algum tempo, em contrapartida, saíam devagar, com uma expressão neutra, intactos, vivos, o que me estimulava a ter cada vez mais confiança nas possibilidades de sucesso do meu plano.

Entrei depois de me reabastecer de coragem tomando um uísque num bar próximo. Fui recebido por um cheiro agressivo de desodorizador de ambiente. Ouviam-se vozes femininas que pareciam estar discutindo. Onde? Descobri logo: no corredor do primeiro andar. Lá em cima me deparei com uma algazarra de mulheres seminuas. Elas me cortam a passagem, estridentes na sua confusão de idiomas, e a mais rude, mais forte, mais larga e mais pintada das quatro se posta à minha frente e solta seus peitos volumosos, ao mesmo tempo que grita comigo numa língua que não consigo identificar, muito menos entender, e puxa meu braço, como uma larva de formiga-leão com sua presa, decidida a me arrastar para sua toca. Eu me solto dela quase à força. Uma enxurrada de xingamentos, agora compreensíveis, embora não bem pronunciados, me chega pelas costas. Subo a escada com passos rápidos em busca de uma mulher que exerça a prostituição com mais educação e, se não com ternura, pelo menos em silêncio.

No terceiro andar, uma prostituta mais jovem do que as do andar de baixo, encostada no batente da porta, está escovando o cabelo. Quando me vê chegar, sorri sem sair do lugar nem tirar da boca o grampo que prende entre os dentes não muito católicos. Quando o põe no cabelo, levanta o braço, mostrando, assim, a axila raspada. Veste um short justo que revela pernas finas e bonitas. "Quer vir com a paraguaia?" A garota se expressa com uma voz melosa e sussurrante. "Faço tudinho por vinte e cinco euros." Simula timidez e submissão, mas não perde tempo para começar a tratar dos negócios. Com um gesto me dá a entender seu desprezo pelas de baixo, que ainda estão fazendo barulho. E me convida a tocar num seio que tirou da camiseta, um peitinho quase adolescente e, para meu gosto, um pouco frio. "Vamos, meu amor." Entra no quarto e eu vou atrás.

27

A paraguaia me disse que se chama Iris. Eu não perguntei. Não pretendia saber detalhes da sua vida. Mas, fazer o quê, quando entramos em ação a garota não parou de falar nem por um minuto. Patamanca, que se considera especialista neste e em muitos outros assuntos, diz que as putas usam essa verborragia para avisar às colegas, pela divisória, que não foram atacadas e continuam vivas, e ao mesmo tempo para interferir nos pensamentos dos clientes, controlar-lhes o cérebro e calcular, pelas reações e pela disposição para o diálogo, se representam algum perigo.

Eu não gosto de conversar enquanto trepo.

Trepar é música, então silêncio, por favor.

Duas semanas depois, fui visitar novamente a prostituta tagarela. Tinha as minhas dúvidas, não tanto em relação a ela, que irradiava uma considerável simpatia pessoal, mas ao desafio de atravessar o corredor do primeiro andar cheio de mulheres escandalosas. Na segunda vez, parece que vislumbraram em mim uma determinação firme, não sei se nos meus olhos ou na minha maneira de andar, e me abriram passagem. Encontrei fechada a porta do apartamento no terceiro andar. Tive que tocar a campainha. Quem abriu foi uma mulher desconhecida, de roupão, toda desgrenhada e com olheiras de várias noites acumuladas sem dormir. Perguntei se Iris estava. O nome não lhe pareceu familiar. Ela se virou para dentro do apartamento. "Menina!", gritou. E então a paraguaia veio ao meu encontro, descalça e fumando.

Dessa vez, Iris, enquanto se despia, me disse que seu nome era Arami, e creio que não se lembrava de mim, nem precisava. Eu, sim, me lembro agora dos seus dois nomes porque me pareceram incomuns.

Talvez para me induzir a uma convivência pacífica e estimular minha compaixão, ela me disse que tinha um filhinho de dois anos no Paraguai, seu grande amor neste mundo; que aquela vida era muito difícil para ela e que viera para a Espanha com o intuito de tentar a sorte e escapar de um homem violento; agora não estava tão mal; antes havia trabalhado num bar em Vallecas, dez horas ou mais por dia em troca de um salário miserável, e o dono era um porco que passava dos limites e chegou a agredi-la porque ela é uma mulher decente e exige respeito; então teve que procurar outro emprego, e uma conterrânea lhe disse que com sexo se ganhava mais, e em algum tempo ela poderia economizar o suficiente para voltar ao Paraguai e abrir uma lojinha de flores ou um armarinho, depois decidiria qual, ao lado do seu menino, do seu amorzinho, que não saía dos seus pensamentos nem por um instante; e que ela fazia o que fazia só para lhe dar uma vida boa, convencida de que Deus certamente vai perdoá-la.

Ia me contando tudo isso enquanto eu a penetrava. Eram bastante marcadas as vértebras em suas costas pontilhadas de pintas. E com tanta conversa tive dificuldade para gozar, pensei até que não ia conseguir.

Quando fui pela terceira vez ao número 127 do Paseo de las Delicias, ela não estava. Perguntei. Talvez tenha insistido demais, ou não soube encontrar o tom adequado. Fizeram cara feia. Perguntaram se eu era policial ou jornalista. E ameaçaram chamar uns equatorianos.

28

Já fazia muito tempo que eu não tirava Tina do armário. Vejo em seus olhos impassíveis, livres de rancor, que ela me perdoa pelos meses de esquecimento. Qual é a mulher dotada de respiração e linguagem que, em seu lugar, não faria uma grande cena?

Ela está linda como sempre, com seus traços finos e serenos, suas turgências juvenis ligeiramente cobertas pela lingerie. Consumamos, sem pressa, uma relação sexual silenciosa no tapete, na minha posição preferida, diante do olhar sonolento e aprovador de Pepa. Parece que nestas últimas noites a lembrança da paraguaia reacendeu em mim uma necessidade premente de prazer.

Escrevo estas linhas num estado de espírito próximo à beatitude. Fazia muito tempo que não me sentia tão bem. A urgência física foi aplacada, reflito.

Vejo, de um lado, o homem supérfluo de cujo salário a mulher livre, dona da própria vida, não depende mais; de outro, a mulher prescindível, não como objeto de prazer, mas para o prazer, o que não é a mesma coisa, meninas. Na mesma hora tudo mais perde importância: a companhia, a conversa, as reclamações intermináveis, as longas discussões, o machismo, o feminismo, o desajuste entre as respectivas personalidades e os objetivos diferentes na vida.

Finalmente a paz na superfície da Terra?

Elas já têm acesso ao mercado de trabalho, capacidade de tomar decisões e independência financeira. Algumas mais do que outras, evidentemente, tal como nós, seus eternos rivais opressores, nascidos para não as escutar nem as entender. Muito bem. Elas merecem. Viva a democracia. Agora nós temos as *love dolls*. Desconfio de que, se as tivessem inventado antes, a história da humanidade transcorreria por caminhos menos sangrentos. Duvido que houvesse eclodido a Guerra de Troia; que se seguissem séculos de gravidezes indesejadas, estupros, adultérios e crimes passionais. Duvido que a sífilis houvesse levado ao túmulo Franz Schubert, de quem ouço a *Inacabada* enquanto escrevo estas linhas, ou que milhões de Otelos espalhados pela face da Terra houvessem matado tantas Desdêmonas. Poderíamos estender essa enumeração por um tempo indefinido. Tenho a impressão de que uma espécie como a nossa com o impulso sexual sempre satisfeito se inclinaria naturalmente para o sossego, e até mesmo para a mansidão. Seríamos, finalmente, irmãos.

29

Tina é de fabricação japonesa. Não sei exatamente quanto Patamanca pagou por ela na época, creio que por volta de mil euros. Tem uma linda cabeleira preta, mas pode trocar de peruca com facilidade. Gosto da aparência dela: os traços de mulher mediterrânea, a expressão doce e uma beleza superior a tudo que já conheci em termos de rostos e corpos femininos. Tina é muito mais bonita do que Amalia em seus melhores tempos, antes da celulite e do caráter avinagrado. Ora, não tem nem comparação, e olha que Amalia, a bem da verdade, não era de se jogar fora. Em Tina tudo é suave, harmonioso, macio, e ao mesmo tempo tão parecido com a realidade que basta colocá-la em certas posições para me provocar uma ereção imediata.

De todos os pontos de vista, Tina só me oferece vantagens em relação a uma mulher viva. Antes de mais nada, quero esclarecer que não a considero uma coisa. A geladeira, a televisão, os móveis e os enfeites da casa não me fazem companhia nem se comunicam comigo; Tina, sim, tal como Pepa, que também tem nome próprio, rosto e corpo. Tina não envelhece, não julga, não atormenta minha vida com repreensões, não tem oscilações repentinas de humor, não tem menstruação, não finge orgasmos, não pede recompensas materiais ou de qualquer outro tipo em troca das satisfações que me proporciona. Tina não transmite doenças venéreas. Não tem uma revolução pendente à minha custa. Com ela não sou obrigado a me fazer de bom, compreensivo ou obsequioso para que ponha sua cavidade genital à minha disposição por um tempinho no fim do dia. Chamar Tina de brinquedo me parece um insulto; afirmar que um ser como Tina não me dá calor humano é simplesmente estúpido. Quem me deu calor humano nesta porra de vida? Meus pais, meu filho, Amalia, Raúl...? Uma tarde Patamanca me contou, fora de si, que tinha lido não sei onde as declarações de uma psicóloga britânica segundo a qual as bonecas sexuais desumanizam "seus usuários". Usuários? Essa sabichona não me provocaria as ejaculações que tive com Tina nem se me pagasse barras de ouro. Tina é mais humana do que muitos seres humanos. Conheci prostitutas mais robóticas do que ela, e mais frias. Tina é meu ideal feminino. Nenhuma mulher me deu plenamente o que Tina me dá. Tina é mais digna do meu afeto do que todas as mulheres juntas que já conheci... e aguentei. Tina nunca me contraria. Não se ressente do meu poder. Não me chantageia com lágrimas. Tina me aceita como sou. E, quando estou mal, ela me consola, me apazigua, melhora meu ânimo. O apego que tenho por ela talvez seja amor ou, em todo caso, uma variante dele.

Foi Pata quem lhe deu o nome e a desfrutou primeiro. "Com Tina", disse ele um dia, "não tenho que explicar por que não tenho um pé, como faço com as outras". Pata demorou muito para me contar que tinha comprado uma boneca sexual, desconfio de que por medo de que eu a pedisse emprestada, risse dele ou achasse que estava doido. Se eu deixo Pepa passar a noite na casa dele de vez em quando, por que Tina não pode passar uma noite na minha? Eu o espinafrei pelo segredo, impróprio entre bons amigos. Pelo visto minhas palavras o abalaram. Alguns dias depois, declarou sua intenção de comprar uma boneca nova. Tinha visto no catálogo uma mulata, último modelo, com voz e sensores de movimento e respostas (em inglês) preestabelecidos para diferentes situações, e estava decidido, apesar do preço, a trocar de parceira. E me ofereceu Tina por quatrocentos e cinquenta euros. "Agora que já se cansou dela, não é? Pois enfia no cu." Falo com ele desse jeito, assim como ele faz comigo, porque temos intimidade. Pata, tal como um mascate, reduziu para trezentos euros, e alguns segundos depois para duzentos. Mandei-o plantar batatas. Disse que era um traficante de escravizadas miserável. Por fim, me deu de presente.

O traslado de Tina da casa de Patamanca para a minha foi uma verdadeira aventura, especialmente no último trecho, entre a garagem e o meu apartamento. Uma peripécia, devo confessar, com toques de comédia de cinema. No fim da manhã tirei Tina do porta-malas do carro, com toda a cautela, e tive que esperar que um vizinho saísse da garagem para jogar sobre o ombro o volume embrulhado num lençol, como um assassino que carrega o cadáver da vítima. Toda a cautela me parecia pouca. Felizmente, quem quer que tenha deixado os bilhetes anônimos na minha caixa de correio parecia não estar de plantão naquela noite.

30

Devo a Tina inúmeros momentos de prazer. Às vezes gostava de me sentar no sofá e assistir a um filme na televisão com o pênis na mão de Tina, cujos dedos articulados posso mover à vontade. Uma tarde, Nikita apareceu de repente na minha casa, com a esperança de que eu o socorresse de um aperto econômico. Quando anunciou sua chegada pelo interfone, corri para esconder Tina no armário, onde ela ficou nos últimos meses. Talvez tenha me cansado da sua docilidade e do seu silêncio, ou talvez eu simplesmente ande com o pensamento ocupado demais com questões sobre a reta final da minha existência, o que é mais provável.

Tina é feita principalmente de látex, vinil e silicone. Seus lábios, seus olhos, seus seios são de um realismo um pouco menos bem-composto do que o da nova boneca de Patamanca, mas ainda assim notável. Posso fazê-la virar a cabeça, posso abrir sua boca e brincar com os dedos dos seus pés, que têm uma consistência macia e suave. Como os lábios de Tina são móveis, posso acoplá-los aos meus de tal modo que não haja diferença entre beijá-los ou beijar a boca de uma mulher viva.

Tina não me parece menos real ou menos humana por não ser de carne e osso. Explico: a humanidade dela não vem de fábrica; tem de ser adicionada. Eu adiciono, e assim faço dela uma pessoa com atributos agradáveis. Não nego que projetei minhas fantasias em Tina, mas será que não fiz a mesma coisa com as mulheres com quem já me relacionei? Será que (como elas fazem conosco quando há afeto e não comércio) não as melhoramos ao idealizá-las, até que pouco a pouco, e muitas vezes de supetão, a verdade decepcionante vem à tona?

Segundo as explicações do folheto, Tina tem uma estrutura metálica que equivale ao esqueleto de um ser vivo. Seu cabelo é natural; suas roupas, de qualidade. Tudo isso, incluídos a maquiagem e os acessórios, pode ser trocado ou renovado comprando itens pela internet, como Patamanca costumava fazer. Não chego a esse ponto, porque Tina me parece feliz com a meia dúzia de coisas que compunham seu guarda-roupa e seus objetos de uso pessoal quando a ganhei do meu amigo. Tina era exibida e muito esbanjadora na época do relacionamento com Patamanca; comigo, prefere adotar hábitos mais austeros.

No início, eu gostava de passar nela o mesmo perfume que Amalia usava nos tempos do nosso casamento. Primeiro, porque eu ainda não sabia escolher direito produtos cosméticos e preferia não correr riscos; segundo, não posso negar, porque era movido pelo desejo de inserir um ingrediente malicioso nas minhas relações sexuais com a boneca. A fragrância igual conferia a Amalia a condição de mulher substituída. Quando o frasco acabou, mudei de marca e escolhi o perfume que uso até hoje, mais caro e talvez de melhor qualidade.

Dezembro

I

Só passou um mês desde a morte de papai e já é difícil encontrar vestígios dele na casa; é como se nunca tivesse morado conosco. Como é fácil apagar a passagem de um homem pela vida. Mamãe se desfez de praticamente todos os pertences dele. Raulito ficou com alguns, para uso pessoal ou para alimentar uma pequena chama de saudade. Problema dele. Quanto a mim, nossa casa é apenas o lugar onde vou comer, dormir e deixar a roupa suja. Passo a maior parte do dia na faculdade e com meus amigos. Às vezes passo a noite na casa de algum deles. Nem aviso mamãe. E ela também não exige isso de mim.

A morte de papai foi uma libertação para todos nós. Claro que não falamos disso. Também não falamos sobre várias outras coisas. Aliás, não falamos quase nada entre nós. Moramos juntos por inércia, mantendo as distâncias. Talvez isso seja o melhor que podemos fazer para não perder todo o respeito uns pelos outros.

Meu irmão aproveitou a morte de papai para amadurecer a toda velocidade. Nessa altura, ele está com dezessete anos. Quer um quarto próprio. "Bem, só se você se ajeitar na sala..." Mamãe e eu dizemos isso de brincadeira, convictos de que aquele desejo não pode ser realizado. Pois bem, ele se ajeitou na sala, mesmo sendo um lugar de passagem; pelo visto, preferia nos aguentar andando para lá e para cá a ter que continuar dividindo comigo um espaço pequeno.

Muito sério, um dia ele nos disse na cozinha:

"De agora em diante, não me chamem mais de Raulito."

"Está bem, Raulito."

Ele me lançou um olhar fulminante. Eu lhe respondi em silêncio com outro igual, e mamãe veio correndo nos advertir com sua autoridade minguante que não queria discórdias em casa.

No início do quarto ano da faculdade fui morar num apartamento com outros estudantes.

2

Raulito, Raúl, o caçula da casa, rechonchudo e quatro-olhos, de repente desenvolve, na ausência da chefia paterna e sem que ninguém lhe tenha pedido, um instinto protetor em relação a mamãe. Vivia preocupado com ela, receava que sofresse alguma desgraça, que a enganassem ou que ela se metesse em problemas. Em outras palavras, ele a vigiava. Certa manhã, aproveitou quando passei pela sala para me chamar, misterioso, sigiloso, ao canto onde tinha armado sua cama dobrável. "O que foi?" E, para não criar a expectativa de uma conversa longa, dei a entender que estava com pressa.

Ele me pergunta em voz baixa se não percebi que ultimamente mamãe está se maquiando muito, e não pinta só a cara (*Mamãe tem cara?*, pensei); pinta também as unhas dos pés (*Mamãe tem pés?*), coisa que não fazia antes. O fato é que eu não tinha reparado nesses detalhes, talvez porque não fico muito tempo em casa, ou simplesmente porque isso não é uma questão que me desperte algum interesse em especial. Ele me pergunta o que podemos fazer. Raulito, quer dizer, Raúl desconfia de que mamãe esteja se encontrando com um homem, ou então procurando algum, e vá embuti-lo na família, e talvez seja um sujeito desagradável, quem sabe alcoólatra e agressivo, e que "se nós vivemos bem do jeito que estamos, para que deixar um estranho entrar na nossa casa?".

O que mais me deixou apavorado, depois de ouvir os raciocínios do meu irmão, foi a ideia de que papai podia ressuscitar com outro rosto e outro nome, mas munido da mesma autoridade de outrora; podia voltar a se apropriar da nossa vida e estabelecer limites para a liberdade de que eu gozava desde o instante exato da morte dele. Com Raulito, Raúl, era diferente. Meu irmão, mais jovem, mais terno, mais propenso a se sentir desamparado, ardia de ciúme pensando que um senhor viria lhe arrebatar a mãe.

Por fim, para dissipar as dúvidas, decidimos seguir mamãe a distância pela rua. Meu irmão descobriu que muitas vezes ela saía de casa por volta das sete. Teve a impressão de que poderia encontrá-la de olhos fechados em qualquer ponto da cidade, guiado pelo rastro de seu perfume. Ele já a havia interceptado duas vezes na sala perguntando, como quem não quer nada, aonde ela ia. Em ambas as vezes, mamãe disse que ia fazer umas compras, mas voltava para casa à noite sem sacolas nem pacotes, e não jantava. "Muito suspeito, não acha?" Olhei para meu irmão, surpreso com suas habilidades detetivescas e sua capacidade de ver, entender, presumir coisas que me passavam totalmente despercebidas, e me deu um pouco de dor e tristeza constatar que, apesar das farras e das garotas e da música e do flerte com as drogas, na minha vida faltava estímulo, na minha vida faltava aventura. Eu julgava estar espremendo a juventude ao máximo (era a época da famosa Movida),* mas, de repente, quando ouvi meu irmão, fiquei convicto de que estava desperdiçando meus melhores anos com bobagens.

Numa daquelas tardes, esperamos mamãe na calçada em frente ao nosso portão, escondidos atrás de um quiosque da Organização Nacional de Cegos da Espanha, na hora em que, segundo meu irmão, ela costumava sair de casa não sabíamos para onde. E, de fato, poucos minutos depois das sete, mamãe surgiu na calçada.

Para a sua idade, à beira dos cinquenta, tinha uma aparência mais do que aceitável, com as curvas não malconservadas sob um vestido que eu nunca tinha visto, o cabelo penteado e pintado em salão e, por fim, as devastações graduais e inevitáveis do tempo devidamente camufladas com a ajuda de cosméticos. Percebi que estava mais bem-arrumada do que nos tempos de casada. "Caramba. Desde quando tenho uma mãe loura?" E Raulito, Raúl, me fez psiu atrás do quiosque do cego me mandando calar a boca. Que eu me lembre, foi a primeira vez que meu irmão me deu uma ordem.

Outra coisa que notei quando mamãe saiu pelo portão foi que os olhos dela estavam pintados. A mancha vermelha nos lábios, vista a vinte metros de distância, me deu a impressão de uma flor presa pelo caule entre os dentes. Em suma, nesse momento a vi como mulher e não como mãe, uma mulher não desprovida de encantos, uma mulher que ainda se sabia bonita e talvez desejável, e que andava pela calçada com um leve bamboleio cheio de distinção, elegância e autoconfiança. E se tudo isso fosse indício insuficiente de que algo estava mudando ou já havia mudado na vida dela, quando vi a altura dos seus saltos não tive mais dúvida de que mamãe, recém-ingressada na viuvez, tinha se erotizado. De maneira que Raulito, Raúl, tinha razão, e todos os meus alarmes já haviam disparado quando começamos a andar atrás dela.

"Vamos em frente, Raulito. Vamos ver a cara do intruso."

"Raúl, por favor."

"Não vai ser fácil me acostumar."

Pouco depois, mamãe entrou na rua Blasco de Garay. Andava devagar, mas com a determinação de quem vai a um encontro, sem olhar para os lados, e não como um passeante ocioso. Na esquina com a Rodríguez San Pedro, parou para conversar com uma senhora que estava levando um pão debaixo do braço. "Você a conhece?" Raulito, Raúl, negou com a cabeça. Achei incongruente que mamãe ficasse mais de dez minutos conversando

---

* A Movida Madrilenha foi um movimento de contracultura surgido em Madri na década de 1970, durante os primeiros anos da transição após a morte de Franco; uma espécie de grito de liberdade dos jovens espanhóis. [N. da E.]

com aquela desconhecida se realmente tinha um encontro com alguém. Meu irmão, aferrado à sua desconfiança, não concordava. Estávamos escondidos atrás de uma caminhonete estacionada ali. Sugeri que era muito vergonhoso o que estávamos fazendo. Raulito, Raúl, insistia que não podíamos deixar que nada de ruim acontecesse com mamãe.

"Você está exagerando."

"Se pensa assim, por que não volta para casa?"

Mamãe finalmente se despediu da mulher, continuou sua caminhada tranquila pela rua, virou na Gaztambide, e daí a pouco percebemos que o destino dos seus passos era o magazine El Corte Inglés da rua Princesa. E agora? Achamos arriscado procurá-la nos diversos andares. Era difícil se esconder, sobretudo nos trechos de escadas rolantes, por isso decidimos usar o elevador. Não demorou muito para encontrarmos mamãe no bar, sentada a uma mesa com duas senhoras mais ou menos da idade dela.

Do lado de fora, sem entrar, nós a ficamos observando, seguros de que, como não estava olhando na nossa direção, ela não ia notar nossa presença. Ficamos ali espreitando por um minuto ou um minuto e meio, não mais do que isso. Saí de lá convencido de que tínhamos nos comportado como dois imbecis e repreendi meu irmão, certamente não com palavras gentis, por me fazer perder tempo com seus medos e suas suspeitas e com suas aventuras de detetive amador.

Em casa, à noite, mamãe nos deu uma bronca descomunal. Perguntou que tipo de filhos ela havia botado no mundo, quem tinha nos autorizado a espioná-la, e disse que, se não fosse pela nossa idade, nos partiria a cara de tantos tabefes. Enquanto ela esbravejava, eu não conseguia tirar os olhos dos seus belos lábios pintados. Não menos fascínio, misturado com estranheza, me despertaram o rímel nos cílios e a sombra nos olhos. Eu não sabia o que responder, e de vez em quando fazia um gesto acusador para meu irmão. Raulito, Raúl, confessou a mamãe suas preocupações; só assim, e com a promessa de que nunca mais a vigiaríamos, conseguiu acalmá-la.

Foi desse modo que descobri que minha mãe tinha um corpo, um corpo de mulher atraente, aliás, e que meu irmão não era tão bobo quanto eu pensava até então.

3

Seguindo o conselho de uma conhecida, mamãe se inscreveu numa agência matrimonial com sede, escritório, ou o que quer que fosse, na Praça de Santo

Domingo. Não foi preciso fazer investigações. Ela mesma nos contou. E a primeira coisa que disse, quando a seu pedido nos reunimos os três na cozinha, foi: "Depois de aguentar um marido na vida, acho que já fiz demais. Agora só quero companhia. Se vocês entenderem, ótimo. Se não, tanto faz."

Ela queria que houvesse transparência entre nós — e também, suponho, que a deixássemos em paz. Meu irmão e eu tivemos uma conversa e decidimos não interferir nas tentativas de mamãe de se sentir menos sozinha. Era um direito dela etc. Além disso, ela prometeu que não levaria estranhos para casa.

A partir de então, mamãe teve relacionamentos breves com vários homens. Ou cavalheiros, como preferia chamá-los. Senhores maduros com uma certa cultura, boa posição e higiene impecável (este último, ponto de importância crucial para minha mãe), entre os quais predominavam viúvos e separados. Recebia convites para ir a festas particulares, restaurantes, espetáculos, exposições de arte e até, em certa ocasião, a uma tourada. Em troca oferecia conversa, um pouco de decote e sua presença perfumada. Ela e seu acompanhante de plantão iam a espaços de lazer, passeavam, não raras vezes de mãos dadas, e, se o sujeito não fosse alheio ao bom humor, tinham seus momentos de descontração alegre e risadas. O que não faziam era sexo.

"Na primeira insinuação, eu vou embora."

Mamãe gostava de agradar. Todo mundo é assim, podem rebater. Certo, tudo bem, mas digamos que para ela essa necessidade era mais urgente, até angustiante; uma necessidade não tanto de compensar o tempo perdido na prisão de um casamento infeliz, mas de aproveitar os últimos resquícios do seu frescor. Talvez a grande contribuição, o maior benefício que a morte de papai tenha lhe proporcionado, seja esta: a possibilidade real de sentir orgulho da própria imagem.

Ela gostava de despertar admiração à sua volta e de ser respeitada. Adorava que lhe abrissem a porta dos táxis e lhe dessem preferência para entrar em algum lugar, e também adorava ganhar flores. Era bastante maldosa quando contava para mim e meu irmão histórias ridículas dos seus pretendentes, como aquela de um corretor da bolsa cuja dentadura caiu num restaurante chique. Às vezes, depois de criar certa intimidade, ia dançar com o parceiro. Uma noite, no meio de uma valsa, esbofeteou na frente de todo mundo um baixinho de terno e gravata que tinha metido a mão onde, segundo mamãe, não se toca numa dama sem permissão. Meu irmão e eu caíamos na gargalhada ouvindo suas histórias.

4

Eu estava caindo de sono, com uma ressaca que parecia encher de areia minha boca, quando chegamos ao restaurante. Depois de uma longa noite de farra, tinha voltado para casa sob as primeiras luzes da alvorada com a única intenção de dormir como um cadáver até o fim dos tempos, mas mamãe vinha manifestando havia alguns dias um insistente e estranho interesse de que no domingo nós três almoçássemos juntos num restaurante perto da Praça de Chamberí, aonde ela nunca tinha nos levado.

Durante toda a semana, não parou de nos lembrar de que tinha reservado uma mesa. "Mamãe, você já falou." Raúl lhe disse isso, e eu também. Ela ficava nos lembrando do almoço de domingo com tanta obstinação, que lhe perguntamos se havia alguma coisa para comemorar. Ela respondeu que não, que só queria pedir nossa opinião sobre um assunto de grande importância para ela, coisa que só poderia fazer num lugar adequado, de forma alguma em casa. No domingo, à uma da tarde, mamãe me tirou da cama sem qualquer contemplação. A essa altura, ela e Raúl já estavam vestidos para sair. Não me deixaram nem tomar banho.

Na entrada do restaurante, fiquei surpreso ao ver que mamãe não precisou informar o nome à recepcionista. Esta a reconheceu imediatamente, veio apertar sua mão e tratou-a com sorridente familiaridade, o que me fez deduzir que mamãe não estava visitando aquele estabelecimento pela primeira vez. A recepcionista mandou um funcionário guardar nossos agasalhos. Depois, nos levou a uma mesa ao fundo, num espaço delimitado por uma fileira de plantas que tinha a vantagem de ficar um pouco mais protegido do barulho. Havia três mesas ali: a nossa, perto da parede; outra, ocupada por um homem do qual, debruçado sobre o prato, só víamos as costas; e uma terceira mais à frente, com duas garotas que estavam descascando lagostins quando chegamos, alheias à algazarra do local. Entre o nosso canto e a saída se interpunha um vaivém de garçons em plena atividade e comensais que eram obrigados a falar em voz alta para se fazer entender. Eu não estava com a mínima fome. Com sede, sim, muita, e com uma vontade irresistível de dormir embaixo da mesa.

Resumindo, mamãe tinha conhecido por meio da agência matrimonial um homem chamado Héctor Martínez, que, como ela nos disse, lhe despertou mais do que simpatia. Era um viúvo de setenta e um anos, diferente daqueles outros com quem ela mantivera breves relacionamentos anteriormente; ele tinha qualidades que o tornavam especial e, sem dúvida, agradável. Raúl, muito mais acordado do que eu naquele momento, não se conteve:

"Não me diga que você está apaixonada." Meu irmão me olhou com olhos de coruja angustiada, como se esperasse que eu tomasse a iniciativa do interrogatório, mas só o que me ocorreu na hora foi perguntar a mamãe por que diabos não poderíamos ter tratado desse assunto em casa.

Tenho a impressão de que mamãe tinha se preparado conscienciosamente para quaisquer perguntas, censuras, acusações que seus filhos pudessem fazer, de maneira que, quando Raúl insinuou a hipótese de uma possível traição a papai (ou à memória de papai, não lembro), ela não se alterou. Disse que não tinha certeza se estava apaixonada, mas que também não podia descartar essa possibilidade. O tempo é que daria a última palavra sobre o assunto, desde que Raúl e eu não nos opuséssemos ao relacionamento, porque nesse caso ela aceitaria, não sem pesar, separar-se do homem com quem estava saindo havia cerca de um mês.

Raúl, com a boca cheia de presunto ibérico com torradinhas (era uma fome e tanto), dava sinais de histeria incipiente, e eu, para dizer a verdade, estava cansado, muito cansado, quase morto, de modo que, num acesso de lucidez e sobretudo para resolver a questão o mais rápido possível, tomei a palavra para dizer a mamãe que lhe desejava muitas felicidades e essa era a minha posição, sem nada mais a acrescentar. Mamãe me deu um beliscão afetuoso na bochecha em sinal de agradecimento. Ambos dirigimos o olhar para Raúl, que, ainda mastigando, se limitou a fazer uma careta de resignação.

"Vocês estão dispostos a conhecer esse homem de quem falei?"
Concordamos.
"Têm certeza? Depois não me venham com historinhas."
Voltamos a concordar, dessa vez com um pouco mais de firmeza.
Nesse ponto, mamãe, levantando a voz repentinamente de uma maneira que me sobressaltou, disse na direção da mesa ao lado: "Héctor, já pode se virar."

O senhor que estava sentado ali virou a cabeça e, a pedido de mamãe, ou melhor, por ordem dela, trouxe para a nossa mesa seu prato e seus talheres, e depois seu copo e a garrafa de água mineral. Visivelmente constrangido, sentou-se conosco.

5

Encontramos a fotografia numa gaveta da cômoda, sob uma confusão de sutiãs, meias e coisas desse gênero. Raúl não demonstrou o menor interesse por aquela imagem de vinte e cinco ou trinta anos antes. A princípio, eu também era favorável a jogá-la no lixo junto com todo o conteúdo da gaveta, mas no último momento guardei-a por curiosidade, para saber se mamãe seria capaz de reconhecer o homem muito mais alto do que ela, de terno e gravata, que estava com a mão em seu ombro.

Os dois pareciam felizes, sorridentes, relaxados, talvez até apaixonados, diante de uma paisagem campestre com filas de oliveiras ao fundo. Lembro que mamãe e Héctor gostavam de fazer viagens e excursões e que ele, um homem de posição social confortável e generosidade sem limites, costumava pagar as despesas. Virei a fotografia para ver se podia descobrir o nome de um lugar ou alguma data no verso, mas não havia nada.

Chegou o dia em que minha mãe foi internada no asilo. A papelada estava em ordem, e tudo já preparado para sermos recebidos em determinado horário. De comum acordo, Raúl e eu decidimos não dar explicações a mamãe. Fingimos que íamos dar um passeio com ela e, antes de sair, minha cunhada, sob algum pretexto, lhe deu um calmante. Deixamos mamãe aos cuidados da equipe médica e sob a guarda da diretora, que veio lhe dar boas-vindas com grandes demonstrações profissionais de afeto. Satisfeitos com a docilidade da nossa mãe, meu irmão e eu nos despedimos pouco depois. Assim que saiu de lá, Raúl não conseguiu conter as lágrimas. Aposto que estava assolado pelos mesmos remorsos que eu.

Visitei mamãe no dia seguinte. Eu precisava abraçá-la e beijá-la e ter certeza de que estava sendo bem cuidada. Quando cheguei, vi o carro do meu irmão no estacionamento; então, para matar o tempo até ele sair, fui beber alguma coisa numa lanchonete próxima, me distraí lendo o jornal e voltei para o asilo uma hora depois.

Fiquei contente com o sorriso de mamãe quando me viu, e também quando disse meu nome, porque parecia que não a tínhamos perdido completamente, que ainda era possível conversar com ela, exceto sobre coisas ou problemas recentes, que sua memória precária não conseguia reter. Em contrapartida, ainda se lembrava de canções da sua infância e de episódios de uma vida distante. Meu bom humor só durou até lhe mostrar a fotografia em que ela estava em companhia de Héctor Martínez. Quando a pegou com as mãos ligeiramente trêmulas, perguntei a ela quem eram as duas pessoas na imagem. Héctor foi confundido com papai e, em relação à imagem dela própria, mamãe disse, com visível mau humor, que devia ser "a amante do Malvado". Logo depois, começou a mexer no despertador da mesinha de cabeceira, e levei alguns instantes para entender que estava tentando telefonar para papai, sem lembrar que ele tinha morrido havia mais de trinta anos.

6

Anos atrás li vários livros sobre Alzheimer, não tantos quanto Raúl, que não perde uma oportunidade de me recomendar títulos e mostrar quanto aprendeu sobre o assunto por iniciativa própria. Felizmente nos vemos pouco. A ideia de que possa ter herdado uma predisposição para a doença assusta com muita facilidade meu irmão. Quando esquece um nome, uma informação, uma palavra, uma luz vermelha se acende no seu cérebro. Já ouvi minha cunhada falar duas ou três vezes dessa história de luz vermelha. Não achei que estivesse brincando. Essa gente não brinca nunca. Além disso, Raúl também tem medo de morrer de parada cardíaca, como papai. Por um excesso de cautela, que ele nega, faz exames médicos com frequência.

Confesso que, depois de ver o cadáver de papai estendido no chão da nossa sala, também me preocupei com a possibilidade de um dia morrer da mesma forma, antes da velhice. Agora estou livre do medo. Desde que decidi a data exata do meu fim, não me interessa mais perscrutar possíveis doenças. Minha memória está falhando? Pois pode falhar à vontade. Surgem feridas no meu corpo tais quais as de Patamanca? Tanto faz, pois minhas horas estão contadas, e são tão poucas que não me resta tempo para padecer um longo flagelo. Se aparecesse de repente no meu corpo um monte de tumores malignos, eu adiantaria a despedida. Por esse aspecto, estou tranquilo.

Houve um tempo em que sofria por saber que tinha sido progressivamente apagado da memória de minha mãe. Depois reconheci que tentar viver nos pensamentos e lembranças alheios é um esforço inútil. Nós, que não fizemos nada de meritório na vida, vamos nos dissipar quando se apagarem as poucas mentes capazes de nos recordar. Depois de mortos, seremos um nome numa lápide que algum dia, talvez não muito distante, não há de significar nada para ninguém, e que também vai desaparecer para dar espaço no cemitério para outros defuntos. É bem verdade que a História preserva alguns nomes que talvez nos deem a ilusão de que alguma coisa humana pode perdurar. Bobagem. Duvido que alguém conserve um fiapo de vida autêntica simplesmente por ser culto, dar nome a uma rua ou merecer uma estátua num parque.

Penso na única foto que se conservou do vovô Estanislao. Não me emociona, não me diz nada. Estou muito longe de nutrir qualquer sentimento, positivo ou negativo, por esse homem cuja voz nunca ouvi e sem o qual eu não teria nascido. Sou indiferente aos seus atos, às suas convicções, à coincidência do sobrenome.

Do meu próprio pai, que morreu quando eu tinha vinte anos, guardo uma imagem cada vez mais borrada que vai desaparecer junto comigo.

Não há maior presunção do que se julgar imortal na frágil memória dos homens.

Glória ao esquecimento, que sempre triunfa.

7

Depois de tantos anos, não posso deixar de lembrar com pena de Héctor, ou, como disse meu irmão com um laivo de desdém, do sr. Héctor. Acredito que ele era um bom homem, de uma mansidão afável combinada com uma educação refinada e uma cultura mais do que sólida, um viúvo corroído pela solidão que se consolava pela perda da esposa com a companhia da nossa mãe. Duvido que fosse movido pelas más intenções que Raúl lhe atribuía. No começo eu também não aceitava o velho, mas sem a animosidade do meu irmão, que parecia estar sempre em busca de algum pretexto para pular na sua jugular. Em poucas palavras, ele tinha nos tirado da primeira fila do afeto de mamãe, e nós carecíamos de empatia, envergadura moral e de tudo mais que fosse necessário para perdoá-lo por isso. Pobre Héctor.

No dia em que o conhecemos, ele saiu do restaurante de mãos dadas com mamãe. Raúl e eu não estávamos preparados para aquela cena. Ao ver suas mãos unidas, senti uma onda de vergonha. Meu irmão, que reparou no detalhe antes de mim e de imediato chamou disfarçadamente a minha atenção, desenvolveu desde o primeiro momento uma antipatia furiosa por aquele senhor de idade que mamãe tinha introduzido de repente em nossa vida.

Ainda não estávamos totalmente acostumados com a presença dele quando soubemos que os dois pombinhos tinham decidido viajar a Jerusalém para aproveitar as férias de mamãe. Em vez de ficarmos contentes ao saber que ela, apesar do salário modesto e da parca pensão de viúva, graças à generosidade de Héctor Martínez tinha a oportunidade de desfrutar um lazer superior às suas possibilidades, ficamos alarmados como dois histéricos. Além disso, embora Raúl tivesse visto Héctor, o sr. Héctor, comer presunto e camarão no restaurante e soubesse que havia se casado na Igreja dos Jerônimos quando jovem, começou a suspeitar, com um toque de paranoia, que ele era judeu, não ultraortodoxo nem mesmo ortodoxo, mas dos camuflados. E isso parece ter aumentado seu ódio contra aquele homem, enquanto eu era completamente indiferente à origem e às convicções de Héctor; o que de fato me doía, ou me incomodava, ou me enfurecia de ciúme era que o velho fazia minha mãe feliz.

Meu irmão temia que Héctor retivesse mamãe em Israel para sempre ou que um comando de palestinos nos deixasse definitivamente órfãos. Também considerava outras possibilidades: o sequestro do avião, uma bomba na entrada do hotel e outras calamidades que sua imaginação febril pintava com as cores mais cruas.

"Você vê filmes demais", comentei.

Por insistência de Raúl (não se podia mais chamá-lo de Raulito), e com a aprovação sorridente de mamãe, antes da viagem a Jerusalém pedi a Héctor, na qualidade de filho mais velho, um encontro comigo e com meu irmão para nos conhecermos melhor. Mamãe explicou ao seu parceiro sentimental que Raúl e eu não tínhamos assimilado totalmente seu relacionamento com um homem que não era o nosso pai e lhe pediu que nos mostrasse, numa conversa entre homens, que não havia motivo para termos receio. Héctor, que era um homem paciente e bondoso, concordou.

8

Investiguei as causas do suposto antissemitismo do meu irmão. Não havia. A mente do bestinha tinha estabelecido laços ditados por sua monumental ignorância: Jerusalém, Israel, judeus, algozes de Jesus Cristo, narizes curvos, usurários impiedosos, envenenadores de fontes de água públicas e outros clichês e falácias originados em algum lugar alheio à nossa família que chegaram à ponta da sua língua.

Ele estava com medo, só isso. Medo de que mamãe não voltasse da viagem a Jerusalém. Primeiro o deixei desatinar à vontade. Aquelas bobagens me divertiam. Depois debochei, chamando-o de "filhinho da mamãe" e outros insultos. E como nessa época ele já era da minha altura, talvez mais robusto e, certamente, mais gordo, se fez de valente e estivemos a ponto de trocar um bom número de socos na cozinha. Mamãe impediu.

No caminho para o bar, Raúl me pediu que não mencionasse a questão dos judeus na conversa com o sr. Héctor. Aparentemente, estava se arrependendo das palavras que dissera em casa. Assim que nos sentamos à mesa, eu o entreguei.

"Meu irmão acha que você é judeu e vai ficar com mamãe em Jerusalém para sempre."

Héctor riu como um avô carinhoso, fazendo um movimento simpático com os ombros, e Raúl, à minha frente, com as bochechas incandescentes, cerrou os dentes, certamente sonhando que os estava cravando onde a mordida me doesse mais.

Héctor, que contávamos que ia pagar as bebidas, como de fato o fez, explicou suas intenções, expôs pormenores biográficos e respondeu às nossas perguntas, algumas tão impertinentes que nem sei como as aceitou. Acho que tinha a vã esperança de nos apaziguar com sua eloquência de homem equilibrado. Não entendeu que ele era apenas o objeto contra o qual meu irmão e eu tínhamos tramado exercitar nossa rivalidade. Uma hora depois, pediu a conta e se despediu com as sobrancelhas tristes, convencido, como soubemos alguns dias depois, de que Raúl e eu vetávamos seu relacionamento com mamãe.

9

Héctor Martínez havia exercido sua profissão de dentista até a aposentadoria, com consultório próprio no bairro de Salamanca. Tinha dinheiro, isso dava para ver, e um filho que morava no Canadá, casado com uma mulher de lá. Falava pouco desse filho, só quando lhe perguntavam diretamente, e nesses casos as respostas eram sempre lacônicas. Mamãe nos contou que ele e o filho não se davam bem em razão de uma grave desavença entre os dois.

Héctor me parecia um homem quase sem vitalidade, bom e insosso. Era um homem culto e muito viajado, mas quebrado por dentro, por causa da morte da esposa e da discórdia complicada com o filho.

Geralmente se vestia de terno e gravata, não apenas nos feriados, e tinha um bigodinho grisalho que no primeiro encontro nos pareceu um mau sinal. Estávamos convictos de que defendia ideias conservadoras. Investigando seu passado, um dia tive a desfaçatez de lhe perguntar de supetão, enquanto devorava uns bolinhos de bacalhau e umas batatas apimentadas que ele nos oferecera, se anos antes tinha sido franquista. Eu estava convencido disso, e achava que essa pergunta iria derrubar suas simulações. Pensava que podia nos enganar? Imaginei o espectro de papai me dando um tapinha nas costas de aprovação. A cara do meu irmão revelava assombro e admiração.

Héctor respondeu sem se alterar que sua relação com o regime de Franco era determinada pela dupla circunstância de ser filho de um republicano preso e irmão de um militante da UGT, a União Geral dos Trabalhadores da Espanha, fuzilado durante a guerra, aos vinte e nove anos de idade, por membros da Falange. O pai, acrescentou, que inicialmente fora condenado à morte, aceitou a chamada Redenção de Penas pelo Trabalho e participou como peão na construção do Vale dos Caídos. A serenidade de suas palavras e uma espécie de tristeza antiga sedimentada que surgiu de repente em seus olhos me deixaram envergonhado, a tal ponto que, sem jeito, para compensar meu comportamento desastrado, contei que meu pai tinha sido torturado na Direção Geral de Segurança. Daí por diante, e quase até o fim da conversa, preferi me ocupar dos bolinhos e das batatas e deixar que a paranoia do meu irmão carregasse o fardo das perguntas.

O que mais? Bem, lembro-me também de que Héctor era um grande fã de teatro e espetáculos musicais, com uma assinatura que dava ingressos para o Teatro de la Zarzuela. Mamãe nos contou que ele tinha em casa uns três mil discos de vinil, principalmente de música clássica, mas também de flamenco, jazz, enfim, todos os gêneros. Tocava um pouco de piano, e de vez em quando se atrevia a compor pequenas peças, mas nunca tive oportunidade de comprovar suas habilidades com o teclado.

Ele também disse para mim e meu irmão naquele bar quais eram suas intenções com a nossa mãe. Simplesmente queria fazê-la feliz em troca de poder desfrutar da companhia dela. Não desejava mais nada: sair com ela, levá-la a restaurantes e concertos e lhe oferecer, se ela permitisse, um pouco de carinho. Disse que éramos sortudos de ter uma mãe como a nossa.

Acho improvável que no fim da conversa não tenha percebido que nós continuávamos gostando tão pouco dele quanto no início, apesar dos bolinhos de bacalhau, das batatas apimentadas e das boas intenções.

10

Mamãe trouxe de Jerusalém uma caixa de tâmaras para cada um de nós, menorás de latão polido e uns porta-copos de cerâmica nos quais se liam a palavra "Shalom" escrita com letras latinas. Raúl e eu agradecemos com frieza pelos presentes. Meu irmão guardou os dele numa gaveta e eu guardei os meus em outra, e, com exceção das tâmaras, os esquecemos.

Mamãe nos deixou sozinhos por onze dias, com a geladeira cheia de comida e uma quantidade exagerada de pratos pré-prontos no congelador, todos etiquetados. Aproveitamos a ausência da autoridade materna para brigar o tempo todo, talvez levados nem tanto pela rixa, mas pelo acordo tácito de mostrar a ela os efeitos negativos de nos ter abandonado.

Fui obrigado a dar uns bons tapas em Raúl quando ele ameaçou contar para mamãe que eu passava as noites fora de casa. Não porque, com minha idade na época, alguém pudesse me impedir de entrar e sair quando eu bem entendesse; foram a má-fé do meu irmão, a vontade de me sacanear, sua natureza interesseira de dedo-duro nato que me fizeram sentar o braço nele. A paciência e a mansidão de Raúl foram se esgotando, até que no último ataque ele se defendeu. Aquilo me pegou desprevenido. Depois falei para mamãe que os arranhões no meu rosto eram por causa de um esbarrão numa cerca viva do *campus*.

Raúl e eu não demonstramos qualquer interesse especial pelos relatos da viagem a Jerusalém. Mamãe começou várias vezes a enumerar em nossa presença, sem que lhe pedíssemos nada, detalhes dos lugares que visitara com Héctor Martínez, o hotel onde se hospedaram, uma excursão que fizeram ao mar Morto e outra a São João de Acre, enfim, diversas iniciativas de caráter turístico que, aos meus olhos na época, não sei se aos do meu irmão também, pareciam burguesas e retrógradas. Em uma só palavra: desprezíveis. Mamãe insistia em enaltecer a generosidade do seu acompanhante. Dessa maneira, só conseguia nos fazer fechar a cara ou revirar os olhos.

Até que uma hora mamãe explodiu. Hoje me surpreende que não tenha acontecido antes. Ela perdeu as estribeiras num dia em que me permiti fazer uma crueldade refinada. O caso é que, contrariando o que tinha nos prometido, ela deixou Héctor subir para buscá-la em casa numa tarde em que os dois pretendiam ver um espetáculo no Teatro de la Zarzuela. Não me caiu bem que aquele homem, por mais santo que fosse, pusesse os pés no nosso território; por isso, assim que o ouvi chegar, fui correndo colocar a gravata que havia guardado de papai, em sinal de protesto. Mamãe preferiu engolir os rescaldos da sua raiva e esperou até a manhã seguinte, quando estávamos sozinhos, para me dar uma bronca daquelas. Aproveitou para convocar Raúl à cozinha, cenário habitual dos pitos maternos. E o repreendeu pelo mesmo comportamento repugnante e infantil com relação a Héctor. Disse que estava indignada com nossos péssimos modos, mas, sobretudo, por nossa cegueira de não perceber que a única possibilidade real de financiar nossos estudos universitários dependia em grande parte da prodigalidade daquele homem que era absolutamente bom para ela e com certeza também seria para nós se permitíssemos, mesmo sem merecermos esse tratamento. E tudo isso por quê? Ora, porque éramos uns pirralhos arrogantes, mal-educados e possessivos, além de umas bestas quadradas e outras coisas desse estilo que disse aos berros e já nem me lembro mais. Embelezada de fúria, disse que não era propriedade dos filhos nem precisava submeter suas decisões à nossa aprovação, pois o único homem que podia lhe dar ordens estava num túmulo reduzido a ossos.

Mamãe não parou de esbravejar até meu irmão e eu prometermos não boicotar mais seu relacionamento com Héctor. Não satisfeita com fazer-nos reconhecer nossa maldade e nossa culpa, ela queria que pedíssemos desculpas ao homem que era um estímulo agradável em sua vida, e até insinuou que não ia fazer nosso almoço se não ligássemos imediatamente para ele. Essa exigência nos pareceu excessiva. Além do mais, estávamos sem jeito para cumpri-la e explicamos isso a mamãe, que conseguimos amolecer aos poucos. Afinal, pela paz da família, ela se conformou com nosso compromisso de tratar Héctor com o respeito que, em sua opinião, jamais deveríamos ter lhe negado.

II

Eu precisaria de centenas de dedos para contar as vezes que tive vontade de dar uma bofetada no meu filho. Nunca bati nele. Talvez numa situação mais estressante tenha lhe apertado um pouco o braço ou dado um empurrãozinho, mas uma bofetada de verdade nunca lhe dei.

Nunca encostei um dedo na minha mulher. Nem o pai dela nem o meu poderiam dizer o mesmo em relação às respectivas esposas. O falecido fascista e o falecido comunista tinham a mesma noção hierárquica, patriarcal e totalitária da família. Para completar o quebra-cabeça da vitimização, só faltou a Amalia uma coisa: a desejada peça de um marido violento. Sua pirotecnia verbal de recriminações contra mim teve que se conformar com a acusação de violência psicológica, e não tenho a menor dúvida de que a juíza, antepondo a solidariedade feminina às provas, engoliu a história.

Em minha carreira no magistério, teria sido um enorme prazer quebrar a cara de muitos dos meus alunos por mau comportamento. Mesmo se fossem autorizados os castigos físicos, eu não os aplicaria. Acabei me conformando com sonhar de vez em quando que estou açoitando os piores até esfolá-los.

Na escola, quando era criança, nunca fiz parte do grupinho dos agressivos. Só me envolvia, eventualmente, em alguma briga de pouca importância, e mais como vítima do que como agressor. Se algum colega me enchia o saco, eu retaliava fazendo dele o alvo da minha ironia ou lançando mão de algum outro método dialético que ajudasse a mostrar, a ele e às testemunhas da cena, sua inferioridade intelectual. Minha especialidade eram as palavras ferinas, por isso meus colegas de sala que não careciam de inteligência — e os outros também, provavelmente por imitação — preferiam se dar bem comigo.

Lembro como uma exceção o pontapé que dei num latino caído no chão durante a briga em que nosso amigo Nacho levou uma facada.

Apesar da minha aversão à violência, fiz meu irmão sofrer de maneira inominável e com ele, sim, saí na mão mais de uma vez. Por quê? Vou dizer a verdade: não sei. Talvez porque estivesse comigo em casa o tempo todo e fosse mais novo do que eu, ou porque eu gostasse do som dos estalos em sua carne macia, ou, quem sabe, porque disputava com ele a atenção e o carinho de mamãe. Talvez por tudo isso e por nada. Depois de adultos, eu esperava que o tempo o ajudasse a esquecer as sacanagens que lhe fiz. Mas o infeliz se lembra de todas.

Andei pensando seriamente em deixar um bilhete para Raúl no bolso da minha roupa de suicida. Poderia lhe escrever um breve pedido de perdão, mas, do jeito que o conheço, não estranharia se ele o levasse a mal. Vai pensar que eu quis limpar minha consciência no último minuto ou que queria debochar dele uma última vez. Já estou vendo a cena. Louco de raiva, vai rasgar o bilhete como se estivesse me rasgando.

12

Tlim-tlim, tilintar de colheres contra a louça. Estávamos jantando. Acontece que Raulito, com sete anos na época, não queria mais ir à escola. Pelo que dizia, com a voz assustada, olhar abatido, todo dia era alvo de zombaria, e um garoto da turma se divertia batendo nele toda hora.

"E a professora não faz nada?"

"Ela não sabe."

"Então fala com ela. Para que você tem boca?"

"Mas é que eu não tenho coragem."

Tratava-se do que atualmente chamaríamos de *bullying* escolar. Na época não tinha nome, e talvez por isso não houvesse tanta consciência do problema quanto agora. Raulito era o gordo da turma, além de um menino bom e dócil: o joguete ideal para os outros. Algo nele despertava os instintos agressivos dos colegas. O mesmo acontecia comigo.

Durante o jantar, em vez de ser compreensivo, papai o chamou de covarde. Perguntou que tipo de homem era ele se não sabia enfrentar seus agressores. Mamãe interveio, apaziguando, conciliatória. E papai mandou-a calar a boca, dizendo que chega de tanto paparico, que diabo, porque depois os filhos acabam ficando desse jeito, molengas e frescos. Mamãe se calou e papai, com sua voz potente, disse a Raulito que não queria mais ouvir falar de seus problemas na escola, que ele pegasse um pedaço de pau e se defendesse. E como Raulito lhe respondeu que se pegasse um pedaço de pau a professora o deixaria de castigo, papai respondeu que não se preocupasse, que ele cuidaria da professora e de quem mais fosse preciso.

Depois do jantar, papai se trancou no banheiro comigo. Pôs uma de suas mãos enormes, grande honra, no meu ombro e, levando o bigode amarelado ao meu ouvido, perguntou aos sussurros se eu não poderia dar um susto no garoto que estava mexendo com Raulito. "Você descobre quem é, dá umas porradas nele e deixa o moleque apavorado."

No dia seguinte, descobri um empecilho que papai não tinha como saber. O garoto em quem eu devia dar uma lição para proteger meu irmão também tinha um irmão mais velho, numa série acima da minha. Ainda por cima, esse irmão mais velho era um rapaz grande e robusto. Por isso, depois de pensar no assunto com bastante cuidado, pedi a dois colegas de confiança que fossem comigo, para parecermos um bando, e optei por intimidar o garoto só com palavras, depois de atraí-lo para um canto do pátio onde o segurei pela gola do suéter e lhe disse o nome do meu protegido e as consequências que enfrentaria se batesse nele novamente. Perguntei se ele tinha entendido. Ele respondeu que sim, então o soltei.

Anos depois, quando Raúl veio de novo com suas malditas acusações sobre como eu o tratava quando era criança, perguntei se não se lembrava de quando o defendi na escola e consegui que os garotos da sua turma o deixassem em paz por um tempo. Ele não lembrava. Só se lembra do que lhe interessa.

13

Esta noite, cansado, com uma leve dor de cabeça, não estou com vontade de desenterrar lembranças. Volto à coleção de bilhetes anônimos. O próximo do maço diz assim: "Corre o boato de que você não se interessa pelas suas aulas, que não as prepara e que são chatas. Dá para imaginar que sua vida de homem decadente, a falta de estímulos e de energia o deixem sem ânimo nem motivação, mas que culpa têm os alunos? Se você não está em condições de desempenhar seu trabalho de forma adequada, ceda o cargo para alguém capaz. Você não serve para nada."

O bilhete doeu.

Era impossível atribuí-lo a Amalia. Nessa época ela estava no exterior, viajando com sua amiga Olga. E não escondeu nada de mim. "Vou para Londres com Olga. Para fazer compras e nos conhecermos melhor." Direta assim.

Também pensei que Amalia pudesse ter escrito aquelas linhas de conteúdo atemporal antes de partir e pedido a alguém do seu círculo de amigos que deixasse o bilhete na minha caixa de correio durante sua ausência. Podia até ter dado a chave do portão a essa pessoa. Sei lá, complicado demais. Além disso, para quê?

Definitivamente, alguém estava me espionando. Pensei num detetive me seguindo por toda parte, em Orwell e no Grande Irmão, numa conspiração de gente malvada, louca para me prejudicar. Em todos os casos, porém, me deparei com a mesma pergunta: para quê?

Que benefício, recompensa ou prazer poderia esperar uma pessoa que gastasse tempo e esforços vigiando um zé-ninguém?

Será que um delírio persecutório estava tomando conta de mim?

14

Logo comecei a aproveitar as vantagens decorrentes de Raúl ter colocado sua cama na sala, deixando o quarto até então compartilhado para meu usufruto exclusivo. Isso tornava mais fácil receber amigos em casa. Não é que eu não pudesse fazer isso antes, mas com meu irmão ali ao lado, estudando à luz do abajur e nos intimando a falar mais baixo, as possibilidades de diversão eram limitadas. Além disso, o gordinho tinha que ir para a cama cedo, sobretudo para me sacanear, porque aos dezessete, agora quase dezoito, ele era um cê-dê-efe obcecado por dormir suas oito horas por noite.

Eu gostava de passar a tarde trancado no quarto com meus amigos, às vezes até altas horas da noite. Sentados no chão ou na cama, porque só havia uma cadeira, passávamos horas ouvindo discos, conversando sobre livros, vendo filmes da locadora, jogando baralho e fumando baseados com a porta trancada a chave. Meu quarto era um território livre. Lá, era eu quem mandava. Ninguém me dizia como tinha que me comportar ou a que horas devia apagar a luz.

De vez em quando eu me trancava com alguma amiga. Hoje era uma; amanhã, outra. Os anos 1980 foram tempos de promiscuidade e de altas curtições, como se costumava dizer na gíria da época, e então veio a aids, e essa é uma história sombria que poderia perfeitamente ter batido na minha porta, mas não o fez.

Um dia dormia comigo uma colega, no outro, uma garota que eu havia conhecido horas antes num bar de Malasaña, cujo nome eu talvez nem tivesse me lembrado de perguntar. Certo sábado, de madrugada, apareceu na minha cama uma mulher de uns trinta ou quarenta anos. Eu nunca a vira nem voltei a ver. Ela havia me abordado no térreo do La Vía Láctea, meu bar favorito na época; foi direto ao assunto, e fez questão de pagar o táxi. Montada em mim, parecia trepar como se estivesse com pressa, como se quisesse fugir. O mundo parecia estar cheio de gente desesperada, mendigando prazer com as mãos trêmulas. Consumado o coito, fui levá-la de cueca até a porta, onde se despediu de mim com lágrimas nos olhos e me agradeceu com estranha intensidade.

Certa vez, sem dizer uma palavra, mamãe pôs um pacote de camisinhas na minha mesa, a partir do que deduzi que não se opunha ao meu estilo de vida. "Só o que peço a você", veio me dizer uns dias depois, "é que termine a faculdade".

15

Numa daquelas noites da minha juventude, ocorreu um fato curioso, do qual não consigo me lembrar sem sentir um pouco de pena do meu irmão. Preferiria ignorar o assunto, mas já são três noites seguidas que a cena me vem à cabeça e temo que, se não a escrever, vai me assombrar até o fim dos meus dias.

Enfim, a Piluca tinha vindo passar a noite comigo. Piluca era uma colega da faculdade, não muito bonita, mas saudável e alegre, e uma das mulheres mais desinibidas que já conheci. Nos seus tempos de estudante universitária, já tinha um relacionamento amoroso com o garoto que anos depois seria seu marido e, suponho, pai de suas duas filhas. Piluca oferecia o corpo como outros oferecem um café, mas, claro, desde que houvesse simpatia mútua e o parceiro não se esquecesse de facilitar o gozo dela. Ela sentia certas urgências de natureza erótica que seu tedioso namorado não conseguia acalmar, e de vez em quando ela e eu decidíamos desfrutar secretamente um prazer físico. Bastava uma pergunta — "Está com vontade?" —, formulada por qualquer um dos dois, para estabelecer sem delongas uma comunicação genital espontânea e prazerosa.

O caso é que numa noite de meio de semana, com um frio intenso na rua, Piluca foi dormir na minha casa. Ninguém nos ouviu chegar, ou pelo menos ninguém apareceu. Seguindo suas instruções, ofereci à minha amiga o orgasmo que ela desejava, serviço que exigia um esquecimento momentâneo do meu próprio interesse; depois, então, ela proporcionou o meu com uma generosa oferta corporal, semelhante à da Tina, só que com um grau de envolvimento maior, o tipo de coisa que só se pode agradecer. A hora tardia e a temperatura do inverno lá fora nos convidavam a dividir o colchão até o amanhecer. Depois de apagar a luz, nós nos acomodamos para dormir pelados, apertados um contra o outro por causa da estreiteza da cama. Com o quarto escuro e em silêncio, os corpos aquecidos e satisfeitos, aos poucos foi se abrindo a porta, que eu não trancava mais porque todos os moradores da casa tinham aceitado minha proibição de ser incomodado. Na claridade que vinha do corredor se delineou a silhueta de um jovem rechonchudo, que se aproximava furtivamente da minha cama. De repente sussurrou meu nome, para se certificar de que eu não estava dormindo, e, logo em seguida, sem perceber que era escutado por quatro ouvidos, disse em voz baixa: "Acho que o sr. Héctor está aqui em casa e foi para a cama com mamãe. Não dá para ver luz alguma pelas frestas. O que vamos fazer?" Como não respondi, Raúl insistiu, ávido a promover algum tipo de represália contra o intruso: "Temos que fazer alguma coisa."

Ele achava que eu estava sozinho, mas éramos três embaixo do cobertor: Piluca, eu e a vergonha que o idiota estava me fazendo passar. Ele ficou em silêncio, esperando minha resposta, mas quem lhe respondeu, não sem aspereza, foi uma voz feminina, que disse: "Por que você não deixa sua mãe transar em paz?"

Ouviu-se um balbucio no escuro: "Ah, você está com alguém?"

A silhueta adiposa saiu às pressas do quarto na ponta dos pés. Depois, meu irmão ficou vários dias sem falar comigo, não sei se furioso, constrangido ou as duas coisas.

16

Quando terminei a faculdade, perdi contato com todos os colegas, com exceção dos amigos mais próximos. Sem as obrigações que nos convocavam para as salas de aula, houve uma dispersão geral e, desde o primeiro instante, o tempo caprichou naquilo que faz melhor: o trabalho meticuloso de nos envelhecer.

Vez por outra, num restaurante, numa loja, na entrada de um cinema ou andando pela rua, reconhecia, às vezes sem muita certeza, um velho colega na figura de um senhor careca acoplado a uma barriga satisfeita ou de uma mulher toda emperiquitada que não tinha mais vestígios da esbelteza de outrora. Sei, porque li ou me contaram, que as vicissitudes profissionais fizeram mais de um se estabelecer no exterior e que alguns acabaram lecionando na mesma universidade na qual nos formáramos. Também tenho notícias de que pelo menos dois descansam sob a terra.

Entre os poucos alunos da minha turma de quem ainda tenho uma ou outra notícia de vez em quando está Piluca, jornalista com uma notável presença na imprensa escrita e autora de romances de sucesso mediano.

Há cerca de duas décadas, por aí, fiquei sabendo que ela ia lançar um livro na livraria Alberti, acompanhada de um escritor de renome. Movido pela curiosidade, e talvez também pela saudade, sem dizer nada a Amalia sobre isso resolvi comparecer ao evento. Achei Piluca um pouco inibida ao lado do escritor famoso, e excessivamente grata: grata pela presença de umas quarenta pessoas, grata à dona da livraria, grata à diretora da sua editora ali presente, grata ao escritor midiático, sem a ajuda do qual imagino que o público seria muito menor.

No fim da palestra, comprei um exemplar. Quando chegou minha vez, pedi uma dedicatória à autora. Ela me reconheceu na hora. Na verdade, como me disse com uma franqueza sorridente, já estava de olho em mim durante o evento. Piluca se levantou para me dar um abraço e um duplo toque de bochechas, e elogiou minha aparência. Exalava um aroma de cosmético que me decepcionou porque não se parecia com seu cheiro cálido de quando éramos estudantes. Talvez fosse isso que eu tivesse ido procurar na livraria sem saber: um vestígio corporal, por menor que fosse, da nossa juventude perdida.

Piluca me fez um rápido resumo da sua situação pessoal: o divórcio em processo final e duas filhas que a deixavam "na rua da amargura", e teve a deferência de me perguntar como eu estava. Conversamos só por dois minutos. "Você lembra?", perguntou, sem especificar o que eu tinha que lembrar. Enquanto me escrevia uma dedicatória, notei as costas da sua mão, atravessadas por veias. Ai, a idade. Havia outras pessoas atrás de mim na fila interessadas em um autógrafo da autora. Então, me despedi de Piluca e lhe desejei, de coração, muito sucesso. Ela retribuiu fazendo votos de que eu gostasse do livro e também me desejou felicidades.

Nos dias seguintes li o romance. Comecei a leitura com um interesse que não durou nem uma dúzia de páginas. Talvez a culpa fosse minha, por ser incapaz de encontrar prazer nesse tipo de livro. Livros que investigam a intimidade, que tentam contar histórias duras, fortes mas artificiosas e, em última instância, piegas. Livros que não me deixam marca, superficiais em seu psicologismo pretensioso, no peso excessivo da sua introversão sentimental.

Fiquei surpreso com o pouco proveito literário que Piluca — tão fogosa quando jovem — extraiu no texto de várias cenas eróticas, descritas numa prosa friamente informativa. Atualmente ela participa do movimento feminista e publica uns artigos bastante ferozes em que questiona, e até ataca, a maternidade e suas consequências, que vê como uma condenação da Natureza cujo executor ou carrasco é o homem, ou pelo menos certo tipo de homem.

Esta tarde falei sobre ela com Patamanca. Meu amigo, que a conhece pelos artigos de jornal, não a suporta. "O problema dessa mulher", disse ele, "como o de tantas outras da laia dela, é que escreve mal, é feia, não tem um único pensamento próprio, e sabe disso. É por essa razão que se junta ao coro de grilos que cantam sob a lua, para ver se, opinando em grupo, sua mediocridade passa despercebida".

Não contei a Pata quanto Piluca, mesmo depois de tantos anos, ainda significa no meu mundo mitológico particular, a simpatia que tenho por ela, o imenso bem que lhe desejo. Além disso, não me parece que escreva pior do que outros escritores atuais que recebem aplausos e ganham prêmios.

17

Além de tentar alegrar a tarde de mamãe, eu queria conferir de novo se sua memória prejudicada ainda guardava alguma lembrança. Era como jogar uma pedra num poço fundo e, durante a queda, esperar que o som do impacto confirmasse a existência de água lá embaixo. Quanto a mamãe, receio que o poço esteja definitivamente seco.

Não consigo cantar a letra da canção porque nunca a aprendi. Nem sequer tenho certeza de que a melodia que assobiei no jardim do asilo corresponde à da música original. Mamãe esboçou um breve sorriso no rosto. Para falar a verdade, já estava sorrindo antes de eu começar a assobiar, e aquele sorriso, que não significa nada, não exprime nada, continuou em seus lábios minutos depois que terminei. Não descarto a possibilidade de que ela tenha achado divertido ou agradável o simples fato de ouvir um assobio. Depois de várias tentativas sem qualquer reação da parte dela, dei o experimento por concluído e reconheci meu fracasso.

Trinta e tantos anos antes, com suas faculdades mentais intactas, não era incomum que mamãe soltasse a voz com essa canção enquanto fazia o trabalho doméstico ou então na frente do espelho da penteadeira, quando se preparava para sair. Às vezes se limitava a entoar a melodia com uns trinados, como uma cantora de *cuplé* dos velhos tempos. Sei que a letra falava de um amante que tecia louvores a uma mulher, mas não me lembro de nenhum verso. Comecei a achar estranha a presença constante daquela música que eu não conhecia na voz de minha mãe, música que nem sequer tocava nas rádios daquela época, e que ela, pouco dotada musicalmente, jamais tinha cantado até então. Resolvi lhe perguntar que canção era aquela que não saía da sua boca. A princípio, foi evasiva. Insisti, certo de que ela estava tentando esconder alguma coisa de mim. Então, mamãe finalmente me revelou que Héctor tinha composto a canção para ela. E depois pediu que, por favor, eu não contasse ao meu irmão.

Pobre mamãe. Se pelo menos ainda guardasse uma última lembrança, o som dos seus dias de felicidade...

18

A ferida de Patamanca, cauterizada há um mês, ainda não está cicatrizando. O médico lhe disse que essas coisas levam tempo. No fim de setembro, ele comprou uma passagem de avião com a ideia de passar o réveillon no México, mas não sabe se sua condição física vai lhe permitir viajar. Aparentemente, já reservou na agência sua hospedagem em hotéis de diversas cidades e uma excursão a Yucatán.

Pelo que me conta, não dói nada. E então? De vez em quando levanta um lado do curativo na frente do espelho, em casa ou no banheiro do escritório, e o *noli me tangere*, como ele às vezes chama a ferida, reaviva seus presságios mais funestos.

Pata se supera como interlocutor quando está preocupado. É um caso típico de homem que melhora substancialmente com a angústia. Quando tem alguma preocupação, quando se sente oprimido pelo medo e pelas atribulações, nossos diálogos ganham profundidade de ideias e densidade confidencial. Ao vê-lo sério e deprimido, eu me animo a confidenciar pensamentos que, quando ele cultiva seu lado cínico e brincalhão, prefiro guardar para mim mesmo.

De repente, sem nenhuma relação com os problemas que vínhamos discutindo até aquele momento, começamos a conversar sobre a minha despedida planejada, que hoje finalmente (e já era hora) meu amigo considerou algo que pode se concretizar na data prevista.

"Você parece decidido."

"Por que está surpreso?"

Ele também acha provável tirar a própria vida se as feridas continuarem a aparecer. Alega outros motivos: a total falta de ânimo para o trabalho, a solidão que vai padecer quando eu não estiver por perto, as ânsias de vômito que a política espanhola atual lhe provoca, o cansaço vital, o ódio ao próprio corpo que sente desde que perdeu a juventude... A ostensiva cara de nojo com que disse isso, olhando para a janela como quem despreza o mundo e tudo que está contido nele, sem distinção entre o bonito e o feio, o nobre e o ruim, me fez pensar que talvez não seja tão disparatada a ideia de nos levarem à funerária no mesmo dia.

Depois a conversa se encaminhou para o método que vai pôr fim aos meus dias. "Já resolveu a questão? Precisa de ajuda com a logística?" Eu lhe disse a verdade, que ainda não tinha planejado nada. Minha única certeza é que gostaria de resolver a situação de forma rápida e indolor.

Patamanca, vítima de um mal-entendido, se dispôs a me arranjar uma arma de fogo. Diz que pode conseguir facilmente, e por um bom preço, uma arma fácil de usar. Não lhe faltam contatos. Como achei que esse assunto não era adequado para uma conversa de bar, com bastante freguesia àquela hora, sugeri que fôssemos dar uma volta pelo bairro. Durante o passeio, com Pepa ao nosso lado, expliquei ao meu amigo por que descarto a opção de estourar os miolos. É uma história que vem de longe, de quando fiz o serviço militar no quartel Tetuán 14, de Castellón de la Plana, em meados dos anos 1980. Uma noite em que estava de guarda ocorreu um fato trágico cuja lembrança, como já disse, ainda me persegue. Não quero que ninguém passe pela mesma experiência desagradável por minha causa.

Minha morte vai ser silenciosa e limpa, fora de casa, provavelmente num banco do parque à noite. Por nada neste mundo quero acabar desfigurado. O que meus parentes e meus alunos pensariam se vissem imagens repulsivas do meu cadáver em algum programa sensacionalista ou nas redes sociais? Não quero que nenhum meio de comunicação aproveite minha poça de sangue para impressionar o público, aumentar a audiência, atrair publicidade, fazer negócios...

19

Ontem contei o episódio a Patamanca meio por alto. Como ele estava tão preocupado com sua ferida, não quis sobrecarregá-lo com detalhes sinistros de uma história de quartel que não lhe diz respeito. Entendo que esse tipo de assunto não tenha o menor interesse para ele. Acontecia a mesma coisa comigo no passado. Assim que algum conhecido ameaçava evocar as memórias do serviço militar, eu tinha uma vontade irresistível de sair correndo.

O fato é que um garoto da minha companhia, natural das ilhas Canárias, se suicidou numa noite qualquer sem que ninguém soubesse o motivo, nem mesmo os soldados com quem tinha mais relação. Disseram que haviam lhe negado uma licença, que a namorada lhe contara numa carta que estava com outro. Mentiras, boatos, fofocas. Quando se matou, o canarino era *vovô*, no jargão do quartel, e eu, um *frango* que tinha chegado pouco antes do CIR, o Centro de Instrução de Recrutas nº 8 de Rabasa.

Daquele ano da minha juventude jogado fora, só me lembro com prazer do inverno ameno que tivemos. E foi justamente num sábado de inverno, antes do amanhecer, que o canarino, um garoto introvertido que estava a poucos meses de ter baixa, certamente sofreu um curto-circuito mental. Eu o conhecia pouco. Um dia, durante um descanso do nosso treinamento matinal numa localidade chamada Montaña Negra, ele me pediu um cigarro e eu lhe dei; outro dia, fui eu que pedi e ele me deu.

Também montei guarda na noite do suicídio dele, mas em turnos diferentes. Fui designado para o do meio da madrugada, de longe o pior turno de todos. O da meia-noite, também bastante pesado, ou o mais perto do amanhecer nos permitiam ao menos tirar uma boa soneca, sem interrupção, no banco comprido que chegava quase até a entrada das masmorras. Eu gostava mais dos plantões diurnos (não incluo os de fim de semana, equivalentes a castigos) do que do treinamento, e tinha meus motivos, porque passava o tempo lendo na guarita. Além disso, era mais fácil esconder a brasa do cigarro à luz do sol. À noite era preciso tomar certas precauções.

Naquela noite de sexta para sábado, fiz a vigilância noturna na única guarita que não dava para fora do quartel, a do paiol. O céu estava estrelado, e fumei vários cigarros que me serenaram. E quando já estava de volta na guarita, morrendo de sono, soou no silêncio da noite uma detonação, um som solto, amortecido pela distância, que na hora não alarmou ninguém porque ninguém o identificou como um tiro. Mas parece que o oficial de plantão, algum tempo depois, estranhou que o sentinela da guarita que dava para a rodovia não atendia ao telefone em sua ronda habitual de ligações.

Felizmente não me mandaram remover o corpo do canarino junto com outros soldados. Ouvi um dos que o tiraram da guarita dizer que o rosto estava despedaçado. E vi o fuzil com que o canarino se matou. O dia já estava começando a clarear quando o sargento, "Vamos lá, você e você", me mandou junto com outro soldado e um cabo limpar as paredes da guarita com uns panos e dois baldes de água. Meus companheiros, um por ser veterano e o outro por causa dos galões, tiraram o corpo fora, e eu, por ser novato, tive que subir sozinho naquele apertado cubículo de tijolo e executar a ingrata tarefa sem luvas ou qualquer outro tipo de proteção.

Depois de tantos anos, a imagem que me vem à memória ainda me revira o estômago. Tive raiva daquele canarino desgraçado até o último dia do meu serviço militar. Ele podia ter estourado a cabeça em outro lugar; sei lá, em Montaña Negra ou embaixo da guarita, entre os pinheiros.

20

Liguei para o Telefone da Esperança por curiosidade, quem sabe por morbidez também. Patamanca me deu o número ontem. Diz que apelou para ele uma vez, logo depois de ter alta do hospital. A volta para casa sem um pé, a condenação a usar uma prótese, a limitação na mobilidade, as dores ou o medo de perder o emprego eram para ele uma humilhação de enormes proporções. Uma noite, sentiu que a solidão o sufocava mais do que o normal. Acho que posso imaginar o que ele quis dizer, mas não tenho certeza. Um turbilhão de emoções negativas se desencadeou em sua mente, agravado pela consciência de valer muito menos do que antes da sua desgraça, de não valer realmente nada. Um homem incompleto numa sociedade impiedosa. Incompleto para sempre. Teve um ataque e começou a bater com as muletas, de madrugada, nos móveis e nas paredes de casa. Um vizinho ameaçou chamar a polícia. Pata imagina que pode ter acontecido a mesma coisa com o canarino do meu quartel, com a diferença de que meu amigo, em vez de usar um fuzil, ligou para o Telefone da Esperança. Uma enfermeira havia lhe dado o número escrito num papel, "por via das dúvidas", durante a internação no hospital.

Meu amigo achou agradável a voz feminina do outro lado da linha, também o tom sério e ao mesmo tempo cordial, e a disponibilidade de escuta da interlocutora. A mulher se absteve o tempo todo de dar conselhos a Patamanca, e muito menos lições, e, depois de uma conversa nada breve, intimou-o a lhe telefonar de novo no dia seguinte, em determinado horário, para começar alguma ação concreta que o ajudasse. Perguntou se ele tinha soníferos à mão. Tinha. A mulher então lhe pediu que tomasse um comprimido sem perder tempo. Meu amigo tomou, adormeceu na mesma hora e, no dia seguinte, não ligou para o Telefone da Esperança como havia prometido; primeiro, afirma, porque na verdade já estava em tratamento psiquiátrico naquela época, e segundo, porque achava que já superara os maus bocados.

Esta tarde telefonei para lá com pouca convicção. Não domino a técnica de fingir desespero. Tinha certeza de que a pessoa que me atendesse me tomaria por um engraçadinho, alguém que liga para se divertir fingindo estar numa situação-limite. Para mim era uma espécie de ensaio; uma encenação sincera, mas sem dúvida prematura, e por isso mesmo injustificada.

O telefone tocou por muito tempo sem que ninguém se dignasse a atender. Dez minutos depois, fiz uma segunda tentativa. Nada. Saí com Pepa para dar uma caminhada pela vizinhança e, na volta, liguei novamente para o Telefone da Esperança. "Resolvi me matar no ano que vem." O cara, do outro lado da linha, pigarreou várias vezes, como se quisesse tossir, mas algo entalado na garganta dele não deixasse. "O que você disse?" Os fumantes inveterados falam assim. Sua voz áspera arranhou meus tímpanos. Era como se meu interlocutor estivesse mastigando uns grãos crocantes de café enquanto falava, de forma que não tive outra saída senão desligar logo no começo da conversa. *Isso não é para mim*, pensei.

21

Estou cansado da frequência com que aparece nas nossas conversas a questão do suicídio. Mesmo sabendo que não gosto, Patamanca insiste. Não é por excesso de desconfiança, mas às vezes tenho a impressão de que meu amigo emprega uma astúcia sutil para caricaturar o que ele chama de morte voluntária, transformando-a em paródia aos meus olhos com bastante discrição, hoje um pouco, amanhã mais um pouco, com o propósito oculto de me dissuadir da minha decisão. Já disse a ele uma vez (e me arrependo) que não quero um desenlace de comédia para minha vida.

Quando surge um novo caso, sei que de tarde Patamanca vai aparecer no bar do Alfonso com mais informações, recortes de jornal e o que quer que tenha. Sentados no canto de sempre, à nossa mesa, ele pega imediatamente alguma parte do jornal e começa a ler com deleite matérias que quase sempre têm trechos sublinhados, prova de que se dedicou ao assunto antes de chegar ao bar. Ou melhor, se deliciou com o assunto. Não adianta nada dizer a ele que já estou a par da notícia.

Seus comentários entusiasmados me irritam quase tanto quanto sua falta de modéstia ao se proclamar especialista no assunto. Discutir com ele? Ideia inútil. Lembrá-lo de que conversamos recentemente sobre a mesma coisa? Esforço à toa. Diante da mais leve objeção ou censura que eu lhe faça, Pata se defende alegando que não fala nesse assunto por causa da minha condição de futuro suicida, mas, sim, por causa do meu ofício de professor de filosofia. Enumera argumentos, porcentagens, dados e citações para mostrar que veio ao colóquio armado de ciência, e não é raro que em algum momento do diálogo me solte, como um fumante que exala deliciado uma baforada de fumaça, a famosa frase de Albert Camus: "Só existe um problema filosófico realmente sério: o suicídio."

Essa afirmação, refutável de todos os pontos de vista, sempre me pareceu, desde a primeira vez que a li, uma ideia gratuita. Não me resigno a ver na vida um simples conceito, nem uma pergunta fundamental, nem nada parecido. Para mim e para muita gente, viver pode ser qualquer coisa menos uma tarefa filosófica. Era só o que faltava: suicidar-se porque as partes de um silogismo não se encaixam!

Posso jurar que comecei a gostar mais da vida desde que sei que tenho nas mãos a alavanca para finalizá-la. Por essa razão, os momentos triviais acabaram para mim. Qualquer coisa que eu faça hoje tem um ar estimulante de despedida. De repente, tudo faz sentido (sim, Patamanca; sim, Camus), pois tudo acontece em relação a um ponto exato de referência. Agora, sim, agora é que acho realmente que a vida (os sete meses que me restam) merece ser vivida. A certeza do suicídio a torna apetecível, talvez porque, depois de experimentar o doce sabor da aceitação e da serenidade, eu me sinta liberto do que chamam de sentimento trágico da existência. Não tenho mais amarras. Nem as ideias, nem as coisas me prendem. O mundo seria, não sei se mais bonito, mas com certeza mais pacífico se todos soubessem desde a infância a hora exata da sua última inspiração de oxigênio.

Não existe fraude ética maior do que a negação da morte. Aumenta a cada dia a minha convicção de que a ilusão da imortalidade é a base das piores tragédias coletivas. Viver em função de uma ideia, que horror, mas um horror capaz de proporcionar consolo. Sacrificar outros seres humanos para fazer avançar uma ideia e se perpetuar nela, que coisa nojenta. Uma boa leitura, uma lambida afetuosa da minha cachorra, a visão de uns andorinhões à luz do entardecer, isso me basta. E depois tudo acaba, da mesma forma que o dia acaba e pronto. Para que complicar as coisas?

22

Hoje começaram as últimas férias de Natal da minha vida. Passei o dia fugindo de alguma coisa, e até o fim da tarde não sabia de quê.

Pela manhã, enquanto fazia uma nova seleção de objetos com a ideia de espalhá-los pela cidade, liguei a televisão em volume alto. Sem prestar muita atenção, passei horas ouvindo as vozes das crianças que cantam os números sorteados da loteria.

A sequência de números do sorteio da loteria extraordinária de Natal terminava em 7. Mais tarde, no noticiário das três, vi imagens de alguns dos sortudos encenando toda a felicidade diante das câmeras. Põem um microfone na frente deles. Não há um que pronuncie uma frase correta. Não dizem nada de interessante, original, que provoque reflexão. Tudo neles é uniformemente elementar e simiesco. Ficavam pulando de júbilo à porta da administração das lotéricas, sacudiam as garrafas de espumante antes de abrir, alguns bebiam direto do gargalo, dando a entender que o dinheiro que ganharam por acaso os eximia de se portar com bons modos e elegância, talvez convencidos de que boa educação é coisa de infelizes ou pobres.

Eu nasci e passei a vida num país vulgar.

Um país que maltrata a palavra.

Ainda bem que não choveu. Fiquei perambulando sem rumo pelas ruas, com Pepa e minha mala de viajante que não viaja, deixando um prato aqui, uma xícara ou um copo ali. Assim me desfiz de parte da minha louça, que, aliás, nunca foi numerosa. E cada objeto que abandono faz crescer em mim a sensação de que se aproxima o momento em que vou começar a flutuar acima do solo.

Na rua, puxei conversa com vários desconhecidos. Impingi uma análise seríssima da iluminação de Natal a uma vendedora de castanhas que trabalha na Manuel Becerra, esquina com a Ramón de la Cruz, enquanto a boa senhora me servia em silêncio, com suas luvas enegrecidas, um cone de castanha assada. E pouco depois resolvi zombar de vários transeuntes, pedindo que me dissessem como chegar a um prédio comercial que só existia na minha imaginação. Por que estou fazendo essas coisas?

Talvez Patamanca, que é um verdadeiro sabichão, pudesse me explicar, mas hoje, como ele está preparando sua viagem ao México, não o vi.

Quando cheguei em casa e fui correndo ligar o rádio, por volta das oito da noite, percebi de repente que tinha passado o dia todo fugindo do silêncio. As férias escolares mal começaram e já sinto uma falta dolorosa da agitação do colégio. Sentir falta das bobagens dos colegas na sala dos professores e da gritaria insuportável dos alunos, quem diria. Com a vontade que eu tinha de vê-los pelas costas!

Enfim entendi por que vou continuar dando minhas aulas até o último dia do ano letivo, embora nada me impeça de ficar em casa e abrir mão de um salário de que não necessito, porque com minhas economias no banco posso passar os meses que me restam de vida sem apertos.

Releio sob um silêncio esmagador as linhas que escrevi ontem à noite. Vejo que mudei de ideia, que hoje penso o contrário.

23

Leio outro bilhete do maço. É de uma brutalidade refinada, ultrajante até dizer chega, e por isso não pude deixar de sorrir quando o vi. A intenção é tão óbvia e a redação, tão grosseira, que não foi difícil desvincular da minha pessoa as afirmações do texto, como acontece quando alguém é chamado de filho da puta e tanto o agressor quanto o ofendido ou as possíveis testemunhas sabem que a injúria pretende qualquer coisa, menos definir a profissão de uma mãe.

Guardei o quadrado de papel para não deixar a coleção incompleta. Diz assim: "A mulher se manda de férias com a amante e, enquanto as duas curtem a vida, bolinam uma à outra e chafurdam no tapete de um hotel como gatas no cio, você cuida do filho, da cachorrinha e da casa, limpa, cozinha, faz as compras e ainda por cima vai trabalhar. É um babaca de marca maior. Faz por merecer."

24

Tínhamos conversado um tempo atrás sobre o assunto e, como não confio muito nele, ainda o lembrei várias vezes por telefone. "Não esquece que vamos visitar a vovó na véspera de Natal." Fiquei satisfeito ao ver que em nenhuma dessas conversas ele resistiu ou tentou tirar o corpo fora com algum pretexto, mas esta manhã temi o pior quando vi que passavam dez, quinze, vinte minutos da hora combinada e ele não aparecia.

Nikita não é mais criança, já tem vinte e cinco anos. Eu deveria ter mais confiança nele, compensando, assim, a baixa consideração intelectual que me inspira.

Mesmo atrasado, ele afinal apareceu com seu andar desengonçado, o rosto inchado e aquela tez pálida de sempre, como se estivesse doente, não dormisse o necessário e lhe faltassem vitaminas. Não lê livros, não aprende um ofício, não pratica nenhum esporte. Na minha juventude, esse tipo de rapaz levaria uma boa sacudida nos quartéis. O serviço militar obrigatório foi abolido na Espanha, mas muitas vezes, como aconteceu no nosso caso, sem um pai exemplar em casa não há outra maneira de ensinar pontualidade, disciplina, ordem, obediência, espírito de superação, força de caráter... hombridade. Todos eles sofrem de cansaço crônico, se empanturram de açúcar e carboidratos, são lentos. Eu trabalho com adolescentes. Sei do que estou falando.

"E aí, coroa?"

Meu filho.

Chega vinte e cinco minutos atrasado e não se justifica, mas pelo menos chega. Depois de dar um soquinho amistoso no meu peito, como se eu fosse um dos seus cupinchas, Nikita me aperta num abraço de rapagão corpulento. Constato que numa luta corpo a corpo ele me venceria sem dificuldade. Cheira a limpo. Imagino que tomou banho há pouco tempo e, por um momento, me agrada pensar que foi esse o motivo do atraso.

Cheio de orgulho, ele vem me mostrar o braço direito, tatuado do pulso até quase o ombro com diversas imagens, nenhuma das quais, felizmente, é um símbolo político. Eu elogio. O que mais posso fazer? E minto: "Seu braço ficou muito maneiro." Na verdade, o braço tem um aspecto horrível. Parece queimado com uma substância azul corrosiva. Pergunto pela suástica nas costas com uma severidade imposta. Ele se vira e, com um súbito entusiasmo, levanta a roupa para me mostrar que cobriu a suástica há um mês e mandou tatuar novos desenhos por cima e em volta. Sim, é verdade, a suástica não é mais perceptível em meio àquele borrão de ornamentos florais. Vejo uns pontos vermelhos na altura dos rins, mas presumo que sejam espinhas estouradas e não digo nada. Ele me conta que a mãe pagou o remendo nas costas e lhe deu cem euros como recompensa, dizendo-lhe, com a óbvia intenção de me comprometer, que "talvez seu pai também lhe dê algo". Eu me limito a aprovar a atitude da mãe. Quanto ao dinheiro, "vamos falar disso mais tarde".

Antecipando o panorama desalentador que nos esperava no asilo, no caminho prometi a Nikita que não íamos ficar muito tempo. Senti uma onda de emoção ao vê-lo abraçar a avó. Não esperava por isso. Pensava que tinha ido de má vontade, só para cumprir o compromisso e estimular minha generosidade ao se fazer de bonzinho. Muito maior do que mamãe, quando Nikita se curvou sobre ela, coberta até o pescoço, ele parecia um enorme polvo enrolando seus tentáculos em volta de uma presa. Mamãe, naturalmente, não o reconheceu. Nem a ele, nem a mim. Hoje a achei mais apática do que nunca, incapaz de se levantar da cama ou estabelecer qualquer tipo de comunicação conosco. Baba constantemente, e começaram a alimentá-la por sonda. Fiquei comovido ao ver Nikita sentado ao lado dela dizendo frases gentis, até mesmo carinhosas, e lhe contando detalhes das suas aventuras atuais, por mais que mamãe não consiga entender o que ele diz. Eu tinha previsto que o garoto, por puro nojo, ficaria a uma distância cautelosa da cama.

Depois de um tempo, Nikita me fez um sinal para indicar que já estava cansado da visita. Deu um beijo na testa da avó, depois eu fiz o mesmo, e no vão da porta ainda nos despedimos dela, fingindo estar alegres e relaxados. Mamãe não tirou os olhos do teto nem por um segundo.

Enquanto íamos para o estacionamento, Nikita, que esta manhã parecia um primor de afeto e bondade, percebeu que não tínhamos trazido nenhum presente para a avó. Para aplacar seu remorso, eu lhe disse que não era preciso, que ela não se dá conta. Dentro do carro, ele me expôs abertamente o seu ditame.

"Acho que ela não chega até a primavera."

"De onde você tirou isso?"

"Meu nariz não me engana. Vovó tem cheiro de morte."

Aproveito um sinal vermelho para observá-lo. *Talvez este palerma esteja certo*, penso. Ele está com um alargador de plástico preto em cada orelha. Quando os tirar, ficará um buraco em cada lóbulo onde vai caber facilmente um dedo. Finjo que não chamam minha atenção, como se fossem a coisa mais natural do mundo.

25

Do asilo, já quase uma da tarde, vamos diretamente para o meu apartamento. Tínhamos combinado pelo telefone no dia anterior, o que me permitiu esconder Tina no armário a tempo. Nikita e eu íamos almoçar juntos neste que provavelmente é o nosso último encontro do ano. Eu o levaria de bom grado a um restaurante, mas, como agora trabalha como ajudante de cozinha (e do que mais mandarem) num bar, fez questão de me mostrar sua perícia no manejo de panelas e frigideiras, e para isso me encarregou de comprar alguns ingredientes. Não vou esconder que essa necessidade imperiosa de obter minha aprovação me despertou um sentimento de ternura. Eu estava disposto a elogiar o que quer que ele fizesse. Qualificaria de deliciosa sem hesitar qualquer porcaria que me servisse.

Não quero zombar do meu filho. Ele fez um esforço, isso é o que importa, e depois de algum tempo sem nos vermos sua companhia me fez muito bem. O fato de ter exagerado no vinagre não me impediu de mandar para o estômago minha porção da salada. O macarrão com molho de tomate industrializado, mexilhões em lata, queijo ralado e manjericão picado estava insosso, mas comível. O filé à milanesa com pimentão frito, sem dúvida o teste mais difícil do cardápio, foi o prato em que se saiu melhor, e, quando lhe disse isso, meu filho ficou muito satisfeito. Elogiei-o várias vezes, sem conseguir tirar os olhos da folhinha de carvalho tatuada em sua testa. E em determinado momento estive por um triz de abraçá-lo pela pena que me inspirava, mas também grato por ter dedicado algumas horas da sua vida a mim.

Ele me contou várias peripécias que ocorreram no trabalho, algumas em relação à falta de higiene na cozinha do bar, na qual não é incomum, diz, ouvir os estalos das baratas esmagadas pelos sapatos do pessoal que por lá circula. Parecia tão evidente seu desejo de me fazer rir que preferi não lhe dizer que suas histórias estavam tirando meu apetite. Não via a menor graça em baratas nem nas outras coisas nojentas que ele contou, mas, para não contrariar sua expectativa de me alegrar, me esforcei em escutar suas palavras com um sorriso nos lábios.

Perguntei quanto ele ganha. Muito pouco, como eu já desconfiava. Pelo menos, observei, "você tem uma fonte de renda e um trabalho". O expediente também não é para soltar foguetes. Ele sabe que o dono o explora, mas não liga, porque na ocupação não tem despesas de aluguel, luz ou água (toma banho na casa de uns estudantes), e está até economizando para abrir seu próprio bar com o pessoal do apartamento. E quando me explicou que todos eles juntavam numa caixinha comum parte dos respectivos honorários, perguntei se os amigos eram de confiança.

"Claro que são."

Também lhe indaguei sobre os planos para o futuro. "Trabalhar e curtir a vida." Sobre a mãe, se a vê com frequência. Disse que é estranho, que eu lhe faço as mesmas perguntas que ela; quis saber por que Amalia e eu não nos encontramos e conversamos diretamente, sem precisar usá-lo como pombo-correio. Pedi desculpa. Ultimamente ele a tem visto mais por causa da tatuagem nas costas, mas em geral a vê muito pouco. E sua outra avó? "Essa, nada. Nem sei se ainda está viva."

Antes de sair, ficou um bom tempo rolando no chão do corredor com Pepa, a quem mal prestara atenção até então. Voltando à infância, simulou uma briga com a cachorra. Puxava as pernas, o rabo, depois a apertava contra o peito ou sacudia a cabeça dela. Pepa entrava na brincadeira com entusiasmo. Eufórica, contra-atacava com lambidas veementes e mordidas falsas.

Era justamente esse momento que eu estava esperando desde aquela manhã para perguntar a Nikita se no verão ele poderia me fazer o favor de cuidar de Pepa, por volta do dia 1º de agosto, durante um período em que eu planejava me ausentar. Vi no seu rosto que essa ideia lhe provocava o oposto de entusiasmo. Disse que não podia me responder no momento porque talvez também tire férias. Depende de quando o dono decida fechar as portas. Além do mais, teria que consultar os colegas. "Não posso levar sem mais nem menos um bicho tão grande para o apartamento. Sem falar que não dá para saber se até lá a polícia vai ter nos expulsado."

Pouco depois, já com a porta aberta, me abraçou, ou melhor, me amassou numa despedida que teve o complemento adicional de uns tapinhas nas costas. Depois, desceu a escada às pressas, pulando os degraus de dois em dois e de três em três. Nisso, não mudou. Fiquei na dúvida se aquela súbita efusividade se devia a um afeto verdadeiro ou às quatro notas de cinquenta euros que lhe dei para alegrar seu dia pouco antes de se despedir.

Ou talvez fosse apenas por pena de mim, tanta quanto eu sinto dele, ou ainda mais.

26

Se eu fosse um pouco mais desconfiado, um comentário da cuidadora colombiana na casa de mamãe poderia ter me alertado. O fato é que dei às palavras dela a mesma importância que daria se fossem sobre detalhes meteorológicos ou problemas do tráfego urbano. Com certeza pensei que era uma das tantas bobagens que os seres humanos costumam dizer quando jogam conversa fora. Essa interpretação errônea me deixou por algumas semanas na ignorância de um problema grave que não pude resolver até que meu irmão, num tom mais do que desagradável, entre o irônico e o incriminatório, sabendo que eu estava numa posição vergonhosa, me comunicasse pelo telefone o que estava acontecendo.

A colombiana elogiou Nikita pelo carinho que, segundo ela, dedicava à avó e pela assiduidade com que a visitava. Assiduidade? Pois é. Por diversas vezes, quando ela chegava na casa, encontrava o garoto fazendo companhia à senhora minha mãe e, "sempre dizendo que não queria me atrapalhar", se despedia logo depois, "por mais que esta humilde servidora não visse necessidade de que ele fosse embora".

À primeira vista, pode parecer surpreendente que um garoto quase sem empatia de repente revelasse uma ligação tão intensa com a avó, quando pouco tempo antes eu quase precisava arrastá-lo para a casa dela e, uma vez lá, não se preocupava em disfarçar seu desprazer com aquela visita nem a vontade que tinha de ir embora. Na infância era diferente. Naquela época tinha o estímulo de um dinheiro que, a partir de certa altura, por esquecimento, por perda das faculdades mentais ou pelo motivo que fosse, mamãe parou de lhe dar, ao menos de forma regular.

Agora as circunstâncias eram outras. Era razoável pensar que Nikita fosse movido por uma repentina necessidade de receber — ou até mesmo dar — afeto, pois os pais tinham acabado de se divorciar e provavelmente aquele anjinho estava passando por um momento difícil. Talvez tivesse encontrado algum tipo de compensação emocional na companhia da avó. Como saber, se não morávamos mais juntos e Nikita, desconfio de que adestrado pela mãe, quase não se abria comigo no tempo reduzido que a decisão judicial me autorizava a passar com ele? Naturalmente, era um pouco estranho que ele, que apenas poucos meses antes relutava em visitar a avó, agora, de repente, volta e meia aparecesse sozinho na casa dela. Aquilo não era normal, mas o que podia ser qualificado como normal naquela época para um adolescente de quinze anos que tinha testemunhado de perto o colapso da própria família?

Então recebo o telefonema de Raúl. Eu estava no meu novo apartamento em La Guindalera, corrigindo uma pilha martirizante de provas em meio às caixas da mudança ainda sem abrir, quando meu irmão me liga. Noto um prazer maligno no timbre da sua voz. As minhas desgraças e os meus fracassos parecem reafirmar sua convicção de que toda a sua vida, ao contrário da minha, consiste numa sucessão ininterrupta de decisões corretas. Melosamente, se finge de preocupado. Não faz acusações contra mim e, no entanto, não profere uma única palavra que não sirva para me acusar. De quê? Não é difícil imaginar: de negligência nas responsabilidades paternas, de péssimo educador, de homem incapaz de manter uma família perfeita como a dele; resumindo, de não considerar que ele e a esposa são exemplos de como se deve criar os filhos, amá-los, fazer com que se tornem pessoas de bem e todas essas coisas. Enquanto o escuto, tenho vontade de passar duas horas seguidas vomitando na cara dele.

Por intermédio de Raúl, descubro o motivo de tanta visita e de tanto carinho do meu filho para com a avó nos últimos tempos. Meu irmão, ao telefone, usa diversos eufemismos, e todos apontam para uma palavra que ele não pronuncia, mas na qual aquele velhaco me obriga a pensar: roubo. Quer dizer, Nikita ia várias vezes por semana à casa da avó para pegar dinheiro na bolsa dela, além de peças, sabe-se lá quais e quantas, na caixa de joias e, enfim, qualquer objeto encontrado nas gavetas que pudesse depois trocar ou vender. Quando o malfeito foi descoberto, fui interrogá-lo fingindo severidade, mas sem a menor intenção de lhe aplicar alguma punição. Agora que só podia ficar com ele nos dias determinados pela decisão judicial, a última coisa que eu queria fazer era correr o risco de que se recusasse a me ver, com o consequente regozijo da mãe. Poucas vezes tive uma vontade tão grande de quebrar a cara do meu filho. Mas, como sempre, me contive, só que dessa vez, além dos motivos habituais, eu queria evitar uma denúncia.

As explicações gaguejantes de Nikita não me deixaram dúvidas. O garoto apostava que a avó já estava completamente fora do ar. Em sua lógica peculiar, ele não se sentia um ladrão, já que a dona original do seu butim não tinha conhecimento do roubo — o que não era verdade, como depois se soube — nem poderia fazer uso do que era roubado devido à sua deterioração mental. Para Nikita, era como se a avó já houvesse morrido ou virado um vegetal, e tudo que ele vinha pilhando nas sucessivas visitas estivesse espalhado pela casa dela à espera de alguém que tirasse algum proveito. O idiota não sabia que a avó ainda tinha lampejos de lucidez. O fato de não entender muitas coisas ou não lembrar não significava ainda uma perda absoluta do entendimento. E, contudo, deve-se reconhecer que meu filho também não estava completamente errado.

Seja como for, uma luz se acendeu, uma luzinha, uma faísca levemente iluminadora no cérebro de mamãe quando viu Nikita meter a mão na sua bolsa. Assim que se viu sozinha, confirmou o desaparecimento de algumas notas. Na mesma hora relacionou com seu neto querido, que tanta devoção lhe demonstrava — e não com a cuidadora colombiana, de quem tinha suspeitado injustamente —, a falta de outras quantias em dinheiro e de certos objetos nos dias anteriores. Como seu entendimento ora se iluminava, ora se nublava, ela achou que Nikita era filho de Raúl, e contou sua descoberta ao meu irmão, mais triste do que zangada. Meu irmão viu uma parte de sua herança em perigo e me telefonou imediatamente. Definimos um valor em dinheiro que eu devolveria em nome do meu filho. Também me comprometi a tentar descobrir o paradeiro dos supostos objetos que ele tinha levado.

27

Durante anos anotei num Moleskine de capa preta, um presente de Amalia de quando ainda não nos odiávamos, citações tiradas de livros, e não apenas dos de filosofia. Eu as selecionava e copiava quando me pareciam, se não convincentes, pelo menos interessantes. Como não me considerava capaz de desenvolver um pensamento filosófico coerente, coletei ideias soltas nas obras dos grandes autores como se estivesse confeccionando uma roupa intelectual feita de retalhos. Essas citações foram de grande utilidade para mim, anos atrás, nas aulas do colégio, e também para atacar e me defender em todo tipo de debates, assim como para exibir cultura onde quer que houvesse oportunidade de brilhar. Um belo dia me esqueci de consultá-las, parei de inserir novas citações — e o caderno sumiu.

Esta manhã ele apareceu de surpresa, misturado ao lote de livros que eu tinha me proposto a deixar em algumas ruas de Vallecas, que ficam bastante longe da minha casa, é verdade, mas não está fazendo muito frio (onze graus) nem chovendo. Depois de folhear o caderno por algum tempo, decidi que não queria me separar dele por enquanto. Além disso, suponho que esse conjunto compacto de linhas manuscritas, difíceis de decifrar devido à minha caligrafia ruim e minúscula, não vai despertar o interesse de ninguém, e por isso me parece mais razoável, quando chegar a hora, jogá-lo direto no lixo.

Abro as páginas aleatoriamente antes de terminar o dia de hoje e ir para a cama. Leio a página 12: "Chamo de *moralidade* o desejo de fazer o bem que nasce da vida guiada pela razão", Baruch de Espinosa, *Ética demonstrada segundo a ordem geométrica*.

Aplaudo a tentativa de fundar uma ética objetiva, válida igualmente para todos em qualquer tempo ou lugar. Uma ética que não se contente com as migalhas que caem da mesa dos preceitos religiosos. Contudo, nem mesmo Espinosa, que na sua época foi tachado de blasfemo e expulso da sinagoga, concebe o homem separado de Deus, e isso me incomoda. Seria estúpido, porém, exigir um certificado de ateísmo de um europeu do século XVII, por mais racionalista que fosse e por mais que criticasse a própria ideia de Deus.

Deus é a principal razão pela qual o homem não atingiu a maturidade.

O homem, goste ou não, é um produto químico que está só. Eu estou sozinho, e existem estrelas, nebulosas e planetas. Nada disso vai me impedir de me comportar como um ser moral até o fim dos meus dias, nem que seja por um simples gesto de elegância. Ou por respeito à superfície poética do mundo. Ou pelo orgulho de alguém que, somando todas as suas ações, não espera punição ou ambiciona recompensa.

Corolário: vou cumprir rigorosamente minha cansativa tarefa docente; vou exercer meu direito de voto quando os cidadãos forem convocados às urnas, apesar de, no fundo, estar pouco ligando para quem vença; vou continuar a responder às saudações dos meus vizinhos; vou abraçar minha mãe quantas vezes puder, e também, o único amigo que tenho, minha cachorra e, talvez, meu filho; vou partir, sem barulho nem reclamações, na hora livremente escolhida por mim.

Apesar de ter percorrido centenas de vezes, de carro e a pé, aquele trecho da rua de Alcalá já na esquina com a Gran Vía, até o dia do casamento de Raúl eu nunca tinha percebido que havia uma igreja ali. Pelo visto, a fachada, encaixotada entre outras de linhas profanas, passa despercebida com facilidade.

Mamãe e eu pedimos ao taxista que nos deixasse um pouco mais à frente, porque não tínhamos a menor intenção de nos misturar com a família da noiva na entrada. Eles eram um monte de aragoneses vestidos com garbo para a ocasião (alguns, como soubemos depois, reclamaram de os noivos não se casarem em Zaragoza); do lado do noivo, éramos apenas mamãe, de vestido roxo e bolsa combinando, e eu.

"O que papai diria?" Quando mamãe e eu saímos de casa, alegres como se estivéssemos nos preparando para ir a um enterro, não consegui silenciar essa pergunta por mais tempo. Mamãe, com cara de resignação, me confessou que não tinha conseguido dormir a noite toda pensando a mesma coisa. Era difícil para ela esconder o desconforto, se bem que, por um filho, afirmou, "uma mãe faz qualquer coisa". Pelo visto eu era o principal motivo da preocupação dela, porque não tinha parado de enfileirar comentários sarcásticos desde o dia em que soubemos do feliz acontecimento. Nem percebi. Por um momento, na véspera, mamãe receou que eu fosse ignorar a cerimônia, como de fato queria fazer, e nesse caso ela teria que ir sozinha à Igreja de São José e depois à festa. Para acalmá-la, eu lhe disse mais ou menos o seguinte: "Não se preocupe. Eu não ligo para todo esse teatro. Vamos juntos, mas que aquele carola não espere que eu use gravata."

Soubemos por intermédio de alguns parentes de María Elena que Raúl estava nos procurando. Já tínhamos nos sentado na extremidade de um banco, entre desconhecidos, nem perto nem longe do altar. Ele entrou com cara de apressado pelo corredor central, com um terno cinza que ressaltava sua gordura, olhando para a esquerda e para a direita. Quando nos viu, fez sinal para que fôssemos nos sentar junto com os pais da noiva na primeira fila, e nós respondemos que sim, já vamos, mas não fomos, por respeito à memória de papai, que era um homem hostil a qualquer sentimento religioso.

Mamãe não tinha nada contra seu filho mais novo se casar cedo. "Cada qual escolhe o seu destino." Grandioso arroto filosófico que mereceria aparecer no meu Moleskine se eu não o considerasse uma tremenda falácia. Para mim, sinceramente, o destino de meu irmão pouco me importava, mas uma coisa era óbvia: desde que começou a namorar aquela garota tão gorda quanto ele, virou um verdadeiro papa-hóstias. Problema dele. O que não podíamos tolerar era que ficasse o tempo todo nos dando sermões, aspergindo sobre nós seu entusiasmo penetrante, como se tivesse a missão de nos livrar do nosso erro e nos converter à fé católica. E tudo isso, pensávamos, vinha dela, a primeira e única namorada que teve, a esposa para sempre, até que a morte os separe, persuadida da existência de Deus, da necessidade de Deus, e de que não há moral que não consista principalmente em servir a Deus.

O pombinho tinha vinte e dois anos, três a menos do que ela, quando fez uma reverência diante do padre. Vá por aí e por ali. Vá por lá e por acolá. E se levantou para receber a comunhão, com as mãos juntas sobre o colete inchado na barriga, em atitude de devoção. Será que fecharia os olhos para vivenciar melhor o êxtase místico? Não foi possível conferir, pois ele ficou de costas. Quando engoliu a hóstia, eu pensei: *Agora papai sai de trás de uma dessas colunas e dá um soco em você daqueles de deslocar a mandíbula.* Papai não apareceu, e Raúl, agora transformado em santo e em marido vitalício, voltou, de cabeça baixa, a se sentar na cadeira que ocupava em frente à escada, ao lado da sua branca noiva.

Sussurrei para mamãe: "Isso está acontecendo por vocês terem nos batizado."

Ela aproximou a boca do meu ouvido.

"E por fazermos um presépio todo Natal na cômoda do corredor."

Olhamos um para o outro, primeiro sérios, inquiridores, depois sorrindo, e tivemos que nos segurar para não soltar uma gargalhada no meio da cerimônia.

29

Antes do casamento eu só tinha visto uma vez a garota que, mais tarde, alguns meses depois, seria minha cunhada — tudo indica que para sempre, porque esses dois "serão pó, porém pó apaixonado": não os separa nem Deus com um machado.

Uma tarde mamãe me disse no tom moderado de quem constata um fato cotidiano: "Raúl vai se casar." Pensei que estava brincando; mesmo assim, como ninguém é imune à curiosidade, perguntei com quem. "Com aquela garota que ele nos apresentou no começo do ano." Tive que espremer um pouco a memória. Eu não me lembrava nem do nome dela. "A gorda?" E mamãe fez que sim, com uma cara de censura fingida.

Nunca havia chegado aos ouvidos dela, nem aos meus, a notícia de que meu irmão tivesse saído alguma vez com uma garota. Mamãe abaixou a voz para me confessar que já desconfiava fazia algum tempo de que Raulito "jogava no outro time", o que ela estava disposta a aceitar, porque filho é filho de qualquer maneira, e eu lhe disse que quando falasse com meu irmão o chamasse de Raúl, porque do contrário ele ia se zangar.

A conjectura de mamãe sobre meu irmão não me parecia correta. Acho que ela, impelida pelo instinto maternal, adornou o filho caçula com atributos que ele não tinha, preferindo lhe atribuir determinada inclinação sexual a abrir os olhos e ver o que todo mundo estava vendo. Porque a verdade é que um rapaz com aquela cara, aquele corpo, os ombros caídos, a voz esganiçada e uma insegurança e timidez capazes de amargurar a juventude de qualquer um não estava em condições de seduzir ninguém. Aposto que, quando Raúl contraiu matrimônio na igreja de São José, só conhecia a sexualidade manual. Meu irmão se casou para poder foder, não me venham com histórias, assim como ela casou para ser fodida, depois de um pacto entre dois seres pragmáticos plenamente conscientes de que sua falta de atrativos dificultava, se não impossibilitava, que encontrassem parceiros.

Desconfio que a Natureza, por cansaço ou por preguiça, às vezes não se esforça o suficiente e faz indivíduos de baixa qualidade juntando as peças defeituosas que sobraram dos outros. Seria o caso de Raúl e María Elena. A Natureza negou qualquer laivo de encanto físico aos dois, mas, em sua proverbial generosidade, ou simplesmente por remorsos, lhes deu cérebros, mais a ela do que a ele, e duas filhas modeladas com o que havia de menos feio em cada progenitor.

Tenho a impressão de que o catolicismo praticante da minha cunhada, assumido sem restrições pelo meu irmão, é de natureza utilitária. Os dois criaram uma empresa chamada família, instituição de quatro membros regida por critérios claramente definidos, um dos quais consiste na prática religiosa. Gente defensora da ordem, de um conservadorismo sem fissuras, previdente, avessa ao risco, econômica ao extremo e sem imaginação. Mas eles estão indo bem e, portanto, fazendo a coisa certa. Por esse lado, não merecem censura. Criaram raízes profundas no húmus social da classe média, cheiram a água-de-colônia, educaram as filhas em valores piedosos e escolas particulares, dirigem um carro que não se fabrica mais, e os imagino abençoando a comida que vão comer e meu irmão e minha cunhada transando num dia fixo, uma vez por semana, sempre na mesma posição, com camisinha comprada na promoção e lençóis limpos.

Nunca tive qualquer conflito com María Elena, e a conheço há trinta anos. Não me lembro de ter tido alguma conversa mais substancial com ela. O convívio, eu diria, tem sido correto até hoje, não isento de gestos pontuais de cordialidade. E não tenho a menor dúvida de que é a mulher certa para o meu irmão, além de boa pessoa. Mamãe, que nutria intensa antipatia por ela, também achava. Nunca vi meu irmão e minha cunhada brigarem. Ela sabe lidar com ele sem incorrer nas humilhações castradoras típicas das mulheres autoritárias, e se nota que os dois se entendem às mil maravilhas, em grande parte porque, quando ocorre qualquer divergência de pontos de vista, ele se apressa em adotar o dela, e vice-versa, como se os dois se submetessem a um código de convivência, feito de sutis sinais acústicos ou mímicos, que exige doses enormes de identificação mútua e que, leigo que sou na matéria, me passa completamente despercebido.

30

Ontem me esqueci de escrever, como conclusão, que Raúl e María Elena são felizes. Pelo menos da maneira que, suponho, concebem a felicidade, sem parar para refletir sobre ela. Um estado de gordura harmoniosa, concordes em qualquer atividade que desenvolvam e em todos os pensamentos, manias e convicções. Bertrand Russell (página 22 do Moleskine preto) deve ter pensado em pessoas como eles quando disse: "Para se ter uma vida feliz, portanto, é essencial uma certa capacidade de suportar o tédio."

O tédio, se não estou errado, é parte inerente do jeito da minha cunhada e do meu irmão, assim como da natureza da relação conjugal deles. Mas, sei lá, talvez eu esteja sendo vítima de uma ilusão. Quem sabe esses dois têm uma vida ótima se entediando o tempo todo e entediando a todos nós. A consequência disso, em qualquer caso, é a felicidade. Uma felicidade em fogo brando que eles mesmos não percebem. São felizes tanto quanto são gordos. Desfrutam a vida porque nada de empolgante lhes aconteceu desde que se conheceram, e isso para eles é uma ótima experiência. O que para os porcos é a lama em que chafurdam e rolam, para eles é a avareza. E se de repente um dos dois diz algo profundo, é por acaso. E se têm algum traço refinado, elegante, poético ou humorístico, é sem intenção ou consciência.

A felicidade deles me faz sofrer porque ilumina um vazio dentro de mim no lugar onde deveria estar, mas não está nem estará, a felicidade que eu nunca pude conhecer.

E para que me serviu ser infeliz? Para nada.

"Não creio que haja qualquer superioridade mental em ser infeliz." Este pensamento também vem de Bertrand Russell, *A conquista da felicidade*. Não anotei a página do livro.

31

Fui com Pepa até a rua Serrano ver a passagem dos participantes da San Silvestre Vallecana. A corrida internacional. A da aglomeração popular não me interessa. Ouvi no rádio que o vencedor foi um garoto de Uganda. Corpos esguios, pernas leves, juventude, e a convicção geral de que a vida segue numa direção e termina numa meta com possibilidade de triunfo e prêmios.

Como não tinha nada melhor para fazer e ninguém me esperava em lugar nenhum, fiquei na beira da calçada até que todos os corredores passassem. Alguns emitiam uns sons respiratórios esquisitos. Os que vêm por último são os que me despertam mais simpatia. *Esses são dos meus*, pensei, *os perdedores*.

Depois, tranquilamente, voltei para casa e jantei as lentilhas que tinham sobrado do almoço, um iogurte com sabor de modéstia e uma pontinha de torrone de gema. Meu solitário banquete de réveillon. Mandei uma mensagem a Nikita desejando um feliz Ano-Novo. O sacana levou mais de uma hora para responder. Comecei a pensar em coisas ruins e a sentir rancor. Finalmente respondeu: uma frase de seis palavras com cinco erros de ortografia e umas nanopartículas de afeto, que é o que importa, tudo isso coroado por uma fileira pueril de *emojis*.

Patamanca também me escreveu do México, bonachão, jocoso, para me desejar, que filho da mãe!, um "feliz Ano-Novo com suicídio" e contar, com palavras ditadas pela euforia, que o *noli me tangere* estava curado.

Raúl não me escreveu nem me telefonou. Eu não escrevi nem telefonei para ele. Zero a zero.

Amalia está morta para mim.

Visitei mamãe esta manhã e lhe dei um beijo.

Depois do jantar, me deu vontade de ir comer as uvas em algum lugar do Centro e me manchar de convívio humano roçando em corpos comemorativos, bêbados e desconhecidos, mas para quê? É em casa, vendo um programa de televisão feito por idiotas para idiotas enquanto Tina está numa posição provocante no sofá e Pepa se assusta com os fogos de artifício da rua, que eu fico melhor.

Não me falta um cacho de uvas na fruteira, mas, francamente, não tenho mais paciência para tradições. No entanto, não me privei de acompanhar pela televisão as badaladas de despedida de 2018. As badaladas e a multidão apertada e barulhenta na Porta do Sol me são totalmente indiferentes. Eu queria ter uma sensação de reencontro com papai ao ver na tela a fachada da Real Casa de Correios. "Agora vão mostrar a casa onde me torturaram." E penso que a esta altura o homem que o torturou ainda está vivo e talvez esta noite também tenha assistido à transmissão das badaladas sentado confortavelmente numa poltrona da sala, com a sua decrepitude e suas pantufas, sussurrando: "Foi aí que eu torturei." Ou talvez: "Como eu torturava bem aí! Na verdade, recebi condecorações até mesmo na democracia."

Às vezes me pergunto como eu agiria se o reconhecesse na rua. "Com licença. Foi o senhor que torturou meu pai?" Deve ser um velho facilmente esbofeteável, se bem que... com cuidado. Não me surpreenderia que ainda tivesse o hábito de levar uma pistola no bolso da capa.

De resto, o último ano da minha vida acabou de começar. "Oh, noite escura. Não espero mais nada." Na verdade, este verso de Vicente Aleixandre, um dos poucos que sei de cor, não posso aplicar a mim mesmo. Angustiante demais, intenso demais. Com o pulso sereno, deixo registrado por escrito que não haverá mais badaladas de Ano-Novo para mim. Finalmente papai vai parar de ser torturado.

Vou para a cama logo em seguida para ter comércio carnal com Tina, mas não antes de cumprir o ritual de formular um desejo piedoso para o novo ano. Milhões de pessoas em todo o planeta devem estar prometendo, neste momento, parar de fumar, ter hábitos alimentares mais saudáveis, perder peso e abrir mão de embalagens plásticas sempre que possível.

Meu projeto para 2019 é acabar com a minha vida na noite de 31 de julho para 1º de agosto, não sei ainda onde nem como. Quando chegar a hora, tomarei a decisão mais apropriada.

O que estará fazendo agora o ugandense que venceu a corrida?

Janeiro

1

Agora também. E esta manhã. E ontem. Na verdade, todos os dias, em algum momento, flagro Pepa me olhando fixamente. Li anos atrás numa revista de animais de estimação que, no caso dos cachorros, esse tipo de olhar pode muito bem ser uma expressão de amor.

Copio do Moleskine: "Quem nunca teve cachorro não sabe o que é amar e ser amado." A frase é de Arthur Schopenhauer. Uma bobagem, mas é bonita.

No silêncio da casa, os olhos de Pepa frequentemente irradiam um brilho inquietante. Tenho a impressão de adivinhar neles algo diferente de amor quando me examinam; sei lá, uma mistura de pena, frieza e censura. É como se a cachorra estivesse em dúvida, sem saber se devia continuar me acusando ou me absolver por piedade, depois de tantos anos de solidão compartilhada. Muitas vezes penso que ela se cala por interesse, sabendo que depende de mim para se alimentar e dormir numa cama macia, protegida das intempéries, mas que, no fundo da sua consciência canina, nunca me perdoou, e sua doçura e submissão não passam de um truque para me manter feliz e aumentar suas chances de sobrevivência.

Vou acabar tendo que lembrar por escrito (hoje não, estou cansado demais) um dos atos mais baixos da minha vida. O único atenuante que vislumbro para ele é o meu estado emocional na época. Eu tinha acabado de me divorciar, o que só em parte pode ser considerado um acontecimento infeliz. Para mim, o divórcio foi uma libertação, se bem que tolhida por uma sensação aguda de fracasso e, pior, pela certeza de ter desperdiçado tempo, entusiasmo e esforço numa empreitada falida.

O rompimento com Amalia me abalou. Eu só podia ver meu filho de quinze em quinze dias. A juíza me tratou como um animal perigoso, em consonância com a imagem que a advogada da minha ex-mulher pintou de mim o tempo todo. Tive que sair de casa com o mínimo — meus livros, minha roupa, Pepa e quase mais nada — e me instalar, depois de passar algumas semanas abrigado sob o teto de Patamanca, neste apartamento que hoje não posso deixar de ver como um prelúdio para o cemitério. Naquela época eu não tinha os objetos mais indispensáveis que existem em qualquer casa que se preze, e até que me trouxessem a cama — que não era a mais cara nem a mais barata da loja — tive que dormir várias noites no chão, deitado em cima de uma pilha de roupas. A única coisa que tinha em abundância eram livros, amontoados em sacos plásticos e caixas de papelão por toda parte. Eu estava sozinho, triste, desesperado, com uma forte tentação de acabar com tudo abruptamente. E em meio às ruínas da minha vida estava Pepa, tão desorientada quanto eu e também expulsa do lar, pois Amalia e Nikita não quiseram saber dela.

2

Sim, Pepa. Você era um estorvo para eles. Aliás, para nós. Ai, você era um estorvo para mim.

Ainda não tinha amanhecido quando descemos para a garagem. Dócil como sempre, você foi se aninhar no cobertor estendido no banco de trás. Parece alegre, lambendo o focinho. Aonde pensa que vai, que estamos indo?

Era domingo. Estava muito frio e quase não havia tráfego. E nas primeiras ruas desertas já liguei o rádio. Precisava de música e de vozes que me salvassem do assédio dos meus pensamentos, mas também da respiração arfante da cachorra, sempre nervosa quando viaja de carro. Eu não sabia para onde ir. Minha única intenção clara era sair da cidade e procurar alguma área arborizada na província.

Com as primeiras luzes da manhã, saí da estrada na altura de Torrelodones. Eu conhecia a região por causa das nossas excursões familiares no passado. Atravessei a aldeia de ponta a ponta e peguei a M-618 na direção de Colmenar Viejo, quase sem carros naquele horário. A última casa ficou para trás. O campo se espreguiçava, branco de geada. Não se via uma nuvem no azul cada vez mais intenso. Alguns resquícios de névoa ainda se apertavam nos recessos da paisagem. Sensação de solidão e limpeza. Exatamente o que eu estava procurando. Diminuí a velocidade. E Pepa, talvez dormindo, tinha parado de ofegar no banco de trás.

Depois de uma curva, vi uma brecha no muro de pedra que se estendia no lado esquerdo da estrada. Estacionei no início de um caminho, não muito longe de uma parte desse muro que tinha caído. Não se divisava uma alma viva, nem se ouvia, no frio severo daquelas primeiras horas da manhã, a algazarra de pássaros, cigarras e grilos tão habitual nas estações mais quentes. Em seguida, passou um carro. Depois o silêncio voltou. Pepa hesitou antes de pular para o chão de terra. Pelo visto achava preferível, dada a temperatura externa, continuar no calor do banco do carro. Pus a coleira nela. Passamos pela abertura do muro, pisando com cautela nas pedras espalhadas pela terra. Ambos soltávamos vapor pela boca. Tínhamos entrado, como caçadores furtivos, numa propriedade rica em mato e azinheiras. Subi a encosta com a cachorra ao meu lado até não ver mais a estrada, e quando, em meio à mata fechada, tive certeza de que ninguém estava olhando, amarrei-a com vários nós em uma moita.

Eu não quis, não pude, não ousei olhar nos olhos dela.

E voltei sem você, descendo a encosta com passos firmes. Só depois de me afastar um bom número de metros é que me virei para olhar, mais para ter certeza de que ainda estava onde a deixei amarrada do que para saber o que estava fazendo. Vi que você tinha se sentado tranquilamente sobre seus quartos traseiros, talvez esperando que eu a chamasse, quem sabe tentando adivinhar, com sua inteligência canina, o significado daquele jogo novo que não era jogo coisa alguma.

Já estava entrando de volta em Torrelodones quando me lembrei de repente do microchip que ia permitir à Guarda Civil localizar o dono do cachorro abandonado, talvez morto de sede ou de fome, o que poderia me custar uma multa e até um processo penal. Seria diferente se você tivesse ficado solta, porque nesse caso eu poderia alegar que havia fugido, como fez Amalia perto da represa de Valmayor — lembra? —, quando você ainda era uma cachorrinha jovem e cheia de energia. Então, virei no primeiro retorno, já dentro da cidade, e voltei a toda velocidade, estrada acima, até a passagem no muro. Você me recebeu abanando o rabo com alvoroço. E, quando se viu livre das amarras, ainda me deu umas lambidas frenéticas de gratidão. Estava tremendo, não sei se de frio ou por outra razão. Tarde da noite, no meu triste apartamento de divorciado, percebi pela primeira vez o sentido acusador do seu olhar, o mesmo que está cravando em mim agora, deitada no seu canto.

Foram dias ruins, Pepa. Acredite.

3

Esta frase também é de Arthur Schopenhauer: "O homem fez da Terra um inferno para os animais." Não está no meu Moleskine preto, nem precisa. É uma dessas frases que se cravam na memória para sempre. Desde a morte do filósofo, em 1860, até os nossos dias, a situação da biodiversidade terrestre não parou de piorar. As espécies se extinguem. Os polos derretem. Os mares são uma lixeira de plástico. As motosserras retumbam nas florestas tropicais ou, melhor dizendo, no que resta delas. O que mais? Fenômenos atmosféricos extremos são cada vez mais frequentes, como um provável prelúdio da lição que a natureza nos preparou.

No dia seguinte à minha tentativa de me livrar de Pepa, escrevi no quadro-negro a citação de Schopenhauer assim que entrei na sala, sem qualquer preâmbulo ou explicação, e sem sequer me dar o trabalho de dar bom-dia aos alunos. Fez-se um silêncio repentino. Eu deveria dedicar essa aula à origem da racionalidade, mas no último momento, subindo as escadas que levam para a sala, mudei de ideia. Tinha impressão de que a relação do ser humano com os animais poderia ser de maior interesse para os alunos. Não me enganei.

Pensando em estimulá-los, inventei a história de um sujeito que foi preso por agentes da Guarda Civil por abandonar seu cachorro num bosque da província de Ávila. Deixara o animal amarrado a uma árvore, numa área montanhosa, para evitar que voltasse para casa. A alusão a Ávila era um simples detalhe para reforçar a verossimilhança da patranha. Segundo o repórter, uns excursionistas viram a cena e foram correndo denunciar o dono do cachorro.

Pedi opiniões. Instantaneamente se levantaram várias mãos. Muitos alunos fizeram censuras ferrenhas ao abandono do animal. Não houve uma única voz dissonante. Nem sequer as gracinhas de sempre. Um aluno formulou a conclusão final chamando o dono do cachorro de malvado. Era um enorme prazer para mim ver os adolescentes reprovarem o comportamento de um homem que tinha feito a mesma coisa que eu. E não deixava de me admirar com quão fácil tinha sido me servir deles, da sua sinceridade e do seu senso estrito de justiça para me flagelar.

Depois, sugeri que se colocassem no lugar de juiz e dessem uma sentença ao acusado proporcional à culpa. Algumas punições eram de tal calibre, tão rigorosas, e até mesmo tão sádicas, que temi pelo futuro da nossa democracia quando a geração dos meus alunos assumisse as rédeas da sociedade. Em pé junto a uma das janelas, eu desfrutava a ideia de ser o destinatário de cada uma das punições, muitas das quais inaceitáveis pelo código penal de um Estado de direito.

O debate saiu do controle quando passou para a espinhosa questão das touradas, que eu não pretendia abordar. Surgiu de repente, na esteira de uma das muitas intervenções. Instantaneamente a turma se dividiu em duas frentes inconciliáveis, sendo mais numerosa a dos opositores aos espetáculos taurinos, porém mais exaltada e agressiva a dos defensores, formada exclusivamente por homens. Falavam todos ao mesmo tempo, alguns em tom exaltado. Houve acusações recíprocas e palavras ofensivas, e afinal tive que interromper e mandá-los abrir o livro na parte da lição que tínhamos começado a abordar na aula anterior.

Dias depois, a diretora me chamou em sua sala. Quando vi a cara dela, adivinhei que ia fazer qualquer coisa menos me parabenizar. "Sente-se", disse à guisa de saudação, sem me dar a honra do seu olhar. Os pais de um aluno tinham reclamado porque critiquei as touradas na minha aula. Não mencionou nenhum nome, nem do aluno, nem dos pais, mas me deu a entender que eram pessoas ilustres. Estaria insinuando que meu emprego corria risco?

"Gosto de tourada desde criança. Meu pai me pagou durante anos uma assinatura em Las Ventas."

Menti para me defender daquela senhora que não se acanhava em demonstrar o desprezo absoluto que eu lhe inspirava.

Minhas palavras não tiveram efeito algum sobre ela.

"Você está aqui para dar aula de filosofia, não para falar com os alunos sobre touradas. Pode ir, e que isso não se repita."

Aceitei a humilhação e saí da sala. Mais do que isso eu não podia oferecer a você, Pepa. Espero que entenda.

4

Já tenho a morte em casa. É branca. Patamanca a trouxe do México dentro de um saquinho plástico. Para entregar, ele me pediu que fosse à sua casa esta tarde. Tinha aterrissado na quarta-feira, ao amanhecer, mas esperou até hoje porque queria recuperar o sono acumulado na viagem. Só ele sabe qual é a parte desse cansaço que se deve às farras no outro lado do oceano.

"Um convite para morrer", disse ele, brincalhão, ainda com olheiras. E se recusou a me cobrar pelo produto. Em compensação, se permitiu detalhar suas férias com deleite. No fim, decidimos que fico lhe devendo um jantar. Na verdade, foi ele quem decidiu, eu só fiz assentir mecanicamente enquanto tentava aplacar o susto.

Patamanca também me deu de presente um pacote de caveirinhas de açúcar, e aproveitou para me impingir uma palestra sobre a relação particular dos mexicanos com os mortos. Voltou encantado do México, desejando, diz, morrer. Para mostrar que não está brincando, mostrou um saquinho parecido com o meu, com o mesmo conteúdo.

Impressionado, embora sentisse minha força de vontade firme nos últimos tempos, não pude fazer nada senão ouvir meu amigo em silêncio, lançando olhares contínuos para o lugar da mesa onde estavam as duas porções de um pozinho branco. Tive uma sensação de aperto — de horror? — no centro do peito com a proximidade material da morte. E eu que pensava que morrer era apenas uma operação filosófica, simplesmente um trâmite da passagem do ser para o não ser! No México, a morte é considerada um ato mais cotidiano e menos abstrato, a pessoa tira a carne da mesma forma que tira a roupa, fica só nos ossos.

Patamanca, apreciador e, segundo ele, especialista em decoração e ambientes funerários, visitou vários cemitérios, que no México são chamados de panteões. Trouxe um monte de fotos no celular. Algumas mostram os túmulos de pessoas famosas (Mario "Cantinflas" Moreno e gente desse tipo). Pensando em mim, tirou várias do túmulo do poeta Luis Cernuda. Empolgado, mostra imagens de um cemitério em Yucatán com os túmulos pintados de cores vivas: verde, roxo, vermelho etc., e outras, essas tiradas não sei onde, em que se veem duas mulheres tocando instrumentos de corda em frente ao túmulo de uma criança cheio de bichinhos de pelúcia e balões coloridos.

"Gente maravilhosa, os mexicanos. Negam a morte. Você morre, mas ainda está presente e vivo no túmulo. E sua mãe vai lá e canta para você."

"Talvez seja por isso que ocorrem tantos homicídios no México."

"Pensei a mesma coisa. Se quem morre também vive, que diferença faz matá-lo?"

Portanto, cianeto de potássio é, muito provavelmente, o nome da minha morte. Quando vi pela primeira vez o produto, fiquei nervoso. Agora, enquanto escrevo estas linhas à meia-noite, sinto uma calma agradável.

Patamanca, que aparentemente não confia em mim, já me advertiu várias vezes que não abra o saquinho antes do tempo, e muito menos meta o nariz lá dentro, pois parece que o pó, com aspecto de sal, emite um gás tóxico. Também me disse que não teve dificuldade para comprar, e se quisesse poderia ter adquirido uma quantidade maior. Era só marcar um encontro pelo telefone. Achou o preço aceitável antes mesmo de começar o regateio habitual. Prevendo que a alfândega ia revistar sua mala, escondeu os dois saquinhos, embrulhados em papel-alumínio, dentro de outro saco plástico, e este, por sua vez, dentro de um frasco de xampu. Passou pelo controle do aeroporto sem problemas.

Cansado de rolar na cama, acabei me levantando às quatro da madrugada disposto a mudar de lugar o saquinho de cianeto. Não conseguia pregar os olhos. Fiquei muito irritado por ter aceitado o presente letal de Patamanca. Eu não tinha pedido nem esperava aquilo. "Que surpresa, hein?" Disse isso com um ar pretensioso que me desagradou de maneira inimaginável. Por que tenho que aceitar que outra pessoa escolha como vou morrer? Não passei meses considerando o suicídio um ato de liberdade suprema? E a ideia de ser o senhor absoluto do meu último instante não me fazia gostar do meu olhar altivo no espelho?

"Não contei nada para você porque não tinha certeza de que o plano ia funcionar, mas já saí daqui com as devidas informações e dois números de telefone."

A interferência do meu amigo, que não posso acusar de mal-intencionado, não foi a única coisa que me roubou o sono. Também estava preocupado com a ideia de não ter escolhido um bom esconderijo para o negócio. Quando cheguei em casa, meu primeiro pensamento foi deixar o saquinho fora do alcance de Pepa. Por isso, coloquei na prateleira de cima da estante, sem pensar que um dia desses pretendo deixar os livros ali enfileirados em algum lugar da cidade, e então o cianeto vai ficar visível e terei que tocar de novo no envoltório, coisa que não me agrada, ou então vai cair no chão e quem sabe a cachorra, pensando que joguei uma guloseima para ela, resolva engolir o saquinho.

Na cama, fiquei com a sensação de que um bicho muito venenoso me rondava no escuro. Às quatro não aguentei mais a dolorosa vigília e acendi a luz. Primeiro mudei o saquinho de lugar. Mas também não fiquei satisfeito com a nova escolha. Continuei considerando as opções, até que, após uma busca rápida, encontrei uma solução aceitável. Colei o saquinho atrás da foto de papai pendurada na parede do corredor. Papai pode ter sido severo como poucos, mas está com um sorriso amável naquela foto em preto e branco que emoldurei anos atrás. Esta noite, sua expressão parecia me dizer: "Você fez bem, meu filho. Eu tomo conta do cianeto. Pode ficar tranquilo."

Pensamentos sombrios me inquietaram o dia todo. De repente, toca a campainha na minha imaginação. Que estranho. Não estava esperando visitas. Abro a porta. Meu filho. A princípio não o reconheço, porque está usando uma espécie de batina ou jelaba e a cara está pontilhada de folhas de carvalho tatuadas, iguais à original em sua testa, o que lhe faz parecer alguém com a pele marcada por uma doença horrível. Enquanto vou à cozinha pegar uma bebida que ele pediu, rouba meu saquinho de cianeto, convicto de que contém cocaína. Não sei como encontrou o esconderijo. De repente, antes de nem sequer tomar um gole da bebida, se despede dizendo que, como a Câmara dos Deputados está prestes a nomeá-lo presidente do governo da Espanha, tem que ir embora. Uma hora depois, ele e os colegas de apartamento cheiram o cianeto e morrem. De noite, um policial bate à minha porta e diz, às gargalhadas, que veio me dar uma má notícia.

Enquanto estou andando com Pepa pela Quinta de la Fuente del Berro, poucos metros antes do monumento a Bécquer me vem uma suspeita. E se Patamanca foi vítima de um golpe? E se os dois saquinhos que trouxe do México contiverem sal de cozinha, açúcar refinado ou alguma outra substância inofensiva do tipo? Para tirar a dúvida, não me ocorre outra opção senão provar o produto. "Bécquer, o que você acha?" O poeta, em cima do seu pedestal, não responde. Imagino a cara de bobo que Patamanca e eu faríamos se constatarmos que, depois de tomar o suposto cianeto na última noite do próximo mês de julho, o efeito esperado não ocorre. No semblante de Bécquer e nas três figuras de pedra que o acompanham, descubro um leve, levíssimo gesto de assentimento, ou talvez de compreensão, quando lhes sussurro que não tenho outra saída a não ser administrar uma dose daquele pó branco a algum ser vivo. Quem poderia servir de cobaia? O primeiro candidato que me vem à mente é o próprio Patamanca, seguido por Amalia, minha sogra, meu filho, a diretora do colégio... e até minha mãe.

Depois de considerar por muito tempo os prós e os contras de cada um dos possíveis colaboradores involuntários da experiência, resolvi testar o cianeto com Pepa, para não ter que sair de casa e porque ela dificilmente poderia me denunciar à polícia. Para isso, imagino que corto um pedaço do queijo galego que guardo na geladeira, faço uma incisão com a faca e, protegendo a mão com uma luva de látex, introduzo uma pitada de cianeto nesse buraco estreito. Ponho em prática esse procedimento toda vez que a cadela tem que tomar os comprimidos contra parasitas que a veterinária prescreve de vez em quando. Primeiro a engano com um pouco de queijo, que ela devora com avidez. Jogo os pedaços para cima, a cachorra os agarra no ar e engole tudo sem nem degustar antes. Vendo que está confiante, jogo depois o pedaço de queijo preparado com cianeto; ela o abocanha na hora, mas seu paladar, seu olfato ou seu instinto lhe mandam algum tipo de aviso e acaba cuspindo. Isso se repete várias vezes. Afinal, minha paciência se esgota. Então, imagino que abro as mandíbulas de Pepa sem fazer a menor cerimônia e a forço a ingerir o veneno. Ela não leva muito tempo para perder o equilíbrio, cair no chão e morrer de olhos abertos. Volto a colocar o saquinho com o resto do cianeto atrás da foto de papai. Sinto vontade de telefonar para Pata e lhe dizer que fez uma boa compra.

6

No meio da manhã, Nikita veio buscar seu presente. Sonolento, sem garbo nem vitalidade, entra no meu apartamento e eu o provoco.
"Mas hoje é Dia de Reis? Ah, não sabia."
Ele só vem pelo que lhe interessa, nem me dá um abraço. Em proporção ao corpo, hoje a cabeça dele me parece pequena, mas talvez eu esteja sendo vítima de uma ilusão de ótica. Em outras ocasiões acontece o contrário: tenho a impressão de que o pobre garoto anda pela vida com uma cabeça enorme em cima de uns ombros tão estreitos que quase não a sustentam.

Nikita me traz uma sacola com vários artigos de farmácia fazendo as vezes de presente, e não espera minha reação, ignora meu agradecimento e vai direto para o quarto, onde supostamente os Reis Magos devem ter se lembrado de deixar uma surpresa para ele. Assim que entra, olha para a frente e para trás, ignorando Pepa, que parece implorar, em vão, por um cafuné. Talvez Nikita espere encontrar uma instalação como a que imagino que sua mãe deve ter feito em casa, com pacotes embrulhados em papel colorido, cada um com um laço primoroso e um toque ostensivo de ternura materna, mas ele já sabe que eu não tenho jeito para essas cerimônias de presentes. Não sei do que ele gosta, do que precisa, o que quer, nem sequer quais são suas medidas. E, além de não saber, não me interessa. Prefiro o método mais seguro: dar a ele dinheiro vivo para que compre depois o presente que preferir.

De repente me pede, com uma precipitação ingênua, que não lhe pergunte o que os Reis lhe deixaram na casa da mãe. Há alguma dúvida de que ela o intimou a não me dizer nada? Nem cinco minutos se passam e ele mesmo, por iniciativa própria, me conta tudo que ganhou de Amalia. Presentes adequados, muitos e caros. Onde estão? Conta que antes de vir me visitar passou no apartamento e deixou tudo lá. Desconfio de que essa extrema generosidade da mãe é para me deixar mal na fita, na posição de um pai pão-duro que não dedica ao filho em comum nem a metade do afeto que ela lhe dá. Será possível que o garoto saiba disso e use para me pressionar? Nesse caso, tenho que admitir que cumpriu seu objetivo. Eu tinha a intenção de lhe dar duzentos euros, mas, quando descubro quanto a mãe gastou, mudo de ideia e dou quatrocentos, mais os cem que lhe entrego todo ano nessa época, e também no aniversário dele, em nome da avó. Nikita embolsa as notas e depois me dá um soco amistoso na lateral do braço, uma forma como outra qualquer de agradecer.

    Eu lhe pergunto, mesmo sabendo a resposta de antemão, se quer ir almoçar comigo num restaurante. Como já era esperado, ele tem outros planos. Que tipo de planos? Primeiro vai "à casa da coroa buscar a grana de Reis" e à tarde tem que trabalhar. A coroa, claro, é a mãe de Amalia. Brinco: "Talvez ela lhe dê um escapulário." "Vou jogar no lixo qualquer coisa que não seja dinheiro." Enquanto estamos falando, paro em frente à fotografia emoldurada de papai. Falo com Nikita sobre ele, sobre o avô que nunca conheceu e, apesar da sua impaciência para ir embora, consigo mantê-lo por alguns minutos a um metro do saquinho escondido. Depois me abraça, com a porta já aberta, e seu abraço foi tão limpo e nobre que me deixou uma sensação amarga o dia todo, uma espécie de raiva de mim mesmo. "Você devia", disse para meus botões, "respeitar um pouco mais o seu filho".

7

Há momentos, sei lá, momentos como este, tarde da noite, em que eu juraria que perdi o medo de morrer. Não de morrer de uma maneira qualquer, claro, mas com a ajuda dos infalíveis pós brancos que me dão uma sensação de higiene, ao mesmo tempo que me fazem prever uma morte rápida, tranquila e indolor. Quase escrevi uma morte perfeita. Sobre essa questão, porém, fiquei com umas dúvidas perturbadoras depois de conversar no fim da tarde com Patamanca, que me alertou para a horrível agonia que pode decorrer de uma ingestão de cianeto de potássio sem antes tomar as devidas precauções. Em outras palavras: a coisa não é tão simples quanto pensei. Quando voltei para casa, fui ampliando, com a ajuda da internet, meus parcos conhecimentos sobre o assunto e concluí rapidamente que Pata tem razão.

    Aproveitei para procurar imagens do suicídio de Slobodan Praljak, a respeito de quem meu amigo e eu também conversamos. Em novembro de 2017, esse ex-general bósnio-croata se recusou a aceitar sua sentença de vinte anos de prisão, ratificada em Haia pelo Tribunal Penal Internacional para a extinta Iugoslávia. Confirmada a condenação, o homem, alto e robusto, de aspecto feroz, testa vincada de sulcos, cabelo e barba brancos, se levantou para usar a palavra e reafirmar sua inocência, depois tirou do bolso um frasco de cianeto dissolvido num líquido e, para horror de todos os presentes, bebeu num gole só o veneno que algum cúmplice deve ter lhe entregue às escondidas. As imagens da televisão deram a volta ao mundo. O que eu não sabia, até ler na internet, é que esse homem, acusado de crimes de guerra contra civis muçulmanos e a quem atribuem, entre outras coisas, a destruição da velha ponte de Mostar, não morreu na hora. Segundo os relatos, teve uma morte extremamente dolorosa, que se prolongou por vinte minutos — houve tempo suficiente para removê-lo às pressas para um hospital, onde afinal seu coração parou.

Vinte minutos de sofrimento (dificuldades respiratórias, convulsões, ardência interna...) é muito tempo, tempo demais. Segundo os especialistas, é possível que a agonia de quem tomou cianeto se prolongue às vezes por uma hora. Reforçando minha esperança, Patamanca me disse esta tarde que não tem dúvida de que a morte vai ser instantânea com o cianeto contido nos nossos saquinhos. Uma dose dessas derrubaria um elefante, afirma, em questão de segundos.

Não consigo tirar da cabeça a cara de Slobodan Praljak engolindo energicamente o veneno letal, com olhos desvairados. Terei uma expressão parecida quando chegar a minha hora num banco público, num canto de algum parque, numa rua deserta? Em qualquer lugar, menos em casa. Não quero policiais fuçando nas minhas gavetas, nem muito menos começar a apodrecer no chão, espalhando o fedor do meu cadáver por todo o edifício.

Vinte minutos de agonia dolorosa são uma barbaridade.

8

Fiquei muito abalado com minha visita a mamãe. Seu grau de prostração chega a tal ponto que, a rigor, não se pode dizer que está viva. Está se alimentando por sonda há muito tempo e não se levanta mais da cama. Falar com ela? Às vezes pisca, mexe os olhos como se quisesse indicar que está ouvindo, ou até que entendeu o que lhe disseram, mas é inútil esperar que se desenhe uma expressão em seu rosto ou saia uma palavra da sua boca. Pelo que soube, está tomando um remédio que a mantém em estado de sonolência.

É difícil acreditar, é doloroso lembrar que um dia essas feições destruídas pela idade contiveram beleza e que nesse cérebro cancelado já houve memórias, emoções, lucidez.

Hoje, mamãe estava com um cheiro que me fez questionar o cuidado profissional que os folhetos de publicidade do asilo tanto gostam de alardear. Se estivesse no meu lugar, Raúl pediria explicações na mesma hora. Talvez arrumasse confusão. Não seria a primeira vez. Eu, não. Tenho outro jeito de ser e, além do mais, o cansaço que atualmente governa a minha vida restringe os meus impulsos. Receio que depois, quando ficam sozinhos com os funcionários do asilo, os velhinhos paguem pelas críticas, exigências e reclamações das famílias.

Igual preocupação me causaram os problemas respiratórios de mamãe. Esta tarde foram de uma intensidade incomum. Aproveitando que não havia ninguém por perto, auscultei-a com a orelha colada no seu peito. Lá dentro se podiam ouvir, fracas e lentas, as batidas do coração. Às vezes mamãe emitia uma espécie de estertor que disparava todos os meus alarmes. Ousei chamar a atenção de uma das cuidadoras para esse detalhe. A severa senhora não pareceu ficar surpresa. E quando lhe perguntei se a respiração ofegante de mamãe era um sinal de agonia, ela me olhou como se tivesse acabado de encontrar uma lesma na salada. Na idade da minha mãe, a qualquer momento pode chegar o fim que mais cedo ou mais tarde vai acometer todos nós. Na hora, fiquei ofendido com as palavras da cuidadora, que considerei insensíveis e, claro, chavões. Eu poderia ter respondido, mas para quê? Mais tarde entendi que os funcionários do asilo não são contratados nem pagos para consolar ninguém com mentiras piedosas. Eles já têm trabalho suficiente, que não inclui enxugar as lágrimas dos visitantes.

Lembrei-me de Nikita. "Vovó está com cheiro de morte." Ele também disse que mamãe não ia chegar viva até a primavera. Acho que é uma crueldade não existir lei de eutanásia na Espanha. Aqui você é forçado a engolir até a última migalha de dor. Quer morrer? Muito bem, mas primeiro sofra.

Através de um véu de tristeza, eu olhava para os lábios entreabertos de mamãe e já me via inserindo delicadamente uma colher de cianeto em sua boca desdentada, embora ela não esteja em condições de engolir nada. "Mãe, você não merece um final tão doloroso. Meu amor de filho me obriga a acabar com seu sofrimento." Depois, a direção da instituição me denunciava à polícia; os agentes me levavam algemado para a delegacia mais próxima, na qual Billy, el Niño, rejuvenescido para a ocasião, me aplicava os métodos de tortura que usou para torturar papai; a mesma juíza que deu a sentença a favor de Amalia me condenava a alguns anos de prisão; no fundo da sala do tribunal, tomado por um ataque de raiva, meu irmão me ameaçava aos berros que ia se vingar assim que eu recuperasse a liberdade; e, exatamente na hora em que era jogado numa cela escura, com as paredes cheias de mofo e o chão inundado com águas, fecais, claro, minha história imaginária sumia do pensamento como se tivesse ocorrido um apagão elétrico dentro da minha cabeça.

Voltei para casa com o ânimo arrastando no chão.

9

Alguém devia estar me seguindo o tempo todo ou pedindo informações sobre a minha vida privada às pessoas que tinham contato comigo. Alguém que me conhecia ou contratara os serviços de um detetive tinha se tornado a minha sombra invisível. Fosse quem fosse, já estava me torrando o saco com aqueles malditos bilhetes na caixa de correio.

Patamanca me aconselhou novamente a instalar uma câmera escondida no portão. "Não tenho conhecimentos técnicos", respondi, "nem vontade de perder tempo ou dinheiro com isso". Além do mais, duvido que os vizinhos aprovassem a iniciativa. Para que eles compreendessem a situação, eu teria que expor uma justificativa um tanto ruborizante, sem falar que essa medida não adiantaria nada se o culpado também fosse morador do prédio e soubesse da existência da câmera. Outra possibilidade, segundo meu amigo, era jogar os bilhetes fora sem ler. "Por que ficar se martirizando? Não leve isso a sério, e quem está querendo se divertir à sua custa vai acabar cansando da brincadeira." Deduziu pela minha irritação que eu tinha acabado de encontrar outro papelzinho. Movido pela curiosidade, insistiu que eu lhe mostrasse. Era este, que agora está aqui na minha frente: "Seu divórcio ainda nem saiu e você já se envolveu com outra. Está com pressa de repetir os mesmos erros? Acha realmente que uma mulher pode aturar você? Novo fracasso à vista. Isso vai ser muito divertido!"

Envolvido com outra? Patamanca me olhou entre surpreso e risonho. Aleguei o abalo emocional causado pelo processo de divórcio, o medo de ficar sozinho, a necessidade de sexo com ternura, de companhia agradável, de conversa e, quem sabe, de compartilhar um projeto de vida com uma pessoa simpática. E revelei o nome dela: Diana Martín, mãe de uma das minhas alunas.

10

Seria injusto não admitir que, aos trinta e sete anos, embora parecesse ter bem menos, ela não era bonita: era linda. E também esbelta, e sempre oferecia espontaneamente aos interlocutores um sorriso adorável de dentes brancos e lábios finos que parecia exprimir, em combinação com as demais feições graciosas, uma espécie de felicidade triste ou de pesar alegre, o que dava um toque afável aos seus encantos.

Distribuía sorrisos com tanta frequência que cheguei a me perguntar se não ia se deitar toda noite com o rosto dolorido.

Às vezes eu tinha a impressão de que Diana Martín se envergonhava da sua beleza e, por isso, sem poder escondê-la, a atenuava vestindo-se com recato e simplicidade e evitando o abuso de cosméticos, os enfeites chamativos e quaisquer gestos ou trejeitos destinados a realçar a magnífica obra que a Natureza fez ao criá-la.

Também acho plausível esta outra hipótese: Diana Martín abria mão de ser uma mulher bela, não tanto por vergonha do seu maravilhoso flagelo, mas por medo de atrair a animosidade de suas companheiras femininas. Ao seu lado, os atrativos físicos das outras empalideciam. E ela, que de modo algum ignorava isso, já que de boba não tinha nada, fazia o possível para passar despercebida porque não queria ser julgada apenas pela aparência física. Como não tenho provas, deixo aqui esta reflexão envolta na névoa pobretona das minhas conjecturas.

Entretanto, Diana Martín cuidava de cada detalhe da aparência, como vim a saber mais tarde, sempre com a intenção (morro de rir) de parecer uma mulher normal. Mantinha sempre uma atitude discreta durante as reuniões de pais de alunos (na maioria, mães) e, podendo ser o principal foco de atenção onde quer que houvesse gente, preferia ficar em segundo plano, encastelada em sua risonha introversão.

Sua filha, a quem se dedicava de corpo e alma, fazia parte do seleto grupo de alunos destacados da turma, com um quociente intelectual e um desempenho acadêmico (até que seus hormônios saíssem de controle) dignos de serem expostos na vitrine de uma joalheria. Ao contrário da mãe, porém, a menina era dada à loquacidade e à desenvoltura. Prejudicada pelos genes do pai, que nunca conheci, tinha um rosto largo e vulgar, mas eu não diria que era feia, exceto pelo estigma passageiro das espinhas.

A mãe era uma delícia. Eu constatava esse fato com uma objetividade serena, como quem julga as propriedades estéticas de uma obra de arte. E não à toa, mas porque a evidência da sua beleza me fazia recuar. Li uma vez que alguns homens reagem assim diante de mulheres dotadas de inteligência e beleza superiores. Deixamos para elas a iniciativa no relacionamento, o que pode muito bem levá-las a pensar que as desprezamos. Podemos até fugir da relação, mas não por medo, como alegam supostas especialistas em matéria de comportamento sexual, sempre inclinadas a enxovalhar os homens, mas pura e simplesmente para dar o fora o mais rápido possível. Convencidos de que não faltarão rivais, já sabemos de antemão que estamos condenados a empregar doses exaustivas de energia, atenção e vigilância para não as perder ou, o que dá no mesmo, para que não fiquem com aqueles que nos superam em virtudes pessoais ou de qualquer outro tipo. Eu não chamaria isso de ciúme, mas de instinto de economia. Para evitar dores de cabeça, preferimos lidar com mulheres que não se destaquem muito em nada: mulheres de bom aspecto, saudáveis, bondosas e que não despertem desejos eróticos por onde passam. Minha única exceção foi Amalia, que considero o maior erro da minha vida.

Será que, caso leiam estas linhas, os sabichões de plantão — as sabichonas nem se fala — vão objetar que o que eu digo é um clichê? Claro que sim, o que não significa que não inclua uma grande verdade. E como toda vez que a presença dela alegrava meus olhos, sempre em ocasiões relacionadas com a filha, eu achava Diana Martín muito acima das minhas possibilidades e dos meus merecimentos, me limitava a admirá-la secretamente, sem esperança de obter dela favor algum, como quem admira com uma fascinação tranquila uma paisagem, uma ave migratória ou um vaso da China. Sei o que estou dizendo.

11

Uma vez participei de uma das tantas reuniões com os pais dos alunos, embora não fosse tutor e na verdade não tivesse nada a fazer ali. Ordens da diretora. Como de costume, fiquei num canto da sala com o único objetivo de passar o mais despercebido possível e disfarçar meu tédio enquanto esperava que um dos presentes me fizesse alguma pergunta, coisa que nunca aconteceu em tais situações. Costumo afrouxar a pulseira do relógio para que saia facilmente da manga e deslize até o dorso da mão, o que me ajuda a consultar as horas de vez em quando sem que as pessoas em volta percebam minha vontade de ir embora. Aprendi esse e outros truques parecidos com Marta Gutiérrez logo que entrei no colégio.

Nenhum dos assuntos discutidos na reunião tinha relação direta com as minhas aulas, mas todos sabem que a diretora adora atropelar nossas horas de descanso com a desculpa de que o corpo docente tem que estar disponível o tempo todo. Um estímulo inesperado me alegrou naquele encontro com os pais. Perto de mim, a cerca de dois metros de distância, podia me deleitar à vontade contemplando os pés de Diana Martín, que despontavam por baixo da mesa. Não me considero um fetichista, mas tampouco me falta sensibilidade para me deliciar na presença da beleza, e aqueles pezinhos miúdos e delicados eram realmente dignos de admiração. Devo acrescentar que Diana Martín estava usando uma calça jeans que terminava no meio das panturrilhas bem depiladas. E um par de sapatos minimalistas, para explicar à minha maneira de leigo, que consistiam numa sola com um salto bastante alto e duas tiras pretas para prendê-la, uma logo acima dos tornozelos e outra ao longo da base dos dedos. A primeira dessas tiras era unida, por um prolongamento semelhante, a uma faixa estreita que funcionava como calcanhar do sapato. E era, de onde eu a olhava pasmado de prazer, como se estivesse descalça, elegantemente descalça, perturbadoramente descalça, enquanto ela ouvia, sem mexer um músculo do rosto agraciado, as sucessivas intervenções dos que se manifestavam. Céus, como era linda! Ou, para ser bem claro: como era gostosa!

Desde o início prestei pouca atenção nos assuntos discutidos na reunião. É o que sempre faço, só que, naquela tarde, por mais razões. Eu adoraria tocar — como assim, tocar? —, acariciar, beijar, lamber lentamente aqueles dedos finos que terminavam em unhas pintadas de vermelho-escuro. O segundo dedo era o mais longo de todos; ultrapassava em alguns milímetros o dedão, que de aumentativo só tinha o nome. O peito do pé era liso, suavemente curvo, sem asperezas ou veias que o enfeassem; os tornozelos pareciam ter sido modelados com um material delicadíssimo por um artífice habilidoso, pura porcelana. Abaixo de um deles, via-se uma pequena e caprichosa tatuagem de libélula em tinta preta.

A certa altura, Diana Martín notou que eu olhava fixamente para seus pés. Com sua discrição habitual, esperou que eu percebesse que ela, por sua vez, também estava me observando e, finalmente, quando nossos olhares se cruzaram, me abriu um sorriso encantador.

12

A diretora do asilo me pediu gentilmente pelo telefone que avisasse ao meu irmão da morte de mamãe. Já tinha ligado para o número fixo que ele deixara na secretaria, mas ninguém atendera. Disse que tentou várias vezes. Hoje é sábado. Suponho, respondi, que Raúl tenha ido passar o fim de semana fora com a minha cunhada. Era o que costumavam fazer antigamente, quando as filhas eram menores. E me arrependi de imediato por ter dado essa resposta. Como vou saber o que essas pessoas fazem no tempo livre hoje em dia? Por acaso me importo?

A diretora alega que está muito ocupada e não pode perder tempo dando telefonemas. Tal como os funcionários do asilo. O fato de uma pessoa na sua posição ter que elaborar tais explicações me dá uma ideia da pressão que meu irmão tem exercido sobre o pessoal da residência. É provável que essa senhora, cujo profissionalismo é indiscutível, tenha pensado antes de me telefonar de manhã que sou da mesma laia que Raúl.

Depois, ela me contou o que parece ser uma intriga do meu irmão. Sem que eu soubesse, Raúl tinha solicitado repetidamente que, quando nossa mãe morresse, ele fosse informado antes. Como assim? Posso jurar que minha reação de surpresa agradou minha interlocutora, que, a partir daquele momento, certa de que não tenho nada a ver com as maquinações de Raúl, se mostrou menos reservada comigo. Após afirmar que não tem autoridade para intervir nas relações familiares dos residentes, ela me disse que meu irmão "tinha uma ligação sentimental muito forte com a mãe, a qual visitava com frequência, e manifestou o desejo de ver o corpo sem vida antes dos outros parentes".

"Desde que o meu irmão nasceu", achei oportuno dizer, "ele se considera dono da nossa mãe. Nunca foi muito amigo para dividi-la".

"Entendo."

Em nenhum momento, durante os três ou quatro minutos de conversa, a voz da diretora me pareceu fúnebre; ao contrário, era calorosa, diáfana, acolhedora. Primeiro, explicou num tom sereno algumas das circunstâncias relacionadas à morte de mamãe e, depois, me disse algumas palavras, creio que sinceras, de condolências. Descartou a possibilidade de que tenha passado por uma agonia dolorosa. Antes de desligar, intimou Raúl e eu a irmos lá o quanto antes para cumprirmos os procedimentos legais. E acrescentou, em um tom confidencial, referindo-se ao meu irmão: "Numa instituição como a nossa se vê tanta coisa que nada nos surpreende mais."

13

Após a conversa com a diretora, fiquei muito tempo à janela observando o céu azul, os telhados e tudo mais. Exceto por um pombo de aspecto doentio encolhido em uma saliência, não vi pássaros em lugar algum. O início de *O estrangeiro*, de Camus, me veio à mente: "Hoje mamãe morreu. Ou talvez ontem, não sei." Eu precisava a qualquer custo de frases, apotegmas, citações que me iluminassem nas minhas recém-estreadas trevas de orfandade completa.

Eu poderia jurar que a morte de um pai, pelo menos nos tempos atuais (talvez não no passado, quando a família dependia de um patriarca provedor), é mais fácil de aceitar do que a de uma mãe. Estou falando por mim mesmo. Não sou especialista em comportamento humano, embora já tenha visto e aprendido alguma coisa. A morte do pai golpeia por fora; parece que de repente você tem que assumir responsabilidades, tomar decisões que antes não eram da sua alçada. Em suma: ocupar o lugar do morto. Já a mãe é insubstituível. A morte da mãe dói mais por dentro e deixa qualquer um desamparado, nu e recém-nascido, mesmo quem tem mais de cinquenta anos, como eu. Com esses pensamentos na cabeça, tive vontade de procurar na biblioteca o breve romance de Camus, mas depois lembrei que o tinha abandonado dois meses antes, primeiro na Cuesta de Moyano e, em seguida, após recuperá-lo por umas moedas, num bar.

 Amalia certamente tinha razão quando me acusava de ser um homem que foge da realidade para observá-la por meio dos livros. A morte de mamãe não me deixou indiferente, mas reconheço que preciso de palavras que a expliquem e a situem no contexto diário da minha vida. Não vou negar que, quando a diretora do asilo me deu a notícia, fiquei aliviado. Mamãe parou de respirar por causas naturais em algum momento entre a noite de sexta-feira e a manhã de sábado. Um período de longa humilhação chegou ao fim para ela. "Apagou suavemente, como a chama de uma vela", disse a diretora. Uma frase convencional que, para o ouvinte, contudo, pelo simples fato de ser o destinatário dela, parece original, justa e com sua pitada de brilho poético. O fato de mamãe ter morrido sem sofrimento e em idade avançada me ajuda a internalizar sua perda. Foi ontem, e parece que já estava morta havia vinte anos.

 Com os cotovelos apoiados no parapeito da janela, tentei derramar uma lágrima enquanto olhava para o céu vazio de pássaros, mas não consegui. Imaginei a voz de papai: "Não vai sair daqui enquanto não chorar a morte da sua mãe." Eu me sentiria reconfortado se chorasse um pouco. Dizem que é um recurso eficaz para expulsar do corpo tristezas, mágoas, angústias e outras toxinas. Desculpe, mamãe. Parece que estou seco.

 À uma e meia, fui de carro para o asilo e pedi que me deixassem sozinho com mamãe por um tempo. Dava para notar que tinha sido lavada e arrumada. Estava com cheiro de colônia, com a boca e os olhos fechados, e a densa e sólida serenidade de sua expressão me fez muito bem. Covardemente me inclinei para agradecer em seu ouvido; digo covardemente porque há certas coisas que ou se dizem durante a vida do interlocutor, ou é melhor não dizer mais. Beijei seus lábios frios, as mãos e a testa; fiz um carinho em seu rosto e fui embora.

 Dentro do carro, no estacionamento da residência, liguei para o celular do meu irmão. Do outro lado da linha ouviam-se vozes e sons de um lugar com muita gente. Ele e minha cunhada estavam almoçando num restaurante no Centro de Segóvia. Raúl começou a chorar escandalosamente. *Esse cara,* pensei, *não faria um bom papel no livro de Camus*. Imagino os comensais às mesas vizinhas se perguntando "Por que aquele senhor está chorando feito um porco no matadouro?". Quando recuperou mais ou menos a calma, quis saber se eu já tinha estado no asilo.

"De onde você acha que estou ligando? Mamãe está muito bonita. É uma pena que você não possa vê-la."

Não sei por que tenho essa tendência a ser cruel com o meu irmão.

14

Quando cheguei à sala do velório, Raúl, María Elena e minhas sobrinhas já estavam lá, vestidos de luto; a menor, coitadinha, de peruca. Parecem sérios, relutantes em conversar, mas não sombrios ou especialmente tristes. Os cumprimentos foram educados, com um cordial roçar de bochechas no caso delas. Perguntei a Julia como estava, e me respondeu que bem, que por enquanto não vai fazer quimioterapia, até saber os novos resultados. A mãe, protetora, intrometida, se apressou a completar as informações com dados sucintos, todos, sem exceção, dourados de esperança.

Fiz a mesma pergunta a Cristina, calada e murcha como sempre, para que não se sentisse relegada. Já ouvi histórias, no colégio, de alunos com graves distúrbios psicológicos causados pelos próprios pais, que dirigem toda a atenção para o irmãozinho com deficiência ou enfermo e descuidam do filho a princípio saudável por julgá-lo capaz de se defender sozinho. Um colega nosso um pouco mais velho, hoje aposentado, disse que no tempo dele essas coisas não aconteciam; os casais tinham mais filhos e negligenciavam todos da mesma maneira. Acho que fui o único que não entendeu (ainda não entendi) a suposta graça da piada.

Apertei a mão de Raúl com uma sensação de despedida. Olhei nos seus olhos, ele olhou nos meus. Mamãe era o último fio que nos unia. "Como você está, irmão?", perguntou. Por um instante, tive a sensação de estarmos representando a cena final de um filme. Respondo que ficamos definitivamente órfãos, o que é uma simples evidência. Raúl, dominado pela emoção, me abraçou. No momento pensei que ia me atacar. A morte e seus efeitos benéficos. A morte como desencadeante de ataques repentinos de bondade.

Não tenho dúvida de que o encontro de hoje foi uma das últimas vezes que Raúl e eu vamos nos ver. Alguns papéis pendentes, relacionados com o falecimento de mamãe e a herança que ela nos deixa, vão fazer com que nos encontremos nos próximos dias. Depois, adeus para sempre. Já fazia muito tempo que não me sentia tão à vontade com ele.

De repente, chega Nikita, a quem informei ontem, pelo telefone, da morte da avó.

"Vou tentar ir ao velório, mas não prometo nada."

Pedi que ele comunicasse à mãe.

"Ok."

Ao vê-lo entrar na sala, quase caí para trás. Está com uma camiseta de manga curta com uma enorme caveira estampada ("Pô, papai, foi a única roupa preta que encontrei"), tão imprópria para o inverno quanto para o lugar onde estamos. Assim, com a tatuagem do braço visível e as mãos nos bolsos da calça, eu preferia que não tivesse vindo. Chegou com um problema físico, não sei de que natureza. Desgrenhado, abatido, com a barba por fazer, rapidamente cumprimenta os tios e as primas, não fala comigo, e corre para o banheiro. Do lado de fora o ouvimos vomitar. "Alguma coisa que comi caiu mal." Diz isso sorrindo ao sair, enquanto limpa o nariz com as costas da mão.

Depois, avança com passos determinados em direção ao caixão, como se tivesse acabado de descobri-lo. Eu não me meto. Ele é maior de idade. Sabe o que está fazendo. Por alguns momentos, fica olhando para o rosto da falecida sem manifestar qualquer tipo de emoção. Coça a cabeça. Eu pagaria um bom dinheiro para ler seus pensamentos nesse momento. De repente se vira e pergunta a Julia, sem mais nem menos, se o cabelo dela voltou a crescer. *Só falta tirar a peruca da garota para olhar*, pensei.

Depois, me consolo pensando que nossos parentes o conhecem o suficiente para perdoá-lo de antemão por tudo que fizer ou disser. Dá para notar que Julia está incomodada com aquela conversa; mesmo assim, responde com um sorriso convencional. Minha cunhada intervém fazendo perguntas a Nikita sobre sua vida pessoal e seu trabalho. Assim, consegue mudar de assunto. O garoto lhe responde de boa vontade. Faz até alguns gracejos. Afirma com convicção que dentro de um ano ele e uns amigos vão abrir um bar.

À noite, quando vou dar o último passeio do dia com Pepa, o telefone toca. María Elena parece nervosa. Quer me perguntar se tenho alguma objeção a que Raúl fique com as cinzas de mamãe. Explica que para ele é importante por motivos sentimentais. A cremação, pelo que nos disseram na funerária, vai ser amanhã. Para que meu irmão quer as cinzas da nossa mãe?

"Ele vai espalhar em algum lugar?"

"Não. Ele quer guardar em casa."

"Você não se incomoda?"

"Para mim tanto faz, desde que não fiquem visíveis."

Respondo que por mim ele pode ficar com as cinzas, e então María Elena, não sei se aliviada ou satisfeita, ou ambas as coisas, me agradece como se eu lhe tivesse feito o maior favor de toda a sua vida.

15

Numa das avaliações escolares, a filha de Diana Martín tirou notas que não chegavam a ser ruins, mas ficaram um pouco abaixo do seu nível habitual. Para mim, nada que exigisse alguma medida mais drástica; para a mãe, um drama. Nas semanas seguintes a menina não deu sinais de melhora, nem no desempenho escolar, nem no comportamento. Negligenciou algumas obrigações, e a mãe, muito preocupada, veio certa manhã ao colégio para conversar com os professores, inclusive comigo.

Pensava que a filha, de dezesseis anos, tinha entrado numa espiral que ia conduzi-la a um desastre. Essa ideia de uma aluna mergulhando na perdição pelos volteios de uma espiral me pareceu de um acerto expressivo notável. Claro, como não ia achar acertada qualquer coisa que saísse de uma boca tão bonita? A menção à espiral me lembrou daqueles escorregas tubulares que havia, para grande alegria de Nikita quando era pequeno, na Aquópolis de San Fernando de Henares. Por um instante vi a filha de Diana Martín, com o rosto largo salpicado de espinhas, deslizar em alta velocidade por um desses escorregas e levantar uma imponente coluna de água ao cair na piscina.

Fiz o possível para tranquilizar Diana Martín, que me olhava do outro lado da mesa com as pupilas expectantes, dilatadas de preocupação, talvez de angústia. Em um tom equilibrado, fui lhe dizendo isso e aquilo. Atribuí, naturalmente, a mudança de atitude da filha aos vaivéns hormonais da puberdade. Incorri em elogios não totalmente sinceros, extrapolei em eufemismos. Chamei a atitude contestadora da aluna de "gosto pelo debate"; seus maus modos nos últimos tempos, de "força de caráter"; e assim por diante, até completar uma imagem positiva daquela criatura. Eu tinha me proposto a fazer os preciosos lábios de Diana Martín sorrirem, e consegui. Depois, sua expressão sorridente se espalhou pelo rosto, como água atingida por uma pedra, embelezando-o no mais alto grau.

E pensei que ali terminava uma conversa comum com a mãe de uma aluna que tinha acabado de descobrir as delícias da desobediência e do cigarro e a atração por garotos. Uma mãe mais perturbadora do que as demais, isso, sim. E já íamos nos despedir, ambos em pé, quando Diana Martín me pediu um papel e uma caneta. Depois a vi escrevendo um número, com as unhas pintadas de vermelho. Quando me ofereceu a ponta do papel, olhando-me com uma intensidade encantadora, disse: "Meu telefone, caso haja um problema com Sabrina." Ficou em silêncio por um instante e, olhando nos meus olhos, acrescentou, com a voz mais doce que se possa imaginar: "E caso você queira me conhecer melhor."

Era a primeira vez que ela me tratava por "você".

16

E enquanto Amalia, na cozinha, ameaçava me colocar na Justiça, mostrando uma mãozinha furiosa cujo soco acho que não doeria mais do que um tapa de borboleta e afirmando que iria me destruir, e que já tinha contratado uma advogada imune a clemência (ou a compaixão, não me lembro bem da palavra, mas os tiros eram mais ou menos por aí), eu manuseava — ou melhor, acariciava — às escondidas, no bolso da calça, o pedaço de papel em que, na véspera, Diana Martín tinha anotado seu número de telefone.

Amalia ficava fora de si quando eu concordava com ela e lhe oferecia ajuda para desgraçar minha própria vida. Sempre me chamava de arrogante. Queria luta; esperava que eu a cobrisse de insultos, batesse nela, desse algum motivo para justificar o ódio que fervia em suas entranhas. E generalizava: "Os caras são todos...", "Vocês homens acham que são...". Pensou que eu estava tocando nos testículos por dentro do bolso para debochar das suas palavras, que meu sorriso era pura provocação e desprezo e minha calma, arrogância. Cega de raiva, não percebeu que era outra coisa.

Era felicidade.

Poucas horas antes dessa cena desagradável na cozinha, eu havia telefonado para Diana Martín, que atendeu imediatamente, como se estivesse esperando minha ligação. Sem perder muito tempo, combinamos um encontro para o dia seguinte, à tardinha, no Café Comercial. Foi ela quem propôs a hora e o lugar. Eu iria até o cemitério de madrugada ou ao fundo de um abismo só para vê-la. Não me lembro de o meu coração bater com tanta força desde a puberdade.

Aparentemente, a mesma coisa acontecia com Diana Martín. Ela me disse pelo telefone que estava "mais nervosa do que uma adolescente". Pensando que essa confidência camuflava um pedido por palavras que a acalmassem ou, sei lá, lhe transmitissem confiança, respondi com uma bobagem, só para ser engraçadinho: "Eu não mordo nem tiro pedaço." No segundo seguinte, queria quebrar meus dentes. Ela me recompensou espontaneamente com uma risada; em seguida, confessou que se sentia insegura na presença de um sábio (sábio, ela me chamou de sábio, logo eu!), e me pediu desculpas antecipadas caso eu acabasse me decepcionando com ela no decorrer do nosso encontro. Não disse nada, mas também me sentia acossado pelo mesmo medo. Achava um milagre que uma mulher tão bonita quanto ela quisesse alguma intimidade com um professor insípido que nunca tinha feito nada que valesse a pena na vida. Saí com ela convencido de que Diana Martín não ia encontrar em mim nada, absolutamente nada, digno de interesse.

Quando cheguei ao Café Comercial, Diana Martín estava sentada em frente à fileira de espelhos na parede. Por isso, pude ver a minha cara e corrigir o sorriso inadequado (que era excessivo e bobo) enquanto me aproximava da mesa. Ela teve a delicadeza de se levantar para me cumprimentar. Apertou minha mão sem me olhar nos olhos e sem a menor efusão; uma saudação fria, pelo menos aparentemente, que atribuí a um constrangimento. Na verdade, declarou, com uma franqueza tímida e aquele sorriso dolorido que tanto me cativava, que tinha receado por um instante que eu não fosse. Para ser simpático, fiz ao garçom o mesmo pedido que ela fizera antes da minha chegada: uma xícara de chá, bebida que detesto, e adociquei demais para conseguir engolir. Diana Martín me levou de presente um romance de Enrique Vila-Matas. "Você já deve ter lido." Confessei que estava encabulado. "Desculpa minha falta de tato. Nem me ocorreu trazer alguma coisa." Já ia acrescentar que nós, homens, somos assim, mas o instinto me aconselhou a não levar a conversa para pântanos de onde depois fica difícil sair. Simples, elegante, ela respondeu que gostava mais de dar do que de receber.

Uma mulher maravilhosa.

Conversamos, sentados um de frente para o outro, sobre assuntos vários entre goles daquela bebida escura e insípida que chamam de chá. Sem entrar em mais detalhes, contei que estava às vésperas do divórcio. Não escondi os dias ruins e as noites piores ainda pelos quais estava passando em função disso. Não queria que Diana Martín visse em mim um homem que vive atrás de orgasmos às escondidas da esposa. Minha presença no Café Comercial podia significar qualquer coisa, menos a aventura de um mulherengo. Eu estava disposto a respeitar e aberto a amar. Mais tarde se veria aonde o respeito e o afeto me levavam. Ela, como se estivéssemos reunidos no colégio, falou das preocupações que a filha lhe causava, e isso a princípio não me pareceu negativo, porque pensava que ainda estávamos no preâmbulo de algo que, mais tarde, se chegássemos a nos dar bem, poderia se transformar num relacionamento mais próximo.

Contudo, de repente, uma meia hora depois da minha chegada, quando ainda não se havia criado um clima de verdadeira intimidade entre nós, Diana Martín se levantou, estendeu a mão e declarou, desculpando-se, que estava atrasada e tinha que ir embora. Ainda insistiu em pagar as bebidas. "Eu disse alguma coisa inconveniente?" "Não, de forma alguma, nada disso." E, para me mostrar que não era mesmo nada disso, me pediu, e até diria que me implorou, que lhe telefonasse alguns dias depois.

Fiquei ali sozinho, atônito, decepcionado, mal comigo mesmo por não ter uma explicação para aquela saída precipitada de Diana Martín. Pedi um copo de uísque com gelo. "Você é burro, cara. Está acontecendo outra vez alguma coisa bem debaixo do seu nariz e você não entende." E enquanto me atribuía silenciosamente os epítetos mais implacáveis, certo de que aquele encontro tinha sido um fiasco por algo que eu teria feito ou dito (mas o quê, porra?), reparei em uma mancha de batom na borda do copo em que ela havia bebido. Limpei cuidadosamente com a ponta do indicador aquela pequena porção da pasta vermelha e, me certificando de que ninguém estava olhando, passei-a nos lábios.

17

Raúl feliz. Raúl emocionado, à beira das lágrimas. Telefonou na hora do jantar, com a voz trêmula, faiscando de elogios, para me agradecer. Por causa da herança, nem módica nem espetacular, que nos coube? Não. A partir de hoje ele tem a mãe, uma propriedade valiosa encerrada numa urna, toda para ele. Considera, comovido, que fui generoso. "E você, um covarde", tive vontade de dizer, "que mandou sua mulher vir me pedir o que não tinha colhões para perguntar". E fiquei tentado a acrescentar: "Pois está fraternalmente dispensado de comparecer ao meu enterro, no próximo verão. Aproveita as cinzas maternas enquanto durar sua vida. Pode dormir abraçado com elas ou jogar pela janela. Por mim, tanto faz."

Mais do que o comportamento do meu irmão, o que me surpreendeu nestes dias foi Amalia não ter me ligado nem mandado uma mensagem de pêsames. É verdade que não fui ao enterro do pai dela nem dei minhas condolências, nem a ela nem à papa-hóstias. Talvez a morte de mamãe tenha lhe proporcionado a tão esperada oportunidade de me dar o troco. Estava pensando nessas coisas de manhã, enquanto dava uma aula, quando de repente me ocorreu uma suspeita.

Assim que saí do colégio, liguei para Nikita.

"Escuta, você disse à sua mãe que a vovó morreu?"

"Esqueci. É que estou com muito trabalho no bar. Mas não se preocupe, vou ligar para ela."

Respondi que não era necessário, que cuidaria disso. E é claro que não telefonei, nem pretendo. Mais cedo ou mais tarde, Amalia vai saber da notícia. E se não souber, que diferença faz?

18

Com um desânimo cada vez maior, eu ligava para o número do telefone de Diana Martín e ela não atendia, o que reforçou em mim a convicção de que não queria me ver. Alguma palavra inadequada que saiu da minha boca deve ter estragado o relacionamento que mal começara. Uma pena. Eu precisava que ela me confirmasse isso, e, com essa intenção, lhe telefonei durante a semana toda — claro, nunca mais do que duas vezes por dia, no máximo três, para que não me considerasse um chato ou, pior, um assediador. Por várias vezes tive vontade de falar com Sabrina nos corredores do colégio e perguntar pela mãe com algum pretexto, mas, depois de tomar essa decisão, uma voz interior sempre me convencia no último minuto a não envolver a garota na história.

Enquanto isso, li o romance de Enrique Vila-Matas, *Exploradores do abismo*, pensando que talvez Diana Martín tivesse me dado o livro com o propósito de transmitir alguma mensagem oculta. O livro era bom, não muito longo, e tinha relatos interessantes. A ideia de que todo ser humano vive à beira do próprio abismo, um abismo feito como uma roupa sob medida, me pareceu profunda. Selecionei um pensamento para o Moleskine. Como não faço um índice das frases anotadas, demorei a encontrar a do livro de Vila-Matas, mas é esta: "Resisto a morrer e a deixar que os pássaros continuem cantando e que esses bichinhos não liguem a mínima para o meu desaparecimento."

Pensando agora, pouco me importa que o mundo sobreviva a mim. Não tenho intenção de me tornar a última consciência do planeta. Mais cedo ou mais tarde, tudo que respira vai sofrer a dispersão natural de seus átomos. É como andar num carrossel, e cada volta representa um ano. Cada um dá as voltas que lhe correspondem. Eu vou dar cinquenta e cinco. Poderia continuar mais um pouco, mas estou cansado. Pior ainda, estou farto. Quando chega a hora de descer do carrossel, você sai e outra pessoa, nascida depois, ocupa a vaga. Se você por acaso se divertiu, parabéns; se não, dane-se. Um escritor, partindo do princípio de que exprime suas confidências pessoais por meio das suas figuras de ficção, o que é discutível e, em todo caso, improvável, dá mostras de apego à vida. Como uma criança mimada, pretende que o carrossel nunca pare de rodar com ele dentro.

Antes, movido pelo terror inerente à nossa espécie, eu ansiava a mesma coisa, mas agora não mais. Não acredito sequer que o abismo que me cabe desde o dia em que nasci seja profundo, como eu também não sou. Está por perto, à luz do dia, claro como água limpa, e na hora certa me deixarei cair calmamente nele. Depois vai amanhecer, e haverá andorinhões, ambulâncias, nuvens e sons. Haverá normalidade. Em pouco tempo, o esquecimento me cobrirá, e pronto. Para que mais? Para que tanta filosofia, tanta religião, tanta angústia e tanto rebuliço que não alteram coisa alguma?

19.

Quando eu já estava quase desistindo, Diana Martín atendeu, aleluia, a um dos meus telefonemas. Já era o sexto dia consecutivo que tentava me comunicar com ela. Eu me desculpei — de um jeito meio atropelado, confesso. Ela não entendeu por quê. Senti em sua voz um tom de doçura alegre que me provocou uma descarga de melancolia, porque pensei que aquela alegria brotava num espaço vital ao qual eu jamais teria acesso. Meu primeiro pensamento foi que Diana Martín queria parar com aqueles telefonemas e me dispensar com cortesia e elegância.

"Imagino que eu disse alguma coisa no Comercial que te chateou. Seja o que for, me desculpe."

Ela atribuiu a saída repentina a umas tarefas urgentes e questões familiares, as mesmas que a mantiveram ocupada nos dias subsequentes. Não explicou a que tipo de tarefas e questões se referia, e pensei que seria uma falta de consideração imperdoável me intrometer na sua vida pessoal. Diana Martín se limitou a dizer que deveria, talvez, ter me avisado. E dessa vez foi ela quem pediu desculpa. Como prova de que não estava zangada comigo, muito pelo contrário, propôs um encontro no dia seguinte com uma espontaneidade encantadora, no mesmo horário e local da última vez. Também me informou, porém, que infelizmente só teria meia hora, mas que, mesmo assim, uns poucos minutos eram melhores do que nada, porque estava ansiosa para me ver.

Ansiosa para me ver.

Diana Martín, uma beldade de qualquer ângulo, até de luz apagada, estava ansiosa para me ver.

"Eu também. Você não imagina como."

Antes de desligar, lhe disse, para ser simpático, que tinha lido o romance de Villa-Matas e gostado muito. Perguntei se ela havia me dado o livro por algum motivo especial.

"Vi por acaso numa livraria e, como acabou de sair, imaginei que você não o tivesse."

"Pois acertou em cheio."

A partir de então adquirimos o hábito de nos encontrar uma vez por semana, sempre em bares ou cafés, ao entardecer, e nunca por mais de trinta ou quarenta minutos. Eu via Diana Martín olhando de vez em quando para o relógio, sem conseguir disfarçar muito bem. De repente se levantava, insistia em pagar a conta, apertava minha mão e saía às pressas com seu sorriso e seu corpo maravilhoso, deixando-me, digamos assim, com água na boca.

Aqueles encontros semanais com Diana Martín, uma espécie de tertúlia a dois, eram extremamente agradáveis. Eu esperava ansioso por eles, e não vou esconder que aliviaram meu processo de divórcio e me ajudaram a manter a calma numa época de amargas brigas conjugais — houve momentos difíceis, de puro e cruel desespero, em que eu pensava seriamente na possibilidade de liquidar Amalia e em seguida me suicidar. Mas então, em meio aos pensamentos mais sombrios, a imagem de Diana Martín vinha em meu socorro e, na esperança de viver um futuro ao seu lado e desfrutar seu belo corpo, conseguia, aos poucos, recuperar a calma. Com uma frieza que se confundia com indolência, nesse período cedi a todas as exigências de Amalia, cada vez mais agressiva, mais histérica, mais ansiosa em me prejudicar. Teimava em interpretar minha calma como parte de uma estratégia de provocação. Um dia me disse mais ou menos estas palavras:

"Você não liga, não é? Está namorando alguém? É isso? Bem, fique sabendo que por mim pode enfiá-la onde quiser, porque já tenho os meus planos."

20

Ela nunca falava do marido. Não consegui descobrir sequer se Diana Martín tinha um marido. "O pai de Sabrina", dizia às vezes, meio de passagem, sem mencionar o nome dele ou especificar se o fornecedor do espermatozoide que ajudara a dar vida àquela garota malcriada era ou tinha sido seu marido. Não que a questão me preocupasse. Só queria saber o estado civil da mulher com quem eu sonhava dormir e com quem, caso não houvesse algum impedimento, gostaria de manter uma relação estável. Certa tarde, não consegui refrear a curiosidade e lhe perguntei se era casada. Diana Martín respondeu com uma carranca severa que "disso" preferia não falar. Senti que de repente uma porta batia na minha cara e, para não prejudicar a continuidade dos nossos encontros, resolvi evitar o assunto dali por diante.

Nessa época encontrei outro bilhete anônimo na caixa de correio. "Sua amiguinha é muito bonita." Só isso. Não me alterei. Por hábito, incluí o quadrado de papel na coleção. Se Amalia tinha lido esse bilhete, ou se era a autora da frase, pouco me importava.

As semanas passavam, os encontros se sucediam, e minha boca não foi capaz de achar as palavras certas para expor a Diana Martín, com todo o respeito, o desejo sexual desenfreado que me dominava quando estava ao seu lado, mas não tenho a menor dúvida de que minha cara, minha voz e meus gestos me delatavam. Será que ela estava se divertindo à minha custa? Passar algum tempo, toda semana, conversando com um dos professores da filha era suficiente para Diana? Numa tarde quente, ela veio ao nosso encontro com uma blusa branca de tecido fino, desabotoada de forma a revelar o desenho dos seus primorosos seios. Eu não conseguia parar de olhar o tempo todo. Estava a ponto de estender o braço, enfiar a mão no decote e dar um fim ao meu sofrimento com uma recompensa ínfima que com certeza provocaria o fim do nosso relacionamento ainda não firmado.

"Eu adoraria acariciar seus seios."

"Em breve", respondeu ela, sorrindo. "Mas vou logo avisando que não são grande coisa."

Minutos depois, Diana Martín se despediu com a pressa de sempre.

21

Pela manhã, à tarde e à noite, o dia inteiro a imprensa só fala do menino de dois anos que caiu no fundo de um poço há oito dias, num morro perto do povoado de Totalán, em Málaga.

Dá para ver a uma légua de distância que o objetivo não é transmitir informações, mas provocar sensações, ramificando um relato com o qual não se pode aprender nada de bom. Os fatos já divulgados são repetidos e discutidos incansavelmente. Quando chega alguma novidade às redações, todos se entregam freneticamente a poli-la, manipulá-la e espremê-la, decididos a extrair até a última gota do seu suco trágico.

Capto um deleite mal disfarçado entre os repórteres espalhados pelo morro. Em seus gestos, em suas palavras, acho que percebo uma ternura mórbida. Julen, dizem, como se conhecessem o menino pessoalmente, como se ele fosse filho ou sobrinho de quem está falando ao microfone. E percebo também uma enorme curiosidade coletiva para saber se a pobre criança, presa num buraco escuro de oitenta centímetros de diâmetro a uma profundidade de setenta e um metros, ainda está viva mais de uma semana depois da queda.

Ficamos sabendo que os especialistas terminaram de abrir esta noite uma galeria vertical paralela ao poço. Haviam passado vários dias, e as respectivas noites, perfurando camadas de rocha duríssima. Caramba, até eu acabo usando um superlativo! Alguns noticiários de televisão começaram a dar aulas de mineralogia. Ontem, Amalia levou ao seu programa de rádio um médico que ficou dissertando sobre as chances de sobrevivência da criança. O objetivo de tudo é manter a atenção do público presa ao acontecimento.

Patamanca acha que os trabalhos de resgate são uma perda de tempo, a menos que o intuito seja recuperar um cadáver. Para ele não resta dúvida. Não há necessidade de cavar durante a noite nem às pressas, pois está convencido de que o menino não pode ter sobrevivido à queda. "Estamos assistindo", diz ele, "a um espetáculo midiático da pior espécie". E conclui: "Este país a cada dia me deixa mais envergonhado."

Hoje Pata teve uma tarde de raiva e amargura. Às vezes tem dias de raiva, outras, de amargura. Mas quando um problema sério, realmente sério, o aflige, diz que se juntam nele (parodiando minhas filosofadas) "as duas marés violentas do ser". Quando isso acontece seu rosto fica tenso, seu caráter se avinagra, tudo parece errado, e não há forma de fazê-lo sorrir ou soltar suas graçolas habituais. Por isso lhe perguntei sem fazer rodeios onde o *noli me tangere* tinha aparecido dessa vez. Ele ficou petrificado. "Como você sabe?"

Ali mesmo, num canto de uma taberna na rua Embajadores, onde fazia tempo que não íamos saborear uma travessa de frango com fritas, ele levantou com cuidado uma das pernas da calça. E assim pus os olhos num círculo vermelho, na lateral da panturrilha peluda, perto do seu único pé, do tamanho de uma moedinha de um centavo.

"E essa coisinha preocupa você?"

Tive que pedir desculpa. Ele ficou transtornado!

Suas feridas, explica, começam com um ponto vermelho na pele que se expande com rapidez; em poucas horas, se forma uma cratera minúscula no centro da mancha; essa cratera começa a supurar e a crescer também; estranhamente, não coça; a crosta só se forma em umas cinco ou seis semanas; depois, cai sozinha, "porque se você arrancar começa tudo de novo", e não deixa marca.

Patamanca acha que contraiu algum tipo de câncer. Não dorme, não come, perdeu a paz de espírito, procura na internet casos semelhantes e fica de cabelo em pé com tudo que encontra. No escritório lhe recomendaram uma dermatologista famosa que tem consultório na rua Pozuelo de Alarcón, mas cobra caro. Ele não se importa com o preço. Pretende ir se consultar com ela sem demora e pagar o que ela pedir. Até o momento, nenhum dos médicos consultados conseguiu lhe dar um diagnóstico. Tudo que fazem é receitar antibióticos e mandá-lo para casa.

Demonstrei compreensão, partilhei sua preocupação, ofereci minha ajuda caso fosse necessário, e ele, a raiva e a amargura suavizadas, me agradeceu. Diz que na noite passada ficou com o saquinho de cianeto na palma da mão por um longo tempo.

Já que estávamos dividindo confidências, contei a ele que ando me lembrando de Diana Martín nas últimas noites.

"Aquela mãe bonitona da sua aluna?"

"Não sai da minha cabeça há vários dias."

"Você se livrou de boa. Poderia estar debaixo da terra neste momento."

22

Meus encontros semanais com Diana Martín, geralmente combinados de véspera, parece que não eram tão secretos quanto eu pensava. Basta ver que fim levaram. Já me perguntei muitas vezes se os respectivos telefones não estariam grampeados. No caso de Diana Martín, posso imaginar que alguém (seu marido, se é que tinha, seu parceiro sentimental, talvez o homem que chamava de pai de Sabrina) fizesse todo o possível para conservar ao seu lado aquela mulher que era extraordinária em todos os sentidos, a começar pelos atrativos físicos, maravilhosamente preservados aos trinta e sete anos. Mas por que vigiar um zé-ninguém como eu?

Com o fim abrupto do nosso relacionamento, imaginei que ia receber uma nova mensagem anônima logo depois. E chegou, de fato, três dias após o incidente na Taverna do Alabardero. Escrevo *incidente* por falta de uma palavra mais precisa e porque, como tantas outras vezes, me aconteceu algo que não tenho como explicar.

O tom do bilhete era de um prazer maligno. E, para dar mais ênfase à zombaria, dessa vez, junto com o texto, vinha o desenho de uma marionete com um sorriso amplo e um nariz vermelho de palhaço.

"Você achava mesmo que um miserável professorzinho de colégio, maior pé-rapado do pedaço, ia conseguir seduzir uma mulher desse calibre? Não dava para ver que era areia demais para o seu caminhãozinho? Pode ir se agasalhando, tolinho, porque frios anos de solidão esperam por você, exatamente todos os que te faltam até bater as botas."

Eu estava com raiva de mim mesmo, odiando aquilo que considerava uma fraqueza imperdoável. Nos últimos suspiros de um casamento desastroso, jurei nunca mais me apegar emocionalmente a mulher nenhuma. "Mulher é uma coisa que só serve para foder", como gostava de dizer Patamanca com seu sarcasmo habitual. Ainda com Amalia no horizonte, eu tinha saído correndo feito um cachorrinho, incitado por esperanças idiotas, atrás do primeiro rosto bonito que atravessasse o meu caminho.

Nunca mais, pensei. *Está me ouvindo? Nunca mais. Foda-se o amor.*

23

Íamos dividir a conta. A proposta foi dela, e aceitei. Gostava de saber que estava sendo olhado pelos seus olhos, que davam um adorável brilho verde cristalino à sua expressão sorridente. Evitei dizer qualquer coisa que pudesse prejudicar nosso primeiro almoço; o primeiro dos nossos encontros, portanto, que ia durar mais de uma hora. Eu tinha me oferecido de boa vontade para pagar a conta, mas íamos dividir, como ela queria, e fazer tudo de acordo com o seu gosto e a sua vontade.

Diana Martín se encarregou de reservar pelo telefone uma mesa na Casa Ciriaco. Mais tarde me disse que no dia combinado não havia mesas disponíveis nesse restaurante. Outra opção lhe ocorreu, na mesma área. Era a Taberna del Alabardero, um estabelecimento, disse ela, de qualidade, frequentado por políticos, escritores e gente de cinema e de teatro, onde já havia estado algumas vezes. O que eu achava? "Perfeito." O que mais poderia responder? Para desfrutar a companhia dela, eu almoçaria até no pardieiro mais sujo do planeta.

Depois do pedido, brindamos, fazendo as taças de vinho tinto tilintarem, e Diana estava bela e luminosa, com um sorriso alvo e uns cachos lindos que se derramavam pelas laterais do seu rosto. Estendeu a mão procurando a minha, fez uma carícia e a manteve ali, morna e suave, por alguns instantes, sem tirar os olhos dos meus. Examinei suas pupilas e disse para mim mesmo: *Pronto. Levou tempo, encontros e um número excessivo de xícaras de chá, mas todos os sinais indicam que em breve haverá uma fusão de corpos.* Tinha me lembrado de colocar um pacote de preservativos no bolso interno do paletó, por via das dúvidas. Não era a primeira vez que o levava para um encontro com ela. "Nunca se sabe", sussurrava em meu ouvido a esperança.

De entrada, dividimos uma porção de presunto de Guijuelo. Sentados frente a frente, eu a via mastigar; ela me olhava nos olhos como se procurasse meus pensamentos dentro deles, e com dedos longos e delgados ia se servindo delicadamente das fatias de presunto e dos croquetes de um prato que também pedimos para dividir.

Nisso, entraram eles. Diana Martín, de costas, não notou a chegada dos dois homens, até que se postaram diante dela, um de cada lado. Eram sujeitos altos e corpulentos, de terno e gravata. O de óculos escuros tinha um relógio enorme que aparecia por baixo da manga do paletó. Não disseram uma palavra sequer. Quando os viu, ela se levantou, pegou a bolsa com um semblante sério e saiu sem se despedir de mim nem olhar para trás, precedida por um dos sujeitos. O outro derramou calmamente o vinho da minha taça sobre os restos do presunto. Não prestou a menor atenção em mim, como se eu fosse invisível. Depois, calmamente, saiu de lá atrás do parceiro e de Diana Martín.

Nunca mais a vi. Com receio de lhe causar problemas, achei melhor não telefonar. Pelo mesmo motivo, também me abstive de perguntar por ela à filha. Naquele ano Sabrina terminou o ensino médio com notas aceitáveis. Não sei o que aconteceu com a garota, hoje mulher. Falei uma vez sobre a mãe com meu colega Chema Pérez Rubio, apelidado de Einstein, meses depois do incidente, episódio, cena ou o que quer que tenha acontecido na Taberna del Alabardero.

24

Nessa época em que eu estava tentando esquecer a bela Diana Martín, Einstein, que, segundo quem o conhece melhor do que eu, é um matemático notável, ainda estava de licença médica. Vários colegas foram visitá-lo no hospital. Por intermédio deles, ficamos sabendo no colégio da natureza da sua lesão: fratura de mandíbula. A princípio, falava-se de um acidente na sala dos professores; depois, de briga, coisa difícil de acreditar, dado o temperamento pacífico da vítima; por fim, de agressão. Um desconhecido dera uma surra em Einstein, um homem de tipo pícnico, comportamento afável, óculos de lentes espessas. Após uma longa ausência, ele voltou ao trabalho, já restabelecido. E eu não teria qualquer curiosidade sobre o caso se não fosse por certa manhã, na hora do recreio, quando ouvi um colega associando a fratura de Einstein à mãe de Sabrina.

Bastante desconfiado, no fim do dia resolvi me encontrar pretensamente por acaso com ele no estacionamento do colégio. Perguntei se tinha um tempinho para conversar sobre algo que me intrigava. Eu não queria perturbá-lo, por isso lhe disse que, se o assunto lhe causasse algum incômodo ou trouxesse lembranças desagradáveis, pararíamos imediatamente a conversa. Einstein, protótipo do boa-praça, concordou em ir a um bar da região, onde lhe contei abertamente a verdade: meu fascínio por Diana Martín, meus encontros semanais com ela, a irrupção dos dois gorilas de terno e gravata na Taberna del Alabardero, o vinho derramado no presunto. Einstein ouviu minha história, primeiro com uma expressão alarmada, depois com sobrancelhas cada vez mais tristes.

"Nem fala o nome dela, pelo amor de Deus, que me dá um infarto."

Descobri que nossas histórias com Diana Martín tinham inúmeras semelhanças. Fui sincero: "Não houve sexo entre nós." E ele, com uma careta murcha, confirmou a coincidência. Encontros esporádicos, sempre no mesmo dia (mais espaçados no caso dele), olhares e sorrisos e ponto final... Até o dia em que um grandalhão os interceptou na saída do hotel Vincci, em cujo bar haviam estado conversando, e, sem dizer nada nem lhe dar tempo de se proteger, disparou um bom número de socos em Einstein, que acabou inconsciente, estendido na calçada da rua Cedaceros. Algum transeunte deve ter chamado a ambulância.

Eu lhe disse que, no meu caso, dois gigantes de terno e gravata vieram buscar Diana Martín, mas por algum motivo não me agrediram.

"Com certeza o que te salvou foi estar dentro de um restaurante e não na rua, como eu."

25

Surpresa: Raúl veio me ver. Na verdade, meia surpresa, porque minha cunhada anunciou a visita uma hora antes pelo telefone, pensando que, como é sexta-feira, talvez eu fosse viajar no fim de semana, e era urgente que meu irmão falasse comigo. Será que o próprio Raúl, pergunto para os meus botões, não poderia ter me dito isso?

Aliás, que diabos sabe ela sobre os meus hábitos de fim de semana? Minhas viagens atualmente, poderia ter lhe respondido, são todas para dentro de mim mesmo; percursos de longa duração que, no entanto, podem ser feitos sem sair de casa.

Tive vontade de perguntar à minha cunhada se Raúl vinha me procurar por ordem dela. Não consigo evitar; assim que a silhueta do meu irmão se perfila no meu horizonte de acontecimentos, o nível de agressividade no meu sangue sobe muito. Felizmente, consegui ficar de bico calado. Porque a coisa parece que está complicada com minha sobrinha Julia. A família, com exceção da filha mais velha, que se casou (descubro agora) e trabalha numa seguradora (idem), decidiu se mudar para Zaragoza, perto dos avós maternos e do oncologista que já atendeu a garota e em quem todos eles, aparentemente, depositam as últimas reservas de esperança. O restante, disse minha cunhada com um tremor de agitação na voz, Raúl vai me contar.

A visita do meu irmão me obrigou a arrumar e limpar a sala. Não é que o chão fique sujo, mas, enfim, para quem mora sozinho, sem a pressão de uma esposa autoritária e vigilante, pode acontecer de a higiene doméstica não ser uma das ocupações favoritas. O mais urgente era mesmo trancar Tina no armário. O demais — arejar a casa, passar um pano e o aspirador e recolher a louça usada, os jornais velhos e as cascas de frutas e de amendoim — levou menos de meia hora.

Raúl chegou quinze minutos antes do combinado. Eu tinha acabado de terminar o furdunço da limpeza veloz. Como desculpa por ter se adiantado, alegou que receava ter dificuldades para se orientar e estacionar neste bairro que não conhece. Entra no meu apartamento pela primeira vez, indiferente à novidade. Não faz comentários, não olha os móveis nem as paredes, não presta atenção em Pepa. Senta-se onde eu lhe indico, recusa as bebidas que ofereço, não pergunta como estou e, sem mais delongas, começa a contar o que veio me contar.

Está com olheiras e mais magro, embora ainda com carnes de sobra. Sua fala é direta e clara, sem qualquer resquício de expansão sentimental, e percebo dentro de mim o perigo de uma admiração indesejada que inevitavelmente me levaria, se não me apressar a superá-la, a um novo ataque de ódio. Raúl me explica que conseguiu que a empresa em que trabalha o transferisse para a filial de Zaragoza, onde vai ocupar um cargo menor, mas que isso, nas atuais circunstâncias, não tem importância para ele. María Elena, por sua vez, obteve uma licença de dois anos, porém não descarta a possibilidade de tentar algum emprego em Zaragoza condizente com a profissão dela, "se os cuidados com a menina permitirem". Continuam a chamá-la de menina, apesar de seus vinte e quatro anos.

 Peço ao meu irmão que me conte mais detalhes do estado de Julia. As palavras que saem da boca de Raúl são como nuvens carregadas: tumor, câncer, quimioterapia. Não me atrevo a perguntar sobre as perspectivas de cura. A curiosidade me pinica, mas ao mesmo tempo penso que, se encaminhar a conversa para um terreno trágico, Raúl vai chorar como um leitãozinho no matadouro. Por enquanto ele resiste e eu, silenciosamente, agradeço. Sinto ondas sucessivas de compaixão dentro do peito. Pepa nos olha, sonolenta. Fecha os olhos, abre de novo, boceja. Vez por outra muda de posição, sem se levantar. Não deve dar a mínima para as tribulações humanas. Animal abençoado.

 Pouco mais de quinze minutos depois de ter chegado, Raúl considera que já me disse o que tinha a dizer. *Assim que ele sair*, penso, *vou arejar de novo o apartamento para que esse cheiro de desgraça irreparável vá para a rua.* Diante da fotografia de papai que esconde o que esconde, na hora da despedida meu irmão me diz: "Gostaria que houvesse mais afeto entre nós, mas não há, e você sabe disso." Não respondo. Talvez o desgraçado tenha um dispositivo escondido na roupa e esteja me gravando. Por alguns momentos nos olhamos em silêncio, bem próximos um do outro. A compaixão que enchia meu peito alguns minutos antes tinha se esvaído. Raúl parou de falar, e eu não digo nada. Penso: *Então vai levar mamãe para Zaragoza por uns tempos? Ou é para sempre?*

 Enquanto observo seu cabelo branco, ele me pergunta de supetão se pode me abraçar. "Claro."

 E nos abraçamos com uma certa efusividade silenciosa, mas ele estraga o que poderia ter sido um gesto fraterno de despedida ao revelar que tem ordens de María Elena para não sair da minha casa sem me dar um abraço. Diz isso como se quisesse me avisar que está cumprindo uma missão ou uma ordem, e que eu não me iluda pensando que posso merecer o afeto dele.

 Pelo olho mágico, vejo Raúl entrar no elevador. Enquanto espera no corredor, balança a cabeça como se estivesse dizendo não. Não para quê? Para mim? Para a força do destino? Para o barulho dos cabos velhos no poço do elevador? Tudo indica que meu irmão e eu nunca mais nos veremos. Na verdade, agora que penso, nos vemos pela última vez há muitos anos, a cada vez que nos vemos.

26

Na segunda-feira, Patamanca vai passar por uma biópsia. Está assustado. Acontece que esse homem, que fala com desenvoltura sobre a guerra na Síria, assim como, aliás, sobre quaisquer conflitos bélicos espalhados pelo mundo; que gosta de descrever paisagens devastadas pelas mudanças climáticas, na sua opinião irreversíveis; que fala de catástrofes coletivas em tom de piada, como se não passassem de um entretenimento de salão, esse homem tem pavor de injeção.

Seu medo de agulhas vem da infância. Eu me permito conjecturar na sua frente que, em função da amputação e dos enxertos, já deve ter levado dúzias de picadas. "Mas o que você quer me dizer com isso?" Atualmente tem mais horror de injeção do que quando era criança. Falta pouco para ele pretender equiparar médicos e enfermeiras a torturadores. E não exclui a dermatologista da Pozuelo, que descreve como uma senhora seca, econômica em termos de cordialidade e diálogo, com um olhar penetrante por cima de uns óculos equilibrados na ponta do nariz. Lembro a Patamanca, em defesa da médica, que ela aceitou atendê-lo de imediato no seu consultório, pulando a lista de espera, para fazer um exame rápido. A resposta é instantânea. Pergunta se me propus a contrariá-lo o dia todo. Explica, mal-humorado, que a dermatologista se limitou a examinar sua panturrilha com uma lupa, sem escrever nada nem arriscar um possível diagnóstico. "Ela pode ser muito competente, mas não tem a mínima ideia do que possa ser o meu caso." A médica só lhe disse que era preciso extrair uma amostra do tecido e mandá-la para o laboratório.

"Quer dizer, os outros fazem o trabalho e ela fatura. Assim, qualquer um é médico."

Da rua, pela janela do bar, vi Patamanca me esperando à nossa usual mesa de canto com uma cara de prisioneiro diante do pelotão de fuzilamento, e no mesmo instante pensei que quando eu me sentasse ele não iria esperar nem um minuto para mostrar a ferida. Não se preocupa em ser discreto. Pouco lhe importa se alguém está olhando. Levanta a calça, impelido por uma espécie de arroubo melodramático, e espera, temeroso, impaciente, o meu veredito. Adoraria que eu negasse a evidência e lhe dissesse, por exemplo, que um tio meu sofria de um *noli me tangere* atrás do outro, até que um dia, numa tarde parecida com a de hoje, tomou uma tigela de caldo de galinha e uma bagaceira e ficou bom para sempre.

Vejo que as previsões de Patamanca se cumpriram ponto a ponto. A manchinha vermelha do outro dia tinha se transformado numa chaga horrorosa. Com dedos cautelosos, Patamanca levanta um lado do curativo e lá está o que ele chama de cratera, agora coberta com uma pomada desinfetante ligeiramente ensanguentada que ele mesmo aplicou. O que vejo me causa uma repugnância tão grande que não me deixa manifestar compaixão por meu amigo; embora estivesse disposto a fazer qualquer coisa para confortá-lo, não consigo dizer uma palavra de consolo.

"E não coça?"

Pergunto para que ele não pense que sou indiferente ao seu problema. E digo a mim mesmo: *Espero que este flagelo não seja o início de uma epidemia de peste, e eu, o primeiro contagiado*. Pata me responde com uma voz fraca que à noite, na cama, coça um pouco.

Eu estava considerando a ideia de lhe contar o caso da minha sobrinha. Mais uma vez me pergunto por que compartilho minhas confidências com esse homem e ele compartilha as suas comigo. Por acaso somos confessores recíprocos? Não achei que houvesse um clima adequado no bar do Alfonso para concretizar minha intenção. Seria muita falta de tato sobrecarregar meu amigo com detalhes sobre a doença de uma garota que ele não conhece. Ele poderia até me interpretar mal, pensando que o que quero lhe dizer é que já tenho dramas suficientes na minha família para ter que aguentar também o problema das suas crateras.

Uma alusão às notícias do dia foi suficiente, como eu já imaginava, para desviar a conversa para o assunto que todo mundo está comentando hoje na Espanha. Na noite passada, após treze dias de perfurações minuciosas, foi resgatado o menino de dois anos que caiu no poço em Totalán. Um guarda-civil retirou-o morto à uma e vinte e cinco da manhã. Não foi à uma e vinte e quatro ou à uma e vinte e seis. Nota-se a nítida intenção de oferecer ao público o sabor da exatidão. Os noticiários esmiuçam até o último detalhe dos fatos: a criança caiu em pé, de braços para cima, contusões múltiplas, camadas de quartzito, mais de trezentas pessoas envolvidas na operação... e se adiantam aos juízes e até os suplantam, em um exercício de atribuição de culpa e responsabilidade que beira a obscenidade.

Pata: "Treze dias de espetáculo mórbido, um enorme poder anticultural que nos piora como pessoas." Está convencido de que depois de amanhã ninguém vai se lembrar mais da criança, cuja tragédia os meios de comunicação usaram para rechear seus espaços e as pessoas, suas conversas, desfrutando por duas semanas bons momentos de comiseração impostada. Muito em breve os difusores de notícias atrozes, e são tantas que acabamos nos acostumando, voltarão a encher nossa consciência com crimes apavorantes, acidentes de trânsito ou desastres naturais. Patamanca fala da informação como uma droga viciante. Ele acha que o que nos interessa, no fundo, não é a notícia, mas a sensação agradável que ela nos dá. Que alívio saber que um infortúnio aconteceu com os outros e não conosco! Extinta a sua atualidade efêmera, a notícia morre, e então vamos correndo ligar a televisão ou abrir o jornal, diz ele, em busca de novos estímulos. "Você vai ver como em pouco tempo nos servirão doses de parricídio, de assassinato sexista ou algo do gênero, e assim, com a nossa total complacência, vamos ficar cada dia mais insensíveis."

Ao anoitecer, acompanhei Patamanca até a portaria do seu edifício. Assim como no bar ele não parava de falar, na rua estava taciturno e imerso nos próprios pensamentos. Era incômodo andar ao lado dele em silêncio; então, para falar de algum assunto que não fosse a minha sobrinha, contei a ele que esta noite me lembrei de um antigo colega de colégio, apelidado de Einstein, cuja mandíbula foi fraturada anos atrás por um sujeito relacionado com Diana Martín.

"Você e esse outro cara foram ingênuos. A dona sabia o jeito de melhorar as notas da filha."

"Prefiro pensar que ela guardava um segredo obscuro que nunca descobrimos."

"Você vê filmes demais. A única coisa obscura na história eram as suas cacholas limitadas."

Quando nos despedimos em frente ao portão, Pata me perguntou se eu me importaria de deixar Pepa dormir na casa dele. Olhei por um instante para a cachorra, sentada entre nós dois. Achei que seus olhos emitiam um brilho suplicante, como se dissessem: "Não me deixa aqui sozinha com este fascista..."

O fato é que não tive coragem de contrariar meu amigo. E por isso lhe entreguei a correia sem dizer nada. Depois, voltei para casa ruminando minha raiva pelas ruas e me xingando em voz baixa das piores coisas que um homem pode dizer a si mesmo.

27

Pela manhã, indo à casa de Patamanca, deixei uma fruteira de porcelana com desenhos em dourado e azul, uma torradeira que, tal qual a fruteira, minha mãe me deu anos atrás e uma dúzia de livros, na maioria romances, em diversos lugares do parque. À medida que vou me livrando dos meus pertences, cresce em mim uma sensação de leveza, de ascensão no ar rumo à minha sonhada metamorfose em andorinhão.

Aliás, nesses dias cinzentos de inverno não se vê nem um sequer revoando os telhados. Normal. Os andorinhões que não emigraram a tempo para o calor da África estão, estamos, hibernando no nível do solo camuflados de seres humanos.

Esta noite perdi a hora. Depois de redigir meu trecho diário de escrita pessoal, fiquei até alta madrugada destroçando a vista em frente à tela do computador. Resultado: hoje não consegui me levantar. Além do meu atraso fora do habitual, Pata tinha se esquecido de levar a cachorra para passear de noite e tampouco desceu esta manhã (ele sabe que deveria, se gosta tanto dela quanto afirma), de maneira que a pobre Pepa estava tremendo quando cheguei, toda queixosa e encolhida, aflita para fazer suas necessidades. Esse pretexto me serviu para não ficar mais do que dois minutos na casa do meu amigo, que já se preparava para reiniciar a ladainha da famosa chaga.

Assim que atravessa o portão, a cachorra vai correndo se aliviar em um canteiro. Decido voltar pelo mesmo caminho e parar um pouco no parque para substituir ou adiantar o passeio do meio-dia. Sentado num banco, por falta de um livro ou jornal, me distraio dando uma olhada nas notícias e nas redes sociais na tela do celular. De vez em quando, observo Pepa em suas idas e vindas. Ela fareja, marca o território e se pavoneia sozinha, com um simpático desleixo, uma orelha levantada e a outra caída. Fico feliz ao vê-la feliz, com o rabo levantado em sinal de autoestima. Há nuvens e trechos claros no céu, e eu desfruto a tranquilidade do parque, pouco frequentado nas manhãs de domingo. Vejo, sim, alguns visitantes, mas ao longe. Não diria que está fazendo frio. Catorze ou quinze graus, calculo.

Gosto de ver Pepa dando corridas absurdas com a mesma vitalidade e o mesmo desperdício de energia de quando era jovem. Não demoro muito a descobrir o motivo daquele alvoroço. Um cachorro preto e gordo, com cara de bobão, depois da mútua inspeção olfativa dos genitais, a desafia a brincar com ele. Os dois vão para cá e para lá a toda velocidade, assediando, sabe-se lá, que presas imaginárias. E se esfregam, se desafiam, se perseguem. Combinam.

Sim, eu sei, eu sei. A portaria municipal obriga a andar com cães em espaços públicos e particulares de uso comum usando "uma coleira com correia que permita o controle", mas eu, nessas horas de domingo sem crianças, sem transeuntes e sem polícia, acho desnecessário proibir Pepa de brincar livremente na companhia do seu amigo ocasional.

Amigo feio, velho, barrigudo e, a julgar pela aparência e pelo comportamento, boa-praça. Acho estranho vê-lo sozinho, mas não. Lá vem a dona com um gorro de lã e duas voltas de cachecol no pescoço. Roupa demais, penso, para a temperatura reinante.

"Toni."

Surpreso por ver que o animal tem o meu nome, dirijo o olhar para a mulher e na hora não a reconheço, em parte pela distância de cerca de vinte passos que me separa dela, em parte porque minha atenção é capturada pelo objeto que traz nas mãos: minha fruteira de porcelana que não é mais minha.

Nisso, a poucos metros do banco, ela diz novamente o nome do cachorro, mas dessa vez olhando para mim e com uma entonação abertamente interrogativa, como se não tivesse certeza de que sou quem ela pensa que sou.

Então, observo com mais atenção suas feições, não muito bonitas, verdade seja dita, e de repente meu coração dá um pulo.

"Águeda?"

28

Não houve contato físico. Nenhum dos dois fez qualquer menção de apertar a mão do outro. Por timidez? Eu me inclino a pensar que, num primeiro momento, tanto Águeda quanto eu ficamos desconcertados com a situação inesperada. Bastava ver seu sorriso desajeitado e sem graça, que certamente era uma cópia do meu. Ela ficou em pé, a uns dois metros de distância, sem saber o que fazer ou dizer. Desconfio de que estava esperando que eu fizesse ou dissesse alguma coisa. Com a fruteira nas mãos, apertada contra a barriga como se estivesse protegendo ou embalando um bebê, Águeda parecia um personagem cômico de teatro infantil. Não me levantei do banco. Pensei: *Se você se levantar, talvez ela pule para esfregar a bochecha na sua.* Lamentei com meus botões a infeliz ideia que tive de entrar no parque.

Águeda se lembrou de que não nos víamos havia vinte e sete anos. Mais tarde, voltando para casa, fiz minhas contas e descobri que estava certa. Talvez eu não me incomodasse se tivesse topado com ela em outro momento e em outras circunstâncias, mas não assim, de repente, morrendo de sono, quase sem ter tomado café da manhã, sem ânimo e sem preparativos mínimos.

Sete ou oito minutos de conversa mal permitiram um breve intercâmbio de detalhes biográficos. O que você fez da vida, onde mora, em que trabalha: o tipo de perguntas que, dependendo de como são formuladas, podem levar facilmente a um interrogatório incisivo. Respondi com poucas palavras e pouquíssima vontade, tentando não demonstrar o desconforto que tinha se apoderado de mim. Depois de cada evasiva, eu devolvia de bate-pronto cada uma de suas perguntas, com o único objetivo de induzi-la a falar para não ter que eu mesmo fazer isso. Seu mal-estar não deve ter sido menor do que o meu. Prova disso é a rapidez com que deixamos de lado as indagações pessoais para dissertar, com uma loquacidade de especialistas em meteorologia, sobre a inesgotável questão do tempo.

Aproveitei para observar com a devida discrição a fisionomia de Águeda, bem como sua silhueta inchada pelo excesso de agasalhos. Seu corpo sem cintura parecia uma coluna forrada de pano. Arrematada na parte inferior por umas botinas velhas.

29

Continuo pensando em Águeda. Não consigo tirá-la da cabeça. Nunca foi bonita. Boa, carinhosa, sim. Exatamente o oposto de Amalia. Com o caráter de uma e o invólucro carnal da outra, poderia ser uma mulher de primeira. O esmero que a Natureza teve ao dotar Águeda de um temperamento afável não se repetiu ao modelar seu aspecto físico. Assim é a vida. E é lógico que ela não tem culpa, exceto no que se refere ao vestuário. Constatei no domingo passado que sua incapacidade inata para a elegância culminou, ao longo dos anos, num desleixo absoluto. Diante dela, era difícil resistir ao impulso de oferecer uma esmola.

Pensei que talvez se enfeasse de propósito, quem sabe movida por uma consciência rancorosa da sua falta de encanto. O cachecol de lã puído; o gorro que escondia completamente o cabelo dela, se é que tem cabelo, e transformava sua cabeça numa bola; a desarmonia nas cores do vestuário; uma mancha aqui e ali; e outras coisas que omito, porque aqui não quero ser cruel com ela, formavam uma imagem em que não havia um único detalhe prazeroso para contemplar.

Enquanto conversávamos, Toni e Pepa continuavam a brincar à nossa volta. Águeda me disse que aquele era o seu terceiro cachorro em vinte e sete anos, e todos se chamavam Toni. Tive a impressão de vislumbrar um toque de mordacidade nessa revelação. Contra-ataquei perguntando que costume era aquele de andar pelo parque com uma fruteira nos braços. Simpatizei com a sua franqueza. Ela me disse que tinha acabado de encontrá-la embaixo de uma cerca viva. E acrescentou: "O pessoal é meio porco, sai largando as coisas por aí. Também vi uma torradeira, mas já tenho uma muito melhor. Se estiver interessado, te digo onde está."

30

Estávamos voltando de Lisboa, apaixonados como dois adolescentes. A comissária nos serviu umas bebidas e, de repente, assim que brindamos tilintando as taças, Amalia me pediu num sussurro, com sua voz mais sedutora e uma mão pousada na parte interna da minha coxa, que cortasse os contatos com "aquela garota feia que segue você por toda parte".

Amalia olhou nos meus olhos, beijou minha boca antes que eu pudesse responder, descreveu Águeda, cujo nome se recusava a pronunciar, como um "estorvo para o nosso amor" e me fez prometer que em menos de vinte e quatro horas eu a teria desterrado para sempre da minha vida. Respondi que podia ficar tranquila, que Águeda não significava nada para mim e iria telefonar para ela assim que chegasse em casa, antes até de tirar os sapatos, a fim de lhe dizer que não nos veríamos mais. Amalia recompensou minhas palavras beijando-me novamente na boca, enquanto deslizava a mão pela minha coxa na direção certa.

Feita a promessa, pensei que o assunto estivesse resolvido. Mais tarde, porém, enquanto esperávamos as malas no aeroporto, Amalia o retomou. Preferia, disse, que eu anunciasse pessoalmente "àquela moça" o fim da nossa amizade, e para isso sugeriu um breve encontro com ela.

Amalia achava que, falando cara a cara, a garota não ia conservar o menor resquício de esperança. Ao ouvir o tom da minha voz e ver os meus gestos, entenderia inevitavelmente que minha decisão não admitia réplica, e a ruptura, portanto, era definitiva. Então, pouco depois de chegar em casa, peguei o telefone e, na presença de Amalia, marquei um encontro com Águeda para o dia seguinte. Na hora de sair, Amalia manifestou o desejo de me levar de carro, e me pediu várias vezes que, por favor, não me demorasse muito com a moça. Ela ia ficar me esperando em algum lugar nas proximidades, como de fato fez.

O encontro foi na praça Santa Bárbara, perto do edifício onde Águeda morava com a mãe. Eu chego e ela, sorrindo, fica na ponta dos pés para me dar um beijo, que eu recuso. Com aparente firmeza, ela me deseja muita felicidade. Seu lábio inferior treme. Interpreto isso como um prelúdio de lágrimas. Participar de uma cena de pranto em via pública é a última coisa que quero. Sem dizer nada, Águeda me entrega um livro embrulhado para presente. Suponho que quer me deixar uma lembrança dos momentos que passamos juntos. Sei que a estou magoando, mas tenho de escolher. Não há outro jeito. E escolhi. Acho que Águeda vai superar o término. Tenho muita experiência em situações desse tipo. Sou tarimbado. Também já me disseram, no passado, que acabou, que obrigada pelos bons momentos, se houve, e tchau. Nessas situações eu ficava triste por alguns dias, até achar outra pessoa, sem dúvida charmosa, fascinante e tudo o mais, e assim me recuperava. Pensei que ia acontecer a mesma coisa com Águeda. É impossível que não exista numa cidade tão populosa quanto a nossa um punhado de homens adequados para ela. É questão de topar com um.

Por fim, me despeço sem um beijo nem um abraço. Ela fica sozinha embaixo de uma árvore da praça. Antes de encontrar Amalia, deixo o livro num degrau da portaria de um prédio. Não sei que livro é. Não abri o embrulho. Depois disso transcorrem vinte e sete anos.

31

Quando eu era criança, costumava conjugar os verbos em voz alta com meus colegas. A turma inteira recitava em coro, seguindo um ritmo de salmodia, os diferentes modos e tempos diante do olhar atento do professor. Em casa, eu os revia com mamãe. Lembro-me dos três verbos regulares que tínhamos que saber de cor: *amar, temer, existir*. Tenho poucas dúvidas sobre o significado dos dois últimos. Quanto ao primeiro, poderia dissertar longamente. Na verdade, já debati o assunto algumas vezes com meus alunos, tentando não me meter em labirintos. Não creio ter conhecido algum dia a plenitude da experiência amorosa. Extraio do Moleskine uma afirmação atribuída a Platão: "O amor consiste em sentir que o ser sagrado pulsa dentro do ser amado." Sinceramente, não me lembro de ter testemunhado um fenômeno semelhante em toda a minha vida. Acho, sim, que fui amado ocasionalmente e em momentos pontuais, e às vezes também entrei no jogo de corresponder ao bem que me faziam; pode ser até que tenha me comportado de tal maneira que minhas palavras e ações podiam ser interpretadas como gestos de um homem com boa disposição sentimental. Demonstrei simpatia por alguns semelhantes, senti fascinação por certos corpos, e até prazer em idealizá-los, e saboreei, muitas vezes chegando a extremos obsessivos, talvez degradantes, o amor voltado para o prazer dos sentidos. Conheço, naturalmente, a ternura piedosa. Gosto da generosidade e do abraço, mas confesso que nunca desperdicei o afeto na amizade, nem na de Patamanca, meu amigo mais antigo, a quem, contudo, volta e meia tenho vontade de mandar à merda por causa daquele jeito dele que me dá nos nervos. Segurei no colo meu filho pequeno e frágil. Será que o amei? Não tenho certeza. Se a expressão do amor exige a linguagem declamatória ou melosa das telenovelas ("Ah, meu bem, meu amor; me sinto incompreendido; prometo que te amarei eternamente" etc.), então nunca pertenci à categoria dos que se sentem dessa maneira e assim dialogam. Talvez um transtorno mental que ainda não identifiquei me impeça de expressar em palavras sentimentos positivos, ou então, simplesmente, talvez eu seja vítima de uma negligência educacional dos meus pais. Nunca os ouvi empregar o verbo *amar*; não o usavam entre si nem com Raulito ou comigo. O amor não se vestia com palavras; era considerado um pressuposto ou deduzido a partir de gestos e ações. Eles alegravam o nosso dia com um presente, mamãe passava a tarde preparando rosquinhas de erva-doce, papai nos levava ao cinema, em determinada circunstância desistiam de nos dar uma surra, e tudo isso, suponho, equivalia ao amor. Desconfio de que não sei amar; começo e paro logo em seguida porque me canso, me distraio ou me entedio. É uma pena. Só me ensinaram a conjugação do verbo, mas não a prática do amor, e agora temo que seja tarde demais para aprender.

Fevereiro

I

Domingo passado tomei a decisão de ficar uns dias sem ir ao parque. Isso tem sido um transtorno considerável para a cachorra e para mim, levando em conta que passamos por um período de chuvas e ainda está escurecendo cedo. Existem outras opções de lugares com pisos de areia e de grama, mas todos eles, para passeios de não mais do que meia hora, ficam longe demais. Há cinco dias a pobre Pepa só pisa em asfalto ou em paralelepípedos, não consegue dar uma boa corrida. Esta tarde eu disse chega.

Não me esqueci do que Águeda me falou no domingo passado quando nos despedimos: "Talvez a gente se veja por aqui outro dia." Suas palavras, não nego que amáveis, me pareceram uma ameaça. Ver de novo aquela mulher é a última coisa que quero.

Águeda também me disse que o parque que frequenta com o seu Toni é a Quinta de la Fuente del Berro, porque fica perto de casa. Não perguntei onde mora, porque ela também não me perguntou, mas, pelos sinais que as mulheres captam com o seu instinto apurado, deve ser fácil adivinhar que resido em La Guindalera. Quando acrescentou que o parque de Eva Duarte não está no seu caminho habitual, pensei: *Ainda bem*.

De vez em quando estendo, ou melhor, estendia o passeio com Pepa até a Fuente del Berro, a menos que a chuva, o frio ou a escuridão da hora não fossem propícios. O parque é muito mais extenso do que o nosso, e não vou negar que é mais bonito. Agora, do jeito que estão as coisas desde domingo passado, e considerando o prazo de vida que me dei, acho que nunca mais voltarei lá.

A razão disso é meu desagrado ante a ideia de encontrar de novo aquela mulher. Por acaso a detesto? Em absoluto. Eu até diria que a sua maneira de se expressar e o seu temperamento afável me dão um princípio de bem--estar. Em todo caso, constato que sua figura desconjuntada não entra nos meus pensamentos envolta em nuvens negativas. Quem nunca encontrou uma namorada do passado na rua, no supermercado, na entrada de uma clínica? E é até simpático relembrar os velhos tempos e dizer frases como: "Como os anos voam! Como nos divertíamos! Como éramos jovens!" Não sei se Águeda seria capaz de jogar na minha cara que a troquei por outra. Nesse caso, eu responderia com uma razoável frieza: "Ela era melhor do que você, principalmente na cama." E o que iria me responder?

Insisto que não sinto nenhuma animosidade em relação a Águeda. Simplesmente não quero ter amizade nem convivência com ela. Situo o problema mais no futuro, na hipótese de que viesse a entrar de novo na minha vida com consequências imprevisíveis, mas não de natureza sexual, isso de jeito nenhum, porque, realmente, para encostar naquela mulher eu teria que colocar antes umas luvas de cirurgião.

Tenho certeza de que Águeda não mora mais na rua Hortaleza, mas em algum lugar que não fica longe ou não muito longe do meu bairro, de forma que pode ir andando até o parque de Eva Duarte. Então, perigo, perigo.

Esta tarde, enfim, me atrevi, depois de voltar do colégio, a levar Pepa novamente ao parque, claro que com todas as devidas precauções. Em primeiro lugar, evitar a entrada principal. Com esse bom plano, desço pela calçada junto às casas da rua Florestán Aguilar até a Doctor Gómez Ulla; rodeio as instalações esportivas e, pouco antes do posto de gasolina, entro com a cachorra por um dos acessos menos expostos aos olhares do público.

Fico de olho na pracinha central. Quando vou contornar a fonte, o que vejo do outro lado? Nossa Senhora! O vira-lata preto e gordo que tem meu nome. E a dona? Não sei, nem me interessa, nem paro para descobrir. Dou meia-volta às pressas, puxando a coleira com toda a força, pois Pepa já sentiu o cheiro do amigo e se recusa a vir comigo, fica balançando o rabo à guisa de cumprimento, como se quisesse chamar a atenção. Só faltou dar uns latidos delatores.

2

Quando ia introduzir a chave na fechadura da sua casa na rua Hortaleza, Águeda me fez um sinal para que ficasse em silêncio. Doente e fraca, sua mãe, que eu nunca cheguei a ver, passava horas cochilando em frente à televisão, sem botar o pé na rua. Águeda me levou diretamente para o quarto, onde me deixou escondido enquanto ia conferir se a mãe estava bem ou precisava de alguma coisa.

O quarto, cuja mobília consistia em uma cama de ferro, um guarda-roupa velho e uma mesa ao lado da janela, parecia uma pensão barata, fria tanto pela falta de algum toque pessoal quanto pela ausência de calefação. Numa parede havia um cartaz desbotado com uma paisagem de montanha e, em outra, acima da cabeceira da cama, um cartão-postal do Sagrado Coração emoldurado e envidraçado. Pendia do teto um lustre de cinco braços, com lâmpadas imitando velas. Entre o guarda-roupa e a parede havia um espaço ocupado por uma máquina de costura antiga, com seu móvel e seu grande pedal oscilante, parecida com a que minha mãe tinha quando eu era criança. Aquele aposento já havia sido, em outros tempos, um quarto de casal. Águeda se instalara nele alguns anos antes, após a morte do pai, e deixara tudo como estava. A casa cheirava a remédios, sopa instantânea, fruta estragada, sei lá. Na verdade, não consigo imaginar um cenário menos estimulante para uma aventura erótica, mas naquele momento, para mim, qualquer lugar pareceria bom.

Águeda demorou a voltar. Eu, que estava nu, comecei a tremer de frio. Abri a porta do quarto. Ouviam-se vozes saídas de uma televisão no fundo do corredor. Não sem certa irritação, voltei a vestir as roupas que acabara de tirar. Tínhamos chegado a um acordo de que íamos subir à casa de Águeda para dar uma trepada. Com estas palavras. Negociamos na saída do teatro La Latina, onde tínhamos assistido a um espetáculo de humor. Não foi fácil conseguir o consentimento dela, e não porque fosse uma mulher casta ou pudica; na verdade, desde o primeiro momento ela estava disposta a me satisfazer. O problema é que descartava o método desejado por mim, que não era outro senão aquele previsto desde a noite dos tempos pela Natureza para o acasalamento entre mamíferos.

No fim das contas, Águeda teve que decidir: ou concordava em consumar o ato carnal comigo, ou eu ia precisar de um tempo para reconsiderar a viabilidade da nossa relação. A coisa já estava se prolongando por algumas semanas, e eu não admitia mais prorrogações. Depois de dois coitos malsucedidos, Águeda condescendeu sem muito entusiasmo em fazer uma nova tentativa na sua casa, e eu lhe garanti e prometi, como nas vezes anteriores, suavidade, tato, paciência, compreensão, uso de camisinha e qualquer outra coisa que ela me pedisse.

Na viagem de metrô, os últimos resquícios das risadas que demos no teatro se apagaram em nosso rosto. Subindo de mãos dadas a rua Hortaleza, cada um mergulhado em seu silêncio, a impressão era de que ela ia para o sacrifício, e que o carrasco era eu.

O caso é que Águeda sentia dores agudas ante qualquer tentativa de penetração, o que transformava o ato sexual num suplício. E se fizermos bem devagarzinho? Nem assim. Segundo a ginecologista, era uma anomalia congênita, reparável apenas com intervenção cirúrgica, que lhe causava a dor. Águeda não se opunha à operação, porém sempre adiava a ida à sala de cirurgia, em parte por medo do bisturi, mas, acima de tudo, apavorada com a ideia de que a mãe ficaria sozinha se as coisas dessem errado.

"Lamento muito isso que me acontece. Sei que vou te perder."

Nua na cama, a certeza da dor iminente engolfava Águeda num estado de angústia e tensão extremas. Na primeira vez, deu um grito terrível; como não tinha me avisado, na hora até pensei (e não estou brincando) que estivesse cometendo um crime e ela, tentasse se defender desesperadamente.

Nessas condições, não havia possibilidade de prazer para ela. Tentávamos uma posição, tentávamos outra. Nada a fazer. E, no fim, com os olhos cheios de lágrimas, Águeda me pedia desculpa. Eu a abraçava forte, tentava consolá-la com boas palavras, carinhos e massagens, disfarçando a duras penas minha frustração, e então ela, recuperando a serenidade, me satisfazia manualmente.

3

Águeda me deixou esperando no quarto pouco mais de vinte minutos. Achava que nesse ínterim meu ímpeto ia diminuir? Explicou a demora alegando que tinha servido o jantar à mãe, que agora estava dormindo na poltrona da sala, com a televisão ligada. Fechando a porta, Águeda se despiu num lado da cama; eu, pela segunda vez, no outro. Não havia qualquer sinal de sensualidade em nossos movimentos.

Terminei de tirar a roupa antes dela. No mesmo instante, senti o frio morder todo o meu corpo e deitei na cama. Aproveitei para fazer uma exploração visual de Águeda. Aos seus trinta e um anos (tinha três a mais do que eu), parecia saudável, mais para gordinha, com boa aparência. A lingerie era horrível. Antiquada, sem gosto, originalmente branca, mas então num tom desbotado em consequência de inúmeras lavagens e com fios soltos aqui e ali. Águeda cultivava uma moita de pelos pretos no púbis. Tinha bunda e coxas carnudas, quadris opulentos e seios grandes, pálidos, coroados por mamilos que pareciam avelãs torradas.

Eu gostava daquela figura robusta que parecia nunca ter sido tocada por um raio de sol. Hoje menos, mas nessa época ainda tinha um gosto por corpos femininos bem alimentados, por formas exuberantes no estilo das pinturas de Rubens, em que se encontra matéria carnal em abundância para se agarrar e se esfregar e, no contato daquele calor suave, reviver sensações que me parecem exclusivas dos recém-nascidos.

Águeda tinha o corpo de uma mulher predestinada a criar filhos. Não tenho dúvida de que teria dado à luz uma descendência copiosa e saudável se vivesse nos velhos tempos, quando as mulheres quase não tinham recursos eficazes para evitar a gravidez, e se não tivesse sido afetada pelo estreitamento vaginal ou seja lá o que fosse que afligia suas partes sagradas. E Águeda também era uma pessoa com uma capacidade de ternura extraordinária, imune à raiva. Já eu, imaturo e impetuoso, não sabia como apreciar tais qualidades, que, para um relacionamento afetivo, são muito mais valiosas ou mais duradouras do que um rosto bonito.

Ela se deitou ao meu lado, volumosa, morna de carne e de respiração. As molas do colchão estalaram. Cobertos com a roupa de cama até o pescoço, unimos os lábios e as línguas, entrelaçamos as pernas, apalpamos nossos corpos. Com minha ereção consumada, Águeda virou-se para ficar deitada de costas, rígida como uma tábua, já antecipando, suponho, que ia ser como das outras vezes; mesmo assim, tomada pelo medo, permitiu que a penetrasse. Captei sua dor sentindo as unhas cravadas nas minhas costas. Procurei a confirmação em seu rosto e vi, de fato, que tinha fechado os olhos e trincado os dentes no esforço de suportar o insuportável, impedindo a saída do grito que ocupava sua boca. Tive um cuidado especial para que meus movimentos fossem o menos violentos possível, mas infelizmente a boa vontade não adiantou. Águeda se afastou para um lado abruptamente, obrigando-me a sair dela. No âmago da minha excitação, senti o frio do quarto como uma chicotada. Desajeitada, chorosa, ela ainda tentou me masturbar. Eu não quis. Enquanto me vestia, notei uns respingos de sangue no lençol, e isso aumentou minha raiva a tal ponto que me recusei a lhe perguntar como estava. Saí da sua casa sem me despedir e, embora depois tenhamos nos reconciliado por telefone, o fato é que nossa relação tinha sofrido um abalo irreparável. O acaso quis também que eu conhecesse naquela época uma mulher chamada Amalia.

4

Imaginava que eles estivessem em Zaragoza, e, sim, parece que Raúl de fato já se instalou lá por causa do trabalho, o que justificaria não ter sido ele, mas minha cunhada, quem veio me ver — depois de telefonar, naturalmente, porque minha casa não é um serviço de atendimento ao cliente onde qualquer um aparece quando bem entende.

Durante nossa conversa ao telefone, María Elena apelou para meu bom senso e meu bom coração. E eu que pensava que ela e o marido me consideravam um indesejável! O elogio me levou a desconfiar de que essas pessoas queriam algo de mim, e não me enganei. O assunto é sério demais para levar na brincadeira aqui neste escrito. María Elena antecipou seu desejo de me pedir um favor, cuja principal beneficiária seria minha sobrinha Julia. Ressaltou que é um favor muito grande. O caso exige algumas explicações que não podem ser dadas de maneira adequada pelo telefone. E disse também para eu não me sentir forçado; que se respondesse não, ela entenderia.

"Bom, então venha às nove horas e conversamos."

Ela me perguntou se não podia ser antes. Tive a sensação de ter ouvido uma vibração patética em sua voz. Seria feio recusar o pedido. Feio e cruel. O adiantamento do horário me obrigou a suspender o encontro com Patamanca, o que não lamento, porque assim não tive que receber na presença dele a notícia do "resultado brutal da biópsia" (tais foram suas palavras ao telefone), que chegara hoje mesmo.

María Elena chega na hora combinada. A sala, aonde a levo para se sentar, não me parece estar suja nem limpa. Se quiser criticar, que critique. Por cortesia, aceita um copo de água com gás, do qual não bebeu nem um gole. Em suas olheiras vejo preocupação, evidências de choro, noites sem dormir. As pálpebras estão salientes; o olhar, aquoso. Noto um toque de desalinho em seu cabelo, também em sua roupa. Reparo nesse detalhe porque ela, sem nunca ter sido um prodígio de elegância, costuma prestar atenção aos cuidados pessoais.

"Julita está tão mal assim?"

"Nenhum tratamento adiantou, e olha que tentamos vários."

Sem perder tempo, aborda o assunto que a traz à minha casa, mas antes repete o que já tinha dito ao telefone, que vai entender perfeitamente se eu não concordar com sua proposta. Ela mesma não sabe se, no meu lugar, aceitaria. E diz que a última coisa que quer é me prejudicar, mas, como mãe de uma criança com doença grave, tem que procurar soluções onde e como for.

Em seguida, tira da bolsa um folheto escrito em inglês. Dado por um oncologista do hospital Puerta de Hierro Majadahonda, doutor não sei o quê. Não gravei o nome. O texto trata de uma nova terapia, chamada terapia de prótons, útil para o tratamento de tumores inoperáveis ou difíceis de operar. Aparentemente esse método já deu resultados positivos em mais de duzentos mil casos em todo o mundo. A título de confirmação, María Elena me aponta a passagem do folheto que afirma esse dado. Eu a ouço com atenção, mas, para ser sincero, não sei aonde quer chegar com todas essas explicações. Cada palavra da minha cunhada atinge meu cérebro como uma bola de granizo: terapia de prótons, tipo diferente de radiação, feixe de partículas aceleradas de alta energia, radiação mais precisa contra o tumor, menos toxicidade, sessões de cerca de vinte e cinco minutos, mas irradiação de menos de um minuto. Eu me esforço para reter todas as informações. Meia hora atrás, antes de me sentar para escrever, estava procurando informações na internet, e mais ou menos comecei a entender. María Elena me conta que a Universidade Clínica de Navarra está construindo uma Unidade de Terapia de Prótons na estrada do aeroporto que em breve irá entrar em operação, mas Julia não pode esperar. O conselho do oncologista é agir o mais rápido possível para que a menina receba assistência médica no exterior, em um centro de terapia de prótons localizado na cidade alemã de Essen. Digo que me parece boa ideia. Continuo, porém, sem entender o que tenho a ver com tudo isso.

"E de que maneira eu poderia ajudar?"

De repente, minha cunhada, como se estivesse esperando essa pergunta para abrir as comportas da angústia, começa a chorar, *mater dolorosa*, com o rosto apertado contra a palma das mãos. Chora fazendo um som ligeiramente mucoso, mas sem alardes. Olho para ela comovido. Será verdade que tenho o bom coração que me atribuiu esta tarde pelo telefone? Dou um tapinha afetuoso, solidário, em seu ombro, e María Elena, com a voz embargada, me pergunta se tenho lenço de papel. Vou buscar, não encontro, e afinal lhe trago o rolo de papel da cozinha.

Recuperando a compostura, ela me revela o favor que veio pedir. Consiste em ceder a eles a minha parte da herança materna. Uma soma, diz ela, ainda não incorporada às minhas finanças, circunstância que na sua opinião vai diminuir o sentimento de perda. Começo a ficar nervoso; de repente me parece verossímil que aquele choro recente tenha sido um fingimento executado com habilidade teatral. Olho nos olhos dela com uma firmeza severa, para dissuadi-la de cair na tentação de me tratar como um idiota. Eles tinham feito as contas, diz, e chegaram à conclusão de que o dinheiro que mamãe deixou poderia financiar o tratamento de Julia na Alemanha, assim como todas as despesas relacionadas com a permanência da mãe e da filha naquele país. E acrescenta que a ideia foi dela.

Ainda sobra uma boa quantia, ainda sem receber, dos recursos destinados a custear as despesas da residência geriátrica de mamãe. É claro, continuou María Elena, tentando me oferecer garantias de honestidade, que começariam gastando a parte de Raúl, e só usariam a minha se a dele acabasse. Em outras palavras, talvez eu dê sorte e não precisem mexer na minha herança, e nesse caso a devolveriam. Mas isso não dá para prever, porque não se sabe quanto tempo mãe e filha terão que ficar na Alemanha. Em todo caso, ter um valor a mais lhes daria segurança para empreender a viagem. Pedir um empréstimo ao banco, agora que ela largou o emprego e Raúl vai ganhar menos na filial da empresa, parece uma opção arriscada, mas que eles vão considerar se não houver outro remédio. Eu me permito interrompê-la quando volta à ladainha de que não devo me sentir pressionado.

"Esta é a terceira vez que você diz isso."

Ela me olha cheia de expectativa. Estamos falando de um valor próximo a trinta mil euros. Não é brincadeira. Respondo que aquele pedido me pegou desprevenido. Sei que vocês têm urgência de uma solução, mas eu precisaria de um tempo para pensar sobre o assunto. Ela é rápida em dizer que me entende.

"O que você entende?"

"Você tem um filho e, suponho, muitas despesas. Algum dia, quando pudermos, vamos devolver o dinheiro."

De repente me dá vontade de lhe dizer a verdade, que minha hesitação não vem de Nikita ou das contas que tenho que pagar como todo mundo, mas da suspeita de que ela e meu irmão planejaram um golpe.

Mas subitamente me ocorre uma ideia.

"Agora eu preciso levar a cachorra para passear", digo. "Você pode me ligar daqui a uma hora, quando eu voltar para casa? Aí vai ter minha resposta."

Descendo a rua com Pepa, penso no que poderia fazer até 31 de julho com quase trinta mil euros. Não me faltam ideias: conhecer a Austrália antes de morrer, torrar minha fortuninha nos cassinos de Las Vegas, surpreender com um presente monstruoso o primeiro mendigo que vir pela rua, ir para uma ilha do Pacífico e ingerir o cianeto contemplando o pôr do sol à sombra de uma palmeira... Se deixar essa quantia para Nikita, além do restante das minhas economias, em pouco tempo ele gasta tudo em coisas que prefiro nem pensar, ou põe na caixinha comum onde ele e seus amigos guardam dinheiro para abrir um bar, e não descarto a possibilidade de que esses amigos aproveitem para financiar mil e um vícios e tirar as melhores férias de suas vidas à custa do boboca.

Já de volta a casa, o telefone toca.

"Podem ficar com minha parte da herança. Desejo muita sorte a Julia."

E desligo antes que María Elena tenha tempo de me agradecer.

5

O instinto, que passamos a vida inteira tentando desativar mediante reflexão e leitura, me pregou uma peça esta tarde. Ainda bem que Patamanca, após os primeiros momentos de espanto, entendeu o verdadeiro significado do meu erro. Ele não esperava de mim, disse, de um homem que considera reflexivo e cauteloso, uma reação tão histérica. Fiquei assustado, só isso. E a decepção se refletiu no rosto do meu amigo. Não é para menos. Quebrei uma xícara da casa dele, deixei suas roupas em petição de miséria, isso sem falar na cozinha.

Meu amigo estava me falando do possível linfoma que lhe foi diagnosticado na clínica dermatológica. É, a princípio, um laudo laboratorial de uma pequena amostra de tecido, mas ele parte do pressuposto de que os exames médicos futuros só confirmarão aquilo que chamou, não sei se brincando ou a sério, de pena capital.

Nisso, vejo que despeja um pó branco no café que tinha acabado de fazer na sua máquina automática de expresso, da qual se orgulha infantilmente. Ontem, a visita da minha cunhada com revelações sobre a doença da minha sobrinha; hoje, o telefonema de Pata, me convocando à sua casa para me informar da alta probabilidade de estar com câncer: demasiadas impressões fortes que me fazem sentir no meio de um furacão. Tudo à minha volta é tragédia, enquanto eu desfruto calma e uma forma física invejável. Estou, digamos, gravemente saudável. Nada me dói, como bem, durmo mais ou menos, mas durmo, e sem pesadelos, e tenho uma vida sexual satisfatória graças a Tina. O bem-estar que exponho involuntariamente diante de pessoas que estão passando por um momento difícil me provoca um sentimento de vergonha e culpa. Acho que, por solidariedade, eu deveria pegar pelo menos um resfriado.

Um enxame de pensamentos sombrios me assalta na cozinha de Patamanca. Não há um gesto, um movimento, uma palavra dele que não denote desespero. "Estou vivo e morto ao mesmo tempo, como o gato de Schrödinger." Meu amigo solta essa bobagem com uma espécie de humor ácido em que não vejo a menor graça. Usa um tom lúgubre para me dizer que não está disposto a sofrer. Não pretende tolerar nem dois segundos de dor. Então, eu o vejo derramar o pó branco no café com uma vivacidade suspeita. Meu coração dá um pulo. Mas que sacanagem! A polícia vai me encher de perguntas. Em um instante passo do estupor à raiva e, com um tapa, sem prever as consequências do meu gesto, empurro violentamente a xícara para longe de Patamanca enquanto ele a levava aos lábios. O líquido quente e negro se derrama em sua camisa, no meu braço, na mesa, na parede, principalmente na parede... A xícara voa pelos ares, bate no papel de parede, se espatifa com estrondo contra as lajotas do chão. Aterrorizada, Pepa solta uma saraivada de latidos que deve ter ressoado em todos os tímpanos da vizinhança. Patamanca, em pé, olha para a bagunça, olha para mim e não se recupera do assombro. Eu também não me recupero do meu, ou da minha confusão, até o momento em que reconheço o sachê que ficou na mesa.

"Como eu ia saber que você traz o açúcar do bar para casa?"

Parece mentira. Com todo o dinheiro que tem...

6

Leio numa página do Moleskine: "Não posso, a rigor, afirmar que tenho um corpo, mas o vínculo misterioso que me liga ao meu corpo é a raiz de todas as minhas possibilidades. Quanto mais sou meu corpo, maior o grau de realidade à minha disposição. As coisas só existem na medida em que entram em contato com o meu corpo e são por ele percebidas", Gabriel Marcel (1953). E depois, escrito por mim em maiúsculas, com a tinta já desbotada, a palavra MENTIRA.

Estou convencido de que a atividade intelectual da maioria dos seres humanos se baseia na omissão da sua natureza perecível. É exatamente o que faço na sala de aula todos os dias, por hipocrisia e por insistir no salutar costume de receber um salário mensal, escondendo dos alunos o que penso: que nós nascemos por acaso, vivemos segundo uma série de leis físico--químicas e, mais cedo ou mais tarde, morreremos todos, você, você e você, e nada disso pode ser alterado nem impedido pela religião, pela filosofia, pelas convicções políticas, pelos espetáculos, pela arte ou pelo prazer.

Não há arcanos, rapaziada; só há ignorância e medo. Não é que vocês tenham um corpo; vocês são um corpo, apenas um, aquele que lhes coube e só ele. Riam, riam agora que seu corpo é jovem e vocês pensam que têm um suprimento inesgotável de futuro. Honestamente, eu deveria morrer de vergonha toda vez que cuspo na sala de aula esses embustes chamados metafísica, alma, transcendência, mistério ontológico, ente superior...

Tenho uma sobrinha de vinte e quatro anos com um tumor no cérebro (ou talvez, a esta altura, mais de um, não sei exatamente) e um amigo que perdeu um pé nos atentados do 11-M e está com alta probabilidade, segundo alguém que se debruçou sobre as lentes de um microscópio, de ter câncer linfático. A mãe da minha sobrinha reza incansavelmente, mas, como não é burra, confia a filha à medicina e à tecnologia. Meu amigo não reza. Mas se pergunta: "Por que isso teve que acontecer logo comigo?" Como se estivesse fazendo uma distinção racional entre o que ele é e o que acontece com ele, e como se houvesse um responsável a quem reclamar.

Caros alunos: tenho o prazer de informar-lhes por este meio que o além não existe, mas temos que fingir que existe e que nele cada um de nós merece ter o seu lote. Coloco meu emprego em risco se afirmar o contrário. O paraíso? Só pintando um com canetinhas... A ideia de um eu perpétuo e dissociável do envoltório do corpo é boa para fazer literatura. Coloquem a cabecinha dentro da água por um minuto ou dois, quanto aguentarem, e verão a cor que suas ilusões, seus projetos, suas utopias assumem de repente...

Você, garoto, acorde e me escute; e você, garota, que pinta os lábios às escondidas dos seus pais, também. Quando você bater as botas, logo mais, quando sair do colégio e atravessar a rua sem prestar atenção no trânsito, ou no mês que vem, ou então dentro de sete décadas, tudo estará acabado para você e nada vai prolongá-lo, independentemente de que alguém que o conheceu mencione seu nome de relance numa conversa ou olhe seu retrato desbotado.

Não há alma imortal. Não há céu ou inferno. Não há Deus nem palavra de Deus. Não existe coisa vivida ou nomeada pelos homens que não tenha sido concebida por homens. Tudo é cultura e química neuronal, e tudo vai acabar: países, línguas, doutrinas, os próprios homens e as obras dos homens.

Aqui onde estou, sou aquilo que Máximo Manso, o personagem de Galdós, afirma sobre si mesmo quando se descreve como um "triste pensador de coisas antes pensadas por outros". Todo dia regurgito teorias alheias diante de um grupo de alunos entediados. Sirvo numa bandeja o vômito das minhas mentiras, que nem sequer são minhas, e eles engolem sem hesitar. O ser humano é um farsante por natureza.

7

Mais ou menos às sete da noite saí com Pepa em direção à Castellana, aproveitando que não estava chovendo e eu tinha tempo para passear, porque depois do incidente do açúcar preferi não encontrar meu amigo hoje.

Nesses dias frescos, a temperatura cai de repente assim que escurece. Não sei quantos graus fazia. Não muito mais do que um ou dois acima de zero. A cachorra e eu íamos andando lado a lado, soltando vapor pela boca. Ao contrário da chuva e do vento, o frio não me impede de fazer longos passeios. Podemos nos proteger do frio, Pepa com seu pelo, eu com casacos. Tem gente que põe roupa nos animais. Acho que Pepa, embora calma por natureza, morderia minha mão se eu tentasse fazê-la passar pela humilhação de usar uma roupa tipo humana.

Escolhi um trajeto que tenho percorrido pouco ultimamente. Já estou cansado de andar todo dia pelas mesmas ruas, encontrar as mesmas fisionomias e passar em frente às mesmas portas, lojas e fachadas. Além disso, gosto de caminhar com Pepa por calçadas largas. Tanto a rua Francisco Silvela quanto a María de Molina estão pontilhadas de árvores com seus correspondentes canteiros. Esses pequenos quadrados de terra parecem feitos para auxiliar os cachorros na evacuação das fezes, que, aliás, não sei os demais donos, mas eu recolho imediatamente numa sacolinha, porque tenho a sensação de que há olhos vigilantes me seguindo por toda parte.

Andando devagar, mas sem pausas, Pepa e eu chegamos à praça Gregorio Marañón, cuja principal característica é a enxurrada de veículos que a engarrafa o tempo todo. Nossa ideia era virar à esquerda, descer pouco a pouco até a Cibeles e, dali, subindo pela Alcalá, começar o caminho de volta.

Há muito trânsito na região, e muito barulho, e o ar traz o cheiro da fumaça que os canos de escape soltam sem parar. Pepa e eu estamos envoltos num típico crepúsculo urbano dos nossos dias. Houve um tempo em que o problema da poluição me preocupava; agora, para mim tanto faz. A anunciada catástrofe climática vai me pegar confortavelmente deitado no meu túmulo.

Da beira da praça, vejo um rebuliço de faróis intermitentes, paramédicos da prefeitura e policiais com coletes refletores ao lado da estátua do Marquês del Duero a cavalo. Não param de chegar carros ao local, o engarrafamento aumenta e o concerto de buzinas atinge dimensões orquestrais. Um guarda municipal regula o trânsito com seu apito estridente; outro, um pouco mais adiante, o auxilia fazendo indicações com um bastão luminoso. No meio da confusão não consigo ver o corpo do acidentado, só a motocicleta caída na pista. Se o motoqueiro estivesse visível, eu ficaria olhando um pouco mais, misturado à multidão de curiosos, mas o esconderam dentro de uma espécie de barraca de campanha amarela. E, pensando bem, para não ver nada fora do comum e ter que aguentar de todos os lados comentários estúpidos de outros curiosos, é melhor seguir meu caminho.

Depois de alguns passos, noto que a cachorra não está acompanhando a minha marcha. Volta e meia sou forçado a dar um pequeno puxão na correia. O que houve? Viro a cabeça. Não vejo nada de anormal. Pepa me olha com expectativa. Será que está cansada? Sente alguma dor? "Não me falhe, minha amiga. Ainda temos um longo caminho a percorrer." Continuamos andando, mais devagar agora, e logo em seguida minha mão sente a mesma resistência na correia. Decido impor minha vontade. Puxo com mais força, acelero meu ritmo, mas agora Pepa freia ainda mais, em um ato de explícita insubmissão. Então, viro a cabeça pela segunda vez e vejo que a cachorra também olha para trás, abanando o rabo como faz quando fica alegre. Não noto nada no passeio que possa merecer a sua atenção, muito menos algo que possa excitá-la. Terá ficado animada com o acidente, as luzes e o apito do guarda e queria voltar para a praça?

Quando recomeçamos a andar, de repente me vem uma suspeita. Como não tenho visão nem olfato caninos, preciso usar um truque humano para verificar uma coisa sem demora. Em vez de seguir o trajeto que tinha previsto, Castellana abaixo, dobro na primeira esquina e dou de frente com a bifurcação de López de Hoyos com uma rua estreita bordeada de árvores, sem folhas no momento. Não tenho tempo a perder. Num ângulo do cruzamento há um terreno ajardinado e com umas palmeiras baixas em volta de outra mais alta. Esse bosquezinho oferece um refúgio perfeito. E ali, protegido pela vegetação, entrei com Pepa a toda velocidade.

Não foi preciso esperar nem um minuto para ver surgir na rua o meu gordo e preto xará e a conhecida pessoa que o guiava, pelo mesmo caminho que tínhamos percorrido. Agachado entre as palmeiras, aperto as mandíbulas de Pepa e cubro seus olhos com o cachecol antes que a bobona caia na tentação de me delatar.

8

Esta tarde, no bar do Alfonso, o moribundo estava de bom humor. Não acredito nele. Pata gosta da vida. Não só gosta, como é apaixonado por ela, por mais que tente fingir o contrário. Mas não me convence. Esse cara não comete suicídio nem que lhe paguem. Reclama da recente greve de táxis, que não o afetou porque costuma ir ao escritório de metrô ou de carro; esbraveja o tempo todo contra a prefeita, em quem votou em 2015, e com especial agressividade contra os socialistas, dos quais não quer nem ouvir falar. Ele os acusa de flertar com o separatismo, com a extrema esquerda e com quem mais for necessário com a finalidade de angariar apoio para assumir o governo desta nação. Antigamente Patamanca votava neles em todas as eleições. Às vezes, para alfinetá-lo, relembro esse fato. Ele se desculpa dizendo que o enganaram, o fizeram engolir aquele triturador de ideias chamado progressismo. E solta uma de suas típicas bombas dialéticas: "Muitos espanhóis comem cocô porque disseram a eles que é cocô progressista." Acho que um homem que se expressa dessa forma considera que o último horizonte da sua vida ainda está longe.

Entro no bar com Pepa. Pata, mau sinal, sorri quando nos vê. Pergunta onde andei metido esses dias e, sem me dar tempo de responder, começa uma exibição de otimismo bem-humorado. E se permite até fazer uma gracinha a meu respeito que me incomoda demais.

"Para sua informação", diz ele, espirituoso, sorrindo, "vou pôr açúcar nesta xícara de café. Por favor, controle seus impulsos".

E arremata a piada com uma gargalhada que eu não quis acompanhar.

Considerando como ficou sua cozinha no outro dia, não me sinto autorizado a me aborrecer. Ofereço-me para pagar um papel de parede novo. Ele me manda plantar batatas e depois pede que eu vá à sua casa e assine ao lado da mancha na parede minha obra de arte. Enfim, é horroroso estragar os momentos de alegria dos outros, mas às vezes não há outra saída. Então, com um semblante condoído, máscara do meu despeito, lhe perguntei quando seria sua primeira sessão de quimioterapia.

Ele me dá um sorriso enviesado, meio que perguntando se minha cachola não funciona bem. Por enquanto, diz, continua fechada a porta para um tratamento "com tais características". A dermatologista da Pozuelo, que outro dia ele chamou de ignorante e agora lhe parece uma senhora santa e sábia, discorda das conclusões da biópsia. Enquanto pede novos exames, não as desaprova completamente, mas acha que as principais afirmações do laudo não correspondem aos sintomas do paciente. E também disse que os médicos bem que gostariam de tratar tumores que se curam por conta própria em algumas semanas e não deixam marcas, e sugeriu a Pata que marcasse quanto antes uma tomografia computadorizada.

O que mais admiro nele é a generosidade. Esta tarde me deu dois ansiolíticos, pouco antes de nos despedirmos. Para me acalmar, disse ele. Já os tomei há algum tempo, e agora me sinto em paz. Mais do que me sentir em paz, tenho sono, um silêncio suave na cabeça, os músculos relaxados, e escrevi tudo isso sem a menor vontade, movido apenas pelo hábito diário de escrever para ninguém algumas linhas de crônicas pessoais.

9

Amalia e eu tínhamos na sala um bar de nogueira e latão polido, uma peça de design bastante cara que ajudei a pagar, embora mais tarde, nas nossas pendengas matrimoniais, ela afirmasse o contrário. Tanto faz. Quando o vi pela primeira vez, elogiei; não por alguma razão específica, mas porque qualquer pessoa que tenha entrado há tempo suficiente na idade adulta sabe que a prática desenfreada da honestidade leva a situações embaraçosas. Minha sogra também estava presente, atenta à minha opinião favorável, a única, aliás, que mãe e filha aceitariam. O fato é que jamais gostei daquele trambolho com pernas, cuja principal utilidade, na minha opinião, era possibilitar sua exibição pretensiosa às visitas, objetivo difícil de alcançar, já que raramente recebíamos visita em nossa casa.

O bar foi escolhido por Amalia e a mãe numa tarde de compras. O fato de eu não ter ido à loja com as duas incutiu em Amalia a convicção de que a peça era propriedade exclusiva dela, como me disse com uma fúria tremenda numa das nossas muitas brigas. Histérica irrecuperável, não percebia que aquele maldito móvel me interessava tanto quanto ela — ou seja, nada. Tampouco estava interessado nas taças, nos copos e nos outros utensílios de mesa guardados dentro do trambolho, só na coleção de uísques e nas várias garrafas de vinho valiosas que tínhamos ganhado de amigos ou que compramos em alguma das nossas viagens. Amalia, com toda a certeza, só teimava por causa do automatismo de me contrariar e, aproveitando o ensejo, me humilhar. Não houve acordo entre nós até que lhe cedi o estoque completo de vinho. O restante, exceto a garrafa de Anís del Mono reservada para o meu sogro, acondicionei cuidadosamente em caixas e levei comigo.

Deviam ser cerca de dez garrafas, das quais só conservo até hoje, sem me dar conta, uma de uísque escocês. O conteúdo de todas as outras passou pelo meu trato digestivo em algumas noites solitárias, na companhia exclusiva de Pepa, contagiada pelo meu desânimo. Não sei por que deixei intacta a garrafa de Chivas Regal 25. Desconfio de que a esqueci no mesmo lugar onde a encontrei por acaso esta tarde, debaixo da pia, escondida atrás de um balde velho e outros artefatos de limpeza que não usava havia alguns anos. Imagino que fui pegando uma garrafa atrás da outra, com o cérebro nublado pelas minhas tribulações e pelo álcool, e que a do uísque caro, coberta pelo balde, deve ter passado despercebida.

Meu primeiro impulso foi tirar a poeira da garrafa, depois abri-la e me servir de uma dose com gelo, embora seja mais chegado a um conhaque. Entretanto, fui dissuadido por uma preocupação. Pensei que o gosto e o cheiro do uísque iriam trazer lembranças ruins e amargurar minha noite; de repente vou ouvir batidas imaginárias na porta e, quando olhar pelo olho mágico, verei meu pai bêbado esperando que eu abra a porta. Coisas assim.

Observando a garrafa contra a luz, o conteúdo apresentava uma linda cor âmbar. Confesso que fiquei bastante tentado, mas quero e devo ser coerente com o propósito de me desfazer do maior número possível de objetos que me prendem à vida antes do dia 31 de julho. Munido desse pensamento, ao entardecer fui com Pepa para a Gran Vía e lá perguntei a um sem-teto encolhido sobre um papelão estendido na calçada, debaixo de um andaime, se queria uma garrafa de uísque. Ele disse que sim, e lhe dei.

10

Nem Raulito, nem eu entendemos por que mamãe estava nos pressionando para sair do banheiro. Logo ela, que tanto insistia que escovássemos os dentes durante três minutos antes de ir para a cama: os da fileira superior, de cima para baixo; os da fileira inferior, de baixo para cima; sempre para fora e no sentido das juntas, e não de lado, como se vê num comercial de televisão, porque isso só serve para desgastar o esmalte. Usava a si própria como exemplo, e de fato, na casa dos trinta, tinha todos os motivos para se orgulhar dos próprios dentes. Com o rosto voltado para o teto como quem olha para as almas assentadas na glória eterna, ela agradecia à falecida mãe por ter lhe ensinado a cuidar dos dentes desde pequena.

Entrou no banheiro movida por uma urgência, com o avental por cima da roupa e as mãos ainda molhadas. Mandou que fôssemos imediatamente para o quarto. Só faltou nos empurrar. Meu irmão, no caminho, protestou com sua voz esganiçada de criança escrupulosa com as regras. Ele ainda não tinha terminado de escovar os dentes. Segurava a escova com força, acusando mamãe de nos forçar a infringir a norma. Ela nos intimou a vestir o pijama, deitar-nos e apagar a luz, embora ainda faltasse algum tempo para a nossa hora habitual de dormir. Tudo isso às pressas e sem questionarmos. E nós, claro, não entendíamos coisa alguma, exceto que não era hora de fazer barulho nem perguntas.

Esse episódio, com pequenas variações, se repetiu vez por outra ao longo da nossa infância.

Com certa frequência, depois do jantar, mamãe ficava vigiando a chegada de papai pela janela da cozinha. Pela maneira como ele vinha andando na rua, ela adivinhava se tinha bebido ou não. Isso mamãe contava quando já era viúva. Papai não bebia todos os dias, mas parece que, quando o fazia, era melhor que Raulito e eu estivéssemos na cama e de luz apagada quando entrasse em casa. Não sei se agindo assim mamãe queria nos proteger ou castigar papai, impedindo-o de ver os filhos.

Numa dessas tantas noites, ele começou a vociferar no corredor quando chegou em casa. De repente, abriu a porta do nosso quarto para ver se estávamos dormindo. Mamãe, atrás dele, lhe sussurrou: "Está vendo?" Raulito em sua cama, eu na minha, não ousamos dar um pio. Quando a porta bateu com força, ouvimos papai se afastar resmungando, e na escuridão do quarto ficou flutuando uma catinga de fumaça de cigarro e ar pesado de taberna. Eu, para não ter que aspirar aquele cheiro, enfiei a cabeça embaixo do cobertor.

II

Nós nos acostumamos a vê-lo voltar para casa às vezes de focinho quente. Assim que mamãe falava: focinho quente. Essa expressão abarcava uma ampla gama de matizes da embriaguez, de um leve estado de euforia a um porre de não se aguentar em pé, passando por todos os estágios intermediários de obnubilação etílica.

"Eu bebo para aguentar vocês", disparou ele um dia, postado à porta da cozinha, enquanto jantávamos.

Nessa época Raúl e eu já tínhamos entrado na adolescência, portanto mamãe não precisava mais nos esconder do monstro.

Ao anoitecer, papai entrava em casa com uma invariável expressão de cansaço. Não era raro que sua dificuldade para introduzir a chave na fechadura o deixasse de mau humor. Quando o ouvíamos entrar, nenhum de nós se levantava. Simplesmente não passava pela nossa cabeça a ideia de ir até a entrada para abraçá-lo. Eu me continha por causa do cheiro que ele exalava, mas também pela possibilidade de que tivesse chegado aborrecido e disposto a descarregar a frustração no primeiro membro da família que lhe estivesse ao alcance. Ele não dava motivos para ser amado, e ao mesmo tempo era capaz de ficar furioso porque não o amávamos ou porque não o amávamos quando achava que era a hora, o minuto, o momento certo de amá-lo.

Quando eu era jovem, os olhos já à mesma altura dos dele, gostaria de ter tido a coragem de lhe ter dito: "Eu preciso te abraçar e vou te abraçar, mesmo que depois você me dê uma bofetada."

Com uma indiferença que devia magoá-lo muito, nós o víamos cambalear de olhos turvos, pálpebras semicerradas e, mais de uma vez, com a calça mijada. Viesse como viesse, dissesse o que dissesse, continuávamos fazendo as nossas coisas como se ele não estivesse ali encostado no batente da porta, vítima de um ataque de sentimentalismo untuoso ou de ódio e desprezo pela família.

Devia se sentir muito só ao nosso lado.

Quase posso vê-lo entrando na cozinha logo depois de chegar e, por exemplo, perguntando a Raulito e a mim:

"Onde está a mãe de vocês?"

"Na cama. Está com dor de cabeça."

Ele então se afastava pelo corredor falando com as paredes, infeliz e rabugento, e às vezes se distinguia uma frase compreensível entre seus resmungos confusos: "Essa mulher só tem cabeça para sentir dor."

Ele tinha uma estranha relação com o álcool. Estranha? Digamos que, como era uma relação inconstante, de um homem capaz de manter o vício sob controle, escapava ao meu entendimento. Havia épocas em que ficava taciturno e sóbrio e voltava para casa cedo, além de calmo, muitas vezes trazendo um monte de livros e maços de páginas fotocopiadas. Depois de mandar que ficássemos em silêncio e de proibir música, conversas altas e qualquer outro tipo de barulho em casa, se trancava no quarto para continuar o trabalho que não terminara durante o dia na faculdade.

E também me lembro de que de vez em quando passava uma noite, às vezes duas ou três, sem aparecer em casa. Quando voltava, nunca explicava onde estivera ou alegava que precisara passar a noite no trabalho devido ao excesso de tarefas.

Mamãe, com uma submissão que hoje desconfio de que era fingida, lamentava que não a tivesse avisado. Ela poderia ter mandado por Raulito ou por mim um jantar, uma almofada, um cobertor...

"É que eu não planejava ficar lá. Fico tão concentrado escrevendo e estudando, que, quando vou ver, já são três da madrugada."

Gostaria de saber se ele escreveu suas "Canções para Bibi" numa dessas noites, depois de ter estado, suponho, em contato íntimo com a dona do apelido.

Um conhecido lhe deu ou emprestou, não me lembro agora, uma fotografia em preto e branco em que se vê papai, quando era um rapaz raquítico do pós-guerra, em companhia de vários amigos. Ele calculou que nessa imagem devia ter mais ou menos a minha idade, uns quinze anos. E, apesar da minha evidente falta de interesse, me deu uma série de explicações sobre o lugar onde a fotografia havia sido tirada e os adolescentes sorridentes que se viam nela. Papai estava convencido de que nós dois éramos idênticos. Isso lhe despertava uma ternura entusiástica que eu não podia — ou não queria — compartilhar. Olhei a fotografia com frieza. Fui obrigado a olhar, porque ele a pôs bem na frente do meu nariz. Imaginei que deveria dar minha opinião. Perguntei a ele, com certa crueldade: "Qual destes é você?" E, sim, havia alguma semelhança entre o garoto que ele fora e o garoto que eu era, principalmente no cabelo e no queixo, mas minha constituição era mais robusta, e tenho certeza de que seria fácil derrubá-lo numa briga.

Não há dúvida de que tinha orgulho dessa semelhança comigo quando era jovem. Imagino que ele me via nesse momento como algo dele, ou próximo, sei lá, talvez como um espelho no qual gostava de se refletir. Com o pretexto da fotografia, abriu uma porta pela qual eu poderia ter entrado no mais íntimo da sua pessoa, e não entrei. Vejo isso agora, depois que o tempo passou e que também sou pai. Nesse dia, estupidamente, respondi que precisava ir embora porque meus amigos estavam me esperando.

12

Muitas vezes, Raulito e eu, cada um deitado na respectiva cama, conversávamos à noite amistosamente. Não poderia ser diferente, porque, apesar das nossas desavenças, nós dividíamos o mesmo quarto até a morte de papai, o que nos obrigava a ter uma convivência próxima. Ele me contava suas coisas, eu contava as minhas, exagerando um pouquinho minhas conquistas dom-juanescas. Como meu irmão não fazia sucesso nem tinha experiência em relacionamentos amorosos e sexuais, era fácil enganá-lo, e eu sentia uma satisfação enorme de fazê-lo me admirar.

Com a luz apagada, eu lhe contava mentiras como, por exemplo, que as mulheres têm uma cavidade entre duas vértebras, nem sempre as mesmas, porque isso variava de uma para a outra. E que, se você conseguisse apertar exatamente nesse lugar com a ponta do dedo, elas perdiam o controle, entravam numa fúria sensual e o deixavam fazer de tudo; aliás, até agradeciam. Raulito acreditava em tudo isso, e eu não me surpreenderia se María Elena tivesse se perguntado alguma vez por que seu futuro marido, na intimidade, acariciava sua coluna vertebral com tanto afinco.

Foi numa dessas muitas conversas noturnas, ainda adolescentes os dois, que meu irmão compartilhou comigo uma descoberta que tinha feito. A princípio não acreditei, e até o acusei de intrigante e mentiroso, censurando-o com aspereza por espionar mamãe.

Tanto teimou que tinha descoberto um segredo da nossa mãe que, já depois da meia-noite, minha curiosidade finalmente me venceu e concordei em me levantar da cama e ir com ele fazer a devida verificação na cozinha, quando a casa já estava em silêncio. Fomos no escuro, furtivos, para que nossos pais não escutassem; só acendemos a lâmpada fluorescente da cozinha depois de fechar a porta atrás de nós. Abrindo um cubículo que usávamos como depósito, meu irmão me mostrou duas garrafas de conhaque Soberano cobertas com um pano dentro de uma bacia, uma quase vazia, a outra ainda fechada. Só para contrariar, lembrei a ele que às vezes mamãe cozinhava com vinho branco.

"Talvez ela ponha conhaque nos molhos também."

"E por que esconde as garrafas?"

"Para que papai não beba."

Parecíamos dois detetives amadores, só que Raulito devia estar vários passos à minha frente, a julgar pelo progresso das suas investigações. Ele replicou:

"Pois então vamos todos acabar bêbados só de comer. De manhã esta garrafa estava mais cheia. E há poucos dias eram três."

Voltei ao quarto enfurecido com as palavras eloquentes do meu irmão. E também por sua ironia, à qual eu não estava acostumado, e talvez por isso achei conveniente frear o gordinho antes que se tornasse perigoso. Quando voltamos para a cama, ameacei perguntar abertamente a mamãe, no dia seguinte, se era verdade que ela tomava conhaque quando não estávamos vendo e lhe dar a maior surra da vida dele se fosse confirmado que tinha inventado a história das garrafas. Ele respondeu que se descobrisse alguma coisa não ia me contar, e que de qualquer maneira eu teria que aceitar a verdade mais cedo ou mais tarde.

E a verdade era que mamãe realmente tinha uma relação constante e oculta com o álcool. Em casa, bebia principalmente à noite, sem ser notada, e na rua, talvez durante o trabalho, imagino que com frequência; nunca, porém, a ponto de andar em zigue-zague pela rua. Por alguma peculiaridade do seu metabolismo, os efeitos da bebida sobre ela eram quase imperceptíveis, ou talvez, sei lá, mamãe tivesse um truque para disfarçar. O que ela certamente não podia imaginar é que o filho a estava vigiando.

No fundo, eu não me importava que mamãe enchesse a cara. Ela mesma se punia com as enxaquecas provocadas. Papai também bebia. E eu fazia o mesmo com meus amigos. Beber álcool aos dezesseis anos era um requisito indispensável para entrar no mundo adulto.

O único membro da família que não consumia álcool nessa época era o bobão do Raulito. Na época em que me contou o segredo de mamãe, dei a entender em tom de chacota que ele ainda estava muito longe de virar homem, se é que algum dia viraria. Cheguei até a insinuar (e não pela primeira vez) que todos os sinais indicavam que ia ser veado. Insisti tanto no deboche que ele começou a chorar.

13

Um pensamento me impedia de dormir. *Esse infeliz, será que quer me deixar mal com mamãe? Bobo ele não é. Para certas coisas, é muito lerdo, mas sei que para outras tem malícia até de mais.* No escuro, na cama, não conseguia tirar da cabeça a imagem das duas garrafas de Soberano dentro da bacia, e imaginava mamãe bebendo delas direto do gargalo, como uma beberrona que não consegue se controlar porque a toda hora seu corpo exige uma dose de álcool.

Comecei a achar que Raulito tinha me levado àquele depósito com alguma intenção maliciosa. Quem me garante que não foi ele quem escondeu as garrafas na bacia? Quanto mais eu pensava, mais verídica me parecia essa suspeita. Vejo duas garrafas de conhaque, uma quase vazia; sem fazer qualquer outra verificação, chego à conclusão de que mamãe é alcoólatra; decido repudiá-la imediatamente ou, pelo menos, me afastar dela, evitar sua companhia; e, assim, sem prever as consequências do meu comportamento, cedo todo o seu usufruto ao gordinho. Seriam estas a aposta e a esperança do meu irmão?

Para eliminar qualquer dúvida, pensei que a melhor solução seria fazer investigações por conta própria. No dia seguinte, quando voltei do colégio, as garrafas do depósito continuavam como as tinha visto na noite anterior, na mesma posição, uma fechada, a outra com um restinho de conhaque. Não havia ninguém em casa. Papai e mamãe estavam nos respectivos empregos e Raulito, no colégio. Então, fiquei à vontade para bisbilhotar aqui e ali, em recantos e gavetas, por dentro, por cima e por baixo dos armários, sem encontrar qualquer indício ou prova da alegada dipsomania de mamãe.

Imagino que ela devia achar estranho que, no fim da tarde, depois de perambular por aí com meus amigos, eu viesse abraçá-la e lhe estampasse dois beijos sonoros, um em cada bochecha, justamente eu, a quem ela atribuía um caráter distante e frio. Já tinha me cobrado várias vezes por isso, e em todas o que mais me incomodou, ou a única coisa, era que sempre apontava Raulito como modelo de filho afetuoso. Não posso negar que me envaidecia ver mamãe almejando meu afeto e magoada por não recebê-lo com frequência. Eu gostava de pensar que ela distinguia entre o meu amor, excepcional e, portanto, valioso, que era como de ouro, e o de lata de Raulito, barato, abundante, fácil de conseguir.

Minhas supostas efusões de afeto eram uma simples desculpa para aproximar o nariz do seu hálito. Não senti nada em sua boca que evocasse o cheiro de conhaque ou bebidas semelhantes. E então, sem vontade de continuar bancando o detetive particular, contei a ela que Raulito tinha me levado certa noite para ver as garrafas no depósito. E contei que meu irmão andava dizendo que ela se embriagava às escondidas. Quando cheguei a esse ponto da história, não havia um músculo no rosto de mamãe que não revelasse ira. Ela parecia ter esquecido como se pisca. De repente gritou para meu irmão que viesse imediatamente à cozinha. E quando ele respondeu do quarto que estava fazendo o dever de casa, mamãe lhe ordenou, furiosa e imperativa: "Venha já!"

Raulito entrou na cozinha perguntando se havia algum problema. Mamãe se postou à sua frente. "Tire os óculos." Deu essa ordem com uma calma estranha, como se de repente a raiva que a queimava por dentro tivesse amainado. E assim que Raulito fez o que ela mandou, mamãe, paf, deu-lhe uma bofetada que fez o rosto dele girar bruscamente para um lado e ressoou por toda a cozinha quando estalou na carne.

14

Um colega meu da faculdade e do colégio estava namorando uma garota, aluna de um período acima do nosso. Essa garota dividia com outras pessoas um apartamento na rua Ponzano, e, às vezes, depois das aulas, eu os acompanhava até o largo de Cuatro Caminos, onde me despedia deles e pegava o metrô.

Foi o que aconteceu uma tarde, em dezembro de 1980, quando estava começando a faculdade. Descendo com meu colega e a namorada dele pela rua San Francisco de Sales, olhei por acaso para a calçada oposta e reconheci mamãe, de capa de chuva e lenço na cabeça. Estava andando rápido na direção oposta à nossa, de cabeça baixa, olhando para o chão diante dos seus pés, como se quisesse ter certeza de onde pisava. Duvidei por um instante de que fosse mamãe, surpreso acima de tudo por vê-la tão longe de casa, e porque não a associava de forma alguma com aquela região.

Na hora me deu vontade de chamá-la e, pelo menos, acenar. A rua larga, muito movimentada nesse momento, me obrigaria a dar um grito potente de uma calçada até a outra para atrair a atenção de mamãe. Estava prestes a fazer isso quando o aparecimento de um adolescente gorducho, que caminhava rente à parede de um prédio a uns oitenta ou cem metros atrás dela, me deteve. Era o meu irmão, e imaginei logo que estava cumprindo alguma missão de detetive por iniciativa própria. E, no mesmo instante, minha alegre surpresa inicial virou uma irritação desconfiada.

Não achei oportuno dizer ao meu amigo e à garota que metade da minha família estava andando ali no outro lado da rua, minha mãe na frente, indo depressa sabe-se lá para onde, e meu irmão atrás, seguindo o rastro como um agente secreto. Preferi continuar como se nada tivesse acontecido, conversando com meus amigos até chegar ao metrô Cuatro Caminos. A certa altura, quando uma sirene de ambulância soou atrás de nós, olhei para trás. Só vi o meu irmão.

15

O jantar lá em casa transcorreu como de costume, cada qual imerso em seus pensamentos, papai ausente. Bebíamos e mastigávamos em meio a um silêncio cortado apenas pelo tilintar das colheres na louça e por frases soltas como "Pode me passar o saleiro?", "Este pão é de hoje ou de ontem?". Quando papai chegou, sem um pingo de fome, com uma expressão cansada e de focinho quente, Raulito estava lendo ou estudando no nosso quarto, talvez se masturbando com a ajuda de uma revista pornográfica cujo esconderijo não me era desconhecido, e mamãe e eu assistíamos a um filme na televisão sentados no sofá da sala. Lembro-me de que, para não sujar nem desgastar o sofá, mamãe o cobria com uma colcha. Papai fez um comentário sobre o ator principal; como não prestamos atenção, rosnou alguma coisa à guisa de despedida e foi dormir.

Quando o filme acabou, mamãe ficou na sala com a TV desligada. Ela devia guardar uma garrafa em algum lugar diferente do depósito. Dei boa-noite e fui para o meu quarto. Assim que apaguei a luz do abajur, disse ao meu irmão, de uma cama para a outra, que o vira espionando mamãe na rua. Ele foi rápido em negar. Mencionei detalhes incontestáveis. Continuou negando.

"Você estava atrás dela na rua San Francisco de Sales. Não sabe como faltou pouco para eu ir até lá dar uns bons socos em você."

Parece que o gordinho tinha aprendido, depois da história das garrafas de Soberano meses antes. Com certeza, a última coisa que ele queria fazer era dividir comigo suas descobertas e seus segredos. Atrevido, respondeu que não via necessidade de me dar informações sobre sua vida pessoal. Ameacei contar para mamãe que o vi naquela tarde seguindo-a pela rua. E, naturalmente, duvidava que tal coisa tivesse acontecido pela primeira vez.

"Só falta papai descobrir também. Já fez seu testamento?"

Consegui assustá-lo. Acabou me dizendo, em voz baixa, que mamãe entrava no hotel Mindanao toda quinta-feira à tarde, pelo menos nas quintas-feiras das três últimas semanas.

"E o que faz lá?"

Uma vez Raulito chegou até a escada de acesso e um porteiro de uniforme e quepe impediu sua passagem. Tudo que ele conseguiu descobrir foi que mamãe ficava dentro do hotel por uma hora e meia ou duas horas, e que todas as vezes, quando saía, um táxi a estava esperando e o porteiro abria a porta para ela. A viagem de ida era de metrô, e por isso ele podia segui-la; a volta era de táxi, e então a perdia de vista. Até aquele momento nunca a vira em companhia de ninguém. Sua principal hipótese era a de que mamãe trabalhava no hotel realizando tarefas administrativas, pois era muito boa com números, e assim ganhava um salário extra.

Concordei sem muita convicção: "É o mais provável."

Prometi ao meu irmão que não ia contar nada. Ele me fez jurar. "Não confia em mim?" "Não." Então, jurei.

Na quinta-feira seguinte, sozinho com mamãe na cozinha enquanto ela preparava o jantar, apontei uma mancha de batom na comissura dos seus lábios. Ela rapidamente limpou com o dorso da mão. Maquiagem era uma coisa estritamente proibida por papai. Depois, ela me olhou como se estivesse estudando cada detalhe do meu rosto e tentando examinar o fundo dos meus olhos. Encarei-a com um olhar impassível. Ela não disse nada. Eu não disse nada.

16

A dermatologista da Pozuelo tinha razão, como revelou a tomografia. Está descartado, portanto, que Patamanca sofra de câncer. Bem-humorado, meu amigo diz que tem todos os órgãos saudáveis e no lugar certo. Pode se ver no rosto dele que ultimamente tem dormido bem. Retoma a prática diária do hedonismo, volta a se interessar pela atualidade política, lança pragas contra o governo, cujo presidente, que ele não suporta, ontem convocou eleições gerais tal como Pata vinha prevendo havia semanas. Só foram encontradas umas pequenas cicatrizes sem importância nas paredes dos pulmões, provavelmente consequências do antigo vício em cigarros. Ontem se gabou de que não tem sequer cálculos biliares.

"E as feridas?"

"Não faço ideia, mas câncer linfático não é."

Perguntei se ele, como imagino, está aliviado. Aliviado é pouco: eufórico. E para celebrar as boas novas reservou uma mesa para hoje, sábado, no Las Cuevas de Luis Candelas, onde fomos nos empanturrar de leitãozinho assado.

Já tínhamos ido a esse antigo restaurante duas ou três vezes esparsas. Assim, os diferentes salões, as paredes de tijolos aparentes, a decoração pitoresca com padrões tradicionais, destinada a surpreender o turista, e os garçons vestidos de bandoleiros do século XIX não eram novidade para nós. Eu preferiria um almoço mais frugal, mas hoje Patamanca estava intratável de tanta alegria, agressivo de tanto alvoroço, e quase me nocauteou com sua prodigalidade. É uma coisa que me incomoda, não posso evitar, essa natureza avassaladora do meu amigo. Quer dizer, se ele está deprimido, coisa que lhe acontece com certa frequência, espera que eu o pegue pela mão e adentre com ele as brumas do desânimo, e se está com uma alegria louca, tenho que fazer coro às suas gargalhadas. Pois o fato, diga ele o que disser, é que achei o vinho caro. Descontente com esse comentário, Pata me acusou de sovinice. Quase me levantei para deixá-lo sozinho em sua comemoração.

No meio do leitãozinho, e após a segunda taça de vinho tinto, resolvi questionar sua intenção de se matar.

"Você gosta demais de viver", afirmei num claro tom de reprovação.

Primeiro ele se defendeu, cínico, brincalhão, falando com a boca entulhada de bolo alimentar.

"Não se preocupe, nós dois vamos ser levados no mesmo dia para o cemitério. Mas até lá faltam vários meses, sabe, e enquanto isso temos que comer."

Depois, com os dedos sujos de gordura, começou a discorrer alegremente sobre o suicídio. E me impingiu uma palestra salpicada de frases atribuídas a autores famosos. Cioran foi o nome que mais passou pela boca de Patamanca, ocupada principalmente com a deglutição. "O suicídio é um pensamento que ajuda a viver." Por aí. "Acho que você está de miolo mole", respondi. A ideia de que a escolha do momento, do lugar e da forma da própria morte é coisa dele, e só dele, torna a vida mais tolerável para Patamanca. O sabichão me confessa que dias atrás esteve a um passo de ingerir sua dose de cianeto. Tinha condicionado essa decisão ao resultado da tomografia. Não quis me expor esse plano para não me deixar preocupado. Que doçura! Não sei como não caí na risada. Agora, explica, tem uma prorrogação, durante a qual não pretende se privar de vícios e prazeres. E se permite, na certa com a intenção de me provocar, questionar minha decisão de dar cabo da vida no dia previsto ou em qualquer outra data.

"No dia 1º de agosto de 2019 amanhecerei cadáver."

Devo ter falado isso com tanta firmeza, que de repente Patamanca perdeu a vontade de continuar com as gracinhas. Como ponto culminante da festa, tomamos uma bagaceira com ervas. Quando lhe agradeci pelo almoço, ele aproveitou para afirmar que sou um bocado chato, mas boa gente.

Pata, depois de entornar a bebida num gole só: "Adivinha quem encontrei outro dia andando com um cachorro preto pela minha rua?"

Eu me faço de bobo. Ele fica dois ou três segundos em silêncio, para dar mais emoção ao relato, e quando diz o nome familiar não tenho nenhuma reação.

"Fui prudente", conta. "Não disse a ela que você mora nesta área."

Achou-a muito acabada, acrescenta. E opina que ela deveria cuidar melhor da aparência.

"Você não vai acreditar no nome que ela deu ao cachorro."

Respondo que não sei nem me interessa saber. Ele mal pode esperar para me contar. Quando o faz, olha para mim e conclui.

"Águeda me confessou que deu esse nome a todos os cachorros que teve. Acho que não te esqueceu nem por um segundo na vida."

17

Nunca soube, e desconfio de que Raulito também não, por mais que tenha se dedicado apaixonadamente à espionagem na juventude, o que mamãe ia fazer algumas, muitas, talvez todas as quintas-feiras à tarde no hotel Mindanao. Serviços administrativos que não eram, evidentemente. Nunca lhe perguntei, nem naquela época, nem nos anos posteriores, quando a viuvez lhe permitiria se abrir sem reservas, e tampouco quando começou a perder o controle das palavras, no início do Alzheimer, e não seria difícil fazê-la falar.

Duvido que a vida privada dela tivesse algum mistério digno das insistentes e infantis investigações do meu irmão. Tendo a pensar que mamãe se entregou em segredo a certas recreações para provavelmente compensar os dissabores de um casamento infeliz. Um pouco de companhia e atenção, um pouco de sexo, um presentinho ou outro... Nada de outro mundo.

Para que morar numa cidade populosa se não é para se esfregar em outros corpos de vez em quando e ter, assim, a ilusão de vencer a solidão?

Um dia apresentei mamãe à garota com quem tinha começado a me esfregar algumas semanas antes. Levei-a à nossa casa para que a conhecesse. No momento risonho das apresentações, nem mamãe podia imaginar que estava cumprimentando a futura nora, nem Amalia, que apertava a mão daquela que em breve seria sua sogra. Ambas sorriram e trocaram fórmulas de cortesia, fazendo de conta que se davam bem enquanto ainda estavam se estudando mutuamente. Amalia levou para mamãe uma caixa de doces de Santa Teresa e umas flores; mamãe decorou a mesa com a toalha e a louça de ocasiões especiais, e eu, completamente ignorante em matéria de etiqueta e protocolo, observei com admiração as duas mulheres, sem perceber que, poucos segundos depois de se conhecerem, entre sorrisos, gestos educados e palavras de gentileza e gratidão, as duas deram início a uma batalha particular.

Aproveitando um momento em que Amalia foi ao banheiro, mamãe me perguntou, sussurrando, por Águeda. Murmurei: "Terminamos." E ela não pôde conter um ligeiro, quase imperceptível, gesto de decepção.

Alguns meses depois, anunciei que ia me casar. Assim, de supetão. Cheguei e lhe disse: "Mãe, vou me casar." Ela perguntou se era com Amalia. "Com quem mais poderia ser?" Suas sobrancelhas se ergueram até onde os músculos faciais permitiram. O entusiasmo, em qualquer situação, se expressa de outra forma. E ela havia elogiado minha namorada várias vezes: como se veste bem, como tem bom gosto, como é bonita.

Nunca esqueci o diálogo que tivemos alguns dias antes do casamento. "Imagino", disse ela, "que seja tarde demais para te convencer a não cometer o maior erro da sua vida". Sua intuição feminina me vaticinou uma vida matrimonial difícil. Achava que Amalia não era a mulher certa para mim nem eu o homem certo para ela. Não questionava que a mulher que escolhi para ser minha esposa tinha beleza, inteligência, estilo e muitas outras virtudes, tantas quantas os meus olhos deslumbrados de homem quiseram lhe atribuir. "O problema é que ela também tem ambição e muita personalidade." Achava que a anterior, aludindo a Águeda, era um partido melhor. "Não era bonita, mas tinha bom coração." Pedi que explicasse melhor. Ela se limitou a dizer que entendia "dessas coisas". Então por que tinha se casado com papai? Alegou que eram outros tempos. Não me lembro das palavras exatas. Tempos difíceis, tempos adversos, em que as espanholas enfrentavam dificuldades enormes para progredir na vida.

Ela mesma, a partir de um certo momento, já com dois filhos, foi tomada pela paixão de se destruir, sim, de se magoar e ficar feia. Odiava a imagem que o espelho lhe mostrava, negligenciava sua aparência na frente das visitas, tinha a convicção de que era um lixo humano. Papai ficava na dele, sem desconfiar. Porque, para aquele homem, ela nunca fora nada. Um ser inferior, uma pessoa inculta, uma tola que nem sequer fazia suas vontades na cama, como ele acreditava merecer. E mamãe tentou se matar duas vezes: uma com comprimidos, outra com uma faca de cozinha, mas foi malsucedida em ambas. Nesse momento, para provar o que me dizia, me mostrou a parte interna dos pulsos, onde, olhando de perto, se viam umas cicatrizes finas como um fio, num tom ligeiramente mais branco do que a pele em volta. Ela nunca tinha contado isso a ninguém. Nem ao meu irmão.

Por muitos anos, disse, se sentia numa prisão sem portas nem janelas. E, o que é pior, sem ar e sem luz. Até que, aconselhada por uma colega de trabalho, decidiu criar um pequeno espaço de intimidade em que se permitia em segredo algumas satisfações e liberdades. E graças a essa estratégia estava ali comigo, viva e finalmente tranquila.

"Respeita sua esposa quando ela fizer isso. Todas, mais cedo ou mais tarde, fazem."

18

Vovô Isidro exigia seu golinho de Anís del Mono no fim de cada refeição. A carola da mulher dele o servia com uma solicitude que chegava às raias da submissão. O marido nem precisava mandar. Atenta à última garfada do velho, ela logo trazia o copo e a garrafa para a mesa. Não sei quem se sentia melhor, se minha sogra servindo ao seu esparramado e saciado senhor ou o senhor sendo servido pela abnegada esposa que Deus teve a bondade de lhe proporcionar.

Amalia também tinha, para o caso pouco frequente de que o pai viesse nos visitar, uma garrafa do referido licor no nosso bar. Que lá ficou, mais cheia do que vazia, quando tive que deixar para sempre o campo de batalha conjugal.

Os gostos e hábitos do velho não me interessavam em absoluto. Ele próprio não me interessava. O que não me deixava indiferente era a mania de fazer Nikita tomar um gole do seu copo, orgulhando-se de assim ajudar o menino a virar "um espanhol de colhões". Às vezes, Nikita parecia relutar em ceder aos caprichos do avô. Nesses casos, o velho o subornava com uma moeda, só para ter seu momento de exaltação vendo o rosto da pobre criança, assim que sentia a ardência da bebida dentro da boca, se enrugar de um jeito aparentemente engraçado, mas que para mim não tinha a menor graça.

O que mais me incomodava era ver que Amalia transigia com essa teimosia do pai, sem dúvida com medo de contrariá-lo, embora no fundo reprovasse aquele comportamento tanto quanto eu. Por esse motivo, um dia tivemos uma discussão intensa ao sair da casa dos meus sogros. A princípio eu só queria manifestar meu desagrado com a insistência do avô em fazer o menino beber do seu copo, induzindo-o, dessa forma, a pensar desde cedo que a bebida alcoólica faz parte de um jogo divertido e viril. Amalia não se cansava de me chamar de exagerado e de me acusar de "criar um clima ruim" na casa dos pais dela. Mantendo a calma tanto quanto me foi possível, usei argumentos de natureza didática que nem ela nem ninguém com mais de dois neurônios poderiam refutar. Amalia ficou encurralada e, sem conseguir achar uma réplica adequada, ofendida nas profundezas do seu orgulho com a minha atitude e o meu vocabulário um tanto elevado ("filosófico", dizia ela com desprezo), resolveu listar as falhas da minha mãe. Ficamos dois dias sem nos falar.

Num desses domingos, com a paciência já esgotada, resolvi pedir a Isidro que, por favor, não desse álcool ao menino. Respondeu que era só um golinho. Eu lhe disse que não aceitava, mesmo sendo uma quantidade pequena, e lembrei a ele, nos termos mais respeitosos, que Nikita só tinha seis anos de idade. O velho fez uma careta, visivelmente despeitado, mas evitou entrar em discussão comigo. Depois de algum tempo, pensando que eu não estava vendo, fez um gesto para que o menino se aproximasse e, com ajuda de uma moeda, pressionou-o a beber do seu copo. Nem é preciso dizer que continuou fazendo esse joguinho nas visitas subsequentes, muitas vezes na presença de Amalia, que preferia que o filho de tenra idade se acostumasse a beber um pouco de licor de anis a brigar com o pai enfezado.

Num outro domingo, fui para a varanda assim que percebi que minha sogra se preparava para tirar a maldita garrafa do aparador e o velho já começava a chamar o menino com a mão. Pus minha raiva para esfriar no vento gelado do lado de fora. Enquanto isso, dentro da casa ocorria um acidente do qual só testemunhei as consequências. Parece que o velho não estava atento ou não percebeu que o menino estava começando a se familiarizar demais com aquele golinho no fim dos almoços familiares. O fato é que Nikita, para acompanhar a gracinha do avô, bebeu todo o conteúdo do copo de um só gole. Dali a pouco o menino estava tonto e logo em seguida teve uma primeira náusea. Quando voltei para a sala, uma poça de vômito se espalhava pelo tapete, embaixo da mesa, onde Nikita, sentindo-se mal, tinha se refugiado. Fiquei surpreso ao encontrar macarrões inteiros naquela pasta fedorenta, prova de que o garoto comia sem sequer mastigar. Minha sogra parecia fora de si vendo o estado em que o tapete ficou. Amalia tentava precipitadamente disfarçar aquela confusão antes que eu descobrisse. Vovô Isidro parecia ofendido ou, pelo menos, decepcionado com o espanholito molenga que tinha como neto. E eu, na verdade, poucas vezes na vida senti tanta vontade de abraçar meu filho.

19

Meu sogro era um homem caseiro, de hábitos austeros, dono de uma vasta coleção de soldadinhos de chumbo de diferentes épocas e nações. Eles ficavam expostos numa vitrine trancada, fora do alcance de Nikita, que uma vez já havia quebrado um.

 Além do seu copo de Anís del Mono, que tomava como digestivo, eu raramente via Isidro bebendo álcool; talvez um pouco de vinho diluído com água gasosa durante os festejos familiares. Não consigo imaginá-lo bêbado. Em contrapartida, não tinha contenção alguma com o tabaco. Houve épocas em que ele fumava dois maços de cigarro por dia, além do infalível charutinho depois da sesta. Com o passar dos anos, sua voz foi ficando áspera. Acho que continuou a fumar depois que foi diagnosticado o câncer de pulmão que o levou para o túmulo.

 O que mais? Nunca fui próximo do velho nem senti qualquer simpatia por ele. A vida é assim: ela nos leva, nos traz e muitas vezes nos junta com pessoas pelas quais não temos atração nem curiosidade alguma, e das quais não é fácil se livrar. Neste momento não consigo me lembrar de nenhuma conversa profunda que tenha mantido com meu sogro. Se eu for somar todos os minutos que passamos a sós, creio que não daria nem uma hora. Sempre que nos víamos havia outras pessoas por perto. Podia ser que, eventualmente, o restante da família nos deixasse sozinhos por alguns momentos, e lá ficávamos os dois, feito duas estátuas, na sala, no corredor, na varanda, sem nada de relevante para dizer um ao outro. E não era apenas que eu não me interessasse pelo seu universo ideológico nem por sua biografia banal de desenhista de arquitetura e engenharia; parecia óbvio que ele também não estava interessado em nada que me dissesse respeito: nem no meu trabalho, nem nos meus hobbies, nem na minha família, nada de nada.

 Durante quase dezesseis anos de encontros esporádicos, desde o momento em que Amalia nos apresentou até a última vez que nos vimos, tratei-o de senhor, assim como a minha sogra. Eles me tratavam de você.

 Meu sogro sentia uma grande frustração por não ter descendentes masculinos. Um dia ouvi da minha sogra, ao lado do berço de Nikita: "Isidro queria tanto ser pai de um menino! Deus só quis nos dar meninas." Nos primeiros anos do meu filho, vovô Isidro aproveitava qualquer oportunidade para fazer as vezes de pai do neto. Não tinha a menor ideia de pedagogia infantil, mas isso não o impedia de dar conselhos a Amalia e a mim sobre a maneira ideal de educar o garoto. Insistia que devíamos estimular sua força física e a firmeza de caráter. "Deixem o menino correr, pular e ser um pouquinho malvado, fazer suas travessuras." A esse respeito, citava Santiago Ramón y Cajal, cuja infância e juventude aparentemente conhecia em todos os detalhes. Dizia coisas que soavam mais ou menos assim: "O grande sábio aragonês era rebelde e brigão na infância, além de péssimo aluno. Fazia canhões de brinquedo e atirava pedras com o estilingue, e agora está aí, cientista famoso no mundo todo e ganhador do Nobel." Nós ficávamos em silêncio, certos de que mais cedo ou mais tarde o próprio Nikita lhe abriria os olhos, como de fato fez.

20

Telefonei para Amalia depois de superar não poucas e pungentes hesitações. Tínhamos combinado, ou ela me ordenou, que não a incomodaria na rádio, a menos que fosse com uma boa justificativa, algum problema de extrema gravidade. Finalmente convencido de que era o caso, telefonei, já depois das onze da noite, para lhe dizer que nosso filho de treze anos ainda não tinha voltado para casa.

Era um dia de semana e Nikita, que precisava se levantar cedo na manhã seguinte para ir ao colégio, deveria estar na cama havia muito tempo. As perguntas que inevitavelmente se fazem em tais ocasiões adejavam à minha volta como vespas agitadas. Teria ficado até mais tarde na casa de um amigo? Será que foi atropelado? Sofreu algum tipo de acidente? Nenhuma dessas perguntas levava a uma resposta, mas todas aumentavam a minha incerteza e a minha preocupação. De repente pensei que a ausência de Nikita poderia ser intencional. A hipótese de que o garoto se recusava a admitir a interferência de Olga na nossa vida iluminou minha mente. Em vez de aceitar aquela situação vexaminosa, como o covarde do pai, teve a decência de sair de casa.

Amalia, ao telefone, perguntou o que estava esperando para ir procurá-lo. Procurar onde? "Sei lá. Na rua, no parque, por aí." E depois acrescentou, como se estivesse falando com um tirano sanguinário, que não batesse nele quando o encontrasse. Por que estava me dizendo uma coisa dessas se eu nunca tinha encostado a mão em Nikita? Ela alegou que estava prestes a entrar no ar e desligou.

Procurei meu filho até tarde da noite, primeiro nas ruas meio vazias do bairro; depois, sem rumo, em outros lugares. Dirigia prestando mais atenção nas calçadas do que no trânsito, que felizmente era ínfimo. Ouvi no rádio do carro o programa de Amalia até o fim. Sua calma e suas tiradas, apesar de saber do desaparecimento de Nikita, me surpreendiam e me irritavam ao mesmo tempo. Esperei em vão que ela aproveitasse sua posição privilegiada de locutora para pedir informações sobre o paradeiro de um garoto com tais e tais características. Sua voz certamente era ouvida em hospitais e radiopatrulhas. Desconfiei por um momento de que Nikita tinha lhe telefonado dizendo onde estava e que ela, rancorosa, vingativa (com Olga na jogada) e movida por um prazer maligno, queria me fazer passar a noite em claro, levando minha angústia para passear pela cidade inteira.

Com os nervos à flor da pele, rodei pelos lugares que podiam ser mais frequentados por Nikita. A cidade me parecia maior do que de dia. Maior? Monstruosa, descomunal, mas também cruel na indiferença que demonstrava em relação ao meu estado de espírito. Eu reduzia a velocidade, já naturalmente lenta, toda vez que via um grupo de pessoas aglomeradas na entrada de um bar ou de uma boate. Saí do carro várias vezes. Quando pisava na calçada, ia num ritmo acelerado. Andei pelo parque do nosso bairro, escuro e solitário àquela hora; por jardins e praças, em algumas das quais vi moradores de rua deitados em cima de jornais e papelão, em sacos de dormir ou sob a proteção de um mísero cobertor. Dei uma espiada, por entre as grades, no pátio da escola onde Nikita estudava. Fui indagar no pronto-socorro de dois hospitais, nenhum dos quais me deu informação alguma sobre meu filho. E às três e meia da madrugada, indiferente ao sono e, no entanto, exausto, voltei para casa. Amalia me esperava acordada. E, ao seu lado, Olga, de pijama.

"O que essa fulana está fazendo aqui? Se você a deixar ficar, vou para um hotel e amanhã falo com seus pais."

Tínhamos estabelecido que intrusos, amantes, namoradas e pessoas desse estilo não eram permitidos em casa. Mas estávamos de acordo em um ponto: não era hora para começar uma briga.

Confesso que tive que morder o lábio para reprimir uma alusão sarcástica ao pijama, que era de Amalia e ficava ridiculamente curto em cima, embaixo e nas mangas daquela mulher longilínea.

"Ela não é nenhuma fulana. Nós já estamos indo."

Depois, Amalia me pediu detalhes sobre a busca por Nikita, como se de repente tivesse se lembrado de que o menino não estava em casa. Eu, que esperava um tom menos pacífico de uma mãe assustada, manifestei minha relutância em discutir assuntos familiares na presença de estranhos. A conversa morreu aí. Pouco depois, as duas mulheres foram embora de mãos dadas. Antes de fechar a porta, Amalia sugeriu que seria conveniente ir à polícia.

"Ou ao necrotério", acrescentei, mas acho que ela não ouviu.

21

Soubemos, no dia seguinte, por um telefonema da polícia municipal, onde deveríamos buscar Nikita. E também que, por ele ser menor de idade, um inquérito tinha sido aberto. O tom bonachão do oficial tentando mitigar meu susto teve um efeito calmante sobre mim. Ele se permitiu até fazer uma piadinha, não particularmente engraçada mas cordial, o que ajudou a aliviar minha tensão. Meu filho estava bem, dentro do que lhe era possível. Aparentemente seu caso foi um dos muitos que ocorrem todos os dias na cidade. Quanto à investigação, o policial me disse que não me preocupasse. O objetivo dele era saber qual foi o estabelecimento que violou a proibição de venda de bebida alcoólica a menores.

À tarde, Amalia e eu fomos buscar Nikita no Hospital Clínico San Carlos. Vítima de intoxicação etílica, o garoto fora levado para lá de ambulância na véspera. Contaram que foi internado por volta das oito e meia da noite com um porre descomunal, mas sem perda de consciência, de modo que bastou aplicar-lhe o tratamento sintomático de praxe. Tomou vitaminas e glicose e foi hidratado. A mãe ficou emocionada ao vê-lo, e o abraçou e beijou efusivamente, como se o garoto tivesse ganhado algum prêmio. Tentei fazer prevalecer essa coisa cada vez mais obsoleta e menos considerada hoje em dia: o princípio da autoridade paterna.

"Temos que conversar."

"Agora não, pai."

Ele estava com um cheiro bastante forte e não muito agradável. E, mais uma vez, me resignei a ser o vilão do filme.

De volta para casa, no carro, eu e a mãe tivemos que tranquilizá-lo. Ele queria saber de qualquer maneira se a polícia iria mandá-lo para um reformatório. Também estava preocupado com a possibilidade de ficar de castigo sem jogar videogame.

"Temos que conversar primeiro."

A mãe se intrometeu: "Você já disse isso antes."

E no banco de trás Nikita repetiu, com uma vibração suplicante na voz, que, por favor, outro dia.

O que ele nos contou, não de imediato, mas depois de várias tentativas, foi que se encontrou com uns amigos na garagem do pai de um deles. Ali, no meio de um monte de tralha, havia umas garrafas de mistela de fabricação caseira, mas a primeira bebida que aquela turma alegre despachou foram duas garrafas de vodca compradas num bazar chinês pelo irmão de um dos que estavam lá. O lojista não exigiu o documento nacional de identidade ao encarregado da compra, um rapaz de dezesseis anos, nem dessa vez nem das outras anteriores, por ambição de ganhar alguns euros, por desconhecimento da lei ou porque aos seus olhos orientais o garoto parecia mais velho do que era.

Começou um jogo em que o perdedor de cada rodada teria que pagar uma prenda. Essa prenda consistia em tomar uma dose de vodca misturada com limonada. Duas colegas da sala também faziam parte do grupo. A presença feminina estimulou nos rapazes a necessidade estúpida de competir na ousadia. Até que, com todo mundo animado e contente depois que as garrafas de vodca foram esvaziadas, começaram as apostas temerárias. E adivinhei, sem que Nikita precisasse continuar a história, que a ingenuidade e a falta de discernimento fizeram dele o principal alvo das chacotas da turma. Quando o desafiaram, ele topou e, de repente, despejou goela abaixo uma quantidade exagerada de mistela, que o derrubou. Não se lembrava de quando o colocaram na ambulância. Vagamente se via transportado para a rua por vários outros, sem dúvida para livrar o dono da garagem de problemas com a lei. Depois disso, nem se lembrava de ter sido tratado pelos paramédicos.

Poucos dias depois, deixaram um novo bilhete na minha caixa de correio.

"Seu filho vai acabar virando um drogado e criminoso, e a culpa será sua, por não o educar direito e pelo mau exemplo que dá a ele."

22

"E para beber, o que vão pedir?" Amalia escolhe um vinho tinto seleto (de alto nível, como ela diz, ou dos caros, como digo eu) e faz uma pergunta, com pose de enóloga, mais para dissuadir a garçonete de qualquer tentativa de engano do que para obter informações. Em seguida, pede que sirva o vinho numa taça grande. Por via das dúvidas, faz uma mímica para demonstrar a convexidade da taça. Nisso, o reloginho brilhante com uma pulseira de pérola desliza ligeiramente pelo seu antebraço. Diz que se não tiverem uma taça como ela quer, vai pedir outra bebida. Ainda sorrindo, os dentes reluzindo para combinar com o relógio, os lábios carnudos e vermelhos, ameaça beber água mineral sem gás. A garçonete responde na hora, com certa rigidez, que o restaurante naturalmente tem taças grandes.

Para Amalia, vinho significa afirmação da vida. Também implica um prazer que dá distinção. Ela jamais admitiria tomar um vinho de qualidade numa taça pequena — e muito menos, que horror, num copo. "Nem se eu fosse um pedreiro", frase com cheiro de preconceito de classe que ela jamais diria na rádio, onde faz pose de esquerdista-progressista padrão. Não a contradigo. Ainda estamos nos dias em que a contemplo e ouço com fascinação. Às vezes, em silêncio, me aproximo dela pelas costas; cheiro secretamente a emanação perfumada do seu cabelo; aspiro com tanta intensidade que, a qualquer momento, a ponta de uma mecha poderia entrar no meu nariz.

Amalia costuma demorar para beber o primeiro gole. O vinho, diz ela, tem que respirar um pouco fora da garrafa. E se deleita observando-o contra a luz enquanto os supostos espíritos malignos desaparecem da taça. Ela adora a transformação de negro vivo em vermelho profundo. Não recusa um branco ou um rosê. Vez por outra se resigna a beber esses vinhos em pequenas doses, sem tanta cerimônia e sempre na companhia das pessoas que escolheram a bebida. Vinho para ela é, antes de mais nada, vinho tinto.

Leva a taça ao seu encantador nariz, de olhos fechados para apreciar melhor as nuances aromáticas. Eu fico em silêncio no outro lado da mesa, com medo de perturbar o que parece um ato litúrgico. O olfato antecipa a Amalia se o vinho será do seu agrado ou não. Sempre gostei de vê-la erguer a taça com a mão feminina de dedos finos e unhas pintadas. Nem sequer tempos depois, em horas de desespero ou de raiva, quando ela liquidava sozinha uma garrafa inteira num piscar de olhos, desrespeitava por completo sua bebida preferida.

Amalia detesta mortalmente vinho de garrafão, vinhoca, tinto barato, e à vezes demonstra certa condescendência com o chamado vinho de mesa. Certa vez a ouvi lamentar ironicamente não ter feito carreira na magistratura, para condenar a muitos anos de prisão quem inventou a sangria ou o vinho com Coca-Cola. Já a vi mais de uma vez esvaziar na pia da cozinha uma garrafa de vinho tinto barato que seus colegas da rádio lhe deram de aniversário ou por outros motivos, ignorando que ela é, como dizia sua mãe, uma mulher de bico exigente.

Ela gostava de dizer que é a comida que acompanha o vinho, e não o contrário.

Às vezes, infantil, gulosa, lambia uma gota grudada nos lábios. Que tempos aqueles em que eu adorava qualquer coisa que ela fizesse! No início da embriaguez, tinha um quê de intensa sensualidade. A partir de um certo número de taças, eufórica, os freios do seu pudor começavam a afrouxar. Chegávamos em casa e Amalia, com dificuldade para ficar em pé, ria sem motivo e soltava obscenidades com uma voz melosa, deixava que eu a despisse e tocasse sem restrições. Deitada no sofá, em cima da colcha ou no tapete, entregue a um sopor agradável e a uma passividade total, eu abria suas pernas e virava seu corpo, deixando-a em posição propícia; enfim, tomava posse dela, como agora faço com Tina, até a consumação completa do meu prazer.

Já faz muito tempo que tudo isso acabou, mas às vezes essas lembranças voltam com uma nostalgia dolorosa. Como aconteceu há pouco enquanto ouvia o programa de rádio de Amalia, quando percebi, pelo jeito que ela ria, pelo número de gracinhas que dizia e pela pronúncia de certas sílabas, que tomou uma quantidade generosa de um bom vinho no jantar desta noite.

Em taça grande, com certeza.

23

Eu estava na cama, por volta da meia-noite, preparando minhas aulas do dia seguinte. Nesse tempo ainda levava o ensino a sério. Tinha energia, esperança e vontade de superação, e sentia o fracasso escolar dos meus alunos como se fosse meu. Era um tempo também de dores na coluna, o que muitas vezes me obrigava a trabalhar com as costas apoiadas numa almofada.

Através da parede ouvi a chegada de Amalia, o som de seus saltos no chão, o molho de chaves largado com força na cômoda do corredor. Pensei que estava voltando das suas aventuras lésbicas, o que, para dizer a verdade, pouco me importava. Muitas vezes passava a noite fora, talvez na casa da amiga. Não sei. Por mim, tanto fazia.

Compartilhávamos a casa por motivos práticos. Isso quer dizer que, à beira da ruptura, o que nos prendia a um sucedâneo de convivência eram apenas as questões ligadas à administração familiar.

Não era raro que não nos víssemos durante o dia todo. Muitas vezes a ouvia saindo ou chegando, ou ela me ouvia, sem que nenhum dos dois fosse ao encontro do outro.

Adotamos o costume de comunicar-nos por meio de bilhetes curtos que deixávamos na mesa da cozinha.

"Não tem arroz."

"Nicolás tem dentista na sexta-feira às onze e meia da manhã. Não posso levar."

Amalia desconfiava de que um belo dia eu ia cair fora e deixar para trás as contas que continuariam chegando. Enquanto morávamos sob o mesmo teto, dividíamos as despesas, a começar pela hipoteca do apartamento. Ela sabia muito bem que, em caso de mudança, eu teria que enfrentar o custo de um aluguel que, somado a outras despesas previsíveis, ia provocar um corte tão grande no meu salário de professor que pouca ajuda financeira poderia dar ela e a Nikita, mesmo que eu não me recusasse a pagar a parte das despesas que me cabia. Eu, por minha vez, ficava aflito com a ideia de ter que deixar para sempre a minha casa, ou o que eu pensava ser a minha casa, sem saber para onde ir.

Para Amalia, era uma dor de cabeça enorme pensar como ficariam os pais quando descobrissem seu pecado mortal contra o sacramento do matrimônio, embora não fôssemos casados na igreja. Adultério, e ainda por cima com uma mulher, que horror, que desonra, que vergonha! Imagino o ataque que a beata ia dar, e o velho fascista afogando seu desconsolo em litros de Anís del Mono.

Para mim seria mais fácil com mamãe, mesmo que já não estivesse começando a perder a noção das coisas: digo isso só porque ela estava longe de seguir as convicções retrógradas dos meus sogros. Tendo a pensar que mamãe, se descobrisse sobre nosso divórcio, teria me parabenizado.

Com a intenção de protegê-lo, na frente de Nikita fazíamos de conta que formávamos uma família estável. O garoto não tinha ideia das desavenças intransponíveis que separavam os pais.

Amalia, já então uma locutora de prestígio, não queria que sua história de amor com Olga chegasse ao conhecimento do público por meio de fofocas, embora a aceitação da homossexualidade fosse cada vez mais comum na Espanha. Na verdade, o casamento legal entre pessoas do mesmo sexo já tinha sido aprovado na época da qual me lembro esta noite. Meio brincando, meio a sério, e às vezes totalmente a sério, Amalia falava do seu plano de se divorciar de mim como procedimento preliminar para se casar novamente com Olga.

"Sem os seus pais saberem, certo?"

"Isso não é da sua conta."

Quanto a mim, não queria dar assunto aos meus colegas do colégio, nem aos alunos, nem aos pais. Só com Patamanca falei sobre o naufrágio do meu casamento. Tinha que desabafar com alguém. E ele me aconselhou a manter em segredo minha vida particular. Por vários motivos, Amalia e eu tínhamos um acordo tácito de fingir que continuávamos juntos. E assim foi durante quase três anos, até que uma advogada feroz e uma juíza muito compreensiva com as alegações de uma companheira de gênero decidiram o meu destino.

De repente, ouvi-a gemer. Tive certa dificuldade para identificar o som. No início, parecia uma espécie de miado abafado. Cheguei a pensar, irritado, que Amalia estava cantarolando uma música. Aos poucos, o volume foi aumentando. Pensei: *Essa festeira não respeita o meu trabalho, e vai acordar Nikita*. Depois, percebi que estava soluçando, e então, deixando de lado meus papéis do colégio e minha raiva incipiente, fui de pijama à cozinha e lá encontrei Amalia num estado deplorável.

24

A primeira coisa que vi quando entrei na cozinha naquela noite foi o peitilho da blusa de Amalia manchado de sangue. Não eram mais do que cinco ou seis gotinhas, mas espalhadas pelo tecido branco se destacavam intensamente, de modo que fiquei preocupado.

Quando finalmente a vi sofrer, como tantas vezes tinha desejado nos meus sonhos e pensamentos, acabei ficando com pena.

Amalia estava choramingando com um fio de voz e o rosto pressionado contra as palmas. Quando me ouviu entrar, afastou as mãos. Então, vi que estava com um lábio cortado e o rosto desfigurado, um olho e uma das maças do rosto inchados, e todos os sinais de ter sofrido um acidente de trânsito.

"O que aconteceu?"

"Por acaso não está vendo?"

Tinha acabado de levar uma surra. De quem? Dois energúmenos "desses que adoram foder a vida dos outros". Em tom de vingança, falando para si mesma, murmurou que ia fazer uma matéria sobre a violência contra as mulheres no seu programa.

Quando Olga e ela estavam saindo de um bar em Lavapiés, onde o único crime que cometeram foi tomar um drinque, dois indivíduos que aparentemente as estavam esperando com más intenções barraram-lhes a passagem e começaram a xingá-las e agredi-las. Ninguém veio ajudar as coitadas. Passado algum tempo, ouviu-se a voz de uma senhora numa janela da vizinhança: "Estamos gravando com uma câmera." Nesse momento, e só nesse momento, os dois sujeitos sumiram no meio da noite.

E Amalia concluiu sua história perguntando com um sereno e digno ressentimento: "Por que os homens são assim? Você pode me explicar? Eu não entendo."

Resignado a cair de sono no dia seguinte, afinal me ofereci para levá-la de carro a um pronto-socorro. Não quis. Disse que teria que entrar numa fila com um monte de feridos em brigas e atropelamentos, bêbados, viciados e o diabo a quatro; que iria ficar um tempão esperando para ser atendida; que algum *paparazzo* podia reconhecê-la e tirar fotos comprometedoras... Como não consegui convencê-la, trouxe do banheiro o nosso velho estojo de primeiros socorros repleto de artigos ainda úteis. Amalia me deixou limpar e desinfetar os ferimentos como uma menina dócil. Quando sentiu a ardência do álcool no local, teve um sobressalto, mas se absteve de fazer qualquer reclamação. Estava desgrenhada e com umas manchas de poeira escura ou terra gordurosa num ombro e nas costas da blusa. Sugeri que pusesse gelo nos hematomas. Ela concordou. Tirei uns cubos do congelador e, para evitar alguma repreensão, tive o cuidado de mostrar que os estava embrulhando num pano limpo. Eu não parava de me questionar: de onde tinha saído toda essa compaixão e essa ternura por uma víbora que não para de atormentar minha vida?

Sem qualquer intenção, nem boa nem má, perguntei por simples curiosidade se Olga também tinha se machucado. "Não me fale dessa mulher." Disse isso inflamada por uma raiva repentina. Descobri que a outra também tinha apanhado bastante, mas Amalia estava convencida de que seu rosto, e não o de Olga, que havia levado a pior. Depois do incidente, já dentro de um táxi, Olga sentiu falta de um de seus brincos, com certeza perdido durante a surra. Insistiu em voltar a Lavapiés para procurá-lo e, "totalmente histérica", saiu do carro e chamou outro na direção oposta, deixando sozinha sua maltratada companheira. Uma exibição tão indecente de egoísmo magoou profundamente Amalia, mais do que todos os socos que tinha recebido, como me disse, e só queria se deitar e se esquecer de tudo e todos, e que a deixassem em paz "por anos e anos".

Antes de ir para a cama, teve a gentileza de agradecer pelos meus serviços de enfermeiro doméstico. E já parecia muito mais calma quando parou diante do espelho do banheiro. "Mas não posso aparecer com este olho!" E imediatamente começou de novo a soluçar e se lamentar. Disse que não sabia que explicações ia dar aos colegas da rádio, a Nicolás ou aos pais. Falou que seria uma merda se alguém a reconhecesse na rua, e que seria melhor se trancar em casa durante duas ou três semanas. E que ainda bem que não trabalhava na televisão, que esta cidade é desumana, repleta de machos fascistas.

A última coisa que disse, já a caminho do quarto, me olhando com seu único olho útil, foi:

"Por que vocês homens são assim?"

25

Fui para a cama, já alta madrugada, com a agradável sensação de ter agido como um homem livre de rancor. Amalia e eu podíamos ter as nossas diferenças, e de fato as tínhamos todo dia. Todo dia? Toda hora. Mesmo assim, eu acabara de mostrar a ela que sua dor não me era indiferente.

Antes de apagar o abajur, descobri uma gota de sangue na calça do meu pijama. Poderia ter trocado por um limpo, mas preferi dormir com a manchinha vermelha que, para mim, significava uma espécie de condecoração.

Poucas vezes na vida cheguei mais perto de experimentar algo parecido com a santidade, entendida como o ápice da conciliação consigo mesmo.

Eu tinha socorrido Amalia e ela me agradeceu. Haviam brotado algumas palavras de gratidão da mesma boca que ultimamente me lançava acusações, insultos e infinitos desprezos. Talvez tenha sido apenas um gesto formal de cortesia, algo que se diz porque fica desagradável e até feio não dizer. O importante, em todo caso, é que esse gesto me fez muito bem e me compensou por uma infinidade de problemas recentes.

Meu bem-estar, porém, não durou muito. Já na cama, com a luz apagada, um pensamento súbito estragou tudo. Imaginei Amalia saindo de casa no dia seguinte com o rosto machucado, o curativo no lábio, o olho roxo e andando pelas calçadas do bairro com aqueles hematomas e as contusões, enfim, com o rosto que mais parecia um quadro de Francis Bacon. Vendo-a passar, a que conclusão chegariam nossos vizinhos? O que iam dizer as pessoas que nos conheciam? Nas minhas perturbadoras fantasias, eu iria me interpor entre Amalia e a porta de casa implorando que ela não descesse à rua sem pendurar no peito uma placa com os dizeres: "Não foi meu marido."

Agora rio da história, mas na hora não achei a menor graça.

Se quisesse ser maldosa comigo, e em matéria de maldade aquela mulher sabia tudo, Amalia me teria em seu poder feito uma mosca presa num punho. Era a oportunidade ideal para me denunciar à polícia por maus-tratos. Como seria fácil obter uma ordem de restrição contra mim! Como não lhe custaria nada vingar-se de tantas ofensas e tantas brigas! Porque, convenhamos, ia ser complicado demonstrar a um juiz desta nossa época, na qual ser homem equivale a ser culpado, que não foi a minha mão, a mão cruel de um machista, que transformou as feições da minha doce e inocente esposa em uma peça exposta num balcão de açougue. Com que cara eu apareceria mais tarde no colégio? "Olhem, olhem. Lá vem o professor que dá porrada na esposa." E podiam até me expor à execração pública e me mostrar na televisão, com nome e sobrenome, sendo enfiado num camburão da polícia feito um criminoso.

Não consegui dormir a noite toda.

26

Seguiram-se alguns dias de tranquilidade doméstica, durante os quais pensei: *Vamos ver se acabamos selando a paz.*

Naqueles dias de trégua conjugal, uma tarde Olga subiu para usar o banheiro. Cinco minutos, apenas. Eu tinha um acordo com Amalia de que sua amiga, parceira, amante, ou como quisesse chamá-la, ficaria longe da nossa casa; em troca, prometi não informar (ela preferia o termo *delatar*) ao nosso filho nem aos pais dela sobre a verdadeira natureza do relacionamento que ela mantinha com aquela mulher.

O caso é que Amalia e Olga iam se encontrar em frente ao nosso portão para depois irem ao teatro Maravillas, e Olga, apertada por uma urgência natural, perguntou pelo interfone se podia subir um minuto para ir ao banheiro.

Assim, pude ver o estrago que tinham feito no rosto dela.

Enfim, lá estavam as duas, de óculos escuros em plena noite, gêmeas em seus inchaços e hematomas mais ou menos camuflados pela maquiagem, prontas para sair. Pediram que eu as fotografasse no corredor. As duas se divertiam com aquela aparência de agredidas, e queriam preservar uma imagem lúdica dessa lembrança. Pensei: *Se era só alguém lhes quebrar a cara para ficarem felizes, deviam ter me avisado.*

Pelo olho mágico, vi as duas esperando o elevador e desconfiei, enquanto ouvia suas vozes alegres, de que a qualquer momento chegaria à minha caixa de correio outro bilhete acusatório, escrito pela mão de alguém tão desinformado quanto sorrateiro. O bilhete chegou vários dias depois. Entretanto, o conteúdo era diferente do que eu esperava.

"Saiba que elas foram espancadas por se beijarem em um espaço público, onde nem todo mundo gosta de presenciar determinadas cenas. Se não acredita, pergunte à sua esposa, se é que ainda a considera assim."

E eu, claro, perguntei a Amalia se era verdade que tinham sido atacadas pelo motivo mencionado no bilhete anônimo. Nesse momento se acabou a frágil paz dos cônjuges. Amalia pensou que aquele bilhete era fruto de alguma maquinação minha e que eu a estava espionando. Eu lhe garanti que não e fingi estar ofendido por ela não acreditar em mim, e Amalia não acreditou.

27

Tinha que acontecer, e aconteceu apesar de todos os meus esforços para não topar com ela. Não vou ao parque com Pepa há mais de duas semanas. Evitei o trajeto dos meus passeios habituais, como alguém que é avisado de que seu nome está na lista proibida de uma gangue criminosa. Mas minhas precauções de nada adiantaram. Se a vida me ensinou alguma coisa, é que quando uma mulher decide com os ovários que quer atingir um objetivo, há grandes, altíssimas probabilidades de que, com perseverança, astúcia, cálculo e paciência, consiga. Ainda mais quando, além disso, conta com a inestimável colaboração de um cúmplice, como desconfio de que tenha acontecido no caso. Mais cedo ou mais tarde vou descobrir.

Ela sabe que eu moro neste bairro, mas ainda não descobriu em que rua ou número. Não tenho ilusões quanto a isso. É apenas questão de dias, talvez horas, até que venha a saber, e então não terei mais como evitá-la.

No meio da tarde fui até o mercado da praça San Cayetano. Há muito tempo tenho o hábito de reservar as quartas-feiras para comprar comida fresca. Nesse dia encho a fruteira, compro peixe, um pouco de carne e legumes e, por fim, produtos naturais que prefiro à comida pré-pronta do supermercado.

Havia pouca gente. Pergunto com toda a confiança ao peixeiro o que ele tem a me oferecer para o jantar. "Leva esta corvina." E então limpa o peixe, embrulha em papel, mete num saco plástico, acrescenta por conta dele um punhado de amêijoas, caso eu queira preparar um molho, faz a conta (não me cobra as amêijoas), e eu me despeço e me dirijo para a saída. Na altura da barraca de frutas que fica na esquina, vejo-a ali parada, sorridente, inchada de roupas. Nem se preocupa em fingir surpresa. Águeda sem o cachorro. Tive a impressão de que estava um pouco mais arrumada do que nas vezes anteriores. Ainda assim, a pobre não tem um mínimo de bom gosto, ou de presença, ou de qualquer outra coisa que mereça a qualificação de agradável. A seu favor, devo dizer que o aspecto era pelo menos limpo. Um forte cheiro de água-de-colônia atingiu meu nariz.

Com frases curtas, tento evitar que ela me envolva numa conversa mais extensa. Águeda, mulher grudenta e falante, conta que é a primeira vez que vem ao mercado de La Guindalera. Alguém o tinha recomendado, não diz quem, e, a julgar pelo pouco que viu, acha que valeu a pena a caminhada de sua casa até ali. Parecia que tinha chegado a Veneza, Nova York, Tóquio, e não a um modesto mas bem abastecido mercado de bairro! Tomo muito cuidado para não perguntar onde mora. Ela tem o tato de não me perguntar onde moro. Eu lhe agradeço silenciosamente por não ser tão intrometida ou invasiva. A seu pedido, mas sem entrar em detalhes, lhe indico as tendas onde considero que o atendimento é melhor e onde costumo encontrar os melhores produtos. Noto que ela se encarrega de ir ligando um assunto a outro, para que a conversa não morra. Em determinado momento, minutos depois, acabam os bons recursos dialéticos; sua conversa fiada perde fôlego, certamente refreada pela minha relutância em contribuir para aquela verbosidade de ocasião, e ela não consegue evitar um instante de silêncio, o qual aproveito para dar uma olhada conspícua no relógio e dizer que estou com pressa.

Na rua, carregando minha bolsa de compras, me pergunto se aquele encontro havia sido casual. Voltei para casa dando uma grande volta. Nunca se sabe. De vez em quando, olhava para trás.

28

Eu pretendia esconder minhas suspeitas e abordar o assunto pouco a pouco, como quem não quer nada, mas Patamanca, que tinha chegado antes de mim e já estava resolvendo o Sudoku no jornal do bar e tomando uma cerveja, desmantelou minha estratégia sem me dar tempo sequer de dizer boa-tarde. De repente, me solta que "o filósofo está de mau humor hoje".

Não gosto, não gosto nem um pouco mesmo de que ele me chame de filósofo, muito menos de que leia meus pensamentos.

Respondo: "Como é que o vendedor de barracos pode saber meu estado de espírito?"

"Às vezes você vem para o bar com a fisionomia de Platão e de pensadores afetuosos e calmos. Hoje usou a carranca de Schopenhauer."

Como Patamanca é inteligente e culto. Uma verdadeira sumidade. Dá vontade de pedir à administração municipal que dê seu nome à rua onde ele mora. À rua? Não, ao bairro todo; aliás, à cidade inteira.

Atrás do balcão, Alfonso me pergunta com gestos se eu também quero uma cerveja. Com a mímica de uma criança dedurando a outra, digo a ele que "este aqui" (e tive que morder o lábio para não enunciar o apelido) "está fazendo o Sudoku".

"Já sei."

"Você deveria cobrar pelo jornal."

"E pela caneta, que também é minha."

Alfonso me serve a cerveja com uma porção de batata frita de saquinho de cortesia. A Patamanca ele já tinha servido umas azeitonas pouco antes, e no prato, quando cheguei, só vi os caroços. Levo meu pedido para a mesa. Patamanca estica a mão para as batatas. Eu as defendo dando-lhe um tapinha rápido no dorso.

"São propriedade de Schopenhauer."

Ele me dirige um olhar petulante, como se estivesse perdoando a minha existência, e pergunta que bicho me mordeu. Devo falar, não devo? Só vejo duas opções: ou estou certo e ele confessa, ou então estrago a nossa amizade de tantos anos. Após hesitar um pouco, decido correr o risco e mantenho um diálogo com ele que não sei reproduzir literalmente, mas que foi mais ou menos assim:

"Ontem encontrei Águeda. Ou, melhor dizendo, ela me encontrou. Estava me procurando."

"Como você sabe?"

Eu tinha levado a estratégia preparada de casa, e jogo minha cartada com uma pachorra cínica.

"Você disse a ela que vou fazer compras no mercado toda quarta-feira à tarde. A partir daí, foi fácil me encontrar."

"É que ela é um pouco irritante."

Em outras palavras, minha suspeita não era tão infundada.

"Só um pouco?"

"Esbarrei com ela várias vezes na rua. Ela faz muitas perguntas, e eu tinha que dizer alguma coisa. Fique sabendo que está bastante interessada em você."

"Boa hora para me avisar."

"Ela foi simpática, imagino. Não me parece que seja má pessoa, não sei o que você acha."

"Acho que você é um babaca."

"E fora isso?"

"Fora isso, mais nada. A babaquice abrange toda a sua pessoa, da primeira à última célula."

Depois, entre uma cerveja e outra, ficamos conversando sobre outras coisas até a hora de cada um voltar para a respectiva casa e jantar.

Março

1

Voltam à minha memória os tempos anteriores ao meu emprego no colégio. Eu tinha vinte e poucos anos, boa saúde, tempo livre e pouco dinheiro. Havia concluído a faculdade com notas medíocres; estava pensando em fazer um doutorado, e não fiz; viajava sempre que as minhas modestas finanças permitiam, o que não era muito, mas era alguma coisa; flertava com certas substâncias; lia muito; pegava uns empreguinhos temporários até ganhar umas pesetas ou me cansar da atividade e, às vezes, do chefe; e aos domingos, a menos que surgissem outros planos, ia almoçar na casa de mamãe.

Nessa época eu só comia decentemente aos domingos; para falar a verdade, às segundas também, porque almoçava, no meu apartamento dividido com outros estudantes, as sobras que mamãe me entregava na véspera em vários recipientes ou embrulhadas em papel-alumínio.

Aos domingos, depois do almoço, eu ficava lá para tomar um café e assistir ao noticiário na televisão até o fim, muitas vezes cochilando no sofá. Em seguida, me despedia de mamãe, e ela então desaparecia no quarto por um instante e voltava com uma nota de mil. "Toma, para as despesas", dizia, piscando o olho com malícia como se quisesse estabelecer algum tipo de cumplicidade comigo. E às vezes, consciente do pouco afeto que seus filhos nutriam um pelo outro, quando me entregava o dinheiro abaixava a voz — mesmo que não houvesse ninguém por perto que pudesse ouvir — e me sussurrava: "Nem uma palavra para o seu irmão."

Conhecendo mamãe, tenho certeza de que dizia a mesma coisa a ele.

Ela pagava meu aluguel, bastante barato porque dividíamos o valor entre os quatro inquilinos, e os preços na época eram muito menos abusivos do que hoje. Também lavava minha roupa. Eu levava a roupa suja em duas bolsas esportivas e ela me devolvia a do domingo anterior, limpa, cheirosa, bem passada e dobrada. Se precisasse com urgência de alguma coisa, ia buscar na casa dela durante a semana, mas isso raramente acontecia.

Amalia afirmava que mamãe era a principal culpada pela minha imaturidade. Não tinha dúvida de que ela não apenas me impediu de evoluir, como também, com o mau exemplo que me deu, seu cuidado e sua proteção exagerados, sempre isentando-me de responsabilidades e dando a entender que vim ao mundo para ser servido, me incapacitou para a vida conjugal, a menos, é claro, que eu tivesse encontrado uma esposa serviçal e compassiva, uma substituta da mãe, papel que Amalia não estava disposta a desempenhar de jeito nenhum.

Um dia lhe respondi: "Duvido que eu tivesse me saído melhor se fosse filho dos seus pais." Essas palavras desencadearam uma briga descomunal.

Mamãe e eu almoçávamos sozinhos. Para mim era um dos momentos mais agradáveis da semana. Cozinheira excepcional (não por ser minha mãe), ela fazia um esforço notável (excessivo, segundo Amalia, a dura e ciumenta Amalia) para me agradar. Eu, na época, não percebia, mas agora tenho certeza de que, para mamãe, aqueles encontros semanais comigo (e com meu irmão, suponho, que a visitava em outros dias) eram de grande importância, porque permitiam que ela recuperasse o convívio com os filhos e, portanto, que exercesse o papel de mãe algumas horas por semana. Vários anos já haviam passado desde que os filhotes tinham deixado o ninho familiar.

Folheei o Moleskine em busca desta frase: "A juventude é essencialmente indelicada" (Gregorio Marañón, *Ensaios liberais*). Verifico que essa afirmação se ajusta com perfeição ao jovem que fui. Não conseguia enxergar a solidão da minha mãe, ou talvez meus olhos estivessem nublados por um egoísmo possivelmente próprio da idade.

Mamãe costumava passar as manhãs de domingo cozinhando para mim desde cedo: frango ou besugo ao forno, *paella* de frutos do mar, favas com amêijoas; em suma, pratos que exigiam habilidade e preparação, e que ela me servia na mesa da sala, adornada com toalhas imaculadas e às vezes com flores ou velas. E eu precisaria de um bom estoque de elogios para ser justo com as sobremesas que sempre me surpreendiam, feitas muitas vezes a partir de ideias tiradas de livros de receitas, com alguns acréscimos que inventava.

Numa dessas tantas visitas de domingo, enquanto comíamos frente a frente, ela me contou que dias antes Raulito tinha lhe apresentado uma namorada. Quando estávamos só nós dois, continuávamos a chamá-lo de Raulito, por hábito, mas não na presença dele, porque conhecíamos perfeitamente sua natureza irritadiça. Nem mamãe, nem eu nunca soubemos de alguma namorada, ou meio namorada, ou alguma amiguinha que ele houvesse tido antes de conhecer María Elena. E mamãe, com seu olho infalível para descobrir a essência de cada um, me afirmou com uma segurança absoluta e granítica:

"Essa garota é a definitiva para o seu irmão."

"Como você sabe, se acabou de conhecê-la?"

Depois de vê-la e ouvi-la uma única vez, mamãe já tinha feito uma radiografia precisa. Considerava María Elena uma pessoa comum, sem grandes virtudes ou defeitos que chamassem a atenção, educada, equilibrada, laboriosa, um pouco rezadeira demais, sem o menor senso de humor e com uma aspiração avassaladora de dividir a vida com um homem educado, equilibrado, laborioso etc. Estava convencida de que Raulito, mesmo que atravessasse mares e percorresse países, não encontraria em lugar algum do planeta mulher mais adequada para ele nem mais sob medida.

"Não me pergunte quem é a luva e quem é a mão, mas é isso o que eles são um para o outro."

E vaticinou um relacionamento estável, um casamento rápido e dois filhos. Previu outras coisas sobre a vida deles que agora, fazendo as contas, vejo que acertou.

Alguns anos se passaram. Com meu irmão já casado, eu, professor de colégio, continuava indo à casa de mamãe uma vez por semana para me empanturrar com suas delícias culinárias e, incidentalmente, lavar minha roupa suja. Um dia levei companhia.

2

Águeda manifestou o desejo de conhecer minha mãe. Estávamos subindo a rua Callao ao entardecer, de braços dados, e paramos para ouvir um músico de rua tocando umas melodias estridentes no saxofone. Ela levou a boca ao meu ouvido — pensei até que ia me dar um beijo — e perguntou se um dia desses podia ir comigo à casa da minha mãe.

Devo ter feito uma careta, porque ela se sentiu obrigada a explicar. Achava que o fato de a mãe dela e a minha serem viúvas nos unia de uma forma especial. Não especificou a que estava se referindo concretamente. Eu me inclino a pensar que fervia dentro dela a necessidade, a aspiração, sei lá, o intuito de criar o maior número possível de laços comigo, tanto sentimentais quanto de qualquer outra natureza, desde que ajudassem a fortalecer nosso relacionamento.

Estive uma dúzia de vezes na casa de Águeda, na rua Hortaleza, mas nunca cheguei a falar com a mãe dela. Quer dizer, nunca fui cumprimentá-la na cozinha ou onde estivesse. Doente, meio surda, prostrada na cadeira, ela nem percebia minha presença na casa. Águeda achava melhor que fosse assim, e eu também. Íamos com um objetivo, embora nenhuma das tentativas tenha culminado no fim desejado.

Confesso que a ideia de aparecer com Águeda na casa da minha mãe me dava calafrios. O fato de que mamãe iria submeter minha acompanhante a um exame meticuloso e, obviamente, impiedoso, e depois emitir uma opinião que eu pressupunha negativa era o de menos. Para mim, o pior era que essa visita conferiria inegavelmente a Águeda o título formal de minha namorada. Não tenho dúvida de que Águeda aspirava ao cargo, e é mais evidente ainda que ela notou minha resistência a abrir as portas para uma convivência mais duradoura. Do jeito que as coisas estavam, só lhe restava apostar na minha mãe, de quem talvez pudesse obter algum apoio se conquistasse sua simpatia.

Águeda era, sim, uma amiga, uma ótima amiga, até. Com ela eu conversava, compartilhava confidências, trocava presentinhos e era alguém por quem tinha consideração. Uma amiga cujos conselhos e pontos de vista eu apreciava, com quem frequentava livrarias, espetáculos e exposições, com quem ria e me divertia, mas com quem não havia jeito de dar uma trepada como mandam os cânones, o que era um problema grave.

Para piorar as coisas, meus amigos me sacaneavam, e não exatamente pelas costas, por namorar uma garota que não tinha atrativos físicos. Vejo que estou usando um eufemismo. Eles preferiam chamá-la diretamente de feia. E o fato é que conseguiram me influenciar, de tal forma que eu sentia uma pontada de vergonha quando estávamos andando na rua e cruzávamos com algum conhecido.

Águeda não se contentava com se divertir em minha companhia. Queria mais do que isso, embora não dissesse. Para além das nossas diversões, seus olhos miravam um futuro compartilhado. Tanto repetiu que queria conhecer minha mãe, que acabei cedendo diante da insistência, e no domingo, durante o almoço, transmiti a mamãe o desejo da minha amiga, salientando que Águeda não era o que se poderia chamar de namorada no sentido tradicional do termo. Mamãe ficou empolgada com a ideia e me intimou a levá-la à sua casa no domingo seguinte. Perguntou com grande interesse quais os gostos e as preferências de Águeda, para fazer algo que a agradasse, e quis saber se tinha bom apetite, se bebia vinho, se comia doces, se...

Eu realmente comecei a ficar assustado.

3

Mamãe queria a todo custo receber Águeda, e Águeda queria ser recebida por mamãe com a mesma expectativa e o mesmo entusiasmo. A ciência psicológica talvez consiga explicar o fenômeno, misterioso para mim, de duas pessoas que começam a se dar bem antes mesmo de se conhecerem. Eu só posso fazer especulações. Imagino que tenham influído indícios, o olfato feminino, talvez alguma premonição favorável a partir de alguma coisa que eu disse. Não faço ideia.

Águeda foi a esse almoço mais arrumada do que o habitual. Pela primeira vez na vida vi seus lábios pintados, o que lhe deu um aspecto diferente que, não sei por quê, a princípio me desagradou, mas depois, na viagem de metrô, comparando com outras mulheres, começou a me agradar um pouquinho mais, até que no fim, quando testemunhei a recepção claramente aprovadora que mamãe lhe deu, passei a gostar.

Durante vários dias Águeda se atormentou pensando na roupa que ia usar e no que poderia levar de presente para mamãe. Pediu um conselho. Quanto à primeira questão, eu lhe disse que não se tratava de um beija-mãos no Palácio Real, que nós só íamos almoçar com a minha mãe; em outras palavras, que não precisava se enfeitar demais. E acrescentei que ela não tinha que se fantasiar para parecer o que não era. Águeda me ouviu e afinal se vestiu como uma pessoa normal, ou pelo menos não como uma pessoa que se emperiquita toda para chamar atenção e acaba dando mais pena do que qualquer outra coisa.

Quanto à compra de um possível presente, eu me reconheci incapaz de lhe dar algum conselho. Nunca tinha me passado pela cabeça levar nada para mamãe, a não ser minha roupa suja da semana. Depois de muito refletir, Águeda se decidiu por uns pegadores de cozinha feitos por ela mesma. Contou que na noite anterior tinha ficado trabalhando nesses pegadores até de madrugada. Mamãe, para demonstrar que os apreciava, resolveu estreá-los assim que abriu o embrulho. "São lindos", repetiu várias vezes.

Descobri, para minha surpresa, que as duas tiveram dor de cabeça naquela mesma manhã. Atarefadas na cozinha, com Águeda como ajudante voluntária que mamãe aceitou de bom grado, eu as escutava discretamente pela fresta da porta. Águeda não havia me falado da enxaqueca. No metrô, ficamos conversando com aparente normalidade, sem que ela mencionasse a dor. Não sabia que tinha enxaquecas com frequência, e por isso senti no ar da casa uma sutil vibração acusatória contra mim. Não pude deixar de me perguntar em quantos domingos eu havia sobrecarregado mamãe com as minhas preocupações, minhas raivas e meus problemas enquanto saboreava seus pratos deliciosos, sem perceber que naquele momento, sentada à minha frente, ela podia estar com uma dor de cabeça horrível. Nunca me ocorreu perguntar. E deduzi da conversa entre as duas mulheres na cozinha que eram mestras na arte de esconder dos outros o próprio tormento, desde que, suponho, esse tormento não ultrapassasse certos limites.

Do corredor, eu as ouvia remexendo nos utensílios de cozinha e, ao mesmo tempo, comparando os vários métodos que cada uma usava para combater ou aliviar a dor de cabeça. Para mim foi um assombro ouvir detalhes que me eram completamente desconhecidos do cotidiano da vida de ambas.

As duas se referiram à maldição dos fins de semana. "Justamente quando você pensa que pode relaxar, pá, enxaqueca." Dormir demais é ruim; dormir pouco, pior. Mamãe enumerou o que considerava seus maiores inimigos: o álcool (e me lembrei da noite em que meu irmão me mostrou as garrafas de Soberano escondidas no depósito), a rigidez muscular nas costas, pular o café da manhã ou não comer no horário habitual. Águeda confirmou que alguns desses também eram seus inimigos, e acrescentou outros: estar naqueles dias (mamãe: "a menopausa foi como uma libertação para mim"), sair de cabelo molhado, comer fora do horário, chocolate... "Chocolate?" "Nem provo. E álcool também não."

E trocaram os nomes dos remédios, infelizmente nem sempre eficazes, a que cada uma delas recorria para acabar ou ao menos aliviar o martírio, e não apenas fármacos, dos quais Águeda havia experimentado muitos e mamãe, pelo que deduzi das suas palavras, todos. Mamãe recomendou que Águeda tomasse um pouco de café com limão assim que notasse os primeiros sintomas, e Águeda lhe disse que ia fazer isso sem falta e lhe agradeceu os conselhos. O bom entendimento continuou durante a refeição. Ouvindo as duas, ninguém diria que tinham acabado de se conhecer.

Na despedida: "Não esquece. Uma xicrinha de café com limão."

Dias depois, minha mãe me disse ao telefone: "Essa menina vale ouro. Seja esperto. Não deixe que ninguém a roube." E insistiu que eu a levasse à sua casa outras vezes.

Levei-a mais dois ou três domingos e, quando já estava começando a me acostumar com seus lábios pintados, apareceu aquele rosto lindo, aquela figura bonita e perfumada que atendia pelo nome de Amalia.

4

Fazia muito tempo que Patamanca e eu não íamos nos empanturrar de croquetes na Casa Manolo. Quando chegamos, o bar, bem pequeno, estava lotado, e tivemos que esperar algum tempo do lado de fora para que a multidão, repleta de senhoras finas com penteado de salão, saísse às pressas e entrasse na sessão do Teatro de la Zarzuela, do outro lado da estreita rua Jovellanos. Com o lugar mais vazio, pudemos nos sentar a uma mesa perto da janela e conversar sem aquela algazarra, enquanto dividíamos um prato de azeitonas e uma copiosa porção de croquetes regados a vinho tinto. Com isso e uma fatia de tortilha para arrematar, voltei para casa jantado.

Pata investiu com toda a sua artilharia dialética contra minha ideia de que uma dor intensa, do tipo que perfura a gente até derrubar, pode ser escondida. Uma dor de cabeça que desaparece sob o efeito de uma aspirina, vá lá, mas não uma enxaqueca brutal que transforma em suplício qualquer movimento, qualquer leve ruído ou um simples raio de luz que atinge a pupila.

"Mas vamos lá, rapaz. O que você entende por enxaqueca?"

Coisa bem diferente, diz ele, é que eu, cego de egoísmo, só visse minha mãe como uma empregada, uma máquina de cozinhar, lavar e dar afeto, amamentadora perpétua, se não de leite, de alimentos preparados por ela; uma boa mulher que evitava qualquer manifestação de dor ou de queixa para não incomodar o pequeno Toni em sua visita dominical.

"Já agradeceu alguma vez à sua mãe?"

"E o que você tem a ver com isso?"

"Eu? Nada. Foi você quem trouxe o assunto à baila."

E me pergunta o motivo, nos últimos tempos, de tanta lembrança, tanta evocação e tanto blá-blá-blá da minha parte. E se por acaso sou eu, e não ele, como às vezes digo, que se apega covardemente à existência. Respondo que é uma forma de despedida. Já estamos em março, e meu tempo está se esgotando. Só isso. O que há de estranho em uma pessoa, no fim da vida, relembrar os velhos tempos, como alguém que folheia com calma um álbum de fotos e conta suas impressões a um amigo que lhe parece — ou parecia ser — de confiança? Não digo a ele que toda noite, antes de ir para a cama, rabisco umas linhas sem pretensões literárias. Tenho medo da sua curiosidade. Pata não ia parar de me perseguir até que eu lhe permitisse profanar minhas intimidades com seus olhos malignos.

Ele conjectura que, na medida do possível, minha mãe e Aguedita não falavam das respectivas dificuldades físicas na minha frente por amor. Acha que a palavra exata é esta: *amor*. Pergunta como eu não percebia isso. Afirma, com uma determinação que chega às raias da petulância, que um ser humano pode muito bem se suicidar por apego à vida. Não há qualquer paradoxo nisso. E não perceber uma obviedade como esta não revela coisas boas sobre mim. Que eu não me ofendesse, mas ele achava que eu fosse mais inteligente.

Com a boca cheia de molho branco, Patamanca se exaltou:

"Pensa que eu não gosto de viver? Claro que gosto, só que sem feridas nem depressões e com os dois pés, que droga."

Disse que é e sempre será a favor da vida, mesmo na hora de tomar o cianeto, e talvez nesse momento mais do que nunca. E não se esqueceu de fazer uma citação, nesse caso, de Max Frisch: "O suicídio deve ser um ato sensato." Ou um ato meditado de amor à vida, acrescentou por conta própria, talvez para enfatizar as palavras do escritor suíço. Exatamente porque você gosta da vida, deve abandoná-la por vontade própria, observando os preceitos de educação e elegância, quando percebe que a está enfeando com seu desânimo, sua velhice e suas chagas; quando vê que deixou de merecê-la; quando já aproveitou o suficiente.

Patamanca despreza quem se suicida em um impulso. Suicídios histéricos e desleixados, diz ele, desprovidos do menor senso cênico. Ele não tem dúvida de que vai dar fim à própria vida da maneira postulada por Frisch, em uso pleno de suas faculdades mentais e com a convicção de que está realizando um ato estritamente racional, a partir do que se infere que antes de bater as botas vai deixar todas as suas coisas (testamento, papéis vários, sepultamento...) em ordem.

Agora olho para Pepa e ela, deitada no chão ao lado da mesa onde estou escrevendo, não tira os olhos de mim. "O que está olhando? Também vai me dar uma bronca?" A cachorra, ao ouvir minha voz, estica o pescoço e levanta as orelhas como se esperasse instruções. Quem me garante que neste momento não está sofrendo uma dor terrível, que suporta em silêncio, penosamente, com a resignação a que parecem condenados os seres desprovidos de linguagem?

"Balança o rabo se alguma coisa estiver doendo", ordeno.

Pepa realmente levanta a ponta da cauda e bate duas, três vezes nas tábuas do assoalho. Não tenho a menor ideia do que está tentando me dizer.

5

Realmente não é um plano. Não dá para viver se escondendo o tempo todo. Acho inaceitável ter que examinar a rua pelas janelas de casa toda vez que quero sair para um passeio. Ando pelas calçadas olhando para trás de vez em quando, percorro meu bairro com a cautela de um homem perseguido. *Agora chega*, disse esta tarde para mim mesmo. *Acabou-se essa história de fugir daquela mulher. Ela não fez nenhuma ameaça, sequer parece má pessoa, e hoje mesmo você vai procurá-la.* E fui. Quer me pedir satisfações por situações do passado? Pois pode pedir. E se ela for inconveniente comigo, mando à merda.

No fim da tarde, pus a coleira em Pepa e saímos tranquilamente em direção ao parque, sem tomar as medidas de precaução das últimas semanas. Chegando lá, fui me sentar onde qualquer um podia me ver, na parte da esplanada com menos árvores.

No caminho, minha coragem foi perdendo ímpeto, mas mantive o plano mesmo assim. Pepa ficou farejando tudo à sua volta, enquanto eu matava o tempo lendo trechos soltos de *O acaso e a necessidade*, de Jacques Monod, na primeira edição, de 1971, traduzida por Ferrer Lerín. E, de vez em quando, desviava o olhar do livro para conferir se o cachorro preto e sua dona tinham aparecido.

Encontro no Moleskine várias citações transcritas do ensaio de Monod. Uma delas diz o seguinte: "Hoje em dia se sabe que, das Bactérias até o Homem, a maquinaria química é essencialmente a mesma, tanto nas estruturas quanto no funcionamento" (p. 116). Tenho a impressão de que essa passagem me agradou porque equipara o orgulhoso rei da Criação a um micro-organismo.

A esta altura o livro ainda deve estar no parque, não muito longe da área de recreação infantil, a menos que um passante desconhecido o tenha levado para casa ou jogado na lata de lixo.

Cansada de correr, Pepa se deita no chão arenoso, perto de mim. Olho para ela. Não manifesta sinais de júbilo nem de inquietação. Por sua calma, deduzo que o cachorro gordo não está nos arredores.

Nisso, um velho de bengala e chapéu de veludo cotelê, que já vi antes no parque, se senta ao meu lado. Desconfio, por uns sons bucais dele que parecem resmungos, de que tive o atrevimento de pousar minha bunda no seu banco de costume, com o qual o bom homem talvez mantenha o mesmo vínculo que um proprietário com sua posse. De repente se dirige a mim, sem se importar em absoluto se isso atrapalha minha leitura. O julgamento no Supremo Tribunal dos líderes do processo de independência da Catalunha, nestes dias, o carcome por dentro, e o homem precisa desabafar com alguém. Evidentemente me escolheu para cumprir essa função. Depois de dizer algumas palavras, o homem se desculpa por me abordar de maneira tão impetuosa. Sabe que não deveria, que estou lendo, mas o assunto, explica, o deixa fora de si.

Ele também pensa, como Patamanca, que o problema catalão poderia ser resolvido em dois dias usando mão de ferro. Olho para ele. Calculo que deve ter entre oitenta e oitenta e cinco anos, e tenho a impressão de vislumbrar na expressão e no olhar aquoso dele um jeito de menino preso nas feições de um homem idoso.

Eu o investigo, como quem tateia uma toca sem ter certeza do tipo de animal que vive nela, em busca de um possível viés nacional-católico.

"O senhor acha que a solução seria um novo Generalíssimo?"

Ele ri.

"Não. Isso, não. Já tivemos que aguentar um durante muitos anos."

Peço então que me explique o que ele entende por mão de ferro.

"Basta aplicar a lei ao pé da letra e mandar prender todo aquele bando de separatistas que quer dividir nosso país."

Será que tem netos? Pergunto diretamente.

"Que nada! Minhas filhas não estão nessa. A mais velha tem mais de quarenta anos. Então... Nada! Meu sobrenome vai morrer comigo."

"Qual é o seu sobrenome?"

"Hernández."

"Mas, homem, como que vai morrer? Existem milhares de Hernández na Espanha."

"Mas o Hernández que recebi dos meus antepassados chega até minhas filhas e acaba aí. Elas estão se lixando."

Na única vez que não fujo de Águeda e vou procurá-la, ela não aparece.

No caminho de volta, quase escurecendo, penso no velho preocupado com o futuro do país. Na idade dele, sem netos, com um pé na cova, que diferença faz se a Espanha vai se dividir ou não? Penso que muitos espanhóis deveriam aprender que a morte significa o fim de tudo.

6

Uma tarde, voltando do trabalho para o apartamento da rua Hortaleza, Águeda ouviu vozes da televisão quando estava na escada do edifício, o que não era nada estranho, porque sua mãe era bastante surda. Encontrou-a morta na poltrona, com a cabeça tombada sobre o peito. Depois me disse que a alta probabilidade de que a mãe tenha morrido de repente, sem agonia, ajudou-a a aceitar a perda. O falecimento ocorreu no ano em que Nikita nasceu.

Águeda sabe que mamãe morreu em janeiro passado. Parece que ela e Patamanca se esbarram na rua de vez em quando. Eu não quis perguntar nada. Águeda tem, como diz, "uma lembrança maravilhosa" de mamãe. Maravilhosa? Não creio que se possam fazer muitas declarações em que o termo *maravilhoso* não seja exagerado, mas pode ser que Águeda o tenha usado com sinceridade. De fato, achei que seus olhos ficaram ligeiramente embaçados quando falou isso.

Descobri que, depois do nosso rompimento, Águeda visitou mamãe algumas vezes e elas até se encontraram uma tarde, num bar, para conversar sobre suas coisas.

Mamãe nunca me contou isso.

Respondendo a uma pergunta que lhe fiz, Águeda me resumiu sua trajetória profissional até agora. Em meados dos anos 1990, conseguiu um bom emprego como assistente administrativa num escritório de advocacia. Gostava da tarefa, mas não do ambiente de trabalho. O escritório fechou em consequência da crise econômica de 2008, mas as coisas já estavam mal desde antes, devido a desavenças entre os chefes. Desde então, ela se sustenta com seguro-desemprego e trabalhos ocasionais. Já fez de tudo, sem ficar muito amarrada a nada. Da sua lista de ofícios, só me lembro de que trabalhou numa galeria de arte e como recepcionista num hotel em Fuenlabrada. Hoje em dia, quando tem vontade, dá aulas particulares de inglês. Nem sempre cobra por elas. E por que não? Bem, porque fica com o coração partido ao ver a situação financeira de algumas famílias. Trabalha principalmente para ter um motivo que a faça se levantar da cama de manhã e preencher o dia, não pelo dinheiro, pois vivendo como vive, sozinha, isenta de obrigações familiares e de grandes despesas, com suas economias poderia perfeitamente chegar até a velhice sem grandes apertos.

"Não sou rica, é verdade. Mas com o que tenho vou levando."

E me explica que vendeu o apartamento da rua Hortaleza há dois anos para uma família rica de exilados venezuelanos, por um preço muito bom. Tomou essa decisão estimulada por sua tia Carmen, que lhe propôs que fosse morar com ela em troca de lhe deixar seu apartamento de herança. Essa tia Carmen, irmã do pai de Águeda, era uma viúva octogenária, sem filhos, residente no bairro de La Elipa, onde Águeda mora atualmente. Não me disse em que rua, nem perguntei. Um tempo depois, quando a tia morreu, Águeda herdou todos os bens, que aparentemente não eram poucos.

"Quando me dá na telha aceito algum servicinho, principalmente para não ficar sem fazer nada."

Nem uma reclamação, nem uma censura, nem uma palavra de rancor durante a meia hora em que estivemos conversando.

Quando nos despedimos, Águeda me confessou que pouco antes quase tinha ido embora, convencida de que eu não iria ao mercado nessa quarta-

-feira. Acontece que, em vez de entrar pela praça San Cayetano, por acaso entrei pela rua Eraso. Quando terminei as compras, quase saí pelo mesmo lugar, mas lembrei de repente que precisava sacar dinheiro no caixa eletrônico e, pensando em descer até a esquina com a Azcona, fui até a praça. Lá estava Águeda, na chuva, com sua capa surrada, seu cachorro gordo e um guarda-chuva preto de homem.

7

Fiquei surpreso ao constatar que Águeda sabia de muitos pormenores do meu passado. Por intermédio de Patamanca, imagino.
"Em breve vai fazer onze anos que me divorciei da minha ex."
"Sim, eu sei."
Falou assim mesmo.
E eu, para não prolongar muito a conversa, que ainda durou meia hora, me abstive de perguntar como Águeda havia obtido informações tão precisas sobre alguns fatos da minha vida. Em contrapartida, perguntei por sua mãe, seu trabalho, sua casa, e assim por diante.
"Fui operada."
Entendi que ia parecer um hipócrita se lhe perguntasse do que tinha sido operada e, também, que não perguntar equivaleria a reconhecer que o problema da sua estreiteza vaginal ainda continuava presente em minha memória. A cautela me aconselhou a ficar de boca fechada. Aparentemente Águeda não notou o incômodo que sua revelação tinha me causado e depois disse, como quem não quer nada: "Se bem que, pelo visto, poderia ter me poupado da sala de cirurgia."
Interpretei que tinha suspendido toda atividade sexual. Mas não tinha muita certeza disso. Como poderia ter? Não tenho a habilidade de ler mentes alheias. Provavelmente era uma dedução estúpida. E, além do mais, o que tudo aquilo tinha a ver comigo? Estava chovendo, as duas bolsas de compras pesavam nas minhas mãos e a conversa começava a tomar um rumo íntimo demais para o meu gosto. Então, aleguei que estava com um pouco de pressa e, evitando qualquer sinal de hostilidade, me despedi.
Patamanca me confirmou esta tarde no bar do Alfonso que Aguedita, como ele a chama às vezes, está solteira até hoje, coisa que me permiti atribuir à sua falta de atrativos físicos. Pata discorda da minha avaliação. Para começar, acha que Águeda não é propriamente feia. Diz que, se ela cuidasse mais da aparência e perdesse um pouco de peso, causaria uma impressão melhor. "Mas é

verdade", acrescenta, "que anda por aí toda desleixada". Na opinião dele, foi Águeda que decidiu não se juntar com ninguém, e isso, diz ele, e não sou eu quem vai questionar, também afeta a vida sexual da própria. Parece que os cachorros de que ela cuida já são companhia suficiente.

8

Minha primeira experiência sexual, sem contar as punhetas, foi o contrário de gloriosa. Teve um toque de sordidez que me fez mantê-la em segredo. Um dia Patamanca tentou meter o nariz no episódio, mais por curiosidade e malícia do que por desconfiança, mas eu o despistei com meia dúzia de bobagens comuns da puberdade. Não sei se acreditou, nem me interessa saber. Se algum dia ele tocar no assunto de novo, vai me pegar na mentira, porque não me lembro bem do que disse há um bocado de anos e com certeza minha próxima mentira vai ser diferente da anterior.

Uma noite Amalia me contou, enquanto saboreávamos na cama nossos cigarros pós-coito, como tinha sido sua primeira vez. Ela ria, lembrando-se da mentira que impingiu aos pais para dormir fora de casa num sábado, e quando terminou seu relato trivial me pediu que lhe contasse a minha experiência. Não hesitei em inventar uma história de adolescência sem detalhes espetaculares, no fundo como a dela, e com uma única informação verdadeira, a idade, dezesseis anos, bastante precoce para o costume da época, pelo menos quando comparada com a geração de Nikita.

Amalia tinha dezoito anos quando perdeu a virgindade. Usou este verbo: *perder*. E toda despenteada, com o rosto vermelho de satisfação, desatou a rir: "Já estou falando como a minha mãe." Mesmo já na idade adulta, ainda tinha que chegar em casa antes das dez da noite e dizer aos pais onde havia estado e com quem. Lembro-me de que ela insistiu durante a gravidez que deveríamos dar ao nosso filho, fosse menino ou menina, as liberdades que ela não tivera.

Nos meus tempos de escola tínhamos um colega chamado Soto, mau aluno, mas aparentemente bem versado nas contingências da vida e com um incipiente prontuário delitivo que atraía nossa admiração. Não era forte, não era brigão, não era arrogante, mas, à sua maneira, sabia se fazer respeitar. Para ninguém ter dúvidas disso, de vez em quando exibia seu canivete automático, tanto para mostrar suas habilidades, lançando-o com boa pontaria contra as árvores, quanto para descascar a laranja ou a maçã matinal, ou simplesmente para limpar a sujeira das unhas.

Ouvi dizer que tinha uma irmã um ano mais nova que ele, a célebre irmã de Soto, que transava com qualquer um em troca de dinheiro. Outros boatos informavam que também se podia pagar de outras formas, principalmente em baseados e cigarros. Um colega de turma me deu o empurrão que me ajudou a superar os últimos resquícios de timidez.

"Ela deixa fazer de tudo."

Soto era o responsável pela tarifa, pela cobrança e pela mediação. Perguntei-lhe se era verdade o que diziam. Respondeu, em seu costumeiro estilo seco, que eram duzentas pesetas. "Quando?" "Quando você quiser." Paguei adiantado, sacrificando boa parte da minha semanada, e, como tantos outros garotos do colégio e do bairro, dei a primeira trepada da minha vida com a irmã dele.

9

Não ser fraco, essa era a palavra de ordem. Que ninguém nunca se aproveitasse de nós, costumava dizer papai a Raulito e a mim. E tentou nos adestrar no desprezo à dor, às lágrimas, à ternura. Não se deve ter pena de si mesmo. Era preciso lutar, não recuar jamais. E muitas vezes terminava seus discursos equiparando a vida a um campo de batalha.

Ele gostava de entrar no mar com os filhos, principalmente quando havia ondas grandes, e ver mamãe angustiada na praia pensando que estávamos em um perigo gravíssimo. O pior para ele não era a derrota, mas a covardia. E às vezes nos desafiava: "Vinte e cinco pesetas para quem me trouxer uma aranha na palma da mão."

Papai ficava furibundo quando Raulito ia lhe contar que eu tinha feito isso ou aquilo com ele. Sei que ele achava extremamente desagradável a voz esganiçada do meu irmão. "Defenda-se, porra, parece até veado." Eu notava que o chefe da família deixava minhas mãos livres para exercer a crueldade. E mais, era exatamente isso que esperava de mim: que em qualquer situação da vida eu tirasse uma vantagem ou me fortalecesse impondo-me aos mais fracos.

E depois víamos que sua tese se cumpria cem por cento na escola. Uma ordem hierárquica governava o funcionamento do grupo. Não estava escrito em código nenhum, mas era reconhecível; senão, mais cedo ou mais tarde, um punho cerrado ajudava a entender. Essa ordem, baseada na força, nem sempre física — também na que provinha do prestígio, da predisposição para a vingança, da inteligência maligna, do caráter intrépido ou da participação em um clã —, conferia equilíbrio ao grupo. Não era uma hierarquia estática. De vez em quando o resultado favorável ou desfavorável de uma briga fazia alguém ganhar ou perder posições. Ai de você se estivesse lá embaixo, entre os submetidos à vontade dos outros, os que tinham que suportar um apelido ridículo, uma bofetada gratuita, o roubo de um sanduíche na hora do recreio, essas coisas tão parecidas com o que acontece no mundo dos adultos, em que os jogos de poder não são menos ferozes.

Vou sair desta vida sem ter conhecido a grandeza do ser humano. Não nego que exista tal grandeza, simplesmente afirmo que não estava nos lugares que frequentei. Talvez em países distantes, talvez em ilhas solitárias, ou então no sótão onde, apavorado com o mundo, se refugia um homem bom.

Levado pelo meio social, e às vezes também por decisão própria, pelo prazer de machucar alguém, já joguei o mesmo jogo que todo mundo, ou muitos, ou a maioria, e sou tão sujo quanto qualquer outro. Só fui abrir os olhos quando constatei que meu filho era da parte baixa da hierarquia. E então, tarde demais, me senti ferido no meu orgulho paterno e indignado com injustiças que não se distinguiam em nada das que eu cometi contra outras pessoas na adolescência.

Abaixo de Nikita, talvez no fundo da escala, estava a infeliz criatura que a garotada da minha escola conhecia como a irmã de Soto.

O que terá acontecido com ela?

Nada de bom, com certeza.

10

Nos meus tempos de estudante, a poucos quarteirões do colégio havia um terreno cheio de entulho e mato onde hoje se ergue um feio edifício residencial. Anos antes houvera uma demolição nesse lugar. No terreno havia peças de um guindaste empilhadas à espera de serem acopladas, assim como diversos materiais de construção, tudo exposto à degradação paulatina do tempo. Viam-se gatos correndo em bando pelo terreno todo. O tempo ia passando e, por motivos que desconheço, as obras não começavam.

O lugar era cercado, mas para a garotada era fácil entrar por um espaço entre a cerca de madeira e um velho casarão vizinho, mais tarde também demolido. Esse terreno abandonado serviu de cenário, numa tarde muito quente, já perto de anoitecer, para a primeira experiência sexual da minha vida.

Cheguei mais de quinze minutos antes da hora indicada por Soto. Um colega de sala, que chamávamos de Russo, me precedia. Ao vê-lo, recuperei parte da tranquilidade que tinha perdido desde o dia anterior. Aos dezesseis anos, eu era um ignorante completo em matéria de sexualidade, e não tinha conseguido pregar os olhos a noite inteira tentando imaginar o que me aguardava. Russo, com quem eu me dava bem, me chamou para fumar um cigarro e começamos a conversar. Entre uma tragada e outra, descobri que ele tinha pagado a Soto menos do que eu. "Porque é a terceira vez que venho." Seguindo seu conselho, fui a uma loja próxima e comprei dois chocolatinhos porque, segundo ele, a irmã de Soto adorava doces, e era mais fácil fazer as coisas enquanto ela se entretinha comendo chocolate.

Sem a desculpa da excitação e do aturdimento, talvez naquele momento, apesar da minha inexperiência, meu alerta pessoal devesse ter disparado. Não foi o que aconteceu. Com os hormônios alterados, já que fui lá para fazer o que ia fazer e, além disso, as duzentas pesetas já tinham sido desembolsadas, não vi — ou não quis ver — motivo nenhum para desconfiar.

Russo e eu tivemos que esperar um bom tempo pela chegada de Soto e sua irmã. Cresceu em nós a suspeita de que tínhamos levado um bolo. Até que, enfim, apareceram no fim da rua, acompanhados por um desconhecido alto, um pouco mais velho do que nós, com a cara cheia de espinhas. Os dois rapazes vinham em silêncio, um ao lado do outro. Três ou quatro passos atrás deles vinha uma garota gorda, com as feições inchadas e um olhar perdido não se sabe onde.

Assim que vi o rosto da garota, entendi que a irmã de Soto sofria de um grave atraso intelectual. Tinha catorze anos, olhos mal alinhados e mais separados do que se considera normal, a testa era protuberante e exibia um sorriso constante e excessivo, sem motivo. O corpo rechonchudo não era mais atraente do que o rosto. Sussurrei para Russo: "Ei, ela parece retardada." E meu companheiro, no mesmo tom de voz, respondeu: "Para o que nós vamos fazer, que diferença faz?"

Entramos no terreno sem perder tempo. Soto gritou com a irmã para se apressar quando estava passando pelo vão. Ele a tratava pior do que um capacho, esbravejando e empurrando-a o tempo todo, e mesmo assim a garota conservava o sorriso, cheio de dentes separados e gengivas úmidas e rosadas. "Vamos, paspalhona", apressava ele enquanto lhe dava ordens e a pressionava para obedecê-lo.

Para falar alguma coisa, de repente me ocorreu perguntar o nome dela. Soto não estava com ânimo de conversar.

"Paspalhona, não ouviu?"

Os outros riram, e eu, para não ser diferente, ri também.

Encostados na parte interna da cerca havia uns papelões com um aspecto não muito limpo. Soto e o cara das espinhas os ajeitaram, para fazerem vezes de cama, atrás de um montinho de entulho, entre este e as peças empilhadas e sujas do guindaste. Depois, com um autoritarismo ríspido, Soto mandou a irmã se sentar numa pedra grande e ele próprio foi tirar os sapatos dela e despiu-a da cintura para baixo, sem que a garota resistisse ou alterasse a expressão apatetada. "Vamos, boba, vai para lá." E, sem esperar que se virasse, deu-lhe uma palmada sonora na bunda carnuda. Quando ela se deitou docilmente sobre os papelões, perdemos a garota de vista. Soto disse com a secura de sempre: "No máximo cinco minutos." E depois determinou que o cara das espinhas fosse o primeiro a trepar com a irmã. Russo e eu decidimos no cara ou coroa.

11

Russo saiu de trás do montinho de entulho abotoando as calças. A noite estava começando a dominar o lugar. Soto me disse: "É a sua vez." E eu pensei: *Vou me atrasar para a janta e mamãe vai ficar zangada comigo.*

A irmã de Soto estava deitada de barriga para cima nos papelões. Uma moita de pelos pubianos escurecia sua virilha. Enquanto eu tirava a calça, a garota proferiu um som no qual pude distinguir mais ou menos a palavra *chocolate*. Quis confirmar:

"Você quer chocolate?"

E ela, como resposta, repetiu com cara de riso aquilo que eu não conseguia captar como uma palavra.

De joelhos entre suas pernas, fiquei olhando para a vulva sob a luz tênue do pôr do sol. Foi a primeira vez que vi uma que não fosse em fotografia. Senti uma mistura de nojo, curiosidade zoológica e fascínio, e, depois de entregar os dois chocolatinhos para a irmã de Soto, avancei um dedo cauteloso para tocar no sexo dela como quem examina um animalzinho raro do qual se teme algum tipo de reação defensiva.

Um cheiro penetrante vinha de entre as pernas da menina, que talvez fosse a causa pela qual minha ereção não se consolidava. Tive que ajudar com a mão. Ela permanecia alheada, imóvel, mastigando o chocolate com os lábios sujos de pasta marrom, e depois de algumas dificuldades, provavelmente relacionadas com minha insegurança, minha inquietação e a consciência de que não era certo o que estávamos fazendo com aquela pobre deficiente mental, penetrei-a. Não houve ejaculação; minha intenção não era chegar ao orgasmo, mas vivenciar pela primeira vez, de alguma forma, a experiência do coito.

Depois, me vesti depressa. Ao sair de lá, ouvi a voz enérgica de Soto atrás de mim. "Levante-se, boba. Já terminamos."

Cheguei em casa um pouco atrasado para o jantar, mas não a ponto de que mamãe fizesse um escarcéu. Quando fui lhe dar um beijo, percebi que ela franziu o nariz. Minutos depois, enquanto tomávamos a sopa na ausência de papai, ficou me olhando e disse: "Escuta, quando foi que você tomou banho pela última vez?"

12

Não demorei muito tempo para gostar de La Guindalera e da confortável solteirice que me deixava um tempo vasto para a leitura, as atividades de lazer, os encontros e conversas com meu amigo Patamanca, os passeios com Pepa... Claro que estava triste e sozinho, com um sentimento de derrota, e ainda por cima pagava uma pensão alimentícia, o que para mim, em termos estritamente econômicos, não era uma carga maior do que a minha parte das despesas familiares quando dividia a casa com a minha ex e meu filho.

Considerando a questão de um ponto de vista prático e superando qualquer resquício de sentimentalismo, posso dizer que o divórcio não foi um mau negócio para mim; ao contrário, foi uma libertação. Quem diria, passei a gostar de cozinhar. Comprei um ferro e queimei duas camisas, depois peguei o jeito e, desde então, não tive mais nenhum problema com a tábua de passar. Gostava de não depender de ninguém e de imaginar, quando passava pelo retrato do meu pai, que ele me fazia uns ligeiros gestos de aprovação. Durante as férias escolares, fiz uma ou outra viagem. Estive em Roma. Assim, de repente. Apareceu na televisão uma imagem da cidade e eu disse para mim mesmo: *No sábado você vai para lá*. E fui. Quase morri de calor em Tânger, conheci Oslo, visitei a ilha de El Hierro só porque ficava longe. Viajava sozinho, e certamente me chateava um pouco, mas ao mesmo tempo era uma verdadeira felicidade poder realizar meus caprichos e fazer o que me desse na telha, sem ninguém ao lado me julgando o tempo todo.

No primeiro ano de divorciado me inscrevi num curso de alemão. Minha vontade de aprender um idioma tão difícil acabou logo, mas aprendi alguma coisa. Tampouco levei adiante um ensaio sobre a teoria hermenêutica de Gadamer, do qual só consegui avançar umas vinte páginas. *Para que assumir uma tarefa árdua de reflexão e escrita*, pensei, *com a vida tranquila que te-*

nho?. Desisti do esforço uma tarde, quando ergui os olhos e vi pela janela o céu azul. Na mesma hora decidi sair com Pepa para tomar um pouco de ar fresco, ao diabo com as elucubrações filosóficas, típicas de mentes encerradas em territórios onde escurece cedo e geralmente estão submetidas a chuvas, vendavais e temperaturas baixas.

Minha paz pessoal foi garantida, antes de mais nada, pelo fato de que em geral as façanhas do glorioso Nikita me atingiam na forma atenuada de ecos, isto é, em doses reduzidas ou em frações de problemas muitas vezes já solucionados ou quase solucionados quando chegavam ao meu conhecimento. Sem falar que nem eu, nem o garoto queríamos ficar conversando sobre "coisas ruins" no tempo limitado que tínhamos para ficar juntos. E, além do mais, a maioria dos tais problemas surgia dos atritos de Nikita com a mãe, que não tinham nada a ver comigo.

Eu via meu filho com a regularidade estabelecida pela sentença do juiz e, excepcionalmente, a pedido da mãe, quando ele precisava de alguma coisa de mim ou se metia em alguma encrenca. Achei engraçado que Amalia, a principal responsável por minha limitação de só poder ficar com meu filho de quinze em quinze dias, achasse que eu deveria me preocupar mais com ele. "O garoto não tem um modelo masculino", disse ela um dia. Já não era sem tempo! *E, além disso*, pensei, *vai procurar sozinho seus modelos por aí*.

Ele tinha crescido; de repente era um palmo mais alto do que a mãe, e ela não o controlava. De vez em quando Amalia ligava para mim, nem tanto para pedir minha intervenção e minha ajuda em algum caso grave, mas para que eu percebesse sozinho que precisava intervir. O fato de Amalia não ser capaz de dominar o filho significava simplesmente que ele a dominava. E não há a menor dúvida de que o garoto, depois do nosso divórcio, mais de uma vez levantou a mão para a mãe. Para Amalia, no fundo, não era nenhuma novidade. Seu pai, o forjador de temperamentos férreos, batia à beça nas duas filhas; sua mãe, a rezadeira, também. E Olga, como eu bem sei, não ficava atrás quando se tratava de meter a porrada no seu doce benzinho. O único de seus íntimos que nunca usou de violência física com Amalia fui eu, coisa que ela nunca pareceu apreciar nem me rendeu qualquer prerrogativa na sua escala de afetos.

Um ano depois do divórcio houve um fato (este, sim, de dimensões alarmantes) que exigiu minha intervenção pessoal. O telefone me assustou numa hora inesperada, já perto da meia-noite, quando eu estava na cama. A voz de Amalia, locutora profissional, parecia tão perturbada e, por que não dizer, tão histérica, que não a reconheci de imediato. Falava aos atropelos. Por fim, quando já tinha se acalmado um pouco, entendi que o diretor do colégio em que nosso filho estudava tinha lhe deixado um recado na secretária eletrônica. Uma aluna de dezesseis anos da turma de Nicolás estava grávida, e tudo indicava que em breve Amalia e eu seríamos avós.

"Qual é o problema?", perguntei, com uma sincera presença de espírito.

"O problema é o pai da menina, agente da polícia nacional. Parece estar fazendo exigências financeiras, agressivo."

Com um toque de crueldade, lembrei-a de que era ela quem tinha a guarda do nosso filho.

"Não esperava algo assim da sua parte. Nicolás também é seu filho, e precisa de você."

13

Assim que me instalei em La Guindalera, pensei: *Calma, isto aqui é provisório. Em algum momento vou me mudar para uma área da cidade que tenha mais a ver com meu estilo e minhas preferências.* O único ponto negativo era que o colégio ficou mais distante do que antes, embora não muito. Todavia, claro, somando os vinte minutos extras de que eu precisava para ir e voltar todo dia do trabalho para casa, dá uma considerável perda de tempo ao longo de um ano.

Esse transtorno, junto a outros, não me impediu de me adaptar com certa rapidez ao novo bairro. Adotei o bar do Alfonso e o mercado da praça San Cayetano (onde, aliás, senti uma pontada de decepção esta tarde por não encontrar Águeda); o parque Eva Duarte fica bem ao lado; e a casa de Patamanca, um pouco mais à frente, também fica perto; e fiquei agradavelmente surpreso por encontrar vizinhos mais simpáticos e discretos do que os da moradia anterior.

A ideia reconfortante de uma ruptura na vida e um novo começo um dia desmoronou de repente, quando voltei do colégio. Havia quanto tempo eu estava morando neste apartamento? Duas, três semanas? Não mais do que isso. Vi que tinha chegado correspondência, abri a caixa de correio, e me deu uma vontade incontrolável de sair berrando quando descobri o bilhete anônimo. Como tinha sido fácil me localizar! E ainda me pergunto como a pessoa que os escrevia conseguiu entrar no prédio: se apertava os botões do interfone usando a artimanha de se passar por um mensageiro ou entregador, se esperava que um vizinho entrasse ou saísse ou, já aqui soltando as rédeas da paranoia, se teria conseguido uma chave do portão.

Transcrevo: "Pensou que ia nos enganar, hein, espertinho? Os mesmos olhos que te olhavam antes te olham agora e vão te olhar no futuro, onde quer que você more, aonde quer que vá."

14

O diretor do colégio, homem conciliador e equilibrado, pôs sua sala à disposição dos envolvidos. Amalia tivera uma conversa tensa ao telefone com o policial, e este, pelo visto, não levou dez segundos para engrossar. Assustada, insegura, Amalia não se julgava capaz de manter a calma diante daquele homem que classificou de "macho grosseiro". Afinal, me pediu que fosse ao colégio no lugar dela para um confronto entre os dois adolescentes. A ideia partiu da própria Amalia, depois que nosso filho revelou detalhes sobre os hábitos sexuais da garota grávida. Poucos dias antes eu tinha me encontrado com Nikita, em uma tarde de meio de semana, e lhe exigido nos termos mais severos que me dissesse a verdade e nada mais do que a verdade sobre o assunto.

E a verdade, segundo Nikita, é que não se podia saber quem tinha engravidado a filha do policial pelo simples motivo de que ela teve relações sexuais com muitos garotos. Mencionou alguns colegas da sala como os possíveis fecundadores. Alguns minutos depois, pedi que dissesse os nomes novamente. Enumerou os mesmos.

"Eles querem jogar a culpa em mim."
"E por que exatamente em você?"
"Porque acham que eu sou bobo."

Respondi que talvez os outros tivessem usado camisinha e ele, não. Negou, com os olhos já embaçados. "Como você sabe?", perguntei. Quase chorando, contou que tinham feito sexo grupal numa festa e no banheiro das meninas do colégio, e nenhum deles usou camisinha. Logo depois me acusou, não sem amargura, de também considerá-lo um bobo.

Ainda tive o cuidado de comparar sua versão com a que ele tinha contado à mãe e que ela, por sua vez, me contara, e vi que não havia diferença entre as duas. Com a certeza de que meu filho não estava mentindo, compareci à reunião no colégio. Patamanca, a quem eu tinha relatado o caso, se ofereceu para nos acompanhar na condição de suposto advogado, o que na opinião dele poderia servir para frear o policial, intimidando-o um pouquinho pelo aspecto legal. Recusei a proposta; primeiro porque, se o policial, que talvez não fosse tão ingênuo quanto Patamanca imaginava, descobrisse o engano, nossa situação pioraria perigosamente; segundo, porque não achava justo mentir na frente de Nikita depois de ter exigido que me contasse a verdade e exigido que fizesse a mesma coisa na sala do diretor.

Fomos os últimos a chegar à reunião, com um atraso de mais de dez minutos devido ao ataque de pânico que Nikita teve no último momento, quando já estávamos prontos para sair de casa. A mãe e eu tivemos que o ameaçar com graves consequências se não saísse do banheiro onde tinha se trancado. Saiu transido de medo. No carro, a caminho do colégio, ficava repetindo que, da mesma forma que o culpavam pela gravidez, também podiam culpar outros caras, inclusive garotos que não eram do colégio, porque a menina era muito assanhada.

Ouvir essas coisas partiu meu coração, não tanto pelo que ele disse ou pelo tom lamuriento, embora em parte também por isso, mas pelo fato, facilmente demonstrável, de que eu tinha cometido o mesmo erro que meu pai cometeu comigo — ou seja, nunca falei às claras com Nikita a respeito de sexo, não lhe passei minha experiência de quando tinha a sua idade. Em suma, eu o deixara entrar sozinho, sem qualquer preparo ou conselho, tal como aconteceu comigo, nos terrenos pantanosos da puberdade.

Quando entramos no gabinete do diretor, o policial e a possível mãe do meu primeiro neto já estavam sentados à mesa. Tive uma ligeira decepção estética ao ver que o homem não estava de uniforme. Pensei que suas roupas civis iam estragar a cena que Patamanca e eu tínhamos planejado. Meu amigo até o imaginou com uma arma no cinto, bem visível, para me assustar.

A garota me causou uma impressão agradável. Era bonitinha e esguia, com aparência saudável e lábios muito bonitos, nos quais às vezes despontava um sorriso sutil. Tinha olhos pequenos, muito vivos, e vários pontos vermelhos na testa, vestígios de espinhas espremidas talvez naquele mesmo dia em frente ao espelho de casa, além de cabelo liso, bochechas coradas e um nariz longo e reto, perfurado na lateral por um piercing prateado.

O diretor convidou Nikita e eu a nos sentarmos frente a frente com eles, enquanto ele próprio se instalou numa cadeira de lado, como árbitro imparcial. Com alguma cordialidade, dei boa-tarde ao policial e à filha. Não me responderam. O policial, de barba preta curta e um perfil hierático, não se dignou a me olhar. Uma vez sentado, percebi que a garota e Nikita trocavam sorrisos furtivos. Na mesa havia copos, várias garrafas de suco e água mineral e uma travessa de metal cheia de biscoitos. Conheço meu filho o suficiente para não me surpreender quando ele se precipitou para pegar um sem esperar o início do diálogo. A garota tentou fazer a mesma coisa, mas o pai deteve sua mão no ar.

"Vanesa, não viemos lanchar."

Pouco depois me virei para o diretor e perguntei, com uma untuosa cortesia e, ao mesmo tempo, querendo testar a paciência do policial, se podia pegar um biscoito. Ele respondeu que claro, era para isso que estavam lá, e também podíamos nos servir de alguma bebida, se quiséssemos. Nikita não se fez de rogado. Encheu um copo de suco de laranja, bebeu rapidamente e, em poucos minutos, biscoito após biscoito, deixou a travessa quase vazia. Eu comi dois ou três.

15

Depois de uma alocução de boas-vindas de refinada cordialidade do diretor do colégio, o policial não demorou nada para perder o controle. Despejou, enérgico, com a testa franzida, uma série de acusações, dirigindo a Nikita seguidos olhares incriminatórios. Meu filho estava mais interessado na travessa de biscoitos do que na conversa, e de vez em quando olhava para a garota e ela de volta para ele como se quisessem se comunicar com os olhos. Eu não movia um músculo do rosto, blindado em uma atitude fleumática, pura provocação, que costumava enlouquecer Amalia nas nossas antigas brigas conjugais.

O policial não se expressava mal, pelo menos enquanto ia dizendo as frases que certamente tinha treinado em casa, ruminadas em sucessivas noites de insônia. À medida que o discurso se prolongava, porém, ele perdia a fluência verbal, se repetia e, a partir de determinado momento, começou a dar sinais inequívocos de deficiência oral e balbuciar como se de repente lhe faltassem palavras, coisa que poderia ter evitado se ao menos tivesse deixado que os outros entrassem na conversa. Queria resolver o problema com o emprego de palavrões. Eu, que até então estava calado, me virei para o diretor e lhe perguntei se achava adequados aquele vocabulário e aquele estilo. O bom homem ergueu as sobrancelhas com resignação. O policial interrompeu seu discurso acelerado, na certa desconcertado ao ver que se tornara alvo de comentários à margem. Pouco a pouco, consciente das cartas desfavoráveis que ele e a sua Vanesa haviam recebido na questão que tínhamos ido discutir, se acalmou e, poucos minutos depois, principalmente quando cedeu aos pedidos da filha e deixou que ela pegasse uma bebida, começou a me dar pena. Sinto o cheiro de desespero ao longe, mesmo que se disfarce de bravata.

O pobre coitado, além de manifestar preocupação e raiva, não sabia ao certo o que queria. Casar a filha, como nos velhos tempos, para evitar fofocas dos parentes, conhecidos e colegas do Corpo Nacional de Polícia? E casá-la com quem? Com o comedor de biscoitos à sua frente, provavelmente um dos garotos mais obtusos do colégio? Outra coisa, bem diferente, eram as despesas da criação do bebê. E em relação a esse ponto, creio que havia certas aspirações do policial, sem dúvida legítimas, que ele não apresentou de forma explícita. Eu me declarei disposto a assumir as responsabilidades financeiras que me cabiam, "já que se trata de garantir o bem-estar do meu neto". No entanto, considerava não apenas razoável, como também necessário, determinar sem margem de erro a paternidade da criança. "Ou das crianças", acrescentei cruelmente, "se forem gêmeos".

Como se já esperasse uma objeção dessa natureza, o policial abriu rapidamente um relatório médico sobre a mesa. Então lhe expliquei, e o diretor do colégio concordou comigo, que aquele papel certificava a gravidez da filha, mas não a identidade do fecundador. Confesso que usei esta palavra, *fecundador*, lembrete da condição animal da nossa espécie, com o intuito de magoar. O policial se remexeu na cadeira. Estava suando e enxugou a testa com a manga da camisa, provavelmente arrependido por ter deixado a arma em casa. Sentindo-se talvez encurralado, retomou os modos agressivos. Eu pensava que a filha dele era o quê? Uma cadela, por acaso, que sai com qualquer um ou coisa parecida? Olhei-o diretamente nos olhos e respondi com um pedantismo implacável:

"Pelo que sei, a segunda parte do seu enunciado está correta."

"Pois agora sou eu quem exige provas."

E foi então que fiz o sinal que tinha combinado com Nikita para ele começar a contar sua versão dos fatos. Meu filho falou da festa, dos mictórios do colégio, do sexo grupal sem camisinha; informou com uma ingenuidade encantadora, e uma abundância de detalhes enternecedoramente escabrosos, nomes, datas e circunstâncias que a garota do outro lado da mesa não parava de desmentir. No fim, porém, quando Nikita, sem perder a calma, enumerou testemunhas e disse que perguntem a fulano, perguntem a sicrano, Vanesa não conseguiu conter as lágrimas e, enterrando o rosto nas mãos, desconfio de que menos por remorso ou por vergonha e mais por medo do pai, admitiu.

A voz do policial mudou de repente.

"Não foi isso que você me disse."

Juro que nesse momento tive vontade de me levantar e lhe dar um abraço. Derrotado, o homem se levantou tristemente da cadeira, se desculpou pelo transtorno e depois, quase em tom de súplica, também pediu que, por favor, tudo que fora falado ali ficasse entre aquelas quatro paredes. Por fim, murmurando algumas palavras de despedida, saiu da sala seguido pela filha. Nikita e eu conversamos por alguns minutos com o diretor, que aproveitou a conjuntura para repreender meu filho de maneira amistosa pelo mau desempenho escolar. Por fim, com Nikita fora do gabinete, me sussurrou que não acreditava que aquela aluna fosse dar à luz.

"Hoje em dia existem métodos", disse ele.

Poucos meses depois dessa reunião na sala do diretor, soube por Nikita que a menina ia às aulas normalmente, sem o menor sinal de aumento da barriga.

16

De volta ao carro, brincamos sobre a quantidade de biscoitos que ele tinha comido na sala do diretor.

"Sua mãe não alimenta você?"

"Estavam muito gostosos."

A reunião havia sido concluída com um resultado favorável aos nossos interesses, de maneira que nós dois saímos de lá com o mesmo sentimento de triunfo e alívio.

Perguntei se ele não teve vergonha quando o diretor lhe cobrou pelo fraco desempenho escolar. O garoto respondeu com franqueza. Disse que não gostava do colégio. Que estava ansioso para terminar o ensino médio e aprender um ofício, ainda não sabia qual. Que com certeza eu tinha a expectativa de que ele fosse chegado aos livros. E que, como esse não era o caso, provavelmente gostava menos dele. Respondi que, sendo ou não leitor de livros, eu sempre iria gostar dele da mesma forma.

Passamos um bom trecho do caminho até a casa da mãe dele criticando o policial. Não entrava na cabeça de Nikita que eu pudesse ter pena daquele sujeito. Na sua opinião, aquele homem era um filho da puta, além de péssimo pai. Ainda bem que eu era diferente. O policial e a filha estavam atrás de um otário para pagar as despesas da criança. "Como eu só tiro nota ruim, pensaram que sou um palerma. Porra nenhuma!"

Eu também lhe disse, tentando falar não de pai para filho, mas de homem para homem, que Vanesa era uma garota bastante atraente. Nikita não me contradisse nem apoiou minha afirmação, como se nunca tivesse reparado nos atributos físicos da colega. E como insisti em destacá-los, respondeu que na turma havia outras mais bonitas e as quais ele achava mais simpáticas.

Contei a ele que, no tempo da minha adolescência, os rapazes da sua idade tinham muito mais dificuldade do que agora para molhar o biscoito. No colégio em que estudei não havia meninas; até chegar à universidade, eu nunca tinha dividido uma sala de aula com alguma delas. Eram como seres de um mundo paralelo. Ninguém nos ensinou a maneira certa de nos relacionar nem de nos dirigir a elas; de cortejá-las, então, nem se fala. Isso você já nascia sabendo, ou tinha que se virar do jeito que fosse, muitas vezes imitando toscamente outros caras que pareciam ter mais traquejo. Seria mais fácil se eu tivesse uma irmã que me orientasse, mas, como não era o caso, fui obrigado a ir aprendendo pelo caminho. Além disso, elas estavam sempre na defensiva. O resultado de tudo isso foi que a rapaziada da época começou a vida sexual bem mais tarde do que os garotos de agora, mas não tão tarde quanto no tempo do vovô Gregorio.

De repente, como se não estivesse me ouvindo ou não lhe interessasse o que eu estava dizendo, Nikita me interrompeu.

"Pai, você se lembra da primeira vez que transou com uma garota?"

Deve ter me achado hesitante. Talvez tenha pensado que me recusava a responder.

"Vai, conta. Como foi? Eu já falei sobre mim."

"Bom, eu tinha a sua idade, mas pode acreditar que meu caso foi uma exceção. O normal, como falei, era começar a fazer sexo aos dezoito, ou até mais tarde."

Quando o carro parou num sinal vermelho, eu me virei para estudar a expressão no rosto de Nikita. Felizmente ele não conseguia ler meus pensamentos. Antes de fantasiar um pequeno relato, já sabia que não ia ter coragem de lhe contar a verdade.

17

Pois o fato é que está fazendo uma temperatura incomum para esta época do ano (mais de vinte graus), e fiz uma excursão com Patamanca. O telefone toca de manhã bem cedo. Tomo um susto, mas não: é ele.

"Você pretende se matar ainda hoje ou quer ir almoçar comigo em Aranjuez?"

"E a cachorra?"

"Levamos ela também."

Os rebanhos de turistas se distribuíam em uma infinidade de grupos fotografantes. Evitamos as principais atrações do lugar como se fossem focos de infecção. Nada de palácios nem de museus. E os famosos jardins? Um letreiro proibia a entrada de cachorros. Pois que se danem os jardins. Pata, que gosta de se condecorar com o título de padrinho de Pepa, trincou os dentes, indignado. Nossa raiva era tanta, que se o carro estivesse estacionado mais perto seguiríamos a viagem até Ocaña, onde, como sabemos por experiências anteriores, temos a possibilidade de esquecer os dissabores da existência enchendo a barriga de *duelos y quebrantos* ou de *migas manchegas*.

Passeamos em nosso próprio ritmo pelo Centro de Aranjuez, até a hora do almoço. A recomendação de um morador local nos leva a um restaurante com varanda e uma linda vista para o rio Tejo, verdejante e tranquilo. Pudemos entrar com Pepa, que ficou tranquilamente debaixo da mesa esperando os pedaços de comida que lhe jogávamos de vez em quando.

Patamanca e eu pedimos a mesma coisa: aspargos selvagens grelhados, croquetes e, como prato principal, faisão à caçadora. Só houve discrepância na escolha da sobremesa. Meu amigo optou pela rabanada caseira; eu, depois de algumas dúvidas, por um pudim com creme. Tudo no ponto certo.

Além de algumas considerações gastronômicas, praticamente nosso único assunto durante o almoço foi a manifestação de ontem. Na verdade, já tínhamos falado disso no carro, a caminho de Aranjuez, mas pelo visto a questão ocupa um grande espaço no pensamento do meu amigo. O movimento de independência catalã encheu o Paseo del Prado de adeptos, bandeiras e lemas. Eu, que passara a manhã e parte da tarde de sábado corrigindo provas e não estava atento às notícias, não soube de nada. Pata me conta os pormenores. Alguns dizem que havia menos de vinte mil pessoas; outros, mais de cem mil. A convicção ideológica determina a contagem. Os independentistas vieram da Catalunha em trens e ônibus; protestaram, protegidos pela polícia, contra o julgamento de políticos da turma deles pelo Supremo Tribunal; clamaram contra o Estado opressor, que, no entanto, autoriza essa manifestação a pouca distância do Parlamento e providencia unidades de saúde para eles. Comeram sanduíches, beberam cerveja e, com o semblante alegre, voltaram para casa.

Patamanca, provocador, pôs na lapela uma insígnia representativa da bandeira constitucional, comprada num bazar de chineses, e desceu até a Praça de Cibeles para se misturar à multidão independentista. Ninguém o interpelou. Um sujeito com mais coragem do que ele, diz, abriu uma bandeira espanhola no meio da passeata. Ouviu algumas vaias, provocações em língua vernácula, e algumas bocas o chamaram de *feixista*, fascista em catalão, por mostrar no seu país a bandeira do próprio país. A coisa parou por aí. Não houve vítimas a lamentar, nem sequer um olho roxo. Patamanca, que esperava ser testemunha de um acontecimento histórico, achou que tudo aquilo parecia um piquenique de caipiras. Zeloso até recentemente da unidade da Espanha, ele agora considera que o nosso país, habitado por gente vulgar, escandalosa, provinciana, insatisfeita, está mais coeso do que parece. "Vivemos no equilíbrio de uma farsa diabolicamente perfeita." E, enquanto afirmava tal coisa, saía pela comissura dos seus lábios a ponta oscilante de um aspargo.

Antes de começarmos a viagem de volta, quis me mostrar uma pequena mancha vermelha que apareceu ontem no joelho da sua perna mutilada. Ainda não começou a supurar. Ele se pergunta, brincando, se não teria sido transmitida por algum ativista pró-independência catalã. Não está preocupado, diz, porque já sabe que não é câncer.

18

Estou matutando sobre isso desde que voltamos de Aranjuez ontem à tarde. Eu jamais participaria de uma manifestação em defesa de um sonho nacional. Aliás, nem de qualquer sonho, por mais que os promotores dessa manifestação o tenham adocicado destacando seu caráter coletivo. Eu me uniria, sim, com prazer e convicção, e já fiz isso várias vezes, a uma multidão que proclamasse nas ruas alguma exigência prática, alguma exigência, digamos, que não limitasse seu significado à esfera dos meus sentimentos nem tivesse sido planejada por um sinédrio de sabidos para instalar em mim uma religião do futuro. Estou falando, pelo contrário, de medidas concretas que contribuam para melhorar a vida cotidiana dos cidadãos e, claro, possam ser implementadas em um prazo curto: salários dignos, revogação de uma lei que causa sofrimento, deposição de um presidente corrupto, redução dos preços dos produtos básicos... No plano ideológico, apoio sem qualquer restrição tudo que une os homens e, afastando-os da crueldade, da discriminação, da vaidade de se julgarem moralmente superiores, estimula a convivência. Desconfio por princípio de tudo que afeta a serenidade. Não sinto obrigação alguma de ser feliz. Tenho verdadeira alergia ao conceito de utopia. E digo a mesma coisa em relação às terras prometidas, aos paraísos sociais e à paleta usual de patranhas tantas vezes defendida por intelectuais famosos. Fujo radicalmente de lambuzar meu corpo com esperanças que excedem o meu modesto tamanho. Os símbolos da pátria não me empolgam, mas, não sendo hasteados contra ninguém, eu os respeito da mesma forma que, não acreditando em Deus, não pratico a blasfêmia. Sei que o espelho não me define o suficiente, porque não sou apenas meus traços fisionômicos; em poucas palavras, sei que preciso dos outros para descobrir quem sou. E, ainda assim, depois que me decifrei, o que surge?

19

Estava folheando um livro esta tarde, sentado num banco do parque. Às vezes me entrego ao prazer de tirar um exemplar da estante com os olhos fechados e colocá-lo na bolsa da mesma maneira. Mais tarde, na rua, tento adivinhar pelo tato que livro é. Quase nunca acerto, mas isso não diminui o gosto pela brincadeira. Quando chego ao destino do meu passeio, passo os olhos em algum trecho antes de deixar o volume em algum lugar da via pública, e assim vou dizimando aos poucos a minha biblioteca. Ainda há um grande número de títulos nas prateleiras. Estão esperando pacientemente a hora de mudar de dono. O mesmo destino aguarda o restante dos meus pertences. Neste ponto evoco uns versos de Antonio Machado que eu sabia de cor, aqueles que falam da nave sem retorno na qual se embarca sem bagagem, quase nu, como os filhos do mar.

Por enquanto continuo vivo, certamente não mal de saúde — justo agora que não faria diferença se eu adoecesse. Ao meu lado, recuperando-se das suas recentes corridas loucas, Pepa respirava forte enquanto eu me distraía com o livro que a esta altura já deve estar em outra casa e em outras mãos e também praticava um pouco de ciclismo estático usando uns pedais instalados em frente ao banco. De repente, eletrizada, a cachorra estica o pescoço, ergue as orelhas, levanta-se, abana o rabo, solta uns ganidos, e, por esses sinais, deduzo que sentiu a presença do amigo, o cachorro preto. Ainda demoro um pouco para ver a silhueta gorda e desajeitada do meu xará, mas lá vem ele trotando na frente da sua dona. Parece que sempre entram no parque pela entrada da Manuel Becerra. Ela está com... uma luva branca? De perto, vejo melhor: a mão está enfaixada.

Pergunto e ela me conta. Na última sexta-feira, agentes da polícia nacional bloquearam uma rua do seu bairro. Águeda se juntou a um grupo de vizinhos que se opunha ao despejo de uma família com dois filhos pequenos. Era a segunda tentativa de forçá-los a sair da casa; da vez anterior, a resistência popular impediu. Membros da Plataforma de Afetados pela Hipoteca chegaram ao local. Algumas bocas gritaram contra a polícia: "Vermes, mercenários!" Uns policiais, protegidos por seus colegas, já estavam levando para a rua os humildes pertences da família. A mãe, com uma menina no colo, falava com dois jornalistas na calçada, e atrás dela uma senhora idosa, talvez a avó, empunhava um colchão de berço em meio a lágrimas de indignação. O caso, um dos tantos que acontecem, saiu nos jornais. Essa gente está sendo posta no olho da rua, por ordem judicial, porque a instituição financeira locadora vendeu o apartamento para um fundo de investimento que, como manda o capitalismo, quer obter o máximo retorno financeiro com a propriedade.

Águeda diz que enormes injustiças são cometidas nesta cidade com o aval da classe política governante. Olha para os prédios ao redor enquanto diz isso, como se procurasse os culpados nas janelas. Se eu me animasse a participar de futuros protestos contra despejos, ela me informaria a tempo as datas e os locais das concentrações.

Ótima sacada para descobrir meu número de telefone ou meu endereço.

"E o que tudo isso tem a ver com sua mão enfaixada?", pergunto.

É que houve uma arremetida policial, e na confusão de empurrões e porretadas ela tropeçou e, quando caiu, cortou as costas da mão na saliência metálica de um parapeito. Teve que levar seis pontos no hospital. Diz que pode abrir o curativo para que eu veja o que há por baixo. "Não precisa, acredito em você", respondi.

20

Como já conversamos ontem no parque, imaginei que a cota de encontros casuais desta semana já estava preenchida e hoje Águeda me daria um descanso. Mas não, lá estava ela, na saída do mercado, com a mesma capa de chuva das outras vezes, a mão enfaixada e o cachorro gordo, me esperando de maneira tão explícita que beirava o assédio. O cachorro não parava de resfolegar. Será que é asmático? Quanto à capa de chuva, dá vontade de perguntar à dona se a alugou de um mendigo. Ou se é a capa do tenente Columbo — aquele da famosa série de televisão à qual, muitos anos atrás, mamãe e eu assistíamos juntos —, comprada num leilão internacional por uma quantia exorbitante.

Não sem malícia, comentei com Águeda que ultimamente ela tem andado muito em La Guindalera. No mesmo instante me pediu desculpa. Respondi que estamos numa cidade livre, as pessoas têm o direito de ir e vir quando quiserem. Ela insiste, com uma vigorosa modéstia, em se desculpar. Reconhece que se acostumou a trocar meia dúzia de palavras comigo na via pública. Se isso me incomoda, basta avisar, e ela não vai me chatear novamente.

"Agora, se me aceitar como amiga, vou gostar muito."

Não tenho nenhum problema em interagir de maneira amigável com Águeda de vez em quando. Não sei se ela notou a ênfase que coloquei na definição temporal e espero que entenda que de vez em quando não significa todos os dias.

Depois conversamos de modo descontraído, talvez um pouco cerimoniosos (principalmente eu, determinado a manter certa distância), sobre a temperatura agradável dos últimos dias, assuntos diversos da atualidade (essa mulher gosta de política) e duas ou três bobagens pessoais, eu com a bolsa de compras no chão entre os pés. Estou ciente da indelicadeza que cometo não convidando Águeda para tomar alguma coisa num bar das redondezas, mas temo que, se a convidasse, ela me rodearia perigosamente com seus tentáculos afetuosos. Além disso, estou com pressa; pressa, entenda-se, para ficar sozinho com meu silêncio e minhas atividades entediantes de homem solitário, e também para que as sardinhas recém-compradas não esquentem na bolsa.

Nisso, o cachorro gordo com quem divido o nome se aproxima de mim. Vem me cheirar, deixar uma marca de saliva espessa na minha calça, enfim, me oferecer demonstrações não solicitadas de aceitação e simpatia. Talvez esteja me perguntando por Pepa à sua maneira canina; talvez, nostálgico, apaixonado, queira se consolar esfregando o nariz em algum resquício do cheiro da saudosa amiga grudado em minha roupa. Parece um bom garoto. Como prêmio por sua mansidão afável, passo a mão pela cabeça e a nuca do animal, empurrando-o com delicadeza para que se afaste um pouco de mim, e dou-lhe uns tapinhas no dorso, que ele agradece passando a língua quente na minha mão.

Meu olfato não demora muito a mandar um sinal de alarme. Levo a mão ao nariz. O cheiro é forte.

"Faz muito tempo que você não dá banho no cachorro?"

Adivinho, pela súbita expressão no rosto de Águeda, que foi pega de surpresa. Responde, com a voz de quem admite a possibilidade de ter cometido uma infração sem querer, que não costuma dar banho em Toni. Toda vez que ouço o nome desse cachorro fico irritado. Como não pensar por um momento que sou eu quem Águeda puxa pela rua por uma coleira? Ela havia lido em algum lugar, esqueceu onde, que a camada natural de gordura que cobre o corpo dos cães tem efeitos protetores, portanto não é recomendável o uso de produtos de higiene porque podem danificar essa camada. *Danificar a sujeira acumulada*, digo para mim mesmo. Não me surpreenderia que o meu homônimo, o de língua pendurada e respiração ofegante, sofra de seborreia canina. O que Águeda faz, segundo ela, é levar Toni para a rua quando está chovendo e deixar que a água do céu o lave.

Pergunta se costumo dar banho em Pepa. "Claro." E nesse momento me lembro das muitas ocasiões em que Amalia me exigia, com as sobrancelhas iradas, que lavasse a cachorra com a maior frequência possível, o que, como se sabe, não faz bem à saúde do animal. Uma vez a cada duas ou três semanas, menos no inverno, dou um banho em Pepa só com água, principalmente para refrescar. Nem preciso obrigá-la. Ela se diverte loucamente na banheira e, depois de secá-la, eu desfruto seu pelo sedoso e seu cheiro de limpeza. De dois em dois meses a lavo com um xampu especial para cães, sem parabenos, corantes nem perfumes sintéticos, eficaz contra a coceira, que recomendo enfaticamente a Águeda. Custa um pouco menos de dez euros, foi recomendado pelo veterinário, deu bons resultados até agora etc. Águeda tira uma caneta do bolso interno da sua velha capa, anota a marca na palma da mão que não está enfaixada, diz que vai usar o xampu e me agradece pelo conselho. Depois, nos despedimos. Assim que me vejo sozinho, volto a cheirar minha mão. Mal posso esperar para chegar em casa e lavá-la.

21

Tina, só de sapato de salto alto e meias arrastão, e Pepa ao seu lado, na lateral do sofá, me olham com a mesma fixidez, como se estivessem me pedindo explicações. Eu deveria tirar uma foto delas. Assim, sentadas próximas uma da outra, compõem uma imagem ao mesmo tempo terna e cômica. "Amo vocês", sussurro para as duas. E elas não se mexem.

Recentemente, me desfiz da televisão. Não era nova, mas funcionava muito bem. Se ninguém ainda a tiver apanhado a esta hora, quase meia-noite, ainda deve estar ao lado da entrada do Centro Cultural Buenavista, num banco preso à parede. Embaixo do aparelho deixei o controle remoto. Adeus, noticiários, filmes, concursos. Não sou muito de ver televisão, porque me rouba tempo de leitura, mas reconheço que faz companhia.

Pelas caras que as duas fazem, Tina e Pepa, Pepa e Tina, posso deduzir o medo que têm de ir pelo mesmo caminho que a televisão. Digo a Pepa que ela na verdade pertence a Nikita, embora o garoto a tenha esquecido. E que pode ficar tranquila. Ela me conhece o suficiente para ter certeza de que eu seria incapaz de deixá-la desamparada. Já tentei uma vez e me arrependi logo em seguida. Antes que chegue a minha hora, encontrarei um novo lar para ela. Não descarto a possibilidade de convencer meu filho. Quanto a Tina, neste momento não posso dizer o que vai ser dela. "Mas não se preocupe, boneca linda e sedutora. Também haverá alguém para cuidar de você. Para a lata de lixo é que não vai, garanto."

22

A televisão, agora me lembro, não foi o primeiro aparelho que entrou no meu apartamento quando me divorciei.

Amalia previu que sem ela eu iria viver como um coitado. Previu ou, quem sabe, desejou? Eu, que normalmente não uso gravata, só em casos de necessidade imperiosa, fui à audiência judicial de terno e com um sapato preto que brilhava como se fosse de ônix polido. Amalia não fez comentários. Parece que recebeu instruções da advogada de que não se aproximasse de mim nem falasse comigo, mas tenho certeza de que não deixou passar detalhe algum da minha roupa e não gostou de me ver bem-arrumado.

O primeiro eletrodoméstico que comprei, para substituir os antigos que ficaram no outro apartamento, foi um lava-louça. Tenho minhas prioridades. A primeira era me livrar da odiosa tarefa de lavar pratos. Poucos dias depois, chegaram o aspirador de pó e a geladeira. Fiz uma sangria brutal nas minhas economias e aprendi a superar a indecisão na presença dos vendedores. Seguiram-se a máquina de lavar, a televisão e depois, aos poucos, o restante dos eletrodomésticos, nenhum de luxo, todos necessários. Alguns, os mais difíceis de manipular, aprendi a usar estudando pacientemente os folhetos ou perguntando a Patamanca, homem com uma vasta experiência em vida de solteiro.

Nessa época, encontrei na caixa de correio um dos poucos bilhetes anônimos que não contêm zombarias nem acusações. Eis o que diz: "Vimos que você está adquirindo aparelhos ultimamente. Tudo indica que se propôs a levar uma vida organizada. Nunca é tarde para pôr a cabeça no lugar."

Francamente, agora que estou determinado a espalhar meus bens pela cidade, não me vejo levando os aparelhos maiores para a rua. Nem sequer tenho um carrinho de mão. Além disso, se alguém me vir, pode achar que estou descartando o lixo ilegalmente e me denunciar. Portanto, vai ficar alguma coisa no apartamento quando eu não estiver mais lá. Talvez Nikita possa aproveitar.

23

A princípio, pretendia deixar os seis volumes na entrada do colégio que fica em frente à praça de touros. Talvez pudessem interessar à garotada ou ser úteis a algum colega de profissão, se bem que hoje em dia, como já ficou evidente, o conhecimento enciclopédico foi transferido para a internet. Dá no mesmo que os livros acabem no Rastro ou nas ofertas do eBay. No meu colégio é que não os deixo de jeito nenhum. A diretora pode aparecer e de repente resolver ficar com eles. Prefiro jogar no lixo.

A *Focus — Enciclopédia Internacional*, da editora Argos, foi um presente de aniversário dos meus pais. Um vendedor que ia de porta em porta convenceu mamãe a comprar a coleção. Papai, convicto de que ela havia sido ludibriada por um vigarista ambulante, se opôs à compra e resmungou um pouco quando já era tarde demais e aqueles livros grossos estavam empilhados em cima da mesa da sala. Depois de examiná-los, deu o sinal verde. Com o tempo, até me pediu emprestado um volume ou outro.

Posso dizer que a minha biblioteca começou com os seis volumes da enciclopédia. E diria mais: também foram os responsáveis pelo início de minha inclinação precoce para o estudo e a leitura. Não os consulto há muitos anos, mas nunca deixaram de ser o centro de gravidade em torno do qual foram se acumulando, até chegarem a um número considerável, todos os meus livros. Encapados com plástico desde o início, os seis volumes da minha *Focus* continuam até hoje em boas condições, embora as folhas de papel brilhante estejam cobertas por uma pátina amarelada há muito tempo.

O cheiro das suas páginas me evocou esta manhã muitas imagens antigas. Eu tinha oito ou nove anos quando recebi esse presente esplêndido, um dos melhores que me deram em toda a vida. A maioria das ilustrações era em preto e branco, mas também havia algumas coloridas. Esses livros pesados, autênticas relíquias da minha infância que para mim têm um grande valor sentimental, me acompanharam em todas as minhas mudanças. O fato de me separar deles e da réplica de latão da Torre Eiffel confirma que não há volta no meu plano de deixar este mundo.

Esta manhã matei simbolicamente a criança que fui, ou o que sobrou dela, não sei se muito ou pouco, dentro de mim. No verão do ano passado, me dei o prazo de um ano para descobrir por que quero acabar com a minha vida. Desconfio de que não haja uma resposta exata para isso, nem precisa haver. Meu amigo Patamanca, em contrapartida, afirma ter clareza sobre os próprios motivos. Desde a manhã em que perdeu o pé, ele não para de se sentir humilhado pela amputação. De vez em quando a prótese lhe causa desconforto. Quando menos espera, as dores voltam. Tem pesadelos à noite, aparecem feridas, tem períodos de abatimento. Só resiste, a duras penas, com a ajuda de antidepressivos.

No meu caso, acho que já aproveitei o suficiente. O que me restasse para viver daqui até a velhice seria um prolongamento supérfluo. Teria que carregar um fardo cada vez mais pesado de tédio, decadência e sofrimento. Não quero ter cheiro de urina de velho. Não quero perder o fôlego depois de subir meia dúzia de degraus. Não quero que ninguém corte as unhas dos meus pés porque não consigo alcançá-los com as próprias mãos. Não quero que minhas escassas esperanças dependam de fármacos. Não quero andar pelo mundo como um ser encurvado, esquecido e cambaleante que não entende nada do que está acontecendo à sua volta. A gente tem que saber sair de cena na hora certa.

24

Juntos, os seis volumes da *Focus — Enciclopédia Internacional* pesam onze quilos e duzentos gramas. Verifiquei isso ontem, antes de sair de casa, na balança do banheiro. O que fiz depois foi dividi-los em duas sacolas e levá-los para a rua. Preferi deixar Pepa em casa. Ao longo do caminho, vi uma gralha e os inevitáveis pombos urbanos, mas nem um único andorinhão. Sinto falta deles. Não devem voltar antes de abril. Por enquanto, ainda existe uma remota possibilidade de recuar no meu plano de ingerir cianeto; entretanto, quando vir o primeiro andorinhão da temporada, vai terminar o prazo para eu mudar de ideia.

A gralha estava bicando a sujeira da calçada. Quando me viu chegar, voou até um pinheiro próximo, em cujo tronco havia uma armadilha em forma de braçadeira para pegar larvas de lagarta. *Como vai ser fácil para a Natureza*, pensei, *conquistar as cidades quando a Terra se esvaziar de humanos!*

Já próximo do Instituto Avenida de los Toreros, tive uma intuição que me levou a seguir até o viaduto de Ventas, a despeito do peso das bolsas. De lá observei que o trânsito intenso da M-30 nas duas direções obrigava os veículos a reduzir a velocidade, o que favorecia a execução de um certo procedimento lúdico para me livrar dos volumes da enciclopédia. O problema é que o viaduto de Ventas não serve para esse fim, porque tem uma espécie de marquise em volta que impede os pedestres de se debruçarem sobre a estrada que passa por baixo. Seria uma medida antissuicídio? Não sei. Em todo caso, tive que ir até outro viaduto, o de Calero, na avenida Donostiarra, próprio para pôr em prática minha diversão.

Semanas atrás fiz isso pela primeira vez, no mesmo viaduto, com um livro de bolso, o último dos oito que fui espalhando pela área. Avistei uma caminhonete com caçamba aberta se aproximando, só que ela passou tão rápido debaixo do viaduto e eu calculei tão mal o lançamento, que o livro caiu no asfalto, onde a enxurrada de carros que veio em seguida não levou nem um minuto para destruí-lo.

Um detalhe favorecia meu plano. É que em frente ao viaduto, a pouca distância, há dois painéis de sinalização do tamanho de paredes nas pistas laterais, cada um numa direção, que escondem da vista dos motoristas qualquer pessoa que se aproxime da balaustrada. Outra circunstância, porém, atrapalhava: o pouco espaço disponível entre os painéis e o viaduto para jogar os livros dentro das caçambas, tarefa extremamente difícil quando o caminhão circula em alta velocidade.

Depois de fazer um teste com cuspe, concluí que um livro leva de dois a três segundos para cair na estrada. Um tempo tão curto não permite margem de erro. Se eu jogar cedo demais, o livro bate no para-brisa ou no teto da cabine; se for tarde demais, o caminhão já desapareceu sob o viaduto e o livro cai na estrada. Assim, o lance só tem chances de sucesso quando os veículos circulam em baixa velocidade, o que, no anel viário, não acontece todo dia. Felizmente, aconteceu ontem.

A balaustrada do viaduto de Calero é alta e pintada de azul. Vejo nela um obstáculo pensado pelos funcionários da prefeitura a fim de dificultar os planos das pessoas que queiram se jogar na estrada. A barra de cima chega à altura da minha boca. Mesmo assim, entre as diferentes seções da balaustrada há um vão por onde os volumes da *Focus*, enfiados de lado, passam facilmente. Consegui acertar o primeiro deles na caçamba vazia de uma caminhonete. Foi muito fácil, porque a caminhonete parou por alguns momentos, devido ao tráfego intenso, bem embaixo de onde eu estava à espreita com as minhas sacolas. O grosso volume acertou em cheio, fazendo tanto barulho, que ainda não consegui entender por que o motorista não saiu para ver o que havia acontecido. Talvez não tenha notado porque tivesse problemas de audição ou estivesse com o rádio ligado no volume máximo. Depois disso, escolhi caminhões grandes. Aos poucos fui me livrando dos seis volumes da enciclopédia. Deixei por último a pequena Torre Eiffel de latão.

De repente tive a sensação de que ia cometer uma monstruosidade se a jogasse. Fui assolado nesse momento por dúvidas lancinantes devido ao meu apego sentimental ao velho suvenir, até que vi entre as barras azuis da balaustrada um caminhão pequeno se aproximando e disse para mim mesmo: *Vamos, cagão, termina logo o que começou.* Quando chegou mais perto, vi que o caminhão estava transportando duas bobinas de aço e, imediatamente, me ocorreu que não ia ter dificuldade para colocar a figurinha de latão entre as duas peças. Por excesso de confiança, talvez pela facilidade com que havia metido os seis volumes da enciclopédia em outras tantas caçambas, não fui suficientemente cuidadoso: a pequena Torre Eiffel bateu numa das bobinas e foi expelida pelo ar até que, depois de muitos pulos, parou na faixa da esquerda. Os primeiros carros passaram por cima dela sem tocá-la. Pouco depois, um furgão a empurrou para o meio da estrada. Diversos veículos a jogaram para cá e para lá. Tive a tentação de descer e resgatá-la, ainda que isso significasse pôr em risco minha integridade física. Nisso, um caminhão a esmagou e voltei para casa com a sensação amarga de que algo muito valioso dentro de mim estava perdido para sempre.

25

Com o ânimo no fundo do poço, Patamanca cria uma zona de silêncio nebuloso no canto do bar. Na mesa, a espuma da sua cerveja intacta — e imagino que quente — já se dissipou. Alfonso, o compreensivo Alfonso, que conhece Patamanca há muitos anos, retira o copo e lhe traz outra cerveja que ele não pediu.

Antes, quando meu amigo imergia no silêncio, eu me perguntava: *Para que marca um encontro no bar se não abre a boca para falar nada?* Confesso que ficava chateado nessas situações, até que entendi que o encontro era justamente para isso: para estar ele lá e eu aqui, em silêncio. Ou então para que eu fale sozinho, o que lhe dá um "bem-estar retroativo", como certo dia me explicou.

Sem muita certeza de que estivesse me ouvindo, eu pretendia lhe contar que há algum tempo comecei a espalhar meus livros pela cidade. Para introduzir o assunto, digo que anteontem, durante o meu passeio, parei no viaduto de Calero. Não consegui continuar. Assim que Patamanca ouve esse nome, sua fisionomia inexpressiva desaparece. A mudança é tão abrupta que a princípio achei que o havia ofendido, mas não. Sem a menor consideração, ele me interrompe para falar sobre a Golden Gate. Tinha lido numa matéria recente de jornal que a cada vinte e um dias uma pessoa comete suicídio pulando da famosa ponte vermelha de São Francisco. Com um repentino entusiasmo, menciona um número próximo a dois mil suicídios desde a inauguração da ponte, em 1937. Tiveram que instalar uma rede de aço para evitar que as pessoas pulassem no vazio. Esse tema enche Patamanca de júbilo e o deixa apaixonado e loquaz. Suicídio é o seu assunto preferido, do qual se considera não só especialista, mas proprietário. É bem provável que esta tarde, no bar, o simples fato de abordar a questão tenha lhe provocado uma descarga de serotonina. De repente, dá o primeiro gole na sua cerveja. Pouco depois, o copo estava vazio, e ele pede outra rodada a Alfonso. Patamanca fala com entusiasmo da morte bela, da morte romântica e do "chape horripilante dos corpos", como diz — estará variando? —, quando se espatifam a cento e vinte quilômetros por hora, depois de quatro segundos de queda livre, contra a superfície da água, dura, segundo ele, como cimento. E, em tom de acusação, declara que alguns sobreviveram à queda.

Agora quem fica em silêncio sou eu, despeitado por não ter conseguido contar minha história da enciclopédia jogada nos caminhões. A épica da morte voluntária é uma coisa que me deixa totalmente indiferente. Desde que o retrato do meu pai esconde o saquinho de pó letal, quase não penso nisso. É uma coisa que já aceitei, só falta o último procedimento: com a chegada do primeiro andorinhão, minha decisão estará selada.

Pata diz que se morasse em São Francisco pularia da Golden Gate, por razões estéticas e também para aparecer no noticiário. Lamenta não existir uma construção semelhante na nossa cidade. "Tudo aqui é pequeno, vulgar, caipira", diz. Não discordei, para evitar que caísse de novo no silêncio.

26

Surpresa na caixa de correio. Um envelope e, dentro, um cartão-postal que minha sobrinha me enviou da Alemanha. É a primeira notícia que recebo dela desde a visita de María Elena, há mais de um mês. Diz assim:

Essen, 19 de março de 2019.

Querido tio Toni,
    Mamãe já me disse que você teve a generosidade de nos ajudar financeiramente, e eu queria lhe agradecer. Ela me critica por não ter escrito antes, mas estava ocupadíssima com o monte de exames necessários para a terapia de prótons. Me disseram que não é dolorosa. Isso me tranquiliza muito, porque, para dizer a verdade, estava um pouco assustada. Da cidade ainda não vi quase nada. Não faz mal. Não viemos fazer turismo. Descobri que meu inglês é suficiente para me comunicar com as pessoas daqui. O da mamãe, coitada, deixa muito a desejar. Quanto à doença, eu já tinha perdido as esperanças, mas desde que comecei o tratamento nesta clínica moderna, onde só trabalham profissionais tão simpáticos, uma luzinha no meio da noite tem me dado coragem.
    Obrigada, tio, por ajudar a manter essa luz acesa. Um beijo grande para você,

                                                        Julia

27

Nas quartas-feiras anteriores ao reaparecimento de Águeda, eu não prestava muita atenção na minha apresentação pessoal quando descia para ir ao mercado. Quer dizer, não é que saísse de casa feito um mendigo, para usar uma expressão habitual de Amalia. Digamos que minha única preocupação com a indumentária era que não apresentasse um festival de descosidos e manchas. Muitas vezes, para ganhar tempo, vestia um casaco por cima da roupa de ficar em casa, e tudo certo. Evidentemente, nem me ocorria escovar os dentes ou passar perfume para a meia hora, mais ou menos, que levo para fazer as compras.

Agora tenho certo cuidado com minha aparência por dignidade e um pouco de orgulho, e não porque Águeda me inspire uma pitada de interesse erótico. Se tiver que escolher, prefiro me acasalar com um sinal de trânsito. Está bem, minha frase é brutal e essa boa mulher merece meu respeito; de qualquer maneira, montanhas de respeito nunca vão ser capazes de esconder sua formidável falta de atrativo físico. As coisas são como são. Na presença dela, serei cortês, mas nos meus escritos pessoais só há espaço para a mais crua sinceridade.

Esta tarde me contou que no domingo deu banho em Toni com o xampu que eu recomendei. Como o animal se divertia! Diz que ficava tentando pegar o jato com os dentes. A euforia chegou a tais extremos que no fim Águeda teve que o obrigar a sair da banheira. Depois de seco, o pelo dele estava tão macio que era um prazer acariciá-lo.

"Você não imagina como a água ficou preta."

"Será que seu cachorro solta tinta?"

De repente, o drama. Toni, um pouco mais velho do que Pepa, tem uma insuficiência cardíaca de média intensidade, e por isso vem recebendo medicação específica há algum tempo. Ontem à noite, o coitado teve um ataque de tosse e vomitou. Como medida preventiva, Águeda deu um passeio curto com ele de manhã e o deixou em casa à tarde. Melhor evitar que se canse. E, me olhando nos olhos, como se quisesse mostrar sua força interna, acrescenta: "Acho que Toni não vai viver por muito mais tempo."

Esse assunto está longe de me fazer ferver de emoção. Águeda parece ter notado meu parco interesse e muda o rumo da prosa. Ainda está com a mão enfaixada. Arregaça a manga da capa, que se não é a do tenente Columbo parece igualzinha, tira o esparadrapo e levanta a ponta do curativo. Não tenho escolha, sou obrigado a olhar para as marcas vermelhas da sutura. Não sei o que dizer. Para não ficar calado, pergunto se dói.

"Agora não dói mais."

Depois me despeço, alegando que tenho trabalho atrasado do colégio. Águeda faz que sim com a cabeça, compreensiva. A conversa foi tão breve que essa mulher, na minha opinião, deveria considerar se vale a pena andar de La Elipa até o meu bairro e depois de volta só para trocar algumas palavras vazias comigo. Ou será que esperava que eu lhe dedicasse mais tempo? A seu favor, devo dizer que se conforma. Não insiste, não chateia, não usa artimanhas para prolongar o encontro a qualquer custo. O mesmo sorriso que adoçou a expressão do seu rosto quando me viu aparece novamente nos lábios dela no momento da despedida. Com naturalidade e simplicidade, Águeda me agradece por aceitar conversar com ela. Nunca tinham me dito uma coisa assim.

28

Tomei uma decisão e Patamanca, a quem consultei, a aprova. Tomar decisões me dá ânimo. Perto do desenlace da vida, talvez não me importe a direção em que elas me levam, que consequências trazem. O simples ato de pilotar o barco me dá satisfação.

Decidi que amanhã vou aparecer sem avisar na casa de Águeda. Tenho o endereço dela. Sabia o bairro, mas não a rua nem o número. Pata me deu as informações. E, agora que ela está determinada a poupar seu cachorro de passeios extenuantes, é bem provável que a encontre em casa. Vou aproveitar e largar uns livros pelo caminho.

"Tenho certeza de que você e Águeda são bons amigos, principalmente pelas minhas costas."

Patamanca esboça um sorriso no canto da boca. Algum dia vou descobrir tudo que esse sacana disse a ela sobre mim.

Meu amigo, às vezes apático, às vezes murcho, mas não tão deprimido quanto na segunda passada, pensa que Águeda ficará contente em me ver. Imagino que o cachorro gordo também, porque pretendo levar Pepa para brincar com ele e consolá-lo.

Essa ideia me ocorreu esta manhã, na sala dos professores, enquanto ouvia um colega contar um caso pessoal. Meu único desejo é deixar as coisas claras de uma vez por todas entre mim e Águeda. Chega de fingimentos, reticências e esquivas. Esta noite dormi muito mal. Fiquei remoendo na cama minha última conversa com ela. Por que motivo tenho que tratar mal qualquer pessoa? Muito menos Águeda, que não me fez nada.

Com delicadeza, tato, respeito (não sei se serei capaz), tenho que fazê-la entender que não me oponho a manter um relacionamento cordial — se bem que no futuro prefiro espaçar um pouco mais os nossos possíveis encontros —, mas que não estou disposto, depois de tantas coisas desagradáveis que me aconteceram, a permitir que uma mulher ponha os pés no meu espaço privado de novo. Vamos ver como digo isso.

29

Os três volumes das obras completas de Goethe na edição da Aguilar de 1963, traduzidos por Rafael Cansinos Assens, que comprei quando era jovem numa barraca do Rastro e li parcialmente; três volumes em formato de bolso dos *Ensaios* de Montaigne (Cátedra, 1985, o primeiro, e 1987 os dois seguintes), sublinhados e com muitas anotações nas margens; e uma cópia da Bíblia de Jerusalém (Desclée De Brouwer, 1975) foram as baixas de hoje na minha biblioteca, cada vez mais reduzida.

Tempos atrás, livrar-me dos livros que amei (a Bíblia, mais por motivos literários) teria sido um sofrimento insuportável, como se estivessem arrancando minhas costelas uma por uma sem anestesia. Agora, em contrapartida, sinto algo parecido com orgulho cada vez que deixo um livro em algum lugar da via pública. Depois, volto para casa satisfeito, tanto com minha firme decisão quanto com a certeza de que não sou o tipo de homem que se apega às suas propriedades, por mais valiosas que sejam. Desde que comecei a espalhar meus bens, não senti o menor arrependimento. No caso da Torre Eiffel doeu um pouco, mas passou logo. E, naturalmente, pretendo continuar tirando do apartamento tudo que puder, não apenas livros, na esperança de que minhas coisas sirvam para outras pessoas, não preciso saber quem.

No caminho para a casa de Águeda, fui deixando livros em vários pontos do trajeto. O último deles, o segundo volume da obra de Goethe, com mais de duas mil páginas, foi reservado para o viaduto sobre a M-30. Chegando lá, desisti. Para começar, um parapeito colocado como barreira dificulta a chegada até a grade. E, além do mais, esta tarde o trânsito estava numa velocidade alta demais para acertar aquele livro grosso dentro de uma caçamba.

Já em La Elipa, perto da rua San Donato, onde Águeda mora, topei com um pequeno parque infantil. Lá, bocejando, havia um dragão verde bastante alto, que quando cheguei estava cheio de crianças, algumas sentadas na cauda, outras se equilibrando nas costas. Deu vontade de pôr o livro de Goethe na boca do dragão, que forma uma espécie de prateleira pintada de vermelho. Acho, não tenho certeza, que duas senhoras me olharam de um jeito esquisito. Talvez o livro já esteja na casa de uma delas, se é que não o jogaram no lixo por considerá-lo um resíduo urbano nocivo para as crianças.

De lá para o portão de Águeda era um pulo, como se diz. Encontrei de primeira, não foi preciso perguntar.

30

Nada do que aconteceu durante a escassa meia hora que fiquei no apartamento de Águeda teve a menor semelhança com o que eu tinha imaginado. Não que eu esperasse uma coisa e tenha encontrado outra, nem que a minha limitada imaginação seja incapaz de antecipar algo que fuja dos limites do previsível. Não. O fato é que, mais de vinte e quatro horas depois, não me lembro de nenhum detalhe da minha curta passagem pela casa dela que não tenha me desconcertado e ao mesmo tempo causado um profundo incômodo. Tenho dúvidas sobre a conveniência ou não de ter ido à casa de Águeda. Estou convencido de que essa visita vai me trazer consequências, não sei se graves, mas, certamente, negativas. E nem sequer acho razoável acusar essa santa mulher de ter se intrometido na minha vida, quando eu mesmo escancarei as portas para ela.

De agora em diante vou me resignar à sua companhia, espero que esporádica, e nada mais.

A cara que ela fez quando me viu transparecia qualquer coisa, menos surpresa. Quem sabe já tivesse certeza de que, mais cedo ou mais tarde, eu iria tocar a campainha. Ou será que Patamanca a avisara da minha intenção?

Sem tempo de se arrumar, Águeda me recebeu descalça, de mangas arregaçadas, com as mãos molhadas e um avental que seria preciso virar pelo avesso ou olhar por dentro da bainha para encontrar algum pedacinho que não estivesse manchado. Fiquei feliz ao ver que ainda tem pés pequenos e lindos, bem conservados apesar dos anos que estão transportando sua pessoa não muito atraente. Lembro-me de que nos velhos tempos os elogiava e beijava, e também que os usei algumas vezes, com o consentimento dela, para um capricho erótico.

Ao lado dela, o cachorro gordo nos deu, a Pepa e a mim, uma recepção digna de rivais maiores. Não era esse o animal doente que estava tossindo e vomitando, coitadinho, e cujo coração precisava ser poupado de esforços? Como latia e nos ameaçava! Parado à nossa frente, ficava exibindo, estrondoso, desagradável, seus dentes hostis, negando que nos conhecesse. Eu daria qualquer coisa para chutar aquele focinho. Com umas advertências brandas, Águeda conseguiu fazer o gordo parar de latir, e só então, quando o animal se acalmou, ela deu dois passos para trás como sinal de que estava nos convidando para entrar.

A casa cheirava a mofo, a vapor de chuveiro, a couve-flor fervida. A primeira coisa que vi foram várias pilhas de caixas de papelão encostadas na parede do corredor, o que me deu a impressão de estar no depósito de um trapeiro. Uma das caixas, aberta, mostrava uma confusão de sapatos femininos. E de repente, diante de mim, surpresa por me ver, uma menina nua de uns três ou quatro anos. Deduzi pelo cabelo molhado que tinha acabado de tomar banho. Já despontava um início de choro em seu lábio inferior quando ela saiu correndo, assustada, chamando a mãe. Uma jovem, também descalça, saiu do que depois vi que era o banheiro, pegou no colo a menina e, sem me conhecer, não teve dúvida em dizer-lhe que eu sou um homem bom. Águeda veio rapidamente confirmar:

"Não faz mal a ninguém. É um homem muito bom." E, voltando-se para mim: "Não é verdade que você é bonzinho?"

Desempenhei meu papel na cena de teatro infantil da melhor maneira que pude. Eu me esqueci de perguntar se precisava tirar os sapatos.

31

Esta noite decidi me despedir de março fazendo uma excursão dominical à serra, depois de me certificar de que não iria chover apesar das muitas nuvens. Como sempre, primeiro levei Pepa para se aliviar. No caminho comprei pão e o jornal. Até agora, nada de anormal.

Além de respirar ar puro e deixar a cachorra correr com liberdade, minha ideia era movimentar um pouco o carro, que estava parado na garagem havia vários dias (desde a excursão a Aranjuez). Por volta das dez e meia, tudo pronto. Pus a coleira em Pepa, meti na bolsa vários livros que não vão voltar comigo, dois sanduíches, uma banana e uma bebida e, quando abro a porta para sair do apartamento, vejo no capacho um objeto embrulhado em papel de presente que não estava lá quando voltei da padaria.

Por mais que esprema os miolos, não consigo localizar na memória esse papel; no entanto, desde o primeiro momento, tenho a sensação de que não é a primeira vez que o vejo. É rosa, com umas bolinhas brancas distribuídas simetricamente. Cores desbotadas, bordas gastas e umas manchas amareladas lhe dão um aspecto de velho. Portanto, durante a última hora, alguém que poderia ter entregado o embrulho nas minhas mãos optou por deixá-lo em frente à porta.

Antes costumavam colocar bilhetes anônimos na minha caixa de correio. Agora me dão presentes secretos? Avalio o embrulho, viro-o de cabeça para baixo para ver se tem algum bilhete anexado. Nada. A desconfiança me sussurra que pode conter uma carga explosiva, mas quem sou eu para merecer a atenção de uma gangue terrorista? O ETA não existe mais. Será uma piada dos alunos? Uma caixa com excrementos ou algo assim?

Em vez de abri-lo, disco o número de Patamanca. Não me importa se ainda não está acordado. Sua voz realmente parece sair da garganta de um homem que alguns segundos antes estava dormindo como uma pedra. Pergunto-lhe se contou a Águeda onde eu moro. Ele fica zangado.

"Dei minha palavra de que não ia contar. Quem você pensa que sou?"

Não lhe digo nada sobre o que encontrei no capacho. Depois da conversa pelo telefone, decido abrir o embrulho. Mas ainda estou desconfiado. Por isso, o ponho no chão do corredor e, por via das dúvidas, recuo alguns metros. Tomara que o vizinho da frente não esteja me observando pelo olho mágico. Com o pau do esfregão pressiono o embrulho contra o piso, e com a ponta do guarda-chuva vou rasgando o papel, até que aparece, não há dúvida, um livro, e dou por terminadas as precauções. É um exemplar de *O Evangelho segundo Jesus Cristo*, de José Saramago. Continuo sem entender. O livro está em bom estado. Quando o abro, vejo uma dedicatória escrita a mão em tinta azul e datada de vinte e sete anos atrás:

Para Toni,
meu tesouro, meu amor e meu filósofo,
com muitos beijinhos de
                                    Águeda

Abril

1

O apartamento de Águeda estava tão cheio de caixas, sacolas e tralhas que nós dois tivemos que ficar na cozinha. Ali, num canto, ao lado de um balde e um esfregão, havia uma tigela com água e outra com um montinho de ração seca para o cachorro gordo. Com medo de que Pepa não resistisse à tentação de roubar-lhe a sua boia, ele engoliu tudo às pressas.

 Levado por Águeda, fui me sentar à mesa, sobre a qual havia talheres para três pessoas e, de lado, a minha velha fruteira de porcelana com uma pera solitária no meio. Mais generosa do que o cachorro, Águeda me perguntou se queria jantar e respondi que não, obrigado, só ia ficar pouco tempo. Então, me ofereceu uma bebida que, agradecendo, também recusei. Da cozinha ouvia-se um zumbido de secador de cabelo. Águeda voltou à tarefa interrompida pela minha chegada. Tinha colocado uma frigideira para esquentar com azeite, e agora se preparava para fritar umas fatias de berinjela. Já estavam cobertas de farinha. Com um garfo, foi mergulhando uma por uma no ovo batido e colocando na frigideira. Notei que não estava mais com o curativo. Era mais agradável olhar para os pés dela, apesar das solas enegrecidas, do que para a horrível cicatriz no dorso da sua mão.

 Numa segunda boca do fogão, uma panela de sopa fervia. Tive a tentação de sugerir a Águeda que diminuísse a intensidade da chama, cobrisse a panela com uma tampa e abrisse a janela para dar uma via de escape ao cheiro e ao vapor, mas quem sou eu para me meter onde não sou chamado? Minha convicção de que visitar Águeda na casa dela era um erro aumentou. Não seria melhor aguardar um dos nossos muitos encontros na rua e então lhe expor, com calma, sem testemunhas, o que eu queria lhe dizer? Menos de cinco minutos depois de chegar, eu já estava procurando um jeito e uma oportunidade de me despedir.

 Pedi desculpa por ter aparecido sem avisar. Águeda dispensou minhas palavras com um gesto ligeiro das mãos, dando a entender que não era preciso tanta formalidade. Eu lhe disse o que ela certamente já imaginava, que nosso amigo em comum, Patamanca, a quem me referi usando seu nome verdadeiro, me dera o endereço. Não pude falar mais porque Águeda me interrompeu, ansiosa para agradecer da forma mais gentil do mundo que eu tivesse ido visitá-la, pouco importa se avisando antes ou não, porque sua casa, como ela disse, estava aberta a qualquer hora para todo mundo e, claro, para mim também.

Então, baixou o tom de voz para me contar que Belén e a pequena Lorena estavam na casa havia quatro dias, e que não queriam sair por medo de serem descobertas pelo homem de quem tinham fugido. Perguntei se ela o conhecia.

"Ainda não tive o desprazer."

Aproveitando uma hora em que o agressor saiu para o trabalho, Belén pôs em ação um plano de fuga arquitetado em segredo por ela em colaboração com um grupo de vizinhos. Algumas almas compassivas retiraram da casa os objetos que conseguiram meter dentro de caixas e sacolas. E Águeda, que é puro coração, ofereceu um abrigo secreto em sua casa à mãe e à filha. Ambas chegaram aterrorizadas ao refúgio onde vão estar em segurança enquanto procuram uma saída para a situação. Ajuda não vai faltar.

"E essa Belén, por que não registra uma queixa?"

"Ela prefere continuar viva."

Águeda, insistente, tagarela, me convidou para jantar pela segunda vez, e eu agradeci e recusei de novo. E estávamos nisso, "fica, rapaz", "não posso, sério", quando Belén e a filha entraram na cozinha.

"Senhoras e senhores, com vocês, a menina mais limpa do mundo."

Águeda começou a aplaudir, e eu, para não fazer um papel feio de estraga-prazeres, também.

A mãe e a filha continuavam descalças, o que parecia ser um costume naquela casa. A menina estava de pijama, com o cabelo seco. Como era óbvio que iam jantar, não hesitei em me levantar da cadeira e ceder meu lugar à mesa a uma das duas. Águeda interveio: "Já contei ao Toni por que estão aqui."

A mulher achou graça no meu nome e se virou para a filha dizendo alegremente: "Ouviu só? Este homem tem o mesmo nome que o cachorro da Aguedita."

E Águeda, lutando para conter o riso, explicou que era uma coincidência.

"Toni e eu éramos muito amigos, e agora nos encontramos de novo, depois de muito tempo."

Estiquei a visita por mais alguns minutos, principalmente porque fui retido na cozinha pelo capricho da pequena Lorena de acariciar Pepa. Quando Águeda começou a servir a sopa, eu disse que ia embora, mas não sem antes brincar com a menina e desejar bom apetite a todos. Já fazia meia hora que estava naquela casa, e não tinha dedicado uma palavra ao assunto que me levara até lá.

No caminho de volta, vi seis dos sete livros da minha biblioteca abandonados à tarde no mesmo lugar onde os havia deixado, todos menos o segundo volume das obras completas de Goethe na boca do dragão de La Elipa. Dos que sobraram, mantive alguns onde estavam; outros, achei melhor deixar onde fosse mais fácil encontrá-los.

2

Papai batia em mamãe. Não o tempo todo, nem com fúria, nem na presença dos filhos, com raras exceções. Muitas vezes a culpava por forçá-lo a fazer o que não queria. Falava com ela como se fosse uma menina rebelde e não uma mulher adulta, e me dava a impressão de que mamãe, mais do que uma mãe, era rebaixada a irmã que compartilhava a sorte com Raulito e comigo. De uma forma ou de outra, ela dava um jeito de lhe devolver as pancadas e desfeitas que recebia sem que ele percebesse.

Na minha perspectiva de destinatário regular de bofetões, eu não via isso que agora chamam de violência doméstica como uma prática repreensível em si mesma. A própria palavra *violência* me parece um conceito técnico e exagerado demais para a coisa comum que denomina. Papai batia em mamãe. Papai e Mamãe batiam em mim, a segunda mais do que o primeiro. Papai, mamãe e eu batíamos em Raulito, que merecia por ter nascido por último. Prevalecia entre nós a palmada tradicional, caseira, que obviamente doía e humilhava, mas não causava hematomas nem pavores. Nunca vi surras selvagens como as que a mulher que se escondeu com a filha na casa de Águeda recebe do marido brutal. Meu irmão e eu nunca sentimos na carne o cinto ou o bastão paternos nem o chinelo materno.

Os professores do colégio onde estudei também batiam de vez em quando nos alunos, com o consentimento dos pais, aliás. Nós, crianças, associávamos a bofetada na aula aos métodos de ensino em vigor na época. A bofetada era para o nosso bem. Era o que nos diziam e no que passamos a acreditar, e se tivessem nos instruído a agradecer cada uma que recebíamos, agradeceríamos com toda a convicção, beijando, se necessário, a mão dos nossos benéficos agressores.

Em comparação com outras famílias, tendo a considerar que na minha houve poucos tapas. Às vezes, passavam-se semanas sem que se ouvisse o estalo de uma bochecha espancada ecoando nas paredes da nossa casa. Guardo na memória histórias de colegas do colégio e de crianças da vizinhança que me dão arrepios até hoje.

Gostaria de saber por que papai batia em mamãe. Se não tivesse morrido tão cedo, eu teria lhe perguntado, olhando para ele da mesma altura e não mais como seu dependente econômico. Só consigo me emaranhar em conjecturas. Não creio que a submissão da esposa fosse um motivo relevante, uma vez que ele poderia obter o mesmo resultado por meios pacíficos. No plano intelectual, mamãe o respeitava sem restrições e era óbvio que, quando o assunto discutido ultrapassava o âmbito doméstico, ela procurava evitar o embate dialético, no qual tinha tudo a perder. Papai governava como um rei absoluto no terreno da opinião, administrava o dinheiro da família, tomava as decisões cruciais. Se a patroa não contestava nem um fiapo da sua autoridade, por que bater nela? Para reforçar a autoestima, aliviar a frustração, provar a si mesmo que era o chefe da família? Duvido. Acho que ele encontrou na violência esporádica exercida contra mamãe um ingrediente de prazer.

Nunca encostei a mão em Amalia. Confesso, no entanto, que às vezes, dormindo ou acordado, me regozijava imaginando que lhe dava um tabefe, não por raiva, nem para me vingar de nada, nem pela satisfação de experimentar a sensação de poder, nem para castigar nela o que achava detestável em mim mesmo, mas pura e simplesmente pela alegria de estalar a mão em seu lindo rosto. E o que para mim era um simples jogo de fantasia, nunca levado à prática, para meu pai podia ter um componente, suponho, de vício deleitável.

Como efeito da minha pancada imaginária, a cabeça de Amalia virava para um lado, seus cachos se agitavam por um instante no ar com uma violência cadenciada, as lágrimas davam um brilho intenso aos olhos dela e todos os traços faciais resplandeciam com uma tristeza enraivecida ao mesmo tempo que se mostravam tensos e desafiadores. Uma visão maravilhosa. É uma pena que a violência cause dor.

3

Escolhi a filosofia porque via nela o caminho reto para o que eu queria ser, um homem livre que transforma seus pensamentos em textos. Se a vida tem o sentido que você lhe dá quando não é impedido por forças maiores, meu caminho teria que ser este: o de um cidadão totalmente dedicado a refletir por escrito. Eu era jovem, saudável e impelido pela necessidade de encontrar explicações.

Claro que não disse isso a ninguém. Em casa, declarei simplesmente que queria estudar filosofia porque era do que eu gostava. Papai me lançou um dardo sarcástico na frente dos demais membros da família. Perguntou se eu tinha feito voto de pobreza. Mamãe também não gostou da escolha. Depois, me disse a sós que teria preferido algo melhor para mim. Melhor? "Você sabe, estudos com boas perspectivas financeiras." Mesmo assim, meus pais condescenderam. Deduzi que, embora achassem que minha carreira universitária era de segunda categoria, aceitavam minha vocação de homem livre. E muito livre! Desde o começo da faculdade, passava a maior parte do dia longe de casa, onde só ia comer, dormir, tomar banho e quase mais nada.

Uma noite, já de luz apagada, Raulito me contou de uma cama para a outra que nessa tarde papai havia batido na mamãe, os dois trancados no quarto do casal. "Então você não viu." "Mas escutei." E insistiu que precisávamos fazer alguma coisa. Que não éramos mais crianças. Que podíamos frear papai, principalmente eu, que estava na faculdade e sabia me expressar. Respondi que eu estava morrendo de sono, que ele me lembrasse do assunto no dia seguinte. Ele, de fato, lembrou, e eu não fiz coisa nenhuma porque, no fundo, nada do que acontecia na nossa casa me interessava nessa época, a menos que me afetasse diretamente.

Insatisfeito com minha passividade, parece que Raulito tomou algum tipo de iniciativa em defesa de mamãe por sua conta e risco. Deve ter disparado alguma acusação, alguma recriminação, cujo preço avassalador foi pago por suas bochechas. Não sei se falou de mim ou se papai vislumbrou na iniciativa imprudente do meu irmão uma conspiração dos filhos contra ele, mas o fato é que, assim que cheguei em casa, veio ao meu encontro com passos enérgicos. Mandou Raulito, ainda chorando, sair do quarto e, com uma expressão dura, olhar zangado, disse que nós dois precisávamos conversar.

Falou que eu não bancasse o esperto, que estava de olho em mim, que eu era a astúcia em pessoa, que com certeza tinha incitado o bobo, o servil do Raulito a ir lhe dizer tudo que eu achava como se fosse coisa da cabeça do meu irmão, e que, se tinha alguma reclamação contra ele como pai ou como marido da minha mãe, que lhe dissesse na cara, "como homem, puta merda".

Fiz meus cálculos. "Se eu me rebelar, se negar, se ele levantar a mão e eu me defender ou sair de casa, meus sonhos de liberdade vão por água abaixo, porque dependo financeiramente deste energúmeno. Mas, se aceitar tudo isso, também renuncio à minha liberdade."

A natureza propõe outras opções: camuflagem, fingir-se de morto, ser venenoso...

Fiquei calmo e disse: "Olha, papai, não sei do que você está falando. Tudo isso está me parecendo muito abstrato."

Acho que a palavra *abstrato* lhe provocou um curto-circuito mental por um instante. Não tenho a menor dúvida de que fez efeito, mas não sei como. Uma leve contração dos seus músculos faciais o denunciou. E também sei que se ele não tivesse subestimado minhas habilidades intelectuais, como subestimava as de todo mundo, esse minúsculo fiapo de linguagem elevada não o teria surpreendido. Intuo que considerou que se tratava de um traço de pedantismo ridículo o suficiente para ajudá-lo a superar a raiva que estava sentindo de mim. Talvez tenha interpretado que um estudantezinho chinfrim o estava desafiando para um diálogo de alto nível. O professor veterano ficou mordido. Logo ele, que havia acabado de me dar um esporro, mandou uns cultismos que não tinham nada a ver, tanto que até cheguei a pensar que estava me parodiando. Já tinha amarrotado a cara de Raulito pouco antes; eu levei um tapa inesperado nas costas, forte demais para ser considerado afetuoso. "Você vai se dar bem", disse-me com um rancor sentencioso. Na opinião dele, pessoas como eu sempre se dão bem, mas que não nutrisse grandes expectativas. A Espanha não é um país para filósofos. Faz calor demais. A Espanha é um país de praias, tavernas e festas populares. E definiu a filosofia como uma atividade de solitários amargurados, habitantes de terras escuras. Uma forma de matar o tempo ao lado da lareira, quando lá fora faz um frio tremendo, o vento sopra e escurece às quatro ou cinco da tarde. Que eu não me iludisse, pois a língua espanhola era adequada para muitas coisas, mas não para a reflexão profunda. "Nosso idioma é bom para a metáfora e o gracejo, para o palavrão e as coplas. É expressivo, mas impreciso." E continuou derramando desdém por um longo tempo. Fiquei em silêncio, impassível, sem a menor intenção de contradizer suas palavras. Nunca o vira tão estúpido, tão infantil, tão mesquinho. Acho que afinal conseguiu perceber que do outro lado do meu silêncio podia haver qualquer coisa, menos admiração. Deve ter considerado, não sem lucidez, que, dando um bofetão num estudante cuja mesa estava coberta de livros herméticos, não lograria uma saída honrosa para a situação. Além do mais, tinha revelado mais das suas ideias e convicções do que o necessário para manter intacta sua autoridade intelectual. Então me olhou sorrindo e, sem dúvida para que eu não interpretasse seu sorriso como uma rendição, me deu outro tapa nas costas, este mais amigável do que o anterior.

"Muito bem, Aristóteles, muito bem", foram as últimas palavras audíveis que pronunciou antes de sair da sala murmurando alguma coisa.

Mamãe e Raulito estavam curiosos para saber o que papai e eu tínhamos conversado. Vi nos olhos de ambos a mesma admiração pasmada quando disse que papai não havia tocado em um fio de cabelo meu.

4

Resolvido o mistério que nunca existiu. Águeda, ontem, na saída do mercado: "Eu sabia que você procurava algo na vida e que isso que estava procurando, fosse o que fosse, eu não podia oferecer." Essa mulher nunca conseguiu superar nossa separação. Lembra-se de cada detalhe, cada gesto, cada palavra que dissemos no momento da despedida. É como se, vinte e sete anos depois, ela ainda estivesse lá, na praça Santa Bárbara, parada como uma estátua sob a sombra de uma árvore. Para mim, nosso antigo relacionamento é um episódio que não tem a menor relevância biográfica. Quando eu era jovem passei mil vezes por situações semelhantes, mas, claro, não me atrevo a dizer-lhe isso para não a magoar. Pelo visto, ela investiu entusiasmo, esperança e muito afeto em algo que para mim foi apenas uma aventura para a qual a qualificação de *amorosa* fica grande demais.

Ontem ela me disse com uma cara sorridente, livre de ressentimentos, pelo menos aparentemente, que naquela época tinha certeza de que mais cedo ou mais tarde eu a deixaria. "E mesmo assim", acrescentou, "seria capaz de fazer qualquer coisa para impedir". Pediu que eu não risse. "Eu? Mas não estou rindo..." Perguntou se eu sabia o preço que ela estava disposta a pagar. Respondi com franqueza: não faço ideia, nunca mandei ninguém que quisesse ficar comigo passar pelo caixa, isso parece vontade de se escravizar. E então foi ela quem riu. Disse: "Muito poucos são capazes de compreender os extremos a que pode chegar uma mulher apaixonada."

Também me contou com palavras alegres que muitas vezes ela se regozijou dando um final diferente à nossa cena na praça Santa Bárbara. Por exemplo, de repente eu lhe digo que era tudo brincadeira, que tinha fingido terminar o namoro só para ver sua reação. Ou então me afasto e, quando chego à esquina, volto atrás, arrependido da decisão que tomei, dou-lhe o beijo que tinha negado pouco antes e, de repente, aparecem uns violinistas e tocam à nossa volta. Às vezes, na mesma esquina, sou atropelado por uma motocicleta, ou então um ladrão enfia a faca no meu abdômen, impaciente porque demorei a lhe entregar a carteira; em todos esses casos, ela corre para chamar a ambulância e, assim, ajuda a salvar minha vida.

Também me disse que havia um detalhe da nossa cena de ruptura que a princípio ela não entendia. Qual? Bem, que eu tivesse aceitado seu presente. Primeiro pensou: "Enfim, ele vai ter algo de mim onde quer que esteja." E então me seguiu pela rua, a distância, sem se surpreender quando viu uma mulher me esperando dentro de um carro.

"Aquela com quem você se casou, suponho. Muito bonita."

No caminho de volta para casa, reconheceu o presente no degrau da entrada de um edifício e o guardou até domingo passado, sem abrir o embrulho. Diz que sempre sonhou que um dia, no fim da vida, o acaso nos uniria num asilo de idosos. No fim do filme, ela me entregava o livro de Saramago no refeitório da instituição, eu agradecia e do meu olho escorria uma lágrima.

"Você sonha muito, não é mesmo?"

"Bastante."

Perguntei como tinha conseguido descobrir meu endereço. Não me faltou vontade de pôr nosso amigo Patamanca como principal suspeito. Mordi o lábio para não dizer nada. Sabe-se lá que tratos e conchavos esses dois fazem pelas minhas costas? Águeda respondeu que na era da internet é fácil saber onde as pessoas moram. Tem até uma foto minha no site do colégio. Bem antiga, aliás, vou ver se a troco. Também não foi difícil se esgueirar para dentro do prédio. Era só esperar que algum vizinho saísse.

"Por que não bateu à porta?"

"Pensei que você já devia estar deitado."

5

As palavras de Águeda ressoam na minha cabeça há dois dias. Ora, ora, ora. Quer dizer então que a coisa mais fácil do mundo é descobrir onde as pessoas moram, rastreá-las na internet, passar pelas portarias, subir escadas, deixar objetos na frente da porta?

E dentro das caixas de correio?

Assim que cheguei em casa, fui procurar na pilha de bilhetes anônimos algum que não fosse impresso em computador nem manuscrito em letra de forma. Há muitos. Por exemplo, este: "Você parece muito solitário desde que veio morar em La Guindalera. Deve haver algum motivo. Anda fazendo algo errado. Pense nisso."

Ou este outro: "Usou o mesmo sapato a semana toda. Porco."

Comparo o texto dos bilhetes com o da dedicatória no livro de Saramago escrita por Águeda há vinte e sete anos. Para ter mais precisão, uso minha velha lupa de filatelia. Por mais que eu olhe e reolhe, não descubro nenhuma semelhança no tamanho ou no formato das letras. Os pontos nos *is* ficam em outra posição; só os dos bilhetes estão perfeitamente alinhados com a haste da letra. Os traços caligráficos de Águeda têm um estilo mais antigo. Seus *erres* parecem os de mamãe, aprendidos nos livros escolares de tempos passados. Nenhum aluno meu escreve hoje dessa maneira. Observando com atenção, existem, sim, algumas semelhanças (a inclinação de certas consoantes), mas as diferenças predominam.

O que significa tudo isso? O simples fato de alguns bilhetes terem sido impressos ou escritos em letra de forma revela que quem os escreveu não queria ser identificado. Por esta regra de três, o truque pode muito bem consistir em distorcer cuidadosamente a própria escrita.

6

Fui visitar o túmulo de papai. "Esta é a última vez que venho com meus próprios pés", informei. "Na próxima, vão me colocar em cima de você, e ficaremos assim até que expire o prazo de concessão da sepultura e depois nos cremem." Não tenho o costume de falar com os mortos, mas hoje abri uma exceção. Por um lado, queria me escutar como se eu não fosse eu, e sim uma testemunha imparcial de mim mesmo; por outro, o velho merecia saber se o seu vaticínio sobre mim se realizou ou não.

Digamos que você acertou no resultado, mas não nos motivos. Minha preguiça e minha descrença precoce — mais do que o fato de viver num país cheio de bares, caloroso e festeiro — me impediram de deixar minha marca na história universal da filosofia. Não fundei uma corrente de pensamento nem escrevi um tratado, nem sequer um opúsculo. Anos atrás, publiquei um bocadinho de artigos curtos em diversas revistas especializadas, nenhum dos quais foi remunerado. Pensei em reuni-los num livro, mas não cheguei sequer a reler todos, porque vi logo que não valiam grande coisa, que eram uma salada de ideias tiradas daqui e dali, cheios de imprecisões, escritos com descuido. Quando me vinha à mente algum projeto de longo prazo e eu me sentava para escrever, perdia o interesse diante da primeira dificuldade. Entretanto, ao contrário de papai, não me sinto frustrado. A consciência dos meus limites não me deixa infeliz. E nunca culpei ninguém pela minha falta de talento e ambição.

Não acredito em verdades absolutas, que podem ser embutidas num discurso especulativo. Odeio jargões filosóficos, a coisa em si, "a razão da sem-

-razão que à minha razão se faz" e, por fim, a linguagem tecnificada, da qual procuro poupar meus alunos na medida do possível. Dizer que o homem é um "ser para a morte" é reafirmar uma coisa que qualquer vovó sabe desde a origem dos tempos: que quem nasce morre, e ainda por cima sabe que vai morrer. "Eu sou eu e as minhas circunstâncias" é uma boa frase para insinuar aos hóspedes que já podem ir pensando em pegar o boné e se despedir. E quanto ao absurdo de Descartes, "*Cogito, ergo sum*"? Mijo e cago, logo existo. Dirijo um carro, logo existo. Faço ações próprias de quem existe, logo existo.

Obviedades + linguagem intrincada = filosofia.

O resto é refutação ou comentário do que foi dito por outros.

A filosofia já cumpriu há muito tempo sua louvável missão: libertar-nos das superstições religiosas enquanto a humanidade fazia esforços para descobrir a luz elétrica.

Estou com Jean Piaget. Duvido que a filosofia possa gerar qualquer tipo de conhecimento ou saber.

Nada que seja expresso fora do domínio e do rigor da ciência pode aspirar a outra coisa além de se tornar literatura. Às vezes, não vou negar, boa literatura. E, embora não confesse aos meus alunos, eu me considero, antes de mais nada, um professor de literatura filosófica ou de literatura escrita por filósofos.

Creio, sim, que se pode pensar sobre este ou aquele detalhe da vida, organizá-los e classificá-los, e que alguns conjuntos de conceitos, silogismos, definições e máximas contêm beleza. Eu nunca tive um verdadeiro desejo de criar beleza com o meu esforço. Sempre me bastou consumir a beleza forjada por outros mais brilhantes do que eu. Pretendi entender, e acho que entendi alguma coisa, mas nem sequer tenho certeza disso. Acho tola a ambição de gravar o próprio nome na memória dos homens vindouros, como se estivesse aí a possibilidade de uma projeção que ultrapasse as circunstâncias vitais de cada um. Nada permanece, nem mesmo a memória. Eu me lembro bastante do meu pai, mas o que lembro dele vai morrer comigo se não se apagar antes. Ainda resta uma foto do meu avô Estanislao, o herói caído na frente de batalha defendendo ideias que envergonhavam o filho. Meu bisavô, meu tataravô, quem eram eles, qual seria o formato do rosto deles, como se chamavam? Li muito, talvez até demais, em parte porque encontrei muitas vezes nas páginas dos livros essa beleza que mencionei, à qual estou ligado por uma espécie de vício prazeroso. Vim ao mundo sem perguntas, vou embora sem respostas.

Quatro gatos-pingados irão ao meu enterro, menos do que no de papai há mais de trinta anos. Não fui nada e não cheguei a nada, exatamente como ele me antecipou na sua profecia malévola.

Estava agradável no cemitério esta manhã. Pouca gente, tempo bom, tranquilidade. Soprava um vento suave, que espalhava aromas do campo entre os túmulos. "Então nos vemos no início de agosto", disse em despedida a papai ao sair. E, com a intimidade e o afeto que não devem faltar entre os membros de uma família, perguntei se não queria que eu lhe trouxesse alguma coisa.

7

O que eu não disse a Águeda na casa dela, porque não tive oportunidade, porque aquela mulher estava lá com a filha ou por algum outro motivo, poderia dizer mais tarde, quando estivéssemos sozinhos em algum lugar. Por mim, na rua. Afinal, não preciso de mais do que cinco minutos. Na quarta-feira, saindo do mercado, quase toquei no assunto. Contive-me. Tive medo de que a conversa ficasse íntima e prolongada demais. Mas, rapaz, você não acabou de dizer que não precisa de mais do que cinco minutos para lhe expor seu pedido? Sim, disse e repito. Acontece, porém, que, quando minha última palavra for pronunciada, será a vez de ela falar, e quem é o valente que vai frear sua loquacidade?

A pior opção, contudo, seria telefonar, porque então Águeda saberia meu número, e eu, aliás, teria que descobrir, por intermédio de Patamanca, o dela. A consequência é óbvia: uma vez estabelecido esse canal de comunicação, ela não perderia a chance de estender até mim, quantas vezes quisesses, um tentáculo telefônico.

E o fato é que tudo que tenho a lhe dizer se resume a uma frase: "Por favor, não me procure mais." Tento outras variantes: "Por favor, me deixe tranquilo." "Por favor, me deixe em paz." Esta última é, como diria meu filho, bastante *heavy*. Depois de dizer essa frase poderia acrescentar, para não deixar dúvidas: "A companhia da minha cachorra já me basta." Sei que é grosseiro mandar a coisa assim. Gostaria que ela entendesse e aceitasse minha posição sem repetir a cena de vinte e sete anos atrás na praça Santa Bárbara.

Não me escapa que ela está na menopausa, endurecida pelas decepções, e que talvez queira apenas me atrair para uma amizade meramente conversacional, como a que mantém com Patamanca. Só que ela não procura o meu amigo com tanto afinco quanto me procura — ou me persegue? — habitualmente. Ele, que acredita saber tudo sobre todos os assuntos, que sabe até o que ignora e é especialista principalmente no que ignora, tem uma teoria. Para começar, sua relação com Águeda é determinada pelo fato de que nunca tiveram vínculos emocionais. Os dois se dão bem, apenas isso. Não há nem nunca houve nada de erótico entre eles.

"Não faço parte da mitologia pessoal dela. Nunca a vi pelada."

"Pois não perdeu grande coisa."

"Imagino."

Pata afirma que o eventual afeto, a eventual simpatia que eu poderia inspirar atualmente em Águeda nasce da compaixão. Se não percebi que ela faz o que faz por altruísmo. Está convencido de que sente pena de mim. A mesma pena que sente pelos despejados, pela mulher agredida que acolheu em casa ou pelos mendigos a quem certa vez cedeu um quarto e uma cama depois de vê-los deitados na rua, em dias e noites de frio intenso, coisa que ouvi pela primeira vez esta tarde no bar do Alfonso.

Eu quis saber por que razão inspiraria pena em alguém, ainda mais numa solteirona que nunca trepou na vida e nunca vai saber o que é um orgasmo, a menos que alguém chegue e lhe conte.

"Porra, porque vê você sozinho, comprando seus alhos-porós e tangerinas às quartas-feiras, e pensa em alguma forma de ajudar, se estiver deprimido, a não cometer suicídio."

Nesse momento deu uma risada tão alta que não houve um único rosto no bar que não tenha se virado para nos olhar. Depois, em voz baixa:

"Ou acha que ela gosta de você? Imagina!"

Isso me deixou paralisado.

8

Amalia tinha muita pena da irmã. De repente, lembrando-se dela, dizia: "Coitada da Margarita." Costumava acrescentar frases dramáticas como: "Quem sabe onde estará agora!", "Como gostaria de ajudá-la!"

Entretanto, Amalia oscilava em suas avaliações. Havia momentos em que, depois de estar com a irmã ou falar com ela ao telefone, ficava com raiva e a criticava duramente.

"É um caso perdido." "Tem que ficar trancada." "Ela pensa que meu dinheiro cai do céu."

Na casa dos meus sogros quase não se falava de Margarita, pelo menos na nossa presença, mas se alguém, durante ou depois do almoço, fazia alusão a ela, não era incomum que fosse com amargura. Eu ficava em silêncio. Não estava interessado naquela suposta ingrata que nunca telefonava (nem sequer no Natal!); que não demonstrava o menor interesse pelo estado de saúde dos pais; que devia estar sabe-se lá onde cometendo sabe-se lá que crimes, ofendendo gravemente Deus e jogando o nome da família na lama. Amalia, para manter a paz, como gostava de dizer, geralmente concordava com as queixas dos pais, não negava que tivessem razão, e às vezes, entre uma garfada e outra, insinuava de maneira oportunista algum juízo negativo contra a irmã.

Margarita tinha sido uma garota extrovertida e animada. E muito bonita, diga-se de passagem. Fala a favor da sua inteligência e do seu bom gosto o fato de não ter suportado a atmosfera repressiva que reinava na família. Aparentemente, era muito boa em desenho, tocava violão, tirava boas fotografias, colecionava notas excelentes na escola; em suma, tinha as melhores cartas para vencer no jogo da vida. Não conseguiu. Aos dezoito anos, sem meios de subsistência, talvez confiante na sua boa estrela e na força do seu caráter, decidiu começar uma nova vida. Havia começado os estudos universitários, que precisou interromper porque não tinha como pagar, e talvez também (mas não estou em posição de dizer se foi causa ou consequência) porque o destino decidiu jogá-la no fundo do precipício em que muitos jovens daquela época caíram: a heroína. Bem, heroína, álcool e tudo que aparecia na sua frente.

Amalia tinha catorze anos quando a irmã saiu de casa. Estava convencida de que ela também teria saído se fosse a mais velha. O mau exemplo de Margarita dissuadiu Amalia de usar a mesma estratégia mais tarde. Simulou submeter-se à vontade dos pais. Com essa astúcia, conseguiu conquistar o título de filha preferida, coisa fácil, aliás, já que não tinha rival. Os pais, de mentalidade muito fechada, não tinham imaginação para suspeitar de que a filha-modelo havia perdido a virgindade muito antes do casamento, que curtia e aproveitava às escondidas o máximo que podia, que acabaria se casando apenas no civil, que era uma lésbica de marca maior e que nenhum padre jamais molhou a cabeça de Nikita na pia batismal.

"Se meu pai perguntar em quem você votou, diz que foi no PP."

E o fato é que em todas as eleições tanto ela quanto eu sempre votamos na esquerda.

Éramos muito bons na arte da simulação. Sem nunca ter estudado suas técnicas, nós a dominávamos perfeitamente. Havia noites em que eu sentia vergonha de me olhar no espelho quando chegava em casa. O fingimento, a hipocrisia, a tramoia, também praticados entre nós, nos poupavam de problemas — ou então os amorteciam —, e, em linhas gerais, nos garantiam uma existência confortável em troca de não fazermos nada de valioso ou de heroico porque não corríamos nenhum risco, porque não havia um pingo de verdade em nós e porque exalávamos covardia por todos os poros. Lembro-me de inúmeras cenas do nosso casamento em que Amalia e eu fingíamos, com um cinismo risonho e palavras repugnantemente falaciosas, que ainda sentíamos afeto um pelo outro. Hoje, só de pensar nisso, tenho ânsias de vômito.

9

Tínhamos acabado de assistir a um espetáculo no Teatro Espanhol, Amalia com a barriga quase explodindo no oitavo mês de gravidez. Uma mulher de aparência suja e com a boca bastante despovoada de dentes abordava os espectadores que saíam em massa do teatro implorando "uma ajudinha". Mais de um se desviou para não esbarrar nela. Quando nos demos conta, já estava à nossa frente, bloqueando o caminho com a mão estendida. Amalia sussurrou no meu ouvido que a esperasse no meio da praça. Deduzi pelo tom urgente das suas palavras que não era um bom momento para lhe pedir explicações.

Assim que me afastei um pouco, olhei para trás e vi Amalia entregando à indigente algo que tinha acabado de tirar da bolsa. Demorou um pouco para vir se encontrar comigo. E me bastou ver seus olhos úmidos para adivinhar com quem estava falando. Peguei-a pelo ombro e, em silêncio, descemos até a Porta do Sol. Lá, esperei que se recompusesse para perguntar se aquela mulher na saída do teatro era a sua irmã. Amalia assentiu com um aceno triste de cabeça.

Contou que Margarita lhe faltara ao respeito no meio da multidão, não exatamente em voz baixa, e que também disse coisas feias sobre mim, mesmo não me conhecendo, contrariada porque Amalia estava grávida e não havia lhe contado. "Mas nem sei onde ela mora!" Amalia deu algum dinheiro à irmã, o que não a ajudou a se acalmar; em vez de demonstrar gratidão, aumentou seus insultos e acusações, o que fez um homem intervir em defesa de Amalia, pensando que estava sendo atacada por uma louca.

Cerca de um ano se passou. Uma tarde Margarita apareceu na nossa casa sem avisar. Nikita estava no quarto, dormindo dentro do berço, e Amalia, de plantão na emissora em que trabalhava na época. Exatamente quando eu ia tirar uma soneca no sofá, com o garoto finalmente quieto, a campainha tocou. Ouvi uma voz confusa de mulher no interfone. Não disse quem era. Nem era necessário. Adivinhei na hora. Ela perguntou se Amalia estava. Eu disse a verdade, mas ela não acreditou. Num tom agressivo de deboche, perguntou se eu era o mordomo da casa e tinha ordens de mentir. Aplaudiu a própria piada com uma risada rouca, que parecia sair da garganta de um fumante inveterado. Eu lhe responderia à altura se não soubesse que, se dissesse àquela aproveitadora o que estava queimando na ponta da minha língua, certamente provocaria um conflito com Amalia. Margarita ainda era um ser distante para mim, praticamente apenas um nome citado de maneira esporádica nas conversas. Na verdade, nunca tínhamos trocado uma palavra até o momento em que ela apertou a campainha do nosso interfone. Repliquei, não sem alguma acidez: "Você tem alguma coisa contra mordomos?" A partir desse momento ficou mais suave, até um pouco aduladora. Perguntou se podia subir para tomar um banho. "Pode vir." Ela estava que era puro osso, e cheirava como cheirava. Não se interessou pelo menino, e eu fiquei feliz, porque não queria que se aproximasse dele com sua sujeira e seu cheiro e o acordasse.

"Está tudo uma merda, não é, cara?"

Depois do banho, com uma toalha enrolada em volta do torso, as pernas esqueléticas salpicadas de psoríase, pediu para vestir alguma roupa limpa de Amalia, depois de prometer que a devolveria em troca de lavarmos a dela. Concordei, certo de que Amalia iria me espinafrar tanto se eu deixasse Margarita vestir sua roupa quanto se não deixasse. Levei-a para o nosso quarto. Ela viu a cama bem-arrumada, com a colcha branca lisa e as almofadas decorativas em cima dos travesseiros, e perguntou, com uma risada rouca: "É aqui que dão as trepadas?" No fundo, ela mesma me deu a ideia de como deveria me comportar na sua presença: como um mordomo empertigado e impassível. E acho que não interpretei mal o papel. Abri as portas do armário de par em par. Só faltavam umas luvas brancas para dar um toque cinematográfico à cena. Ao ver o copioso guarda-roupa de Amalia, Margarita exclamou, com má intenção: "Fodam-se os privilégios da burguesia!"

Ficou lá em casa pouco mais de meia hora. Eu lhe ofereci um secador, que recusou dizendo que não gostava de confortos, que o calor da rua iria secar seu cabelo. Pelo cheiro intenso que a envolvia, percebi que tinha usado o perfume de Amalia à vontade. Já vestida, pediu algo para comer. Não quis que eu lhe preparasse nada quente. Disse que estava com pressa. Quando abriu a geladeira, tomou vários goles direto da caixa de leite. Depois, tirou geleia do frasco com o dedo; chupou o dedo, enfiou de novo na geleia e repetiu a operação várias vezes. Num saco plástico que lhe dei, colocou algumas frutas, presunto cozido e duas ou três fatias de pão de forma. Não tive como negar uma nota de duas mil pesetas que me extorquiu com uma carinha de sofrimento. "Você é um cara legal, mordomo." E foi embora. Empilhados no chão do banheiro ficaram seus farrapos fedorentos. À noite, Amalia meteu tudo num saco e me pediu que levasse sem falta para a caçamba do lixo.

10

Ontem, terça-feira, passei pelo mercado, mas deixei para hoje a compra de alguns itens que não eram urgentes. Às vezes compro bastantes produtos e os legumes despontam pela abertura da sacola, ou o peixe espalha seu cheiro, de modo que me incomoda a imagem que ofereço quando paro na rua para conversar com Água.

Hoje, quando saí do mercado na hora de costume, ela não estava na praça me esperando. Confesso que nesse momento senti uma pontada de irritação. Não por ela, claro, que é livre para ir ou não ao meu encontro, mas por mim, pelo tempo que perdi indo duas tardes seguidas ao mercado e pelo esforço inútil de preparar meticulosamente as palavras que quero lhe dizer há vários dias.

Já ia saindo desapontado quando escuto Água me chamando por trás. Ela se aproxima, alterada e ofegante, vestindo aquela capa horrenda que parece implorar por asilo num saco de roupa velha. A princípio atribuo sua agitação à corrida que deve ter dado para me alcançar, mas acontece que não, que saiu de casa andando depressa, sem o cachorro, movida por uma grande inquietação. Pergunta se pode me roubar por cinco minutos, só cinco, jura, e me convida para tomar alguma coisa na varanda do bar Conache, ali perto.

Enquanto bebia um chá de ervas (não bebe álcool) e eu, um pingado, ela conta que ontem, no início da tarde, ouviu por acaso e às escondidas um diálogo telefônico de Belén. Estava se preparando para tirar uma soneca na poltrona que tinha pertencido à mãe. Essa poltrona fica em frente a uma janela da sala, pois Água gosta de aproveitar a luz externa para ler. Com a leitura e o almoço recente ainda não digerido, foi vencida pelo sono, e seus olhos já tinham se fechado quando escutou a porta se abrir lentamente. Atrás dela, no extremo oposto da sala, ouviu Belén apertando as teclas do telefone. Com certeza, por seu nervosismo, não tinha notado a presença de Água, totalmente escondida atrás do encosto da poltrona. Água preferiu não sair de onde estava e ficar em silêncio, principalmente, diz ela, para evitar que a "pobre mulher" se sentisse flagrada usando o telefone sem pedir licença. Os sussurros de Belén ao aparelho confirmaram o caráter clandestino da ligação. Afundada na poltrona, Águeda decidiu fingir que estava dormindo caso fosse descoberta. E assim, quieta e com medo de fazer algum barulho ao respirar, ouviu frases pronunciadas num tom de submissão lastimosa. Não se lembra de todas, mas de algumas, sim, com bastante exatidão: "Se você me perdoar e prometer não me bater..." "A menina está bem. Um pouco triste com o que está acontecendo." "Na casa de uma boa mulher." "Primeiro preciso saber se você me perdoa." "Sim, o que você quiser." "Eu te agradeço, e com certeza Lorenita também. Ela está ansiosa para ver você."

Pergunto se mãe e filha ainda estão no seu apartamento. Responde que esta manhã, quando voltou do passeio com Toni, não estavam mais, quebrando assim o acordo de não saírem de casa até que as pessoas que estavam cuidando do caso encontrassem uma saída para a situação delas. Mesmo assim, pensando que as duas, sufocadas pelo confinamento, só estavam dando uma volta pelo bairro, Águeda preparou o almoço como nos dias anteriores. Comentei que poderia ter se poupado do trabalho se a tal Belén tivesse lhe deixado um bilhete.

"Eu não levo a mal. A coitadinha está tão assustada..."

Depois me conta que as caixas com roupas e outros objetos de Belén e da menina continuam amontoadas em sua casa. Daí o medo que se apodera dela, porque receia que a qualquer momento o bruto do marido venha procurá-las e lhe peça explicações.

Conclusão: os cinco minutos que Águeda considerou suficientes para me contar sua história duraram quarenta e cinco, durante os quais não tive oportunidade de dizer a ela o que está queimando a ponta da minha língua há um bom tempo.

11

Para começar, debatemos se deveríamos escrever uma lista de convicções ou uma lista de certezas. Patamanca objeta que as convicções são subjetivas e muitas vezes mutáveis. Esse argumento não me pareceu ruim, por isso decidimos de comum acordo registrar certezas — tanto as baseadas em estudos ou na experiência quanto as de caráter premonitório —, com a condição de que fossem compartilhadas por ambos. Não valiam aquelas que um dos dois abraça e o outro, não. Com isso combinado, pedimos a Alfonso uma folha de papel e uma caneta. Transcrevo o resultado:

• Tortilha de batata sempre com cebola.

- O capitalismo é detestável. O comunismo é pior. O capitalismo permite levar uma vida de capitalista e ao mesmo tempo negar o capitalismo, enquanto o comunismo é, por princípio, incompatível com qualquer forma de dissidência.
- No início do século XXII, a Espanha não existirá mais com suas fronteiras atuais.

"Isto cheira mais a convicção ou vaticínio do que a certeza." "É certeza", sentenciou Patamanca. E deixamos a frase na lista.

- Qualquer causa, por mais justa que seja, se torna nociva quando um fanático a defende.
- Hoje em dia a humanidade é uma praga. Em busca do equilíbrio ecológico, mais cedo ou mais tarde a Natureza, razoavelmente, vai bater o martelo sobre a questão, dizimando essa espécie com a ajuda de um vírus ou uma bactéria letal.
- *A divina comédia* é um saco.
- Somos de esquerda, mas não o tempo todo.
- A China vai governar o planeta e fazer o significado da liberdade individual ficar esquecido por muito tempo.
- A festa das touradas, na sua forma atual, está com os dias contados.
- Foder é importante.
- Raymond Aron está absolutamente certo quando diz que "revolução e democracia são noções contraditórias".
- A vida é uma singularidade temporária da matéria. (Submetemos esta frase ao veredito de Alfonso, que respondeu nos mandando à merda.)
- Deus não existe.

12

Tivemos um almoço de domingo tenso na casa dos meus sogros. Pode ser que Amalia não tenha escolhido o momento certo ou o tom adequado para tratar da espinhosa questão da irmã. Em casa, antes de sair, eu tinha insistido que o fizesse, com o argumento de que não se perdia nada tentando.

Talvez devesse ter sugerido que ela falasse sobre Margarita no fim do almoço, quando, com o estômago satisfeito, estivéssemos todos agradavelmente saciados e sonolentos, e o vovô Isidro, esparramado no sofá, já se preparasse para tomar seu habitual copinho de licor de anis.

Por motivos que desconheço — talvez porque estivesse nervosa e o garoto, que não parava, atrapalhou seu plano, ou então porque o que queria dizer estivesse fervilhando em sua boca —, o fato é que, assim que atacamos os aperitivos, Amalia perguntou aos pais, sem preâmbulos que atenuassem, se eles não aceitariam perdoar Margarita ou, pelo menos, oferecer uma ajuda (não especificou que tipo de ajuda) para que a filha mais velha pudesse escapar do buraco em que tinha caído, do qual nunca ia conseguir sair por conta própria etc. Um tanto atropeladamente, Amalia disse tudo isso e mais alguma coisa, enquanto o pai e a mãe comiam impassíveis, sem tirar os olhos do prato.

O velho foi o primeiro a reagir. Interrompeu Amalia, com um olhar furibundo: "Ela tem o que merece."

E a velha carola temperou a frase do marido com uma dose de ressentimento meloso: "Não é mais criança. Já deveria saber o que faz."

Um silêncio tenso pairou por vários segundos sobre nós. Nem sequer Nikita, tão inquieto desde o início da manhã, se mexia na cadeira. Pensei: *Como vou convencer Amalia a calar a boca?* Por baixo da mesa, consegui tocar seu pé, mas ela não entendeu o sinal, ou não quis me ouvir, e soltou — ai, ai, ai! — a bomba:

"Soubemos que Margarita está cumprindo pena na prisão de Valencia."

Que gente, meu Deus! Não perguntaram por qual crime ela foi condenada nem por quantos anos. Nem sequer um comentário, uma careta, nada, como se a notícia não tivesse nada a ver com eles, ambos encastelados em sua dureza rancorosa.

E agora, sim, depois de um pontapé por baixo da mesa, Amalia tomou a sábia decisão de parar de falar da irmã. Teve a sabedoria de encontrar um arremate astuto para a conversa, "Bem, já lhes contei", como se quisesse sugerir que sua intenção tinha sido meramente informativa.

Sentada à minha frente, lançou um olhar na minha direção que não tive dúvida em interpretar como um apelo para que eu dissesse alguma coisa imediatamente. Elogiei a comida. As feições de minha sogra sofreram uma mudança repentina, o que confirmou meu bom senso para escolher o assunto.

Fingi estar interessado nos ingredientes da salada russa, correndo o risco de ouvir uma cansativa lição de culinária, como de fato aconteceu. E, encorajado pela aprovação gestual de Amalia, comecei a dizer uns lugares-comuns sobre a situação da educação na Espanha, a falta de motivação e o mau comportamento dos estudantes e, por fim, sobre assuntos que, por não afetarem nenhum dos presentes, foram recebidos por todos, pelo que vi, com uma passividade complacente. Essas questões os dispensavam ao mesmo tempo de ficar num silêncio incômodo e de continuar à volta com um assunto delicado que poderia descambar facilmente para uma discussão azeda. E toda vez que meu sogro, comentando o que eu dizia, fazia uma de suas afirmações categóricas contra a juventude atual, referindo-se à indisciplina e à falta de educação, eu concordava sem nenhum constrangimento. Fomos embora cedo.

13

Ontem à noite, enquanto estava jantando, recebi um telefonema de Patamanca. Perguntou se tenho planos para o domingo. Achou que, como estou de férias, talvez estivesse pensando em viajar. Respondi que adoraria ir a uma praia, ao exterior, percorrer a Espanha de carro, mas a cachorra me prende em casa. Então, sabendo que eu ficaria ancorado na cidade, quis saber se não estava disposto a ir ao apartamento de Águeda amanhã ao meio-dia. A essa hora, o sujeito que agride a mulher deve ir buscar as coisas dela e da filha que ficaram na casa de Águeda, e seria bom, por motivos óbvios, que o canalha não pensasse que nossa amiga mora sozinha, sem ninguém para defendê-la. "E você acha que nós dois vamos assustá-lo?" Ele me explica que a ideia é interpor um pelotão de homens entre Águeda e o agressor, ameaçando organizar um escracho contra ele. E que, caso fôssemos poucos, tentaríamos fazer cara de advogados ou de funcionários da Receita, o que muitas vezes impõe mais respeito do que os punhos, por isso decidiu ir de terno e gravata, e pediu que eu fizesse o mesmo. "Talvez eu possa encontrar no Rastro alguém que me venda uma toga e um barrete." Respondeu que a piada era ótima, mas que por falta de tempo só iria premiá-la com uma gargalhada em outra oportunidade. Quantas vezes o vi morrendo de rir com uma piada, da própria lavra, infinitamente menos engraçada.

Ele, eu e outros vizinhos, continuou, nos encarregaríamos de levar as caixas e bolsas para a rua, de maneira que o cara que bate na mulher só tivesse que colocar as coisas num veículo e sair da área o mais rápido possível, não sem antes levar uma enxurrada de vaias que lhe dissuadissem de voltar. Por segurança, era melhor que não visse Águeda. Depois, poderíamos comemorar num restaurante o sucesso da nossa ação. Sem achar um jeito de recusar essa proposta, respondi, sobretudo para me livrar dele, que podia contar comigo. Passei uma noite horrível, virando-me na cama, inquieto e desvelado. Eu me odiava com tanto furor que não conseguia conciliar o sono. Nessa vigília agitada, ferido em meu amor-próprio, decidi que não iria à casa de Águeda vestido como se fosse para um casamento.

14

Minutos antes do meio-dia, encontro um conciliábulo de vizinhos na entrada do edifício de Águeda, com Patamanca, todo empetecado, fingindo-se não sei se de advogado, escrivão ou alto funcionário de algum ministério, em meio a eles. O pessoal formigava em fila indiana escada abaixo com os cacarecos, as caixas de papelão e as bolsas, e iam empilhando tudo na beira da calçada, depois do canteiro que há em frente ao edifício. Águeda me recebe em sua casa com um abraço, o primeiro depois do seu ressurgimento na minha vida, e eu, enquanto retribuo com a minha cota-parte da cena afetuosa para não ser antipático, penso: *O que pretende esta mulher de mangas arregaçadas e com um avental todo salpicado de manchas ao me abraçar, ainda por cima na presença de testemunhas?* Depois, a vi fazer o mesmo com outro recém-chegado e me acalmei.

Gordo, afônico, descortês, o cachorro preto late para mim e Pepa com a intenção evidente de não nos deixar entrar. A dona o manda calar a boca chamando-o pelo meu nome, e é como se estivesse me mandando calar a boca. O cachorrão hostil muda de atitude e vem, de repente bajulador, cheirar o orifício anal de Pepa e a bainha das minhas calças. Quando entrei na casa ainda havia algumas caixas encostadas na parede do corredor. Levo para a rua uma delas com as meias e calcinhas da menina, e foi tudo que fiz além de engrossar a turma de vizinhos em frente ao portão, pelo visto dispostos a realizar algum tipo de ação intimidadora contra o agressor de Belén.

De repente, ocorre algo que nenhum dos presentes esperava, por mais imaginação que a Natureza lhes tivesse concedido: param ao lado das caixas um rabecão e, atrás dele, uma moto. Como essa rua de mão única é estreita (na verdade, por causa dos carros estacionados dos dois lados), dá a impressão de que o motociclista, ao se deparar com a via bloqueada, põe os pés no chão para pedir passagem. Do veículo preto saem dois homens de meia-idade, bem-apessoados, as roupas combinando com a cor da carroceria, sem os traços patibulares que minha imaginação atribuíra ao marido selvagem. Logo depois se vê que o motociclista está com eles.

Pergunto em voz baixa a Patamanca qual daqueles indivíduos é o agressor. Meu amigo, tão ignorante quanto eu, repassa a pergunta a um homem que está ao seu lado, que também não sabe responder. E, assim, passando a pergunta de um para outro, concluo que ninguém é capaz de identificar o marido de Belén. Enquanto isso, o motociclista, que não tira o capacete, e seus dois acompanhantes colocam, ou jogam, melhor dizendo, as caixas, as bolsas e tudo mais na parte do rabecão destinada aos caixões. Nenhum dos três homens se digna a olhar para os que estão observando em silêncio a poucos metros de distância. Também não falam entre si. Parecem ter certeza de que tudo que precisam carregar é aquilo que encontraram na rua; pelo menos, não nos perguntam se falta alguma coisa. E só quando os dois entram no rabecão e o outro dá a partida na moto é que se dá um ensaio de vaia, por iniciativa individual, que o restante das bocas reunidas na calçada não acompanha. Mais tarde, comentando o episódio, Pata e eu chegamos à conclusão de que a presença do rabecão tinha nos deixado um tanto desconcertados.

Saio de lá apressado, sem me despedir de Águeda. Vejo que os outros sobem em procissão para saborear a recompensa prometida — um lanchinho na casa dela — e, portanto, que o meu ritual de despedida não teria um caráter privado e poderia levar mais tempo do que o necessário. Minha ideia era chegar em casa a tempo de dar comida para Pepa, tomar um banho e ir com calma ao encontro de Patamanca no restaurante. Chego lá quase pontualmente e, da entrada, para minha surpresa, meu assombro, meu estupor, avisto meu amigo numa mesa ao fundo do salão em companhia de Águeda.

Participo pouco da conversa, desconfiado desse bom relacionamento entre os dois. De repente comunico a eles que decidi passar os feriados da Semana Santa com Pepa fora da cidade, ainda não sei onde. Explico que vou viajar de carro e pernoitar em hotéis ou pensões que aceitem cachorros. Os dois me olham surpresos, imagino que por causa da minha intervenção abrupta. Pata: "Ah, mas você não me disse nada." "É que resolvi há pouco." E enquanto eles não param de falar do agressor e dos pertences de Belén e Lorenita, hesito entre me esconder em casa por sete dias ou realmente fazer a viagem.

Depois da sobremesa, Águeda e Patamanca entram numa queda de braço para decidir quem vai pagar o almoço. Deixo os dois entretidos nessa disputa cordial e vou tranquilamente ao banheiro. Não sei quem pagou a conta, nem me interessa saber. Para mim, era óbvio que eu estava no restaurante como convidado.

15

Em casa, assim que cheguei do restaurante, liguei para o hotel Miranda & Suizo. Escolhi esse estabelecimento depois de ler na internet que aceitam animais de estimação mediante uma taxa extra. Depois de confirmar isso por telefone, reservei por duas noites o único quarto que, segundo me disseram, estava disponível, e aqui estou, contemplando o céu nublado do meio da tarde, o lento desfile de gente passeando na rua Floridablanca, uma alameda de castanheiros-da-índia com folhas novas, enquanto escrevo estas linhas em uma mesa da varanda do hotel, debaixo de um toldo que não me protege de nada porque não está fazendo sol nem chovendo. Na mesa, o jornal do dia, que já folheei, e um copo de conhaque que pedi pelo capricho de dar um ar burguês ao meu ócio. Na mesa ao lado há um homem que escreve com uma caneta num caderno. Mais jovem do que eu, às vezes me olha de relance. Eu o olho de vez em quando como que sem querer, fingindo que o objeto da minha observação está além dele. Calados os dois. Eu fico na minha e ele, na dele. Assim dá gosto compartilhar o planeta.

Só vim a San Lorenzo de El Escorial para preservar minha solidão, sem nenhuma outra atividade além de entregar-me aos meus pensamentos e gozar de um tédio tranquilo. Esse projeto se viu um tanto perturbado quando fui me instalar no quarto com Pepa. Através da parede se ouvia uma briga de claro teor matrimonial. A voz de um homem altercava com a voz de uma mulher. Tentei entender o que diziam, mas não consegui. Nem sequer pude identificar a língua estrangeira em que discutiam. Claro que quem mais falava era ela. De repente, imagino que essa cena é um dos muitos episódios da guerra imemorial entre homens e mulheres, travada numa sucessão infinita de batalhas a dois mundo afora; uma guerra de resultado incerto, que vai durar enquanto durar a espécie. Por solidariedade masculina, decidi que ele estava certo. Não tenho a menor dúvida quanto a isso, assim como não vacilaria em ficar do lado dela se fosse mulher. Os silêncios dele me pareciam familiares. Eram silêncios de um homem que fica calado para não piorar as coisas, para não perder o controle sobre seus impulsos, para não abrir novas frentes de discussão, para não deixar resíduos dialéticos que possam lhe trazer complicações e desvantagens em brigas futuras, para acabar o quanto antes com aquele espetáculo embaraçoso que provavelmente está sendo ouvido no outro lado do teto e das paredes, para evitar que aquela desavença acarrete restrições sexuais, e também porque o falatório acelerado dela não lhe permite participar da conversa e ele já nem se lembra direito de como começou aquele bate-boca nem por quê. Se houvesse uma janelinha na parede, eu a abriria para mostrar o polegar para cima àquele companheiro de gênero, como sinal de que torço pela vitória dele contra aquela Amalia de plantão, não importa o nome que tenha, e que ele pode contar com meu apoio seja qual for a posição que defende na discussão.

Sussurro para Pepa: "Essa gente vai nos obrigar a nos divertirmos."

Duas noites num hotel de estilo antigo, com janelas que dão para as montanhas e todo o encanto dos pisos rangentes de madeira, é uma coisa que não tem preço. Vou decidir na quarta-feira se continuo a viagem ou volto para casa. A pobre Tina ficou lá, sozinha, com sua lingerie sedutora e seu olhar imóvel.

Gostaria de saber se o homem que vejo na mesa ao lado, escrevendo e de vez em quando mergulhando sua torrada numa xícara de chocolate quente, está numa situação pessoal semelhante à minha. Nos meus pensamentos lhe dirijo a palavra: *Com licença. O senhor também decidiu encerrar sua participação nesta tragicomédia que chamam de vida e manter, como eu, um diálogo em prosa cotidiana sem interlocutores? Posso saber o que escreve com tanto afinco nesse caderno? Por que não me olha de frente e me faz as mesmas perguntas que lhe faço? Será que se lembrou de trazer a substância letal? Ou a deixou em casa para quando chegar a hora prevista? Não precisa responder. Na verdade, não estou interessado no que tenha a me dizer. Só lhe peço que faça a gentileza, se estiver hospedado neste hotel, de não pular pela janela. O calçamento da rua ficaria todo emporcalhado e, além disso, como pode ver, passam crianças por aqui.*

16

Diversos buquês de flores espalhados em volta da cruz e do nome esculpido na pedra branca. Aparentemente, o homem enterrado aqui, de estatura reduzida e sem muito traquejo em matéria de compaixão quando vivia, continua a atrair adeptos quase quarenta e quatro anos depois de morrer. Um dos buquês, o de cravos brancos e vermelhos embrulhados em celofane, tem uma fita que replica as cores da bandeira nacional. Se Patamanca soubesse aonde eu vim, pediria explicações. Esta noite a curiosidade o levou a mandar uma mensagem para o meu celular. Estará controlando meus movimentos? Respondi que pretendo passar a semana inteira em Cáceres, cidade suficientemente distante da nossa para dissuadi-lo da intenção atroz de me visitar.

Confesso que esperava encontrar mais fascismo entre estas paredes altas e sob o mosaico da cúpula, mas tudo que vejo à minha volta (e aproveito para acionar minha metralhadora de adjetivos) é religião suntuosa, maciça, pétrea, arcaica, percorrida por turistas, alguns dos quais não param de tagarelar. Aqui, um jovem pai empurrando um carrinho de bebê; ali, uma garota de short que deixa no ar a alegria das pernas adolescentes; acolá, um grupo lento de aposentados. Mais de um visitante desrespeita a proibição de tirar fotos.

Moro num país que dedica um templo ciclópico à veneração de um general vitorioso numa guerra entre os seus habitantes. Os socialistas atualmente no poder querem remover os restos mortais desse defunto fardado e enterrá-los em outro lugar, sem acesso ao público. Na realidade, no início do ano o governo já havia conseguido a aprovação do seu decreto pelo Congresso, mas a medida cautelar imposta por não sei qual juiz e a resistência da família do falecido impedem até hoje a remoção do cadáver.

Ao atravessar as diferentes seções do longo corredor que avança em linha reta até o cruzeiro central, fui deixando cair disfarçadamente os primeiros papeizinhos. Tiro alguns do bolso e vou soltando um por um à frente das minhas pernas. São tão pequenos que não chegam ao tamanho da unha de um dedo mindinho. Só se capta o seu sentido de perto, e isso se caírem com a parte colorida para cima. Atrás de mim vai se formando um rastro como o de migalhas de pão da história de João e Maria que minha mãe nos contava quando Raulito e eu éramos crianças.

Chegando ao cruzeiro, circundo o altar-mor em busca do túmulo de Franco. Como há muitos visitantes aglomerados em frente à lápide, vou até a capela do Santíssimo, onde aproveito para largar uma dezena de pedacinhos de papel no corredor e debaixo de alguns bancos. Vejo — onde? —, junto à entrada da capela em frente, um segurança com uniforme e cassetete. A vigilância me parece discreta, quase escassa, a menos que haja câmeras escondidas ou seguranças camuflados entre os turistas. Pouco depois, vejo que não há ninguém perto do túmulo do ditador. Vou andando devagar até lá e, quando chego, me abaixo com calma e finjo estar mexendo nas flores, como se quisesse ajeitar a arrumação. Com a mão livre despejo ali um punhado de papeizinhos que tirei do bolso, pelo menos uns vinte ou trinta, que ficam espalhados na lápide. Dou um passo para trás. Se alguém está me observando, vai presumir que sou um franquista nostálgico prestes a ficar em posição de sentido e, num êxtase patriótico, fazer a saudação romana. Noto que meus movimentos calmos não chamam a atenção. Ninguém se aproxima. E, sabendo que estou protegido dos olhares alheios, levo as mãos ao rosto, como se estivesse coçando as duas bochechas ao mesmo tempo, e dou uma cuspida na laje.

A ideia de fazer essa homenagem a papai me ocorreu esta manhã, durante um passeio com Pepa pelo Centro da cidade, olhando a vitrine de uma papelaria. Por uma quantia módica, comprei nesse estabelecimento tudo de que precisava: marcadores de ponta grossa e uma tesoura escolar. Voltando para o quarto do hotel, tracei horizontalmente, em duas páginas em branco, linhas alternadas vermelhas, amarelas e roxas, sempre nessa ordem, até cobrir todo o espaço do papel. Depois, com a tesoura, cortei na vertical umas tiras finas e cada uma delas em quadradinhos, contendo as três cores. Calculo que devo ter feito umas mil bandeirinhas minúsculas da Segunda República. Meti-as no bolso do paletó, beijei Pepa na testa, prometendo não demorar mais do que o estritamente necessário, e fui de carro para o Vale dos Caídos, onde nunca tinha estado. Talvez Nikita, sim; teria que perguntar a ele.

17

Sinto muito por Pepa, que passou várias horas ofegando no banco de trás, estressada com as sacudidas do carro, mas não tive remédio senão viajar à Estremadura. Nuvens, nuvens e mais nuvens. Começou a chover na altura de Navalmoral de la Mata e não parou nem por um minuto durante o resto do trajeto. Patamanca, questionador, metido, me escreveu de novo ontem, antes do jantar. Perguntou como estavam as coisas em Cáceres e pediu que lhe mandasse pelo celular fotos de Pepa na parte antiga da cidade. Vítima da minha própria tramoia, saí procurando desesperadamente, com a ajuda da internet, um lugar onde me hospedar. Em cima da hora e em plena Páscoa!

"Estamos lotados."

Depois, outro hotel, outro número, outra voz... e a mesma resposta. Como vou explicar ao meu amigo de forma convincente que não posso lhe enviar uma foto de Cáceres apesar de estar em Cáceres? O velhaco pode desconfiar de que não saí de casa e querer me pegar em flagrante. Às vezes não consigo deixar de ver nele uma segunda Amalia, que controla meus movimentos e me exige explicações tal qual a primeira. Ontem à noite, como única solução, pensei em enganá-lo com a verdade, e, como não consegui encontrar alojamento em Cáceres para mim e Pepa, resolvi procurar em alguma localidade próxima, de modo a ir de carro até a capital da província, tirar as malditas fotos e mandar para Patamanca. Tentei em Trujillo. "Estamos lotados." Em Arroyo de la Luz. Não aceitavam cães. Continuei estudando o mapa e fazendo perguntas e ligações. Finalmente consegui uma acomodação em Mérida, numa pousada chamada Las Abadias, onde agora, tarde da noite, escrevo esta página. Não é um estabelecimento de luxo, mas a limpeza e o atendimento parecem impecáveis.

Achei uma insensatez viajar até Cáceres pouco depois daquela longa e cansativa viagem desde San Lorenzo de El Escorial. Teríamos chegado ao nosso novo destino, a mais de setenta quilômetros daqui, no fim da tarde, claro que debaixo de chuva, com Pepa encolhida de medo, e depois ainda teríamos a viagem de volta. Solução? Dar um passeio pelo Centro Histórico de Mérida e sugerir a Patamanca, mediante fotografias, que passei o dia visitando esta cidade sem lhe dizer que estou hospedado aqui.

Protegido por um guarda-chuva que me emprestaram na recepção, saio ao acaso procurando monumentos famosos de Mérida. Pepa, molhada e dócil, se resigna a ser fotografada sob o Arco de Trajano, no começo da ponte romana, em frente à muralha do alcácer e em outros locais reconhecíveis. E depois de um jantar leve num bar da Plaza de España volto para o quarto da pousada munido de uma garrafa de conhaque, pois intuo que a noite vai ser longa e povoada de inquietações e fantasmas. Primeiro enxugo Pepa, desanimada, sem apetite nem vitalidade. Fiquei um bom tempo abraçando-a, sentindo o peso quente de sua cabeça no meu ombro, antes de pegar o celular e engabelar Patamanca. O ronco de um estranho retumba nos meus ouvidos através da parede.

18

Patamanca, tal como Jean Améry, que é o escritor de cabeceira do meu amigo, não gosta da palavra *suicídio*, embora às vezes a use. Intuo que esse desagrado não é tanto pela palavra em si, mas pelo fato de eventualmente se vincular ou ser vinculado a ela. Ele diz que, quando a lê ou a ouve, evoca a imagem de um indivíduo que se agride de forma violenta, procurando infligir o maior dano possível a si mesmo enquanto acaba com a própria vida. Ele prefere a expressão *morte voluntária*, na qual enxerga conotações mais tranquilas e menos sanguinolentas, bem como "um toque de elegância metafísica", seja lá o que isso signifique. Para ele, essa expressão sugere uma despedida de acordo com os cânones da boa educação, que é o que Patamanca almeja e o que eu também, na opinião dele, deveria almejar. Ou seja: decido deixar o mundo dos vivos e, obedecendo à minha vontade soberana, faço minha passagem pela porta que chamam de morte sem deixar o piso salpicado de manchas repulsivas. Patamanca é capaz de passar horas teorizando sobre o assunto.

Hoje, em Cáceres, com um clima horroroso, ele encheu meu WhatsApp de mensagens. Assim que recebe uma fotografia de Pepa, tirada debaixo de chuva na Plaza Mayor, me escreve o seguinte, à guisa de aviso de recebimento: "João 10:30: 'Eu e o Pai somos um.' Portanto, se Jesus de Nazaré é Deus, houve consentimento na sua crucificação. A Semana Santa comemora a história de um suicida." De onde saiu isso? Prefiro não perguntar. Acho que já fiz o suficiente lhe enviando a fotografia que comprova minha presença em Cáceres.

Uma hora depois, sentado à mesa de um restaurante, me chega outra mensagem dele enquanto saboreio um prato de feijão-fradinho com verduras, ao qual iria se seguir em breve uma porção de *pestorejo*, uma iguaria de focinho, orelha e bochecha de porco à estremenha, com fritas. Leio a mensagem: "Fui reler a classificação de Durkheim. Entre o suicídio altruísta, o anômico, o egoísta ou o fatalista, por qual você se inclina? Se tiver clareza sobre isso, poderia me recomendar um? É urgente." Respondo que agora não posso, porque estou em plena atividade nutricional num restaurante. "Acompanhado?" "Quem sabe." Que não perca a oportunidade de saborear um prato de *pestorejo*. Eu: "Agora é tarde, porque já pedi outra coisa e deve estar chegando." Faço um gesto ao garçom para que venha à minha mesa. Pergunto se dá tempo de trocar o segundo prato. Ele diz que precisa ver na cozinha. Vai e volta. Não há problema. Então, escolho um prato de chanfana, um guisado de cordeiro, sem saber exatamente em que consiste, só para me livrar da sensação de comer sob mandato.

Pata não para de me escrever, apesar de saber muito bem onde estou — ou talvez por isso mesmo —, pelo deleite de estragar meu almoço. Conheço meu amigo o suficiente para atribuir sua incontinência comunicativa ao efeito compensatório de algum psicofármaco. Pede que lhe mande uma foto do meu almoço e, se não houver problema, da pessoa que está comigo. Chega. Ponho o celular no silencioso; em seguida, desligo, decidido a me livrar daquele assédio.

Gostaria de passear por Cáceres, mas está chovendo, as lojas estão fechadas, meus pés estão molhados e Pepa, coitadinha, parece que acabou de cair num rio. Só me falta que fique doente. Às quatro da tarde estamos de volta à pousada, em Mérida, sem planos, sem vontade de nada, sem alegria. Ligo a televisão com a intenção de não ter que ouvir minha respiração. Toda encolhida contra a parede, a cachorra me lança um olhar lânguido e certamente acusatório. O gosto da chanfana retorna à minha boca. Uma bola de nojo se forma na garganta. Tomando um restinho de conhaque que sobrou de ontem, tento arrastá-la pelo canal alimentar. Como isso não produz o efeito desejado, considero seriamente a ideia de esvaziar o estômago enfiando os dedos na garganta. Amanhã cedo vou voltar para casa, de onde não deveria ter saído.

Agora o céu está escuro e eu, de pijama, ligo o celular e vejo uma série de mensagens de Patamanca, provocativas, insolentes, bem-humoradas, mórbidas. Na última, enviada às 19h23, conta que tinha me ligado várias vezes ao longo da tarde e começou a ficar preocupado, com receio de que eu tivesse sofrido algum acidente. Pede que, por favor, o tire da incerteza "se ainda estiver entre os vivos". Eu lhe respondo com um dedo furioso que estou de férias e sem a menor vontade de falar com ninguém.

Daí a pouco ele responde:

"Desculpe meu engano. Pensava que fôssemos amigos."

19

Depois de devolver o cartão-chave e pagar a conta, digo a mim mesmo que ainda é cedo, faltam dez para as sete da manhã, e vou tomar o café no caminho. Estava chovendo tanto, porém, que preferi chegar em casa quanto antes, de maneira que só fiz uma parada, logo depois de sair de Mérida, para encher o tanque.

As gotas retumbavam no para-brisa do carro tanto quanto as mensagens de ontem de Patamanca no meu pensamento. Dormi mal, se é que dormi, e não apenas por culpa do roncador no quarto ao lado. Meu amigo fala muito, até demais, sobre a morte voluntária. Ele me lembra Cioran, que volta e meia disparava afirmações taxativas sobre a questão e afinal morreu de velhice, devidamente tratado num hospital.

Creio que transformar suicídio em tema, não sei se obsessivo, mas pelo menos recorrente, é um truque para mantê-lo distante, porque, reduzido a uma questão de reflexão, comentário, diálogo — em suma, banalizado —, como pode ser perigoso, como pode ter consequências, como pode governar nossos pesadelos ainda que pareça estar do nosso lado o tempo todo? Aprendi que uma coisa é pensar no suicídio, e outra, muito diferente, é sofrer sob seu domínio constante e silencioso. Num de seus escritos, já esqueci qual, Cioran sentenciou algo parecido. Patamanca com certeza se lembra da citação exata. Eu prefiro renunciar a qualquer posição intelectual sobre o assunto. Delego aos andorinhões. Assim que voltarem da viagem migratória, vão falar por mim. "Vá em frente ou não vá em frente", dirão, simplesmente, revoando acima da minha cabeça. Nesse terreno não há teoria para mim. Nem opinião. Nem argumentos. A coisa se resolve com um sim ou um não no último momento.

Dirijo, falo sozinho, chove. À frente do meu rosto crepitam as gotas que estouram contra o para-brisa a cada instante; atrás, os arquejos da cachorra lixam o ar; dentro do meu crânio gorgolejam os pensamentos provocados pelas mensagens de ontem de Patamanca. Nesse momento, não sei se a nossa amizade acabou. Isso me importa? Me dói? Pois dói, e muito. Como não posso viajar dentro de um invólucro de silêncio, como gostaria, ligo o rádio e tento me distrair com a música, de olhos fixos na estrada quase sem movimento, o céu completamente enegrecido de nuvens lúgubres.

Eu odeio chuva, mas já amei. Devia ter uns seis ou sete anos e estou andando com Raulito e papai. Por onde? A memória se recusa a me fornecer imagens precisas. Sei que estamos voltando, mamãe nos espera, e de repente, quando atravessamos o que minha memória me pinta vagamente como um descampado, somos surpreendidos por um temporal. A chuva cai com tanta violência que se forma uma neblina no nível do solo. Nós três rimos, encharcados e felizes, principalmente papai, tão brincalhão e saltitante quanto os filhos. Nisso, clonc, clonc, ricocheteia à nossa volta um sem-número de pedras de gelo. Raulito solta um ai. Papai nos chama para perto de si. Com a imensa força dos seus braços, aperta meu irmão e a mim contra a barriga ao mesmo tempo que se inclina para nos cobrir com o torso. Parece que não sou rápido o suficiente ou não faço exatamente como ele queria, porque me dá um tapa nem forte, nem doloroso. Então, nos cobre com sua corpulência e aguenta o granizo, soltando uns palavrões horríveis. E era este o problema de papai: mesmo nos seus momentos estelares, quando ele revelava grandeza de espírito e se sacrificava pelos seus, quase não dava espaço para a ternura.

Ainda não são dez da manhã quando entro em casa. Pretendo, antes de fazer qualquer outra coisa, ter um orgasmo com a participação silenciosa de Tina, mas seus olhos mortos me detêm, parecendo dizer: "Seu pai bateu em você, não foi? Como vai gozar, então?" Entendo que ela tem razão. É melhor deixar para logo mais, à noite. Agora tenho que tirar a roupa suja da mala e metê-la diretamente na máquina de lavar. Outro dia telefono para Patamanca.

20

O que só fui saber bem mais tarde é que Margarita e Amalia, quando eram crianças, brigavam ferozmente, se bem que de forma mais sutil do que Raulito e eu. Quer dizer, entre elas tudo acontecia sobretudo no campo das palavras, mais do que no campo das ações. Com algumas exceções: um dia Amalia mordeu a irmã, que por sua vez foi censurada por Isidro por não ter se defendido.

Uma noite Amalia me contou tudo isso durante uma explosão sentimental causada, pelo menos em parte, pela quantidade de vinho que tinha tomado. Em determinado momento, convencida pela psicóloga da prisão, a irmã havia deixado de rejeitar a ajuda que Amalia lhe oferecia. Parece que a morte por overdose de uma companheira de cela aterrorizou Margarita a ponto de derrubar sua obstinada resistência. Ela ainda tinha pela frente o resto da pena, afinal reduzida para três anos e meio; o doloroso tratamento da hepatite C; o conserto dos dentes, que financiamos; e a entrada no mercado de trabalho depois de superada a toxicodependência com ajuda do Projeto Homem. Se outros tinham conseguido, mesmo depois de alguma recaída ocasional, por que ela não conseguiria?

Nunca tive — nem busquei — alguma oportunidade de lhe perguntar sobre sua infância e sua adolescência na casa da família. Por isso, não sei qual era a perspectiva dela sobre tudo que Amalia me contou a esse respeito, numa versão que, em suma, era mais ou menos a seguinte.

Margarita tem quatro anos quando a mãe volta da Maternidad de O'Donnell com uma menina recém-nascida. O que a princípio parecia apenas uma bonequinha rosa desvalida que geme e se move sem cabos nem baterias não demora a se revelar uma competidora feroz no que se refere a chamar a atenção dos pais. Até aí, nada de novo na história da humanidade. Durante um período que se prolonga até entrar na adolescência, a saúde frágil de Amalia é uma preocupação constante para os pais, o que na prática se traduz em menos atenção a Margarita, que desde muito nova se sentiu pouco importante e pouco amada, tendo que se contentar com as migalhas de carinho que sobravam da irmã. "Filha", dizia a mãe, "você é forte, tem saúde e pode se cuidar sozinha, mas Amalia... Coitadinha!". O pai achava que essas questões de natureza psicológica eram caprichos femininos, sinais de fraqueza e coquetismo, birras. "Você também tem que cuidar da sua irmã", disse um dia à filha mais velha, em tom de censura, dando-lhe uma responsabilidade que acabou por destruir a pouca autoestima que a menina ainda tinha.

Amalia, nessa noite em que o vinho entristeceu suas lembranças, não tinha a menor dúvida de que o sentimento de rejeição provocara uma ferida incurável na sensibilidade afetiva de Margarita. Essa dor emocional se somou depois às desavenças com os pais típicas da puberdade, agravadas, no caso, porque na casa deles o ambiente era extremamente repressivo e, numa idade em que é natural que os jovens queiram se livrar das restrições familiares, ainda exigiam dela obediência estrita. "Acho que Margarita se machucava para punir a mim e a meus pais. Era como se nos dissesse: olhem as consequências de como vocês me trataram." E esse suposto castigo ou vingança nunca a satisfazia, pela simples razão de que não servia para reparar coisa nenhuma, muito menos para modificar o passado, e porque, segundo a firme opinião de Amalia, no fundo Margarita se detestava.

21

Esta mulher que, ao meio-dia de um domingo do verão de 2005, levo de carro ao aeroporto é uma programadora de computador. Ela vai sair do país decidida a se estabelecer para sempre em Zurique, onde seu parceiro sentimental (um suíço redondo e vermelho, onze anos mais velho, com quem conversa em inglês e mais tarde se casará) a incorporou à empresa dele. Esta mulher é a minha cunhada Margarita, que insistiu, por motivos que Amalia não sabia ou não quis me explicar, que eu a levasse ao aeroporto.

"Ela não pode pegar um táxi?"

"Então liga para ela e diz que você não quer levá-la."

Vou buscá-la na hora e no lugar que Amalia me indicou. Na noite passada minha cunhada nos convidou para um jantar de despedida num restaurante chique. Ninguém me disse que hoje eu teria que bancar o motorista. Continuo a ver em Margarita uma mulher estranha, com quem tenho um vínculo frágil de parentesco adquirido. Ela é bonita, tem distinção, se veste com elegância. Dez anos atrás, essa senhora atraente que não fuma nem bebe uma gota de álcool era um farrapo humano, um esqueleto fedorento, uma presidiária. Nosso cumprimento na calçada foi um leve toque de bochechas. Gosto da fragrância que a envolve. Aposto que para ela sou um zé-ninguém.

A mala pesa horrores.

"Está carregando pedras?"

"Com certeza vou ter que pagar excesso de peso."

Margarita vai morar no exterior sem se despedir dos pais, com quem não fala há mais de duas décadas. Ela não os perdoa, eles não a perdoam. Eles sabem dos planos dela por intermédio da filha mais nova. Amalia me proibiu de mencionar meus sogros na frente da irmã e o nome da irmã na presença deles.

Aproveito um espaço livre entre dois táxis para deixar Margarita em frente à entrada do Terminal 2. Ela está com tempo de sobra, não precisa se apressar. Peço desculpa por não levar sua mala até o balcão do *check-in*, porque não tenho onde estacionar. Ela diz que não é preciso. E, de fato, a mala pesada desliza suavemente sobre as rodinhas. Desejo-lhe boa sorte no seu novo país de residência. Ela dá alguns passos, de salto médio, terninho bege, em direção à entrada. Está no limite da obesidade, mas ainda tem um bonito perfil de cintura e de quadris. Nesse momento, ela se vira e me diz, sorrindo: "Faça minha irmã feliz, mordomo."

Ligo o motor e vou para casa. A essa hora de domingo, há pouco trânsito. Ainda flutua dentro do carro um rastro de perfume caro. Ouço no rádio as bobagens políticas do momento e, de repente, chama minha atenção um envelope branco apoiado no encosto do banco do carona. Alguma mensagem confidencial? Seguro firme o volante com uma das mãos e com a outra retiro do envelope um pedaço de papel vermelho. Quando desdobro, vejo que é uma nota de duas mil pesetas. Hesito entre guardar como lembrança ou ir amanhã ao banco e trocar por euros. E até chegar em casa não sai da minha cabeça o dedo sujo de Margarita remexendo no frasco de geleia.

22

Tive um dia ruim, só isso. Mais um, de uma série não muito curta. Algum problema no colégio, o divórcio ainda recente, um boleto abusivo, medo de adoecer, sei lá. Um acúmulo de dissabores cotidianos, que em outras circunstâncias me afetariam na medida justa e razoável, me deixou num poço de amargura. Não digo isso por autocomiseração. Juro que não sinto pena de mim mesmo. Pelo contrário, muitas vezes me vem uma vontade de me perder de vista, uma tendência a não querer saber nada sobre mim, mas então passo diante de um espelho ou de uma vitrine, e lá estou eu de novo, com meu rosto que não tenho como evitar, me olhando como se olha um ser pegajoso que me segue o tempo todo por alguma razão desconhecida.

O caso é que, já de noite, fui ao parque com Pepa para que ela pudesse fazer as últimas necessidades do dia e ficar ao ar livre por alguns minutos depois de tantas horas trancada no apartamento, quase sem se movimentar. Era minha única intenção. Na certa, pensei que estava sozinho. Olhei à minha volta. Deviam ser onze da noite, uma hora antes de o parque fechar. Não vi ninguém. Estava escuro, e, escondido atrás de uma árvore, expulsei a raiva que guardava dentro de mim gritando com todas as minhas forças. Por alguns segundos, minha garganta emitiu a expressão acústica mais alta e animalesca que já saiu da minha boca, um grito descomunal que deve ter sido ouvido, ultrapassando a vegetação e as grades, em alguma janela das redondezas. Depois me calei e, com a gola levantada, voltei para casa calmamente com a cachorra, sentindo-me aliviado por vários minutos.

No dia seguinte encontrei um bilhete na caixa de correio:

"Ir ao parque à noite para gritar não é bom, mas entendemos sua necessidade de desabafar. Pobre coitado."

Onze da noite, escuridão... Ainda estou fazendo perguntas.

23

Constatações do dia. A primeira, que Patamanca não ficou zangado comigo, como deduzi erroneamente da última mensagem que recebi durante as férias e do silêncio posterior. Concluiu que as ligações e mensagens às quais não respondi eram inconvenientes, ainda mais porque eu estava acompanhado. Teve a delicadeza de não me perguntar quem estava viajando comigo, mas com seu sorriso malicioso tentou insinuar que imaginava. Seria desagradável quebrar sua ilusão confessando que estava sozinho, a única respiração que ele ouvira ao meu lado era a da cachorra. Decidiu judiciosamente esperar que eu reatasse o contato. Com meus elogios à sua compreensão, resolvemos a questão como bons amigos.

A segunda, que Aguedita e Patamanquito têm mais vínculos do que eu supunha, e não era pouco o que eu supunha. A história de Belén e a filha os uniu ainda mais, e esta tarde, quando cheguei ao bar do Alfonso, lá estavam Águeda e o cachorro gordo, este último dormindo no lugar habitual de Pepa. O motivo da sua presença no nosso canto do bar, usufruindo a minha cadeira de costume, foi que ela havia prometido trazer um unguento para as feridas de Patamanca. Os dois me designaram para fazer o papel de bobo na comédia deles. Pepa, resignada, teve que se deitar em outro lugar. O gordo a ignorou. E Patamanca, para sustentar a plausibilidade do relato pomadístico, me mostrou um *noli me tangere* nojento, de formação recente, na altura do bíceps braquial.

Senti a presença de Águeda no bar como um aviso para só falar o estritamente necessário. No início, espremido pelas perguntas do meu amigo, com esporádicas participações dela, disse meia dúzia de ambiguidades sobre minha viagem à Estremadura, tomando cuidado para que minhas palavras não propiciassem revelações comprometedoras nem novas perguntas. Daí a utilidade das respostas lacônicas, dos monossílabos e dos meus discretos olhares de súplica e recriminação dirigidos ao centro das pupilas de Patamanca, na esperança de induzi-lo a mudar de assunto. Sou grato a ele, como meu amigo nem pode imaginar, por não ter ignorado minha relutância em entrar em terrenos confidenciais na frente de Águeda. Felizmente não levou o interrogatório até um extremo insustentável para mim. Contudo, o que realmente acabou fortalecendo nossa amizade foi a gentileza de ter guardado as insinuações picantes para uma hora em que Águeda estivesse no banheiro.

Constatação seguinte: eles estão se lixando para as minhas peripécias de férias. O que lhes desperta a paixão e a loquacidade são as eleições gerais do próximo domingo. A direita e a esquerda, a república e a monarquia, alusões banais a Franco e à Guerra Civil, a corrupção e o nacionalismo, os bancos e os despejos, os centralistas e os antiespanhóis... Meu Deus, que cansaço de ouvi-los! Nenhuma questão que possa ser de algum interesse além das nossas fronteiras; tudo doméstico, local, intrauterino.

Os dois discordam, com um ardor afetuoso, em relação à intenção de voto. E é um espetáculo digno de teatro de comédia o esforço que fazem para se refutar, ambos falando ao mesmo tempo. Pata tem uma obsessão pela Catalunha, a ponto de colocar em quarentena suas convicções socialistas e republicanas em benefício de uma solução contundente pelas mãos de um "cirurgião de ferro" à Joaquín Costa, que Águeda não leu, mas diz que o nome lhe é familiar.

Por conseguinte, ele pretende votar no Vox, partido que detesta. Vai fazer isso "só para sacanear o pessoal", diz, e porque acha que atualmente é a opção mais útil para dar uma sacudida no processo político nacional. Ela, escandalizada mas alegre, o recrimina por votar na extrema direita, como se a palavra *direita* por si só aumentasse ou diminuísse a razão. Ele retruca, ela contra-ataca, enquanto esvaziavam juntos o pratinho comunal de azeitonas.

"Mas, querido, você bateu de frente num poste? Desde quando é de direita?"

"Não sou. E exatamente por isso o meu mérito é maior do que o seu, porque você se apega à velha monotonia das próprias crenças."

Águeda defende um comunismo de base cristã, mas, como a palavra *comunismo* arde em sua boca, prefere chamá-lo de solidariedade. Não um comunismo teórico ou de partido, diz ela, mas de gente boa disposta a distribuir o pão em pedaços do mesmo tamanho. Resumindo: "um comunismo democrático", denominação que faz Patamanca soltar uma gargalhada. Ela, cara de freira, expressão benevolente, fala com emoção do povo pobre, de um escudo social e do mal intrínseco do capitalismo. Portanto, não tem dúvida: vai votar no Podemos. Patamanca reage como um gato escaldado.

"Mas, criatura, isso é extrema esquerda. Você vai querer no seu país a fome vermelha, o *gulag*, os milhões de mortos de Mao, a ruína da Venezuela?"

"Eu só quero um pouquinho de justiça."

"Palavras vazias, demagogia, abstrações que têm pouco ou nada a ver com a realidade; uma patranha que só leva à tirania de um líder. Parece que você não aprendeu lição alguma no século XX, o mais sangrento dos... últimos cem anos."

Continuam assim (reproduzo de memória partes do diálogo), entre gracejos e verdades, por um bom tempo, concordando totalmente em discordar. De repente, percebem minha presença.

"E você, em quem vai votar?"

Ambos me olham com expectativa, ansiosos para ver com qual dos dois concordo.

"Eu só me interesso pelo aquecimento global, o derretimento dos polos e o controle das emissões de dióxido de carbono. Resumindo, a ecologia."

Após um instante de perplexidade, talvez de incompreensão, os dois se entreolharam como se dissessem: "De onde saiu esta coisa falante? O que um cara assim está fazendo na Espanha?"

24

Enquanto ia ao mercado, pensava: *Se essa senhora já apareceu ontem no bar, creio que não tem necessidade de vir atrás de mim hoje também.* Pois bem, lá estava ela com sua indumentária bisonha e seu cachorro gordo, que pelo visto já está novamente em condições físicas adequadas para dar passeios mais longos.

Águeda acha que sua presença me desagrada. Ela me comunica essa certeza sem o menor sinal de azedume, com uma intensidade pálida de tristeza nos olhos. Vislumbro uma sombra de crítica em suas palavras, mas pode ser apenas coisa da minha imaginação. Estará insinuando que eu disfarço mal? Preferiria que apontassem outros defeitos meus, mencionar exatamente este me magoa.

Pergunto como chegou a essa conclusão. Ela responde que já tinha notado antes a minha atitude evasiva. Ontem, no bar do Alfonso, ficou triste com meus silêncios prolongados quando estava debatendo com Patamanca, a quem ela não chama assim, sobre o atual imbróglio político no nosso país. Presume que talvez eu quisesse falar com meu amigo sobre assuntos pessoais e não pude porque ela estava presente. Quem sabe eu não estava gostando da conversa. Quem sabe aquela discussão, tão acalorada, me incomodou "por causa do meu jeito calmo". Acrescentou que a briga não era para valer, que na sua opinião (como é ingênua!) a amizade está acima das diferenças ideológicas.

Também notou uma ligeira expressão de desagrado no meu rosto quando entrei no bar e vi que ela estava lá. Que, por favor, não leve a mal suas palavras; que na verdade quer apenas se desculpar, caso tenha cometido algum erro ou dito alguma coisa inconveniente. Enfim, que tinha vindo à porta do mercado para me dizer "de coração aberto" que não me preocupe, que a última coisa que deseja é me causar algum transtorno e que, se eu não tiver vontade de vê-la, só preciso dizer e ela me deixa em paz.

"Estou um pouco sozinha, sabe?"

Confessa que se derrete de admiração pela camaradagem íntima que Patamanca e eu mantemos, por nossas tertúlias no bar do Alfonso, nossas piadas e cumplicidades, e que ela achava, na sua ingenuidade, que também poderia participar, não todo dia, mas de vez em quando, daquele círculo de amizade que lhe parece cheio de alegria e risos, mas que talvez, por ser mulher, o acesso lhe esteja vedado.

Se ela soubesse...

Examino seu rosto com atenção enquanto fala. Águeda é bastante tagarela, mas sua loquacidade não perfura meus tímpanos, como costuma acontecer com outras pessoas de temperamento parecido. Imagino que isso ocorre porque se expressa bem e tem uma voz bonita, não tão eufônica quanto a de Amalia, mas agradável aos ouvidos. Ela ignora completamente a vaidade. Não se vê qualquer intervenção cosmética em seu rosto. Os lábios, finos e irregulares, não se encaixam perfeitamente quando se juntam; a tez lisa está bem conservada, apesar das rugas irreparáveis da idade em volta dos olhos e no pescoço. A degradação dental, os óculos, os fios grisalhos, o nariz curto e achatado... tudo nela aponta para uma completa falta de atratividade erótica. Quanto mais a olho, mais se reforça minha impressão de estar diante de um ser assexuado, não monstruoso, mas sem mistério, sem encanto, sem nada de particular em seus movimentos e em sua figura, como um parente que consideramos tão próximo e, por que não dizer?, tão trivial que nunca iríamos pensar em avaliá-lo pelo ponto de vista da sensualidade e da beleza. Sei do que estou falando.

De repente: "Eu daria qualquer coisa para saber o que em mim irrita você."

Não vacilo para responder. Aliás, não é exatamente que eu não vacile, é que as palavras jorram da minha boca, sem me dar tempo de pensá-las.

"Não suporto sua capa de chuva."

Águeda fica rígida de estupor por um momento, e eu mesmo sou invadido por uma repentina perplexidade. Como pude dizer uma insolência daquele tamanho? Deve ter achado o que eu disse tão ofensivo quanto a forma, o jeito que eu disse. Não me surpreende que vire as costas rapidamente. Para eu não testemunhar suas lágrimas? Vai embora sem se despedir, com seu troncho cachorro preto, suponho que profundamente magoada. Sinceramente, creio que não vamos nos ver nunca mais. Minhas palavras são difíceis de reparar. De repente observo que Águeda, fazendo um trajeto inabitual pela praça, segue em direção à rampa de acesso ao estacionamento subterrâneo. Sei que ela não tem carro, nem carteira de motorista, mas fui informado por Patamanca, o grande boquirroto, que está frequentando uma autoescola. Movido pela curiosidade, não tiro os olhos dela e até avanço alguns passos para observá-la melhor. Nisso, vejo Águeda parar em frente a uma lata de lixo próxima ao peitoril que ladeia a rampa. Depois de soltar a coleira do cachorro, tira a capa de chuva e a joga, fazendo uma bola, na lata de lixo. Depois acena para mim, sorridente, e eu, bobo como sou, retribuo da mesma maneira.

25

Quando estou chegando à entrada, concentro a atenção na linguagem corporal de Pepa. Espero que seu rabo, sua cara, suas orelhas confirmem a presença do cachorro gordo no bar do Alfonso, e se isso acontecer pretendo dar meia-volta e retornar para casa. A cachorra não dá nenhum tipo de sinal, e então entro. Lá está Patamanca, absorto na leitura de um jornal espalhado em cima da mesa. Diz que não me esperava. Eu lhe explico que estava passando por perto e entrei para dar uma olhada, mas que só vou ficar para tomar uma cerveja. Virando o jornal, ele me mostra o título do editorial que estava lendo quando cheguei: "O clima, ausente." Constata que eu estava certo naquele dia. Nossos líderes políticos estão cagando para a ecologia. Sinceramente, não fui ao bar para comentar com ele esse tipo de assunto. O que me interessa é outra coisa: quero saber tudo que ele já disse a Águeda a meu respeito. Pata sugere que eu fique calmo. Respondo, faltando à verdade, que estou calmo. Com a intenção evidente de mudar de assunto, solta uma piadinha na qual não vejo a menor graça. Depois, elogia Aguedita (sua simplicidade, sua solidariedade com os menos favorecidos, seu bom coração), dando a entender que dela não se pode esperar nada de mau. Esta tarde não estou com muita disposição para rodeios ou evasivas. Então, lhe peço — ou talvez exijo? — que defina sua relação com ela. São amigos num grau médio de proximidade, ou seja, existe intimidade, mas o convívio é esporádico. Pergunto se já transou com ela. "Você está doido?" Eu agradeceria se me desse uma resposta um pouco mais precisa. Bem, Aguedita não faz o tipo dele e, além do mais, a menopausa já a deixou fora do circuito há um bom tempo. Ainda tem a cara de pau de me sugerir que não tema investidas eróticas dela. De onde tirou que eu temo alguma coisa em relação àquela senhora? Indago se lhe deu meu telefone. Não teve como negar, diz, porque ela pediu de supetão e o pegou desprevenido. "Ela telefonou para você?" Ainda não. E meu endereço? Se ela sabe é porque descobriu por conta própria. Talvez tenha me seguido um dia até meu edifício ou perguntado aos moradores do bairro. Pergunto se lhe contou detalhes do meu passado, meu casamento desfeito, meu filho, meu trabalho. Fico sabendo que vez ou outra ela tentava lhe arrancar informações sobre mim e ele, invariavelmente, a despistava com respostas vagas. Tina? Nem uma palavra. Seja como for, Águeda pergunta muito, não é? E ele responde demais. Patamanca admite que Aguedita é bastante curiosa, mas nega que tenha segundas intenções. Não descarta que ela pode me achar interessante. E quanto ao saquinho com o pó? "Está doido? Quem você acha que eu sou?" Olho para o rosto dele com uma frieza desafiadora. "Pode me apagar da sua lista de amigos se disser isso a ela." Depois, até acabar a minha cerveja, falamos sobre as eleições de domingo. Na verdade, foi ele quem falou. Eu me limitei a dizer que não estou fazendo qualquer esforço para me informar e nem assisti ao debate do outro dia pela televisão. Ele garante que não perdi grande coisa. Na hora da despedida, acaricia a cabeça de Pepa e, fingindo conversar com ela aos sussurros, lhe diz de maneira que eu possa ouvir: "Meu bem, vê se consegue acabar o mau humor do seu dono."

26

Hoje, quando me levantei da cama, concebi o objetivo de não deixar que me aconteça nada de novo, intenso ou meramente perturbador entre o café da manhã e o jantar. Não é a primeira vez que me proponho tal coisa, mais difícil de realizar do que parece à primeira vista, sobretudo nos dias de trabalho, quando não existe a opção de se segregar da vida coletiva.

De manhãzinha, enquanto vestia minha roupa comum no meu quarto comum, mobiliado com móveis comuns feitos com materiais comuns, desejei ardentemente ter um dia sem imprevistos, não importa se afortunados ou infelizes; um dia livre de incidentes que alterassem minha rotina.

O problema é que o total cumprimento desse desejo não depende só de mim. Também existem os outros — e são muitos. Alguém pode me abordar em qualquer lugar, a qualquer hora, e estragar meu plano sem querer, simplesmente com uma ação ou umas palavras. Assim, tentei reduzir ao máximo o contato com as pessoas ao longo do dia. Claro que, sem me esquecer de sorrir, retribuí os cumprimentos e as despedidas, respondi às perguntas que me faziam de forma lacônica ou evasiva e, como se minha vida dependesse disso, acompanhei as trivialidades futebolísticas e culinárias e as generalidades meteorológicas dos meus colegas do colégio, mas não tomei a iniciativa de nenhuma conversa.

Administrei aos alunos uma dose média de chatice, nem pouca nem excessiva, de modo que durante as aulas consegui mantê-los num estado de modorra sem sobressaltos. Nem é preciso dizer que hoje a aula foi frontal: só o professor falava, enquanto os alunos copiavam frases do quadro. E toda vez que alguém, pensando que eu não estava olhando, violava uma regra de comportamento às escondidas, eu dava a entender com um rápido olhar que me reservava a possibilidade de intervir. Havia uma espécie de pacto tácito na sala: "Cuida da sua vida, professor, que nós cuidamos da nossa, fingindo que estamos prestando atenção nas explicações." A estratégia rendeu ótimos resultados para ambas as partes.

Meu almoço, composto principalmente de sobras do dia anterior, foi dos mais comuns, assim como o passeio no meio da tarde com Pepa pelos lugares habituais. Não vi acidentes, brigas nem cenas espetaculares. Não parei para falar com ninguém. Não fiz compras. Não liguei o rádio. Não fui ao bar do Alfonso.

O esforço contínuo para que nada de relevante acontecesse me permitiu viver um dos dias mais sólida e agradavelmente cinzentos dos últimos anos. Por isso, concluído o plano com sucesso, fui tomado por uma sensação de triunfo na hora do jantar. Neste momento eu teria dificuldade em apontar o ato menos digno de ser lembrado que realizei nesta sexta-feira. Se fizesse questão disso, teria necessariamente que escolher entre minúcias: a campainha que anuncia o fim da aula, o fato de não ter chovido; acontecimentos triviais e insuficientes para imprimir uma alteração na linha plana da minha rotina.

Às onze da noite me dei ao luxo de me parabenizar. Em seguida, disquei o número de Patamanca. A princípio percebo em sua voz certa vibração de susto.

"Eu só quero que você me chame de babaca."
"Muito bem. Babaca. Algo mais?"
"Obrigado. Era só isso."

E desliguei rápido, para que não me ouvisse chorar.

27

Os andorinhões estão de volta. Desde que começaram a migração anual para seus territórios de inverno na África, no outono do ano passado, foi raro o dia em que, andando pela rua, não tenha olhado para o céu por um instante, mesmo já sabendo de antemão da inutilidade desse gesto. Em muitos casos o movimento foi um reflexo, nascido de uma expectativa que, embora latente, não saiu da minha cabeça nem por um segundo em todos esses meses.

Nos recentes feriados da Semana Santa, por diversas vezes tive um palpite que, finalmente, se cumpriu esta tarde. Sem tempo para sentir, sei lá, alegria, desânimo, inquietação... seja o que for que se sinta em tal situação, meu coração me deu uma chicotada tão violenta que temi ter aberto uma fenda no peito. Será que foi algo assim que papai sentiu quando morreu?

Andando com Pepa até o bar do Alfonso, vi o primeiro andorinhão da temporada. Lá no alto se divisavam sua silhueta preta ou cinza, dependendo da luz; seu voo nervoso, aparentemente errático; sua envergadura, que é o dobro da distância entre o bico e a cauda; a cabeça que parece não ter pescoço e a graça do seu arremate traseiro em duas pontas. O pássaro ziguezagueava velozmente no céu nublado do crepúsculo, quem sabe emitindo seus guinchos característicos que o barulho do trânsito não me deixava ouvir. Logo depois, um pouco mais à frente, vejo um segundo andorinhão e, pouco antes de chegar ao bar, mais dois.

Assim que conto minha descoberta a Patamanca, desconfio, pela expressão do seu rosto, de que ele vai zombar de mim. E, de fato, pergunta com um sorriso malicioso se tenho certeza de que esses andorinhões não eram pombos. Deve ter visto algo em mim, nas minhas feições, nas profundezas do meu olhar, que o dissuade de continuar pelas vias da galhofa. De repente, sério:

"O que você decidiu?"

"Só vou descobrir mais tarde, quando me olhar no espelho de casa."

"Pois para mim está tudo claro, com andorinhões ou sem andorinhões. Qualquer dia desses você vai tomar sua cerveja sozinho."

Por volta das dez, entro em casa com a cachorra. Conto para a fotografia do meu pai que os andorinhões estão de volta e vislumbro de repente um afeto compassivo no seu sorriso perene, como se estivesse emocionado por ouvir uma notícia que já sabia ou esperava. Acho que não vou jantar esta noite, o que belisquei no bar do Alfonso é suficiente. De pernas abertas no sofá da sala, Tina se insinua. Essa mulher é insaciável. Não fico nem dez segundos no banheiro, tempo suficiente para acender a luz e examinar o olhar daquele sujeito idêntico a mim que me observa pelo espelho. Volto para a fotografia de papai. E agora seu sorriso parece me dizer: "Não precisa me explicar nada. Eu já sabia o tempo todo. Filho, você tem que terminar o ano letivo. Não seria correto deixar na mão todos os seus alunos, que não têm culpa, ou Pepa, que precisa de você." Seria reconfortante derramar algumas lágrimas, mas não domino a técnica de forçar o choro. O que aconteceu ontem à noite foi diferente.

28

Desde que vim morar em La Guindalera, voto na academia Moscardó, perto de casa. Esta manhã, assim que abriram as seções eleitorais, me dirigi para lá com Pepa. Naquela hora, nove horas e um minuto, havia pouca gente na sala. Alguns dos presentes devem ter pensado que eu estava impaciente para votar. Ninguém me disse que a cachorra tinha que ficar do lado de fora, e, se me dissessem, o número de abstenções iria aumentar. Olho os mesários, nenhum conhecido. E penso: *Que merda ter que ralar num domingo durante um monte de horas em troca, acho, de sessenta e cinco euros!* Olho as placas, as urnas, as pilhas de cédulas, os rostos sonolentos, e fico desanimado. Na cabine, tiro uma cédula de cada partido e formo um pequeno maço; misturo como se fossem cartas de baralho, puxo uma de olhos fechados e, também sem olhar, meto no envelope correspondente. Quanto à cédula para o Senado, pretendia marcar três nomes a esmo, mas, como esqueci em casa os óculos de leitura, não fiz nenhuma cruz. Portanto, para o Senado votei em branco e para a Câmara, não sei. Foi essa a minha contribuição democrática para a jornada eleitoral. A esta hora da noite os resultados já foram divulgados. Amalia deve estar comentando-os no seu programa. O bobão vai para a cama.

29

Hoje o ar cheirava, em toda parte, a porcentagens, distribuição de cadeiras, possíveis coalizões. A cidade está cheia de especialistas. Esta manhã alguns deles faziam cálculos na sala dos professores. Curiosa esta ciência, a política, ao alcance de qualquer pessoa sem necessidade de estudos, paraíso de preconceitos, terreno fértil para dogmas em que o pensamento superficial, inseparável da convicção, cresce como cogumelo no esterco.

Desde o início da manhã eu já sabia que não iria ao bar do Alfonso esta tarde. Para quê? Para suportar o porre pós-eleitoral de Patamanca? Enquanto jantava, recebi uma mensagem dele no WhatsApp: "Você fez bem em não aparecer. Quem veio foi a ilustre Aguedita. Estava com uma roupa vermelha detestável e muito discutidora. Quando quiser ser chamado de babaca novamente, é só avisar. Sempre às ordens."

Depois das dez da noite, quando ia me sentar para escrever, a campainha toca. Nikita, no interfone: "Sou eu, pai. Abre, por favor. Preciso falar com você." Logo imagino uma catástrofe. Mais uma. Corro para esconder Tina no armário. No caminho, cai um sapato dela. Rapidamente o guardo numa gaveta da cômoda.

Não vejo meu filho há algumas semanas. Nas últimas vezes que o convidei para jantar, ele respondeu que estava ocupado. Será que cometeu um crime, quebrou algum osso, está sendo perseguido pela polícia? Ele só vem à minha casa uma hora dessas para falar de algum problema grave. Entra: alto, forte, desajeitado. As rugas em sua testa revelam medo. A folhinha de carvalho parece estar flutuando à deriva entre elas. Pepa, carinhosa, eufórica, põe as patas dianteiras na barriga dele, tentando alcançar o rosto com a língua. Nikita não presta atenção nela.

"Pai, estou com uma coisa muito ruim. Ainda não contei a ninguém."

E me confirma que nem para a mãe. "Muito menos para ela." Então acrescenta, confidencialmente: "É coisa de homem, você me entende." Eu não entendo nada. Explica que é "um negócio que apareceu no meu pau". Percebo que luta com as palavras e que, por fim, vencendo a dificuldade, a insegurança, a timidez, decide deixar de lado o mimimi semântico e se expressar à sua maneira. Portanto, o pau. Peço que me mostre. O garoto não é maldotado. Vejo pele descamada, várias manchas avermelhadas que parecem queimaduras cobertas por uma camada escamosa. Estão espalhadas em um dos testículos e também afetam a glande. Imediatamente associo essas manchas com uma pequena crosta escura em seu cotovelo. Peço que me mostre os joelhos. Estão limpos. O peito. Nada. As costas. Na altura dos rins, na coluna, vejo uma espécie de erupção com vários pontos de sangue.

"Você coçou, não foi?"

"Coça demais."

Ele me olha ansioso, como um paciente apavorado encarando o médico que o atende.

"Acho que peguei aids e vou morrer."

Eu o acalmo.

"É psoríase. Vou marcar uma consulta com um dermatologista. Quando ele perguntar, não diga pau. Diga pênis. Soa um pouco melhor, sabe?"

Falo num tom professoral, pensado para acalmá-lo. O coitado está fora de si. Começo pelo pior: a psoríase não tem cura e seus efeitos só podem ser paliados com medicação, sol e alimentação saudável. Não é uma doença contagiosa. Ele herdou a doença da família da mãe. Na minha, que eu saiba, nunca houve nenhum caso. Meu filho grande, meu filho musculoso, meu filho que estava precisando tomar um banho com urgência, fica com os olhos marejados. Como vai fazer seu pau pegar sol? "Pênis, diga pênis." Chama o vovô Isidro de uma série de epítetos dos mais ultrajantes, culpando-o pela sua desgraça. De repente se aproxima e me envolve num abraço poderoso. Faz muito tempo que não o via tão desamparado, tão criança. Ele diz que essas manchas são um desalento, e que nenhuma garota vai querer transar com ele.

30

Na época do nosso casamento, e provavelmente agora também, Amalia vivia apavorada com a possibilidade de ter psoríase como o pai, condenado desde a juventude a usar camisas de manga comprida. Houve um tempo em que tinha o sonho de ir trabalhar na televisão. Lembro-me dela nua, diante do espelho, examinando-se diariamente de frente, de costas, de lado, com um medo constante de que uma erupção na pele arruinasse sua carreira. No fim das contas, esse sonho foi frustrado, mas por razões que não tinham a ver com a doença hereditária que em tantas noites atormentava seus pesadelos.

Às vezes lhe apareciam umas manchas escamosas no couro cabeludo, acima das orelhas, bastante escondidas pelo cabelo. Ela as tratava com uns xampus especiais, caros e nem sempre aromáticos. As células olfativas da minha memória ainda sentem o cheiro de um produto preto, feito de alcatrão, que era quase o oposto de um perfume. Amalia culpava a tintura do salão por aqueles surtos, aparentemente urticantes, que considerava ser de caspa comum, mas no fundo sabia que se tratava da doença que recebera dos genes paternos, por sorte para ela em quantidades moderadas e, portanto, facilmente disfarçável.

Sei que Margarita tinha bastante psoríase. Eu mesmo vi um dia as marcas nas suas pernas esqueléticas. Amalia achava que a irmã era a responsável pelo problema, ao menos em parte, por não cuidar de si mesma. "É muito desleixada", disse. E, no fundo da sua coragem, tenho a impressão de que morria de medo de que a irmã lhe trouxesse a enfermidade e a deixasse evidente.

A doença do pai era muito pior. A pele do meu sogro descamava e caía como neve. As placas de escamas despontavam por baixo das suas mangas e se espalhavam pelo dorso das duas mãos, assim como na base do pescoço, na nuca e, frequentemente, nas têmporas. Não quero imaginar o aspecto do velho sem roupa. Amalia dizia que lembrava a vitrine de uma charcutaria. A velha papa-hóstia não parava de repreender o marido comichoso com um autoritarismo melífluo.

"Isidro, não coça."

Prometi a Amalia que ia dar uma contribuição genética de qualidade para que nossos futuros filhos (afinal nasceu só um, mas que deu trabalho por três) não herdassem a psoríase. Eu tinha certeza de que tivera sucesso, até a decepção de ontem.

Maio

1

Mais do que segurar o volante, parece empunhá-lo. Enquanto faz várias balizas sob minha supervisão, é inevitável que eu olhe para a cicatriz na sua mão. Tampouco consigo tirar da cabeça a ideia de que, assim como se agarra com força ao volante, também se agarra a mim. De repente imagino que arranca meus órgãos genitais e os exibe, peludos e ensanguentados, por toda La Guindalera, gritando feito louca que são dela, que não vai dividir com ninguém.

Já nem lembro quantas vezes Águeda me agradeceu esta manhã. Logo que entrou no carro se ofereceu para pagar a gasolina. Fez até menção de tirar o dinheiro da bolsa. Insiste: vamos lá, quanto é, não quero abusar. "Nove mil euros, fora o imposto." Ela ri. Fala que eu digo cada coisa, que adora meu senso de humor. Respondo que não precisa me sufocar com suas boas maneiras. Ela volta a rir, apesar de ser impossível que não tivesse captado o sentido vexatório da minha resposta.

Fui buscar Águeda na porta de casa na hora combinada por Patamanca ontem, aquele intrometido de marca maior. A princípio me deu vontade de evitar esse compromisso, de dizer aos dois chatos que ia passar o feriadão de maio no litoral. Essa história de litoral me ocorreu de repente; outro lugar também funcionaria, desde que fosse longe. Mas a lembrança da última viagem me dissuadiu. Não quero repetir a experiência. Também descarto o truque de me esconder em casa e dizer que estava viajando. O isolamento nem ia exigir preparativos, porque a comida que tenho na despensa dá para muito tempo. Entretanto, isso não resolveria o problema de sair com a cachorra. Poderia levá-la para fazer suas necessidades em horários inesperados, mas creio que nem de dia nem de noite estou inteiramente livre de dar de cara com Águeda pela rua. Além disso, à noite a luz nas minhas janelas me denunciaria.

Patamanca me contou ontem pelo telefone que a nossa amiga vai me dar um presente pela aula de direção e pelo uso do veículo. Pedi que lhe dissesse logo que não precisava me dar nada. "E por que você não diz isso pessoalmente para ela?" "Porque foi você quem me meteu nesta encrenca." Minutos depois meu amigo me liga de novo. Problema resolvido: Águeda aceitava as minhas condições, mas argumentou que se sentia mal por se aproveitar da minha generosidade.

Quando nos encontramos, sou obrigado a aceitar com resignação um beijo na bochecha. Ela tem lábios frios e cheiro de colônia barata. Digo para meus botões que um beijo rápido, como se fôssemos primos de primeiro grau, não quer dizer nada. Ao mesmo tempo, observo que essa mulher está cada dia mais ousada. Não para de tagarelar no caminho para Las Ventas. E me agradece por ter aceitado ir buscá-la mais cedo, assim vai poder estar às onze e meia na Fonte de Netuno e participar da manifestação do Primeiro de Maio. Pergunta se eu também pretendo ir. Não, prefiro limpar a casa. Passar o aspirador e essas coisas. Águeda ficou muito contente quando viu que meu carro e o da autoescola são da mesma marca, embora não idênticos. Com o de Patamanca, moderno e sofisticado, não se entende. Muito menos com as técnicas de ensino do nosso amigo, nem modernas nem sofisticadas. Segundo Águeda, Pata é uma ótima pessoa, e gosta dele como se fosse um irmão, mas ele é muito impaciente. Minha formação didática e minha postura lhe inspiram mais confiança, principalmente agora que, como não tenho que suportar mais sua capa de chuva, com certeza vou estar menos irritado. Estive por um triz de imitar sua risadinha como prêmio por aquele gracejo, mas parece que acordei hoje com os músculos faciais da alegria intumescidos. Se acreditasse em Deus Todo-Poderoso, imploraria a ele que jogasse um raio na língua dessa mulher. Como é possível que um ser humano tenha tanto combustível dialético? Creio que os atos de pensar e de falar não se distinguem para Águeda. De repente, ela começa a me contar a história da capa de chuva, um assunto que nem bêbado eu qualificaria como emocionante. Tinha sido comprada numa liquidação havia vinte anos etc. Parece que leu minha mente.

"Eu falo muito, não é mesmo?"

"Bastante."

Garante que é faladora assim não por natureza, mas por timidez, porque, quando está com outras pessoas, o silêncio a deixa nervosa e encabulada. Se fosse por ela, nunca abriria a boca em tais situações, só que teme que os outros pensem que está incomodada ou que os rejeita. Pergunta se não acontece a mesma coisa comigo.

"De forma alguma."

2

Chegamos ao local onde Águeda treinara com Patamanca nos dias anteriores e onde meu amigo, segundo o relato dela, chamou-a de desajeitada, inútil, inepta. Também fiquei sabendo que a certa altura ele disparou, perdendo a última gota de paciência:
"A Natureza não deu muita inteligência espacial para você, não é mesmo?"
"Ele disse isso?"
"Sem tirar nem pôr, mas não levo a mal. É tão irônico!"
A maior dificuldade de Águeda está na técnica de estacionar de ré. Ela não vê, não acerta, calcula mal. Queria treinar comigo justamente esse tipo de manobra, mas sem a ajuda de uma câmera como a do carro de Patamanca, já que o da autoescola não tem esse apetrecho, e Águeda quer chegar na prova adequadamente preparada.

Entramos num ramal asfaltado, de uns trezentos metros de extensão, entre a rua Roberto Domingo e a encosta que margeia a estrada lateral M-30. Suponho que é nesse espaço, delimitado e com um único ponto de acesso, que estacionam os carros nos dias de espetáculo na praça de touros próxima. Quando chegamos, o lugar estava vazio. Só se via, ao fundo, um homem jogando uma bolinha para um cachorro trazer de volta. O lugar é ideal para Águeda desenvolver algumas habilidades ao volante sem destruir meu carro, mas, de todo modo, sua notória inexperiência me aconselhava a ficar atento.

Já tinha passado na prova teórica; na prática, porém, foi reprovada numa primeira e recente tentativa. Ela estava com um calçado inadequado, não conseguiu controlar os nervos, esqueceu o que tinha aprendido num momento crucial da prova — as desculpas habituais. Aliás, pouco diferentes das de Amalia, que precisou de três tentativas, e das de Patamanca, que precisou de duas, porque, além de alguma desatenção confessa, o examinador tinha uma antipatia explícita por ele. Eu economizei muito dinheiro conseguindo tirar a carteira na primeira tentativa, tal como Nikita, aliás, embora ele tenha sido reprovado algumas vezes na prova teórica. Com Águeda, se ela não melhorar, a coisa parece difícil.

Trocamos de lugar. Quando ela virou a chave, o carro deu um solavanco que nos impulsionou para a frente e o motor morreu. Tive que fazer um esforço para não dizer que conhecia poucas pessoas tão ruins ao volante quanto ela. Ao contrário disso, tentei acalmá-la. Águeda é bastante receptiva, e foi melhorando à medida que ganhava confiança em si mesma. Sentiu uma espécie de euforia porque conseguiu dar dois giros para trás consecutivos, elogiados por mim talvez em excesso, mas entendi que era necessário ajudá-

-la a sair do estado de tensão, e talvez até de pânico, em que estava. Águeda bufava, mordia o lábio inferior e, claro, falava. Fiquei todo esse tempo vigiando para que não batesse na barreira lateral nem numa grade que havia do outro lado, com o cuidado permanente de manter o pé esquerdo no pedal do freio mesmo que, para isso, tivesse que meter minha perna entre as dela.

Na volta para a casa dela, além de me agradecer novamente, Águeda me disse que eu lhe transmito tranquilidade e aprende melhor comigo do que na autoescola. Afirmou que sou um ótimo professor, e que com certeza meus alunos do colégio me adoram. Boa garota.

3

Há pouco eu estava ouvindo o programa de rádio de Amalia. Cada um com seu instrumento de autoflagelação. Para me castigar, uso a voz, o riso, os comentários daquela mulher que complementa habilmente suas notórias lacunas intelectuais com o charme pessoal. Ao meu lado, como de costume, mas nem sempre, uma folha de papel em que faço uns riscos para contar os erros da apresentadora, sejam anacolutos, redundâncias, balbucios, frases inacabadas; enfim, qualquer coisinha que prejudique a fluência e a clareza da locução. A ideia, aliás, foi dela, uma missão dos velhos tempos que muitas vezes me obrigava a ficar grudado no aparelho em horas roubadas do meu descanso noturno. Uma perfeccionista obcecada, Amalia me pedia que em casa anotasse os erros que ela cometia. Isso a ajudaria a tomar consciência deles e corrigi-los.

"Tenho que anotar todos?"

"Bem, não acho que sejam tantos."

Quando voltava da rádio, tarde da noite, muitas vezes Amalia entrava em casa, toc, toc, com seus sapatos de salto alto e vinha direto me perguntar sobre os erros que cometera no último programa: quantos e quais. "Só dezesseis hoje, querida. Você está melhorando." Combinamos que, para ela não ter que me acordar, eu deixaria a folha de papel na mesa da cozinha. Essa lista, feita inicialmente com a intenção de colaborar, tornou-se motivo de discórdia à medida que a convivência conjugal se deteriorava; e também porque ela, cada vez mais cega de ódio, meteu na cabeça que eu queria magoá-la apontando erros que não existiam, ou então que eu exagerava com má intenção. Hoje, com ou sem riscos no papel, continuo caçando seus deslizes, movido por uma espécie de prazer, talvez malévolo, mas que não deixa de ser um prazer. Também observei que com um certo número de riscos durmo melhor.

E, de repente, o programa é interrompido por vários minutos para dar lugar ao noticiário das onze da noite. Para mim, é o suficiente por hoje. Desligo o rádio e vou escrever uma ou duas impressões do dia, alguma recordação do passado, o que me vier à cabeça; depois, ejacular dentro de Tina e me deitar. Mas então o telefone toca. Era Amalia. Na hora, penso: *Como ela sabe que estava ouvindo o programa? Será que tem uma câmera escondida aqui?* Ela quer me pedir, num tom extremamente cordial, e diria até suave, um encontro de vinte minutos amanhã, quando e onde for conveniente para mim. Repete que vinte minutos são suficientes para falar comigo sobre o único assunto que, como sabe muito bem, me faria ter uma conversa com ela: nosso filho. Penso que vale a pena lhe esclarecer que estou passando por uma fase de equilíbrio e paz. Não quero estragar este momento com desavenças, de modo que, se é para começar uma briga ou encher minha cabeça de acusações, declino do encontro.

Ela jura que não tem a menor intenção de discutir, que vai sozinha (que estranho me dizer isso), e que só quer me fazer umas perguntas sobre a doença de pele de Nikita e seu possível tratamento, problema que ela desconhecia até hoje e sobre o qual o garoto se recusa a lhe dar detalhes. Acha inadequado tratar de um assunto tão sério pelo telefone, e muito menos a estas horas e ligando da rádio. Que só quer ajudar, mas o menino (o menino!) não deixa etc. Concordo, porque percebo que está humilde, além de preocupada. Portanto, amanhã vamos nos encontrar ao meio-dia no café do Círculo de Bellas Artes, lugar onde já conversamos uma vez após o divórcio. Ela agradece pela minha compreensão, e fico satisfeito com seu tratamento gentil e respeitoso. Por via das dúvidas, confirmo: "Vinte minutos, hein?" "Dá e sobra, prometo."

Movido pela curiosidade, ligo o rádio novamente. Depois das notícias, o programa de Amalia continua, agora com outro assunto e outro convidado ao telefone. Sua voz soa novamente despreocupada, sedutora, com aquele toque particular de alegria que, antigamente, só tinha depois da segunda taça de vinho.

A promessa de ir sozinha ao encontro fica martelando na minha cabeça. Que razão havia para me prometer tal coisa? Como não suspeitar de que, em algum lugar do café, alguém ligado a Amalia estará nos vigiando?

4

Chego ao Círculo de Bellas Artes, que chamam de La Pecera, no horário combinado. Detesto esperar ou que me esperem. Estou de terno e gravata, um figurino insólito para mim que hoje tinha dupla intenção: por um lado, acentuar o caráter, digamos, oficial do encontro; por outro, não dar oportunidade a essa senhora, ou a quem quer que esteja com ela dissimuladamente, de ver em mim um pobre coitado, um mendigo ou um velhote, para usar o velho vocabulário de Amalia. Ela, que chegou antes, não pôde deixar de comentar: "Que elegância." Eu me finjo de surdo. Nenhuma intimidade. Ninguém me desprezou tanto na vida quanto ela. Não preciso dos seus elogios agora. E me abstenho de comentar sua aparência, o que não significa que me passe despercebida. Continua linda como sempre. Talvez um pouco magra demais e com muita maquiagem. Tem um aroma delicioso, pintou os lábios com um vermelho ousado, e me agradava mais de cabelo comprido. Quando me estende a mão, eu a aperto sem entusiasmo — e essa é a saudação fria de duas pessoas que fundiram seus corpos centenas de vezes.

    À sua frente, na mesa, há uma xícara de café com leite esperando ser bebida. Pergunta se quero tomar alguma coisa. "Não, estão me esperando." Minto para dar a entender que nossa conversa vai durar os vinte minutos combinados ontem, nem um segundo a mais, e que, tendo outro encontro, minha roupa não é uma fantasia para deixá-la desconcertada, muito menos uma homenagem que lhe faço. Ou seja, se estou bem-vestido não é para ela. Esqueci propositadamente de perguntar sobre sua saúde e seu trabalho; pela beata, se ainda está viva; ou pela irmã, que se juntou com um suíço bem de vida. Olho em volta. Pouca gente. Uns dez, doze clientes, alguns de costas para a nossa mesa. O único que está sentado sozinho é um homem mais velho, de barba curta e branca, entretido lendo um jornal. Sua fisionomia me lembra a do escritor Luis Mateo Díez. Tenho a tentação de ir lá confirmar se é ele. Pela minha inspeção, nossa presença não desperta o interesse de ninguém, mas continuo convencido de que Amalia veio acompanhada.

    Ela se queixa de que Nikita, que chama de Nicolás; diz que ele lhe falta ao respeito, às vezes com uma agressividade assustadora. Conta que ontem o garoto a xingou e, por um triz, em seu ardor juvenil, não levantou a mão para ela. Amalia não sabia que nosso filho, aos vinte e cinco anos, tinha contraído psoríase. E que a culpa, e a família dela também, pela doença. Nisso, uma garçonete vem interromper a conversa, eu lhe digo que não vou beber nada e aproveito para esquadrinhar o lugar outra vez, sem que meu olhar se detenha em algum possível suspeito. Não creio que o senhor Luis Mateo Díez, se é que se trata dele...

    Amalia está feliz, ou diz que está feliz, porque o garoto e eu agora nos damos bem. "Claro, entre homens deve ser mais fácil se entender sobre determinadas questões." Incomodada? Pois não esqueça que você lutou como uma leoa pela guarda do garoto, e mais tarde ficou reclamando que ele não tinha um modelo masculino durante a puberdade. Ela fala e eu permaneço calado, sem tirar os olhos das outras mesas.

Pouco depois da minha chegada, entra no café uma mulher mais ou menos da nossa idade. Conjunto vermelho de saia e casaco, colar de pérolas, ar distinto. Uma mulher, dá para ver, acostumada a ser bem recebida, que anda com uma segurança um tanto altaneira e olha fixamente para as janelas, do lado oposto de onde estamos. É esta. Não tenho dúvida. A única coisa que não entendo é o porquê. Para estudar minha cara? Para se apiedar de Amalia, examinando de perto o infeliz com quem ela foi casada? Está diante de uma mesa próxima à estátua da mulher deitada, no meio do café, e, depois de pedir algo à garçonete, tira da bolsa o celular, sem prestar atenção em nossa presença. Devemos estar a uns cinco ou seis metros dela, junto à parede, de maneira que, girando ligeiramente a cabeça, podemos vê-la. Observo a fisionomia de Amalia. Sem reação. Continua batendo na mesma tecla: o ódio visceral que Nicolás parece ter adquirido por ela depois do surto de psoríase. Mais do que lhe informar, conta, ontem ele foi à casa dela, furioso, para pedir satisfações. Falou qualquer coisa sobre um dermatologista que eu conheço. Pergunta se vou cuidar do tratamento. Respondo que sim. E as despesas? Bem, vou ter que assumir. Amalia está disposta a pagar a parte que lhe cabe. Nesse momento fico sabendo que o garoto se recusou a lhe dar muitas informações sobre a doença. Pergunta se, por favor, posso lhe contar alguns detalhes. Hesito entre ser fiel ao vocabulário do garoto e chamar o pênis de pau ou me mostrar um pouco mais fino e chamar o pau de pênis. Também menciono as costas e o cotovelo. E concluo: "Não está tão cheio de psoríase quanto seu falecido pai, mas é bom que um especialista o veja quanto antes."

Fico me perguntando se ainda tenho algum fiapo de afeto por essa mulher guardado num bolso. Resposta: tudo que eu sentia por ela se volatilizou. Se lamento suas preocupações, suas inquietudes. Pois sou indiferente. Se pularia na água para salvá-la se estivesse se afogando. Que se vire sozinha. Se a foderia. Claro, em qualquer lugar, a qualquer hora.

É óbvio que ela percebe que estou distraído, inquieto, e me pergunta se está acontecendo alguma coisa. Aproximo o rosto porque não quero que minhas palavras cheguem a outros ouvidos além dos dela. Levada pelo instinto, Amalia afasta a cabeça. Terá pensado que eu estava tentando beijá-la? Sussurro: "Você se importaria de dizer à sua amiga que não me grave com o celular?"

"Que amiga? Do que você está falando?"

Exatamente vinte minutos depois de ter chegado, eu me despeço, apertando novamente a mão de Amalia. Por insistência dela, digamos que um pouco patética, prometo mantê-la informada da doença cutânea do nosso filho e do que o dermatologista disser. Penso: *Se me lembrar*. Convencer o garoto a ser mais respeitoso com a mãe? Quem sou eu para me intrometer nos sentimentos do meu filho? Um diretor espiritual, ou algo assim?

Vou para a rua. Tráfego intenso, barulho, sol. E, na calçada oposta, já no cruzamento com a Gran Vía, fico atrás da marquise do ponto de ônibus esperando Amalia sair. O tempo passa. Ela não sai. Dez, quinze minutos. Deve estar, suponho, conversando com a outra, me malhando sem piedade. Finalmente, para contradizer meu palpite, Amalia sai do café sozinha. Na beira da calçada, para um táxi. Acho bem provável que, apesar dos anos de separação, nós dois ainda nos conheçamos muito bem. Ela sabe que eu a espiono, escondido em algum lugar por ali, e eu sei que a mulher de vermelho e colar de pérolas é sua amiga.

5

Manhã de sol, de andorinhões madrugadores e de tranquilidade nas esquinas. Desta vez, para a segunda e última aula de baliza antes da prova, viemos mais bem preparados. Águeda ameaça convidar Patamanca e a mim para almoçar num restaurante se for aprovada. Não posso deixar de admirar a capacidade de entusiasmo dessa mulher.

Para simular um espaço entre dois veículos imaginários, cada vez menor à medida que Águeda ia superando com sucesso as diversas tentativas, me ocorreu usar uma mala velha e uma caixa de papelão trazidas de casa. "Não se preocupe se quebrar", disse-lhe. "Eu não vou quebrar nada." E não quebrou, apesar de ter roçado o para-choque numa delas, mesmo com o apito dos sensores. Está progredindo, sem dúvida, em grande parte pela autoconfiança que adquiriu depois de se acostumar com os comandos, as dimensões e, enfim, o jeito de dirigir meu carro. Afirma que se algum dia comprar um, vai ser igual ou parecido com o meu, porque se afeiçoou a ele.

Conta que vai se encontrar esta tarde com Belén e a filha, Lorena. Prometeram à menina um passeio de barco no Lago do Retiro. Fico sabendo que passou muito tempo sem que Belén desse sinal de vida depois da sua saída abrupta da casa de Águeda, o que a deixou preocupada e a levou a investigar. Pergunto se o marido continua a maltratar Belén. Claro. De vez em quando ainda lhe escapa uma bofetada; ela se resigna, pratica a docilidade ao extremo e segue em frente. Seguir em frente significa chegar a ponto de ser tolerante com o comportamento violento do marido. Parece até que o entende e justifica. "Não há nada a fazer. Ela tem mais medo de se separar e acabar na rua, sem recursos e sem filha, do que das agressões." O medo, segundo Águeda, leva a esse tipo de estratégia de sobrevivência. Por isso Belén aceita os bofetões e as palavras de desprezo como um mal menor, sabendo que isso não é o pior que se pode esperar do marido. Às vezes ele amolece, tem um ataque de sentimentalismo e pede desculpa, alegando que quer refrear os próprios impulsos, mas não consegue, ou então culpa a mulher por provocá-lo, por não fazer as coisas direito etc.

Digo que o Lago do Retiro, numa tarde de domingo, com o céu limpo e a temperatura agradável de hoje, deve estar repleto de gente. Águeda responde que não se importa, que vão esperar o tempo necessário na fila em frente ao local de saída dos barcos. Têm a tarde inteira para se divertir no parque com a garota. A tarde inteira? Ora, ora. Ótima oportunidade para realizar um plano que vem rondando meus pensamentos há várias semanas.

Às cinco da tarde, já estava procurando uma vaga nas ruas de La Elipa. Depois devo ter ficado uns quinze minutos, talvez um pouco mais, diante do portão do prédio de Águeda, espreitando para ver se algum vizinho entrava ou saía. Por fim, saiu uma velha, e eu, com um pretexto qualquer, entrei no edifício. Trazia no bolso um bilhete escrito em casa que dizia: "É muito feio e muito mal-educado deixar bilhetes anônimos como este na caixa de correio de outra pessoa." Coloquei na de Águeda e saí.

Se ela vir que foi desmascarada, não vai ter outra saída senão confessar que é a autora dos bilhetes. Também pode, é claro, ser cínica e ficar de bico calado, e nesse caso não terei como saber o resultado da experiência. Portanto, considero duas possibilidades: que Águeda fique em silêncio por astúcia, sabendo que sem uma prova definitiva eu vou continuar num labirinto de conjecturas e suspeitas, ou então que ela realmente não tenha nada a ver com os bilhetes e não entenda o significado daquele que deixei esta tarde na sua caixa de correio e, logo, não possa atribuí-lo a mim.

6

Não conto a ninguém o que conto a Patamanca, mas isso não significa que eu lhe conte tudo. É bem provável que ele tenha a mesma atitude de franqueza com restrições em relação a mim. De vez em quando meteria a mão na cara dele com o maior prazer. Ele faria a mesma coisa comigo com igual satisfação. Nada disso nos impede de insistir na companhia mútua, na conversa, na confidência ocasional e em certos ritos mais ou menos impensados cujo caráter repetitivo cria hábito. Eu o detesto tanto quanto sinto sua falta. Prefiro, claro, este último sentimento. Ambos sentimos a mesma relutância em nos abrir com outras pessoas. Ele não tem amigos de verdade no trabalho, eu não tenho no colégio. Nossa amizade é baseada tanto em um punhado de coincidências e cumplicidades quanto em brigas frequentes.

Hoje, no bar do Alfonso, Patamanca ficou irritado. E, tal como se fôssemos um casal, fiquei irritado porque ele ficou irritado. Na semana passada lhe contei o problema de Nikita. Agora me arrependo. Aquele intrometido se ofereceu para falar com a dermatologista da Pozuelo a fim de conseguir uma consulta para o garoto o mais rápido possível, dando a entender que tem prestígio naquele consultório. Esta tarde insistiu que eu tinha concordado. Agradeci sua boa vontade, mas daí a permitir que me suplante nas decisões sobre o tratamento da psoríase do meu filho há uma distância considerável. O fato é que decidi tentar por conta própria em outro lugar, principalmente porque Pozuelo de Alarcón fica longe. Descobri uma clínica dermatológica particular perto do meu bairro, que, além disso, abre à tarde, a partir das quatro, o que é ótimo para mim. Telefonei. Uma voz gentil me atendeu. Depois de explicar o tipo de doença de que meu filho sofre, marquei uma primeira consulta mais cedo do que esperava, o que me levou a deduzir que cobram caro, como pude comprovar depois. Não importa. Amalia vai pagar a metade. E mesmo que não pagasse, eu me sentiria igualmente compensado pela oportunidade de ajudar Nikita e conquistar um pouquinho do afeto dele.

Pois bem, conto tudo isso a Patamanca e vejo que desde o início ele torce o nariz. O problema é que tinha entrado em contato com a dermatologista da Pozuelo com o mesmo propósito. O que vai dizer agora à especialista? Eu pretendia lhe contar sobre o bilhete anônimo que deixei ontem na caixa de correio de Águeda, mas preferi ficar calado. O mar não estava para peixe. Nisso, entra no bar a dita-cuja com o cachorro gordo. Está com os nervos à flor da pele pensando na prova de direção na próxima sexta-feira. Meu coração parou de bater. Fiquei ligado em cada um dos seus olhares, seus gestos, suas palavras, na expectativa tensa de captar algum detalhe que a delatasse. Em vão. Depois de nos despedirmos do nosso amigo, andamos um pouco pela rua, sozinhos, ela e eu com os cachorros, falando sobre normas e detalhes do trânsito, e Águeda não fez a menor alusão ao bilhete. Desejei-lhe boa sorte na prova.

7

Nos dias que antecedem a primeira consulta de Nikita na clínica dermatológica, penso muito nele. Vinte e cinco anos atrás, cheios de felicidade, Amalia e eu estávamos nos perguntando o que nosso filho seria quando crescesse. Encostados na cabeceira da cama, ela com uma barriga enorme, prestes a dar à luz, e eu ao lado dela, nos entregávamos ao prazer de sonhar acordados.

Imaginávamos o fruto da nossa união presidindo o governo da Espanha ou fazendo descobertas cruciais para a cura do câncer; ainda sem ter nascido, Amalia lhe deu o título de doutor *honoris causa* em diversas prestigiosas universidades estrangeiras; eu o via de fraque e gravata-borboleta fazendo seu discurso de posse na Real Academia. E assim nos divertíamos, matando o tempo à espera do parto, com essas expansões de otimismo delirante. Geralmente uma frase sensata, dita por ela ou por mim, acabava com a diversão: "Enfim, vai ser o que ele mesmo decidir."

Se um dos dois fizesse alguma previsão agourenta sobre a criança, o outro contestava imediatamente.

"Vamos torcer para ele não herdar a psoríase do meu pai."

"Claro que não. Meus genes vão impedir isso."

Às vezes, era eu quem caía em algum traço de fatalismo: "Tomara que não seja fascista nem carola."

"Está doido? Vamos educá-lo nos princípios da democracia e do progressismo. E se for gay, que seja."

"Qualquer coisa, menos reacionário."

O menino, cujo sexo sabíamos pelas imagens de ultrassom, nasceu, vermelho e chorão, no prazo previsto. Pesava quatro quilos e meio, mamava como se quisesse secar a mãe, tinha boa saúde. Depois, continuou a crescer forte e saudável, e aos poucos foi mudando nossa vida, sem que percebêssemos, não exatamente para melhor. Demorou muito a começar a falar, questão que o pediatra, em várias ocasiões, minimizou.

Passei o dia todo desanimado, pensando no meu filho.

8

Meu irmão e minha cunhada aproveitavam qualquer oportunidade para se gabar do comportamento das suas filhas, muitas vezes na presença do nosso garotinho melequento, sempre com a cara suja de chocolate ou alguma mancha de molho de tomate na camisa. Elogiavam as realizações, a inteligência, a aplicação, o comportamento e muitas outras habilidades delas que Nikita desconhecia.

Amalia ficava fora de si. Sentia raiva dos cunhados e das sobrinhas, embora Cristina e Julia, tão bem-educadas, tão quietinhas, não tivessem nenhuma culpa pela presunção dos pais. Passamos a evitar, na medida do possível, os encontros com eles para não nos sentirmos humilhados pelo assombro deles diante das coisas simples que Nikita ainda não entendia ou não sabia fazer numa idade em que suas filhas já eram catedráticas precoces.

Para nos consolar, pensávamos que os meninos precisam de mais tempo para se desenvolver e que qualquer dia desses nosso filho ia se equiparar sem dificuldade às primas. Se aos seis anos, dizíamos, ele não sabe jogar xadrez como elas, vai aprender aos doze ou catorze, que diferença faz; a vida dá muitas voltas etc.

Perdi todas as esperanças quando Nikita entrou na escola primária. O que até então não passava de uma perturbadora suspeita, de repente virou uma realidade dolorosa. Não havia mais dúvida de que nosso filho, forte e saudável, iria enfrentar os desafios da vida com um quociente intelectual limitado.

Lembro-me do momento exato em que cheguei a esta dolorosa conclusão. Esgotados seus recursos didáticos e sua paciência, uma tarde Amalia pediu que eu me encarregasse de ajudar o menino com o dever de casa; disse que ela já não aguentava mais, admitia o próprio fracasso e desistia. Para que os números não fossem uma entidade meramente abstrata, pensei em materializá-los com bolinhas de gude. O número um, uma bola de gude; o número dois, duas bolinhas; e assim por diante. Em seguida, incentivei o garoto a fazer uma série de somas e subtrações adicionando ou removendo bolinhas coloridas segundo as quantidades determinadas para cada exercício. Volta e meia Nikita perdia a concentração, mas o jogo o levava mais ou menos a soluções corretas que anotava num caderno, sempre sob a minha supervisão, pois para ele dava no mesmo escrever o resultado em qualquer lugar. Foi então que descobri, com uma nitidez brutal, que aos seis anos meu filho era incapaz de entender a noção de zero. Tentei de várias maneiras: com bolas de gude, com grãos de café, com quadradinhos de chocolate. Em vão. Fiquei olhando para ele com tristeza e fascinação: seus cachos pretos, sua testa larga, suas mãozinhas tenras. De repente, senti que estava com os músculos flácidos, o pensamento suspenso e um grande vazio dentro de mim, como se meus ossos e meus órgãos tivessem se transformado em puro cansaço. Com um marasmo invencível, dirigi os olhos para a janela da sala, através da qual se viam naquele momento umas nuvens de crepúsculo sobre

o terraço defronte. E ali, entre as antenas de televisão, estava o meu filho já homem, de camisa branca, fraque preto e gravata-borboleta, fazendo um discurso na Real Academia cheio de erros gramaticais.
Amanhã vou com ele à clínica dermatológica. Esse garoto não tem uma boa estrela.

9

Enquanto esperávamos que o chamassem, Nikita estava nervoso por ter que "mostrar o saco e o pau para uma mulher". "Fala mais baixo, e, quando estiver lá dentro, diz testículos e pênis." Ele me pergunta o que eu faria no lugar dele e se não bastava mostrar só o cotovelo e as costas, e depois aplicar o mesmo tratamento no restante sem a dermatologista saber.
Essa candura desencadeia em mim um acesso repentino de ternura. Quase apertei Nikita em meus braços.
Na saída da clínica, o garoto parecia aliviado, feliz, até. A caminho da farmácia, confessa que estava com medo havia vários dias de que lhe dessem injeções. Quem previu isso foi um colega de apartamento que aparentemente "entende desses rolos". Eu lhe pergunto sobre os conselhos que a dermatologista certamente lhe deu. Ele ri: "Que não fume nem pense em me tatuar, nada de estresse, e que esqueça o álcool, o chocolate, o café, a pimenta e sei lá quantas coisas mais. Mas que vida é essa?"
Acha engraçado a dermatologista ter olhado seu membro com uma lupa.
"Deve ter achado que é pequeno."
"O meu é maior do que o seu, papai. Uma vez nós comparamos, lembra?"
"E se tiver aumentado nos últimos tempos?"
"Fala sério, não me sacaneia."
Não lhe falta razão e eu reconheço isso, feliz por vê-lo brincar e muito pesaroso pelo número enorme de dias que não pudemos estar juntos depois do divórcio. Meu filho. Meu filho desastroso e ingênuo, mais alto e mais forte do que eu. Meu filho que esta tarde, sem saber, sucumbiu à esperança inútil e cara de pomadas, xampus especiais, corticoides...
Na mesma rua da farmácia há um açougue. Em frente à porta, proponho a Nikita comprar uns bifes, umas salsichas, o que ele quiser, e preparar um jantar rápido na minha casa antes de ir para o trabalho no bar. Sinto uma grande necessidade de prolongar sua presença. Ao mesmo tempo, imagino que ele deva querer se encontrar com sua turma e vai me responder que não. Felizmente, estou errado. Acontece que Nikita se apaixonou por gas-

tronomia. É o encarregado de preparar sanduíches e *tapas* no bar, e costuma cozinhar para seus colegas de apartamento. Está ansioso para me mostrar suas habilidades.

"E como você aprendeu?"

"Bem, fazendo."

Estabelece a condição de que é ele quem vai empanar e fritar a carne, e diz que tem que sair às nove, no máximo. Por mim, tudo bem. Pedimos ao açougueiro dois peitos de frango cortados em filés. Todo o resto (farinha de rosca, ovos, ketchup, ingredientes para uma salada ou sobremesa), tenho o bastante em casa.

Penso em lhe dar a chave de casa e deixá-lo em frente ao portão do edifício. Enquanto ele cuida dos filés, eu vou estacionar o carro na garagem subterrânea. Assim ganhamos tempo. *Como gosto de conviver bem com ele!*, digo para mim mesmo. E é só na hora de desligar o motor que me dou conta do erro monumental que acabei de cometer.

Tina!

Tina em posição de coito, com o negócio todo oferecido, no sofá da sala.

Tenho um impulso abrupto de sair correndo atrás dele, mas já é tarde demais.

10

Patamanca me diz que Águeda andou telefonando esta tarde para minha casa. Ela não tem meu número de celular, bato na madeira, e meu amigo está proibido de dar. Aparentemente, não quer me importunar, mas hoje foi um dia especial. Especial? Para Águeda, sim, porque passou na prova de direção e não vê a hora de comemorar esse acontecimento conosco. Ela vai dar uma passada no bar para nos contar os detalhes da sua façanha e pagar uns aperitivos. Patamanca: "Não dá para calcular quanto é grata a você." Na verdade, Águeda já deveria ter chegado. E eu desconfio de que o buquê que Patamanca pôs em cima da mesa é para ela, o que me deixa numa situação um tanto incômoda.

"Vai parecer um perfeito cavalheiro."

"Se quiser, posso dar o buquê em nome dos dois."

"Prefiro dar a ela, outro dia, um colar de diamantes ou um cavalo de corrida."

Antes de Águeda chegar, conto rapidamente ao meu amigo que ontem Nikita descobriu a existência da Tina. Pata faz uma das suas pilhérias típicas, cuja principal característica é que só são engraçadas para ele, e depois arremata com uma daquelas gargalhadas retumbantes que costumam atrair os olhares de todas as mesas.

De repente me calo, porque acabam de entrar no bar um cachorro gordo e um sorriso, atrás do qual despontam os traços fisionômicos de Águeda. Do seu jeito atrapalhado, ela nos conta a boa nova que já sabemos. Damos nossas mais calorosas felicitações e Patamanca, lisonjeiro, solene, digno de vinte chibatadas, lhe entrega o buquê de flores. Não me passa despercebido que Águeda se vira na minha direção como se eu também tivesse a intenção de lhe dar alguma coisa. Num gesto que a honra, desvia o olhar logo em seguida para não me deixar desconfortável. Fala e fala. E numa curva. E quando chegou ao sinal. E o tempo todo atrás de um caminhão. E ainda bem que pisou no freio a tempo.

Paga os aperitivos, explicando que não é esta a festividade culinária para a qual veio nos convidar. A grande comemoração vai ser domingo, na casa dela. Imploro ao meu cérebro: *Por favor, me arranja um pretexto para não ter que ir.* Mas o bestalhão do cérebro, "ai!, continuou morrendo",* me deixa na mão quando mais preciso dele.

Fomos para a rua, Águeda com seu cachorro, eu com a minha, Pata com sua prótese e as flores que nossa amiga esqueceu na mesa do bar. Meu amigo se oferece para levá-la de carro para casa e até sugere, imprudência das imprudências, que hoje ela vá dirigindo. Águeda recusa a oferta, alegando que ainda não recebeu a carteira provisória e que, mesmo que tivesse recebido, não se sente segura. Além disso, prefere que o cachorro gordo faça seu exercício diário.

Então, nos despedimos do nosso amigo e andamos juntos por algum tempo, ocupando toda a largura da calçada, ela com o cachorro gordo e as flores, eu com Pepa, imersa desde que nasceu numa adorável mansidão. O gordo tem uma necessidade imperiosa diante da vitrine de uma ótica; em consequência, arqueia as costas e solta um excremento que combina com a cor da sua pelagem. É tamanho o negror daquele dejeto que sou levado a especular se o animal não se alimenta basicamente de lulas em sua tinta. Em seguida, tenho que acudir a dona com uma das minhas sacolas plásticas, porque a boa mulher esqueceu as dela em casa. Quando vou tirá-la do bolso, sinto algo diferente nas pontas dos dedos. Enquanto Águeda se abaixa para apanhar o cocô do meu homônimo, verifico que são três papeizinhos com

---

* Referência à parte de um verso que se repete no poema "Masa", do poeta peruano César Vallejo: *"Pero el cadáver, ¡ay!, siguió muriendo"* [Mas o cadáver, ai, continuou morrendo]. [N. da E.]

as cores da bandeira da Segunda República, daqueles que pintei durante o feriado da Páscoa no hotel de San Lorenzo de El Escorial. Estavam no meu bolso desde então, sem eu saber. Espero que Águeda jogue a sacola num recipiente de lixo para deixar aquelas bandeiras diminutas na palma da sua mão. "Este é o meu presente. Espero que você o aprecie, mesmo sendo mínimo o valor material." Tenho a impressão de que, nas mesmas circunstâncias, milhões de pessoas desconfiariam que eu estava de gozação, e é possível que muitas delas me convencessem de que aquilo era errado. Águeda, não. Pensei por um instante que ela estava emocionada.

"Adoro essas delicadezas."

Frente a frente sob a luz de um poste, ela repete o agradecimento. Considera que sem a minha ajuda, sem os truques que lhe ensinei e sem o meu carro, similar ao da prova, não teria passado. Chegou até a estacionar perfeitamente de primeira. Não sabe explicar como. Nem o instrutor, que não conseguiu esconder o espanto quando lhe deu parabéns.

11

Com Patamanca no museu Thyssen, que exibe até o fim do mês uma retrospectiva das pinturas de Balthus. Quarenta e tantos quadros de diferentes fases do artista. Há de tudo, inclusive uma fornida mostra de garotas com a xoxota de fora, em poses desinibidas. Interessante. Não vejo nessas paredes a mão de Holbein ou Caravaggio, mas também não vejo os rabiscos do picareta moderno de plantão. Meu amigo, que aproveita a proximidade dos meus ouvidos para disparar, em quarenta e cinco minutos, diversas lições magistrais sobre assuntos diversos, considera que a mentalidade em que, para o bem ou para o mal, nos moldamos, a seu ver caracterizada pela quebra de tabus, chegou ao fim, pelo menos enquanto modelo cultural hegemônico na parte do mundo que habitamos. "Quadros como estes, com meninas peladas, absolutamente comíveis, digam o que disserem os protetores ferrenhos da infância, vão acabar, talvez muito em breve, nos porões ou nas fogueiras." As próximas gerações terão que pagar a conta da nossa liberdade. Patamanca acredita que o dia 11 de setembro de 2001, a terça-feira quando caíram as torres gêmeas de Nova York, foi a data inaugural da mudança do rumo histórico. A vigilância dos costumes, na sua opinião, volta a ser imposta. O pêndulo da história faz a única coisa que sabe: ir de um extremo a outro, e nesse caso tem que voltar para o lado dos códigos restritivos, da censura e das represálias. Meu amigo cospe juízos acalorados pelas salas do museu: época de retrocesso, auge do puritanismo, tempos ruins para a incorreção política e a criatividade. Este último comentário ele solta na frente da famosa pintura da menina mostrando a calcinha. Que sorte poder apreciar este quadro, diz, antes que o tirem de circulação. Caçoa: "Vamos embora, que os primeiros sintomas de pedofilia já estão coçando aqui na minha virilha. Se você me vir algum dia me masturbando em frente a um carrinho de bebê, joga água fria nos meus órgãos genitais, por favor." Ele se considera um pária numa civilização como a que está começando a surgir. Paro de repente, fingindo interesse por uma das pinturas, e vejo Patamanca continuar andando pela sala, gesticulando e falando sozinho.

No café do museu, manifestou o desejo de saber mais detalhes sobre o encontro entre meu filho e Tina. Achou insuficiente o que lhe contei ontem, interrompido pela chegada de Águeda. Noto que está inquieto pela urgência de se divertir. Entre um gole e outro de café com leite, sirvo a Patamanca um resumo do que aconteceu na minha casa na quinta-feira passada. E lhe contaria ainda mais, contaria tudo, inclusive a parte sentimental, não fosse pelo fato de que, no fundo, ele está se lixando para minha historinha certamente piegas. Só quer ouvir uma série de pormenores ridículos que vão lhe garantir uma boa dose de gargalhadas. Imagina uma cena de comédia, mas está errado.

Meu filho viu a boneca assim que entrou no apartamento. Depois, me confessou (e isso Pata nunca vai saber) que a princípio achou que era uma mulher de verdade. Chegou até a lhe dar boa-tarde. Foi uma miragem, só durou um ou dois segundos, até vê-la mais de perto. No mesmo instante, entendeu seu significado e sentiu pena de mim. Fiquei emocionado com seus esforços ingênuos para melhorar meu ânimo durante o jantar. E atacou a mãe, de quem está com um ódio feroz, recriminando-a por ter me largado "para ficar com mulheres". Tem vergonha de ser filho de "uma vagabunda" e pensa, evidentemente com toda a razão, que me consolo com a boneca.

"Pois ela se chama Tina, e eu falo muito com ela. Se quiser, posso emprestar para você um dia."

Ele não gostou da piada. Vai ver nem mesmo entendeu. Meu filho não é muito versado em matéria de ironia.

No corredor, sob o olhar estático do avô, nos abraçamos. Também não contei isso a Patamanca no café do Thyssen. Foi um abraço longo, silencioso. O abraço mais intenso da nossa vida. O céu já pode desabar, que ninguém tira esse abraço de mim.

Prometi a Nikita que ia ajudá-lo com seu problema de pele e elogiei de novo o frango empanado. Ele fez o sinal de vitória com os dedos antes de entrar no elevador.

Nikita, se algum dia seus olhos pousarem neste escrito, vai saber que te amei, mesmo que, em linhas gerais, você seja um puta desastre, certamente como todos nós, cada um à sua maneira. Não sei por que nunca lhe disse isso. Talvez por timidez. Talvez porque, apesar de tudo e de tantos livros lidos, sou um burro. Enfim, me desculpa.

12

Tiro da pilha de bilhetes anônimos um de quando já morava em La Guindalera. Tinha acabado de trocar de carro, depois de ouvir na oficina que o antigo precisava de um conserto caro. Quem observava meus passos, sem saber desse detalhe, considerou que eu estava querendo viver acima das minhas possibilidades. O bilhete me tratava ironicamente de marquês e me acusava de brincar de rico. No fim, questionava se o meu salário de "mero" professor de segundo grau era compatível com essa despesa. Tenho a leve suspeita de que a pessoa que escreveu o texto não entendia de carros, ou pelo menos não o suficiente para perceber que eu tinha comprado um veículo que, pela aparência impecável da carroceria, nem parecia ser usado. Esse detalhe foi decisivo para escolher exatamente esse bilhete. Levei-o no bolso para a casa de Águeda, pensando em colocá-lo na sua caixa de correio. Se não conseguisse, pelo motivo que fosse, minha intenção era devolvê-lo ao maço, aguardando uma nova oportunidade. Usei uma margem do papel para escrever: "Reconhece sua letra?" Acho impossível que Águeda não tenha alguma reação nesse caso, se realmente é a autora dos bilhetes. Em relação àquele que deixei na segunda passada, não deu um pio.

13

O almoço de domingo foi quase até às cinco da tarde. Doces caseiros, conversa, café e mais café, eu gostaria de ter me despedido pelo menos uma hora antes. Ficava olhando para o relógio da parede, sem encontrar uma ocasião propícia para me despedir. Estava convencido de que nenhum dos presentes ia acreditar na mentira da pilha de provas para corrigir, a começar por Patamanca, que, com a língua solta por causa da boa quantidade de vinho ingerido, talvez me desmascarasse com alguma das suas piadas impertinentes. Tampouco servia a desculpa de levar a cachorra para passear, porque ela estava comigo na casa de Águeda a pedido expresso desta e do próprio

Patamanca. Dessa vez o cachorro gordo, sem fôlego, não sei se cansado da vida ou simplesmente cansado, se absteve de nos receber com a sua habitual descortesia.

Patamanca foi o primeiro a ir embora. Combinara com um colega de escritório que iam assistir à tourada das sete em Las Ventas. Ele sabe que não pode contar comigo para esse tipo de espetáculo e não gosta de ir sozinho à praça de touros — aliás, nem ao teatro, ao cinema ou a praticamente lugar algum onde haja aglomeração.

Além de mim e de Pata, Águeda também convidou para o almoço um cara de barba cerrada e óculos de fundo de garrafa, militante da Izquierda Unida, como ele mesmo afirmou logo após as apresentações; para dissipar eventuais dúvidas a respeito de suas inclinações políticas, ainda exibia na lapela uma insígnia com a foice e o martelo sobre uma estrela vermelha entre folhas de louro. Patamanca não resistiu e lhe perguntou, com uma ingenuidade impostada, se aquilo era algum tipo de condecoração.

"Nada disso. Comprei no Rastro por um euro."

Completavam o grupo duas mulheres mais ou menos da nossa idade, gente aparentemente engajada em assuntos sociais e muito de esquerda, segundo a anfitriã, que dois dias antes pedira a mim e a Patamanca que evitássemos discutir política com os outros comensais.

Pata se mostrou conciliador, excepcionalmente moderado em seus comentários, como havia muito tempo eu não o via. Contemporizou com os argumentos do barbudo a favor do estabelecimento de um sistema federal na Espanha e a conveniência de se fazer um referendo legal na Catalunha. Às vezes argumentava, calmo e educado na discordância, sem passar para o ataque nem levantar a voz. As sucessivas considerações transcorriam por canais pacíficos até que, depois de servida a segunda rodada de cafés, surgiu a questão das touradas, e, de repente, a paz e o entendimento acabaram. Assim que as primeiras objeções à festa taurina feriram sua autoestima, meu amigo se levantou como se tivesse se sentado em brasas; deu dois beijos agressivos em Águeda, um em cada bochecha, desejou a todos, com um porte garboso de toureiro, um feliz domingo, lançando um chapéu imaginário no centro da mesa e saiu do apartamento, mas não sem antes soltar uma de suas gracinhas: "Vou me regozijar com o sofrimento de seis aspudos. Senhores, com sua licença, viva a República e viva o rei."

Reparei que Águeda ficou estranhamente borocoxô o tempo todo, certamente menos falante do que de costume. E algumas felicitações jocosas relativas à prova de direção só lhe provocaram um sorriso tímido. Tinha feito um esforço excessivo para receber seus convidados. Só o bolo de laranja e iogurte e a torta de mirtilos e nozes devem ter lhe custado umas boas horas de trabalho. Ficamos sabendo que na véspera tinha passado o dia todo comprando a comida e a bebida, que ficou até quase meia-noite fazendo os primeiros preparativos do festejo e passou toda a manhã de domingo, desde bem cedinho, na cozinha. Nem é preciso dizer que nós, convidados, disputávamos a palavra uns com os outros para lhe transmitir nossos agradecimentos e elogios.

De repente, bem à minha frente, absorta em sabe-se lá que elucubrações, surpreendo nela um gesto que me era familiar. Algum tempo depois, repetiu-o: com a cabeça apoiada nas mãos, pensando talvez que ninguém estivesse olhando, Águeda ficava por alguns segundos de olhos fechados, como se tirando cochilos particulares, enquanto o restante dos convivas se entregava a uma falação animada, com o barbudo e uma das mulheres como primeiras vozes. Nesse momento me lembrei de mamãe, que em situações semelhantes costumava fechar os olhos da mesma forma e imergir nos mesmos silêncios, com gente ao seu lado. Mais tarde, com a intenção de lhe dar uma força e descansar de tanta conversa, levei para a cozinha minha louça e a de Patamanca — já ausente — em várias viagens, e na última encontrei Águeda em pé junto à janela, olhando para a rua. De perto, vi suas lágrimas.

"Está com muita dor de cabeça, não é?"

Fez uma leve careta, em afirmação. Depois, pediu desculpa por não poder nos receber como gostaria. Que eu não me preocupasse com ela; já estava acostumada, e quando ficasse sozinha tomaria um comprimido e iria para a cama. Palavras idênticas ou muito parecidas foram ouvidas dezenas de vezes na casa da nossa família, saindo da boca de minha mãe. Voltando para a sala, interrompi a conversa dos presentes para contar o que estava acontecendo. Propus que tirássemos a mesa. Os três se levantaram rapidamente. Recolhidos os talheres e pratos num instante, os resíduos jogados no lixo, Águeda nos agradeceu e disse que ela faria a limpeza e a arrumação no dia seguinte. "Nada disso", respondeu uma das mulheres, com uma solidariedade autoritária. Tive a sensação de que finalmente era chegada a hora de dar o fora. Acho que o barbudo, a julgar pela maneira astuta de se distanciar do epicentro da tarefa, estava se perguntando o que fazia ali se havia mulheres de mangas arregaçadas, dispostas à faxina, muito embora tivesse feito certas bravatas masculinas sobre feminismo durante o almoço. Escapulimos de lá, primeiro eu, pouco depois ele, como dois patifes.

No portão, parei diante da fileira de caixas de correio. "O que faço? Jogo o bilhete ou não?" Considerando o estado de sofrimento em que Águeda se encontrava, parecia cruel piorar a situação com mais um motivo de desgosto. No entanto, era razoável pensar que ela não sairia de casa até o dia seguinte. As horas que transcorreriam até lá dificultariam que me vinculasse ao bilhete, a menos que reconhecesse a própria letra nele; nesse caso, não teriam sentido todo o silêncio e toda a dissimulação por parte dos dois. Estava refletindo sobre isso quando de repente ouvi o barbudo sair para o corredor e despedir-se dos que ficaram no apartamento. O som dos passos dele descendo a escada dissipou minhas dúvidas: coloquei às pressas o bilhete na caixa de correio e, com Pepa ao meu lado, rumei de volta para casa.

14

Na noite passada minha sobrinha morreu num hospital em Zaragoza, vítima da sua doença. Era um ano mais nova do que Nikita. Recebi a notícia pela irmã dela. Como eu não estava em casa, Cristina me deixou uma mensagem breve na secretária eletrônica. Telefonei quando cheguei do colégio. Com uma firmeza admirável, ela me disse que neste momento nem o pai, nem a mãe estavam em condições de falar ao telefone, e por isso assumiu o compromisso de dar a triste notícia aos familiares e conhecidos. Conversamos por pouco tempo, não mais do que uns três ou quatro minutos, porque, para dizer a verdade, além de fazer alguma pergunta sobre o fim de Julia e lhe transmitir meus profundos sentimentos, não sabia o que dizer. Cristina parecia a encarnação da serenidade e da sensatez. Ela me aconselhou a não entrar em contato com meu irmão por enquanto. "Papai está arrasado. Mamãe está aguentando um pouco melhor." Do jeito que as coisas estão, ela achou boa a minha ideia de mandar uma carta de pêsames aos seus pais.

Parece que o tratamento na clínica de Essen não deu os resultados desejados, embora, segundo Cristina, a irmã tenha voltado de lá bastante animada e aparentemente melhor. O enterro será na próxima sexta-feira, num cemitério de Zaragoza. Pedi desculpa por não poder comparecer, em razão do trabalho. Cristina disse que eu não precisava me preocupar, que ela entende e os pais preferem que seja uma cerimônia íntima.

Depois dessa conversa com minha sobrinha, fiquei andando pelo apartamento, totalmente entregue à rememoração de cenas em que aparecia, brejeira e alegre, a pobre Julia, como se assim pudesse lhe devolver um pouco da vida que perdeu. Numa das muitas voltas que dei do início do corredor ao meu quarto, foi inevitável me lembrar da minha parte da herança de mamãe, que dei a eles para ajudar a cobrir as despesas de viagem e a estadia de Julia e da mãe na Alemanha. Gostaria de saber se gastaram tudo. Se não, será que vou receber o resto de volta? São pensamentos certamente mesquinhos, mas que não podem ser evitados, que chegam sozinhos e se iluminam na mente feito uma tela. Uma vez sonhei que matei minha ex-mulher, meu filho, meu pai, Patamanca, a diretora do colégio (esta em especial) e muitas outras pessoas, e nem por isso considero que tenho um instinto sanguinário ou que os instintos assassinos assumem o controle sobre mim durante a vigília. É o imbecil do cérebro, que nas horas de lazer se diverte com filmes de terror e perversão, sem efeitos posteriores na vida real.

Fiquei na dúvida esta tarde se devia ir ao bar do Alfonso. Não achava muito compatível com o luto beber cerveja, falar de bobagens e frivolidades e trocar gracejos com meu amigo, sabendo que enquanto isso o corpo que chamávamos de Julia jazia na câmara frigorífica de um hospital e que Raúl e minha cunhada estavam submersos num sofrimento insuportável. Mas confesso que minha dúvida não durou muito tempo. Como pode afetar meu irmão e a esposa, muito menos a filha morta, todos eles longe daqui, que eu mantenha meus hábitos cotidianos? Saí de casa empurrado pelo desejo de não ficar a sós com meus pensamentos. Também estava curioso para ver se Patamanca notaria algum sinal de luto no meu comportamento, nos meus gestos ou nas minhas palavras. Não lhe falei nada sobre a morte da minha sobrinha nem ele detectou em mim nada que o fizesse perguntar o que eu tenho, o que há de errado comigo.

15

Dormi bem esta noite. Nenhum pesadelo perturbou meu descanso. Por isso, passei o dia todo sentindo umas pontadas de remorso. O rosto da minha sobrinha não apareceu nem uma vez nos meus sonhos: será que a morte dela significa tão pouco para mim? Saindo para o trabalho, digo ao retrato de meu pai: "Pai, uma das suas netas morreu." Papai persiste com seu sorriso estático, e eu sigo para o colégio certo de que nossa família é composta por um bando de insensíveis.

Ontem, na volta do bar, mandei duas mensagens curtas para Amalia e Nikita, informando sobre a morte de Julia. Amalia foi a primeira a responder. "Terrível", escreveu. E que estava profundamente abatida. Um tempo depois, começou seu programa de rádio. Não me pareceu que aquela notícia qualificada de terrível poucos minutos antes tivesse deixado qualquer vestígio em sua voz ou no bom humor que manteve ao longo da transmissão. Seu suposto abatimento não a levou a cometer mais erros do que outras vezes. É uma profissional da cabeça aos pés.

Nikita respondeu sem considerações ortográficas, a altas horas da madrugada: "Kralho q merda."

Hoje, que as pessoas preferem os aparelhos eletrônicos para se comunicar, acho que não, mas quando papai morreu ainda havia o hábito de mandar as condolências pelo correio, numas folhas de papel com borda preta. Havia, claro, outros procedimentos. Nem preciso ir longe: mamãe instalou uma mesa com um livro de condolências no nosso portão. Chegaram várias cartas à nossa caixa de correio, cujos envelopes traziam uma tarja de luto. Eu não tenho nada parecido. Pensei que uma folha de papel comum serviria para escrever umas linhas ao meu irmão e à minha cunhada. Em casos assim é que se sente a falta de uma mulher ao lado, uma mulher sensível e perspicaz, com habilidade para lidar com situações de alta tensão emocional, para nos ajudar a enfrentar, homens canhestros, os compromissos mais delicados. Os homens são — somos — uns patetas. Alguns vão dizer, em legítima defesa, que esta afirmação é um clichê, mas, mesmo admitindo que seja, com certeza não está muito longe da verdade.

Primeiro escrevi "Querido Raúl, querida María Elena". E travei. A grande questão não era o que dizer, mas como dizer. Após longos e dolorosos minutos encarando a página em branco, só reuni calma e um pouco de inspiração com a ajuda de uma garrafa de conhaque que comprei um dia desses, e olha que tinha voltado do bar do Alfonso bastante alto. Com esforço, consegui escrever umas vinte linhas. Pois bem, não havia uma única que não fosse convencional, desconexa, abominável por seu pedantismo gélido e seus exageros de compaixão forçada. Deu vontade de ligar para Amalia e lhe implorar que me ditasse algumas frases pelo telefone. Ou para Águeda, correndo o risco de que ela entrasse em cheio na minha vida. Ou para mamãe no outro mundo, mas acho que lá o serviço telefônico não funciona.

Então, movido por um impulso repentino, liguei para o número do meu irmão. O dedo bêbado não acertava as teclas corretas. Fui obrigado a fazer várias tentativas. Pensei em ir direto ao ponto: "Olha, Raúl, não espere de mim que verbalize emoções. Em resumo, lamento muito, um abraço fraterno, tchau." Quem atendeu foi minha cunhada, cuja serenidade parecia calcada na que sua filha Cristina tinha demonstrado ontem. "É melhor não falar com Raúl. Só está se aguentando graças aos calmantes. Eu digo a ele que você ligou." Minha cunhada compreende que eu não possa viajar a Zaragoza na sexta-feira. Ela e o marido se sentem muito gratos por todas as manifestações de condolências que estão recebendo; ao mesmo tempo, querem o mínimo possível de gente no enterro. Amplia a informação que Cristina me deu ontem sobre a filha falecida: a recuperação temporária de Julia quando voltou da Alemanha, a recaída repentina, os cuidados paliativos, a rapidez do fim. Morreu sem sofrimento, será cremada ("A menina queria assim"), vão deixar a urna no panteão da família de María Elena. Noto que ficou mais forte, desde que se mudou para Zaragoza, o sotaque aragonês da minha cunhada, que tinha se atenuado com a distância da sua terra. Despediu-se de forma calorosa, como se fosse ela quem tivesse que me consolar.

16

Entro na sala para dar minha primeira aula do dia. Quem vejo? Julia! Lá está ela, sentada perto da janela, me olhando nem séria, nem alegre. Meu coração desembesta. "O que está fazendo aqui? Você não tinha morrido?" E também: "Deve ter fugido do crematório e veio me perguntar se pode se esconder na minha casa, nem que seja por uns dias." Normal. Quem gosta de ser queimado, guardado numa urna e enterrado? "Não se tratava de um sonho", escreve Kafka no segundo parágrafo de *A metamorfose*. Gregor Samsa não imagina que se transformou em inseto: na verdade ele realmente é, desde o amanhecer, uma criatura monstruosa dotada de consciência humana. E eu também não estou sonhando. Entrei na sala com meu cansaço crônico e minha boca seca e minha vontade de que acabe logo o dia que mal começou. Venho cumprir minha tarefa diária, que consiste em adormecer um rebanho de adolescentes com uma dose de conceitos soporíferos e justificar meu salário dissertando sobre filosofia; no caso de hoje, sobre Nietzsche e a crise da razão iluminista, que é o tema desta manhã por decisão dos planejadores do programa. Já passou o tempo em que eu me preocupava em preparar as aulas como se fossem ser transmitidas ao vivo para um grande público. De alguns anos para cá, basta passar os olhos no assunto pouco antes de sair para o colégio e depois me virar na aula com anotações antigas, maiêutica socrática e debates improvisados. Com minha pasta e minhas palpitações violentas, vou por entre as mesas até onde está Julia, que, ao me ver chegar, sorri. Paro à sua frente e pergunto: "Ane, você se importa de abrir a janela? Está muito quente aqui dentro." Enquanto dou a aula, penso que os alunos devem me ver como um dos professores mais chatos, se não o mais chato, do colégio. Familiarizados com minha presença, minha voz e minha sem-gracice, eles podem achar que me conhecem, mas não sabem nada a meu respeito, como decerto eu não sei praticamente nada sobre cada um deles. Ignoram tudo que tem a ver com os meus pensamentos e as minhas emoções, a situação pessoal em que me encontro, o que faço fora do horário escolar — se bem que isso me parece fácil de adivinhar. Eu me dedico a sobreviver, atividade que ocupa completamente minhas horas. Já disse: eles não sabem nada. Nem mesmo Ane, Ane Calvo, que tem uma semelhança facial assombrosa com uma sobrinha minha cujas cinzas serão enterradas amanhã num cemitério de Zaragoza.

17

Reafirmo minha convicção que manifestei por escrito ontem à noite. Os alunos não sabem o que se esconde por trás da aparência do professor enfadonho que veem quando estou na frente deles. Nem têm muita vontade de descobrir. Não estão interessados, e eu entendo e aprovo isso. Igualmente superficial deve ser o conhecimento que meus colegas de trabalho têm de mim. Duvido, no entanto, que se possa dizer o mesmo em relação a Águeda. Tenho a impressão de que essa mulher tem um aparelho de raios X atrás das pupilas que lhe permite esquadrinhar a consciência dos seus semelhantes até o fundo, e muitas vezes me sinto nu quando ela me olha com certa intensidade. Perigo, perigo.

Ontem, quarta-feira, ela também foi me esperar na saída do mercado. Dessa vez com um objetivo agradável: me trazer um pedaço do bolo que sobrou de domingo passado. O bolo estava embrulhado com capricho em papel-alumínio. Isso fez com que me lembrasse de mamãe, que, toda vez que convidava Raúl ou a mim para comer em sua casa, fazia muito mais comida do que o nosso estômago aguentava, de maneira que, no fim da visita, pudesse nos dar uma quentinha com as sobras. Suponho que assim tinha a ilusão de que continuava nos amamentando até a idade adulta, e aproveitava para ensinar às duas noras a maneira correta de cuidar de nós.

Faltou um pouco de brilho nas palavras que usei para agradecer a Águeda pelo bolo? Com certeza, mas acontece que cada um é como é; nesta altura da vida, não tenho ânimo nem força para mudar minha personalidade, e, além disso, fui tolhido por uma suspeita. De repente, achei plausível que Águeda estivesse tentando conquistar minha confiança com um presentinho e sorrisos e gestos amáveis para baixar minha guarda e então me surpreender quando abordasse de supetão o assunto do bilhete anônimo na caixa de correio. Águeda justificou o presente lembrando que eu tinha elogiado o bolo na sua casa. É possível. Os outros convidados também se desmancharam em elogios, e eu não queria deixar por menos. Seja como for, Águeda decidiu manifestar sua preferência pessoal reservando para mim, que grande honra, o último pedaço de bolo, mas não posso descartar, por falta de provas, que os outros não tenham recebido antes outras sobras de manjares.

Não lhe disse que tinha gostado mais da torta de mirtilo e nozes. Em compensação, perguntei pela enxaqueca, quanto tempo tinha durado, se Águeda tomou algum remédio, se fez efeito. Ela não escondeu a satisfação que sentia por me ver interessado em seu estado de saúde. "Foi uma enxaqueca com aura", disse, "uma das piores que tive em muito tempo". E repetiu suas desculpas por não ter podido nos receber como desejava. Não se referiu em momento algum ao bilhete anônimo. Fiquei prestando atenção para ver se ela não deixava escapar algum detalhe insinuante, qualquer coisinha relacionada com o portão do edifício, o correio, uma possível ação de vingança do marido daquela mulher que esteve abrigada na casa dela, talvez algum episódio de assédio no bairro ou uma baderna de rapazes.

Nada.

Ela lá e eu cá, para evitar aqueles olhos de raios X fixos nos meus, olhei além da sua cabeça e das árvores da praça.

"Olha, dois andorinhões."

Apontei os pássaros com a mão. Ela não prestou a menor atenção.

"Está acontecendo alguma coisa com você", disse.

"De onde tirou isso?"

"Sei lá. Você parece triste. Espero que não tenha sido por minha causa."

Conversamos mais um pouco sobre assuntos sem importância. Não mencionei minha sobrinha falecida. E nos despedimos.

18

Amalia detestava os encontros de família na casa de mamãe. Mais de uma vez se recusou a ir, alegando que não se sentia bem ou que tinha um compromisso de trabalho urgente. Um dia, cansada de fingir, me delegou a decisão de escolher a desculpa que quisesse, e até me autorizou a contar a verdade aos meus parentes: que ela não tinha a menor vontade de tolerar os Perfeitos. Tentávamos manter Nikita longe dessas conversas, porque sabíamos por experiência que Raúl e María Elena podiam aproveitar a ingenuidade do menino para lhe arrancar informações sobre nós.

Os Perfeitos, isto é, meu irmão, a esposa e as filhas, formavam uma família imaculada, todos limpos, aromáticos, educados, inteligentes e, claro, felizes. Podia se dizer que a felicidade, para eles, era uma espécie de obrigação existencial; uma tarefa de padeiros da vida amassando seu pão feliz com os mesmos ingredientes todos os dias: ordem, regras e sensatez. Faziam tudo direito, por isso tudo funcionava direito para eles, a menos que alguma ação externa interviesse de má-fé. E o fato, facilmente verificável, de nos reduzirem a meras testemunhas do seu favorecimento pela sorte me incomodava de forma inimaginável. Quem mais sofria era Amalia: a exibição de felicidade dos cunhados desencadeava nela uma fúria silenciosa que só sabia remediar rangendo os dentes.

Para piorar as coisas, mamãe os elogiava irrestritamente, muitas vezes pelos motivos mais triviais. Dava a entender que via suas decisões e suas ações, suas propostas, suas realizações e todas as bobagens que diziam como um manancial de pura alegria. Não se continha nem na nossa presença. Enquanto elogiava a família do meu irmão (mesmo não tendo especial simpatia por María Elena, talvez só quando a considerava separadamente), mamãe nos olhava de rabo de olho, na certa insinuando que deveríamos seguir o exemplo deles.

Nós nos sentíamos distantes dos Perfeitos por inúmeras razões. Creio que nada nos unia além da circunstância fortuita do parentesco. Laços de afeto, comunidade de interesses, afinidades e gostos compartilhados? Absolutamente nada. Ora, se havia algo que se interpunha entre eles e nós, e impossibilitava qualquer fiapo de relação cordial, era um abismo intransponível no fundo do qual chapinhava, enlameado de deficiências, limitações intelectuais e inclinações destrutivas, um bicho repulsivo chamado Nicolás. Eles não queriam nem ouvir falar do menino. Estavam absolutamente certos de que o caráter, o comportamento, o desempenho escolar sofrível e, enfim, qualquer outro defeito dele decorriam diretamente da péssima educação que Amalia e eu lhe dávamos. E às vezes percebíamos que minhas sobrinhas, por uma palavra ou outra que soltavam sem pensar, eram instruídas a se manter longe do primo tanto quanto possível. Eu ficava de coração partido vendo a pouca delicadeza com que às vezes o deixavam sozinho.

Agora me vem à memória uma cena habitual desses encontros. Mamãe, digamos, nos chamava para a mesa. "Venham, hora de comer." Imediatamente María Elena ou Raúl mandavam as filhas lavar as mãos. As meninas obedeciam com uma rapidez que parecia ensaiada. Nosso desastroso filho também saía correndo, só que na direção oposta, movido por sua proverbial gulodice. Sem esperar por ninguém, ele se sentava à mesa e, embora fosse explicitamente proibido, e depois o repreendêssemos em casa por isso, enfiava os dedos sujos no pratinho de azeitonas ou na travessa onde mamãe tinha arrumado com capricho as fatias de presunto ibérico. Amalia e eu notávamos os olhares de reprovação dos nossos familiares, que, no entanto, não diziam nada. Melhor assim. Em compensação, supervisionavam as mãos das filhas com melindres exagerados e atitude policial, e elogiavam a higiene delas de forma escandalosa, ao passo que nós, por teimosia e provocação, não queríamos mandar nosso filho lavar as dele.

Vou lhe telefonar amanhã para que ele me conte com detalhes como foi a história do violão.

19

No banco do carona, voltando de Cercedilla, Patamanca elogia um livro que está lendo. Anota a referência bibliográfica num canto do jornal: Ramón Andrés, *Semper dolens. Historia del suicidio en Occidente*, editora Acantilado. Vendo seu entusiasmo, prefiro continuar escondendo que atualmente não compro mais livros. Se soubesse que já me desfiz de metade da minha biblioteca! Com entusiasmo, ele nos recomenda a obra em questão. Águeda, ingênua, pergunta do que se trata. É possível que ela, sentada no banco de trás, entre a ofegante Pepa e o gordo sonolento, não tivesse ouvido direito o título por causa do barulho do motor.

"De que trata uma história do suicídio no Ocidente? Bem, de frutas e verduras."

Águeda detesta o tema do suicídio. "Para, para." Ela gosta mais de livros sobre política, biografias, romances e, de modo geral, qualquer obra que a instrua e divirta sem afetar seu ânimo.

"Pois suicídio é o nosso tema preferido. Todos os outros nos parecem secundários, não é mesmo?"

Confirmo sem me levar muito a sério nem comentar a afirmação, e sem tirar os olhos da estrada. O tráfego vai aumentando à medida que nos aproximamos da cidade. Desde que saímos de Cercedilla, um refluxo me traz de volta o gosto do feijão com chouriço que, por insistência de Patamanca, comi no restaurante.

De repente, Águeda pergunta se pode nos fazer uma confissão. Pata arremeda a hipocrisia de um padre untuoso: "Abre a alma, minha filha. Você se masturba todo dia, é isso?" Águeda nos diz que gostou muito da excursão, do passeio pela serra e do almoço no restaurante de Cercedilla; que se diverte muito conosco e com as nossas controvérsias; que adora nosso senso de humor, e até gosta quando alguém tem a inútil pretensão de ofendê-la, porque antes mesmo de ouvir a ofensa até o fim ela já perdoou. Ela nunca tinha revelado essa peculiaridade do seu caráter a ninguém, só a nós, porque lhe inspiramos confiança. Não quer que abusem dela. Depois acrescenta que, se fosse escrever uma lista de prazeres, colocaria em primeiro lugar o prazer de não ter inimigos.

"Eu não ficaria zangada nem se vocês me chamassem de puta."
Seria estranho que Patamanca deixasse escapar a oportunidade:
"Puta."
Ela: "Nos seus lábios, é um elogio."
Meu amigo, dirigindo-se a mim: "Para, vamos estuprá-la ali atrás daqueles arbustos."
"Ah, que ótimo."
Hoje Pata estava num dia mais sarcástico do que o normal, o que é muita coisa. Para mim, ele se levantou com o pé esquerdo esta manhã — claro, não tem outra possibilidade. Então, pergunta à nossa amiga se ela está prestando concurso público para entrar no santoral. E, antecipando a resposta, diz, venenoso e sorridente, que o lugar de Santa Águeda não está vago. É ocupado com méritos mais do que suficientes por Águeda de Catânia, cujos seios foram cortados. "Não vemos que tenham cortado nada em você."

Já em você, um pé, penso, mas não digo nada. Creio que o edifício da nossa amizade desmoronaria na mesma hora se fosse eu o destinatário de uma zombaria tão grosseira, mas Águeda é do jeito que é, dá um tapinha afetuoso na nuca do nosso amigo e ri, sentada entre os cachorros. Ri com uma felicidade tão pura e nobre que me provoca uma onda de admiração compassiva.

Na ida, convidei-a para dirigir um pouco pela A-6, quase sem trânsito num domingo tão cedo. Para que treine e não esqueça o que aprendeu. Patamanca: "Está doido? Ela vai nos matar." Águeda, ao volante, lutava contra a insegurança e o nervosismo conversando. Dirigia tão devagar que Pata me perguntou, na altura de Las Rozas, se não seria melhor nós dois continuarmos a viagem a pé e esperarmos nossa amiga no ponto de chegada.

No meio da tarde, deixamos Águeda e o cachorro gordo à porta de casa. Da calçada, ela nos jogou um beijo pueril com a mão. Enquanto a vemos se afastar, traseiro, costas e cintura amplos, meu amigo diz:

"Como ela é legal e sozinha."

20

Liguei para Nikita na volta da excursão. Ele diz na minha cara que não tem tempo. Estava pintando com os cupinchas as paredes do apartamento que usurparam. "Vocês vão acabar na cadeia." "Melhor. Lá se vive sem trabalhar." Falou que eu telefonasse outro dia, e foi o que fiz sem falta esta tarde. O sacana pretendia me enrolar outra vez. Eu insisti, até conseguir que me concedesse cinco minutos da sua vida privada.

"Como está sua pele?"

"Mais ou menos."

Ele não entende por que estou insistindo "numa besteira" de tantos anos atrás. As crianças, justifica, fazem essas coisas. E fazem sem pensar. Ou será que eu, quando usava calças curtas, era um santo? "Mamãe e você compraram um violão melhor do que o que eles tinham. O que mais querem?" Continua considerando "superlegal" que não tivéssemos batido nele.

Agora sou eu quem precisa se justificar. "Como você sabe, sua prima foi enterrada na sexta-feira. Tenho pensado muito nela ultimamente e estou um pouco melancólico, relembrando velhas histórias da família."

Responde que quase não se lembra mais, que muita água rolou debaixo da ponte desde então, e ele era muito pequeno. Oito anos, ou algo assim.

A mãe dele e eu cometemos o grave erro de perdê-lo de vista por alguns minutos na casa da avó.

Amalia declarou no meio da manhã, antes de partirmos, que pagaria qualquer coisa para não ter que ir ao almoço familiar. Tentei convencê-la: era aniversário de mamãe, ela havia cozinhado; viúva e sozinha, estava nos esperando com as expectativas de sempre. E insisti: por favor e essas coisas todas, meu bem; que iríamos embora cedo e que eu não me recusava a visitar a casa dos pais dela, onde também não me divertia grande coisa. E consegui: resmungando, enchendo os pulmões para não ter que respirar até o anoitecer, Amalia afinal condescendeu.

Mamãe improvisou na sala de estar um palco para as meninas perfeitas, que nos ofereceram uma exibição de suas habilidades musicais, não tão perfeitas quanto elas, mas com muita prosopopeia. A mais velha, olhando fixo a partitura que a mãe segurava à sua frente, mostrava as habilidades com a flauta transversa, não isentas de uns sibilos de vez em quando. Com uma plausível intenção didática, Raúl quis logo desculpar os erros: "Ela ainda está aprendendo." Julia estava estudando violão havia dois meses numa academia de música, e já era capaz de arranhar alguns acordes. Tocaram e cantaram juntas o *Rapi bardei tuiú*, com voz aguda e um sotaque adaptado aos ouvidos hispânicos. A homenageada se derretia de emoção, à beira das lágrimas, e provavelmente determinada (com certeza não pela primeira vez) a recompensar as netas favoritas com um dinheirinho por baixo do pano. No fim da breve apresentação, María Elena, não muito bem-intencionada, na minha opinião, se virou para Nikita e perguntou se ele também não gostaria de aprender a tocar um instrumento. O menino olhou para Amalia e para mim desconcertado e um tanto sem graça. Na escola não dava uma dentro, e aquilo era só o que lhe faltava para aumentar sua coleção de fracassos.

Enquanto as priminhas se exibiam diante do olhar atento dos adultos, ele fazia palhaçadas atrás delas, incapaz de ficar parado, interrompendo a apresentação apesar das nossas advertências. E quando todos nós, naturalmente, aplaudimos a atuação das meninas perfeitas, tão educadas e limpinhas, tão embonecadas e bem penteadas com suas trancinhas e seus lacinhos, Nikita disparou uma enxurrada de berros desconexos, morrendo de ciúme porque ninguém lhe dava atenção.

Esta tarde ele me contou pelo telefone que nesse dia estava sozinho com a prima mais nova na varanda, sob a sombra do toldo, a menina sentada numa cadeira baixa e ele em pé, e Julia, clin, clin, clin, tocando seu violão, que era dela porque os pais tinham comprado para ela e, portanto, era dela, e o verniz da madeira brilhava muito naquele começo de tarde, já terminado o almoço. Nikita tentou enfiar um dedo na boca do instrumento, mas a garota não deixou; depois, furioso, o arrancou das mãos dela com brutalidade. E contou que a prima ainda tentou pegá-lo de volta e protestou, ameaçando chamar os pais.

"Me dá meu violão. Me dá. Assim vai quebrar."

A cena seguinte transcorreu na sala, na frente dos adultos. A menina saiu da varanda aos prantos. Seus soluços eram tão altos e tão sinceros que não lhe permitiam pronunciar nenhuma palavra, por mais que tentasse nos contar o que tinha acontecido. Nikita entrou atrás dela, com uma pachorra mais do que suspeita. Não sei os outros, mas para mim bastou ver a expressão no rosto do meu filho para adivinhar que tinha feito uma travessura. Fomos todos para a varanda e, de fato, o violão estava lá embaixo, todo quebrado na calçada, cercado de pedestres que olhavam para cima.

De imediato pedi a Raúl e María Elena que, por favor, mantivessem a calma, dizendo que obviamente, e o mais rápido possível, iríamos comprar um violão novo para a garota. Para ser franco, meu irmão poderia ter ajudado a aliviar a tensão. Não quis. "Esperamos que sim", respondeu com uma aspereza ofendida. Não houve mais conversa entre nós. Sem conseguir suportar o silêncio constrangedor, talvez descontente com Amalia e comigo por não termos brigado com o garoto ou lhe dado uns tabefes no seu velho estilo, mamãe repreendeu Nikita, que se defendeu mostrando a língua para a avó. Amalia me fez um sinal que indicava que era hora de ir embora, e logo depois nos despedimos, mas não sem antes reiterar à nossa sobrinha que ela teria um violão novo assim que possível, no dia seguinte se fosse necessário.

Na volta para casa, depois de dirigir por alguns quarteirões, vi pelo retrovisor que Nikita tinha adormecido com a boca aberta e uma expressão inocente de quem nunca quebrou um pires na vida. Nesse momento me veio o desejo de saber o que Amalia estava pensando. Virei o rosto para olhá-la. Ela também me olhou. Esse encontro casual de olhares foi o suficiente para nós dois cairmos na gargalhada ao mesmo tempo.

21

Voltando ao último domingo. Ainda era cedo quando chegamos a Cercedilla. Sol, pouca gente na rua (ao meio-dia, um pouco mais) e, acima dos telhados sonolentos, o badalo animado de um sino. Decidimos chegar mais perto do morro para soltar os cachorros. As corridas de Pepa entre as árvores me davam alegria. Ela perseguia presas imaginárias, enquanto o gordo, sem fôlego, tentava imitá-la em vão. Volta e meia parava para marcar o terreno, fingindo-se de ativo. Tenho a impressão de que dessa forma tentava esconder de nós sua falta de energia. Pairava no ar fresco e limpo, sulcado por pássaros matinais, um cheiro agradável de terra sombreada, ervas aromáticas e pinheiros. Patamanca, que desde o início do passeio não tinha parado de disparar comentários mordazes, de repente assumiu um tom lúgubre. No meio de um pinheiral, primeiro veio nos mostrar o *noli me tangere* do braço, com a crosta já no estágio final; depois nos revelou, com um semblante preocupado, que tinha aparecido outra ferida na virilha, às vezes acompanhada por uma coceira mortificante. Isso foi uma das poucas coisas sérias que ele disse durante todo o dia. Perguntou se concordávamos em dar uma olhada na ferida e dizer nossa opinião. Sem dúvida. Então, abaixou as calças: apareceram a prótese e uma cueca boxer, colorida, de boa marca. Presumi que mostrar a ferida era uma desculpa para ostentar a roupa de baixo. Tirou a cueca sem o menor sinal de timidez, e Águeda, de cócoras, aproximou o rosto daquele mundo genital, de pelagem escura, para examinar de perto o ferimento na virilha. Um excursionista que visse essa cena ao passar pela trilha juraria que estava ocorrendo um boquete naquele belo cenário. Admiro a intimidade que ela e meu amigo têm. "Não é câncer", disse Pata, descartando de antemão qualquer conjectura agourenta. E tanto eu quanto Águeda o aconselhamos a procurar uma farmácia de plantão na cidade e comprar um frasco de antisséptico e talvez um creme hidratante para diminuir a coceira. Pata comprou e foi se aliviar do problema no banheiro de um bar. Mais tarde, no restaurante, Águeda lhe sugeriu que mantivesse durante duas ou três semanas um registro diário das comidas e bebidas que consumia, sem deixar nada de fora. "Porque desconfio de que você esteja se intoxicando sem saber, e seu corpo tenta expulsar alguma substância nociva abrindo esses orifícios de qualquer jeito e em qualquer lugar." Patamanca prometeu que ia fazer o que ela disse, mas não sei se estava falando sério, porque a essa altura já havia recomeçado com a gozação e o sarcasmo, e zombava impiedosamente do suposto conhecimento dermatológico da nossa amiga, que tem uma paciência que vai daqui até a costa da Austrália.

22

Afirmei muitas vezes para os meus alunos que um dos maiores benefícios da cultura é ensinar aos homens a arte de morrer bem. A gente aprende a morrer, costumo dizer e insistir em sala de aula, por mais que eles sempre achem graça. Entenda-se: morrer de forma digna, nobre, elegante, sem histeria nem terror. A garotada não liga para os meus argumentos. É normal. São jovens. Veem o fim tão distante, que pensam ser imortais.

A cultura, determinada cultura, além de nos proporcionar saber e entretenimento, também tem uma propriedade consolatória, porque nos faz exercitar a aceitação — a menos, claro, que estejamos com a mente fechada para esse benefício. Digo isso em sala de aula com palavras isentas de jargão acadêmico, para que os garotos possam entender. Até hoje nenhum pai ou mãe carola vieram me censurar por corromper os alunos com ideias contrárias à religião. Reclamaram por outros motivos. Neste ano, sem ir mais longe, um pai não para de me importunar porque o manual de filosofia tem uma passagem sobre o marxismo. Imbecil.

Agora minha convicção já não é tão firme. Há alguns dias, a armadura cultural que me protege das formas mais patéticas de angústia tem apresentado algumas fissuras. Claro que não vou pedir a presença de um padre no último minuto. Não estou apavorado. Não vou gritar no meio da noite. Desde que tomei a decisão de acabar com minha vida, desenvolvi uma familiaridade, até diria que física, com meu túmulo em Almudena; não espero nada, nem luz nem escuridão, da dispersão dos meus átomos, e a poeira suave da despedida parece ter pousado há muito tempo em tudo que me rodeia.

O que me priva, então, da minha merecida calma?

Quando papai morreu, respirei fundo. Sem que precisássemos abrir as janelas, a casa se encheu de ar renovado. Finalmente podíamos respirar com liberdade. Mamãe floresceu como uma planta que, já quase seca, recebe água.

A morte dela tampouco foi difícil de aceitar. Agora me dou conta de que, desde então, mamãe e eu nos encontramos muito pouco em meus pensamentos. A Natureza, que a destituiu da vontade e da memória, finalmente teve a bondade de dispensá-la de tanta humilhação e levá-la embora. Não era nada agradável ser filho de um vegetal com feições maternas. A expressão calma em seu rosto de cadáver me confortou. Agradecido, beijei aqueles lábios inertes e fui embora.

Meu ex-sogro morreu. Passou para uma vida melhor, segundo a beata. Sem comentários.

Fiquei mais comovido com a morte da minha colega Marta Gutiérrez. Os professores, por imitação recíproca, adotaram dois dias de semblante contrito. Depois, quem se lembrava dela? O cargo foi rapidamente preenchido por outro professor, e a vida no colégio seguiu seu curso normal. A mesma coisa vai acontecer comigo.

Em comparação com essas mortes próximas, a da minha sobrinha me atingiu com mais força e, aparentemente, onde dói mais. Sua imagem não sai da minha cabeça, embora eu nunca tenha tido um relacionamento próximo com ela. Só a vi um punhado de vezes desde que chegou à idade adulta, e por isso tenho dificuldade para me lembrar dela com outras feições que não as da infância. Éramos unidos por laços de parentesco não escolhidos, e não sei se alguma outra coisa além disso. No entanto, a notícia da sua morte me acompanha por toda parte, como uma sombra ruim. Para falar a verdade, não sinto nada de intenso. Não estou destroçado de dor nem nada do tipo. Deve ser outra coisa, uma das tantas coisas que escapam ao meu entendimento. A prolongada e cruel tragédia dessa garota danificou seriamente o sistema de defesa que eu tinha construído, com a ajuda de livros e reflexão, ao longo de muitos anos. Minhas muralhas estoicas estão rachando e correm grave risco de desabar. E acho que as pessoas percebem. Outro dia Patamanca me deu um tapinha afetuoso nas costas, sem nenhum motivo aparente, enquanto atravessávamos a Plaza Mayor de Cercedilla em busca de uma farmácia. Senti um calafrio, tanto pelo tapa quanto pelo que pude ler em seus olhos: "Sei o que está acontecendo com você, comigo não adianta fingir." A boa intenção desse gesto me deixou arrasado.

23

Na saída do mercado, propus a Águeda que fôssemos tomar alguma coisa na varanda do Conache. Não escondi que queria tratar de um determinado assunto com ela. Quando nos sentamos sob a sombra de um toldo, ela me disse que estava se anunciando um ataque de enxaqueca. Reparei na sua voz embargada quando pediu ao garçom um café com limão, seguindo um velho conselho da minha mãe que ela nunca deixa de aplicar assim que percebe os primeiros sintomas. E como, por azar, naquele momento o limão tinha acabado no bar, fui rapidamente ao mercado comprar um.

Isso foi ontem. O cachorro gordo tossia ao nosso lado. Disse a Águeda que reprovo as gozações que Patamanca, a quem me referia pelo nome verdadeiro, fez com ela outro dia. Durante a excursão a Cercedilla, nosso amigo se excedeu. Na verdade, ele sempre se excede, mas digamos que no último domingo sua desfaçatez chegou a limites intoleráveis. Águeda quer logo desculpá-lo. Os dois são amigos, e ele — "você também, se quiser" — tem liberdade para soltar as barbaridades que bem entender. Diga o que disser, nunca vai conseguir irritá-la. Águeda atribui a Pata uma intenção humorística, de modo algum ofensiva, e acha que nosso amigo estava nervoso por causa da ferida na virilha, por isso lançou mão de piadas para amenizar sua preocupação.

Esta tarde tive um pega com Patamanca no bar do Alfonso. Não fiz por menos. "Me desagrada profundamente a maneira como você maltrata a Águeda." Ele também apela, em sua desculpa, para a amizade com a vítima. E afirma em legítima defesa: "Você viu ela levar a mal alguma das minhas palavras?" Não me dei por vencido. "Quando estiver sozinho com ela, pode humilhá-la à vontade, mas, por favor, não na minha frente." Ele ficou ofendido. Foda-se. Foda-se ele, cacete. Quando pensei que a discussão já tinha acabado, ele se vira e me pergunta o que estou esperando para transar com a nossa amiga. Respondo que não é o meu tipo, está com quase sessenta anos, não tem apelo erótico, e eu não trepo por caridade. Perguntou quem eu achava que era e se faz muito tempo que não me olho no espelho. E se não vejo minha barriga e as entradas e os pelos saindo das minhas orelhas e alguns dentes tortos. Tive vontade de cuspir na cara dele.

"Você é meu pior amigo", disse a ele.

"Certo. O pior e o único."

24

Hoje, forçado pelo cansaço e pelo desânimo (talvez mais o segundo do que o primeiro), vou me limitar a fazer uma breve evocação. Estamos nós três na Castellana, em meio a uma multidão, vendo a passagem da Cavalgada dos

Reis. Ainda formamos uma família harmoniosa, que não descarta a chegada de um quarto membro. Nós três coincidimos em preferir uma menina. A sorte não se cansa de nos oferecer sua mão generosa. Tenho um bom emprego e a minha mulher, que além do mais é linda, também. E nosso filho de cinco anos está crescendo com saúde e vigor. Cumprimos todos os requisitos exigidos para ter um padrão de vida burguês e, ao mesmo tempo, defendemos ideias progressistas que questionam (em parte) nossos hábitos, o que nos permite praticá-los sem dor na consciência. Está fazendo frio, mas sem chuva nem vento. Portanto, desfrutamos ótimos momentos em meio a uma celebração multitudinária. Soltamos vapor pela boca. E para que o garoto, frenético de emoção, veja melhor as carruagens e seus ocupantes vestidos com roupas exóticas, sentei-o nos meus ombros. Está tão nervoso que sem querer puxa meu cabelo até doer um pouco. Amalia se encarrega de apanhar as balas que caem o tempo todo à nossa volta. Tanto ela quanto eu temos a convicção de que nosso filho, que é a criança mais robusta da creche, vai conseguir se impor quando for para a escola. Não queremos que bata em ninguém nem que batam nele. Passam alguns anos, sucedem outras histórias, e um dia descobrimos, por intermédio da mãe de uma menina da turma de Nikita, o que ele não queria nos contar: seus colegas o ridicularizam, fazem brincadeiras pesadas, batem nele, roubam ou quebram suas coisas, e ainda o obrigam a não contar nada disso aos pais nem aos professores. Como é possível que nosso filho não se faça respeitar com seus punhos fortes? Os outros, pelo visto, são muitos. Em breve descobriremos que na verdade estão todos contra ele, e que não falta um que supere Nikita em força. Em termos de inteligência e maldade parece que todos o superam.

25

Contei a Amalia algumas das técnicas que meu pai usava comigo e com Raulito para fortalecer nossos músculos e nosso caráter.

Papai dizia que a vida é principalmente luta. Luta de classes, luta pela sobrevivência, pelo controle dos meios de produção, por isso e por aquilo, e também luta na esfera familiar e pessoal.

"Vamos ver, me digam: quem manda nesta casa, sua mãe ou eu?"

"Você."

"Pois é isso."

Ele se achava na obrigação de nos criar fortes. É preciso lembrar que não tinha um conceito meramente físico de força; esta, em sua opinião, poderia muito bem ter uma natureza intelectual. E, de fato, seu arquétipo de homem poderoso não era o brutamontes hercúleo que levanta pedras de duzentos quilos, mas o chefe, o líder, aquele que, por suas qualidades e sua capacidade de comando, consegue se impor aos outros.

A título de exemplo, citava os atributos de certos animais: o vigor do elefante, a ferocidade do tigre, a velocidade da gazela, a paciência da aranha, a laboriosidade das formigas, a astúcia da raposa, o poder mortífero das cobras venenosas... "Escolham o que mais se adapte a vocês, mas me poupem da vergonha de ter gerado uma estirpe de submissos." Era assim, com esses clichês e proclamações, que nos educava, ou pelo menos tinha a ilusão de que nos educava.

Durante as férias na praia, papai fazia os filhos lutarem longe da vista de mamãe, que ficava muito assustada e reprovava essas brincadeiras. Às vezes, depois do banho coletivo de praxe, ele nos mandava segui-lo até o fim da praia, dando a entender que nós três formávamos uma patrulha de exploradores. E, quando já tínhamos nos distanciado bastante de mamãe, que ficava tomando sol deitada em sua toalha, nos levava para um lugar isolado e nos induzia a lutar corpo a corpo, enquanto ficava de lado na função de árbitro. A ideia era apenas derrubar um ao outro. Nada de socos, pontapés ou agressões que deixassem marcas. Naturalmente, a diferença de idade e de compleição me fazia vencer com facilidade. Papai ficava furioso com meu irmão, não tanto por ter perdido a luta, mas pela minguada resistência. Acusava Raulito de ser pouco combativo, nada ágil e nada lutador; depois, o humilhava, lhe imputava excesso de peso, mãos flácidas e falta de coragem, assim como lhe antevia um futuro tristíssimo de homem subjugado. "Você vai ser desses que as mulheres dominam." Não poupava qualificativos degradantes: mequetrefe, zero à esquerda, pé-rapado. Ou, já no auge do desprezo: "Não, no fim das contas vai virar veado."

Certa manhã, num lugar solitário onde a areia rareava e já havia uma vegetação silvestre, papai de repente me segurou pelas costas e, apertando-me contra si até que meu torso e meus braços estivessem imobilizados, incitou Raulito a me bater. Vi meu irmão se aproximando, o punho infantil já na posição. Tentei me libertar da força monstruosa do meu pai. Em vão. Estávamos os três de short, sozinhos e debaixo do sol. Nisso, Raulito parou à minha frente com a intenção de me golpear sem correr riscos, pois eu não podia me defender. Quando o vi desprevenido, levantei uma perna, a única parte do corpo que podia mover, e a arremeti furiosamente contra sua barriga carnuda. Ele demorou alguns instantes para recuperar o fôlego, e só então conseguiu soltar entre os arbustos seu choro de leitãozinho no matadouro, enquanto papai lhe dava uma bronca descomunal e quase lhe senta um tabefe, "para deixar de ser molenga".

Amalia não teve dúvida em qualificar o método de papai como primitivo, mas ainda assim me parece que não o rejeitava totalmente. Matutou por vários dias sobre o assunto, até concluir que nosso filho iria treinar algum tipo de luta sob as orientações de um profissional. Por iniciativa dela, concordamos em matricular Nikita num centro de artes marciais. Pensamos que nenhum remédio contra o *bullying* que ele sofria dos colegas de colégio iria funcionar enquanto não aprendesse a se defender sozinho.

26

Quem quer que estivesse espionando meus passos me viu chegar da seção eleitoral num domingo, e no dia seguinte deixou um bilhete na minha caixa de correio. "Você estava muito altivo e parecia sorridente depois de votar. Ainda acha graça em eleições? Pelo que te conheço, com certeza votou no partido mais estúpido." Na ocasião não me preocupei em datar o bilhete. Portanto, não sei a que eleição se refere. A única certeza que tenho é de que o recebi numa época em que já morava em La Guindalera.

Lembrei-me de procurar esse bilhete no maço porque hoje houve eleições municipais. Segundo os dados divulgados no início da noite, o mais provável é que a prefeita caia. No rádio, à medida que avançava a apuração, a voz de Amalia ia se tingindo de uma sutil decepção. Suas habilidades de dissimulação não funcionam com quem a conhece bem. E passou o programa todo repetindo que a prefeita Carmena e os partidários ganharam, embora já se saiba que a soma dos votos obtidos pelo partido dela e pelos socialistas não ultrapassa os de toda a direita em conjunto, incluída a extrema direita, que Pata dessa vez disse que não ia apoiar porque não se trata da Espanha, mas de administrar o município.

Voltei a votar às cegas. E não é que não me interesse por eleger este ou aquele candidato, pois sempre existe a possibilidade de escolher o menos ruim; o que não me interessa é o futuro da cidade, do país, do planeta, de todo o Universo. Depois de exercer meu direito de voto, voltando para casa com Pepa, me lembrei das qualidades de certos animais que, segundo papai, meu irmão e eu deveríamos tomar como exemplo para superar nossos semelhantes, que via sempre como rivais. Eu acho, meu querido e equivocado pai, que se você ressuscitasse hoje seria obrigado a abandonar sua convicção. Atualmente, para se tornar prefeito, presidente ou, enfim, um líder, o sujeito precisa contar com a aprovação daqueles a quem se supõe que irá impor a lei. Tem que bancar o simpático, dar tapinhas nas costas, puxar o saco, espalhar mentiras e promessas o tempo todo. Hoje quem manda são os fracos. Ninguém vai muito longe se mostrar excelência, caráter, vontade, linguagem culta, conhecimentos profundos, tudo aquilo que você tanto admirava, ou se quiser ser consistente com as próprias ideias, insistir na retidão moral e na coerência ideológica. Todo mundo vai desconfiar, achar suspeito e pensar que essa pessoa só quer aparecer, e no fim das contas ela será vista como arrogante e elitista. A vida não é mais uma luta, papai, como no seu tempo. Agora todos estão na mesma onda, e todos chapinham num pântano imundo de interesses pessoais, moral frouxa, negócios escusos, narcisismo e mediocridade. Agora todo mundo quer ser pequeno e popular. O que prevalece nos nossos dias é a condição rastejante e a viscosidade fria das lesmas. Eu mesmo, papai, se não estivesse tão cansado, tão completa e definitivamente cansado, poderia construir uma carreira política nestes tempos atuais. Atendo a todos os requisitos, pois não me destaco em nada nem acredito em nada.

27

Clack, clack, clack. Três fraturas nítidas no pátio da escola, de três antebraços tenros, mas não isentos de maldade. E os colegas continuaram a ignorá-lo, até mais do que antes, se é que isso era possível, com a diferença de que nenhum garoto se atrevia mais a encostar a mão nele ou cuspir no seu sanduíche. Semanas depois, começaram as férias, e trocamos Nikita de escola. O diretor nos aconselhou a fazer isso durante uma conversa a portas fechadas. E até nos ofereceu ajuda para agilizar a papelada, mas não era necessário. Amalia e eu já tínhamos tomado a iniciativa por conta própria.

Também decidimos tirar o menino das aulas de caratê de que ele tanto gostava. Segundo suas palavras, ele tinha visto na academia uns exercícios dos alunos mais avançados, ouviu o que ouviu e entendeu o que queria ou lhe convinha entender. Com esses antecedentes, somados a alguns treinos que fez às escondidas e à convicção de que tanto eu quanto a mãe queríamos que se defendesse, o garoto foi concebendo sua péssima ideia e um belo dia resolveu colocá-la em prática.

Depois de consumada a agressão, veio nos contar em casa com uma calma ingênua, sem a menor consciência de culpa. Disse que nem houve luta. Que durante o recreio foi procurar um por um dos que o trataram pior, e tudo foi rápido e fácil: um estalo, um choro no meio da gritaria infantil do pátio e uma revoada de crianças se afastando do monstro.

As três famílias afetadas reagiram de formas diferentes. Tivemos que aguentar as invectivas de um casal formado por uma mãe histérica e um pai grosseiro. Os dois falavam de Nikita como um criminoso que deveria estar atrás das grades, mesmo sabendo que o filho deles, agora com o antebraço engessado, era um dos principais perseguidores do nosso. Ameaçaram registrar uma queixa, demos de ombros, e não fizeram isso. Para quê?

Uma mãe divorciada entendeu a história como coisa de criança. "Assim ele vai aprender, não me escuta nunca, meu ex-marido prefere cuidar do bebê que tem com outra" etc. E, por fim, um pai, imigrante venezuelano, que não sei se aceitou ou não as nossas desculpas porque quase não abriu a boca quando fomos conversar com ele. Era um homem baixinho, cujos olhos pretos reluziam um lampejo metálico, que olhava para nós com uma fixidez inquietante. Foi o que mais nos deu medo.

28

Eu precisava saber detalhes, e, como não tinha nada melhor a fazer, telefonei para Nikita e lhe perguntei, e também queria que me dissesse se a pomada da psoríase está fazendo o efeito desejado. Para que veja que me preocupo com ele.

"Esquece, pai. Foi coisa de criança."

"Os velhos são assim. Temos medo de que o passado se apague."

Dez anos de idade. Ele me corrige: doze. Achando que era bobo e manso, zombavam dele dentro e fora do colégio ("Nicolás, Nicolás, mija pela frente, caga por trás"), disparavam contra ele, com o canudo da caneta, umas bolinhas de papel com cuspe, davam-lhe rasteiras, inventavam apelidos ridículos e faziam todo tipo de maldades. Que maldades? Bem, "as típicas": jogavam suco, e às vezes coisas piores, dentro da sua mochila, e enchiam de cuspe seu estojo, seus livros, seus sanduíches. Algumas meninas não ficavam atrás.

"Até que um dia perdi a cabeça. Foi isso."

A ideia surgiu na academia, enquanto assistia a uma aula de caratê dos mais velhos e se surpreendeu com uma explicação sobre lesões graves. Começou a pôr em prática o que tinha ouvido treinando com galhos arrancados das árvores do Retiro e com o cabo de pau de um ancinho que, como descobri hoje, pegou dos jardineiros do parque. Ele diz que seu pulso não tremeu quando chegou o dia da vingança. Procurou seus principais perseguidores no pátio do colégio. E ainda se lembra do som de ossos se quebrando, de como tudo foi rápido, dos braços pendurados e tortos e das caras de bobo que os três meninos malvados fizeram antes de começar a chorar. Foram três, mas poderiam ter sido quinze: os outros, vendo o que tinha acontecido com os colegas, saíram correndo aos berros. Nikita foi contido por dois professores e depois levou uma bronca na sala do diretor, o qual ameaçou chamar a polícia e lhe disse que seus dias naquele colégio estavam contados, que podia ir pensando em ir para o mais longe possível, porque não queriam valentões naquela instituição, e que gentinha como ele sempre acaba na prisão ou na sarjeta.

"Pois você não nos contou isso. Pensava que o diretor era um homem gentil e compreensivo."

"Era um desgraçado, pai. Quando ficamos sozinhos, ele me deu dois bofetões. Pá, pum. Meus ouvidos estão zumbindo até hoje."

29

E, para arrematar o jantar, mergulhei duas madalenas num copo de leite quente com mel, para mim talvez o ato mais memorável do dia. Já nem lembro quando fiz isso pela última vez. Acho que na infância, na casa dos meus pais. Ao contrário do meu irmão e do meu filho, não gosto de doce nem de bolo.

O que as duas madalenas de hoje têm de particular é que foi Águeda quem as trouxe, dizendo que ganhara ontem de Manuela Carmena. Parece que a prefeita, ainda no cargo, costuma fazer madalenas em casa para, como uma vovó bondosa, dar de presente aos convidados, visitantes e, enfim, a qualquer um que estiver por perto. Águeda, que foi cumprimentá-la a título pessoal em companhia de um membro da Plataforma de Pessoas Atingidas pela Hipoteca, ganhou algumas, e esta tarde, na saída do mercado, me trouxe duas. Tinha mais duas reservadas para Patamanca.

Aliás, quando cheguei à praça com minha bolsa de compras não vi Águeda nem o cachorro gordo. Já estava para ir embora, decepcionado, quando notei a mão de alguém acenando na varanda do Conache.

Águeda estava triste com o resultado das eleições de domingo. Está convencida de que sua querida Manuela Carmena, a quem admirava e com quem esteve várias vezes desde que ela assumiu o cargo, tratando de questões relacionadas com os despejos e o acolhimento de refugiados, vai perder a prefeitura. A prefeita não tem a menor dúvida de que o Partido Popular e o Ciudadanos chegarão a um acordo com a extrema direita para tirar a esquerda da administração municipal. "Vão fazer um pacto de governabilidade", previu para Águeda e o seu acompanhante, "mas por enquanto não têm coragem de dizer isso em voz alta. Eles fizeram um acordo há meses, na Andaluzia, e agora vão concretizá-lo aqui e onde mais for conveniente. Em fevereiro já estavam todos juntos nas fotografias da Praça de Colón". Eu não disse a Águeda que meu filho estava lá.

30

Águeda me disse ontem, na varanda do Conache, que não se interessa por política partidária. Nunca pagou nenhuma contribuição de militante. Ninguém jamais a verá colando cartazes eleitorais ou concorrendo a um cargo. Lê livros sobre política antes de mais nada para se informar e "adquirir um vocabulário". Diz que morre de tédio com a teoria. Acredita na mobilização e na solidariedade, e para além disso não sabe onde está pisando. Acha excelente qualquer medida concreta de ajuda a quem necessita, principalmente se for para melhorar as condições de vida dos mais desfavorecidos, pois "do bem-estar das classes abastadas elas mesmas se encarregam". Águeda não nada em dinheiro, mas, felizmente, como quase não tem despesas nem ambições desenfreadas, nem paixão pela vida luxuosa, vive sem passar apertos graças ao que herdou, ao dinheiro obtido com a venda do apartamento da mãe e a alguma remuneração de empregos ocasionais, e assim tem tempo de sobra para se dedicar aos seus queridos assuntos sociais. Se isso é política, então Águeda é politizada, como frequentemente a acusa Patamanca, que costuma não ter freio para falar com ela e abusa da insolência.

"'Olha, seu problema é que você é malcomida', me disse outro dia."

E não apenas não se ofende por ser alvo desse tipo de grosserias, como também acha engraçado e até concorda com o nosso amigo. Depois me revela, com uma fisionomia melancólica, que gostaria de ter tido filhos. Não pôde. Mas ainda lhe resta a capacidade de dar amor, diz, e não quer desperdiçá-la.

"E quem não quiser o meu amor, que se afaste."

Uma vívida sensação de vergonha me fez olhar as outras mesas da varanda, supondo que podia haver gente nos ouvindo. A tarde ameaçava ficar íntima demais. Acima de nossa cabeça, o adejar de uns andorinhões no céu azul parecia mais frenético do que o normal.

Justifiquei as explosões do nosso amigo atribuindo-as aos altos e baixos do seu ânimo. Águeda está preocupada porque, já faz algum tempo, ele tem falado muito de suicídio e de suicidas. Adora falar de coisas lúgubres, sem dúvida, e ela está começando a ficar inquieta, pois acha que realmente pode haver alguma verdade escondida debaixo de tantas piadas.

"Patamanca sempre teve uma tendência macabra."

"Patamanca?"

"É uma forma amigável de chamá-lo."

Eu seria capaz de dar uma martelada na minha própria testa de pura raiva.

31

Tina do meu coração, meu benzinho, sinto muito, mas você não podia continuar na sala. Sei quanto lhe devo, os momentos de prazer, a companhia, e pode acreditar que sou muito grato por tudo isso. Acontece que pouco a pouco uma mulher entrou no meu espaço privado. Ela se chama Águeda. Calma, calma. Não é o que você está pensando. Deixe-me explicar. Nem jovem nem esbelta, se você a visse entenderia no mesmo instante que ela não pode ocupar seu lugar. Estamos unidos por um punhado de lembranças antigas, nada gloriosas, que eu preferiria esquecer, e pelo hábito pertinaz que ela adquiriu nos últimos meses de aparecer onde eu estou. Perdi as esperanças de encontrar alguma forma de escapar da presença e do papo dela; então, para evitar maiores aborrecimentos, procuro ser simpático. Ultimamente ela tem aparecido com frequência no bar do Alfonso. Não me surpreendo mais quando a encontro sentada na minha cadeira habitual e do meu lado da mesa. Patamanca, que a considera uma espécie de santa laica, gosta dela. Os dois comem no mesmo prato e não tenho dúvida de que, à minha revelia, meu amigo a convida para participar dos nossos encontros. Nós dois bebemos cerveja, ela pede chá de ervas. Às vezes acho que domina como ninguém a arte de bancar a mosca-morta. Ela é ótima praticando a compaixão de esquerda, sempre com a certeza de ter escolhido o lado certo da História para o resto da vida. Tanta bondade cansa, juro, principalmente quando quem a exercita é uma pessoa que tem propriedades adesivas. Toda quarta-feira, quando saio do mercado, adivinho seu desejo de ser convidada para vir aqui. Por ora, tenho resistido a esse pedido nunca formulado. Ela não diz nada e eu me faço de bobo, mas sei que é tenaz, é esperta, e espera minha cordial proposta com paciência. Essa mulher é como água mole, que tanto bate na pedra até que fura. Deixei dois bilhetes anônimos na caixa de correio dela. Você acha que ela fez algum comentário a respeito? Da mesma forma que nos atordoa contando uma infinidade de pormenores da sua vida particular e de suas andanças como heroína social, ela poderia muito bem, como prova de sua inocência, ter dito a Patamanca e a mim: "Alguém está colocando uns bilhetes estranhos na minha caixa de correio." Esse silêncio estimula minhas suspeitas. Uma vez ela deixou um embrulho no capacho. Imagine só, esteve aqui pertinho, não conheceu você por um triz. Mais cedo ou mais tarde, com algum pretexto, vai conseguir entrar na nossa casa. O que iria pensar de nós se a encontrasse de pernas abertas no sofá? Vamos admitir também, querida Tina, que nossa relação não é mais a mesma. Sinto que há um distanciamento cada vez maior entre nós. Você perdeu a humanidade? Está envelhecendo? Agora há pouco, enquanto buscava em seu corpo o prazer de que tanto necessito e tanto me consola, você não se preocupou em disfarçar sua falta de paixão. Também fica entediada ao meu lado, não é mesmo? E por vingança resolveu se tornar o que nunca deveria ser, uma boneca fria, um brinquedo resignado. Mantenho minha promessa de não largar você na via pública, mas, a partir desta noite, vai se hospedar dentro do armário, seu novo e definitivo endereço. Não posso correr o risco de que essa mulher a descubra, como aconteceu com meu filho. É isso, meu bem. Não há nada que dure para sempre. Tudo se corrompe, tudo se acaba.

Junho

I

Ciente da perseguição que Nikita sofria na escola, e antes da tripla quebra de rádios e ulnas, Amalia dedicou vários programas de quase uma hora cada ao problema do acossamento escolar (ela se recusava a usar o anglicismo *bullying*), com a participação de especialistas, entrevistas com pessoas afetadas e muita informação. Sou testemunha de que se preparou bem. Lembro-me dela telefonando de casa para sociólogos, professores, psicopedagogos e outros profissionais em busca de convidados que pudessem dar uma contribuição interessante em algum dos debates previstos.

Em nenhuma de suas intervenções Amalia se referiu ao filho; em nenhuma delas soltou alguma informação confidencial. Considerava que um assunto tão sério e, na sua opinião, tão negligenciado pelas autoridades educacionais merecia ampla atenção da mídia. Com esse argumento justificava diariamente para os ouvintes sua intenção de dedicar vários programas ao que julgava ser (cito de cor) "um escândalo, um dos piores flagelos da nossa sociedade". O sucesso dessa iniciativa provocou comentários elogiosos na imprensa e aumentou o prestígio profissional de Amalia, que àquela altura começava a conhecer o sabor do estrelato, ou pelo menos era o que imaginava.

Nem preciso dizer que nós, como pais de um filho que sofreu *bullying*, nos sentíamos vítimas. Na época da nossa adolescência a coisa não era bem assim, e só agora, olhando as humilhações e as canalhices do ponto de vista de quem as sofre, é que tomamos consciência das consequências dos nossos antigos atos. Na adolescência, cada um na sua escola, pertencíamos à grei dos truculentos, embora nenhum de nós dois tivesse se destacado como líder. Acho que Amalia, em seus programas de rádio, além de cogitar possíveis soluções para o problema de Nikita, tentava limpar a própria consciência. Tempos depois, quando a acusei, durante uma das nossas brigas conjugais, de ter usado o sofrimento de Nikita para impulsionar a carreira de radialista, ela levou a mal e explodiu. Não costumava me dizer coisas menos dolorosas.

Certa manhã, na cama, pouco antes do primeiro programa temático, rememoramos episódios de *bullying* do nosso tempo de escola. Amalia se lembrava de um em particular, quando tinha catorze ou quinze anos e estudava no colégio Nossa Senhora de Loreto. Na sua turma havia uma garota gorda com quem ninguém queria se sentar. As meninas a faziam sofrer muito durante uma época só pelo prazer de vê-la chorar. "Era só isso, e quando as lágrimas finalmente brotavam todas nós ficávamos muito orgulhosas e satisfeitas." A garota passou por uma dieta draconiana para perder peso durante umas férias de verão, e, quando as aulas recomeçaram, voltou com outra aparência, transformada numa mocinha esbelta. Não tinha medo de encarar as outras e pouco depois arranjou um namorado que vinha buscá-la na porta da escola. Daí em diante, não só a deixaram tranquila, como algumas das meninas que antes a atormentavam passaram também a querer sua companhia. Amalia me confessou que, durante seus programas sobre *bullying*, temia que aquela ex-colega telefonasse, como outros ouvintes, para contar um pouco da sua experiência e aproveitar a ocasião para denunciar a locutora.

Eu me arrependi de ter lhe contado um caso que houve na minha turma, de um menino afeminado. O grupo o perseguia tanto que o garoto não teve escolha, foi obrigado a mudar de escola, mas enfrentou uma situação semelhante na nova instituição. Ele próprio contou sua história num livro de memórias que foi um grande sucesso de vendas. Fiquei surpreso quando ouvi sua voz no programa de Amalia. Depois, descobri que ela havia ido aonde Judas perdeu as botas, até que o encontrou, após saber por meu intermédio de quem se tratava. Hoje ele é um escritor famoso que não apenas não esconde a homossexualidade, como também se orgulha dela e soube tirar disso um proveito literário. Na infância viveu momentos ruins, muito ruins, por causa da crueldade das outras crianças. Dou fé. Já o vi mais de uma vez autografando exemplares das suas obras em algum estande da Feira do Livro; sempre passei ao largo, como se tivesse vergonha de que ele me reconhecesse, ainda que no nosso tempo de colégio nunca o tenha atacado nem escarnecido dele diretamente — mas confesso que ria muito das graçolas que os outros faziam à sua custa. Era um menino tranquilo e franzino (hoje é um homem avantajado que, aliás, se expressa maravilhosamente bem). Lembro-me dele dotado de inteligência, aplicado e sensível: um cervinho entre os lobos. Costumava tirar as melhores notas, o que irritava muito os colegas, mas era principalmente sua maneira afetada de falar e seus trejeitos e gestos amaneirados, que achávamos artificiais mas não eram, que despertavam a ira dos colegas, muitas vezes secundada pela zombaria de alguns professores. Dois ou três alunos deixavam o maricas na rua da amargura. Tempos depois ele escreveu (e depois repetiu no programa de Amalia) que o que mais o magoava na época era o silêncio da maioria. Entre os silenciosos estava eu. A curiosidade me levou a ler seu livro, no qual faz um relato pormenorizado da infância e da adolescência. Começa com um prólogo em que diz que era um "menino diferente", razão pela qual passou anos terríveis no colégio, sem nenhum outro consolo além da leitura solitária e uma dedicação precoce à escrita. Mais à frente, num dos capítulos, menciona entre seus algozes dois professores, que cita pelas iniciais, e vários colegas, pelos primeiros nomes. Não estou entre eles.

2

O que mais me agradava nos aborrecimentos de Amalia era ver a repentina transformação das suas feições. Sempre achei que a raiva torna as pessoas mais feias. Ela, ao contrário, se beneficiava, mas só por um período breve; depois disso (imprecações, lágrimas, histeria) se desvanecia qualquer esboço de charme. Por fim, eu podia, graças à fase inicial de suas explosões, ver por alguns momentos seu rosto verdadeiro, muito mais bonito do que o outro, aquele escondido debaixo da maquiagem.

Boa parte da sua beleza natural era prejudicada pela ação dos cosméticos. Amalia tinha um armário de cinco prateleiras cheio de artigos de perfumaria, enquanto sobrava espaço nas gavetas respectivas para os meus produtos de higiene e os de Nikita. Movida por um medo de envelhecer tão evidente quanto inconfessado, Amalia frequentava cabeleireiros e salões de beleza. Em casa, passava horas na frente do espelho cuidando da própria aparência. "Querido, não me espere hoje, tenho manicure." Ou depilação. Ou academia. Lembro-me de ela dizer diariamente esse tipo de frase.

Não tivemos a filha que queríamos ou que dizíamos querer, cuja gestação Amalia foi adiando porque tinha medo de que uma nova gravidez deformasse seu corpo e também porque o tempo que teria que dedicar à criação da menina iria ameaçar sua carreira, ou pelo menos perturbá-la seriamente por um tempo.

"E você sabe muito bem que, neste nosso mundo competitivo, ou a gente aproveita as oportunidades na hora em que surgem, ou são os outros que as aproveitam."

Da porta para fora, Amalia tinha um aspecto impecável. Cheirosa, elegante, bem-cuidada: uma senhora sem defeitos nem rugas. Em casa, porém, onde só Nikita e eu a víamos, ela andava para lá e para cá com olheiras, cabelo desgrenhado, celulite à mostra, varizes incipientes nas duas panturrilhas, chinelos velhos e o rosto besuntado de cremes. Não era incomum não conseguirmos entrar no banheiro porque a madame tinha acabado de pintar o cabelo e um cheiro insuportável, que parecia de amônia pura, não nos deixava respirar.

Os retoques constantes davam um ar artificial à sua beleza. Debruçado na janela, eu a observava andando na rua até a esquina, e para mim parecia uma mulher de plástico, como se fosse fabricada num laboratório; igual a Tina, só que dotada de voz, movimento e mau humor. Contudo, quando brigávamos e ela era tomada pelo calor da discussão, por um breve momento se iluminava em seu rosto a força natural do seu encanto; o mesmo que, embora já com sinais de desgaste, me fascinou e virou minha cabeça quando a conheci.

De repente surgia em seus lábios uma espécie de determinação feroz. O inferior, mais grosso, mais sensual e carinhoso do que seu companheiro, parecia decidido a insistir na comunicação verbal, nem que fosse só no plano das respostas, mas o superior, irascível e severo, não deixava, e se apoiava nele para imobilizá-lo. Então, o ato da fala era suspenso, e as palavras não ditas acabavam sendo comprimidas dentro da boca e, depois, trituradas entre os dentes que se adivinhavam fortemente cerrados.

Seus olhos me estudavam com uma fixação penetrante e esqueciam-se de piscar. Nos cristalinos agressivos ardiam as brasas da raiva, minúsculas porém intensas, tão belas que eu tinha a tentação de me parabenizar por ter tirado aquela mulher do sério. Posso ver como ela semicerra as pálpebras; as comissuras se alongam ligeiramente, como ocorre quando se faz mira com um rifle. E, de fato, os olhos ligeiramente rasgados de Amalia me lançavam olhares que mais pareciam projéteis.

Ao mesmo tempo, suas sobrancelhas se encolerizavam, separadas por dois sulcos verticais, indicativos de uma irritação fina e linda. Sua testa se cobria de uma lisura séria, em harmonia com a altivez do queixo e das bochechas. O ódio tenso, ainda silencioso, ia se espalhando por cada um dos seus traços como se fosse uma fina camada de verniz brilhante. E também podia acontecer, como de fato quase sempre acontecia, que os lábios dela de repente se abrissem e do espaço entre eles brotasse um jato de palavras amargas e vulgares até então reprimidas, que dilapidava num só instante aquela graça natural das suas feições que tanto me atraía.

3

Eu precisava sair de casa já, imediatamente, sem perder tempo, e ainda não tinha achado uma nova moradia. Se não fosse por Patamanca, que me acolheu provisoriamente na casa dele, teria sido forçado a me instalar numa pensão ou, quem sabe, embaixo de uma ponte. Meu amigo disse que eu não precisava me preocupar, porque logo ia me arranjar, aproveitando seus contatos no mundo imobiliário, um apartamento compatível com minhas necessidades e minha renda. Perguntou se eu tinha preferência por algum bairro. A princípio, não. Só não gostaria, claro, de ter que percorrer grandes distâncias até o colégio todos os dias.

"Você está pedindo muito."

Nikita, quinze anos, rosto macambúzio, me ajudou a guardar os livros em caixas de papelão.

"Pai, você vai embora para sempre?"

"Não vamos chorar, hein?"

Amalia teve a gentileza de não estar presente no jantar de despedida do detestado com o filho de ambos. Sua ausência, digna de agradecimento, me permitiu conversar livremente com o garoto, sem que a intrometida da mãe, pensando em protegê-lo, ficasse interrompendo a cada instante para me corrigir e me desautorizar, como era seu costume.

Não foi fácil convencer Nikita de que não era culpa dele a minha partida. É claro que eu não aprovava seu comportamento no colégio nem suas notas baixas, mas isso não significava que tivesse renunciado à paternidade, como ele supunha, provavelmente influenciado pelo que a mãe falava a meu respeito.

Perguntou onde eu ia morar. "Por enquanto, não sei, mas nunca em outra cidade." Onde quer que eu me instalasse, disse, ele poderia me visitar sempre que quisesse, e não apenas nos dias definidos pela decisão do tribunal; eu sempre ia lhe abrir a porta, e ficaria feliz por vê-lo e lhe dar um abraço. Prometi ter uma cama para ele no meu novo apartamento. "E um console de videogame?" "Claro." Depois se veria o que mais. E que íamos fazer muitas coisas juntos e seríamos amigos, além de pai e filho. Quase não termino a frase, por causa do nó que se formou na minha garganta. Ele então me perguntou: "Mamãe é malvada?"

Hesitei por um instante, tomado por uma tentação perversa, mas me contive quando vi a expressão de inocência de Nikita. Em vez de lhe impingir mais veneno, disse que não, que como podia pensar num absurdo desses. Sua mãe e eu deixamos de nos dar bem e de nos amar, e por isso era melhor para todos, para ele também, que não morássemos mais sob o mesmo teto. Continuaríamos sendo uma família, só que cada um num lugar diferente. Assim evitaríamos situações desagradáveis.

Claro que, como estávamos sozinhos, eu poderia ter aproveitado a oportunidade para apresentar a mãe sob uma luz desfavorável. É o que ela vinha fazendo comigo havia meses, para predispor o garoto contra mim. No início, o truque funcionou, mas só até certo ponto, e enquanto Nikita não tinha outra perspectiva além de se livrar de uma das duas autoridades que pesavam sobre ele — no caso, a minha. Quando finalmente percebeu que eu não era empecilho para seus planos, e também que estava disposto a soltar uma grana quando ele precisasse, as intrigas de Amalia para distanciá-lo de mim não só começaram a entrar por um ouvido e sair pelo outro, como também se voltaram contra ela, e fizeram o garoto perder em pouco tempo até a última partícula de respeito pela mãe.

Desde a minha saída forçada de casa, decidi dar um novo viés ao relacionamento com Nikita. Minha estratégia? Muito simples: fazer todo o possível para criar um espaço isento de conflitos entre mim e meu filho, e esperar, não havia outra opção, esperar com uma paciência beneditina que um dia o garoto descobrisse por conta própria que o pai era mais parecido com um bom sujeito do que com o monstro abominável que a mãe lhe pintava o tempo todo.

4

Não me considero especialista em cachorros, mas devo entender alguma coisa do assunto depois de tantos anos cuidando de Pepa. Também não sou adivinho, nem acho que isso seja necessário para perceber que o gordo não dura mais três noticiários de televisão. Houve um momento esta tarde, no bar do Alfonso, em que parecia estar morrendo. Às escondidas dos meus companheiros, alheio à conversa deles sobre a política atual, fiquei empurrando-o com a ponta do sapato por baixo da mesa. O cachorro estorvava entre os nossos pés como um saco de pedras. Reação? Nenhuma. E olha que alguns dos meus empurrões eram quase pontapés.

De olhos fechados, a língua pendurada como uma gravata lisa e úmida, a respiração difícil e, enfim, uma falta de energia mais do que evidente faziam pensar que o animal estava morrendo. Morre devagar porque tudo que faz é devagar, porque não tem força nem para morrer. Com Pepa, que, com seus catorze anos, também já entrou na velhice, se você joga um camarão descascado ou um pedaço de queijo ela pega no ar com a boca. Quanto ao gordo, esta tarde o queijo acertou a cabeça dele e depois, não sei se por falta de interesse ou de olfato, não conseguiu encontrá-lo à sua volta.

Patamanca e eu opinamos que nossa amiga não deveria submeter o animal a muitos esforços. Águeda diz que a distância da casa dela até o bar não é excessiva, que em outros tempos ela e o cachorro davam passeios muito mais longos, às vezes de horas, com brincadeiras e corridas. Explica que leva pouco mais de meia hora para fazer o trajeto de casa até o bar, a menos que façam algum desvio, o que não aconteceu hoje. Somando o tempo de retorno, num ritmo tranquilo dá um total de uma hora e quinze ou uma hora e vinte de trajeto, pouco mais, pouco menos, sem contar as ocasionais paradas para descanso. Creio que Águeda não está entendendo que a saúde do seu cachorro está piorando gravemente. E se aferra com intransigência à opinião do veterinário, o qual considera que Toni (cada vez que escuto esse nome me dá uma raiva!) tem que se movimentar. Ela atribui sua fraqueza atual à idade e ao provável efeito da medicação. Seria pior, diz, ficar trancado em casa o dia inteiro.

Quando Águeda chegou ao bar, eu estava contando a Patamanca a história dos três braços quebrados pelo meu filho no pátio do colégio anos atrás. Meu amigo achou que era balela. Um braço, vá lá; dois, talvez; mas três... Que eu não forçasse a barra, que devia estar exagerando, que essas coisas só acontecem em romances ruins. Águeda nos cumprimenta com um duplo roçar de bochechas. Pata e eu não costumamos sequer apertar as mãos quando nos encontramos. Oi, tudo certo, e isso é suficiente. Meu amigo pergunta de supetão a Águeda, sem lhe dar informações sobre o caso nem tempo para se sentar, se ela acreditaria na história de um menino de doze anos, aprendiz de carateca, que um belo dia quebra o braço de três colegas que mexiam com ele. Águeda, adorável, rápida de reflexos, responde que não há motivos para não acreditar. Coisas piores acontecem todo dia nas escolas e nos bairros da nossa cidade. "Nem é preciso ir muito longe..." E então nos conta um episódio truculento que aconteceu há poucos meses em La Elipa. Pata foi obrigado a calar a boca.

Ao anoitecer, levei-os às respectivas casas, primeiro Patamanca, que insistia em pedir um táxi.

"Que bobagem. Vou passar lá perto de qualquer maneira..."

Olha para ela e para mim, para mim e para ela, com uma malícia infantil, como se lhe saíssem cordas dos olhos destinadas a nos amarrar.

"Não quero incomodar."

Nem Águeda, nem eu rimos da gracinha. A ideia era poupar o gordo de uma caminhada que poderia estourar seu coração. Depois de despedir-nos do nosso amigo em frente à casa dele, sozinhos no carro, Águeda me conta que tinha inventado a história arrepiante ocorrida em La Elipa há alguns meses. Eu me viro e a encaro com surpresa. Honestamente, eu a considerava incapaz de mentir. Ela se justifica: "É que vi na hora que Patamanca queria te provocar."

"Você o chama de Patamanca?"

"Olha, eu também tenho senso de humor, sabia? Não são só vocês dois."

Então nos comprometemos mutuamente a não revelar esse apelido ao nosso amigo. Com certeza isso o magoaria profundamente, como tudo que tem a ver com o pé que ele perdeu, sobretudo se dito em tom de deboche. Águeda adorou a ideia de partilhar um segredo comigo. Na hora de tirar o gordo do banco de trás, ela pergunta se vou ao mercado amanhã à tarde. Respondi que sou um homem de hábitos fixos, de maneira que se quiser tomar alguma coisa comigo no Conache, que venha, mas não precisa trazer o cachorro.

5

Eu tinha que dizer, e disse. Já ontem, quando nos despedimos no carro, pensei: *Devo a ela um esclarecimento sincero, e quanto mais demorar, pior.* Eu não fazia uma mulher chorar havia muitos anos, se bem que, no caso de Águeda, não entendo bem por que chorou. Confesso que, antigamente, arrancar umas lágrimas de Amalia durante uma briga conjugal era um verdadeiro triunfo para mim. Às vezes lhe dizia coisas só para vê-la chorar, coisas que não correspondiam ao que eu pensava. E o prazer que me invadia quando os olhos dela começavam a se cobrir com um brilho aquoso provocava em mim uma breve mas fortíssima sensação de êxtase. Cheguei a ter ereções discutindo com Amalia. Quanto a Águeda, não sei com que critérios julgá-la. Minha única explicação plausível é que ela sente pena de mim. Essa mulher tem um senso de empatia tão elevado que provavelmente, ao ouvir minhas confidências ridículas, teve uma efusão de piedade. Até parece que a ofendi ou rejeitei! Mas ela mesma deve perceber que não é o caso. Nós dois nos vemos com certa frequência, temos abertura para conversar, nossa convivência é fluida e até agradável, embora não ultrapasse certos limites, que esta tarde tentei explicitar na varanda do Conache com a maior precisão possível, mas sem extrapolar esses mesmos limites. Argumento central: comigo não é mais possível estabelecer uma relação que mereça ser chamada de intensa nem, portanto, que implique uma correspondência emocional. E não é que eu não queira. A questão é que, devido a um acúmulo de imperfeições biográficas, não consigo me relacionar intimamente com meus semelhantes. O amor? Acho maravilhoso nos livros e filmes ou, vá lá, na vida dos outros. Acho ótimo que as pessoas se amem, mas, por favor, sem respingar em mim. Eu me proibi de amar. Isso mesmo, sem tirar nem pôr. O amor é um pé no saco. É estressante e cansativo, uma péssima invenção do gênero humano que começa como uma cosquinha agradável e, no fim, parte o sujeito em dois como se fosse um galho seco. Um novo acidente amoroso mandaria minha tranquilidade para o espaço. Tenho a intenção de preservá-la a todo custo no pouco tempo que me resta daqui até o reencontro com meu pai. Já disse que há limites ou parapeitos atrás dos quais escondi uma parte substancial do que sou, do que houver de grande ou pequeno, certamente de pequeno, em mim. Pelo mesmo motivo pelo qual não quero amar nem ser amado, abro mão da possibilidade perturbadora de viajar a Nova York ou de comprar uma motocicleta. Paz, eu quero paz, e nada além de paz. E se tiver que pagar um preço por ela em forma de vida reclusa, insossa, órfã de sensações e aventuras, pago e fim de papo. Esse estimulante das glândulas sudoríparas, que na linguagem popular se chama amor e serve, entre outras coisas, para unir os indivíduos e depois amargurar sua existência, atualmente me dá alergia. Mais do que isso: pânico. Um amor aparece de repente na sua vida tal como aparece um carcinoma. Eu prefiro, por motivos de saúde, a calma do solitário, do indiferente, daquele que sobrevive na paz sonolenta da fadiga crônica. Nada do que acontece à minha volta me interessa. Não me interesso nem por mim mesmo. E enquanto disparava tudo isso na varanda do Conache, levado por uma espécie de embriaguez verbal, Águeda me olhava com olhos perplexos e um rosto petrificado. E me encarava em silêncio, logo ela, tão faladora. Eu saí escaldado, contei, da minha história matrimonial. Jurei que nunca mais aconteceria comigo nada que tivesse a menor semelhança com aquilo, um juramento fácil de cumprir pela simples razão de que nunca mais vou manter qualquer vínculo de ordem sentimental com ninguém. Não tenho a menor dúvida de que fui um idiota investindo tantas expectativas e tanto tempo num projeto de família que me devastou. Esta é a palavra certa, por mais melodramática que possa parecer: *devastação*. E também contaminou de culpa minha vida inteira. Neste ponto, Águeda, sentada à minha frente, tinha um fio de lágrimas escorrendo de cada olho. Pedi desculpa a ela pela minha sinceridade. "Não, não, eu lhe agradeço." Algum tempo depois, foi embora, despedindo-se com uma voz chocha. Na mesa, seu chá continuava intacto, o saquinho ainda na xícara.

6

A propósito das lágrimas de Águeda (que esta tarde, aliás, não apareceu no bar do Alfonso), me veio à memória a única vez na vida que vi meu pai chorar. Eu era muito pequeno e não tenho certeza de nada, só de alguns detalhes que ficaram gravados a fogo na minha memória. Quantos anos eu devia ter: cinco, seis? Por aí. Seguindo o costume da família, fomos fazer um piquenique na Casa de Campo num feriado. Estávamos almoçando os quatro em volta da nossa mesinha de praia, a mesma que levávamos para o litoral nas férias, mamãe e papai nas respectivas cadeiras dobráveis, Raulito e eu no chão, sentados na grama. O que havia para comer? Não sei. Talvez, para variar, tortilha de batata e frango à milanesa. Tanto faz. Do que me lembro com certa nitidez é o seguinte: nós quatro comendo em silêncio; minha memória não me traz o som do transistor, como aconteceu outras vezes, mas pinta o céu, isso, sim, de um azul intenso. De repente mamãe se levanta da cadeira; há precipitação em seus movimentos: o que foi? Sem dizer uma palavra, arranca das minhas mãos o que estou comendo e faz a mesma coisa com Raulito; depois, a vejo nos ajudando a nos levantarmos. Ela não briga conosco; limita-se a apontar para uns pinheiros, a cerca de cinquenta passos de distância, e nos manda ir até lá e não sair até que ela nos chame; e eu vou até os pinheiros levando Raulito pela mão. Cinquenta passos é uma maneira de dizer. Em todo caso, meu irmão e eu nos distanciamos o suficiente para ver papai se transformar numa figura pequena cobrindo o rosto com as mãos, mas acho que não fomos tão longe, porque seus soluços podiam ser ouvidos claramente entre os pinheiros. Nunca mais vi ninguém chorar assim. Na verdade, demorei um pouco para entender que papai estava chorando. Ele soltava uns gemidos estranhos, que nos deixavam arrepiados. Não lembro que esse pranto tenha durado mais do que um minuto. Quando ele se acalmou, mamãe acenou para que regressássemos à mesa. Raulito e eu voltamos como tínhamos saído, de mãos dadas, bem-comportados e assustados. O almoço continuou como se nada houvesse acontecido, com a única novidade de que agora não ousávamos olhar para papai. Eu, pelo menos, a princípio não ousava. Depois de algum tempo, parece que criei coragem e ergui a vista disfarçadamente para ele. Então, notei seus olhos avermelhados. Ninguém falava nada. Na verdade, nunca soube o motivo daquele choro de papai. Talvez seja por isso que o recordo. Já vi minha mãe chorando inúmeras vezes, mas minha memória tem dificuldade para lembrar um desses episódios de lágrimas em específico. Se papai estivesse vivo, eu lhe perguntaria: "Por que você chorou naquele dia de mil novecentos e sessenta e tantos na Casa de Campo?" Conhecendo-o como conheço, não seria surpreendente se respondesse: "Ora, é coisa minha." Ou, se estivesse num momento ruim: "E o que você tem a ver com isso?"

7

O *noli me tangere* na virilha de Patamanca não seca. Ele queria que eu o visse esta tarde, mas declinei dessa honra. Tenho bastante capacidade imaginativa, disse, portanto a verificação ocular se torna supérflua.

Parece que a ferida não para de supurar. Está bem pior do que no domingo da visita a Cercedilla. Coça tanto que ultimamente ele dorme com luvas de látex, por medo de arrancar a carne com a unha durante o sono. De dia passa uma pomada, na esperança de diminuir a coceira. "Das feridas que apareceram até agora, esta é a mais fodida de todas." Conta que a ferida se deslocou para a parte interna da coxa — e ainda bem, porque se tivesse ido para o outro lado, atingindo o tecido próximo ao ânus, o tormento seria muito pior.

"Uma ferida móvel?"

Parece mentira, diz ele, ter que explicar esses conceitos elementares a um professor de filosofia. Não é a primeira vez que um *noli me tangere* se espalha aos poucos em determinada direção enquanto forma uma crosta na área de origem, de maneira que, uma vez terminado seu lento processo, é possível (se não entendi mal) que pare e desapareça a uma distância de um centímetro ou um centímetro e meio do ponto inicial.

Pelo segundo dia consecutivo, Patamanca levou para o bar a lista de alimentos e bebidas que passaram pelo seu trato digestivo nas últimas duas semanas e meia. As anotações ocupam três folhas de ambos os lados. Sua ideia, para não dizer expectativa (pelo entusiasmo com que fala no assunto), é submetê-las à apreciação de Águeda, mas acontece que nossa amiga, por motivos que ele desconhece e eu intuo, porém não menciono, não aparece no bar. Pouco antes da minha chegada, Pata, impaciente, tinha falado com ela pelo telefone. "E o que disse?" "Que nos encontraríamos aqui, mas são quase dez horas, agora não vem mais." Não achei oportuno falar das lágrimas de Águeda anteontem na varanda do Conache.

Peço que me deixe ver a lista de alimentos e bebidas. Leite, frutas, carne, legumes... Pão, água mineral, água da bica, anchovas em azeite, comida semipronta... Queijo, iogurte, cerveja, vinho, sardinha em conserva... A princípio, nada do outro mundo. Esse homem come e bebe como um poço sem fundo. Não se pode descartar que algum dos produtos que ingere lhe provoque uma reação alérgica em forma de dermatite, como sugere Águeda. Pergunto a Patamanca se vai continuar registrando sua alimentação. "Que se foda." Sugiro que, por precaução, guarde a lista para quando Águeda vier. "E se não vier? E se ela não quiser mais saber de nós?" De repente fiquei na dúvida: "Você acha?"

8

Havia um banco público não muito longe do portão da minha casa. Esse banco tinha essas e outras características. Às vezes, de tanto escrever minhas recordações, me sinto um pouco romancista. Enfim, o que pretendia contar esta noite (com a vênia do conhaque que já entornei) é que, assim como eu vim por um lado, pelo lado da rua onde está o banco, poderia ter vindo pelo outro. Neste caso, ela não teria a possibilidade de me abordar. Pensando bem, talvez isso tenha acontecido nos dias anteriores, ou seja, essa mulher pode ter me esperado num lugar por onde não passei.

Provavelmente eu estava absorto nas minhas reflexões. A indisciplina dos alunos, a aspereza da diretora e meu desânimo invencível faziam da docência uma tarefa pesada. Sonhava o tempo todo, dormindo e acordado, com terremotos que destruíam o colégio ou com epidemias que obrigavam a suspender as aulas durante meses. Às vezes eu ia de manhã para o trabalho com medo: medo de estragar meu dia com os garotos, de um pai mal-humorado me causar problemas, de perder aquele emprego que na verdade me deixava infeliz. Estímulos? O salário, as férias, e ponto final.

Passei ao largo, sem prestar atenção em nada nem em ninguém. De repente, escuto uma voz me chamando por trás e, quando me virei, vi a mulher sentada naquele banco me olhando com um sorriso que mais parecia de provocação do que de simpatia. As primeiras palavras que disse confirmaram isso. Olga não estava me esperando com espírito de paz.

Ela é um pouco mais alta do que eu, esguia, atlética. Acho que quando era jovem participava de competições de natação. Perguntou se podíamos conversar um minuto. Havia uma leve vermelhidão nos olhos dela, como se estivesse com conjuntivite. Estava com o nariz escorrendo. De vez em quando o enxugava de forma deselegante com as costas da mão, um gesto talvez interpretável como demonstração de seu desprezo por mim. Então lhe perguntei, bancando o ingênuo, se estava resfriada. "Um pouco", respondeu ela com uma firmeza agressiva. Amalia, que nos seus bons tempos se contentava com o estímulo do vinho, também tinha se envolvido com cocaína, não sei se muito ou pouco, desde que passara a dormir com aquela magrela.

Olga, lábios bonitos, queria confirmar que eu a proibia de entrar na minha casa, que era também da "sua companheira". Enquanto desfrutava a contemplação da sua pele bem conservada, respondi algo como: "Você sabe muito bem a resposta." Perguntou por quê. Respondi que porque o quê. E, vendo que a conversa tomava um rumo desfavorável aos seus interesses, ela me acusou, ressentida, fazendo uma linda cara de nojo, de "machista e retrógrado". Quem era eu para proibir Amalia de receber visitas. Seu nariz, sem ser perfeito e apesar de ficar escorrendo muco, era charmoso. Claro que Amalia podia receber visitas. De onde ela tirou que não? Na verdade, menti, recebia visitas com frequência, "mas você não vai pôr os pés na minha casa". E ainda disse que não costumo mudar de opinião pelo fato de escutar ofensas de uma pessoa que não sabe se comportar e cujo nariz fica escorrendo. Percebi que, tal como a mãe do meu filho, Olga com seu pescoço comprido, seus seios pequenos, ficava fora de si com minha pachorra e minhas palavras e modismos pouco usuais. De repente ela me solta o insulto favorito de Amalia: filosofozinho, o que me fez deduzir que minha mulher ainda me chamava assim pelas minhas costas.

Pelo efeito, suponho, dos estimulantes que consumiu, Olga ficou abusada. Eu poderia tê-la deixado ali sozinha. Vontade não me faltou. Depois de um árduo dia de trabalho, a última coisa que eu queria era me submeter a uma dose extra de insolência no meio da rua. Entretanto, confesso que diante daquela mulher despeitada eu me sentia tolhido por um certo fascínio de natureza erótica. Enquanto ela cantava de galo e me enxovalhava de cima a baixo, fiquei examinando seus atributos físicos, para que, à noite, quando imaginasse nos meus sonhos que estava transando com ela, coisa que ia acontecer com certeza, minha fantasia tivesse a maior veracidade possível.

Olhar altivo, queixo desafiador. E se entrasse na minha casa, o que aconteceria? "Bem, só ia te expulsar na porrada." Respondeu, cuspindo as palavras, que nesse caso me denunciaria. Respondi que antes de me denunciar teria que ter alta do hospital. Ela então expressou seu ódio "aos homens" com diversos insultos, entendo que me considerando naquele momento o representante da espécie maldita.

Tentou me provocar: "Roubei sua mulher. Você se fodeu, corno." Sem perder a calma, respondi que tudo indicava que ela não estava a par da teoria de K. H. Meyer, que citei: "O chamado sexo lésbico não passa de uma técnica de massagem." Ficou uma arara! Sabichão, pedante e filosofozinho foram as coisas mais doces de que me chamou. Fingi surpresa ao ver que uma mulher "aparentemente culta" não conhecesse Meyer. Ela não captou o ardil dialético. Se estivesse menos arrebatada, talvez tivesse suspeitado que esse tal Meyer nunca existiu.

Mais afirmações: que não era surpreendente que Amalia me considerasse a maior desgraça da sua vida. Que não entendia como a coitadinha pode ter suportado um cara como eu por tanto tempo. Que morar comigo devia ser um inferno. Encastelado na minha serenidade provocativa, estalei a língua para demonstrar que achava errados seus hábitos expressivos e lhe pedi que, por favor, desistisse do esforço fútil de me irritar. Por mim, ela podia ficar ali o dia inteiro cuspindo insultos, mas nem dessa forma, nem de qualquer outra teria acesso à minha casa. E ai dela se tentasse subir na minha ausência! Ela não entendia, disse como se estivesse falando sozinha, que Amalia se curvasse a tal proibição. Se fosse um pouco mais esperta, teria entendido que Amalia não queria é que eu visitasse meus sogros, contasse os segredos picantes da vida íntima da filha e, em consequência, eles tivessem um surto fatal.

9

Uma semana depois, estava voltando de um passeio com Pepa, que na época era uma cadelinha jovem, doce, cheia de energia, e, quando virei a esquina, a uns cem passos de distância, vi as duas entrando juntas pelo portão.

Meu primeiro impulso foi correr atrás delas e até gritar com raiva, ainda a distância. Pensei em lembrar a Amalia, com toda a severidade, do compromisso dela e, de qualquer forma, estava decidido a expulsar sua namoradinha da nossa casa, aos empurrões se fosse preciso.

Mas vi que, por mais rápido que eu andasse, não conseguiria alcançá-las antes que entrassem no elevador, de maneira que meu encontro com a intrusa, certamente desagradável, ia acontecer dentro do apartamento. A ideia de fazer um escândalo que ecoasse por todo o prédio me deu uma sensação avassaladora de cansaço. Mudei de plano por esse motivo, e também porque tinha a impressão, com base em alguns indícios, de que Olga exercia uma autoridade ferrenha sobre Amalia. Talvez a relação entre as duas não fosse como eu via ou pensava ver, e por isso, antes de cometer um erro grave, decidi testá-las com um truque simples.

Liguei para o telefone fixo da nossa casa a fim de perguntar por Nikita, já sabendo que ele só voltaria para casa mais tarde. Disse a Amalia que tinha prometido ajudar nosso filho com o dever de casa. Pedi que, por favor, falasse com ele para me esperar, que não saísse com os amigos se chegasse antes de mim. Dito isso, deixei claro que estava a caminho e não ia demorar mais de quinze minutos. Pouco depois, vi Olga saindo do portão em passos rápidos.

"Mudou de perfume?"

"O que você tem a ver com isso?"

Eu? Não me importo muito que mintam para mim, mas detesto que me tratem como bobo ou que não cumpram a palavra. Amalia deve ter lido nos meus olhos que a visita clandestina da amiga não me passou despercebida. Para que não tivesse dúvida, confirmei isso com uma série de sorrisos insinuantes que ela respondeu com uma careta severa. Ficou calada, e eu também, porque na verdade estávamos fatalmente acorrentados um ao outro: pela hipoteca, pela infinidade de contas e contratos partilhados, pelo filho, pelos pais dela, pela minha mãe... Pode se dizer que nós esperávamos ficar sozinhos para tirar as máscaras sociais e manifestar nossa aversão mútua sem fingimentos. Ela não queria dar assunto para a imprensa, na qual a mencionavam com certa frequência, nem eu queria despertar boatos maliciosos no colégio.

Olga, autoritária, ciumenta, pressionou Amalia para se separar. Agradar à amiga lhe custaria pouco, ou nada, se Nikita não estivesse incluído no pacote da separação, ah, isso, não. Mais tarde tive a certeza destes e de outros detalhes porque, quando Amalia se libertou da amante possessiva, nós vivemos um período de certa tranquilidade em casa, sem uma convivência afetuosa, mas com conversas esporádicas não isentas de alguma densidade confidencial. Estávamos unidos pelo acordo tácito de montar o teatro de uma estrutura familiar estável para o nosso filho adolescente — o que hoje considero um erro, ao qual atribuo o prolongamento desnecessário daquela tortura chamada casamento. E, claro, o suposto período de paz foi salpicado de brigas, mas nunca chegamos a situações mais drásticas porque, por ora, resolvíamos nossas diferenças pelo método prático de ficar cada um no seu quarto e depois passar algum tempo sem trocar uma palavra. E, assim, dia após dia, nos detestávamos sob uma aparência de respeito, até que começaram as últimas tempestades matrimoniais, essas, sim, de sair faísca.

10

Pois hoje Águeda também não veio ao bar, o que, considerando os antecedentes, não me surpreende. Patamanca, transformado por iniciativa própria, e sem se levantar da cadeira, num heroico aventureiro, descobridor de mares e conquistador de continentes, propõe uma expedição de emergência a La Elipa. Quando? "Agora, de táxi." Eu tinha acabado de me sentar e Alfonso, atrás do balcão, estava me servindo uma cerveja. Objetei que era tarde para as expedições. "Então amanhã ou quarta-feira." Ele especula (além de expedicionário, é detetive) que nossa amiga pode estar mal, talvez inconsciente no chão de casa, fulminada por um derrame e precisando de ajuda. Parece que andou telefonando e ela não respondeu, nem ontem, nem hoje.

Minha hipótese: "Águeda prefere se relacionar com amigos melhores do que nós."

"Que tenha outros amigos, vá lá. Que sejam melhores, duvido."

Patamanca estava falador hoje, menos sarcástico do que das outras vezes, talvez devido à ausência de público feminino. Ele desconfia dos socialistas; diz que pretendem governar o país sem apoio parlamentar suficiente, uma perspectiva nada promissora que vai nos condenar a novas eleições muito em breve; para se estabelecer no poder, os socialistas têm que se conchavar com algum desses partidos e partidinhos que tradicionalmente ficam espreitando uma oportunidade para enfraquecer as estruturas do Estado; a direita remansona e masoquista deste país gosta de ser demonizada; o liberalismo não se enraíza na juventude espanhola, não gera ícones, não é *cool*; e então acrescenta, sem interrupção, que a prótese do pé está voltando a lhe dar problemas: atrito, dor, mas em compensação, aleluia!, o *noli me tangere* da virilha finalmente começou a secar e, a menos que toque nele, não o sente mais; ontem, domingo, na volta da corrida de touros (vigésima sexta tourada de San Isidro, com animais de Baltasar Ibán e uma coxa de Román destroçada por uma arremetida horripilante), como não tinha nada melhor a fazer, escreveu a mão um novo testamento; na "hora crucial" pretende deixá-lo bem à vista, na mesa da cozinha, onde seu irmão gêmeo o possa encontrar sem dificuldade; esta noite, com o sonífero, dormiu bem pela primeira vez em muito tempo. De repente, parece notar minha presença.

"E você, continua revisitando sozinho o álbum de memórias?"

Eu lhe conto que há alguns dias o fantasma de Amalia voltou a pairar na minha memória, dessa vez na companhia daquela mulher por quem tinha se apaixonado perdidamente.

"Aquela que sentava a mão nela? Pô, rapaz, que história."

Então me pergunta se nunca me ocorreu escrever sobre essa e outras peripécias da minha história familiar. Dariam, ele diz, um livro de autoficção, como dizem agora, e se eu temperar a coisa com graça e estilo pode-se até pensar em mandar para uma editora. Respondo que não tenho ânimo para uma tarefa dessa envergadura. Ânimo, no caso, quer dizer força e perseverança. Eu, que sempre saio cansado do colégio, muitas vezes com cadernos e provas para corrigir, ainda vou encarar algumas horas extras de escrita diária? Onde arranjo a concentração necessária? Além do mais, não tenho a menor vontade de revelar detalhes da minha vida privada nem da vida dos seres com quem convivi, a começar por Nikita.

E fico numa boa.

"Pensando bem, realmente acho mais fácil imaginar você escalando montanhas do que escrevendo um livro."

"Dá para ver que me conhece bem."

E aprova que eu defenda a intimidade do meu filho. Ele faria a mesma coisa no meu lugar. Quer saber como o garoto lidou com a inclinação lésbica de Amalia. Eu lhe conto que um dia, chegando em casa, perguntei a Nikita pela mãe.

"Saiu faz pouco tempo com a tia Olga."

"Tia Olga esteve aqui?"

"Sim, mas mamãe disse que não é para contar a você."

Com os fones no ouvido ou absorto com o videogame, o coitado não percebia nada. Anos depois, Amalia e eu já divorciados, Nikita veio me revelar com os olhos atônitos o que tinha acabado de descobrir: que a mãe fazia aquilo com mulheres. E acrescentou, pensando que eu não fosse acreditar:

"Juro, pai. Estavam aos chupões."

A única coisa que ele sentia, disse, era nojo. E, também, vontade de sair de casa. Além de medo, sim, medo de que seus amigos descobrissem. Nikita não estava mais numa idade em que eu ou qualquer outra pessoa ainda pudéssemos talhar o duro granito da sua formação, mas mesmo assim achei que seria útil lhe dizer algumas palavras democráticas sobre a importância do amor, do respeito e essas coisas. Assim que comecei, porém, ele me interrompeu.

"Você está cada vez mais lento e parece muito triste, pai. Será que está com falta de vitaminas?"

11

Revendo o maço de bilhetes, encontro um, como sempre sem data, que não consigo associar a algum fato específico da minha vida. É um dos mais concisos, e diz assim: "Algum dia você vai se arrepender de tudo isso." De que eu tenho que me arrepender? Num canto do papelzinho paira uma estrela minúscula, desenhada em tinta azul, à qual também não consigo atribuir nenhum significado.

Lembro-me das declarações na internet de um militante do ETA recém-saído da prisão, onde passara mais de duas décadas cumprindo pena por vários assassinatos. Não se arrependia de nada. Assim, categórico. Tinha certeza de que fez o que tinha que ser feito, sem a menor consideração pelo mal infligido a outras pessoas. Achava tão justificados os atos pelos quais foi condenado à prisão que jamais entenderá a punição que sofreu. Quando saiu da cadeia, o pessoal do seu povoado recebeu-o com música e aplausos, o que para ele era uma prova, suponho, de que nunca saiu do caminho certo. No fim da entrevista, deixou bem claro que se via como vítima de uma injustiça. Há um claro determinismo nessa atitude que subordina a vontade a um roteiro que nem sequer foi pensado por quem se empenha em levá-lo à prática. Se há uma missão que determina os atos do indivíduo, que margem sobra para a responsabilidade moral? Somente cérebros colonizados pela Ideia, a Grande Verdade, a Causa Suprema ignoram toda e qualquer forma de empatia, incluída a empatia consigo mesmo. Numa situação dessa natureza, arrepender-se seria equivalente a admitir o vazio da fé assumida; que tudo que fez foi errado e inútil, e não haveria música ao voltar para casa.

Meu amigo Patamanca está no extremo oposto. Pergunto-lhe se não se arrepende de alguma coisa. Ele responde sem pensar: "Me arrependo de tudo." Peço que fale sério. Diz que nunca falou tão sério. Não se salva nada de tudo que viveu. Se fosse por ele, voltaria ao ponto de partida, pronto para percorrer toda a sua trajetória biográfica, do berço até hoje, com a cautela de um enxadrista, refletindo longamente sobre cada passo. Essa atitude se baseia na pretensão (na esperança?) de que a existência consista no resultado direto da vontade. Eu sou o que decido ser a cada momento, e não um peão de algum projeto ou alguma ideologia. Tenho a impressão de que o exercício incessante da liberdade tem efeitos devastadores sobre o indivíduo. A liberdade, assim entendida, é trabalhosa, é exaustiva, é um tumor; obriga a ficar de sobreaviso vinte e quatro horas por dia e a suportar doses enormes de solidão em meio aos outros. Seja como for, é preciso estudar muito para ser livre, e intuo que poucos passam por esse filtro, porque não conseguem, porque não sabem e porque não querem.

Contrariando a previsão maligna do bilhete, quero dizer que não me arrependo de tudo. Lamento muitas coisas, algumas atribuíveis ao acaso; outras, talvez a maioria, consequências da minha falta de cálculo, dos meus erros ou de determinadas falhas na minha formação e no meu caráter. Veredito: eu me absolvo e me condeno meio a meio, resignado com a minha biografia e também com os meus traços fisionômicos. Fico feliz porque não abri mão de alguns princípios morais na reta final da minha vida, justamente quando quase não consigo identificar algo valioso à minha volta e tenho consciência de estar andando à beira de um abismo de indiferença.

Há homens cordilheira, cuja trajetória de vida alterna entre os picos e os barrancos. Eu sou mais um homem planície, sem outras altitudes visíveis além de dois montículos obscuros: Amalia e meu irmão. Esses dois desencadeiam meus únicos arrependimentos dignos de nota. Lamento profundamente ter convivido com Amalia. Acho doloroso não ter conseguido estabelecer uma relação afetuosa com Raúl. O resto da minha vida me desperta o oposto de entusiasmo, mas tampouco me deixou, pelo que sei, feridas incuráveis. Talvez devesse ter escolhido outra profissão. Talvez fosse mais sensato ter desembarcado do mundo antes de chegar à idade adulta. Às vezes, saindo de casa, paro diante da fotografia de papai e lhe digo: "Nunca vou te perdoar por ter me tirado das águas do Sena." Ele parece interromper por um instante seu sorriso perpétuo para me dizer, em tom de reprimenda, que a vida é luta e trabalho e que, como tudo que se começa, tem que ir até o fim. Afinal, parece que eu só vivi por obrigação.

12

Imaginava que Águeda não ia estar na praça. Com minha sacola de compras, na saída, por via das dúvidas, fui olhar. Talvez essa mulher não seja tão imune ao ressentimento quanto nos fez pensar que era. Durante vários minutos me dediquei à tarefa impossível de contar andorinhões. Havia mais do que o normal. Vão para um lado, vão para o outro, se entrecruzam no ar a toda velocidade, e não há como abarcá-los dentro de um número. Pensei que gostaria de reencarnar em um deles e, a partir de agosto, revoar pelas ruas do bairro. Convencido de que Águeda não viria, voltei para casa.

Uma hora depois, saindo do banho e ainda de cueca, estava me perguntando se iria ao bar do Alfonso ou preferiria a placidez da poltrona com um bom livro, uma taça de conhaque e a respiração contígua de Pepa, que geralmente tem um efeito calmante em mim, quando de repente toca a campainha e em seguida uma voz de mulher fala comigo pelo interfone. "Adivinha quem veio te visitar." Ainda bem que Tina estava no armário! O tempo que levaria para escondê-la veio a calhar para terminar de me vestir. Abro a porta; uma garrafa de vinho avança em minha direção, e a mão que a segura ostenta no dorso uma vistosa cicatriz.

"Pensei: vou ver o que Toni está fazendo e aproveito para levar um presente para ele."

"E o outro Toni?"

"Não está saindo muito de casa."

Digo-lhe que se acomode no sofá. Pouco antes, na entrada: "Esse homem é o seu pai?" Felizmente, fiz uma faxina no domingo passado. Não chego a ver sujeira; alguma bagunça, sim, mas não a ponto de me fazer passar vergonha. E Águeda, claro, se surpreende com o estado da minha biblioteca, as estantes vazias ou meio vazias, e muitos livros deitados. Explico que as lacunas se devem a doações recentes. Ela adora que as pessoas não se apeguem aos próprios pertences. Já a ouvi dizer isso mais de uma vez. Falo para ela levar quantos exemplares quiser, sejam quais forem, com exceção do romance de Saramago que ela me deu, exposto numa das prateleiras. Na verdade, só queria deixar claro que não me livrei do seu presente. Terá pensado talvez que quero conservá-lo por causa da estima (literária, sentimental?) que tenho por ela? Para falar a verdade, o livro de Saramago, assim como está na minha estante, a esta altura poderia muito bem estar nas mãos de um passante desconhecido.

Águeda bisbilhota os restos da minha biblioteca. Pergunta se posso lhe dar este livro ou aquele outro. "Pode levar o que bem entender. Quer uma sacola?" Ela diz que não gostaria de abusar. Agradece. Aproveito que está de costas para examinar cuidadosamente o rótulo da garrafa de vinho.

Pergunto se não quer comer ou beber alguma coisa. Nada. Não quer nada. Bem, sim, um copo d'água. Com gás, sem gás. Dá no mesmo. "Pode ser da torneira." E conversamos sobre vários assuntos, pessoais, mas sem entrar em confidências pantanosas, Águeda ali sentada, com roupa demais para a temperatura que está fazendo, eu à sua frente, dividido entre a surpresa e a desconfiança. Conta que andou com enxaqueca no últimos dias. Não lhe pergunto se foi por isso que não foi ao bar. Faço meus cálculos: de cada vinte palavras, dezessete saem da sua boca e três da minha. Mais ou menos.

E por fim diz que vai me revelar o motivo da sua visita. Veio fazer um pedido que define logo como ousado. Antes de mais nada, quer justificá-lo para evitar mal-entendidos. E aceita de antemão que eu recuse. O instinto me sussurra ao ouvido que fique alerta. O alarme dispara quando ela afirma que não se trata de nada erótico ou amoroso, ainda que pareça. *Muito cuidado com esta raposa*, digo para mim mesmo. E, talvez para tirar pressão do que quer que tenha em mente, acrescenta, prolixa, explicativa, que é um capricho, uma brincadeira, coisa de criança. Essas palavras soam como pequenos relâmpagos acima da minha cabeça. E para arrematar o mau agouro, engasga. "Bem, esquece." Esquecer o quê? Não estou entendendo nada. Nunca entendo nada. Não consigo interpretar sequer a expressão do rosto dela, que parece estar em transe místico ou então tentando disfarçar uma dor de dente. Pergunto o que posso fazer por ela, "desde que não seja cometer um crime...". Afinal, num acesso de coragem, tudo se esclarece. São vinte e sete anos desde que ela colou os lábios aos de outra pessoa pela última vez. Confessa que morre de vontade de renovar essa experiência física. Insiste que não tem interesse no simbolismo do beijo. Só busca a sensação tátil. Pergunta se a entendo. Eu não ia ter que fazer nada: só ficar quieto feito um manequim, e ela me beijaria "sem língua e sem segundas intenções", jura.

"Ia pedir a Patamanca, mas não tenho coragem. Conhecendo seu gênio brincalhão, com certeza ia zombar de mim. Além disso, tem um bigode que atrapalha um pouco meu experimento."

Com uma naturalidade fingida, concordo com o pedido e me levanto para ficar na posição adequada. Hesitante, temerosa, Águeda se aproxima. Pousa as mãos nos meus ombros com a insegurança de uma iniciante em dança. Vendo-a titubear, pergunto o que está esperando, qual é o problema. Quando vai aproximar o rosto do meu, fecha os olhos. Nesse momento me lembro de Diana Martín, e penso em como ficaria excitado se aquela linda e perturbadora mulher me viesse, em vez de Águeda, com um pedido de beijo. Sinto o calor dos lábios de Águeda nos meus e também espalhando-se pelas minhas bochechas, as cócegas do ar expelido por suas narinas. E a vejo concentrada em sua fantasia, sem fogosidade nem extremos passionais. Sou um poste, com tanta vida quanto Tina quando estou com ela. Depois de se afastar de mim, Águeda mostra sua boa educação e me agradece. Repete que não sabia a quem pedir esse favor. Ela tem amigos que aceitariam satisfazer seu capricho, mas não é a mesma coisa. Espera que eu goste do vinho. Falamos (sobretudo ela) sobre cachorros, o julgamento dos políticos catalães que está acontecendo nestes dias e como as respectivas mães eram boas pessoas. Pulando de um assunto para outro, transcorre cerca de uma hora. Depois, começam as despedidas. Águeda pega os livros. Diz, sorrindo, que tenho um apartamento muito bonito, eu a acompanho até a porta e ela vai embora.

13

Quando cheguei ao bar, Águeda e Patamanca estavam estudando a lista de bebidas e comidas que nosso amigo tinha ingerido nos últimos tempos. Pata, cético, balança a cabeça, duvidando que a causa de suas feridas esteja escondida em alguma daquelas linhas. Nossa amiga não afirma nem nega. Baseia seu procedimento em suspeitas e palpites. Sem que nenhum dos dois me informe o que estavam falando na minha ausência, perguntam o que eu acho. Já que a lista existe, respondo, por que não tentar tirar proveito dela? E me limito a propor um método de observação baseado nas anotações, estabelecendo diferentes grupos de alimentos e bebidas para testá-los de forma sistemática. Patamanca revira os olhos.

"Esse racionalista já está soltando foguetes lógicos."

Águeda não considera a ideia tão disparatada. Ela acha, como eu, que meros comentários sobre as anotações não vão nos levar a lugar algum. Os dois me pedem que, se tiver um plano, eu o apresente. O procedimento, digo, consistiria em beber e comer seletivamente, segundo uma ordem, o que está anotado na lista. Então, se Águeda estiver correta na sua teoria da substância tóxica (que, segundo ela, pode ser um conservante, um corante ou qualquer outro aditivo alimentar) e aparecer nos dias seguintes um novo *noli me tangere* em nosso amigo, teremos uma oportunidade única para descobrir a origem do problema.

Pergunta retórica de Patamanca: por que havia perdido tempo e dinheiro com a dermatologista da Pozuelo se ele tinha nós dois, que estávamos a caminho de ganhar qualquer dia desses o prêmio Nobel de Medicina em conjunto e, quem sabe, o de Química e o de Literatura também? Depois, reclama que a lista é muito longa e não sabe por onde começar. Águeda o trata maternalmente, com doçura e sensatez. Aponta os alimentos industrializados como os principais suspeitos e chama nossa atenção para a presença de congelados na lista.

"Dieta típica de solteiros", diz.

Nossa amiga observa que nós três moramos sozinhos, e sugere que no futuro compartilhemos a casa. Durante uma semana nos instalamos no apartamento de Patamanca, outra no meu, depois no dela, e assim por diante. Sentindo-se fuzilada pelos nossos olhares, explica imediatamente que era brincadeira.

Nossa diferença em relação a Patamanca é que Águeda é cuidadosa com a própria alimentação, enquanto eu não aceito qualquer coisa no meu corpo. Quando fui falar de mim, me lembrei de que sou cliente regular do mercado de La Guindalera, onde todas as quartas-feiras compro alimentos saudáveis, elaborados na maioria das vezes sem uso de máquinas. Não me saio mal na cozinha, entre outros motivos porque, por princípio, minhas papilas gustativas rejeitam qualquer porcaria, e não me alimento só com a intenção de encher a pança. Águeda apoia minha filosofia gastronômica. Patamanca, acuado, nos manda plantar batatas, "seus pedantes de merda, ecologistas baratos". Em seguida, acaba cedendo e anuncia que vai começar a experiência com pizzas e comidas congeladas, e depois verá o que fazer.

"Não sei por que conto minhas coisas a vocês."

Por volta das dez, saímos do bar. Lá fora fazia uma temperatura agradável. A poluição luminosa só permitia ver uns poucos pontos brilhantes no céu noturno. Não me parece que isso seja um problema prioritário para os habitantes da nossa cidade. Patamanca a princípio mancava não por causa do desconforto da prótese, mas aparentemente porque seu único pé estava dormente. Enquanto esperava um táxi, diz que percebeu um conluio entre nós para contradizê-lo. Um comentário ferino, fluido como baba, cai dos seus lábios: "Vocês formam um lindo casalzinho." E já dentro do táxi, como uma criança, mostrou a língua. Depois, eu com Pepa e Águeda na companhia do gordo, que não está na melhor forma, mas ainda tem fôlego para aguentar o passeio, descemos até o parque, onde os dois cachorros fizeram suas necessidades. No trajeto, Águeda foi me contando umas coisinhas pessoais.

14

Confessou, a caminho do parque, que depois da nossa separação se recusou categoricamente a depositar um pingo de esperança em novas tentativas amorosas.

"Acabou. Que os outros se amem."

Essa decisão não é idêntica à minha, a mesma que a fez chorar na semana passada, quando lhe contei na varanda do Conache? Talvez tenha se emocionado por isso, porque se viu refletida em mim e as minhas palavras soaram como as dela.

Ontem sua sinceridade me pegou desprevenido. Com medo de soltar alguma inconveniência, preferi ouvir em silêncio o que ela queria me dizer, satisfeito, admito, por não perceber nenhum laivo de raiva ou de amargura em sua voz.

Contou que tinha decidido, quando nos separamos, que nunca mais teria um relacionamento amoroso com homem algum. Por ora ia se dedicar inteiramente a cuidar da mãe, que lhe dava bastante trabalho. Águeda está convencida de que aquela tarefa, muitas vezes exaustiva, lhe permitira controlar suas tendências destrutivas. Via a mãe tão doente e precisando de ajuda, tinha tanta pena dela, que seus próprios problemas lhe pareciam secundários. Mais à frente, quando ficasse órfã, daria um jeito na vida. Um dia, na volta do trabalho, Águeda encontrou a mãe morta. A sensação de solidão e vazio que a dominou depois chegou a tais extremos que não tinha vontade de comer, de ver ninguém, nem mesmo de respirar. Ia para o trabalho feito um zumbi, falava o mínimo possível, perdeu oito quilos em pouco tempo, passava os fins de semana na cama. E acha que, se tivesse vivido em outro século, certamente entraria para um convento.

"Já tenho até a aparência de uma freira."

Nisso, se virou para ver a minha reação. Sem saber o que dizer, eu me limitei a imitar sua expressão sorridente.

Ela sabia que, enquanto tivesse o problema vaginal, não poderia satisfazer as expectativas naturais de nenhum homem. Nem as dela, imagino, fossem quais fossem.

"Não te culpo por nada. Eu faria o mesmo no seu lugar."

"Agradeço do fundo do coração que você encare as coisas assim."

Pouco mais de um ano após a morte da mãe, Águeda aceitou as recomendações da ginecologista, superou o medo e se submeteu a uma operação, porque tinha chegado a um ponto em que a solidão começava a pesar mais do que o normal, e o corpo, querendo ou não, tinha suas necessidades. A cirurgia não teve complicações. "Uma pena", disse ela, "não ter sabido antes". A ginecologista afirmou que no futuro poderia ter relações sexuais normalmente. Nunca pôde verificar. Quando quis, não conseguiu; quando podia, não quis.

E a questão é que, nas palavras de Águeda, o roteiro da sua vida lhe negou obstinadamente um parceiro adequado. Durante muitos anos ela preferiu direcionar sua capacidade afetiva para as atividades sociais e a ajuda aos necessitados, incluída a tia, de quem herdou o apartamento de La Elipa — além de um capital que intuo ser volumoso e que, bem administrado, certamente permitirá que Águeda passe o resto de seus dias sem preocupações financeiras.

Ela me contou, sorridente, que teve dois ou três vínculos com ares de namoro. Um deles, em particular, com um "senhor muito simpático de costeletas brancas", poderia ter avançado. Flertaram um pouco, sem passar disso. Tinham em comum uma certa semelhança de caráter, ideias políticas e gostos, ou pelo menos era o que Águeda pensava antes de saber por terceiros que o tal senhor, além de simpático, era um mentiroso, casado e tinha vários filhos em idade escolar.

Numa tarde de neve, esteve a ponto de cometer sua maior loucura com um sem-teto que tirou da rua. Não foi o primeiro nem seria o último que ela, por solidariedade, convidou para jantar, tomar banho e pernoitar em sua casa. Esse, cujo maior inconveniente era a sujeira que lhe cobria o corpo, ela tentou seduzir, morta de vontade de transar. O cara não percebeu, ou talvez sim, mas foi impossível convencê-lo a entrar no chuveiro, requisito sem o qual ela descartava qualquer contato físico. Aparentemente, a única coisa que interessava ao sem-teto era beber álcool, e, como não havia, ele saiu em silêncio do apartamento em algum momento da noite, levando vários pertences da anfitriã.

Águeda ia me contando tudo isso de bom humor, enquanto caminhávamos pela rua com os cachorros. De vez em quando ria de si mesma: "A culpa de não ter tido sorte no amor é minha, por não ser bonita."

"Ora, não diga isso."

"Por que não, se é verdade?"

Olhei para ela, fingindo discordar do que tinha acabado de ouvir, mas por dentro pensava: *É isso mesmo!*

15

Esta tarde Águeda nos deixou boquiabertos no bar. Não sei de onde veio essa confissão repentina, pois estávamos falando sobre a mais do que possível substituição na administração municipal, ou seja, sobre um assunto que não tinha nada a ver com ela.

No meio de uma conversa assim tranquila, de repente nos diz que seu compromisso social e sua dedicação aos desfavorecidos do capitalismo podem ser consequência de um interesse egoísta. A princípio, achei que esse pensamento tinha escapado involuntariamente da sua boca. Patamanca, intrigado: "O que é isso, menina, explique-se. Para nós você é uma figura relevante do santoral. Será que vai nos decepcionar?"

Disse que nós não podemos imaginar o prazer que se sente quando alguém a quem você deu a mão, tirou de um aperto ou aliviou a fome lhe agradece.

Eu: "Prazer espiritual?"

"Não, prazer físico."

Olhos embaçados com lágrimas de gratidão, tapinhas de aprovação dos seus pares, elogios exorbitantes e adoçados com uma geleia moral, sensação de estar do lado dos bons: Águeda buscou tudo isso durante anos, sem se dar conta, mas com um afinco que, agora que pensa melhor, não considera nada nobre, porque visa a obter uma satisfação pessoal íntima e secreta.

Patamanca: "Caramba, que boa definição do esquerdismo moderno."

Nosso amigo acha, assim como eu, que o beneficiário da assistência social tem pouco interesse pelas motivações particulares dos seus benfeitores. "O que aconteceu é que de repente se despertou em você o direitista que existe dentro de todo mundo." E eu acrescentei que é muito humano querer uma recompensa pelo próprio esforço, e que discordo de qualquer consideração negativa do prazer.

Ela então disse que, de todo modo, precisava nos fazer essa revelação, não por algum motivo específico, mas porque as palavras estavam queimando-lhe a ponta da língua. Que podemos ter certeza de que ela, quando abre a boca diante de nós, é para dizer a verdade, somente a verdade.

Pouco depois, Alfonso veio à nossa mesa trazer uma nova rodada de cerveja e o chá de costume para a nossa amiga.

Patamanca: "Alfon, me faz o favor de expulsar esta mulher do seu bar. Ela tem ideias dissolventes."

Alfonso, sem se alterar: "Aqui não se expulsa ninguém que paga a conta."

16

Num domingo, ao entardecer, Nikita e eu voltamos de uma viagem à costa de Alicante. Nessa época nenhum dos dois tinha celular e, portanto, Amalia, proprietária de um (primitivo em comparação com os atuais, mas útil), não podia nos ligar para saber onde estávamos.

Tínhamos saído da cidade na sexta-feira, depois das aulas, e nos hospedamos numa pensão modesta, um pouco distante da praia. O garoto, com catorze anos, não captou o significado oculto daquela excursão, e nem precisava. Deve ter achado que era um sequestro com promessa de diversão. Enquanto descíamos para a garagem subterrânea, deu a entender que preferia passar o fim de semana com os amigos; eu escolhi dar um susto na mãe dele.

Na terça-feira anterior, tinha visto Amalia pela última vez, em casa, enquanto ela se preparava para ir à rádio. À noite, não voltou; no dia seguinte, também não. Na sexta de manhã, continuava sem dar sinais de vida. Não que eu estivesse interessado em saber onde ela andava nem com quem, mas o fato é que dividíamos uma casa e a criação de um filho, e isso implica obrigações pelas quais, com seu abandono do lar, eu tinha que me responsabilizar. Considerei a possibilidade de denunciar seu desaparecimento à polícia, não tanto porque estivesse preocupado, mas por antecipação de que me impingissem o papel de principal suspeito caso algo acontecesse com ela. Constatei dia após dia no seu programa de rádio que Amalia ainda estava no mundo dos vivos, e até de bom humor, pelo menos aparentemente.

Uma hipótese, quase certeza: tinha se mandado com a amiga; se temporariamente ou para sempre, saberíamos mais tarde. Parece que não achou oportuno nos deixar um bilhete explicando a situação. Da mesma forma, eu também não deixei nada escrito para ela na tarde de sexta-feira antes de pôr uma mala e Nikita no carro e rumar para a cidade onde minha família costumava veranear quando eu era criança.

"Papai, aonde você está me levando?"

"Para um lugar muito legal. Você vai ver."

Nikita e eu tomamos banho de mar juntos, exatamente como meu pai fazia com os filhos, no mesmo trecho da costa, hoje com muitas construções, e entre ondas iguais às de então; lambuzamos as mãos comendo sardinha grelhada numa barraquinha; eu o deixei vencer no minigolfe; na segunda noite, vimos um filme num *drive-in*, durante o qual permiti que ele fumasse um cigarro dentro do carro; e na tarde de domingo voltamos tranquilamente para casa.

Lá chegando, encontramos Amalia com os nervos à flor da pele e o dedo pronto para discar o número da polícia. De que podia me acusar se ela mesma tinha sido a primeira a sumir sem dizer nada? Foi o que Nikita lhe perguntou assim que a viu. Enquanto o abraçava e beijava, a mãe respondeu que tivera muito trabalho nesses dias. Quase soltei uma risada. O garoto quis saber por que não telefonou para casa. Amalia reconheceu que deveria ter ligado. "Desculpa, querido. Não vai acontecer de novo." A cinco passos de distância, eu saboreava aquela exibição teatral de hipocrisia. Amalia tentava apaziguar sua consciência apertando Nikita num frenesi de amor, fazendo todos os paparicos de que o privara durante a semana e cobrindo-o de beijos e mentiras.

Sob a luz de uma lâmpada, divisei um ponto vermelho numa das maçãs do rosto de Amalia. No primeiro momento, não percebi que era uma queimadura, uma queimadura causada pela ponta acesa de um cigarro, o cigarro com o qual Olga queimou propositadamente o rosto de Amalia para marcá-la, como os boiadeiros fazem com o gado.

17

Desespero. Não me ocorre palavra melhor para descrever o estado de espírito dela nessa época. Isso explica por que a grande dama e famosa locutora, que tantas vezes se jactou de ser dona da própria vida, acabou se abrindo comigo com um grau de humildade insólito nela.

Minha escapulida com Nikita para o litoral se somou aos seus tremendos problemas pessoais, dos quais eu não tinha conhecimento até então. Amalia interpretou nosso passeio como um ensaio para uma fuga definitiva e, segundo ela me disse, teve medo. Em seus pesadelos noturnos, me via sequestrando Nikita e me mudando com ele para um país onde as mulheres só podem andar na rua tapadas e não têm acesso aos direitos mais básicos, o que impedia definitivamente a recuperação do menino pelos canais legais. Garanti que nunca tinha pensado numa bobagem dessas, nem me parecia que uma aventura dessa natureza fosse o mais indicado para preservar a saúde mental do nosso filho. Ela agradeceu minhas palavras, mas o alívio durou pouco, porque logo depois desmoronou quando comparei o ponto vermelho na sua bochecha com uma queimadura de cigarro. Nunca, em todos os anos do nosso longo e tortuoso casamento, a vi chorar dessa maneira, com fortes soluços seguidos de lamentações ("Sou a mulher mais infeliz do mundo") e a tradicional ameaça de acabar com a própria vida. Nikita, descalço, de pijama, saiu assustado do quarto.

"Volta para a cama, filho. Não foi nada. É sua mãe, que de repente ficou triste."

O garoto ficou mais calmo depois que Amalia o chamou e salpicou uma chuva de bitocas na bochecha dele. Quando saiu, pisquei para ele, indicando que não havia razão para se preocupar. Sozinhos de novo, sugeri me recolher, para deixar Amalia tranquila, porque pensei que talvez ela quisesse se desafogar sem testemunhas. Ela, entretanto, abatida e atraente, preferiu que eu ficasse mais um pouco. Havia meses que não entrava no seu quarto. Sentados na beira da sua cama, que em outros tempos também foi minha, eu olhava para aquelas coxas e aqueles seios ocultos sob a roupa, e não pude deixar de sentir uma espécie de cãibra erótica. Ela deve ter percebido e, deitada em cima da colcha como se estivesse no divã de um psicanalista, permitiu que eu massageasse seus pés. Enquanto isso, começou a me contar intimidades. O problema central, como logo entendi, era que Olga a tiranizava. Nesse momento apontou para a queimadura no pômulo. "Me deixa ver", pedi. E, com a desculpa de examinar a ferida de perto, enchi as narinas com o calor e o perfume de Amalia. Por um triz não beijei seus lábios. Achei que a queimadura não era profunda. Por isso, vaticinei que não ia deixar cicatriz, como de fato não deixou, mas a mancha vermelha, que ela sempre cobria com muita maquiagem, demorou muito a desaparecer.

Na última terça-feira, depois do trabalho, Olga proibiu-a de voltar para casa. Ela era a família que lhe bastava.

"Olga está com ciúmes. Acha que nós ainda dormimos juntos."

Perguntei se havia algo que eu pudesse fazer por ela. Disse que me responderia na manhã seguinte, que primeiro precisava consultar o travesseiro. Passaram-se dois dias e Amalia não voltou a mencionar o assunto, o que me fez deduzir que devia ter superado a crise conjugal com a magricela, porém no terceiro veio me abordar na cozinha assim que cheguei em casa e, nervosa mas determinada, implorou que a ajudasse a acabar o relacionamento com Olga, porque sozinha não se sentia capaz. Deixou bem claro que isso não significava a retomada da nossa vida de casados, mas que, isso, sim, entenderia a minha ajuda como um enorme favor, pelo qual seria "eternamente grata".

"Olga acha que você é um energúmeno", acrescentou. "Quando te vir, vai morrer de medo."

"Você deve ter lhe contado monstruosidades a meu respeito."

Sorriu.

18

A lista de Patamanca apresenta as primeiras palavras riscadas. São os alimentos que ingeriu pelo menos duas vezes nos últimos dias. Nenhum deles provocou o aparecimento de novas feridas. Em sua maioria, os congelados estão fora de suspeita. Falta testar um ou dois que nosso amigo diz que consome muito de vez em quando. A análise das bebidas, na verdade poucas, conclui com um parecer inapelável: são inocentes. Esta tarde foi discutido se o experimento devia continuar com lácteos, coisas picantes ou enlatados. Águeda se inclinava por estes últimos, como palpite do seu instinto feminino, razão pela qual Patamanca e eu descartamos imediatamente a proposta.

Mais tarde, falando disso e daquilo no nosso canto do bar, descubro que Águeda costuma ouvir o programa de Amalia. Patamanca, a quem não adianta pedir discrição sobre meus assuntos pessoais na frente da nossa amiga, lhe pergunta se já sabia que Amalia fora casada comigo. Impassível, Águeda responde que sim, claro. E acrescenta: "Ela era linda, e ainda é. E muito elegante."

Pergunta se a conhece pessoalmente. Não; isso, não. Mas viu fotos dela em revistas de moda, e uma vez reconheceu-a na rua e teve vontade de ir lhe dizer que adora seu programa.

Na volta, ela e eu também fomos andando juntos, por um trecho, com os cachorros. Águeda estava preocupada, pensando que as alusões à minha ex-mulher podiam ter me incomodado. Por que iriam me incomodar? Acha que talvez tenha se excedido nos elogios. Eu os considero justos e assino embaixo. Amalia era (dei certa ênfase ao uso de verbos no passado) uma mulher atraente que cuidava muito bem da aparência, não só por coquetismo, mas porque a profissão dela exige.

Águeda confessa, com certo grau de melancolia, talvez de arrependimento, que nunca se preocupou muito em cuidar da aparência. Durante toda a vida, diz, se contentou com estar limpa. Mas acha que pode não ser tarde demais para melhorar sua imagem, claro que não no sentido da frivolidade e do luxo. Ficaria muito grata se eu a ajudasse nessa iniciativa. Respondi que não tenho nada contra lhe dar alguns conselhos, mas que não pense que minhas opiniões são de um especialista.

Ela guardou um detalhe para pouco antes da despedida. Com certeza estava lhe queimando dentro da boca. Conta que uma vez leu declarações de Amalia, numa revista, nas quais a famosa locutora deixava transparecer sua bissexualidade. Eu disse para meus botões que essa saída do armário só pode ter acontecido quando o pai dela já estava debaixo da terra e a beata, de miolo mole. Do contrário, imagino os dois tesos de estupor.

19

Senti uma pontada, não de irritação, não de bronca — como dizer? —, mas de incômodo, é isso, de incômodo, quando vi Águeda dentro do mercado, embora ela tenha todo o direito de estar lá. Era só o que faltava! Acostumado a que ela me espere do lado de fora, quando vem às quartas-feiras, eu me sinto seguro enquanto faço as compras, porque posso decidir quando vou à praça encontrá-la. Hoje, porém, a encontrei comprando feijão-branco numa tenda, e era inevitável que depois me acompanhasse pelas outras sucessivas.

Apesar do tempo bom (vinte e poucos graus, céu sem nuvens), Águeda chegou a La Guindalera sem o cachorro, que está doente outra vez. Continua entusiasmada com a ideia de melhorar sua imagem, e com mais vontade ainda depois que lhe prometi prestar meus serviços de assessoria. Não sei exatamente que ideia ela tem do meu suposto assessoramento; em todo caso, é evidente que isso a deixa alvoroçada.

Conversando sobre o assunto na varanda do Conache, eu lhe disse que devia começar raspando as axilas. Ela ficou imóvel e calada por alguns instantes, talvez surpresa com o meu conhecimento dos seus pelames recônditos. Certamente não existe a menor possibilidade de vê-los quando ela sai de casa, devido ao excesso de roupa que usa mesmo nos dias em que os seres normais sufocam de calor. Naquele domingo, porém, quando nos convidou para almoçar no seu apartamento, os vi pela folga das mangas curtas.

Voltei para casa convencido da brutal desconsideração das minhas palavras. Como pude lhe dizer uma grosseria daquelas? Antes de jantar, arrependido, telefonei para me desculpar. Ela: mas que bobagem; que nem eu, nem Patamanca conseguiremos "nunca, nunca, nunca" irritá-la. E que se ainda não tinha raspado as axilas era porque não havia creme nem lâmina de barbear na casa dela, mas que amanhã de manhã vai comprar sem falta. No fim, até me agradeceu.

20

Eu estava sentado em frente a ela quando marcou o encontro com Olga pelo telefone. Amalia hesitava, estava com medo, até que precisei apressá-la: "Está esperando o que para ligar? Eu não tenho o dia todo." Às vezes, durante o diálogo, o lábio inferior dela tremia ligeiramente. Falava com uma voz sussurrante, insegura, untuosa, que o medo lhe impunha, e evitava frases longas e fazia gestos de aprovação totalmente supérfluos, uma vez que sua interlocutora não podia vê-los do outro lado da linha.

"Você quer terminar com ela e se despede dizendo 'Tchau, querida, um beijinho'?"

"Deixa eu fazer as coisas do meu jeito."

Tenho certeza de que se ela não tentasse disfarçar eu não teria notado a mancha em sua calça. Foi correndo se trocar. "Já volto." Fiquei tentado a lhe dizer que não precisava ter pressa, que minha vista cansada não me impedira de reparar nas consequências úmidas do seu pavor e, portanto, era inútil tentar esconder de mim. Não me faltava vontade de fazê-la sofrer um pouquinho, mas afinal prevaleceu a piedade, ou o propósito de não piorar ainda mais a situação, e preferi ficar calado.

O encontro foi marcado na hora e no local que a outra escolheu: às sete da noite desse mesmo dia no bar do Hotel de las Letras, inaugurado um ou dois anos antes no número 11 da Gran Vía. Só fui para fazer o favor que Amalia me pediu. Cheguei quase quinze minutos atrasado de propósito, não tanto para infligir uma humilhação a Olga quanto pelo desejo de que a cena se desenrolasse como eu tinha imaginado.

Ela estava sentada ao lado de uma das janelas que dão para a rua do Clavel. Não entrei pela porta da esquina entre esta e a Caballero de Gracia, mas pela recepção do hotel, o que me permitiu aproximar-me de Olga por trás. Na mesa havia uma xícara com seu correspondente pires, uma colherzinha e o sachê de açúcar fechado. Olga não teve tempo de se preparar. Sem cumprimentar nem pedir licença, sentei-me diante dela. O medo repentino que se estampou em seu rosto me lembrou o de Amalia algumas horas antes, e, não vou negar, gostei de vê-lo.

"Por que você veio?"

"Vai saber já, já."

Uma garçonete veio me perguntar o que eu queria beber. Respondi que nada, obrigado; que ia ficar pouco tempo. Vi Olga desviar o olhar várias vezes para o lado, como se estivesse avaliando as possibilidades de escapar do bar, que naquele momento não estava muito cheio, ou de pedir socorro. Acho que nunca provoquei uma reação de medo tão ostensiva, nem em Amalia, nem no meu filho, nem nos meus alunos. Talvez em Raulito, quando éramos crianças.

Pensei que Olga ficaria tranquila se me conhecesse melhor, mas é evidente que Amalia, ansiosa pela solidariedade feminina, ou para despertar compaixão, gostava de contar barbaridades a meu respeito. Além do mais, não fui ao bar do Hotel de las Letras com a intenção de fazer o papel de galã ou de exibir um repertório de boas maneiras. Fui para o que fui, decidido a resolver o assunto rapidamente e sem muitas considerações. Não posso negar que fui ajudado pela autoconfiança que os sinais de covardia de uma mulher me proporcionaram.

Entreguei-lhe duas sacolas de plástico com coisas dela que estavam com Amalia, várias chaves amarradas numa fita, um envelope com cerca de quinhentos euros em notas, uma aliança de casamento (ainda não consumado) e uma carta fechada cujo conteúdo Amalia me implorou que não lesse, porque era "íntima demais" e não falava de mim.

"Eu ficaria muito envergonhada se você lesse."

Sem dar nem pedir explicações, fui colocando esses objetos sucessivamente em cima da mesa, e Olga começou a entender com que intenção eu estava no bar. Rompeu o orgulhoso silêncio para censurar Amalia por não ter tido a decência nem a coragem de lhe dizer pessoalmente o que tinha a dizer.

"Se você chegar perto da minha mulher, vai ter que se entender comigo, e pode acreditar que sou rancoroso, e tenho uns amigos muito brutos."

"Pois enfia sua mulher onde quiser. Não quero mais saber dela. Me dá nojo."

Então, me levantei da cadeira e, puxando um cigarro que levara para isso, porque fazia muito tempo que eu não fumava, perguntei a Olga se tinha fogo.

Havia quase um ano que a lei antitabaco entrara em vigor.

"Não é permitido fumar aqui."

"Não é para fumar. É para queimar sua cara."

Ela não disse nada, nem eu, e saí dali com a maior calma do mundo.

21

Uma frase de C. S. Lewis no Moleskine: "A tarefa do educador moderno não é derrubar florestas, mas regar desertos."

Hoje foi o último dia de aula. À tarde haveria uma festa com apresentações musicais e coisas assim, mas não fui. A diretora já deve ter notado minha ausência.

Não me surpreende que um número incomum de alunos sorria para mim nos corredores e no pátio, e que alguns deles, os mais dotados para a bajulação, me desejem boas-festas. Conquistei a simpatia geral por distribuir notas boas à vontade e aprovar até mesmo quem não merecia. Esses garotos vão me esquecer logo, mas, enquanto isso não acontece, quero deixar uma marca positiva na memória deles.

Passei meu último dia como regador de desertos rindo à toa. Com um semblante alegre, festejava qualquer coisa que dissessem à minha volta. Não ria tanto havia muito tempo. Não me ocorreu nenhuma outra maneira de esconder a tristeza que me oprimia. Uma tristeza que era como uma torneira pingando sem parar. Plim, plim, plim... Uma tristeza penetrante e minuciosa que começou a gotejar dentro do meu corpo desde o início da manhã.

Na sala dos professores, todos contavam com entusiasmo onde iam passar as férias. Não havia ninguém que não pretendesse aproveitar as praias. Ninguém me perguntou quais seriam meus planos. Melhor. Assim não precisei mentir.

Depois, pensei que seria engraçado ver a cara deles se eu contasse a verdade.

A diretora perambulava entre os grupos de conversa com o pescoço esticado e um brilho severo e hierárquico nos olhos, como se nos dissesse: "Vocês estão escapulindo, mas em setembro vão lembrar quem manda aqui."

Depois de distribuir as notas, fiquei sozinho por alguns minutos na sala de aula. Tantos anos, tantas histórias, tantos desertos. Fiz um círculo num canto do quadro. Um desenhinho que não significava nada, destinado a ser o último gesto da minha carreira de docente. Chegando à porta, pensei: *Quando você cruzar esta soleira, não será mais professor.* Brinquei que meus pés teimavam em me desobedecer. Enfim, apesar dessa resistência, consegui fazer o esquerdo passar para o outro lado. O direito ainda estava pregado no chão da sala. Tive que o forçar a subir e pisar no corredor. Dali me dirigi para o estacionamento sem me despedir de ninguém.

22

Patamanca diz: "Temos que tratar Águeda bem, porque ela é a única pessoa que vai derramar uma lágrima por nós."

Hoje, sábado, fui comprar roupa com nossa amiga. Prometi e cumpri. Não há dúvida de que ela está levando a sério a ideia de melhorar sua aparência. Cheia de orgulho, mostra uma axila raspada. Pouco depois, faz uma alusão a Amalia. Eu lhe pedi que, por favor, não a mencione. Águeda gosta de se comparar com ela, numa espécie de exercício de autoflagelação e modéstia excessiva que começa a me incomodar.

"Se está querendo se parecer com minha ex-mulher, é melhor arranjar outro consultor de imagem."

Ela quase cai no choro. Depois de uns momentos de silêncio contrito, afinal entende que não é certo meter a colher nas mágoas alheias e, com cara de velório, me pede desculpa.

Ontem à noite procurei lojas de roupa na internet, nem de luxo nem para jovens, que não ficassem muito longe. De cara, descartei os magazines. Um especialista tem que ir além das soluções fáceis. Por fim, escolhi uma loja chamada Punto Roma, na rua de Alcalá, só por causa da localização, ideal para mim, e das fotos que mostravam um estilo de roupas próprio para mulheres da idade de Águeda. E também, para dizer a verdade, porque não queria continuar pesquisando até o amanhecer. A escolha acabou se mostrando acertada, e imagino que agora sou para Águeda o que há de mais próximo a um conhecedor absoluto de moda, capaz de falar de igual para igual com Giorgio Armani ou Karl Lagerfeld quando este estava vivo. Para que desfazer a ilusão?

Ela tem dificuldade para se decidir, e admiro a paciência profissional, sorridente e explicativa da vendedora. Águeda pensa em voz alta. Não é que expresse oralmente seus pensamentos à medida que os concebe; é que, para ela, o ato de raciocinar e o de falar são a mesma coisa, e até desconfio de que a segunda atividade às vezes antecede a primeira. Assim, temos acesso direto ao seu mecanismo mental, que se oferece para a vista como o interior de um peixe transparente.

Em frente ao espelho, observa sua pouco esbelta figura com uma das muitas peças de roupa que está experimentando. Gosta, não tem certeza, aliás, não gosta, mas até que é passável, depois gosta de novo, não gosta de novo, gosta e ao mesmo tempo não gosta. Para sair da dúvida, decide experimentar outra roupa, que pode muito bem ser uma que já tinha vestido pouco antes. Cada vez que sai do provador, espera, ansiosa, a minha opinião. A vendedora fica calada, porque opinar já é minha função ali. A roupa é de qualidade; o modelo, aceitável; e a combinação de tons, bem escolhida; mas há um problema insolúvel. Águeda quer mostrar e esconder ao mesmo tempo, e isso não é possível. Eu, honestamente, prefiro roupas que escondam sua falta de cintura, sua bunda gorda, seus braços carnudos. Como se duvidasse da minha sinceridade, Águeda parece procurar minha verdadeira opinião no fundo dos meus olhos. Uma voz imaginária me sussurrava junto ao ouvido: *Diz a ela para tirar isso imediatamente, fala que não tem mais idade para usar um vestido tão justo assim, pergunta se não vale mais a pena ir a uma loja de hábitos.*

Era a voz de Amalia.

Afinal, com minha aquiescência, Águeda comprou diversas peças de verão por pouco mais de quatrocentos euros. Alguns ajustes ela mesma vai fazer em casa. Aparentemente, é jeitosa com a agulha e o dedal.

De repente, a vendedora sente necessidade de ser simpática e me elogia: "Não se vê um marido dando conselhos à esposa todo dia. O meu, que é um santo, não entende nada de moda."

Lancei um olhar rápido para Águeda, que já tinha desviado o dela para o outro lado.

23

Almoço de domingo na casa de Patamanca. O senso de justiça manda destacar, entre todos os pratos que nos serviu, o risoto de cogumelos e queijo parmesão, digno de um *chef* que domina o ofício. Diz que encontrou a receita na internet, e que o restante do almoço faz parte do seu repertório da vida toda.

Dando continuidade à busca pela substância que provocava suas feridas, comeu de sobremesa duas pimentas *habanero*, uma cor de laranja e outra vermelha, que, a julgar pela congestão do seu rosto desfigurado por tantos trejeitos, deve ter gosto de ferro fundido. "Acreditem, isto supera as drogas mais fortes." E se aliviava com rápidos e repetidos goles de água. Águeda, por curiosidade, mordeu uma ponta, quase nada, um tiquinho minúsculo da pimenta vermelha, e quase vomita. Há vários dias nosso amigo vem testando produtos picantes, um dos seus suplícios favoritos, diz ele. Não despontou nenhum *noli me tangere* nesse tempo, e por isso está decidido a riscar mais um item na lista de alimentos suspeitos.

Águeda chega ao almoço com vinte minutos de atraso e um ramalhete de gérberas para o anfitrião. Está com uma das roupas que comprou ontem.

"Sabe, este aqui está dizendo que você depilou os sovacos. Mostra."

Ela abaixa uma ombreira do vestido sem hesitar. Se veem a carne pálida e uma taça do sutiã. Patamanca, irônico, elogia o recanto pelado: "Está cada dia mais gostosa." E lhe pergunta, com uma malícia sorridente, se tinha depilado mais alguma coisa.

"Quem sabe…"

"Mostra."

"Cem euros."

"Que tarifa é essa? Só se fosse a marquesa de Pompadour."

Durante o almoço, Águeda nos conta que conheceu um homem que descreve como bonito e educado. É um colega, explica, da Plataforma para Pessoas Atingidas pela Hipoteca, um pouco mais jovem do que ela. Pode ser que tenha surgido entre os dois algo mais do que simpatia mútua. Essas palavras soam como uma justificativa para suas tentativas atuais de melhorar a própria imagem. Nós lhe damos resolutos parabéns e desejamos muito amor e boa sorte.

Patamanca, em seu tom de sempre: "Podia ter trazido seu colega para almoçar."

"Acontece que ontem ele foi visitar uns parentes em Talavera de la Reina."

Quando ela se levanta para ir ao banheiro, Patamanca me sussurra: "Não acredito que esse homem exista."

24

Não sei o que pensar. Por um lado, persiste em mim um resquício de desconfiança que me pinta vagamente Águeda como autora dos bilhetes anônimos. No maço, há alguns que debocham do meu vestuário. Lembro-me daquele que diz que me visto como um velhote, frase que tanto poderia sair da boca de Amalia quanto de algum colega do colégio. Não estou dizendo que uma pessoa conhecida dedique seu valioso tempo a me espionar. As observações podem muito bem ter sido feitas por alguém contratado.

Encontro um bilhete que fala de um casaco forrado com pele de coelho, com uma borda do mesmo material no capuz, que comprei há cerca de sete ou oito anos pensando nos dias mais rigorosos do inverno. Diz: "Te forçaram a comprar uma parca de esquimó? Agora só falta ir trabalhar de canoa."

Por outro lado, as objeções ao meu vestuário não condizem com a falta de interesse e critério demonstrada até recentemente por Águeda em relação aos cuidados com a própria aparência.

Hoje me fez prometer que iria com ela comprar sapatos.

Sobre os bilhetes que deixei na sua caixa de correio, até agora não disse nadinha.

Não sei o que pensar. Começo a ver a cara de um paranoico toda vez que me olho no espelho.

25

Estava tranquilamente em casa, relendo um livro (*Como morremos*, de Sherwin B. Nuland) que, há vinte anos ou mais, me causou uma intensa inquietação e agora tem um efeito sedativo sobre mim, quando de repente toca a campainha. Pelo tom de voz no interfone, podia se pressagiar a visita de um problema sério ou uma emergência urgente dentro do envoltório corporal do meu filho. Nikita sobe a escada a toda velocidade, sem paciência para esperar o elevador. Quando chega me dá um abraço. Alargadores nas orelhas, braço tatuado, barba de uns quatro dias por fazer. Mais do que me abraçar, ele se joga em cima de mim, suado, quente, pesado, como se quisesse me derrubar (o que não seria difícil), e, com um último suspiro, quase chorando, me diz, nada mais, nada menos, que destruíram sua vida.

Você não é o primeiro e não será o último, penso.

Sugiro inutilmente que se acalme. Desesperado e raivoso, diz uma série de palavrões. Peço que se sente, tome um refrigerante, belisque o que quiser: biscoitos, banana, presunto, falo com ele tentando lhe transmitir um pouco da minha calma. Interpreto como um sinal preocupante a intensidade afetuosa com que pressiona o rosto contra o pelo de Pepa. Pergunto se brigou com a mãe. Ele nega com uma sacudida impetuosa de cabeça.

"A pele piorou?"

"Estou cagando e andando para a minha pele."

"O que aconteceu, então?"

Parece que estava esperando exatamente essa pergunta para cair no choro. Pepa sente pena dele. Com a língua comprida e rosada, lambe com carinho uma das mãos do garoto enquanto abana a cauda freneticamente.

Resumindo, um dos seus colegas de apartamento tinha se mandado com a caixinha comum. Adeus, dinheiro, adeus, projeto de abrir um bar. Sumiu uma quantia grande, que os iludidos poupadores não pensaram em depositar numa conta-corrente. Não sei os outros moradores da ocupação, mas Nikita, oficialmente residente da casa da mãe, tem uma. Sua contribuição à caixinha desaparecida chegava a oito mil euros, que juntara como garçom, ajudante de cozinha, faxineiro e outras tarefas manuais que vão aparecendo no lugar onde trabalha sem carteira assinada. Não achei oportuno manifestar minha opinião. Para quê, se agora não tem mais remédio? Desde que ele me falou sobre o método de poupança adotado pela turma de incautos, imaginei que poderia acontecer o que afinal aconteceu.

"Pai, nós vamos encontrar e matar esse cara."

Diz que eu não devo me meter, que não tente impedi-lo. Ele e seus colegas depenados votaram e, por unanimidade, levantando a mão, decidiram que sim, que vão derramar gasolina no desgraçado e depois tacar fogo.

Pergunto, sobretudo para desviá-lo dos seus pensamentos criminosos, se não pensaram em denunciar o roubo à polícia, como é normal e civilizado nesses casos. Nikita insiste que preferem matá-lo eles mesmos. Que ideia esse garoto tem da polícia? Já começaram, diz, a perguntar nas redondezas. O filho da puta, o canalha, o covarde etc. etc. vai aparecer, mais cedo ou mais tarde. E por um instante parece que vejo em Nikita um olhar feroz e sombrio que não destoaria no rosto de um assassino.

O que ele me diz em seguida revela o motivo real da visita. Quais são as chances de que eu possa ajudá-lo a sair dessa encrenca reembolsando, total ou parcialmente, o dinheiro que lhe roubaram? Ele imagina que herdei alguma coisa da vovó.

"Foi sua mãe quem disse isso?"

Ele confirma. Então lhe digo que cedi a herança da vovó ao tio Raúl e à tia María Elena. Que quis ajudá-los a pagar as despesas do tratamento de Julia numa clínica alemã. No fim das contas, não fiquei sabendo se gastaram tudo, parte ou nada do que lhes dei. Sugiro que ligue para eles em Zaragoza e pergunte. E enfatizo: com gentileza. Se concordarem em lhe dar esse dinheiro ou o que sobrou dele, por mim, tudo bem. "Mas dessa vez", digo, "você deveria depositar na sua conta".

26

Na varanda do Conache, Águeda me informa sobre a opinião do veterinário. "Toni tem pouco tempo de vida." Tenho vontade de perguntar a qual Toni está se referindo. Melhor calar a boca. O veterinário não tergiversou. Ele está disposto a fazer tudo ao alcance para prolongar a vida do animal contra os desígnios da Natureza, mas sugere a Águeda que considere a conveniência de salvar Toni do sofrimento dando-lhe uma injeção de pentobarbital. Temendo queimar os lábios, Águeda bebe com cautela um gole de uma de suas infusões habituais, que deve estar muito quente, e em seguida improvisa um solilóquio sobre a condição temporária dos seres vivos e a dor que vai sentir quando acordar e não vir Toni a seu lado. De repente, achando que estou ficando entediado, muda de assunto e me pergunta se vou ter tempo no próximo sábado para ir com ela comprar sapatos. Quer repetir a experiência do outro dia na loja de roupa feminina porque, além de confiar nos meus critérios, eu lhe transmito calma. "O homem", digo, "com quem você está namorando agora não se importa que eu me intrometa nos seus assuntos?". Águeda não esperava por essa. Sua ingenuidade bondosa combina com a perplexidade. E, no entanto, uma pontinha de malícia sorridente surge de repente em seus lábios e permanece ali quando me pergunta se eu também acho que esse homem não existe. E nem me dá tempo de responder. "Como vocês dois têm faro! Aquele homem foi uma invenção minha." E explica que aquele dia mentiu para nós porque queria ser como Patamanca e eu. "Mentirosos?" "Não, que é isso. Brincalhões, irônicos, engraçados." E não para de enfileirar palavras até me arrancar a promessa de que um dia desses vou com ela a uma sapataria. "Qual delas? Há muitas." Diz que eu posso escolher.

27

O livro de Nuland me absorveu completamente. Esta noite não consegui parar de ler até que a alta madrugada, o sono e os olhos irritados me disseram que já era hora de parar. No dia seguinte, só pretendia dar mais uma espiada no livro antes de deixá-lo na rua, mas acontece que, abrindo as páginas aqui e ali, minha curiosidade cresceu e, quando fui ver, já tinha começado a reler tudo, de cabo a rabo, talvez porque desta vez, ao contrário da primeira, sinto que fala de mim.

O professor Nuland diz, nas páginas iniciais do seu estudo, que todo mundo quer saber em que consiste a experiência biológica da morte, concebida, portanto, fora das divagações metafísicas ou religiosas. A esta altura ele já deve estar bem informado a respeito, porque morreu em 2014. Pena que os mortos não escrevam.

Ando atraído (mais do que isso: seduzido) pela possibilidade de descobrir que sensações nos esperam nos momentos finais da existência. Normalmente associamos a morte a coisas como deterioração física, dor e acidentes. Nuland afirma na página 141 da minha edição: "Na maioria dos casos a morte não ocorre de forma limpa e sem padecimentos." Maioria dos casos não significa todos os casos. Enquanto não me demonstrarem o contrário, não excluo a possibilidade de haver prazer nos momentos derradeiros, em doses certamente pequenas, mas ainda assim suficientes para que um sorriso se instale no rosto do cadáver. Nuland não responde a esta questão. Responderá nas páginas que me faltam ler?

Eu queria muito, seria uma alegria no nada eterno, ter uma satisfação corporal no meu último minuto de vida. Estou disposto a provocar essa satisfação sozinho, mas não sei como. Talvez ajude, enquanto agonizo, dar umas lambidas num sorvete de baunilha, ou ouvir uma música, ou umas gotas de perfume... Eu me contento com pouco: um sabor, uma melodia, uma fragrância. Tenho certeza de que não vai ser difícil, se minha projetada morte for indolor, introduzir nela algum ingrediente prazeroso. Claro que se o cianeto me fulminar instantaneamente, então não há nada a esperar, nem no sentido do sofrimento, nem no do prazer. Poderia tentar me masturbar, se tiver alguns minutos, mesmo sem tempo suficiente para chegar ao clímax. Mas logo sou dissuadido por um pensamento: caso de repente eu desabe no chão, a imagem que vou oferecer aos paramédicos ou a quem estiver passando pelo lugar não se caracterizará exatamente pela elegância. Vai que algum transeunte tira fotos!

Acho que a única coisa meritória que fiz na vida foi escolher o momento e a forma da minha morte. Por que não aproveitar a oportunidade para me despedir deste mundo com uma pequena dose de prazer? Acho que essas reflexões me fazem bem. Já Patamanca, por sua vez, as vem evitando há alguns dias. Antes ele não parava de falar em morte, suicídio, casas funerárias e túmulos, nem de se gabar o tempo todo de ser o maior especialista em assuntos mortuários da Espanha. Agora, por algum motivo, não quer incorporá-los à conversa.

Eu não tenho nem um tiquinho de medo.

28

Primeiro, raiva; depois, reprimendas e acusações; por fim, soluços que, apesar dos anos que se passaram, ainda me parecem tão familiares quanto quando éramos crianças. Raúl ao telefone, da casa dele, suponho, em Zaragoza. Tentei apaziguar seu ânimo com uma tranquilidade forçada, porque, na verdade, durante nosso diálogo tenso, estive várias vezes por um triz de desligar.

Ele me chamou de "o pior pesadelo" da sua vida.

"Então por que fala comigo?", respondo.

Enfim, tudo muito desagradável e, ao mesmo tempo, triste.

Os fatos: Nikita telefonou para eles, como recomendei, com o objetivo de perguntar sobre a parte da herança de mamãe que lhes cedi num gesto de generosidade, ou, melhor dizendo, de compaixão, e que María Elena prometeu devolver parcial ou totalmente, dependendo de quanto gastassem. Soube pelo próprio Nikita que ele se portou com toda a amabilidade na conversa ao telefone. "Juro, pai." Até contou ao tio o episódio da caixinha roubada, para que ele entendesse o porquê do interesse pelo dinheiro da herança. O que meu filho não podia prever, nem eu, é que Raúl não fazia ideia da grande quantia que María Elena me pediu e eu lhe dei. Em outras palavras, a mãe heroica, dilacerada de dor, agiu pelas costas do marido, já sabendo de antemão que ele recusaria minha ajuda por orgulho. Daí a bronca de Raúl esta manhã, embora seja óbvio que, com a filha gravemente doente, houve boa-fé de todas as partes envolvidas. Toda vez que ele se depara com um problema, mira direto em mim, com a certeza de encontrar o culpado dos seus males.

Não houve jeito de fazê-lo entender. Cheio de ódio, meu irmão disse que vai me devolver até o último centavo; que não quer nada de mim, era só o que faltava; que espera nunca mais me ver pela frente. E desligou na minha cara. Este de hoje certamente foi o último diálogo da nossa vida.

Uma hora depois me liga María Elena. Sua voz soava pequenina e humilde. "Você tem que perdoar, Raúl continua abalado pela perda da Julia, está em tratamento psiquiátrico" etc. Respondi que não se preocupe, que eu entendo, e depois, a pedido dela, lhe passei meus dados bancários.

29

Antes de desligar perguntei à minha cunhada, como quem não quer nada, se ela conhecia uma sapataria onde comprar sapatos femininos a bom preço. Sem demonstrar interesse pelo objetivo da minha pergunta, recomendou a sapataria de Antonio Parriego, na rua Goya, em frente à Blanca. Em frente a quê? À Basílica da Conceição. E lhe agradeci.

Esta manhã, minha firmeza na escolha inspirou confiança em Águeda. "Vamos a uma sapataria na rua Goya. Você vai gostar."

Ela estava morrendo de vontade de descobrir qual era minha relação com a tal sapataria. Tenho total impressão de que Amalia estava rondando seus pensamentos naquele momento. No entanto, teve a prudência de não a mencionar. Boa menina. Disse a ela que, na minha idade, não é incomum ter certos conhecimentos sobre a cidade onde se mora.

Águeda tem lindos pés. Finos, compridos, bem proporcionais, sem a feiura de deformações, rugas, veias ou calos. Vou incorrer voluntariamente numa pieguice, agora que não há ninguém ao meu lado que possa ler isto: os pés de Águeda são pura porcelana. Se a Natureza tivesse tomado o mesmo cuidado ao moldar o restante da sua pessoa, a mulher seria uma segunda Diana Martín.

E seria quase perfeita, se não fosse tão tagarela.

Enquanto ela experimentava sapatos, eu disse com uma franqueza um tanto severa que seus pés melhorariam bastante se pintasse as unhas, o que lhe permitiria usar sapatos abertos. E, naquele momento, a um metro de distância, o espectro de Amalia fez que sim para mim com a cabeça.

"Para que servem esses pés bonitos se você os esconde? Só para andar?"

E ela me deu razão quando acrescentei que mostrar os pés não é uma questão de vaidade nem de coquetismo, de aburguesamento nem de coisíssima alguma, mas de autoestima. Aliás, aproveitei para lhe dizer que deixe de lado essa maldita água-de-colônia com que se rega desde os velhos tempos, seria melhor usá-la para limpar o vidro das janelas.

"Fica difícil respirar ao seu lado."

"Você não vai conseguir me ofender."

Ela estava pensando em comprar um par de sapatos, no máximo dois, mas, por fim, incentivada por mim, levou três, todos abertos, de verão, nem caros nem baratos. Como agradecimento pela companhia, quis me convidar para almoçar num restaurante à minha escolha. Respondi que um compromisso inadiável me impedia de aceitar. Ela não insistiu.

30

Discordo de alguns dos argumentos de Sherwin B. Nuland contra o suicídio. Cheguei a me sentir atacado nas poucas páginas do seu livro que tratam dessa forma imemorial de morrer. Lamentar que aqueles que se suicidam privam a sociedade de uma possível contribuição me parece uma grande besteira, tanto quanto acusar os suicidas de corroerem "pouco a pouco os extremos do tecido social da nossa civilização". Isso é naftalina moral.

Também diz que tem mais pena dos mortos involuntários, como se na sua compaixão por eles houvesse uma espécie de recompensa. Suas aversões e simpatias são coisas dele. E também escreve, o que me incomodou bastante, que "tirar a própria vida quase sempre é um erro". Um erro em relação a quê ou a quem? O simples fato de viver é um acerto? Um favor à comunidade? Deu vontade de parar de ler esse livro de que até então estava gostando.

Nuland nega o suicídio racional, associando-o a uma "desesperança opressiva que nubla a razão". Aí está ele insinuando de novo que a morte voluntária é coisa de idiotas. Como auge da simplicidade, Nuland considera que as pessoas pulam na frente de um trem ou se penduram pelo pescoço num poste para não se dar o trabalho de "superar a desesperança".

Não me sinto aludido. Bem, aludido, sim, mas não bem descrito. Eu gozo de saúde; não sofro de depressão grave, embora tenha minhas horas difíceis; mantenho a lucidez. A menos que haja um declínio perceptível no meu estado físico ou mental, acho que poderia me deixar levar sem grandes tropeços pelo fluxo suave dos dias, até desembocar na senilidade, mas acontece que, depois de tantos anos, estou cansado, e talvez até entediado, de interpretar um papel num filme cujo argumento não me diz coisa alguma; um filme que me parece mal concebido e executado de modo ainda pior. Só isso, Nuland. Por que não ter a elegância, até mesmo a decência, de ceder o lugar para outras pessoas? Sair de cena com os próprios pés também não poderia ser interpretado como uma contribuição?

Julho

1

Prometi lhe emprestar o carro para levar, juntamente com seus amigos da ocupação, as coisas que dei a eles. Meu filho não sabe que daqui a um mês o carro vai ser dele, como está declarado no meu testamento hológrafo. Por mim, pode vendê-lo ou espatifá-lo contra um muro.

    Nikita chegou pontualmente à minha casa, de manhã cedo, com dois colegas do apartamento que eles usufruem sem pagar, grandalhões, desalinhados, um deles com a borda e o lóbulo das duas orelhas todos pregados com argolas. De brincadeira, pergunto por que não alugam um caminhão e abrem uma empresa de mudanças. Eles não entendem, eu explico e, enquanto falo, com os mesmos gestos que faço quando estou na presença dos meus alunos, se entreolham interrogativamente, insinuando: *Este velho perdeu o último parafuso que tinha*. Depois, o cara das argolas responde que vão pensar no assunto. Esse pessoal ainda está traumatizado pelo bar que não conseguiram abrir depois que o menos burro da turma se mandou com a grana.

    Fizeram várias viagens do meu bairro ao deles com os móveis e objetos que lhes dei. O favor é mútuo: eles melhoram o mobiliário e o equipamento do seu covil, eu me livro de descer até a rua com um monte de trastes. Também ofereci meus livros, quantos desejassem; se quisessem, podiam levar tudo que ainda resta nas prateleiras, mas não. Não é o que estão procurando. Levaram uma cristaleira e uma cômoda que desmontaram antes, para caber no carro, duas mesinhas, utensílios de cozinha, uma luminária de pé, a mesa da sala, algumas ferramentas... O que não servir eles vão vender. Pedi várias vezes que tivessem cuidado para não arranhar as paredes do elevador, pois tenho vizinhos aqui e não quero ouvir reclamações nem pagar consertos.

    Nikita, que não parece surpreso por eu me desfazer de tantas coisas de repente, me interrompe.

    "Então, papai, e o sofá?"

    "No sofá ninguém mexe."

No fim, os três estavam suando, com a boca entreaberta (não respiram pelo nariz?), satisfeitos e ofegantes, inaptos para expressar verbalmente a gratidão. Eu lhes ofereci água com gás ou da bica. Eles declinaram. E comida, péssima ideia, porque num piscar de olhos liquidaram uma tigela de cerejas que eu candidamente tinha reservado para a sobremesa do almoço, com creme e um fiozinho de licor de amêndoa. E, na mesma sequência de deglutição, os famélicos também devoraram meia dúzia de bananas.

Nikita fica mais algum tempo enquanto os outros o esperam no carro. Finalmente posso repreendê-lo, mas com carinho, sem ninguém ouvir.

"Você não parou de coçar as costas a manhã toda."

"É que coça muito quando eu suo. Minha camiseta vai ficar cheia de manchas de sangue."

"E a pomada não ajuda?"

"Essa pomada é uma vigarice. Daria no mesmo se eu passasse maionese no corpo."

Pergunta pela boneca. Se ainda a uso. Acha que poderia aliviar sua situação financeira vendendo-a por alguns euros. "Por quanto?" O coitado não tem ideia de comércio. "Cinquenta", diz ele, inseguro. "Mas o que você faz com cinquenta euros? Não está vendo que é um produto de alta tecnologia?" No mesmo instante, uma centelha de cobiça se ilumina em seus olhos, e eu sinto ter cometido um ato de ingratidão e crueldade ao tratar Tina como um produto. Nikita quer saber quanto poderia conseguir por ela no eBay, no Wallapop ou talvez no Rastro.

"Não é constrangedor expor uma boneca erótica pela rua?"

"Eu não me constranjo com nada. Estou duro."

"Nem pense em pedir menos de quatrocentos."

Ele pretendia jogá-la no ombro como se fosse uma prancha e carregá-la à vista de todo mundo, sem se importar com possíveis falatórios na vizinhança. Eu lhe explico que tenho uma profissão honrada, além de uma reputação a zelar, e que ele poderia me comprometer se alguém da vizinhança o reconhecesse como meu filho. Nikita não entende de respeitabilidade nem de reputação, mas, para acabar com minha insistência, concorda em voltar à tarde sem os amigos, trazendo um saco ou uma bolsa grande para transportar Tina escondida.

"Por acaso é proibido ter bonecas?"

"É melhor fazer como eu digo."

À tarde, na sala, parecíamos dois assassinos ocupados em esconder um cadáver. Tina, séria, limpa, perfumada, aceitou silenciosamente a mudança de dono. Evitei olhar nos olhos dela. Como o saco era pequeno, preferimos que a cabeça com as belas mechas não saísse pela abertura, mas sim os lindos pezinhos, cuidadosamente tapados com uma sacola plástica. Numa bolsa separada pusemos a lingerie, os sapatos de salto agulha e os acessórios, exceto dois frascos de perfume, um já em uso e outro fechado. Como paguei caro por eles, preferi conservá-los.

"Será que quatrocentos euros não é demais?"

Temo que acabe vendendo por nada. Seja o que for que consiga por ela, aconselhei-o a depositar o dinheiro no banco ou usá-lo para as despesas. Teria que ser muito bobo para cair de novo na história da caixinha. Que eu nem fale disso, porque ele e os amigos ainda estão irritados. Antes de ir embora, Nikita me dá um abraço com tapinhas nas costas. Quase me derruba. Esse garoto me ama. À sua maneira, mas me ama. A última coisa que eu lhe disse, quando já estava saindo pela porta com o casaco no ombro, é que penteie Tina de vez em quando, que não a exponha ao sol, não a deixe cair e trate-a com delicadeza.

"E principalmente higiene, muita higiene."

2

Cara Tina,

Meu amigo Patamanca, que é como gosto de chamar pelas costas o seu primeiro dono, substituiu você por uma boneca acompanhante que fala e mexe as pálpebras, programada para conversar em inglês e assumir diferentes tipos de personalidade: carinhosa, submissa, dominante... Não sei quantas funções tem. O que sei é que custou um dinheirão ao meu amigo. Ele não costuma mencioná-la, mas de vez em quando fala dela com orgulho, insinuando que a boneca está apaixonada por ele e o adora.

Eu gostava de você como era, silenciosa, inexpressiva, com seus membros articulados e sua pele de silicone. Um pouco distante, sim, mas sem anular por completo a sensação de que estava me ouvindo e me entendendo. Agora que você não está mais comigo, penso com profunda gratidão nos bons momentos que me proporcionou.

Este mês tivemos que nos separar, você sabe disso. Na verdade, seu confinamento no armário, seguindo os conselhos da prudência, foi o primeiro passo para essa separação. A partir de então, nada entre nós permaneceu como antes, quando não havia impedimentos para sua presença constante no sofá. Aceito sua reprovação silenciosa: sou um homem fraco, disposto a renunciar à liberdade por medo de ser criticado.

Prometi que você não ia acabar abandonada no banco de um parque, numa noite qualquer, para alegria ou escárnio na manhã seguinte dos garis ou para indignação dos passantes. Garanto que poucas vezes na vida me doeu tanto separar-me de um ente querido. Para mim você era uma pessoa, porque estava dotada da humanidade que eu lhe projetava.

Agradeço a você por ter me livrado do sexo pago, com seus riscos para a saúde e a consciência culpada de fazer parte de uma rede de exploração humana. E agradeço também por me ressarcir desse outro sexo que parece que é gratuito, porque está associado à convivência, mas que também se paga, e é mais caro e mais sujeito a frustrações e conflitos do que o outro. Obrigado também por me livrar daquela coisa monótona, opressora e debilitante que é a solidão do homem isolado entre as paredes de casa. E digo mais: na escala das minhas preferências, atualmente coloco a companhia na frente do prazer.

Para mim foi bom não ter que implorar por sexo nem me esforçar para merecer ternura. Ao seu lado, estava livre de precisar bancar o simpático ou me fazer de cavalheiro, de ter julgadas as minhas decisões ou ditadas as minhas palavras e o meu comportamento em troca de satisfação física. Nunca a considerei um simples brinquedo ou um arremedo de mulher: você foi um corpo em que pus alma. Fiz você humana porque enchi sua beleza de humanidade, fiz você real porque a enchi de realidade. Sei o que estou dizendo e sei por que digo isso.

Não garanto que você esteja agora nas melhores mãos, mas, acredite, também não havia muito o que escolher. Espero que acabe na casa de um bom homem que a trate com o respeito que merece. Desejo isso de todo o coração, minha querida, minha linda Tina.

3

Júbilo no nosso canto do bar. Apareceu uma ferida na palma da mão direita de Patamanca. Finalmente!

Nosso amigo afirma que não estava lá ontem à noite. Pergunto se tem certeza. Absoluta. Tinha descoberto esta manhã no escritório. A mão coça, mas o incômodo é tão pequeno que, a princípio, ele não dá importância, mas tampouco consegue deixar de coçar de vez em quando. No meio das suas tarefas cotidianas, de repente olha para a área afetada e descobre uma daquelas manchinhas avermelhadas que lhe são familiares. O *noli me tangere* está em sua fase inicial. Ao anoitecer, quando o vi, tinha chegado ao tamanho de um grão de arroz. Ainda não supura. Pata estava feliz; Águeda e eu também, convencidos de que estava resolvido o enigma.

Tudo indica que a origem do problema do nosso amigo é a sardinha em lata, que Patamanca adora, seja em sanduíches, seja na salada, seja incorporada ao macarrão com molho de tomate. Seguindo seu plano de refeições, anteontem abriu uma lata para o jantar e ontem à noite, outra. Pelo visto, sempre consumiu sardinhas à vontade, alternando com anchovas em azeite, que agora nós três consideramos igualmente prejudiciais à saúde dele.

Assim, a hipótese de Águeda se revelou correta. A causa das feridas patamânquicas são os peixes em lata, que eu como de vez em quando sem consequências nocivas. Nós dois concordamos que é uma questão de justiça admitir que Águeda tinha razão. Ela, conciliadora, modesta, responde que o importante é termos descoberto a origem do problema, o que vai permitir remediá-lo. Talvez encorajada pela boa pontaria de suas intuições, sugere que mais tarde, quando a ferida atual estiver curada, Pata coma novamente sardinha em lata. Assim, diz ela, eliminadas as dúvidas, teremos a prova definitiva. Pata, que nesse momento estava tomando um gole de cerveja, quase engasga.

"Nem a pau!"

À tarde, Águeda não veio me procurar na praça San Cayetano. A princípio pensei que, talvez obrigada a andar devagar por causa do cachorro gordo, ainda esteja a caminho. Por via das dúvidas, decido esperá-la bebendo um refresco na varanda do Conache. E quando estou indo para lá com minha sacola de compras quase piso num andorinhão caído no chão. Viro o corpo suavemente com a ponta do sapato. O pássaro está infestado de parasitas que saltitam e correm pelo seu corpo imóvel. A imagem desse pássaro morto, coberto de parasitas, me deu um arrepio e uma sensação tão ruim que na mesma hora dei meia-volta e regressei para casa com a cabeça cheia de pensamentos fúnebres.

No bar do Alfonso, ela me explica por que não foi se encontrar comigo esta tarde na praça. A causa, como eu já imaginava, é o cachorro gordo. Águeda insistiu em me pedir desculpa, apesar de eu ter deixado bem claro que ela não tinha a menor obrigação de comparecer a um encontro que não foi marcado. Ela nos conta que Toni está muito mal. Não come nada e quase não bebe, quase não tem forças para se levantar, respira com dificuldade, provavelmente sente dores. O veterinário está informado, e amanhã de manhã vai ser preciso tomar uma decisão. "Vocês podem imaginar qual é." Águeda nos conta todos esses pormenores com espírito aparentemente forte, mas está muito enganada se acha que nos tapeia. Até no sorriso, e principalmente nele, se notava seu esforço para não trazer um assunto sombrio para a nossa alegre reunião.

Hoje não foi preciso dividir a conta. O ilustríssimo Patamanca, em sinal de gratidão pelo nosso assessoramento médico, pagou a despesa. Saindo do bar, já na calçada, ele me pede que Pepa passe a noite na casa dele. Águeda fica agradavelmente surpresa com esse nosso hábito. Pata explica que ele é padrinho de Pepa, "com todos os fardos e obrigações que implica uma responsabilidade tão elevada". E conta que tem em casa uma tigela para água, outra para ração, além de uma caixa de biscoitos para cachorro, um pacote de tiras de carne-seca, um rolo de sacolinhas de plástico para coletar excrementos e uma manta de uso exclusivo da sua afilhada peluda.

Depois de nos despedirmos dele em frente ao portão da sua casa, Águeda e eu ficamos conversando na calçada por alguns minutos. Achei que finalmente tinha uma oportunidade de lhe dar o frasco de perfume de Tina, o já aberto, aproveitando a ausência de Patamanca. Não é difícil imaginar as piadas que nosso amigo faria se presenciasse a cena. Eu tinha levado o perfume no bolso do paletó, e o frasco já estava ali desde o meio da tarde, quando fui fazer compras, embora o calor de hoje fosse convidativo a sair de casa só de camiseta.

Já ia tirando o presente do bolso quando de repente percebi a desfeita que estava a ponto de fazer. Que homem grosseiro, parece mentira que não tivesse pensado nisso antes. O frasco está com um pouco menos da metade do conteúdo. Como é que Águeda não vai se perguntar de onde saiu? Como não vai se sentir presenteada com o resto deixado por outra? E imagine se ela descobre que essa outra era uma boneca! Felizmente mudei de ideia. Vou ficar com o perfume aberto para mim. Como uma lembrança de Tina. O outro, ainda fechado, darei para Águeda. Espero que ela saiba apreciar.

4

Tenho a impressão de que meu telefone tem um som diferente dependendo de quem está ligando. Ouço o primeiro toque na manhã quente e digo: Águeda. Olho para o relógio. Quase dez horas, e repito: Águeda. O telefone continua a tocar, e agora não tenho mais dúvida: hoje o gordo verá a luz do dia pela última vez.

Outro que passa a minha frente.

Águeda preferiria que o veterinário fosse fazer a eutanásia de Toni em casa. Contudo, como isso não é possível nesse horário de grande movimento no consultório, me pergunta se eu não a levaria de carro à clínica. Também pode ir de táxi, se algum taxista permitir que ela entre com o cachorro. Diz que se sente incapaz de carregar Toni. E acrescenta que, se eu não puder, que não me preocupe, vai dar um jeito.

Encontro o gordo deitado de lado no chão, em um quarto onde Águeda me diz que ele raramente entra. Silencioso, imóvel, ele tinha se retirado para esperar a morte no escuro. A aceitação do fim me parece um sinal de grandeza. Hora de morrer? Pois ele morre, mas procurando não incomodar ninguém. Filosofia admirável, a de alguns animais. Ser humano angustiado, reclamão, derrotista ou equipado com alma e esperança: vê se aprende.

Eu me abaixo até meu rosto entrar no campo de visão do cachorro. *Você exala um cheiro forte*, digo a ele em pensamento, porque não quero que sua dona escute. Águeda, que acaba de acender o abajur, fica ao lado da porta e me deixa entrar sozinho no quarto. Um ponto de luz arde na pupila do gordo; quando me agacho ao lado dele, o ponto se apaga. Depois me afasto, e reacende. Quando me interponho entre o lustre e o olho, o eclipse se repete. Passo minha mão consoladora na cabeça negra e quente do animal. Não tem reação alguma. Não agradece nem rejeita. De repente, sinto que parei de sentir antipatia por ele.

Procuro interpretar o que seu olhar expressa: "Não dá mais, não aguento mais, me tirem daqui vocês dois, tenham a decência de não me deixar sozinho nos meus últimos momentos, não há necessidade de latir palavras humanas no meu ouvido, eu não preciso de carícias, a presença de vocês é suficiente. E, por favor, guardem as manifestações de pesar para quando eu tiver partido."

Saímos, Águeda levando um cobertor e dois brinquedos do gordo por recomendação do veterinário. A ideia é que os objetos familiares e o cheiro impregnado no cobertor ajudem a amenizar a sensação de estar num lugar estranho quando o adormecerem. O gordo pesa mais, muito mais do que Pepa. Eu o carrego, pernas penduradas, corpo inerte, nos braços, apertando-o contra o peito para ter mais segurança. Águeda desce a escada na minha frente, em silêncio. Essa mulher, quando não cai na loquacidade, parece envolvida num halo trágico. No portão encontramos um vizinho curioso. Pergunta se Toni, coitadinho, "está com algum problema". Águeda lhe diz que vamos levá-lo para a clínica e que estamos com pressa, e não dá mais explicações. Saímos. Ao lado do carro ocorre uma situação que eu deveria ter previsto. Não me preparei antes, droga, e é tarde demais para impedir que aconteça. Digo a Águeda em que bolso da calça está a chave. Sinto o movimento dos seus dedos cada vez mais abaixo; seus dedos exploradores, decididos, prestes a tocar no sagrado. Não é hora de brincadeiras, mas há certos pensamentos que não podemos evitar. Enquanto estendo o cobertor do gordo no banco traseiro, Águeda me pergunta se pode ir sentada ali, ao lado do seu cachorro.

5

Depois de desligar o motor, olhei para o céu através do para-brisa. Andorinhões? Nenhum. Sinto umas lufadas de solidão feia e viscosa quando não vejo suas silhuetas lá em cima, delineadas contra o fundo azul ou cinzento.

A pedido de Águeda, fiquei no carro fazendo companhia ao gordo, a cerca de cem metros da entrada principal da clínica, no primeiro estacionamento que vimos. Ela disse que ia cuidar da papelada e perguntar por qual porta tínhamos que entrar, porque, segundo o veterinário, nos momentos anteriores à eutanásia não era bom que o gordo tivesse contato com outros animais.

Águeda me pediu que a esperasse sentado no banco de trás, tomando conta de Toni, e dissesse ao animal algumas palavras gentis de vez em quando para ele não se sentir abandonado. Então, fui me sentar ao lado da cabeça do moribundo, a quem perguntei, assim que ficamos sozinhos, sobre seus assuntos preferidos para conversar. Futebol, política, literatura? E, como não me respondeu nem deu sinais de ter entendido, nem sequer escutado, saí falando a esmo e lhe disse um monte de coisas que, naturalmente, já não me lembro direito, mas que eram mais ou menos assim: "Como você lida com a agonia? Considere-se um sortudo. Pode acreditar, não vai sentir dor nenhuma. Se quiser, eu explico o procedimento. É simples e dura pouco. Primeiro você vai ser anestesiado, depois recebe uma dose letal e, de repente, sem perceber, estará livre do incômodo de existir. Já leu *Do inconveniente de ter nascido*, de Cioran? Provavelmente não. Você não parece um cachorro culto. Muitas vezes li poemas em voz alta para Pepa, que, aliás, manda lembranças, e até uma ou outra passagem filosófica. Tenho impressão de que ela gostava. Digo isso por causa da cara que fazia, uma cara de concentração e respeito. Enfim, gordinho, não quero menosprezar você com comparações desfavoráveis, o que é bastante fácil dada a sua falta de formação e refinamento. Dê-se por satisfeito com sua morte paga. Um verdadeiro luxo. Se você pertencesse à espécie humana, teria que beber sua taça de sofrimento até a última gota. Que droga! Se você é homem, tem que morrer como um cachorro; se é cachorro, merece uma morte indolor, com todos os cuidados para que fique tranquilo e não se sinta sozinho. Isso porque os cidadãos deste país, com todo o nosso progresso e todas as nossas máquinas, ainda não têm uma lei de eutanásia. Invejo a sua sorte, admiro a sua conformação. Você tem poucos minutos de vida, se é que todo esse abatimento ainda pode ser chamado de vida, e está aí, tranquilo, morrendo sem fazer alarde. Gosto da sua estratégia. Gosto tanto que em breve vou me inspirar nela, quando chegar minha hora de dizer adeus a tudo isso."

Vi Águeda chegando sem o cobertor nem os brinquedos, e a última coisa que eu disse ao gordo foi mais ou menos isto: "Seja legal comigo, xará. O que custa contar a verdade, agora que ninguém está nos ouvindo? Foi a sua dona quem deixou os bilhetes na minha caixa de correio? Não precisa latir a resposta. Sei que está sem forças. Uma piscadinha, uma ligeira contração das orelhas é suficiente para mim. Por que não diz nada?"

Águeda, olhos murchos, voz abafada, me informa que está tudo pronto e o veterinário, à espera de Toni. Peguei o gordo no colo e levei-o para morrer. Quando o deixei na mesa de cirurgia, não quis presenciar a execução compassiva, e disse a Águeda que, se ela não se incomodasse, preferia esperá-la no carro. Ela respondeu que não precisava esperar; a eutanásia ia levar algum tempo, e podia voltar sozinha para casa. Despedi-me do gordo com um tapinha amistoso nas costas.

6

Nestes derradeiros tempos de vida, só imagino uma possibilidade de inquirir quem passou tantos anos deixando bilhetinhos na minha caixa de correio. Essa possibilidade se apresenta em meu pensamento na forma de uma cena inverossímil. Toca a campainha, eu abro a porta e, em pé no corredor, a pessoa que se confessa autora dos anônimos. "Ah, era você?", digo com um grau maior ou menor de surpresa, dependendo de quem for.

Nunca vou saber a verdade escondida nessa história tão desagradável. Não seria difícil dizer, levado por uma ponta de orgulho, que não me importa continuar na ignorância, mas é mentira. Esses bilhetes, esses malditos bilhetes, do primeiro ao último, me causaram durante anos um efeito semelhante ao de uma urticária, além de frequentemente me roubarem o sono. Imaginei muitas vezes que um dia, entrando de repente pelo portão ou saindo do elevador, pegava em flagrante a pessoa que passou um tempo considerável da vida vigiando meus passos e me perfurando como uma dor de consciência. Sem dar-lhe tempo de sair do lugar ou de dizer uma palavra, eu pulava no pescoço dessa pessoa com um ímpeto de lobo faminto. Enfim, sei que estou caindo em devaneios próprios de um indivíduo que gostaria de ser feito de uma natureza mais feroz.

Examino o maço de bilhetes mais uma vez. Leio:

"Você não adoece nem sofre acidentes? Nunca vai chegar a hora em que nos proporcionará a alegria de dar entrada num hospital? Foi pensando em gente como você, que não contribui em nada para a sociedade, que inventaram o ditado 'Vaso ruim não quebra'."

Que mão ressentida poderia escrever uma coisa assim? A quem posso inspirar tamanha aversão? Penso em Amalia e digo a mim mesmo, sem a menor sombra de dúvida: *Só pode ter sido ela.* Logo em seguida, porém, não acredito mais que, depois de tantos anos morando sob tetos diferentes, eu ainda mereça alguma atenção da parte dela. Penso então em Raúl e na minha cunhada, e não me parece impossível que um deles ou os dois juntos tenham tramado uma longa vingança contra mim, embora nunca, em nenhum dos nossos encontros, qualquer um deles — ou os dois juntos — tenha se incriminado com gestos, palavras ou, sei lá, algum tipo de indício. E Águeda? Será que aquela mosquinha-morta, talvez despeitada porque a larguei, está seguindo meus passos silenciosamente desde aqueles dias longínquos da nossa separação? E com que fim? Que prazer ou benefício poderia auferir de uma chacota cujos efeitos ela não pode conhecer, porque não me vê quando abro a caixa de correio ou quando leio os bilhetes?

Às vezes, tomado por um delírio persecutório, penso em todos eles decididos a fazer de mim a vítima de uma conspiração, na qual se incluiriam também a diretora e os colegas do colégio, velhos amigos que perdi de vista, vizinhos malévolos... enfim, gente que por um motivo ou outro deseja minha infelicidade. Talvez exista, sem eu saber, uma Agência de Perseguição que faz o trabalho de atormentar a vida de determinadas pessoas mediante honorários, para que as pessoas que contratam esse serviço não tenham que se preocupar com a execução da tarefa.

Outro bilhete sem data, recebido num dia em que provavelmente estava de licença médica: "Resfriadinho em casa, fingindo-se de dodói para não ir trabalhar? Professor vadio, cara de pau e preguiçoso, isso é o que você é."

7

Nikita se esquivava pelo telefone em vez de me responder claramente. Voz rouca, frases sonolentas, pigarros. Disse que ontem foi dormir muito tarde; que nas noites de sábado o bar tem muito movimento; que houve uma briga de madrugada e ele levou um soco, mas devolveu seis; que estava acabado; que meu telefonema às onze da manhã o tirara da cama. "Mas você dorme numa cama?" "Bem, num colchão, no chão." Parecia o oposto de feliz com minha proposta, até descobrir que a ideia do almoço era conversar sobre o dinheiro da falecida avó, que tio Raúl me devolveu integralmente, e então a preguiça, as dúvidas e o pigarro sumiram de repente, e combinamos de almoçar juntos num restaurante no Centro da cidade. Digo a Nikita que o lugar onde pretendo reservar uma mesa é de certa categoria, por isso seria bom que ele fosse arrumado ou, pelo menos, limpo. Nikita me acusa de estar igual à mãe dele. E conclui, aborrecido, que ele é como é, e, se eu não o aceito assim, prefere passar o dia com os amigos.

Chega atrasado, abatido, desengonçado, não sujo, isso, não, mas com a barba despontando e os cadarços do tênis puído desamarrados. Este último detalhe é tão óbvio que imagino ser intencional, e por isso acho supérfluo mencionar. Nikita me envolve, alto, robusto, num abraço com cheiro de parede úmida, ou sei lá, de vapor de sopa, de cozinha mal ventilada. Sentado à minha frente, eu lhe digo que o inchaço na bochecha é bastante visível. Fala um palavrão e depois, com as sobrancelhas iradas, conta que não previu a intenção do bêbado, por isso não conseguiu se esquivar do golpe. "Num piscar de olhos, pá, pum, o cara estava sangrando feito um porco no matadouro. E olha que me seguraram, senão..." Meu filho, que já quebrava ossos no colégio. Meu filho, que é grande e incauto, mas tem colhões. Digo-lhe que achava que ele ajudava na cozinha, servia e limpava, mas não que fosse segurança do bar. Ele responde que faz qualquer serviço, e os colegas também, pois trabalham em equipe etc.

Põe na boca as fatias de presunto, a salada de lagosta (especialidade da casa) e os croquetes com uma voracidade tão convicta, que me dá vontade de lembrar a ele que as entradas são para nós dois dividirmos. Fico calado, não lhe digo nada porque estou vendo meu filho se alimentar com proveito e prazer, e as pessoas, queiram ou não, exercem a paternidade de maneira vitalícia, levadas pela força do instinto a buscar *in aeternum* a engorda da própria descendência, o que não me impediu de resgatar a toda velocidade, em benefício próprio, um croquete, porque comer também é uma lei da Natureza, principalmente quando você se sentou à mesa de um restaurante com essa finalidade.

Pergunto o que ele fez com Tina.

"Quem é Tina?"

Ele me conta, me explica, movendo o bolo alimentar de um lado para o outro da boca a fim de abrir passagem para as palavras saírem. O caso é que ele e os amigos colocaram Tina como enfeite, sentada a uma mesa num canto do bar, onde também puseram uma cadeira extra para o caso de algum cliente precisar de companhia e quiser tomar um drinque ao lado de uma figura feminina atraente. Pergunto se tem alguma foto dela no celular. Nenhuma. Confessa que a boneca (não diz Tina) está descalça. Por quê? Perdeu um sapato ou roubaram, não se sabe ao certo, e então o dono achou melhor que a boneca mostrasse os pés, que na opinião geral são muito bonitos. Eu lhe pergunto, num súbito ataque de desconfiança, se Tina por acaso não está nua. "Não, está com o sutiã e a calcinha que usava quando você me deu." E em volta do pescoço penduraram uma placa: "Não tocar."

"Você disse que era do seu pai?"

"Que importância tem isso?"

Ambos pedimos creme de cogumelos como primeiro prato.

"Como está sua pele?"

Parece que a psoríase se estabilizou: não avança nem recua. Quando se lembra ele passa a pomada, que já está acabando, e sente alívio porque pode esconder as áreas afetadas sob a roupa. É claro que nunca vai à praia ou à piscina, nem tira a camisa em algum lugar onde as pessoas possam ver a vermelhidão e as escamas no seu corpo.

Pergunto, enquanto esperamos o prato principal (ele, hambúrguer de carne bovina com fritas e outros acompanhamentos; eu, bochecha de vitela com verduras), se algum dia gostaria de ficar com o meu carro. "Você vai comprar um novo, por acaso?" A princípio se mostra indiferente. Logo em seguida lhe servem o que pediu, e depois das primeiras mordidas muda de ideia. Agora diz que o carro seria uma maravilha para carregar coisas e de vez em quando sair por aí com os amigos. "Claro, claro, e beber demais e se espatifar contra uma parede." O problema, diz, é que eu não confio nele. Pergunta para mim o que faz de errado. Vamos, fala. Diz que não usa drogas; só fuma de vez em quando um baseado, quase nada, é uma coisa de momento, que merda, e não fica bêbado, porque tem nojo de álcool. Para provar, aponta para a garrafa de Coca-Cola à sua frente. E, como se tudo isso não fosse suficiente para demonstrar que é um cara sério, ainda me lembra de que ganha a vida com o próprio trampo — que, embora cansativo e mal pago, faz com prazer. Peço-lhe, em voz baixa, que por favor não se exalte. Já estão nos olhando. Ele não liga ("Estou cagando") que olhem para nós. Pergunto se não tinha entendido que era brincadeira minha. Estou lhe oferecendo o carro. Não agora, não hoje, mais para a frente, talvez em breve. O que mais está querendo?

E, no fundo, me agrada que ele se insurja, proteste e exija respeito.

"Está enfezado hoje, hein?"

"Porra, papai. Parece até que você gosta de encher meu saco."

Dali a pouco propõe que falemos sobre o dinheiro da vovó. Se é verdade, como eu disse, que estou disposto a lhe dar tudo.

"Depende."

Nesse momento fico sério, agrade a Nikita ou não, porque o que eu não quero, digo, é que ele financie os vícios dos outros com a herança da minha mãe. Se for para suas despesas pessoais, para comprar roupa, comida, o que precisar, deposito toda a quantia na conta dele.

"Seria ótimo."

"Não quero que se aproveitem de você."

"Calma, pai. Eu sei me cuidar."

Raspada a última partícula comestível do seu prato, pergunta se não tenho a intenção de terminar a carne que ficou no meu. Assim que escuta a resposta, começa a deglutir o resto da bochecha, que imagino que já esteja fria, e logo depois, com a boca ainda cheia, pede de sobremesa um pudim com creme e uma bola de sorvete. Sinto vontade de lhe perguntar quando tinha comido pela última vez. Já estou satisfeito há muito tempo, e mais do que satisfeito, com a sensação de que minha camisa vai arrebentar na cintura. Quase não sobrou espaço no meu estômago para um cafezinho. Pergunto a Nikita se a mãe dele, ou algum outro parente, lhe pediu alguma vez que deixasse um bilhete na minha caixa de correio. Pela expressão que seu rosto assume, percebo que é como se eu quisesse ver as horas na roda de um trator. Nikita não entende a pergunta. "Bilhete? Que bilhete?" E como o assunto não lhe desperta o menor interesse, não é difícil mudar o rumo da conversa.

Mais tarde, na saída do restaurante, lhe dou uma cópia da chave do meu apartamento. Peço que a guarde num lugar seguro. Nikita não esconde a estranheza. "Nunca se sabe", digo. E explico que um dia eu posso cair ao sair do chuveiro ou perder a consciência por algum motivo, e nesse caso seria bom ele ter acesso à casa.

"Pois há alguns anos você se recusou a me dar uma chave."

"Exatamente: há alguns anos, quando você ainda era criança. Agora já é homem-feito."

"Você está de gozação, não é? Quando vai me levar a sério?"

Põe a chave no bolso sem fazer mais perguntas. Depois do abraço de praxe, começa a subir a rua, fortão, entupido de comida, com os cadarços desamarrados. Antes de desaparecer da minha vista, meu filho se vira, mostra a chave com o braço erguido, sorrindo, e finge jogá-la com toda a força contra os carros; depois, me dá uma banana, mostra a chave novamente, finge que a come, dá um pulo caricato e vira a esquina.

8

Meu irmão não telefonou para me informar de que tinha transferido o dinheiro para a minha conta, nem eu lhe telefonei confirmando que recebi. Parece que não temos muito o que conversar, e agora, que ele está meio transtornado com a morte da filha, ainda menos.

Eu estava decidido a não falar mais dele aqui, mas é claro que o fluxo das lembranças não é como abrir ou fechar uma torneira quando a gente quer. Na verdade, não era ele quem eu pretendia evocar esta noite. Meu irmão entrou nos meus pensamentos por causa de uma descoberta. Pode se dizer que nós dois nunca concordamos em nada, a não ser na rejeição taxativa de Héctor Martínez — e isso apesar da generosidade do velho dentista, que nos permitiu concluir nossos estudos universitários. Eu ia escrever, em defesa daquele homem, que ele nunca fez mal nenhum ao meu irmão nem a mim, mas isso não é verdade. Ele teve a audácia de roubar nossa mãe durante vários anos, e não fomos capazes de perdoá-lo.

Não tenho a menor dúvida de que o sr. Héctor agiu com mamãe como um verdadeiro cavalheiro, aliviando-a dos fardos da viuvez — sobretudo, creio, no que se refere à solidão — e lhe oferecendo as coisas de que ela devia estar precisando muito: atenção, afeto... Viajava frequentemente com ela e pagava todas as despesas do próprio bolso. Ajudou a aprimorar seu guarda-roupa e lhe deu muitos buquês de flores e algumas joias. Juntos, os dois costumavam ir a shows, museus, restaurantes chiques e muitos outros lugares agradáveis. Finalmente alguém se esforçava para fazer algo de bom para ela, e não o contrário, como de praxe. Levei muito tempo para entender isso, e desconfio de que meu irmão também.

Achávamos que aquele senhor de terno, um tanto cerimonioso e, segundo mamãe, bom, queria suplantar nosso pai. Conscientes dos benefícios econômicos de que usufruíamos com a situação, Raúl e eu tivemos que morder a língua para não lhe dizer cara a cara que não gostávamos dele. À sua revelia, obrigamos mamãe a prometer que ia manter aquele relacionamento fora das nossas vistas. Raúl foi ainda mais longe: que ela nem pensasse em se casar com aquele septuagenário. Eu apoiei o veto. Mamãe nos pediu calma e compreensão, e que procurássemos conhecer Héctor melhor. Dava as mais diversas explicações para acabar com os nossos temores, que definiu como infundados. Dizia que papai estava e sempre estaria no coração dela, coisa em que nunca acreditei.

Portanto, nós víamos pouco o sr. Héctor (eu, que tinha uma vida independente, quase nem via), mas de vez em quando, e segundo as circunstâncias, era inevitável que nossos caminhos se cruzassem com o dele. Cada um por sua vez, Raúl e eu presenciamos duas cenas que nos levaram a torpedear a relação daquele homem com mamãe até conseguirmos enfim que se separassem. Certa manhã, meu irmão veio me dizer, completamente fora de si, que os tinha visto beijando-se na boca, não me lembro mais onde, nem interessa. "Na boca, Toni, na boca! Imagina?" Para Raúl, aquilo era não apenas uma ação anti-higiênica e uma profanação da memória de papai, como também uma prova incontestável de que aquele velhote estava tramando entrar na nossa família. "Esses caras se fazem de bonzinhos e, quando conseguem seu objetivo, tiram a máscara, começam a mandar e se apoderam do que não é deles." Não ficou claro para mim como Raúl chegara a essas conclusões, mas a simples ideia de que Héctor Martínez teria colado seus lábios ásperos aos da minha mãe era suficiente para me deixar destemperado.

Num fim de tarde, chegando à casa de mamãe para buscar minha roupa lavada, vi os dois saindo de um táxi. Andaram um pouco de mãos dadas e, pouco antes de chegarem ao portão, à sombra de uma árvore, se fundiram num abraço. O lugar não era tão escuro a ponto de me impedir de ver o homem bolinando os seios de mamãe e ela não só permitindo aquele amasso, como também afastando um pouco o torso para facilitá-lo. Estive prestes a soltar um grito acusatório contra eles, a uma distância de uns vinte metros, mas depois de hesitar um pouco decidi ir embora, sem subir à casa de mamãe nem pegar minha roupa limpa.

9

Com o tempo, só dava para adivinhar que algum dia aquelas pétalas tinham sido amarelas forçando a vista. A primeira vez que vi a rosa num vaso alongado, em cima do aparador, já estava meio murcha. Ingenuamente, sugeri a mamãe que lhe pusesse água.

"Põe você."

Em cada uma das minhas visitas a flor estava mais pálida, com as bordas marrons e algumas folhas torcidas, tão ressecadas que pareciam ter virado papel e só estar esperando um leve toque para se desprender do caule. Muitos meses se passaram até que descobri que mamãe conservava aquele botão, nunca totalmente aberto, em protesto contra os filhos. Era uma rosa do último buquê que Héctor Martínez lhe dera. Quando ela me confessou isso, eu quase não me lembrava mais daquele homem de quem quase a forçamos a se afastar. Um dia, não sei quando, jogou a flor no lixo.

Não há dúvida de que na nossa juventude Raúl tinha um acesso mais fácil às intimidades de mamãe do que eu. Normal. Eles dois continuaram juntos, morando sob o mesmo teto, enquanto eu já dividia um apartamento com outros estudantes no último ano e meio da faculdade e depois de me formar. Raúl era naturalmente controlador e perguntador, além de o principal motivo para que o pobre sr. Héctor tivesse que se despedir de mamãe junto ao portão, sem poder ir com ela até o apartamento e, dentro do apartamento, graças ao Viagra, até o quarto, e, dentro do quarto, até a cama dela, como gostaria.

O caso é que fiquei sabendo por intermédio do meu irmão que nossa mãe, antes de dizer a Héctor Martínez que precisavam se separar, intercedeu para que ele procurasse o filho e finalmente fizesse uma tentativa de reconciliação na cidade onde ele morava. Não sei o desfecho da história. O que sei é que foi nesse momento, na véspera do embarque desse bom homem para o Canadá, com a mala já pronta, que mamãe lhe anunciou de supetão que os dois não iriam se encontrar mais, por exigência dos filhos dela.

Posteriormente, teve relacionamentos passageiros com outros homens; imagino, não tenho certeza, que por intermédio de uma agência matrimonial. Tomou muito cuidado para que Raúl e eu não os conhecêssemos. Mais tarde, deu para jogar bingo e outros entretenimentos semelhantes, que nem sempre conseguia manter em segredo e lhe custavam algum dinheiro.

Um dia, durante um almoço em família, de repente ela nos disse, do nada: "Poucas vezes fui feliz." Raúl me olhou do outro lado da mesa, como se quisesse me pedir que não comentasse aquelas palavras. Isso aconteceu na época em que mamãe dava os primeiros sinais de estar perdendo a lucidez. Então, me fiz de surdo, meu irmão também, e a frase se perdeu no ar, como tantas coisas na vida, como se nunca tivessem existido.

10

Eu não via Águeda desde a quinta-feira passada, quando a levei ao veterinário. Ela havia me dito que os dias seguintes iam ser difíceis. Tinha sido assim com os cachorros anteriores. Dessa vez não pretendia superar a perda do animal com o velho método de adquirir rapidamente outro. De todo modo, se a falta de companhia ficasse insuportável, poderia arranjar um casal de periquitos ou um gato, porque acha que essas espécies exigem menos atenção. Pediu minha opinião. Pensei imediatamente em diversas possibilidades, cada qual mais engraçada do que a outra, para a escolha do bichinho, mas fiquei em silêncio. Com o gordo batendo as botas, ela compungida, acariciando-lhe a cabeça no banco de trás do meu carro, não achei que era hora de soltar uma piada.

Hoje, na saída do mercado, também não. Lá estava ela, com sua carinha de tristeza na tarde abafada. Antes de mais nada, diz que veio para me fazer um pedido. Levei um susto tão grande que ela certamente não pode imaginar. Outra fusão labial? Um passo a mais no atrito dos corpos, com perspectivas de encaixe? Proponho refrescar nossas gargantas na varanda do Conache. Águeda recusa. Não está com sede. E me pergunta se pode ir comigo até meu portão. Quer conversar.

"Tudo bem."

Pelo caminho, traz à baila meu costume de emprestar a cachorra para Patamanca de vez em quando. Gostou da ideia, diz, e queria saber se eu também deixaria Pepa dormir na casa dela, para tornar mais suportável o vazio que Toni deixou. Se isso for possível só hoje, ela vai se conformar. Se não for possível nenhuma noite, "não faz mal". Vasculho meus pensamentos em busca de algum pretexto confiável que possa alegar para não me separar de Pepa, mas está quente, meus reflexos ficaram lentos, e não consigo encontrar as palavras certas. Então subimos, chegamos ao meu apartamento e, assim que a porta se abre, Pepa corre alvoroçada para cumprimentar Águeda. Emocionada com um gesto de amor tão inequívoco, nossa amiga começa a chorar. Era só o que me faltava.

Na minha casa, Águeda também não quis beber nem aceitou beliscar nada. Não estava nos seus planos (nem nos meus) ir hoje ao bar do Alfonso. Achei que seria constrangedor, dadas as circunstâncias, não a convidar para jantar — muito embora, honestamente, o dourado que trouxe do mercado não fosse grande o suficiente para satisfazer dois estômagos.

"Obrigada, mas não."

Sentada no sofá, Águeda ficou abraçando Pepa e, uns vinte minutos depois, levou-a para sua casa. Quando vai devolvê-la? Não sei. E agora estou aqui, sofrendo de solidão. A situação ficou tão angustiante que, em vez de preparar o jantar na hora prevista, fui até o bar em busca da companhia e das besteiras de Patamanca, que, como eu receava, não apareceu.

11

Quem foi que disse que a vida é um xadrez confuso, uma refrega de todos contra todos sem sentido ou regras? Poderia folhear o Moleskine em busca da formulação precisa. Ou será que fui eu que concebi essa ideia sem querer? Seria estranho que meu cérebro produzisse algo que não fosse um respingo do esforço intelectual alheio. Em termos de pensamento, sou como o besouro rola-bosta, que vive da merda dos outros.

Não sei nada, não entendo nada com este cérebro de qualidade inferior que a Natureza me deu, e vejo que esta noite estou percorrendo novamente o terreno das especulações. Tento examinar a alma da minha mãe tal como me lembro dela, entendendo por alma uma dimensão interna da pessoa, uma espécie de estojo (ou seria mais correto dizer esgoto?) onde cada qual encerra sua verdade intransferível. E concluo que nunca tive acesso a essa dimensão, nem da minha mãe nem provavelmente de mais ninguém, e que, por indícios e deduções, só posso ter uma ideia — nunca vou saber se certa ou errada — do que havia e acontecia lá dentro.

Imaginei mais de uma vez que contratava os serviços de um torturador profissional para obrigá-la a contar seus segredos na minha presença, um por um.

"Arranca mais um pedaço de carne com esse alicate."

"Toni, por favor. Estamos neste porão há cinco horas. O que mais você quer que eu conte?"

"Mãe, não está vendo que este homem e eu estamos dispostos a levar o interrogatório às últimas consequências? Você só precisa me contar tudo. Não vamos perder tempo. Cada hora de tortura me custa os olhos da cara."

Mamãe é um dos seres mais incompreensíveis que já conheci. Eu assumo a culpa, se não de todo, pelo menos de parte considerável dessa incompreensão. Passei tantos e tantos dias com ela, sempre tão próxima, tão familiar, que nem me ocorreu que tivesse alguma coisa a ser entendida. Não lhe fiz as perguntas certas, não me preocupei em ter conversas longas e detalhadas, nem achei que tivesse uma personalidade própria, interessante para além da minha conveniência. Para mim, ela foi, do início ao fim, mãe em tempo integral, um ser que serve e que dá, um seio incessante. Se você cair, ela levanta; se tiver frio, ela agasalha; se se machucar, ela cura e consola. Em circunstâncias assim, como pensar que essa mulher estivesse ansiosa para receber o mesmo que dava?

Paro aqui. Já é tarde, e bebi demais. Chega de me aporrinhar por hoje.

12

Tenho impressão de que mamãe nunca superou o rompimento com Héctor Martínez. O velho a adorava. Não vou discutir se o que os unia era amor. Certamente não, ou não totalmente, pelo menos no caso dela. Contudo, acho que nessa época mamãe finalmente se viu na situação, para ela nova e, evidentemente, agradável, de receber sem dar. O que ele obtinha em troca é algo que não me interessa.

Inseparável desta minha convicção, ou melhor, suspeita, tenho uma segunda. Enquanto teve lucidez, mamãe não nos perdoou por obrigá-la a se afastar daquele senhor elegante e bom. Nunca me acusou diretamente. Não sei quanto a Raúl. De tempos em tempos soltava uma insinuação, uma indireta ou fazia uma cara triste, ou então se lamentava por estar sem ânimo, sem ilusões, até sem vontade de viver. Raúl e eu sabíamos, e falamos disso várias vezes, em que ou em quem ela estava pensando quando enchia nossos ouvidos de queixas não associadas a fatos concretos. Mamãe tinha o cuidado de nunca mencionar o nome de Héctor na nossa presença, mas aposto que toda vez que chegávamos à sua casa para fazer uma visita ela se lembrava com amargura, e talvez até com raiva, daquele homem que a havia tratado como ninguém jamais a tratou.

Às vezes me pergunto se não cuspia às escondidas na nossa sopa quando nos convidava para comer na sua casa.

Bem provável.

Mais certeza tenho de que decidiu cultivar em relação a nós um desapego encoberto. Não me lembro de alguma vez que tenhamos nos encontrado e ela tenha me negado um beijo ou um abraço, mas também não se excedia na efusão. E quanto mais penso nisso, mais me convenço de que ela era mestra na arte de esconder seus verdadeiros sentimentos e de nos punir com sua frieza sem que Raúl e eu notássemos.

"O que você tem, mãe?"

"Não sei. É a pressão, ou foi alguma coisa que comi."

Intuo que ela se viu diante de um dilema insolúvel. Não tenho provas, mas não preciso me ater a formalidades, porque não estou me manifestando diante de um tribunal; por isso, não vou me privar de disparar meu canhão de afirmações. Creio que mamãe, por um lado, considerava que tinha que nos amar, porque éramos seus filhos, ela havia nos parido, criado etc., mas, por outro, nos odiava e continuou odiando em segredo até o dia em que seu cérebro, cada vez mais deteriorado, ficou deserto de consciência.

Após o rompimento da relação com o sr. Héctor, eu juraria que, por despeito, mamãe se obstinava em não aceitar nossa felicidade, nem a de Raúl nem a minha, mas não no sentido de nos desejar infortúnios; isso, não. Contudo, ficaria profundamente magoada, penso agora, se nós desfrutássemos exatamente o que tínhamos proibido a ela: uma relação duradoura e harmoniosa com nossas respectivas parceiras. E sinto minha desconfiança se confirmar quando me lembro de como tratava habitualmente nossas esposas, em especial María Elena, que, por seu jeito de ser, mais calorosa, mais condescendente e com menos recursos defensivos do que Amalia, recebia as maiores desfeitas. Lembro-me de algumas de grosso calibre, que mais tarde Amalia e eu comentávamos a sós. "Sua mãe não engole a María Elena. Viu o fora que lhe deu durante o almoço? Se faz isso comigo, eu explodo." Estou certo de que mamãe se conteve um pouco mais com Amalia por medo da lábia e do mau gênio da locutora, o que não significa que esta merecesse mais seu respeito ou que tivesse um pingo de simpatia por ela, muito menos de afeto.

13

Querida Pepa,

Quatro noites consecutivas sem a sua companhia é demais. Às vezes penso, com a consciência pesada, que deveria ter tomado mais iniciativas para alegrar sua vida, sei lá, inventar brincadeiras, treinar novas habilidades, ir passear no campo todo fim de semana, falar mais com você apesar de saber que não entende nada.

Nunca sofri tanto com a sua ausência quanto nestes últimos dias. Não é saudade nem qualquer dos seus derivados sentimentais. É uma coisa física, uma espécie de lenta asfixia que tira minha serenidade, mesmo quando não estou pensando em você o tempo todo. É como se minha existência, pelo simples fato de você não estar em casa, tivesse perdido o rumo e o equilíbrio e à minha volta as horas adquirissem uma consistência material que me oprime sem cessar.

Não costumo deixar você com Patamanca por tanto tempo. Posso admitir que passe uma noite fora de casa, no máximo duas; quatro é um período excessivo. E aqui estou, mais sozinho do que uma ostra, entre paredes silenciosas, com minha deprimente garrafa de conhaque, enquanto você está aliviando as mágoas daquela mulher a quem eu disse hoje pelo telefone, nos termos mais cordiais de que fui capaz, mas já a ponto de perder a paciência, que amanhã você tem que estar de volta sem falta. Tive que morder o lábio para não a acusar de estar abusando da minha gentileza.

Não é do seu feitio, minha doce Pepa, me censurar por nada, mas imagino que não devam faltar razões para isso. Algumas vezes não consegui conter meu desagrado por ter que levar você para passear, sempre pelo caminho habitual, tão conhecido, tão tedioso, muitas vezes embaixo de chuva, sob um frio intenso ou contra um vento desagradável. Eu ficava furioso por ter que interromper minhas tarefas urgentes no colégio ou a placidez doméstica para atender às suas necessidades. Depois, penso que a soma total dos passeios que demos perfaz uma quantidade enorme de quilômetros andados, e não posso deixar de ser grato a você, porque eu, que detesto atividades físicas, que não entraria numa academia nem sob ameaça, se não tivesse a obrigação de sair algumas vezes por dia teria me tornado uma bola de carne desengonçada e enfermiça por falta de movimento.

Agora, perto da meia-noite, procuro em vão seu olhar. Esses seus olhos cor de avelã que transmitem tranquilidade. Muitas vezes, você deitada no chão, ficam fixos em mim durante horas, e quando estou num período de baixo-astral parecem me dizer: "Vamos, a coisa não está tão ruim assim." Ou, se prolongo demais minha escrita cotidiana: "Que tal parar de vomitar palavras e ir para a cama?" Ou, então, simplesmente: "Pobre humano, preso nos fios pegajosos do próprio raciocínio."

Houve dias em que de repente imaginava que seu silêncio afável enquanto me observava continha um convite para me deitar ao seu lado, no tapete ou diretamente no chão frio, e fiz isso muitas vezes, antevendo o bem-estar que me esperava. Então, encostava a orelha no seu flanco coberto de pelo macio e ficava ouvindo as batidas do seu coração. Eu trocaria com alegria seu destino pelo meu. Sim, lamento não ter passado pela vida em forma de cachorro. Não qualquer cachorro, claro, mas um igual a você, minha linda, minha doce Pepa. Amanhã quero você de volta em casa.

14

Patamanca nos conta com sua jovialidade recuperada (ultimamente me parecia meio apagado) que há dois dias está comendo pão dormido com cerveja no café da manhã. Com isso, põe em prática uma recomendação de Charles Dickens mencionada numa biografia de Van Gogh que está lendo. Esse café da manhã incomum serve para desviar do seu propósito os suicidas iminentes. No caso dele, conta, o estratagema só funciona brevemente. Isso significa que, quando mergulha o pão no copo de cerveja, se esquece do suicídio, mas depois não consegue deixar de se perguntar: *O que estou fazendo aqui com esta porcaria de café da manhã?* E a resposta, inevitavelmente, desperta a lembrança do que estava tentando esquecer.

Havia um bom tempo que Patamanca não mencionava tão explicitamente esses assuntos macabros pelos quais sempre teve uma inclinação singular. Águeda achou divertida a suposta piada do nosso amigo, tanto que a emendou com outras da própria lavra; eu, pelo contrário, não a considerei digna de aplauso. Conheço Pata o suficiente para adivinhar o que ele pensa e sente de verdade só de ver as rugas entre as suas sobrancelhas, por mais que as demais feições façam os mais variados exercícios mímicos de distração. E o que vi hoje entre os olhos dele ao meio-dia não era nada bom; talvez, pensei a princípio, devido à ferida na mão. Está no auge, conta, e agora se transformou num buraco em carne viva que às vezes coça muito; ele a protege da sujeira com um curativo caseiro.

Tínhamos marcado um encontro, nós três, para tomar um aperitivo. Sugeri a Patamanca que fôssemos para a calçada com nossos copos, porque Águeda está quase chegando e já prevejo que Pepa vai dar vazão ao seu entusiasmo quando me reencontrar depois de quatro dias de separação, e é melhor que se desafogue fora do bar, onde há menos risco de incomodar a freguesia. Minutos depois, chega Águeda. A cachorra me vê e, ao contrário do que eu esperava, não dá qualquer sinal de animação; na verdade, ignora minha presença e vai mansamente receber o carinho de Patamanca. Não lança as patas na minha barriga nem me cobre de lambidas, como eu esperava. Quando a chamo, ela vem com uns passos não sei se cansados ou enfadados, ou as duas coisas ao mesmo tempo, e é como se não tivesse a menor noção do tempo que ficamos separados.

Águeda, de bom humor, carinhosa, sorridente, oferece a bochecha quando chega. Cheira intensamente a Tina e parece que, com a ajuda de Pepa, conseguiu superar o luto pelo gordo, que nenhum dos três mencionou na conversa. Nossa amiga está usando roupas e sapatos que compramos juntos e pintou as unhas das mãos e dos pés de vermelho-escuro. Tagarelando rápido, conta os passeios, as brincadeiras, as refeições e outros detalhes da vida de Pepa nos últimos dias. Patamanca de repente é tomado pelo mesmo desejo, e me pede a cachorra para esta noite. Soltei-lhe um não de quase estourar os tímpanos. Se não gostou, que se dane. Talvez impressionado com a firmeza da minha resposta, não insistiu. Nisso, Águeda entra no bar para pedir uma bebida não alcoólica. Eu me viro para Patamanca e digo: "Está acontecendo alguma coisa com você. Eu te conheço como a palma da minha mão." Nesse momento desaparece da expressão dele qualquer resquício de alegria. E me conta, baixando a voz, com sulcos profundos na testa, que fez uma besteira no trabalho. Prefere não entrar em detalhes agora, só diz que a quantia é alta. Ainda não descobriram, mas acha que não vai demorar muito. O chefe, ainda desorientado, confia nele, a tal ponto que lhe pediu que amanhã, quando o escritório reabrir, cuide da diferença recém-descoberta na contabilidade — o que na prática seria equivalente a Patamanca investigar a si mesmo. Então entendo por que está precisando ficar com Pepa esta noite. E me dá vontade de aconselhá-lo a jantar pão dormido com cerveja. Em vez disso, explico-lhe que não tenho condições psicológicas de passar mais uma noite sem Pepa. Então, Águeda sai do bar trazendo um suco de laranja e uma tigela de cogumelos ao alho e óleo para dividir, e ficamos os três numa alegre roda de amigos, conversando até a despedida sobre assuntos variados, nenhum deles muito pessoal.

15

Como ele não me telefonava, liguei eu para perguntar como foi o dia dele no trabalho e, ao mesmo tempo, saber se tinha sido demitido. Não ignoro que Patamanca, utilizando seus conhecimentos em matéria de aluguel e venda de residências, manteve lucrativos contatos paralelos à imobiliária durante anos. Foi passando à frente da empresa que ele me arranjou este apartamento, a partir de uma informação interceptada no escritório. Tratava-se, de maneira geral, de desvios de negócios, além de alguma eventual comissão sub-reptícia. Mas isso de agora cheira a desfalque, e não o primeiro, aparentemente, só que dessa vez o excesso de confiança parece ter lhe pregado uma peça. Diz que está estudando a possibilidade de assumir a culpa e devolver o dinheiro, na esperança de minimizar as consequências. Dá seu emprego por perdido. Por enquanto, está ganhando tempo, mas acha impossível que o chefe e, acima do chefe, os donos não descubram a verdade mais cedo ou mais tarde.

Admito que sua preocupação e seu queixume me irritam, e deixo isso bem claro durante a nossa conversa telefônica. Só nos restam pouco mais de duas semanas neste vale de lágrimas. O que ele tem medo de perder? O emprego? A honra? Não há tempo sequer para uma intimação judicial, e é iminente o fechamento da empresa para as férias, com o inevitável adiamento das investigações. Quando recomeçarem as atividades, no fim de agosto, suas cinzas já estarão fora de perigo numa urna ou espalhadas pelo campo.

Ele me pediu Pepa para esta noite. Menti descaradamente, dizendo que ela está com o meu filho, porque quero que o garoto se acostume com a cachorra e vice-versa, antes que tenha que cuidar dela todos os dias. Penso agora que um latido de Pepa atrás de mim me deixaria numa situação embaraçosa. Pepa tem uma natureza silenciosa, o que não impede que de vez em quando uma campainha, certas vozes ou passos na escada a levem a mostrar que não é muda.

A despedida foi fria.

Esse cara se agarra à vida e é um falastrão que, para sacudir a poeira do tédio, toma cerveja dissertando sobre o suicídio e gosta de flertar com a ideia de se matar. Suponho que estava brincando comigo durante todos esses meses, enquanto me trazia um saquinho de cianeto (que não provei, vai ver que contém aspirina moída) e me impelia a uma decisão que ele mesmo nunca levou a sério. Compreensível, portanto, por que agora está se borrando ao pensar que vai ser despedido do trabalho por gatunagem.

Onze e vinte da noite, olho à minha volta. Da minha copiosa biblioteca, reunida com grande esforço financeiro ao longo de muitos anos, sobrou apenas uma centena de livros. Também reduzi meu guarda-roupa, espalhado, junto com outros utensílios domésticos, por diferentes lugares da cidade. Os poucos móveis que conservo estão semivazios e, se não os jogo fora, é porque espero que Nikita aceite a proposta, a ser incluída numa declaração com as minhas últimas vontades, de vir morar neste apartamento, cujo aluguel, se ele não decidir outra coisa, estará garantido por um longo tempo pelas minhas economias. Estou convencido de que nunca mais voltarei ao colégio. Quase tudo está resolvido: dinheiro, testamento, instruções sobre contratos e outras disposições burocráticas que deixarei indicadas por escrito. Ainda tenho que encontrar um abrigo provisório para Pepa, de quem Nikita vai ter que cuidar, queira ou não. E se minhas pernas bambearam no último momento, como aconteceu com Patamanca, recorro ao método infalível de me plantar diante da fotografia de papai e encarar seu sorriso perene e aquele seu olhar augusto, paternal e poderoso que parece me dizer: "Filho, temos um encontro marcado. Você sabe que detesto a falta de pontualidade." E tenho certeza de que não vou falhar.

16

Queimei na pia o maço de bilhetes. Não que tivesse alguma intenção de apagar os rastros, porque afinal de contas transcrevo aqui o conteúdo de vários deles. No entanto, ao ver a pequena pilha de papel carbonizado senti que tirei um peso dos ombros.

Já faz bastante tempo que encontrei o último bilhete anônimo na caixa de correio. Demorei a entender que era mais um da série, porque estava em branco. Quando já ia jogá-lo fora, percebi que se parecia, pelo tamanho e pelo formato das dobras, com a maioria dos papéis do maço. Por isso resolvi guardá-lo como se fosse mais um bilhete. O fato de não haver nada escrito não reduziu meu desconforto. Depois desse bilhete em branco não houve nenhum outro, embora meus principais suspeitos continuassem morando na cidade.

O prazer de queimar vestígios me levou a fazer a mesma coisa com um número grande de fotografias. Só restou no álbum uma seleção de quinze ou vinte. São aquelas que não me parece certo privar Nikita de tê-las, principalmente as fotos dos avós e dele próprio quando criança. Também salvei da pira três ou quatro em que nós dois aparecemos em momentos agradáveis: ele vestido de carateca fingindo ter me derrubado; ele, recém-nascido, nos meus braços; ele, com uma camisa do Atleti, soprando um bolo de aniversário com quatro velas ao meu lado. Outras, que não eram ruins, também entreguei às chamas por se repetirem, assim como todas as que mostravam a mãe dele.

Das fotos em que estou sozinho, salvei uma parecida com a de papai no corredor, para o caso de Nikita querer emoldurá-la. Saí bem nessa foto, pareço relaxado e estou sorrindo. É assim que gostaria que meu filho se lembrasse de mim.

17

Fiquei mal depois do encontro desta tarde com Águeda na saída do mercado, não por ela, que não tem culpa de nada, mas por causa do nosso amigo Patamanca, cujo comportamento nos últimos dias me dá o que pensar. Ontem telefonou para ela chorando. Águeda correu para a casa dele, onde a seu pedido pernoitou, pois Pata entrou em pânico com a ideia de ficar sozinho. Para mim é difícil imaginar nosso amigo, sempre tão sarcástico, tão rigoroso e firme em seus pontos de vista, gemendo, mas parece que caiu numa choradeira colossal. Fiquei sabendo que os dois conversaram até de madrugada; ela, suponho, tentando consolá-lo. Patamanca foi quem mais falou, e contou muitas coisas pessoais, mas também algumas coisas minhas, e isso, confesso, me irritou bastante.

"Ele te autorizou a me revelar o conteúdo da conversa?"
"Não, mas também não me disse que era segredo."

Nosso amigo, que esta tarde Águeda preferiu dispensar do apelido, precisa de apoio urgente. Movida pela nobre ideia de ajudar esse homem com a mente abalada, ela quer me pedir um favor, porém ficaria chateada consigo mesma se não me contasse antes o que conversou com ele na noite passada e, principalmente, a delicada situação em que nosso amigo se encontra.

"Você quer dizer o assunto de trabalho?"

Mas acontece que não falaram sobre isso. Surge uma expressão de surpresa no rosto de Águeda e tenho impressão de que, por imitação ou contágio, outra semelhante no meu. Entendo que ela não está a par da encrenca de Pata no escritório. Então sobre o que esses dois conversaram? Águeda explica que se referia à situação emocional de Patamanca, a quem atribui afirmações a favor do suicídio, dessa vez sem intenção burlesca; vontade de contrair um câncer fulminante; várias diatribes contra a vida em geral, contra a Espanha e seus políticos, contra os pais por tê-lo trazido ao mundo e contra o irmão gêmeo, que mora em Valladolid e nunca telefona nem escreve para ele.

Águeda me pergunta o que houve no escritório.

"Não, nada. Pensei que ele estivesse de saco cheio de ir trabalhar todos os dias."

Com esse subterfúgio, e fazendo cara de bobo, poderia jurar que consegui disfarçar meu deslize.

Águeda diz que, com a arte das suas "mãos mágicas" (e as mostra, como se esperasse que eu visse ali algo mais do que duas mãos normais de mulher), depois de algum tempo conseguiu acalmar nosso amigo, que até então vinha enfileirando incongruências. Fico sabendo que há uns quinze anos Águeda fez um curso de massagem, atividade que nunca exerceu profissionalmente, mas que pratica com gosto, sem cobrar honorários, sempre que tem oportunidade. E acrescenta, com um sorriso angelical — mas sabe-se lá que pensamentos turvos e segundas intenções se escondem por trás daqueles olhos de corça bondosa —, que se algum dia eu quiser usufruir seus serviços, é só pedir. Levada por um ataque de vaidade que me parece estranho nela, não poupa elogios a si mesma. Diz que conhece uma técnica infalível contra dor nas costas.

"Obrigado, mas não estou com dores."

"Você não sabe o que está perdendo."

Estará me desafiando? De repente me ocorre que o caráter dessa mulher mudou só por passar uma noite na casa de Patamanca. Parece, sei lá, que está mais decidida, chegando às raias do descaramento. Em vez de recuar, decido enfrentá-la, e quando me diz, após tomar um gole do seu chá, que ela, sim, está com as costas doendo, e não só as costas, mas o pescoço também, porque dormiu numa poltrona, pouco e nu... pergunto, olhando nos seus olhos, se não havia espaço p... ...ção ruim, ...s na cama de Patamanca.

"A boneca dele ocupava a metade. Os dois são insepar...

Acha que ela é uma graça. "Sério", acrescenta. Rosto li... corpo esguio, pele acobreada "e o que os homens mais gostam: subm... absoluta". Concordo com ela na hora, sustentando seu olhar em desafio... tão me conta o que eu já sei: que a boneca de Patamanca se mexe e fala i... s. Ah, e usa a mesma marca de perfume que dei a Águeda.

Essa mulher é um perigo.

É uma serpente silenciosa, paciente e vigilante, e eu sou sua presa.

O falastrão, choramingão e deprimido vai e lhe conta que antes tivera outra boneca, mais primitiva (primitiva, Tina? Que idiota!), ou seja, com menos funções, e que a deu para mim quando comprou a nova.

"Já me livrei dela há muito tempo. Não estou mais em idade de ter brinquedos."

Águeda continua com uma expressão jovial. Aposto que sabe que estou mentindo, mas não vai dizer nada. Isso espantaria sua presa.

Logo depois, quando se obstina em me mostrar como é compreensiva e misericordiosa, interrompo para lhe perguntar pelo favor que tenho que fazer sem falta ao nosso amigo. É quando Águeda sugere que esta noite leve Pepa para ele.

"Por favor", insiste.

Então entendo que tudo que ela tinha me contado se destinava a me fazer esse pedido.

E não tive coragem de recusar.

18

Telefonei para Patamanca antes de levar a cachorra, pensando em aferir sua temperatura emocional e me certificar de que ele não esperava que eu lhe oferecesse, como fez Águeda na véspera, um ombro amigo para encharcar de lágrimas, papel que eu não estava disposto a representar. Fiquei aliviado ao ver que estava se expressando normalmente, mais sério do que de costume, mas sem soluços nem outras manifestações patéticas. Não escondi que a ideia de Pepa passar a noite na casa dele era da nossa amiga, e também avisei sem rodeios que só ia deixá-la por uma noite, pois eu também preciso de companhia. Pata concordou e me agradeceu antecipadamente. Suave, conciliador antes de desligar me perguntou se eu tenho algum tipo de animosidade contra ele.

"Por que diz isso?"

"É que estou notando certa tensão na sua voz."

"Você também não parece a alegria em forma de gente."

Ainda não havia escurecido quando entrei pelo seu portão, depois de anunciar minha chegada pelo interfone. Subi os quatro andares atrás de Pepa, que conhece bem o prédio e estava tão eufórica que, sem paciência para esperar o elevador, saiu correndo escada acima. Patamanca veio abraçá-la; fora de si, Pepa lambia freneticamente seu rosto, sua orelha, onde alcançava. Nós trocamos cumprimentos frios; não hostis nem zangados, mas sem as piadas habituais.

Ele me disse coisas estranhas. Que à tarde tinha ouvido vozes nas paredes ou atrás delas (não entendi bem nem pedi detalhes), que tinha recebido vários telefonemas misteriosos de alguém que desligava quando ele atendia.

"Talvez tenha sido a mesma pessoa que pôs os bilhetes na minha caixa de correio."

Eu não tinha a menor intenção de ficar na casa dele mais tempo que o necessário, e por isso lhe perguntei sem mais delongas sobre o problema do trabalho, que me parecia indispensável mencionar. O cerco estava se fechando, disse ele. No entanto, enquanto ganhava tempo seguindo deliberadamente pistas falsas, fez investigações secretas com o objetivo de pegar o chefe em alguma manobra fraudulenta, antiga ou recente, para poder forçar, com uma boa carta na mão, algum tipo de acordo à revelia dos proprietários. E, caso a tentativa falhasse, Patamanca estava decidido a confessar seu "erro" e devolver a grana roubada, confiando que o chefe, com quem nunca tivera um conflito grave em seus muitos anos de relação de trabalho, se mostraria mais ou menos benevolente e, em troca da devolução do dinheiro, faria vista grossa ou pelo menos interviria para livrar Patamanca de um eventual processo legal. Perguntei se ele sabia que o último dia de julho estava se aproximando, e que faltava pouco para vencer o prazo que tínhamos estabelecido um ano antes. E acrescentei: "Eu, no seu lugar, não daria a mínima para qualquer coisa que tenha a ver com o trabalho."

"Cada um é como é."

Então lhe contei, num tom de voz nada amigável, que tinha estado com Águeda esta tarde. E fiquei muito surpreso ao ver que nossa amiga não sabia nem meia palavra sobre o problema dele na imobiliária, mas que tinha informações completas sobre mim e minha vida pessoal. Sabia até da existência de Tina, de quem eu nunca tinha lhe falado. Pata tentou responder e eu o interrompi. Não precisava dizer nada. Ou pensava que ela não tinha me contado os pormenores da conversa que os dois tiveram na noite passada?

"Sei que você chorou. Sei que ela dormiu numa poltrona e você, com a sua mulata. Pode me poupar de explicações."

Vi no rosto dele que minhas palavras o tinham magoado, e não prossegui. A última coisa que lhe disse, a caminho da porta, foi que a partir de agora, se ele apreciava minha amizade, não revelasse minhas confidências a ninguém, muito menos a Águeda.

No início da manhã, antes que ele saísse para o escritório, fui buscar Pepa em sua casa, como tínhamos combinado. Ele me convidou para tomar o café da manhã. Respondi que não. Insistiu em almoçar comigo em algum restaurante entre as duas e as três da tarde. Também não. Fiquei com pena de Pata: o curativo sujo na mão, as pantufas antiquadas, o cheiro pungente, de remédios, no seu apartamento e o medo que tem de ir trabalhar. Retraído, sem vitalidade facial, sem força na voz, ele parece outra pessoa, uma pessoa, sei lá, que perdeu em poucos dias todo o encanto, toda a vivacidade, a energia. Já no corredor, depois de nos despedirmos, de repente me virei e abracei-o em silêncio, e foi como abraçar uma estátua decrépita e tristonha.

19

Como está fazendo calor demais para dar um passeio longo com Pepa, primeiro a levei até a árvore da esquina para aliviar a bexiga e os intestinos e depois a deixei em casa, louca de alegria após tomar um banho refrescante. Por volta das cinco e meia da tarde, com o Moleskine de capa preta debaixo do braço, saí para andar a esmo pelas ruas.

De modo geral, esta cidade sempre me pareceu um cenário aceitável para a minha vida. Existem, sem dúvida, outras mais interessantes, mais confortáveis e bonitas, e mais bem administradas, mas também existem piores. Não tenho uma relação ruim com minha cidade natal, pelo menos com as partes dela que tiveram alguma relevância biográfica para mim. Patamanca, por sua vez, a julga com dureza.

Buscando as calçadas com sombra, parando apenas para uma breve visita a uma sorveteria na rua Luchana (quando vi a placa, a criança que persiste em mim assumiu o controle), continuei até Malasaña, por onde caminhava muito quando era jovem.

O chão parecia exalar o vapor de uma fornalha. Havia pouca gente nos espaços públicos e menos trânsito do que o normal. Depois, à medida que a tarde ia caindo e o calor perdia intensidade, em algumas varandas, ou em frente a certas lojas, se aglomerava algum público, seres humanos de diferentes tamanhos, idades e cores, e vendo aqueles semblantes desconhecidos eu indagava o que me une a toda essa massa de bípedes. Que culpa tenho de ser contemporâneo de alguém? Imagino que compartilho a nacionalidade com a maioria dos passantes, o que, para mim, não significa grande coisa. Você é parido numa parte delimitada do planeta e, por esse capricho do acaso, é espanhol, irlandês, argentino ou o que calhar, e se espera que tenha algum tipo de entusiasmo patriótico, não o tempo todo, imagino, porque o excesso de fervor deve ser cansativo, mas de tanto em tanto, sei lá, quando tocam o hino, um esportista nacional ganha uma medalha de ouro ou um conterrâneo recebe o prêmio Nobel.

Na rua San Andrés havia uma caçamba cheia de entulho em frente a um prédio. Dois pedreiros brancos de poeira estavam ali conversando — em romeno? — ao lado de um carrinho de mão em que jogavam as cinzas dos seus cigarros, e eu, fingindo ser um morador, entrei calmamente pelo portão, o primeiro que vi aberto desde o início da caminhada. O Moleskine não cabia em nenhuma caixa de correio. Fui obrigado a encaixá-lo na fenda de uma delas, a qual ostentava uma placa que dizia: "H. Collado." Homem, mulher? Herminio, Herminia? Agora me pergunto, enquanto escrevo estas minhas trivialidades do dia a dia, o que o sr. ou a sra. Collado terá feito com um caderno cheio de citações filosóficas.

Na volta, pela Gran Vía e pela rua de Alcalá, me sentia mais leve. Suado e com sede, sim, mas com uma sensação de cérebro resetado. Foi estranho passar em frente à Casa do Livro e não entrar para dar uma olhada na mercadoria, mas já faz muito tempo que parei de ampliar minha biblioteca, e não estou interessado em novidades editoriais. Em casa, debaixo do chuveiro, senti que o jato d'água, além de tirar a sujeira pegajosa, parecia me limpar das aderências livrescas, de muitas noções e conceitos e frases e máximas que, no fundo, nunca me serviram para nada, a não ser para impressionar algum ingênuo.

Não fui ao bar do Alfonso na hora de costume porque tive preguiça de me vestir para sair e me expor ao calor, à loquacidade de Águeda, às aflições de Patamanca.

Vazio. Não é dor, nem tristeza, nem mesmo umas pontadas de angústia existencial, mas ultimamente, onde quer que eu esteja, aonde quer que eu vá, me sinto mais entediado do que um faroleiro no oceano.

Acho que só vivo pela inércia da respiração.

E conto os dias. Aparentemente são poucos, mas para mim parecem muitos.

20

Tenho ligado há vários dias para o número que aparecia no anúncio e ninguém atendia, mas ontem, voltando da minha longa caminhada, tentei de novo e tive sorte. Depois de lhe dizer onde tinha conseguido seu telefone, como ela pedia na apresentação do site, expliquei em poucas palavras o meu propósito. Falei que concordava em pagar a tarifa estipulada em troca da realização de um desejo especial. A partir de cem euros, segundo a informação abaixo da sua foto. Outras se contentariam com bastante menos pelo mesmo serviço, mas considerei nos meus cálculos os traços faciais dessa mulher na casa dos trinta. Com certa secura, ou pelo menos foi o que me pareceu, informou que faz de tudo, menos anal.

Deduzi pelo sotaque e por alguns erros linguísticos que o espanhol não era sua língua materna. Respondeu mecanicamente (lembrava a boneca de Patamanca) que, antes de aceitar novos clientes, tem a norma de se encontrar com eles no parque Baterías para conhecê-los (ou seja, examiná-los), e só então decidia se os deixava entrar no seu apartamento ou não. Pagamento, claro, antes do sexo, em dinheiro ou com Visa. Explicou tudo isso com seu jeito de falar um tanto imperfeito, mas prático e fácil de entender.

Não hesitei em aceitar as condições, destinadas em boa medida a preservar sua segurança pessoal. Disse que quando ela me visse ia perceber que sou um homem educado e limpo. Não fez nenhum comentário. Eu, em seu lugar, também não confiaria em qualquer um. Após uma conversa breve, concordou em marcar um encontro às quatro da tarde ao lado da pérgula do parque Baterías, no bairro de Concepción, muito perto, como vim a saber depois, do apartamento de uma compatriota dela que lhe alugava um quarto para trabalhar. Tanto a dona da casa, também do ofício, quanto ela e uma outra que pratica sexo remunerado no mesmo lugar vêm da Rússia, e isso é tudo que sei, e não preciso — nem quero — saber mais.

No parque, vejo que a russa não se parece tanto com Amalia quanto na fotografia da internet. Mas alguma coisa, sei lá, um ar, um estilo de Amalia jovem e de cabelo comprido, vislumbra-se nas feições dessa prostituta. De corpo, a russa é mais alta e corpulenta, com seios muito mais volumosos do que os de Amalia, aposto que turbinados com implantes. Está vestida, por assim dizer, com certa ousadia, mas não de forma que grite seu ofício. Pensando em lhe inspirar confiança, fui de terno e gravata, apesar do calor.

Explico a ela com cuidado, sob a sombra das árvores, sem ninguém por perto, o que desejo. A ideia é reproduzir um episódio erótico de muitos anos atrás, vivido com uma mulher que não está mais na minha vida: uma espécie de performance teatral em que ela, a russa, faria o papel da outra mulher. Esse é o serviço que quero e pelo qual estou disposto a pagar o que ela pede. "E eu, o que tenho que fazer?" Respondo que um boquete. Mais nada. Numa cama, sem roupa e em determinada posição que eu vou indicar. Ela me diz que "chupar custa cem", que por menos não faz, que alguns clientes vêm só para conversar e chorar suas mágoas, e ela cobra a mesma coisa. "E, lógico, com camisinha." Sinto muito, mas camisinha estraga o meu plano, porque na cena original não usei. Portanto, não há acordo. A russa vai embora sem se despedir. Simplesmente se vira e sai dali rosnando e balançando furiosamente os quadris. Claro, perdeu seu tempo à toa. Depois de avançar uma dúzia de passos em direção à rua Juan Pérez Zúñiga, dá meia-volta, vem novamente até onde estou e me diz, lindos dentes, que sem camisinha são duzentos euros. Suponho que pela mesma quantia eu podia passar uma semana inteira comendo latinas em Delicias. Respondo que tudo bem, aceito. A russa me avisa que vou ter que me lavar com água e sabão na frente dela, porque tem dois filhos no país natal e não quer saber de doenças. Estou pronto para segui-la, mas ela não deixa. Precisa, diz, de meia hora para "ficar mais bonita". E então me fala qual é o número do edifício e o do interfone que devo tocar três vezes, um toque longo e dois curtos. Senão não abrem. Que não faça barulho ao subir, porque há uns "vizinhos chatos" no prédio e ela e as colegas estão cansadas de ter problemas. E me lembra que o pagamento é adiantado. Depois, já na calçada, me joga um beijo.

21

A voz de Amalia no rádio. Tenho certeza de que esta noite a ouvi pela última vez. Imaginei uma conversa com ela, respondendo às perguntas que fazia a vários interlocutores durante o programa, naturalmente sem prestar atenção nos temas que ela abordava. Afinal, devo ter ficado uma meia hora com a orelha próxima ao aparelho, tempo suficiente para lhe contar, como se estivesse respondendo às suas perguntas, minha experiência de ontem com uma mulher russa, com cuja onerosa colaboração reproduzi aquele nosso lance erótico no Altis Grand Hotel em Lisboa, se lembra disso?

A russa seguiu minhas instruções ao pé da letra, e ainda assim o resultado não foi inteiramente satisfatório. Para mim, aquela mulher, depois de recebidos os honorários e convencida de que estava lidando com um pobre-diabo de quem não cabia esperar perigo algum, empregou todos os seus esforços em terminar o trabalho o mais rápido possível e me ver pelas costas. De maneira que a coisa me levou, sim, ao último orgasmo da minha vida (a menos que nos próximos dias eu chegue sozinho a algum outro, com um procedimento manual simples e barato), mas, de modo geral, a experiência me decepcionou. Sei lá, gostaria de um pouco mais de paixão venérea na profissional do sexo, mesmo que fingida. Evidentemente, não me deixou ejacular dentro da sua boca. Enfim, ela e a dona da casa se despediram de mim com grandes manifestações de cortesia e expressaram o desejo de me receber novamente. Como não dar boas-vindas a um idiota que paga tanto por tão pouco?

Embora esperasse mais envolvimento da russa por aquele valor, de forma alguma me arrependo de ter recorrido a ela. As cócegas que a peruca dela me provocaram ao longo das coxas foram a sensação mais bem-sucedida entre as que eu queria reviver. Sua posição de joelhos, apesar de exigir explicações que tiraram um pouco do encanto da coisa; a curva de suas belas costas; o ruído da sucção, tudo isso atendeu às minhas expectativas de forma aceitável. Infelizmente o trabalho bucal, mecânico, desapaixonado, até mesmo rude, não me deixou vivenciar a impressão genuína de uma viagem ao passado. E uma tatuagem colorida que abrangia seu ombro e parte do antebraço não parou de me distrair do que realmente me importava.

Quando acabo de contar tudo isso a Amalia, que continuava expondo seu extenso panorama da atualidade política espanhola, desligo o aparelho e olho pela janela. Já passa da meia-noite. Nenhuma alma na rua. Dá para ouvir os sons do tráfego a distância, pontuados pela sirene ocasional da polícia ou de uma ambulância. A noite está quente, sem nuvens, mas só se viam duas, três, quatro estrelas, o resto era ocultado pela poluição luminosa. Aqui e ali, janelas acesas. Não muitas. Parece que as pessoas já foram para a cama. Natural. Amanhã é segunda, muitos terão que trabalhar. Outros provavelmente estão de férias. Arremesso pela janela com força o meu velho rádio, tão velho que já o tinha nos meus tempos de estudante, que cai no asfalto. Alguns segundos se passam antes de se espatifar mais ou menos no meio da pista, fazendo um estrondo considerável e quebrando-se em pedaços que voam em várias direções. Ainda espero um pouco, para ver se passa um carro e termina de esmagá-lo. Transcorrem vários minutos, ninguém aparece, e eu fecho a janela.

22

Entre os momentos mais gratificantes da minha vida, lembro-me daquele em que percebi, pela primeira vez, que não precisava mais levantar o rosto para olhar nos olhos de papai em linha reta.

Também me vem à memória um pomar de limoeiros que se estende encosta acima, atrás do nosso apartamento alugado na costa. Sou um menino de sete ou oito anos, estou sozinho, caçando lagartixas, e pulei a cerca que rodeia as fileiras de árvores. Tamanha é a intensidade da luz do meio-dia, do aroma e das cores, que um fascínio invencível me faz tirar a roupa e ficar nu por um bom tempo entre os limoeiros, sem me mexer.

E incluo também uma tempestade noturna, com um retumbar incessante de trovões, logo após meu divórcio. Acaricio a cabeça de Pepa, que treme assustada no meu colo; ela insiste em lamber minha mão, com um olhar de gratidão enternecida fixo em mim, e eu tento acalmá-la dizendo: "Nós dois vamos ficar sempre juntos, aconteça o que acontecer."

As lágrimas de mamãe, orgulhosa e feliz, quando a levanto do chão como se fosse uma menina e lhe digo que acabei de passar na última matéria da faculdade.

Meu filho de cinco semanas no dia em que, quando meu rosto entra no seu campo de visão, dá seu primeiro sorriso social.

Meu confinamento aos dezoito anos numa casa em Las Navas de Buitrago, para me concentrar no estudo de O *mundo como vontade e representação*. Essa casa, então desabitada, pertencia à avó recentemente falecida de um colega de faculdade e está com todas as coisas da velha, e talvez até o fantasma dela, e ainda há mantimentos na despensa, e eu leio pela manhã, à tarde e à noite, solitário, sob a luz nua de uma lâmpada pendurada no teto.

Meu primeiro salário, a existência do cinema e do teatro, a existência da música e da pintura, alguns poemas (de Quevedo, Lorca, Antonio Machado) que aprendi de cor na adolescência e que representam para mim o mesmo que orações para um crente.

Uma tarde na juventude, risadas e amigos (garotos e garotas) num povoado da serra, todos sentados em volta de uma travessa de cerejas mergulhadas em água com gelo.

A noite inesquecível de Lisboa.

Observar o voo errático dos andorinhões e me sentir como um deles.

Minha vida foi pobre em acontecimentos, o que certamente me iguala à maioria dos meus congêneres.

Nem tudo foi ruim. Vivi pequenos episódios de felicidade em doses que considero suficientes para evitar a amargura, mas, sinceramente, acho que agora chega; que isto aqui, às portas da velhice, já deu o que tinha que dar.

23

Que sacanagem, meu Deus! Isso estraga todo o meu plano. Pelo menos tive a feliz ideia de telefonar para ele. Se tivesse demorado mais um pouco, já não pegaria mais meu filho na cidade.

Nikita me conta que o bar onde trabalha está fechado desde ontem para as férias. Ele e mais dois amigos pegaram emprestado um *trailer* "velho, mas que ainda carbura", e os três pretendem viajar por toda a Espanha, com a possibilidade de ir a Portugal. Vão decidir isso no caminho. Diz que a pomada para a psoríase acabou, mas que ele "não está nem aí", porque não faz efeito nenhum mesmo. Em compensação, vai tomar sol, como a dermatologista recomendou.

Meu problema é o que vou fazer com Pepa na próxima semana. Tinha planejado deixá-la aqui sozinha, com bastante água e comida. Como parte do plano, pretendia convencer Nikita a ir ao apartamento no dia seguinte. Antes deixaria um bilhete explicativo, num lugar bem visível, para que o garoto entendesse o que tinha acontecido e soubesse o que esperar: "A cachorra é sua, amiguinho. Nós a compramos para você. Agora você decide o que vai fazer com ela."

Pergunto quando ele volta. Não tem certeza, precisa consultar os amigos, mas, de todo modo, não será antes de meados de agosto. Pergunta por que eu quero saber. "Bem, porque eu também vou estar fora e queria pedir um favor a você." Pergunto se, na volta da viagem, ele não pode passar no meu apartamento e conferir se está tudo em ordem. Para seduzi-lo, digo que vou deixar algum dinheiro para ele na cozinha, na gaveta dos talheres. O dinheiro é uma isca irresistível para o meu filho. Pergunta o que tem que fazer. Só olhar. Então, me pergunta para onde vou.

"Longe."

Ele solta uma risadinha cúmplice.

"Uma mulher, hein?"

"Não, não."

"Fala sério, papai, eu te conheço."

24

Procuro agora adjetivos para qualificar suas mãos. O primeiro que me vem à mente é *agradáveis*. Outros que também cabem: *pequenas, mornas, decididas*. A gratuidade e a abundância das palavras nos levam ao desperdício. Isso não aconteceria se o Estado cobrasse uma taxa aos cidadãos pelo uso da língua oficial.

Essas mãos agradáveis percorrem as minhas costas, que ela havia besuntado de óleo. Apertam sem timidez, escorregam decididas, sobem, descem. Às vezes param nos meus ombros e pressionam com força. De tudo que ela faz comigo, é disso que mais gosto. Como não tenho experiência no assunto, não sei se Águeda é uma massagista hábil ou desajeitada. Eu diria que se sai bem, no sentido de que seu toque vigoroso é, além de relaxante, prazeroso. O que mais se pode pedir?

Como sempre, depois do mercado de quarta-feira Águeda estava me esperando na praça. Assim que começamos a conversar, ela me mostra o frasco de óleo e o sacode na frente dos meus olhos tal qual um sino. Dessa vez, lhe disse que uma massagem nas costas não seria nada mal, porque ultimamente ando tenso. Ela responde, com o semblante sério, que antes de sair de casa teve um palpite, e por isso trouxe o óleo, convencida de que hoje eu não ia recusar uma "boa apertada".

Sento-me ao contrário na única cadeira que me resta das quatro que tinha, colocada no centro da sala. Apoio os braços na borda superior do encosto e Águeda, atrás de mim, massageia meus músculos e fala. E fala. E não para de falar. Pepa, alheia à loquacidade da nossa visita, cochila placidamente encolhida no seu canto.

Águeda elogia minhas costas, que qualifica de viris; depois afirma, com um ar de especialista em anatomia, que era uma das "coisas" que mais lhe agradavam em mim quando estávamos juntos. Eu alego que não sou imune, como ela deve ter notado, à deterioração física atribuível à passagem do tempo. Diz que não pode negar que eu tenho razão, mas afirma que minhas costas ainda estão "maravilhosas". Eu lhe confesso que, se não fosse pelos desconfortos que me causam de vez em quando, nem teria consciência de que tinha costas.

Com a cabeça apoiada nos braços, sinto uma sonolência agradável. E até poderia ter adormecido se não tivesse reparado que, de repente, Águeda está pousando os lábios numa das minhas escápulas. Não há dúvida sobre o beijo, um beijo rápido e furtivo, semelhante a um selinho.

"Isso faz parte da massagem?"

"Claro."

"E você sempre faz isso?"

"Depende do cliente."

Pelo seu bom humor, acho que é hora de lhe dizer uma coisa que está na ponta da minha língua desde que nos encontramos na praça. Águeda está completamente enganada se pensa que a massagem é a razão pela qual a convidei para vir à minha casa. Digo-lhe que na próxima semana vou sair da cidade e não posso levar Pepa. Não menciono a duração nem o destino da viagem, e ela não tem curiosidade ou sente receio de me importunar com perguntas. Se ela me faria a gentileza, pergunto, de ficar com a cachorra a partir da próxima terça-feira. Brinca: precisa pensar. E faz como se estivesse na dúvida e absorta em profundas reflexões. Meu coração pula. Merda, se essa mulher me falha, meu plano vai por água abaixo, porque não posso abandonar Pepa ao deus-dará. Nas atuais circunstâncias, Águeda é minha última chance. Ela responde com um sorriso maroto que receber Pepa em casa tem seu preço. Não é muito o que pede. Se ela soubesse o que eu estaria disposto a lhe dar em troca de um favor tão grande!

"Você parece uma menina", digo a ela depois de me conformar com seu segundo beijo nas costas, este mais lento e consideravelmente mais prolongado do que o anterior.

25

Esta tarde me encontrei duas vezes com Patamanca, uma na hora do cafezinho e outra antes do jantar, como sempre, no bar do Alfonso. Em cada uma delas meu amigo tinha saído de casa com um estado de espírito diferente, como se tivesse trocado de roupa. Primeiro nos vimos, a pedido dele, num bar da rua em que mora, em frente à maternidade, para um diálogo sem testemunhas. Sem testemunhas significa sem Águeda, a quem ainda não contou o problema do escritório. Por alguma razão desconhecida, não considerou oportuno me receber em casa.

Resumindo, Pata devolveu ontem, por iniciativa própria, o dinheiro roubado da imobiliária e apresentou seu pedido de demissão, que foi aceito. Dessa forma, acredita ter evitado um processo judicial, questão sobre a qual aparentemente não tem qualquer outra garantia além da palavra do chefe. Seus esforços para demonstrar firmeza de ânimo são óbvios, mas, no fundo, parece abatido. Dinheiro não é um problema sério para ele. É só um número no banco, diz, e o que tem é suficiente para levar uma vida confortável. Aparenta serenidade, até mesmo frieza, entretanto noto uma leve vibração de pesar em sua voz.

Nisso, levanta a ponta do curativo para me mostrar a ferida da mão, que já começou a formar uma crosta. E me conta que agora apareceu outra bem grande, numa nádega, embora não tenha comido nenhum peixe em conserva ultimamente. Ainda bem, diz, que é de lado, senão não conseguiria se sentar. Na falta de um diagnóstico preciso, eu me limito a especular que talvez seu problema se deva a mais de uma causa. Ele afirma, desanimado, que isso não importa, que não tem o menor interesse, e que tomara que seja câncer.

Franzindo a testa, aponta para Pepa, deitada ao nosso lado, e me pergunta o que vou fazer com ela. Não explicita quando, mas sei a que está se referindo e quais pensamentos rondam a cabeça dele nesse momento, e respondo que vai ficar com Águeda, que já concordou. Conto, explico tudo. Em poucas palavras: vou deixar um bilhete com instruções para Nikita. Meu filho vai ter que escolher. Ou cuida da cachorra, que em última instância lhe pertence, ou conversa com nossa amiga quando voltar das férias e, se ela quiser ficar com Pepa, que combinem entre si.

Noto nas feições de Patamanca que se sente incomodado com o rumo que a conversa tomou. Ou é impressão minha? De repente sinto que estamos nos tornando estranhos um para o outro. Um longo silêncio se instala entre nós dois. Ele não diz nada, eu não digo nada. Ele olha para um lado, eu olho para o outro. Calor. Depois de algum tempo, pergunto se Águeda costuma elogiar algum dos seus componentes anatômicos quando o massageia. Fico sabendo que Aguedita tinha aliviado suas tensões musculares meia dúzia de vezes neste verão, mas sem elogios. Por quê?

"Não, por nada."

Horas depois, voltamos a nos encontrar no bar do Alfonso, onde Águeda também estava. Patamanca parecia um homem diferente daquele do início da tarde: espirituoso, brincalhão, irônico. Em pé, fez uma paródia da voz e dos gestos de Pedro Sánchez, que esta tarde fracassou na tentativa de assumir a presidência do governo, o que leva o país às segundas eleições gerais no mesmo ano. Com sua imitação descontraída, Patamanca fez todos os presentes rirem de tal maneira que Alfonso, atrás do balcão, sugeriu a possibilidade de montar um palco no fundo do bar e contratar Patamanca para shows de humor.

26

Bem, posso jurar que hoje pus os pés no bar do Alfonso pela última vez. Patamanca avisou a Águeda e a mim que amanhã vai fazer uma viagem (às suas raízes, diz, ou seja, à sua Valladolid natal), e a ideia de ir ao bar nos próximos dias para ficar sozinho não me anima muito.

Patamanca não é o primeiro a encenar a culminação da sua existência na forma de um retorno à mãe, como se a vida de um homem consistisse em sair de uma cavidade e depois voltar a ela após ter andado durante um certo número de anos por esses mundos de Deus.

Diz que começa a sentir falta de ar nesta cidade. É por isso que vai para longe. Esse pretexto, enunciado por ele com uma ênfase um pouco teatral, não constitui, na minha opinião, o que se poderia chamar de demonstração de perspicácia. Claro que, como nossa amiga engoliu aquilo sem rebater, teve sua eficiência comprovada. Tenho certeza de que, enquanto nos fala dos seus planos, embora sem se exceder nos detalhes, Patamanca verifica de esguelha se o estou observando na lateral da mesa. Evita a todo custo cruzar o olhar com o meu. Fala com o rosto virado para Águeda, que, incapaz de permanecer em silêncio, ingenuamente o interrompe para perguntar quantos dias vai ficar fora. Ele responde que muitos. E nossa amiga, vendo que nós dois vamos partir para as respectivas viagens de férias com alguns dias de intervalo, faz uma pose de corça ferida por lobos e, sorridente e magoada, afável e severa ao mesmo tempo, nos acusa de um conluio para deixá-la sozinha.

"Por que você não viaja também?"

"Tenho que cuidar da cachorra dele."

"Ele que cuide."

"Já dei minha palavra."

Patamanca (seu trem de alta velocidade vai sair às dez e quinze da manhã) aceita que Águeda e eu vamos nos despedir dele na estação, e — finalmente olha para mim! — me pede que não deixe de levar Pepa, porque acha que tocar na cabeça do animal lhe dá sorte. Como ele insiste no assunto, Águeda, inábil, canhestra e estouvada, embora não mal-intencionada, lhe pergunta se tem medo de viajar. No mesmo instante percebe o deslize e pede desculpa. Nosso amigo não leva a mal. E nos lembra, sem perder a compostura, uma coisa que já sabemos: que fica ansioso quando entra num trem. Com certeza não vai dormir esta noite.

Passamos uma meia hora conversando, com momentos de gracejos e de assuntos sérios, e eu, depois de ter entornado uma quantidade considerável de cerveja, vou esvaziar a bexiga no banheiro. Na volta, surpresa: Patamanca tinha ido embora e Águeda está com uma cara pesarosa e os olhos marejados. Ela me diz, quase balbucia, que cometeu um erro, que foi sem querer, e se levanta abruptamente, pede desculpa e sai do bar. Vou até o balcão para perguntar a Alfonso se sabe o que aconteceu. Admitindo não ter muita certeza, ele diz que seria melhor para todo mundo falar menos de política. Então a saída repentina dos meus amigos foi por diferenças de opinião? A coisa é que, de fato, tínhamos comentado por um bom tempo os discursos e a votação de ontem no Congresso. Águeda lamenta que a esquerda continue dividida e não veja a enorme oportunidade histórica que tem de formar um governo de coalizão, o primeiro da democracia espanhola. Pata lhe respondeu brincando que não precisa se preocupar, que é só uma questão de tempo e de manobras nas sombras para os socialistas se abraçarem a qualquer um e a qualquer preço para plantar o traseiro no poder. Por mais que eu pense no assunto, não encontro motivos para alguma discordância grave em nada do que discutimos. E, claro, quando me levantei e saí da mesa para ir ao banheiro não estávamos falando, muito menos discutindo, sobre política.

Saí dessa dúvida logo que cheguei em casa. Estava esquentando o jantar quando o telefone tocou.

"Eu nunca imaginaria isso de você."

Que se eu não entendo o que ele sofreu com a perda do pé, as dores que o atormentaram durante anos, as operações, as hemorragias, os pesadelos, a piora da sua qualidade de vida. Sempre tão irônico e muitas vezes tão sarcástico, agora se expressa com uma espécie de exaltação rancorosa que começa a me incomodar. E o fato é que ainda não sei que diabos está acontecendo com ele, até que afinal me revela que descobriu por intermédio de Águeda que eu o chamo de Patamanca pelas costas.

"E é por isso que você está furioso?"

Em vez de responder, ele me diz, taxativo, ressentido: "Não precisa vir à estação amanhã."

E, sem me dar sequer a chance de lhe pedir desculpa, pá, desliga na minha cara.

27

Ele também disse a Águeda ontem que não pensasse em ir se despedir, mas, no fundo, Patamanca nos esperava e, quando nos vê chegar, eu com Pepa e nossa amiga com um pequeno buquê de flores, parece satisfeito, embora tenha ficado tenso por alguns minutos. Afaga as costas, o flanco e a cabeça de Pepa como se quisesse se impregnar de boa sorte, e agradece à cachorra pela sua presença enquanto ignora a minha e a de Águeda, ambos parados e mudos ao lado dele.

Por fim, nos concede o augusto favor de nos olhar.

"Ah, vieram dar uma de simpáticos?"

Águeda lhe entrega o buquê.

"Não precisava, já tomei café da manhã."

Esta manhã há pouca gente na estação Chamartín. Ficamos em pé, com Pepa no meio, embora não faltem lugares para nos sentarmos ali por perto, e entabulamos uma conversa formal, salpicada de generalidades meteorológicas, opiniões sobre a situação do transporte ferroviário na Espanha e assuntos semelhantes, sem qualquer outro objetivo, creio eu, senão evitar um silêncio incômodo, mas sem abrir a caixa das intimidades, exceto quando Pata confessa que não dormiu a noite toda pensando na experiência inquietante de entrar no trem. Conta que já tomou dois analgésicos esta manhã. Águeda, que tem uma infinidade de dons, mas não o de saber quando se calar, lhe pergunta se não seria melhor fazer essa viagem de carro. "Afinal, daqui a Valladolid não dá muito tempo." Pata, subitamente carrancudo, olha para o painel de informações. Faltam quinze minutos para a saída do trem. Então, se vira para Águeda e diz: "Vem aqui, me dá um beijo e me deixa sozinho com ele."

E quando nossa doce amiga está afastada o suficiente para não poder nos ouvir, Pata me diz que não sabe se me dá um abraço ou um soco. Respondo com toda a calma que prefiro a primeira opção. Ele insiste — ou exige? — que eu diga na sua cara o apelido que lhe dou pelas costas. Pergunto se tem certeza de que quer mesmo isso. Certeza absoluta.

"Patamanca."

"Muito bem, Aristóteles mirim. Eu adoraria que você tomasse a dose errada e batesse as botas devagar e com dores horríveis."

E então me abraça e me dá um tapinha sonoro, apesar de eu não merecer, diz; acaricia a cabeça de Pepa e se afasta. Quando se prepara para subir a rampa de acesso à plataforma, com uma intenção burlesca e a certeza de que o estou olhando, finge mancar exageradamente, como um manequim desconjuntado.

Na volta de metrô, Águeda me pergunta se não acho estranho alguém viajar de férias levando uma bolsa de esporte como única bagagem. Sentada ao meu lado, num vagão com poucos passageiros, ela exala um eflúvio aromático que inevitavelmente me dá saudade de Tina.

"Para onde ele vai sem mala?"

"De quem está falando?"

"De quem pode ser? Do Patamanca."

E rimos os dois ao mesmo tempo. Depois ela me convida para almoçar, como reparação pela sua gafe (nova risada) de ontem no bar do Alfonso. Respondi que hoje não posso. Gosto que ela não insista, não pergunte nem peça explicações. Desci, toque de bochechas, na estação Diego León, e quando o metrô partiu ela acenou para mim pela janela.

28

De sala em sala, fui me despedindo em silêncio dos meus velhos amigos: Goya, El Bosco, Velázquez e o resto da venerada turma, com o acréscimo de Fra Angelico, a quem é dedicada a exposição temporária destes meses. A princípio pretendia ir sozinho, mas, como Águeda não abre mão de me recompensar pela sua indiscrição do outro dia, ontem à noite lhe disse ao telefone: "Pois então vamos comigo e você paga os ingressos." Ela concordou logo, mas lembrando que à tarde, depois de certa hora, a entrada é gratuita. Respondi que só dispunha da parte da manhã.

Ela me ligou para perguntar sobre Patamanca, de quem não tínhamos notícias desde que nos despedimos na estação. Águeda, que ontem tentou várias vezes se comunicar com ele, acha que o celular do nosso amigo está desligado.

Não sei quantas vezes, durante a visita ao Prado e depois, no restaurante, onde tivemos uma discussão polida na hora de pagar, Águeda tocou em mim. Poderia jurar que ela não se dava conta. Nem eu, a princípio, talvez por serem movimentos naturais, do tipo que se faz sem pensar e no contexto de uma relação de confiança, mas depois de sete, oito ou mais toques, claro, constatei que os pequenos contatos se repetem sem interrupção.

Também acho, ou melhor, suspeito, que sua fala nervosa é uma forma de estabelecer um vínculo físico com os semelhantes. Ela os toca, acaricia, aperta, digamos assim, com palavras.

Enfim, quando quer chamar minha atenção para este ou aquele detalhe de uma pintura, diz "Olha", e me dá um toquezinho com o dedo, ou uma cotoveladinha, ou então puxa minha camisa enquanto faz uma pergunta, sugere uma interpretação ou se enreda num novelo de explicações.

Subimos as escadas do museu e ela segura meu braço. Mais tarde, ao descer, de novo.

Em frente de *A família de Carlos IV*, tira um fio de cabelo que aparentemente estava grudado no ombro da minha camisa.

No café, acontece vez por outra um choque casual de pernas ou joelhos por baixo da mesa, com a particularidade de que em todos os casos eu sou tocado e ela é quem toca.

Depois, no restaurante, enquanto esperamos para ser atendidos, de repente pega minhas mãos para saber, diz, se estão quentes ou frias. E, após me dizer que nunca viu mãos de homem tão bonitas, lê as linhas da palma, prevendo uma série de acontecimentos felizes e uma vida longa. Afirma que pagaria qualquer coisa para dar uma espiada nos meus pensamentos. Parece que não satisfeita com me apalpar por fora, quer fazê-lo também por dentro. Depois, se ofereceu para me massagear outra vez. "Nas costas ou onde você quiser, não tenho preferências." Isso foi dito com um sorriso em que cintilavam uns laivos de malícia.

No fim da tarde, a sós com Pepa, espalhei meus últimos livros restantes pelas ruas do bairro, inclusive o de Saramago que Águeda me deu.

29

Gosto de dias banais, de uma deliciosa monotonia. São os meus preferidos, e hoje foi justamente um desses dias não contaminados por notícias, surpresas nem aventuras. Um dia a menos, em que tive o cuidado de ficar longe do telefone e do computador e só troquei algumas palavras com uma costureira e um velho desconhecido.

À tarde, na rua, me lembrei de uma coisa que Amalia me dissera havia muitos anos: "Você realmente não sabe o que é sofrer." Não sei mais em que situação ela disparou essa frase, carregada de reprovação e de desdém em igual medida. Pensando bem, mamãe também poderia ter me dito essas mesmas palavras.

Eu queria sofrer um pouco hoje. Queria sentir pela última vez uma dor física, sendo dono absoluto do meu sofrimento: vítima, algoz e dosificador. Estava pensando nisso enquanto ia para o parque com Pepa, refletindo como poderia levar essa ideia à prática. E me ocorreu, quando cheguei mais perto da praça San Cayetano, ir ao mercado e comprar uma agulha da senhora que faz consertos de roupa. Ela ajustou muitas vezes minhas mangas e bainhas, e certa vez até lhe comprei um bilhete da loteria de Natal. Portanto, ela me conhece, e, como eu imaginava, além de não me cobrar nada pela agulha, ainda me deu outra, um pouco mais comprida e com um buraco maior, caso eu tenha dificuldades para inserir a linha, porque todo mundo sabe que quando a gente tem vista cansada e tal... Simpática, a senhora.

Estou sentado num banco do parque, sob a sombra de uma árvore. Calor e céu azul. Uma gota de sangue brota, rápida, minúscula, das minhas "lindas mãos masculinas", como diria Águeda. O experimento não funciona. O dorso da mão é muito duro; a agulha, batendo no osso, começa a entortar, e a dor atinge tal intensidade que quase dou um grito. Não era essa a dor que eu buscava, uma dor que me livrasse do medo e me conectasse com a mãe terra, ou mesmo me reconciliasse com ela. De repente avisto, lá em cima, dois, três andorinhões. Será que vêm me ajudar? Nesse momento descubro que enquanto os observo é possível tolerar a dor da agulha introduzida aos poucos, me abstrair de tudo à minha volta e me concentrar na sensação dolorosa sem precisar interromper o fluxo dos pensamentos.

Pouco depois, mostro a um velho que estava sentado ali perto, que eu nunca tinha visto, as duas agulhas atravessando minha carne entre o polegar e o indicador. Ele ri e me diz:

"Para, para, artista. Na certa tem um truque aí."

30

Passei boa parte da manhã cuidando do carro, que agora brilha como novo. Levei-o para lavar no lugar de costume, passei o aspirador por dentro e enchi o tanque. Minha ideia é que Nikita possa usá-lo desde o começo nas melhores condições, ou que o carro esteja o mais apresentável possível caso decida vendê-lo.

Das quatro da tarde às oito da noite me entreguei a uma das maiores faxinas que os séculos já testemunharam, tentando raspar até a última partícula de sujeira. Não que o chão estivesse muito sujo, exceto debaixo dos poucos móveis que me restam, mas para o meu amor-próprio era como um ácido abrasivo a ideia de que entrassem aqui, a partir de quinta-feira, sei lá, Nikita em companhia da mãe compungida de dor (morro de rir), um investigador da polícia em busca de provas ou algum vizinho que, vendo a porta aberta, se juntasse ao grupo, e todos eles passassem o dedo em tudo e proclamassem em uníssono: "Ele era um porco."

Tenho a esperança de que as espetadas de ontem no parque tenham sido meu último sofrimento no reino dos que respiram. Pior do que a dor, muito pior do que qualquer outra coisa, é o medo: medo do medo, que hoje tentei combater com o método corriqueiro e útil, embora nem sempre infalível, de me entregar à atividade. Não parei o dia todo, o que, oportunamente, mantém os pensamentos sob controle. Acho que aprendi com meu pai essa técnica de agir para não pensar; meu pai, que anulava a si mesmo, por motivos que só ele conhecia, enterrando-se sob montanhas de trabalho.

Às oito e meia, como tínhamos combinado, Águeda me recebe descalça em sua casa, na certa por costume, mas desconfio que também, dessa vez, pela brejeirice de me mostrar as unhas dos pés pintadas. Seu rosto satisfeito quando as elogiei dizia tudo.

Usa palavras de afeto e carícias para recepcionar Pepa, que agradece à sua maneira lingual, e em mim dá uns beijos de boas-vindas que dessa vez me pareceram um pouco mais intensos. Chego munido de mentiras, inventadas ao longo do dia para me antecipar às perguntas que, de fato, tive que responder. Pouco depois de entrar, fui forçado a desembolsar as três primeiras, graças às quais me livrei de ficar para jantar com ela. Eram as seguintes: que vou viajar antes de amanhecer, que preciso dormir cedo e, como se tudo isso não bastasse, que ainda preciso fazer as malas.

Pepa, enquanto isso, fareja pisos, rodapés, cantos. Acho que está procurando o falecido amigo. Levei-a de carro para a casa de Águeda. No caminho, a cachorra ficou resfolegando e soltando pequenos gemidos de medo. Lamento por ela, mas não havia outra possibilidade de transportar seus pertences, que não são poucos: roupa de cama, tigelas, correia, coleira, bastante comida em lata, escova, brinquedos e outras coisas mais. Não sei se Águeda conservou as coisas do gordo, mas não quero que as use com Pepa.

O que mais? Bem, que continuamos sem notícias de Patamanca. E aproveito para dizer a Águeda que não vou levar o celular, porque quero me desligar de tudo nessa viagem. Ela, sobrancelhas caídas, biquinho mimoso, reclama com doçura que a deixamos abandonada na cidade, sem sequer saber por quanto tempo. Pergunta quando pretendo regressar. Próxima mentira: como vou viajar a esmo, para onde o vento me empurrar, só volto quando não aguentar mais a solidão.

"E quando isso pode acontecer?"

"Não sei. Eu aguento muito."

Um momento especialmente difícil para mim foi a despedida de Pepa, apesar de estar antecipando essa cena há vários dias e pensar que tinha forças para resistir a qualquer embate de emoções. Tal como Patamanca fizera na estação Chamartín, no sábado passado, eu também queria atrair a boa sorte tocando na cabeça de Pepa antes de partir, mas, nervosa e brincalhona, ela não atendeu ao meu chamado e acabei tendo que ir até onde ela estava para lhe fazer o último carinho da nossa vida. Parecia impossível disfarçar a emoção fortíssima que me dominava, mas Águeda, sem querer, veio me ajudar com um golpe de loquacidade.

"Vai me trazer uma lembrança de algum lugar que visitar?"

"Do que você gostaria?"

"Não sei. Alguma surpresa. Eu me contento com pouco."

Fiquei sentado por um bom tempo diante do volante, sem me decidir a ligar o motor. Estive a ponto de voltar à casa de Águeda, contar-lhe a verdade e levar Pepa comigo. Foi realmente por um triz.

Desde então já se passaram pouco mais de duas horas e continuo com um peso na consciência que não me dá trégua, alimentado pela culpa de ter me livrado dela com um truque sujo e impingido vilmente minha cachorra a Águeda.

Dúvidas.

De repente me assaltam dúvidas.

Esta noite a casa está envolta por um silêncio pesado, e não tenho coragem de olhar para a foto de papai, temendo que ele não esteja mais sorrindo.

31

Durante o dia todo só saí de casa por dois ou três minutos no meio da tarde, para descer com o lixo. Eu, que tanto me gabava, quando ninguém estava ouvindo, de ser um homem que atingiu a serenidade mediante a reflexão e os livros, passei a noite inteira me revirando na cama como um atormentado qualquer. Agora, a menos que minha capacidade de autoengano chegue à perfeição, me parece que estou tranquilo. Tranquilo? Não é a palavra certa. Diria que estou revestido por uma membrana transparente de indolência. É uma sensação um pouco estranha. Ou, quem sabe, me parece estranha porque nunca senti nada similar antes. Talvez eu esteja simplesmente cansado e vazio ao mesmo tempo. Tanto faz, porque nada do que estou sentindo agora vai influenciar minha decisão. Faltam dez para as onze da noite. Às onze em ponto vou sair de casa.

Confiro pela última vez a lista de tarefas. Esvaziar a geladeira: feito. Bilhete com instruções para Nikita: também. Lixo: sim. Fechar torneiras: sim. Sair das redes sociais: sim. Celular: desligado. Eletrodomésticos: também desligados. Deixo para Nikita, num lugar visível, o grosso maço de páginas que contém este escrito, junto com a carta, os cartões de banco, o relógio de pulso, as chaves e a documentação do carro. Ele vai encontrar outras coisas por conta própria quando for bisbilhotar nas gavetas.

Na mesa da cozinha está o frasquinho de plástico com a mistura que me levará ao encontro de papai.

E isso é tudo, amigos.

Houve coisas boas e coisas más. O balanço da minha vida está feito e registrado aqui por escrito. O resultado é este, e ninguém nem coisa alguma poderá alterá-lo. Parto sem amargura.

Seis dias depois

Ontem, segunda-feira, enterramos Patamanca no cemitério de Las Contiendas, em Valladolid, sob um calor sufocante. Tal como eu fiz com Nikita, Pata deixou um bilhete com instruções para o irmão, que se chama José Ramón e foi quem telefonou para dar a triste notícia a Águeda e a mim. Que esse José Ramón é irmão gêmeo de Patamanca é algo que se pode constatar à primeira vista. Os dois são tão parecidos, que em certos momentos tive a sensação de que Patamanca, sem bigode, tinha ido ao cemitério testemunhar o próprio enterro. Não conhecíamos nenhum dos presentes. Águeda derramou algumas lágrimas por trás dos óculos escuros e logo depois fomos embora. Na hora da despedida, José Ramón nos deu um envelope deixado pelo falecido.

Só abrimos no carro. Estou com o bilhete aqui, ao meu lado, que diz: "Toda tarde, estando vocês ou não, meu fantasma vai esperá-los no bar do Alfonso à hora de sempre. Vocês não vão me ver nem ouvir, mas de alguma forma vou dar um jeito de desmontar seus argumentos falaciosos. Amem-se." E assina: "Patamanca, como vocês gostam de me chamar, seus desgraçados."

Eu tinha oferecido a Águeda que dirigisse um pouco na viagem de volta, porque na ida ela se queixou de estar perdendo a prática ao volante, mas a leitura da breve mensagem do nosso amigo deixou-a desanimada, e desistiu.

Chegando a este ponto, sinto a mente preguiçosa e a mão cansada. A certeza de que o essencial da minha vida já foi contado me faz parar aqui. Vou dizer apenas que afinal as coisas não saíram como eu planejava. Na quarta-feira passada, às onze da noite, fui surpreendido por uns latidos quando saí pelo portão. Na calçada oposta, Águeda e Pepa estavam me esperando sob a luz do poste. Adivinhei no mesmo instante que uma delação de Patamanca havia alertado nossa amiga sobre as minhas intenções. Mais tarde, descobri que a delação tinha ocorrido por volta das nove da noite. Quando saí, Águeda não me chamou nem saiu do lugar, onde aparentemente já estava à minha espera havia cerca de uma hora. Quando a vi com a cachorra, senti que dentro de mim estava se quebrando em milhares de pedaços algo que parecia um objeto de vidro. Pepa não parava de fazer alvoroço com seus latidos. Atravessei a avenida. O que mais podia fazer? Vi que a luminosidade do poste estava concentrada nas pupilas do animal e, transformada em duas fagulhas frenéticas, ricocheteava com força nos meus olhos. Águeda estendeu a mão e, séria e firme, disse: "Me dá o veneno." A princípio pensei em me livrar da situação usando algum pretexto, mas Pepa já tinha plantado as patas na minha cintura e estava esticando o pescoço com a intenção de lamber meu rosto. Sem dispor do socorro urgente de uma mentira, me dei por vencido. E então, virando-me para Águeda sem coragem de olhá-la nos olhos, deixei o frasco de plástico na palma da sua mão. Quando ela despejou o conteúdo pelas ranhuras do bueiro, vi que era a mão da cicatriz.

Seis dias se passaram desde então, e esta manhã comprei um livro.

1ª edição	JANEIRO DE 2023
reimpressão	SETEMBRO DE 2024
impressão	BARTIRA
papel de miolo	LUX CREAM 60 G/M²
papel de capa	CARTÃO SUPREMO ALTA ALVURA 250 G/M²
tipografia	GARAMOND